牟世金文集

第五册
雕龙集
雕龙外集

山东大学中文专刊

人民文学出版社

人也有涯无涯惟智逐
物实难愿性良易傲
岸泉不咀嚼文义无果
哉心余心有言
序志

目 录

雕 龙 集

前言 …………………………………………………… 3
中国古代文学艺术的形神问题(存目) ………… 5
从文与道的关系看儒家思想在古代文学发展中的作用 ……… 6
景无情不发,情无景不生
　　——艺术构思民族特色试探之一(存目) …………… 49
诗学之正源,法度之准则
　　——艺术构思民族特色试探之二(存目) …………… 50
意得神传,笔精形似
　　——艺术构思民族特色试探之三(存目) …………… 51
《文赋》的主要贡献何在(存目) ………………… 52
近年来《文心雕龙》研究中存在的几个问题 ……… 53
《文心雕龙》理论体系初探 …………………… 74
《文心雕龙译注》引论(存目) ………………… 113
刘勰论文学欣赏 ……………………………… 114
钟嵘的诗歌评论 ……………………………… 123

雕龙外集

《文心雕龙》的总论及其理论体系 …………………… 151
刘勰思想三论 ………………………………………… 169
刘勰 …………………………………………………… 191
刘勰《文心雕龙》 …………………………………… 220
古代的文学概论《文心雕龙》 ……………………… 228
刘勰"原道"论管见 ………………………………… 233
刘勰的"征圣""宗经"思想 ………………………… 252
说"风骨" ……………………………………………… 273
刘勰的文学批评论 …………………………………… 282
《文心雕龙》研究的回顾与展望
　　——祝《文心雕龙》学会成立并序
　　《文心雕龙研究论文选》 ……………………… 289
近三十年来的《文心雕龙》研究 …………………… 313
《文心雕龙》研究的新起点 ………………………… 320
《文心雕龙释义》序 ………………………………… 324
怎样读《文心雕龙》 ………………………………… 328

从《文赋》到《神思》
　　——六朝艺术构思论研究 …………………… 338
《文章流别志、论》原貌初探 ……………………… 361
钟嵘 …………………………………………………… 374
刘知幾 ………………………………………………… 388
建立有中国特色的文艺理论是研究古代文论的首要任务 …… 408
古代文论研究述评 …………………………………… 412

《中国古代文论家评传》前言 …………………………… 426
《古文论的民族特色》序 ……………………………… 431
香港第四届国际比较文学会议概述 …………………… 436

曹植《白马篇》赏析 …………………………………… 442
曹植《美女篇》赏析 …………………………………… 447
左思文学业绩新论 ……………………………………… 452
《三都赋》的撰年及其他 ……………………………… 470
《文心雕龙·情采》鉴赏 ……………………………… 492
《文心雕龙·知音》鉴赏 ……………………………… 495
陈子昂诗风初探 ………………………………………… 499
从两个结合着手改进文学史编写工作 ………………… 515
评新版《中国文学发展史》 …………………………… 522

陆侃如传略 ……………………………………………… 536
牟世金自述 ……………………………………………… 556
才思之神皋 ……………………………………………… 559
"近亲繁殖"小议 ……………………………………… 565
有关忠县历史的几个问题 ……………………………… 567
访日诗钞 ………………………………………………… 569
诗词四首 ………………………………………………… 574

雕龙集

前　言

　　整理完这个集子,正值三十一周年国庆。屈指年华,怃然生感;能勉强奉献于读者的,就只有这点东西了。不过细检残篇,出自近三年的,竟十有其九。对己,这是聊足欣慰的;于是,这个悬殊的比例,已很能说明问题,也就无庸饶舌了。

　　这个集子收了两组文章,或可谓之上下编。上编从历史的发展上,对古代文学艺术的几个传统问题,进行一点综合探讨;下编主要谈魏晋南北朝期间有代表性的三种文论:《文赋》《文心雕龙》和《诗品》。近两三年来,也还写了点古代文论的其他东西,为了不使内容过于分散,便未收入。

　　名曰《雕龙集》,除《文心雕龙》在全集中的分量较大外,主要是想让它表示,这个集子反映了我学习古代文论的历程。由点及面,点面结合,这是常法。我虽既未着"点",更未及"面",毕竟蹒跚于历史安排的道路,似乎不走此路不可。由于近几年真是思想解放了,就不自量力地对古代文论中的"点"和"面"上的几个重要问题,作了点大胆的试探。大约也是无巧不成书,出版社的同志促我完成旧稿《〈文心雕龙〉理论体系初探》,当略有一得之见时,才恍悟上编所讲诸问题,《文心》所论,无不在其发展过程中起着重要作用,且都是《文心雕龙》已安排的体系的延伸。此稿就成了这个集子的"枢纽",故以《雕龙集》为名。

除《初探》一稿是新成,《引论》即将由齐鲁书社出版外,其余几篇,均先后在《文学评论》《学术月刊》《社会科学战线》《古代文学理论研究丛刊》《江海学刊》及《文史哲》等刊发表。这次收入,除统一注例,纠正原发表时的部分刊误外,只有个别文字修改。

1980年10月2日

中国古代文学艺术的形神问题(存目)

从文与道的关系看儒家思想在古代文学发展中的作用

在我国古代思想文化中,"道"是个广泛使用的概念。从文与道的关系看,道就是文的思想内容。由于儒家思想在封建社会中占统治地位,道和儒家思想往往有着密切联系。但儒家思想不仅不能概括文的一切内容,还和文存在着尖锐的矛盾。这就形成古代文学发展中错综复杂的情形:有内容和形式的矛盾,有儒家思想和所谓"异端"思想的矛盾,有儒家思想和文辞采饰的矛盾,更有儒家思想和文学艺术的矛盾等等。本文只图通过对文与道的发展轮廓的清理,考察儒家思想在古代文学发展中所起的作用,所以,侧重于探讨古代儒家思想和文学艺术的矛盾统一问题,与向来论文与道者略异。

一、汉魏六朝期间文与道的斗争

在《诗经》《楚辞》之后,两汉经济文化空前发达的土壤,是应该开出繁盛的艺术之花的;《诗经》《楚辞》的优良传统,是应有进一步发扬的。但事实完全相反。张溥的《汉魏六朝百三名家集》,两汉只收十九家;丁福保辑《全汉三国魏晋南北朝诗》五十四卷,两汉仅得五卷。这个简单的数字是能说明问题的。两汉繁荣统一的四百多年,远不如魏晋南北朝战乱分裂的三百多年。这是什么原因呢?

汉初统治者,把东方朔、枚皋等辞赋家当做"俳优畜之",枚乘也意识到自己"见视如倡",而扬雄的"壮夫不为",就是很可理解的了。汉代文人不受重视,这是事实,但还不是两汉文学不发达的主要原因。《汉书·儒林传赞》说:

> 自武帝立五经博士,开弟子员,设科射策,劝以官禄,讫于元始,百有余年,传业者寖盛,支叶蕃滋,一经说至百余万言,大师众至千余人,盖禄利之路然也。

这段话讲到三个问题:第一,汉代儒风之盛与"禄利之路"有关。这说明汉代统治者需要儒家思想和众多的儒生为加强封建统治服务。第二,正因统治者的需要和提倡,于是有"大师众至千余人"涌现出来。千余人似不算太多,但围绕每一大师,都有成千上万的门徒。《后汉书·儒林传序》提到质帝之后:"游学增盛至三万余生。"这只是在京师的游学生,各郡国学,特别是各地名儒的私学,其受业生徒,成千上万的还很多。如东汉张兴、牟长、蔡玄等,其著录都在万人以上。所以,从全国来看,儒生的数字是很不小的。第三,如此众多的儒生,成天干的就是解说儒经。"一经说至百余万言"在当时是并不奇怪的。桓谭《新论》中讲到,有的人说《尧典》,仅篇目二字说至十余万言,讲"曰若稽古"四字就是三万言[1]。这种烦琐的经学,使不少人"幼童而守一艺,白首而后能言"[2];有的以毕生精力而不

---

[1] 《汉书·艺文志》注引。
[2] 《汉书·艺文志》。

能通一经；有的则累死烛下，以身殉经①。儒生既如此多，又不可能有余力以为文，这就是汉代文学不繁荣的原因之一。

《后汉书》专辟《文苑传》，使文人有了自己的历史地位。但这是南朝人才有的观点。班固《汉书》则只有《儒林传》而无《文苑传》。是不是西汉无文人呢？不，汉代辞赋家主要还在西汉。班固的做法正代表了汉儒的共同观点：不承认有独立于儒林之外的文人。汉儒心目中只有一个"经"字。《诗经》是经，在汉代就享有崇高的地位。有人认为《离骚》是"依托五经以立义"②，也奉为《离骚经》，于是有《离骚传》《离骚章句》之类出现，和五经享受同等待遇。汉赋在当时更难有它的地位。班固自己是辞赋家，便说："赋者，古诗之流也。"③因为诗的身价高，根子硬，和诗拉上关系，赋就有了立足之地。但无论汉人对《诗经》《楚辞》或汉赋，都不是从文的角度，而是从道的角度来较短论长的。其论赋："相如虽多虚辞滥说，然要其归，引之于节俭，此与《诗》之风谏何异？"④如果"竞为侈丽闳衍之词，没其风谕之义"⑤，那就毫无可取了。肯定或否定，都从有无"风谕之义"着眼。其论骚，正如刘勰所说：刘安等"四家举以方经，而孟坚谓不合传"。无论汉人肯定其"依经立义"，还是批评其"非经义所载"⑥，都是以儒家之道为准绳。《诗经》在汉代是最荣幸了，但却最倒霉。既尊之为经，则按经以"传"之，按经以"章句"之；经则经矣，那些生动形象的诗歌，却成

---

① 见《论衡·效力》。
② 王逸《楚辞章句序》。
③ 《两都赋序》。
④ 《汉书·司马相如传赞》。
⑤ 《汉书·艺文志》。
⑥ 《文心雕龙·辨骚》。

了经学大师们微言大义的殉葬品。这是汉代文学不繁荣的又一原因。

这样,烦琐的章句之学,在"禄利之路"上紧紧束缚住众多儒生的思想;一家独尊的儒术,力图把一切文章诗赋纳入儒学的轨道。在这种空气下,文学的发展不能不受到窒息。

如果按照汉儒的路子走下去,文是不能独立发展而"蔚为大国"的,最多只能成为经学的附庸。但从汉末开始,烦琐的经学走上了物极必反的道路。到三国时期,饱经乱离的文人,便"竞以儒家为迂阔,不周世用"[1]了。鱼豢《魏略》具体记录了从汉末到正始时期儒学的衰落情况:

> 从初平之元,至建安之末,天下分崩,人怀苟且,纲纪既衰,儒道尤甚。至黄初元年之后,新主乃复……而诸博士率皆粗疏,无以教弟子。弟子本亦避役,竟无能习学,冬来春去,岁岁如是。……(正始中)朝堂公卿以下四百余人,其能操笔者未有十人,多皆相从饱食而退。[2]

儒道之衰,这时形成一落千丈之势。从经学博士们的"率皆粗疏",到满朝公卿只能天天"饱食而退",说明数十年间的巨大变化。操笔能文的尚且寥寥无几,又还有多少人去讲道说经?《魏略》所载,或有夸大,但汉末以来儒风之衰确是事实。战乱频繁的现实,不容人们再去搬弄儒家那套"不周世用"的教条,统治者也无心加以提倡了。这种情形,直到南朝仍是如此:《南史·儒林传序》称"宋、齐国学,时或开置……盖取文具而已",就是很好的

---

[1] 杜恕《议考课疏》,《三国志·魏书·杜畿传》。
[2] 《三国志·魏书·王肃传》注引。

说明。

汉末以来,儒家者流既如此狼狈,自顾不暇,当然就无力过问文学的事了。而文学一旦脱离儒学的羁縻,就如脱缰之马,自由驰骋起来,为我国文学史揭开了新的一页。"自曹氏膺命,主爱雕虫,家弃章句。"①魏晋南北朝时期的文学,就是这样开始的。所谓"家弃章句",就是当时文士,普遍抛弃经学而从事文学,于是出现了建安文学的盛况:

> 降及建安,曹公父子,笃好斯文,平原兄弟,郁为文栋;刘桢、王粲,为其羽翼。次有攀龙托凤,自致于属车者,盖将百计。彬彬之盛,大备于时矣!②

建安文学的出现,"主爱雕虫"多少有些作用,但主要还是"世积乱离"的现实和"家弃章句"的思想风气。社会现实是基础,但不砸碎儒家思想的桎梏,彬彬之盛的邺下文学集团就不能形成,长期为后人追仰的"建安风骨"就不能产生。鲁迅说这个时期才开始了"为艺术而艺术"的时代。"为艺术而艺术",是借指建安文学开创了纯文学的新时期。纯文学,就是摆脱经学附庸地位而独立的文学。这样,建安文学才能成为中国文学史上一个重要的时期。

建安文学打开局面之后,魏晋南北朝期间的文坛,就不再像两汉那样沉寂了。上至帝王,下至"才能胜衣,甫就小学"的五尺之童,也"必甘心而驰骛焉"。特别是那般膏腴子弟,世族文人,更

---

① 沈约《宋书·臧焘传论》。
② 钟嵘《诗品序》。

是"终朝点缀,分夜呻吟"①,竞以为荣。此时文风,可谓盛矣。伴随而来的,是形式主义的出现。在诗文创作走上纯文学道路之后,加之当时好文成风,对诗文的艺术技巧、表现形式有所讲究,这本来是正常现象,六朝人在艺术形式上也确有其历史的贡献。在文学创作失去儒家思想的约束之后,偏于形式而忽于内容也是很自然的事。问题在于,在这个趋势的发展过程中,六朝腐朽的世族地主插手进来了。他们生活腐化,思想空虚,这就必然为文学发展带来不健康的因素。特别是南朝,多数帝王都爱好文学,他们把持文坛,使文学成为其享乐腐化的工具。在他们的影响下,文学不仅更趋于形式主义、唯美主义,而且荒淫腐朽,反动颓废的东西大量出现,梁陈时的宫体诗,更写下了文学史上极不光彩的一页。

当六朝形式主义发展到相当严重的时候,起而与之斗争的,北朝有苏绰、颜之推,南朝有刘勰、裴子野和钟嵘等。他们和形式主义进行斗争的思想武器就是儒家思想。如裴子野在《雕虫论》中所批评的:

> 自是闾阎年少,贵游总角,罔不摈落六艺,吟咏情性。学者以博依为急务,谓章句为专鲁。淫文破典,斐尔为功,无被于管弦,非止乎礼义。……荀卿有言:"乱代之征,文章匿而采。"斯岂近之乎!②

对形式主义的批判很激烈。但论者完全站在儒家的立场,反对抛弃六经而吟咏情性,不同意放弃章句去写诗文。这当然是偏激之

---

① 钟嵘《诗品序》。
② 《全梁文》卷五十三。

论。汉人重道轻文,六朝人重文轻道,用儒家之道纠六朝之弊是对的,但不能复其章句。否定之否定是历史发展的规律之一,它不是反复循环,而是逐步前进。如按裴氏主张,就会形成倒退。又如苏绰,更仿《尚书》而作《大诰》,主张"一乎三代之彝典,归于道德仁义"①。这就更是矫枉过正了。

以上史实展示了这样一个基本情形:儒学的恶性膨胀扼杀了文学的发展,当文学摆脱儒学而独立发展之后,很快走上了形式主义的道路。形式主义的反对者重新搬出儒家思想,势欲恢复汉代经学,遏止文学的独立发展。由此可见,文和道的斗争是相当激烈的。

二、刘勰的文道并重论

当时能比较正确处理文道关系的是刘勰。

就《文心雕龙》看,刘勰的文学思想无疑是儒家思想。《序志》篇说他"齿在逾立,则尝夜梦执丹漆之礼器,随仲尼而南行;旦而寤,乃怡而喜。大哉,圣人之难见也,乃小子之垂梦欤!"可见他对孔子是很崇拜的。他之所以要写《文心雕龙》,就是认为:"唯文章之用,实经典枝条……而去圣久远,文体解散,辞人爱奇,言贵浮诡,饰羽尚画,文绣鞶帨,离本弥甚,将遂讹滥……于是搦笔和墨,乃始论文。"很明显,他是企图用儒家思想来挽救当时浮诡讹滥的文风。由于当时文学创作"离本弥甚",因此,他提出"正末归本"的主张,所以要"征圣""宗经"。

这里出现一个问题:刘勰尊儒的观点和汉儒基本一致,他怎

---

① 《全后魏文》卷五十五。

能正确处理文与道的关系而不致倒退呢？

　　刘勰论文,文质并重的特点是明显的。他可从儒家经典中找出很多根据,提出一条为文的金科玉律:"志足而言文,情信而辞巧"①,这和他尊儒的观点还不会有什么距离。但在他强调文的时候,虽也往往抹上一层儒家色彩,和儒家的传统观点却很难吻合。如说:"圣贤书辞,总称文章,非采而何?"②哪一位"圣贤"曾把自己的著作"总称文章"而显示其"非采而何"呢？这完全是刘勰把自己的主张强加给"圣贤"的。又如:"造化赋形,支体必双,神理为用,事不孤立。"③照这种理论,不仅写骈文是天经地义的,而且诗文都非用骈俪不可,否则便是"夔之一足,跉踔而行也"。又如论《夸饰》也是如此:"自天地以降,豫入声貌,文辞所被,夸饰恒存。"这类论述,《文心雕龙》下篇中甚多,完全是文学艺术家的观点,和儒家的传统思想是大相径庭的。刘勰虽以儒家思想来反对形式主义,但如上面所举,也有为形式主义张目的作用。

　　刘勰重文,不完全是从儒家经典中孕育出来的。儒家虽也有"言之无文,行而不远"之类说法,但更多更主要的是强调德行教化;否则就不会有长期存在的文与道的矛盾了。刘勰对文学艺术的特点有一定的认识,可能有两种原因:一是他对古来大量文学作品的总结,一是六朝文风对他的影响。但是,对于一个卷入时代潮流的诗人来说,受到时风的影响是不足为奇的,刘勰不仅不是诗人,而且是打算献身于章句之学的佛徒。他是抱着"敷赞圣旨"的目的来写《文心雕龙》的。那末,他为什么会如此重文,以大

---

① 《文心雕龙·征圣》。
② 《文心雕龙·情采》。
③ 《文心雕龙·丽辞》。

量篇幅详论种种形式技巧呢？

刘勰在这个问题上面临三种相互交织的矛盾：除文与道的矛盾外，还有既重文又反形式主义的矛盾和儒与佛的矛盾。主文和反形式主义的矛盾比较明显，不必多说。儒与佛的矛盾在《文心雕龙》中虽不占重要地位，但和文与道的矛盾有关，有必要加以揭示。《文心雕龙》虽然成书在刘勰正式出家之前，但他终其生一直是个佛教徒，这是众所周知的。《梁书·本传》说刘勰年轻时便"依沙门僧祐，与之居处积十余年"之久，因而"博通经论""为文长于佛理"。这说明佛教思想对刘勰的影响是很深的。刘勰最后出家，并非是完全由于仕途失意。他出家前在东宫通事舍人任上，"昭明太子好文学，深爱接之"，处境还是不错的。刘勰的坚决出家，说明他对佛教有一定的信仰。可见，儒与佛在刘勰思想中都有重要位置，注意到这点，对我们研究其如何解决文与道的矛盾，可能是有帮助的。

刘勰处理文与道的矛盾，《原道》是从理论上解决，《通变》是从方法上解决。

《原道》中的"道"，是"形立则章成，声发则文生"的"自然之道"。所谓"自然之道"，是指有其物就必有其形（文）的自然规律。刘勰认为，无论是天、地与人，"傍及万品，动植皆文。……夫岂外饰，盖自然耳"。因此，这个"自然之道"并不是儒家之道。这个"道"和古代思想家作为"理"的概念相通，但却是刘勰自己创造的文的道。刘勰就是建立这样一个"道"解决了种种矛盾的。因为这个"道"本身就是有其物则必有其文的意思，而最能体现这种道的，他认为就是儒家经典。照这种逻辑，儒家思想和文就不矛盾了。"道沿圣以垂文，圣因文而明道"，文与道的关系沟通了，则"征圣""宗经"之必要，不仅是为了道，也是为了文。"道之文"

既然是不假外饰的自然之文,就可根据这个"自然之道"来强调文采,上面所举刘勰对情采、骈俪、夸饰的论述,都以此为其理论根据。既是文出自然,也就可据此反对魏晋以来的形式主义,因形式主义雕琢过甚,不合于"自然之道"的原则。因此,主文和反形式主义的矛盾可以统一起来。

刘勰在《灭惑论》中说:"孔释教殊而道契",不过由于民族不同,语言各异,"梵言菩提,汉语曰道"而已。为什么教不同而道可合呢?他说:"至道宗极,理归乎一。"①宇宙间的最高原理只有一个,所以,虽然孔释教殊,其所追求的,都是一个共同的最高原理。持这种观点来论道,就为《原道》中的道留有余地了。"自然之道"既非专属儒家之道,就不能排除它也概括了佛道因素在内。东晋道安曾有过这样的说法:"冥造之前,廓然而已。至于元气陶化,则群象禀形,形虽资化,权化之本则出于自然。自然自尔,岂有造之者哉?"②万物禀形,并非造物主的安排,是"自然自尔"形成的。这和刘勰的"自然之道"岂非如出一辙?这说明刘勰论道,是羼入了佛家的某些观点的。需要进一步考虑的是:刘勰何以要在《征圣》《宗经》之前首标《原道》?他创造这个"自然之道"是否为自己重文制造理论根据?联系其文道并重和儒佛并重的观点,不难看出其《原道》篇显然是一个精心的安排:在文道并重后面,正摇晃着佛儒并重的影子。这就是这位儒家忠实信徒而又格外重文的秘奥。

佛家是重文的。晋僧鸠摩罗什曾说:

> 天竺国俗,甚重文藻,其宫商体韵,以入弦为善。凡觐国

---

① 《弘明集》卷八。
② 《名僧传抄·昙济传》引。

王,必有赞德;见佛之仪,以歌叹为尊,经中偈颂,皆其式也。但改梵为秦,失其藻蔚,虽有大意,殊隔文体。①

除天竺国重文藻外,这段论翻译的话,也是强调文采的。鸠摩罗什是古代著名佛经翻译家之一,他的话有一定代表性。佛家重文有一个特点,就是重文而不溺于文,它以更有效地宣传教义为目的,和单纯倾心于文辞采饰者不同。如梁僧慧皎《唱导论》所说:"唱导者,盖以宣唱法理,开导众心也。"②为了达到这样的目的,便强调"绮制雕华,文藻横逸",使"四众惊心"等等。刘勰重文,和佛家重文的这种精神是一致的。他的文道并重、佛儒并尊,正是由这点沟通起来的。他确未把佛教教义带进《文心雕龙》,但却把佛家重文的要求揉合在"自然之道"之中,贯穿到全书中去。这样,儒与佛、文与道得以全部统一起来。

《通变》也主要是针对当时形式主义的文风提出的。刘勰认为历代文学发展的总趋势是"从质及讹,弥近弥澹",而造成这种趋势的原因则是"竞今疏古"。因此,他提出解救时弊的办法是:"矫讹翻浅,还宗经诰。"因为是对时风而言,所以本篇主旨是复古宗经。但也注意到"文律运周,日新其业"的一面,文学是在发展变化中不断前进的,因此,他鼓励作家"趋时必果,乘机无怯"。但为了不致讹滥,就必须"望今制奇,参古定法"。"通变"的观点既否定了形式主义的倾向,又肯定了文学必须向前发展;强调复古宗经而不致回到汉人的老路。所以,刘勰以儒家思想为支柱建立的文道统一论,对打击形式主义,推动文学向前发展,是有其进步的历史意义的。

---

① 《为僧叡论西方辞体》,《全晋文》卷一六三。
② 《全梁文》卷七十三。

三、唐代古文运动

唐代古文运动的性质和汉魏六朝相同,也是文与道矛盾斗争的继续和发展。

刘勰对六朝形式主义的批判,正如钟嵘在《诗品序》中所说:"彼众我寡,未能动俗。"经隋入唐,六朝靡靡之音,仍是余音缭绕,不绝于耳。因此,反形式主义的斗争一直没有停止。

隋唐诸家反形式主义的思想武器,仍是儒家之道。李谔《上隋高帝革文华书》①,对六朝"连篇累牍,不出月露之形;积案盈箱,唯是风云之状"的文风进行了狠狠批判;推究其因,李谔认为"良由弃大圣之轨模,构无用以为用也"。是对"周孔之说,不复关心"所致。

唐代古文运动的代表人物是韩愈、柳宗元。这里只谈韩愈,文与道的关系在唐代古文运动中的发展情况,可以见其大略。

韩愈也有一篇《原道》②,他讲的道不是文的道,而是儒道。他是为反击佛老、捍卫儒道而提出《原道》的,所以一开篇就讲得很明确:"博爱之谓仁,行而宜之之谓义,由是而之焉之谓道";最后又说他讲的道,是尧舜禹汤文武周公孔孟相传之道。所以,《原道》中的道,和文学是无关的。但韩愈一方面"性本好文学"③,一方面又"行之乎仁义之途,游之乎诗书之源,无迷其途,无绝其源,

---

① 《隋书·李谔传》
② 《韩昌黎文集校注》卷一。
③ 《上兵部李侍郎书》,《韩昌黎文集校注》卷二。

终吾身而已矣"①。就是说,韩愈既是一个古文家,又是一个终身奉行儒道的卫道者,文和道在韩愈身上必须是统一的。这个统一是怎样实现的呢?

韩愈论文,口口声声离不开道。如说:"然愈之所志于古者,不惟其辞之好,好其道焉尔。"②"愈之为古文……本志乎道者也。"③如此等等,他讲得很多。正如李汉在《昌黎先生集序》中所说:"文者,贯道之器也。"④韩愈正是把文作为贯道之器来使用的。这样,文仍是从属于道的。对古文家的韩愈来说,重道,就是重文的内容。离开道,他就不可能在唐代古文运动中取得胜利;重视道,正是他的特点。在韩愈身上虽存在着文从属于道的倾向,但他既非以章句为业的经学家,更不是以义理为务的道学家,其终身所履,主要还是一个文学家。所以后人往往指责韩愈不精于儒,不深于理,这是事实。朱熹在韩愈《与孟尚书书》的"考异"中说:韩愈"平生用力深处,终不离乎文字言语之工"⑤。对理学家的朱熹来说,这是轻视韩愈的话;对文学家的韩愈来说,正说到了他的特点。韩愈自己就说他"名不著于农工商贾之版,其业则读书著文歌颂尧舜之道"⑥。又说:"愈少驽怯,于他艺能自度无可努力,又不通时事,而与世多龃龉。念终无以树立,遂发愤笃专于文学。"⑦这说明韩愈是一个以文为业的文学家,以文为业和以

---

① 《答李翊书》,《韩昌黎文集校注》卷三。
② 《答李秀才书》,《韩昌黎文集校注》卷三。
③ 《题哀辞后》,《韩昌黎文集校注》卷五。
④ 《韩昌黎文集校注》卷首。
⑤ 《韩昌黎文集校注》卷首。
⑥ 《上宰相书》,《韩昌黎文集校注》卷三。
⑦ 《答窦秀才书》,《韩昌黎文集校注》卷二。

道为业是个重要界线。以文为业,就必然把平生精力主要用在文上。其《答李翊书》讲自己"学之二十余年"的经历,《送高闲上人序》中说的"乐之终身不厌"①,就是讲他以文为业的过程和体会。这样,韩愈重道,不仅不致否定文,而且重道的实际意义是充实文的内容。这是韩愈能统一文与道的一个方面。

韩愈能实现文道统一的另一个方面,而且更重要的方面,是他对儒家之道的态度。韩愈有《读墨子》《读鹖冠子》等文,对非儒家的墨子、鹖冠子有所肯定;又有《获麟解》《杂说》《毛颖传》等被斥为"以文为戏"的杂文。张籍就不满于这种"驳杂无实之说",认为这种作品"非示人以义之道也"②。近人研究韩愈,对这类作品也有种种不同意见。这里出现的问题是,韩愈的儒家之道,是不是一个"幌子"③?韩愈对诸子百家是否一视同仁,"全面予以肯定"④?"将核共论,必征言焉"。《读墨子》全文不过一百五六十字,不妨全录如下:

> 儒讥墨以上同、兼爱、上贤、明鬼。而孔子畏大人,居是邦不非其大夫,《春秋》讥专臣,不上同哉?孔子泛爱亲仁,以博施济众为圣,不兼爱哉?孔子贤贤,以四科进褒弟子,疾殁世而名不称,不上贤哉?孔子祭如在,讥祭如不祭者,曰:"我祭则受福",不明鬼哉?儒墨是尧舜,同非桀纣,同修身正心以治天下国家,奚不相悦如是哉?余以为辩生于末学,各务

---

① 《韩昌黎文集校注》卷四。
② 《上韩昌黎书》,《全唐文》卷六八四。
③ 郭绍虞《中国文学批评理论中"道"的问题》,《文学研究》1957年第1期。
④ 季镇淮《韩愈的基本思想及其矛盾》,《文学研究》1958年第1期。

售其师之说,非二师之本然也。孔子必用墨子,墨子必用孔子;不相用,不足为孔墨。①

不能说韩愈思想中没有各种各样的矛盾,但从此文看韩愈对儒家思想的态度,则儒家思想和诸子百家的矛盾就未必那么多、那么严重了。他肯定墨子的这些,不仅是从治国平天下的大处着眼,而且是以不违孔子之说为前提的,只不过他没有跟着那些各售其师说的"末学"瞎跑而已。不错,孟子曾大骂杨墨为"禽兽",其罪就是墨子讲"兼爱"②,而韩愈又正是比较崇拜孟子的。我们从这里看出什么问题呢?不盲从。这就是韩愈对待儒家思想的态度。这种态度,对韩愈其他一些作品,也是有参考意义的。韩愈不是经学家,而是文学家;文学家要用形象说话,就不可能字字句句离不开圣经。韩愈说他自己:

> 其所读皆圣人之书,杨墨释老之学,无所入于其心。其所著皆约六经之旨而成文,抑邪与(一作"兴")正,辨时俗之所惑。居穷守约,亦时有感激怨怼奇怪之辞,以求知于天下,亦不悖于教化,妖淫谀佞僞张之说,无所出于其中。③

他很坦率地承认,由于一时愤激,曾写过一些"奇怪之辞",是为了"求知于天下"。但是:一、这些愤激奇怪之辞,以"不悖于教化"为原则;二、他要据六经之旨来"辨时俗之所惑"。这就是他对儒家思想的态度。《读墨子》《毛颖传》一类作品,就是以这种态度写成的。这说明韩愈是一个诚心诚意的卫道者,并非以儒道为

---

① 《韩昌黎文集校注》卷一。
② 《孟子·滕文公》。
③ 《上宰相书》,《韩昌黎文集校注》卷三。

"幌子"。不过,他并不迂腐,他是重儒道的基本精神,时俗之论,末学之说,以至孟子,他都不盲从。这样,韩愈所重之道是活的道,而不是道的僵尸。唯其能活,他就可以写《毛颖传》《杂说》一类文学作品了,文与道就可以统一了。

韩愈重道,不能不给他的作品带来严重局限。如《伯夷颂》就颂错了;《圬者王承福传》就宣扬了"劳心者治人,劳力者治于人"的反动思想①。这一面是不应忽视的。但也应看到另一面:由于重道,就要求作者有深厚的道德修养,文章有充实的思想内容。其《答尉迟生书》云:"夫所谓文者,必有诸其中,是故君子慎其实。"只有心中有物,才能言之有物,这就是他强调的"本深而末茂"②。重视内容,形式上就反对"夸多而斗靡",主张"文从字顺",强调"唯陈言之务去"等。因此,韩愈的古文,能以其"雄伟不常"之力,而树"摧陷廓清之功"③,和柳宗元等人,共同完成了唐代的古文运动。

四、宋代古文运动

唐代古文运动已基本上扫除了六朝以来形式主义的文风,以儒家思想为主导的散行古文已基本确立。到了宋代,为什么又有古文运动的再起呢?

在晚唐五代政治黑暗,社会动荡的现实生活中,尖锐激烈的阶级斗争,打乱了封建社会的正常秩序,儒家思想失去了控制人

---

① 《韩昌黎文集校注》卷一。
② 《韩昌黎文集校注》卷二。
③ 《昌黎先生集序》,《韩昌黎文集校注》卷首。

心的力量,诗文创作出现了六朝以后又一个形式主义的严重阶段。晚唐诗人李商隐在《上崔华州书》中说:"夫所谓道,岂古所谓周公孔子者独能邪? 盖愚与周孔俱身之耳。以是有行道不系今古,直挥笔为文,不爱攘取经史,讳忌时世,百经万书,异品殊流,又岂能意分出其下哉!"①这种思想是颇为大胆的。李商隐所以能这样讲,也就可见当时的风气了。否定了周孔之道,认为人无圣愚之分,文无古今之别,于是放开思想,任情为文。李商隐诗歌的艺术成就,和他这种思想是有关的。他的创作,文学战胜了儒道,这固然是可取的,但诗则开晚唐纤丽之风,文不仅大写其"四六"骈文,并自称"往往咽噱于任、范、徐、庾之间"②,则对南朝这些形式主义的作者都感兴趣了。

五代时期有几部诗词集子,颇能说明当时文风:一是赵崇祚的《花间集》,选温庭筠等十八家词人作品,从欧阳炯序可知,其鼓吹的就是"南朝之宫体""北里之娼风";一是韩偓的《香奁集》,其序公开声称以"柳巷青楼""金闺绣户"为主要内容;一是韦縠的《才调集》,选唐诗千首,以男女艳情、风格秾丽为主。这几部集子,反映了晚唐五代一个总倾向:秾艳。

宋初百年间,则有"杨刘风采,耸动天下"③。杨是杨亿,刘是刘筠,以他二人为代表的一批御用文人,出于宋初统治者粉饰太平的需要,而以无聊的宫廷生活为主要题材,互为唱和,以词藻声律为能事,当然是晚唐五代浮华文风的继承者。杨亿编他们的作品为《西昆酬唱集》,序中自称他们的作品是"雕章丽句,脍炙人

---

① 《樊南文集详注》卷八。
② 《樊南甲集序》,《樊南文集详注》卷七。
③ 欧阳修《六一诗话》。

口",对其形式主义的恶劣影响作了自供。

这就是宋代必须再有古文运动的原因。

晚唐以来形式主义的狂涛,把儒家之道冲刷得无影无踪了。形式主义者"专事藻饰,破碎大雅,反谓古道不适于用,废而弗学者久之"①。因此,古文家起而斗争的关键问题,就是要重振儒家之道。首先,柳开提出:"吾之道,孔子、孟轲、扬雄、韩愈之道;吾之文,孔子、孟轲、扬雄、韩愈之文也。"②在宋初古文家看来,儒家之道和形式主义是誓不两立的:"今杨亿穷妍极态,缀风月,弄花草,淫巧侈丽,浮华纂组,刻镂圣人之经,破碎圣人之言,离析圣人之意,蠹伤圣人之道。"③因此不能不起而斗争。当时是"举中国而从佛老,举天下而学杨亿",面对这种局势,石介声称:"吾学圣人之道,有攻我圣人之道者,吾不可不反攻彼也。……吾亦知死而已,虽万亿人之众,又安能惧我也!"④这种以死卫道的态度,反映了当时文道斗争的激烈程度。

宋初古文运动,经过数十年尖锐激烈的斗争,到欧阳修总其大成。当时,欧阳修在政治上颇负重望,诗、词、散文各个方面都有较高的成就。苏轼《居士集叙》云:"其学推韩愈、孟子以达于孔氏,著礼乐仁义之实,以合于大道。……故天下翕然师尊之。……至嘉祐末,号称多士,欧阳子之功为多。"⑤这个评价是不错的。嘉祐间,欧阳修知贡举,黜太学体(即晚唐体),标志着宋

---

① 范仲淹《尹师鲁河南集序》,《范文正公集》卷六。
② 《应责》,《河东先生集》卷一。
③ 石介《怪说》中,《石徂徕集》卷五。
④ 《怪说》下,《石徂徕集》卷五。
⑤ 《苏东坡集》卷二十四。

代古文运动的完成和胜利。历史上所谓"唐宋八大家",除唐代的韩、柳外,其余六人:欧阳修、苏洵、苏轼、苏辙、王安石、曾巩诸家,都活跃在这个时期。宋代古文运动能在这时取得较大的胜利,也和以上诸家共同努力而形成一个强大的声势有关。

《居士集叙》中讲到当时文人中有一个共同看法:"欧阳子,今之韩愈也。"作为宋代古文运动代表人物的欧阳修,他所处的地位和作用,正相当于唐代的韩愈。欧阳修在古文运动中走的路子和韩愈基本相同,也是辟佛卫道。这就无须多说了。值得注意的是他发展了的东西。从文和道两个方面看,欧阳修都沿着韩愈的方向前进了一大步。

先看道。韩欧之道都是儒家之道,但韩愈所讲的道比较抽象,只是一个笼统的"仁义"概念,施之于文,不免有空洞之嫌。欧阳修则反对"舍近取远,务高言而鲜事实"。他主张从日常"百事"着眼,并"履之以身,施之于事,而又见之于文"①。道和实际问题相结合,就不再是空洞的高调而又可"见之于文"了。

欧阳修对道的另一重要主张是"事信""载大"。其《代人上王枢密求先集序书》云:"《书》载尧舜,《诗》载商周"等,这是"载大",故能"传远";而"后之学者荡然无所载,则其言之不纯信,其传之不久远,势使然也"②。要求真实地反映国家或历史上的重大事件,而反对空空荡荡"无所载"的形式主义,这对宋初流行的西昆体,是一个致命的打击。

文的方面,欧阳修新的贡献在于明确认识到文的独立性。文的独立性,六朝人已有一些朦胧的认识,这对文以明道的古文家

---

① 《与张秀才第二书》,《欧阳文忠公文集》卷六十六。
② 《欧阳文忠公文集》卷六十七。

来说，仍是一个必须解决的新问题。欧阳修在《送徐无党南归序》中论所谓"三不朽"说："其见于言者，则又有能有不能者。施于事矣，不见于言可也。自《诗》《书》《史记》所传，其人岂必能言之士哉。"①他举到一个具体例子，就是"当时群弟子皆推尊之"的颜回，他就没有立言。有德者不一定能言，就因为立言有立言的特殊要求，因而存在一个"有能有不能"的问题。这个认识是当时古文家和道学家的分水岭。道学家认为"有德者必有言"，欧阳修则认为有德者未必有言。所谓立言的"有能有不能"，其实就是能文不能文。认识到这点的意义，除了抵制道对文的吞并，坚持文的独立性外，还可在此基础上进而理解文的某些特点。欧阳修在《六一诗话》中引到梅尧臣的两句话："必能状难写之景，如在目前；含不尽之意，见于言外，然后为至矣。"这几句涉及文学艺术的形象性、概括性和含蓄等重要特征。欧阳修完全同意这种说法，认为"语之工者固如是"。

欧阳修对文与道的认识都较韩愈有了新的发展，在文与道的关系上，他也提出了新的贡献。如在《答吴充秀才书》中说：

> 夫学者未始不为道，而至者鲜焉。非道之于人远也，学者有所溺焉尔。盖文之为言，难工而可喜，易悦而自足。世之学者，往往溺之，一有工焉，则曰："吾学足矣"，甚者至弃百事不关于心，曰："吾文士也，职于文而已。"此其所以至之鲜也。②

这是一段相当精辟的文道关系论。一方面指出道不远人，日常百

---

① 《欧阳文忠公文集》卷四十三。
② 《欧阳文忠公文集》卷四十七。

事中都蕴藏着道,只要不溺于文,是不难文道并至的;另一方面,强调不要自以为"职于文"而"弃百事不关于心",如果抛弃最起码的道于不闻不问而专溺于文,那就"愈力愈勤而愈不至"(同上)。这就有力地说明:要在文上有所成就,必须文道结合。

由上述可见,宋代古文运动在唐代古文运动的基础上向前迈进了一大步。唐人为反六朝形式主义而标举儒道以兴起唐代的古文运动,宋人又为反晚唐以来的形式主义而标举儒道以兴起宋代的古文运动。无论在唐代或宋代,为反对当时形式主义、唯美主义的创作倾向而强调儒家思想,对古代文学的继续发展,都曾起到有益的作用。

五、道学家和苏黄的对立

先谈道学家。

《宋史·道学传》称:"道学之名,古无是也。"至宋周敦颐"得圣人不传之学",乃有道学出现。道学家出现后,文与道的关系发生了较大的变化。周敦颐提出"文以载道"的口号,虽然文与道的矛盾扩大了,但还不完全否定文。因此,在古文家反西昆的斗争中,初期的道学家还可起到同盟军的作用。周敦颐和重道尚文的欧阳修同时,矛盾还不是太大。到二程出来,正当重文轻道的苏黄时期,其矛盾就不可调和了。

程颢把"今之学者歧而为三:能文者谓之文士,谈经者泥为讲师,惟知道者乃儒学也。"[①]唯儒知道,就是只有道学家懂得道,把文排斥在儒道之外,不承认文与道有什么关系。认为"今之为文

---

① 《二程遗书》卷六。

者,专务章句,悦人耳目;既务悦人,非俳优而何?"因此,即使是杜甫的诗也斥为"闲语言";认为作文是"玩物丧志",文不仅不能作为载道之器,而且是"害道"之物了①。

这里可举一位"父子兄弟皆笃信程氏之学"②的胡寅来看道学家对文学的具体态度。其《洙泗文集序》云:

> 学士大夫,千百成群,行彼六者,谁有余力?行之未有余力,是夫人未可以学文矣。汲汲学文而不躬行,文而幸工,其不异于丹青朽木、俳优博笑也几希,况未必能工乎?……《离骚》妙才,太史公称其"与日月争光",尚不敢望风雅之阶席,况一变为声律众体之诗,又变而为雕虫篆刻之赋,概以仲尼删削之意,其弗畔而获存者,吾知其百无一二矣。是则无之不为损,有之非为无益,或反有所害,乃无用之空言也。③

这是道学家论文有代表性的观点。学道就无余力学文。学文而能工,即使"与日月争光",也是无用之空言,甚至有害。所以,在道学家看来,文与道的矛盾是敌对性的。

到了朱熹,则以为"古文之与时文,其使学者弃本逐末,为害等尔"④。朱熹的另一重要观点是道本文末论:"道者文之根本,文者道之枝叶,惟其根本于道,所以发之于文者皆道也。三代圣贤皆从此心写出,文便是道。"⑤这就是道学家经常强调的"有德者必有言"的发展,不过朱熹说得更圆合。从道学家来看,道本文

---

① 《二程语录》卷十一。
② 《四库全书总目提要》卷一五八。
③ 《斐然集》卷十九。
④ 《答徐载叔》,《朱子文集大全类编·问答》卷二十六。
⑤ 《朱子语类》卷一三九。

末,文便是道,文与道并无矛盾,可是,这显然是汉代老路的重复。文道一贯,是把文贯到道上,其结果是文的艺术性消失了,独立存在的价值没有了。所以,道学家出现之后,文与道誓不两立:道学家认为文害道,文学家认为道害文,这就势必造成文道分裂而"千秋楚越"。文学史上的苏黄一派,就是在这种背景下出现的。

次论苏轼。

苏轼不仅是古文家,也是著名的诗人、词人、书法家和画家。中国古代文学艺术的发展,无论是诗、词、散文、音乐、绘画等,到唐宋时期都形成高峰,而苏轼是个较能全面发展的重要人物。因能全面发展,这就为他综合吸取各种文学艺术的特点提供了有利条件;对文的特点,就可能在前人的基础上酝酿成新的认识。如"辞达"这个古老而朴素的要求,到苏轼手里,就有一个较大的飞跃。其《答谢民师书》云:

> 孔子曰:"言之不文,行而不远";又曰:"辞达而已矣"。夫言止于达意,即疑若不文,是大不然。求物之妙,如系风捕影,能使是物了然于心者,盖千万人而不一遇也;而况能使了然于口与手者乎!是之谓"辞达"。辞至于能达,则文不可胜用矣。①

从孔丘到汉儒,从古文家到道学家,历来讲"辞达"者,止于明道,或所谓"辞能达意",如此而已。但对一个语言艺术家来说,就不能满足于此了。文学艺术的"求物之妙",是一个不可等闲视之的新要求,它是从许多文学艺术家长期的创作实践中总结出来的。

先从"物"来看。所谓"意不称物",一直是文家之患。有经

---

① 《苏东坡集》后集卷十四。

验的诗人,会知道"体有万殊,物无一量,纷纭挥霍,形难为状"①。有经验的画家,则深知客观物象有"移步换形"的特点。和苏轼同时的画家郭熙对此有很深的体会。他说:"山近看如此,远数里看又如此,远十数里看又如此,每远每异,所谓山形步步移也。"他再说,从山的正背反侧看,春夏秋冬看,朝暮阴晴看,都是"变态不同"。"如此是一山而兼数十百山之意态,可得不究乎?"②可见苏轼所说"求物之妙,如系风捕影",确是经验之谈。要准确地把握住运动中的物象之妙,不是那么容易的。苏轼有识于此,与时代的成就以及他自己是画家有关。

至于要把这样的"物"通过语言文字表达出来,那就更不容易了。使物"了然于心",就是他说的"画竹必先得成竹于胸中"③;要做到这点,已是"千万人而不一遇"了。再要把胸中之物"达"之于"辞",则所谓"意翻空而易奇,言征实而难巧也"④,还是一大难关。苏轼在《书李伯时山庄图后》中说:"有道有艺,有道而不艺,则物虽形于心,不形于手。"⑤这是欧阳修的"有能有不能"说的发展,更是在和二程道学针锋相对地进行斗争中,对文的独立发展所作的重要贡献。"道"和"艺"有联系,也有区别,所以,有德者不一定有文,有道者不一定有艺。"道而不艺",对道学家是一个有力的回击。因为"道而不艺",所以虽心中有物,却不能形之于手,即做不到"辞达"。这除了说明文学艺术有自己独立的特

---

① 陆机《文赋》。
② 《林泉高致集·山水训》。
③ 《文与可画篔筜谷偃竹记》,《苏东坡集》前集卷三十二。
④ 《文心雕龙·神思》。
⑤ 《苏东坡集》前集卷二十三。

点外,也强调了"艺"的重要。一个文学艺术家,要做到"辞达",即把握住物的特征并形之于口与手,没有对"艺"的实践和修养功夫是不行的。

苏轼对"辞达"二字的这种要求,很能说明他对文学艺术的特点,有了超越前人的新认识。这里要研究的是:古文家的苏轼,何以能在理学盛行的宋代,杀出一条文学艺术的新路子来呢?当时的政治斗争、文学艺术的成就,以及他自己的多才多艺,都与此有关,这里不能全面论述。根据本文论题范围,只从文与道的关系略予探讨。

从古代思想的发展变化来看,由于封建社会阶级矛盾的逐步深化,儒家思想在宋代已很难进行有效的思想控制。为了巩固地主阶级的思想阵地,宋代出现了儒道佛三教合一的新趋势。宋代理学(即所谓"洛学")由此而生。苏氏父子在哲学史上是"蜀学"的代表人物。蜀学更是公开的三教合一论者。如苏辙的《老子解》、苏轼的《祭龙井辩才文》等,都很明显地存在这种倾向。三教之中,佛教虽然未必是苏轼的主导思想,但由于在政治上的失败,其皈依释氏的倾向较前更趋突出了。

佛教思想在历史上对思想家的作用和对文学家的作用是不同的。魏晋玄学、宋代理学,都是吸收佛老思想而更加细密,更加唯心主义化。对文论家刘勰,则有助其对文的认识。韩柳对佛教的不同态度,对他们倾于道或倾于文也有不同的影响。对思想家的苏轼也没有好作用,对文学家的苏轼,就不一定全是坏作用了。在政治上,洛学和蜀学都属保守派,在思想上,洛学和蜀学都是三教合一论者,为什么在文学上苏轼和二程处于对立地位呢?这就因为佛教思想对文学家的苏轼使他更趋向于文,而道学家吸收佛教思想则更趋于唯心的理。文学家侧重在形式方面,思想家侧重在内容方面,这就更加促使文与道的对立。

稍晚于苏轼的佛徒惠洪在《跋东坡忱池录》中说,东坡文"涣然如水之质,漫衍浩荡,则其波亦自然而成文……自非从般若中来,其何以臻此"①。刘熙载《艺概·诗概》谓"东坡诗善于空诸所有,又善于无中生有,机括实自禅悟中得来"。苏轼自己也说:"欲令诗语妙,无厌空且静,静故了群动,空故纳万境。"②这些都说明苏轼诗文特色与禅理有关。

苏轼在文学艺术上的成就,除了受佛教的影响外,更由于宋代道学出现后,文道分离,不仅各行其是,专力于文,为发现文的特点提供了有利条件,而且由于有意和道学家轻视文、排斥文的思想进行斗争,这就更加促使文学家的苏轼去认识和掌握文的独立特征。"有道有艺,有道而不艺"的说法就透露了这种思想。苏轼在《议学校贡举状》中发表一种在当时与众不同的看法:"近世士大夫文章华靡者莫如杨亿,使杨亿尚在,忠清鲠亮之士也,岂得以华靡少之?通经学古者莫如孙复、石介,使孙复、石介尚在,则迂阔矫诞之士也,又可施之于政事之间乎?"③杨亿是宋代古文家共同攻击的目标,苏轼偏说他是"忠清鲠亮之士";孙复、石介是宋代古文运动的前驱者,苏轼却以"迂阔矫诞之士"目之。这段话正如苏轼自己所说,"妙在笔画之外"④。杨亿和孙、石,明明在文与道上针锋相对,苏轼虽未直接肯定杨亿的华靡,但视与华靡者作殊死斗争的孙、石为迂阔,其倾向性不是很明显了吗?

---

① 《石门文字禅》卷二十七。
② 《送参寥师》,《苏东坡集》前集卷十。
③ 《苏东坡集·奏议集》卷一。
④ 《书黄子思诗集后》,《东坡题跋》卷二。

苏轼的这种倾向,显然和当时道学家的观点是相反的。在所谓"苏门学士"中,这种倾向就表现得更为突出。如道学家强调言以理传,张耒则说:"知理者不能言,世之能言者多矣,而能文者独传。"道学家强调"有德者必有言",张耒则说能文者"岂独传哉?因其能文也而言益工,因其言工而理益明"①;道学家说诗文无益,晁补之却说,爱好文的人正"以其无益而趋为之,又有患难而好之滋不悔,不反贤乎?"②这就显示出文道分家后的恶果了。爱好文的无用、无益,固然是和道学家唱对台戏,但为文而真是无用、无益,不就只剩下形式主义一条路可走了吗?从苏黄开始,形式主义的倾向确也是越来越明显了。

下面就谈黄庭坚及其江西诗派。

黄庭坚也是"苏门学士"之一,因与苏轼齐名,《宋史·黄庭坚传》说当时已有人"苏黄"并称。苏黄的共同点都是轻道重文。对于文,他们的主要区别是苏出自然,黄重法度。因为重法,有了法就易于为人遵循,就可能形成一个诗派。但他们所提倡的法,如黄庭坚的"夺胎换骨""点铁成金",范温的"诗眼",吕本中的"活法"等等,无不是一些形式技巧问题。因此,这个诗派的主要倾向是形式主义的。

江西诗派发展到杨万里,他力图摆脱江西诗风而转向自然景物描写,比之以摹拟古人为特点的江西前辈,杨万里是给南宋诗坛带来一些清新空气。但杨万里仍由于在内容上没有找到出路,不能不继续在艺术形式中绕圈子。所以,绕来绕去,竟绕到"晚唐诸子"去了。他强调诗要有诗味,但认为:"三百篇之后,此味绝

---

① 《答李推官书》,《柯山集》卷四十六。
② 《海陵集序》,《济北晁先生鸡肋集》卷三十四。

矣,惟晚唐诸子差近之。"①又说:诗"至李杜极矣,后有作者,蔑以加矣。而晚唐诸子虽乏二子之雄浑,然好色而不淫,怨诽而不乱,犹有《国风》《小雅》之遗音"②。小而至于李杜之外唯晚唐,大而至于三百篇之后唯晚唐,由此也就可见他的旨趣了。从黄庭坚到杨万里,说明江西诗派在苏轼之后,沿着形式主义的道路愈滑愈远了。这是文道分离之后易于走向形式主义的又一历史明证。

宋代道学家和苏黄的对立,把文与道的斗争推到两汉以后最突出、最尖锐的阶段。在这一对立中,道愈反动而愈容不得文的存在;文在和道的对抗中虽有自己的新发展,但很快就走上了形式主义的道路。这个事实再次说明,在古代文学发展中,文和道的结合是有其必要性的。

六、宣扬理学和反理学的斗争

程朱之后,儒学让位给理学,这是一个重大变化。程朱以后七百年间的封建思想,基本上是理学占统治地位的时期。随着这一变化,文与道的关系,主要表现为宣扬理学和反对理学的斗争。

苏黄以后,脱离儒道的纯文学有了长足的发展,但重形式技巧的倾向是严重的。明代文学中的复古与反复古,不过是形式上的尺寸古法和反对尺寸古法。清代主张神韵的王士禛一派,主张格调的沈德潜一派,主张义法的桐城一派,直到以王闿运为首的所谓汉魏六朝派等等,一个接着一个,都是以形式主义为主要倾向的流派。但在苏黄之后也出现过不少重视内容的诗人。较早

---

① 《颐庵诗稿序》,《诚斋集》卷八十三。
② 《周子益训蒙省题诗序》,《诚斋集》卷八十三。

的,陆游是一个很好的例子。陆游出"江西"而重内容,当然主要是社会现实决定的。但同样在严重的民族矛盾之下,也有所谓"四灵派"出现于南宋诗坛。这说明陆游的重内容还和他个人的思想有关。陆游于诗,强调"工夫在诗外"①,就是说,只在诗的艺术技巧上努力是不够的,重要的还在诗外加强自己的品德修养等等。其《上执政书》云:"夫文章小技耳,特与至道同一关捩,惟天下有道者,乃能尽文章之妙。"②显然,陆游对文与道的结合是相当重视的。

又如清初几位进步诗人,他们大力反对雕虫篆刻的形式主义作品,而主张明道致用。黄宗羲明确提出:"文之美恶,视道离合。"③顾炎武认为:"文之不可绝于天地间者,曰:明道也,纪政事也,察民隐也,乐道人之善也。"只有这样的文,才能"有益于天下"④。而要能明道致用,就不能和儒家思想无关了。顾炎武说:"故凡文之不关六经之指、当世之务者,一切不为。"⑤黄宗羲认为诗应该"道性情",但"有一时之性情,有万古之性情",一时之性情是微不足道的,要表现万古之性情,则"必当以孔子之性情为性情"⑥。

从陆游的"惟天下有道者,乃能尽文章之妙",到黄宗羲的"文之美恶,视道离合",都进一步说明了文道结合的意义。道学家出现之后,"道"的含义总的来说是不同于程朱之前了。但宋代道学

---

① 《示子遹》,《陆放翁全集·剑南诗稿》卷七十八。
② 《陆放翁全集·渭南文集》卷十三。
③ 《李杲堂先生墓志铭》,《黄梨洲文集》第196页。
④ 《文须有益于天下》,《日知录》卷十九。
⑤ 《与人书》三,《亭林文集》卷四。
⑥ 《马雪航诗序》,《黄梨洲文集》第363页。

仍以儒家思想为基础,所以宋以后言道者,并不是和儒家思想无关的。可是,以"存天理,灭人欲"为特征的宋明理学,毕竟不同于正统的儒学,理学不仅发展并僵化了儒家思想中的消极因素,而且"出入佛老",也吸收了佛老思想中的消极因素;在封建社会的没落期,它却要强化三纲五常等封建伦理规范。这样,理学不仅遭到广大人民群众的反对,也遭到正统儒家的反对。清初的几位进步诗人,也是比较进步的思想家,他们抬出孔子,尊奉儒家,除了明末清初的时代因素外,也有反理学的意义在内。如与之同时的王夫之,他一再批判理学家"屈圣人之言""与圣人之言异"①等等,就是用儒家圣人来反对理学。顾、黄等进步作家的重要特点之一,是密切关注当时的社会现实,所以把"六经之指"和"当世之务"联系在一起;而理学家则虽"天崩地解,落然无与吾事,犹且说同道异,自附于所谓道学者"②。这正是顾、黄等人所坚决反对的。脱离实际而空谈心性是理学家固有的特点。因此,理学刚刚出世,就遭到陈亮的猛烈抨击。陈亮在《送吴允成运干序》中说:

> 自道德性命之说一兴……为士者耻言文章行义,而曰"尽心知性";居官者耻言政事书判,而曰"学道爱人"。相蒙相欺,以尽废天下之实,则亦终于百事不理而已。③

尽废天下之实而百事不理,这是理学家的致命伤,顾、黄等人在相隔数百年之后所见所评的,仍是这个问题。

理学家反对诗文,但他们自己也写诗,也写文。这当然不是

---

① 《张子正蒙注·太和篇》。
② 《留别海昌同学序》,《黄梨洲文集》第477页。
③ 《龙川文集》卷十五。

理学家的自相矛盾。濂洛诸公,虽然"文章似道德论",但他们不仅硬着头皮写,而且元代的金履祥,清代的张伯行,都先后编辑过所谓《濂洛风雅》,专收理学家的诗;清代刁包又编《斯文正统》,专收理学家的文。道学先生们热心于此,当然不是为文而文,总的来看,不外两条:一是为了宣扬理学,一是企图为文人立则。"然而天下学为诗者,终宗李杜,不宗濂洛也。"①这种东西在文学史上,固然掀不起狂涛巨浪,但理学家们为此而斗争,也是相当顽强的。在文学艺术这个阵地上,他们不放过任何机会。明代沈德符《顾曲杂言》中有《邱文庄填词》一条,记"理学大儒"邱文庄写《五伦全备记》的故事,说邱氏"行文拖沓,不为后学所式;至填词,尤非当行"。但邱氏终于不顾人家对他"不宜留心词曲"的劝告,写出了"俚浅甚矣"的《五伦全备记》。作者在《付末开场》中说:"近日才子新编出这场戏文,叫做《五伦全备》,发乎性情,生乎义理……使世上为子的看了便孝,为臣的看了便忠……虽是一场假托之言,实万世纲常之理。"②这段自白可使我们理解他要写这种戏文的原因。很明显,"理学大儒"者,正是要宣扬理学。明清时期,像这种宣扬忠孝节义的戏曲小说,是举不胜举的。这些作者,虽不一定都是什么"理学大儒",但理学的影响所及是十分严重的。

理学家对文学发动的攻势虽然远甚于汉儒,但理学并未把文学压垮,也未能阻止文学沿着自己的方向继续前进。苏黄以后,文学一直保持了和理学相抗衡的强大力量,并在和理学的斗争中

---

① 《四库全书总目提要》卷一九一。
② 《顾曲杂言·邱文庄填词》,《中国古典戏曲论著集成》第 4 册第 203—204 页。

得到巨大的发展。宋元以来优秀的作家,无不是在和理学的斗争中成长起来的。

文学反理学的斗争,大约通过三种方式进行:一种是从苏黄开始强调文的特点、坚持文学艺术独立发展道路的斗争。这是一种比较普遍的方式,凡坚持文学艺术道路的作者,无论自觉不自觉的,都有抵制理学企图吞并文学、取消文学的意义。一种是坚持正统的儒道观点以反对理学,陈亮和清初顾黄等人就是这种类型的例子。再一种是从明代的公安派、竟陵派到清代的袁枚等人的强调抒发性灵,也具有直接或间接反理学的意义。如袁枚在《随园诗话》中,在《答蕺园论诗书》中,一再强调诗中要有"我",要抒发作者的思想感情;特别是在《答友人论文第二书》中,针对当时那些道学先生的虚伪面孔,根本否认文与道有什么关系。他说:"三代后圣人不生,文之与道离也久矣。"后世所谓"明道"云云,他认为"推究作者之心,都是道其所道,未必果文王、周公、孔子之道也"。又说:"若矜矜然认门面语为真谛,而时时作学究塾师之状,则持论必庸,而下笔多滞,将终其身得人之得,而不自得其得矣。"①这就有力地揭露了道学家们的虚伪性,指出这种学究先生只能拾人牙慧,在他们侈谈心性之学的"门面语"后面,并没有什么自己的东西。

宋元以来新兴的戏曲小说,更是直接在和程朱理学斗争中成长起来的。朱熹在漳州,曾亲自禁止过当地演戏,但各种戏曲,仍在民间大量上演。明代剧作家汤显祖从事戏曲创作,就有和理学

---

① 《小仓山房文集》卷十九。

斗争的深刻用意。他对劝其讲学的人说:"诸君所讲者性,仆所言者情也。"①显然是要用他讲的"情"来和讲"性"的理学斗争。汤显祖认为,情和理是对立的:"情有者理必无,理有者情必无。"②可见他对理学的摧残情性是有深刻认识的。他的代表作《牡丹亭》,就是一曲对情的颂歌,也是对吃人的封建礼教的愤怒控诉。

宋元以后,反封建道德的戏曲小说是很多的。当然,描写色情的东西也不少。但可以设想,如果没有反程朱理学的胜利,文学家不从理学思想的桎梏下解放出来,大量优秀的戏曲小说是不能产生的,更不用说像《红楼梦》等反封建主义的宏伟巨制了。所以,从宋元以来总的文学成就看,此期文学是在不断战胜理学的斗争中前进的。

七、章学诚的总结

汉唐以来,文与道的斗争,到集封建文化之大成的清代做了总结。章学诚对文与道的论述,可看作这方面的代表。

章学诚的《文史通义》有《原道》三篇专门论道。他说的道不同于韩愈而近于刘勰。章学诚以"三人居室"为例,说明人有集体生活,就自然会形成适应集体生活的规律,犹如"暑之必须为葛,寒之必须为裘",道是客观事物"不得不然之势"形成的,是"万事万物之所以然"。那末,"道"和"圣"就不能等同了:"言圣人体道

---

① 朱彝尊《静志居诗话·汤显祖》:"义仍(汤显祖字)填词,妙绝一时。……其《牡丹亭》曲本,尤极情挚。人或劝之讲学,笑答曰:'诸公所讲者性,仆所言者情也。'"(卷十五)
② 《寄达观》,《汤显祖集》卷四十五。

可也,言圣人与道同体不可也。"①因此,他认为道并非儒家一家之道。后世只尊儒道,是因为"自诸子之纷纷言道而为道病焉,儒家者流乃尊尧舜周孔之道以为吾道矣。道本无吾,而人自吾之,以谓庶几别于非道之道也"②。因章氏对道和儒的关系作如此理解,所以他反对"舍天下事物人伦日用,而守其六籍以言道"③。这是章学诚论道的一个基本观点:主张从实际出发,反对离开现实生活中的实际问题而死守儒家空洞的教条。基于这种认识,他在《原道下》中谈到了文与道的关系:

> 夫道备于六经,义蕴之匿于前者,章句训诂足以发明之;事变之出于后者,六经不能言,固贵约六经之旨而随时撰述以究大道也。"太上立德,其次立功,其次立言。"立言与功德相准,盖必有所需而后从而给之,有所郁而后从而宣之,有所弊而后从而救之,而非徒夸声音采色以为一己之名也。④

这样来看文与道的关系,其基本精神就是从实际需要出发来为文,使文在社会生活的实际问题中发挥作用。这样的文就符合道,就是文与道的统一。必须这样做的主要原因,是儒家经典原是根据当时的社会实际写成的,它只能体现那个时候社会实际的道,在六经之后发生的事是"六经不能言"的,所以,不能不"约六经之旨而随时撰述以究大道"。韩愈只讲了"约六经之旨而为文",章学诚的重要发展是"随时撰述以究大道"。随时,就是说,

---

① 《原道》上,《文史通义》卷二。
② 《原道》下,《文史通义》卷二。
③ 《原道》中,《文史通义》卷二。
④ 《原道》下,《文史通义》卷二。

要从满足现实生活中的某些实际需要出发,从抒发胸中积郁的不平之情出发,或从解救当时的某种弊端出发,来"约六经之旨",来"究大道",这样的文,才符合道,才能文道统一;这样的文,当然就不以"夸声音采色"为能了。

从以上所述可见,章氏论道,比刘勰、韩愈都有了很大发展。值得注意的,还在这位史学家对文的看法。欧、苏已注意到文与道的区别,章学诚则进而认识到"言"与"文"的不同。在古代文人中,"为文"和"立言"常常是混淆不清的。章学诚在《辨似》中讲到二者的区别:"立言之士,以意为宗,盖与辞章家流不同科也。"①认识到言与文不同科,他就有可能进而理解文的特点,并发现文有自己独特的规律。他说:"盖文固所以载理,文不备则理不明也。且文亦自有其理。妍媸好丑,人见之者不约而有同然之情,又不关于所载之理者,即文之理也。"②文有文的理,这是章氏的创见。他说的"文之理",就是文的艺术特征。有人认为"文贵明道,何取声情色采以为愉悦?"章学诚认为这种"高论"不仅是不懂得文的理,而且"亦非知道之言也"③。"道"既然是万事万物"不得不然"之势形成的,文的妍媸好丑就是文的"势",就是它的"理"。因此,文具有赏心悦目的作用,就不悖于道而合于道了。所以,章学诚认为古代圣贤为文,也"未尝无悦目娱心之适"④。

但"溺于文辞之末,则害道已"⑤。对形式主义,章学诚是坚

---

① 《辨似》,《文史通义》卷三。
② 同上。
③ 《原道》下,《文史通义》卷二。
④ 同上。
⑤ 同上。

决反对的。他在《说林》篇用很多比喻来说明文与道的关系:"文辞犹舟车也,志识其乘者也。轮欲其固,帆欲其捷,凡用舟车,莫不然也。东西南北,存乎其乘者矣。知此义者,可以以我用文,而不致以文役我者矣。"①这说明,文与道是应互相配合,缺一不可的,但道是决定性的因素,文是为道所支配、所决定的。在《皇甫持正文集书后》中,他说:

> 松柏贞其本性,故拔出于群木。惟其不为浮艳与有意之奇,故能凌霜雪而不凋。其郁青不改者,所以为真艳也,不畏岁寒者,所以为真奇也。②

"艳"和"奇"并不是绝对不允许的,但必须由内容所决定,与内容相适应,为表现其内容所必需。松柏的内容决定了它独有的形式,这种形式正体现了松柏的特质。这样,内容和形式,文和道就统一起来而不矛盾了。

由上述可知,章学诚所论文与道可以统一而不矛盾,关键在于他对道的理解。需要进一步研究的是,章氏之道和儒家之道的关系如何。他讲的道,显然与传统的儒家之道不同。他大胆地提出,"故道者,非圣人智力之所能为"③。不仅"道"非儒家圣人的智力所能创造,且并不是只有儒家经典才体现了道:"诸子之为书,其持之有故而言之成理者,必有得于道体之一端"④;"虽诸子百家,未尝无精微神妙之解"⑤。这说明章学诚并不独尊儒家一

---

① 《文史通义》卷四。
② 《文史通义》卷八。
③ 《原道》上,《文史通义》卷二。
④ 《诗教》上,《文史通义》卷一。
⑤ 《吴澄野太史历代诗钞商语》,《校雠通义》外篇。

家之道。可是，在三篇《原道》中，虽然在某些具体问题上有异前说，但仍以为"周公集大成之功在前王，而夫子明教之功在万世"①。又说："儒家者流尊奉孔子，若将私为儒家之宗师，则亦不知孔子矣。孔子立人道之极，未可以谓立儒道之极也。"②他不仅是尊孔，而且把孔子从儒家宗师的地位扩大为全人类的宗师，孔子的形象更加崇高了。这样看来，章学诚虽非独尊儒家，但也不是以孔子和诸子百家等量齐观的。

章学诚的思想仍以儒家思想为主，那末，他论文与道的上述意见，何以能超越前人而提出新的认识呢？文与道的关系何以能统一而不矛盾呢？这就和他从实际出发而不蹈袭前人旧说，以及那种敢于大胆地进行独立思考的精神有关了。他在《辨似》篇提出：

> 孟子，善学孔子者也。夫子言仁知而孟子言仁义；夫子为东周而孟子王齐、梁；夫子"信而好古"，孟子乃曰："尽信书则不如无书"；而求孔子者必自孟子也。故得其是者，不求似也；求得似者，必非其是者也。③

"善学孔子"，这可说是章学诚的一大发现。历史上如此"善学孔子"者正多。不过，这里与其说是讲孟子，不如说是讲章学诚自己。章学诚学孔子，好像有些是突破儒家传统观念的东西，却无不是本于儒家经典的。在章学诚的著作中，这样的例子不少，仅举两条如下：

一、复古宗经无疑是传统的儒家观点之一。章学诚反对"舍

---

① 《原道》上，《文史通义》卷二。
② 《原道》中，《文史通义》卷二。
③ 《辨似》，《文史通义》卷三。

今而求古",其根据则是《礼记·中庸》中孔子的话:"生乎今之世,反古之道,灾及其身者也。"①

二、儒者"以为文贵明道,何取声情色采以为愉悦?"章学诚据《礼记·乐记》中的"昔者舜作五弦之琴以歌南风",以及《论语·先进》中的"暮春者……风乎舞雩,咏而归"等话,认为圣人之文也有"声情色采以为愉悦"②。

这就说明,章学诚不仅比孟子更为"善学孔子",而且是"善用孔子"。历代儒者对待孔子的态度,章学诚是见识过不少了,所以说对孔子可"以意尊之,则可以意僭之矣"③。对儒家圣人的话,根据己意而"尊之""僭之",几乎是历史上公开的秘密,章学诚不过实事求是地点破这点而已。因此,他自己虽也"尊之",但从现实出发而"以意僭之"的确乎不少。章学诚对待儒家思想的态度,其可贵处就在于能从实际出发,以我役古人,不为古人役我。只要在大的方面不违于道,用他自己的话说,"六经皆史"④,三代典章文物还是相当丰富的,可以各取所需,为己所用。由于章学诚重实际,加之他不从流俗的独立治学精神,因而能利用儒家思想在现实生活中发挥一定的作用,能把文与道的关系讲得相当圆通。当然,他毕竟有"尊之"的一面,不能完全做到以我役古人。他的观点在当时虽有被视为"异端"的危险,毕竟不是离经叛道者;所以,儒家思想在他的思想中仍是一个重要组成部分,只是他

---

① 《史释》,《文史通义》卷五。《中庸》的原话,"反古之道"后还有"如此者"三字。
② 《原道》下,《文史通义》卷二。
③ 《经解》中,《文史通义》卷一。
④ 《易教》上,《文史通义》卷一。

不是借尸还魂,而是以故为新。

　　从章学诚提供的史实和经验来看,对于儒家思想,如果不受历代反动统治者或腐儒弄僵化了的传统观念所束缚,不是为尊孔而尊孔,而是从当时社会现实出发,从客观事物本身的特点出发,则儒家典籍中提供的某些思想资料,是可用以发挥一定作用的。章学诚就是能结合"天下事物人伦日用"的实际立论,而不是死守六籍,因此能使文与道统一并合于文学艺术的特点。

八、几点体会

　　以上是文与道的关系在古代文学发展中一个粗略的轮廓。根据这些史实,最后谈几点粗浅的体会。

　　1.从古代文学发展的历史看,文与道二者之间存在着一定的矛盾。道要使文为自己服务,成为载道之器;文则力图按照自己的特点发展,不愿做道的附属品。这样,它们之间就必然要发生矛盾和斗争。道的胜利,文就有被吞没的危险;文的胜利,就存在排斥道的倾向。但道离不开文,必须通过文才能明道;文也离不开道,离开道的文,很容易走进形式主义的死胡同。所以,文和道有矛盾,又要求统一。但统一是相对的,矛盾是绝对的。古代文学就是在这样的斗争中不断发展、不断前进的。

　　这个发展过程,不是由道而文,再由文而道,不断反复循环,而是在斗争中由矛盾而统一,由统一而矛盾,沿着否定之否定的规律,逐步向前发展。先秦诗赋的发展在两汉遭到压抑之后,建安文学以更加完美的形式出现了。刘勰、韩愈等人,在反六朝形式主义而强调儒道的时候,就认识到文的特点不可忽视了。经过晚唐五代到宋初的形式主义逆流,欧阳修等宋代古文家把文与道的统一推向一个既重道又重文的新阶段。程朱理学出现后,文与道经过宋、元、明、清长期的相持阶段,产生了章学诚集大成的文道统一论。这是一个矛盾、统一,再矛盾、再统一的不断演进过程。这个过程表明,无论是道或文,它的极端对文学的发展是有害的,但到了极端,则将走向自己的反面,逆流则激起对立面的斗争,从而又推动文学走向新的阶段。

2. 在文道关系的发展过程中,儒家之道对文学发展的危害是明显的。它不仅有反对文、排斥文、扼杀文的特点的作用,而且视文人为俳优,以文辞为小技,并总是企图把文纳入道的规范,用种种封建伦理道德观念来束缚文人的思想,这就给古代文学发展造成严重的思想障碍。所以,文学史上每当文人一旦突破儒家思想的束缚之后,文学艺术马上就会有新的发展:两汉后出现的建安文学,宋代和道学对峙的苏黄等人是文学史上最突出的事实。但在儒道衰微或文道分家之后,文学创作很快就走向形式主义,这也是历史事实:六朝文学、晚唐五代至宋初文学、苏黄以后的文学创作无不如此。

文与道的斗争,在文学史上常常和形式主义与反形式主义的斗争相联系。反形式主义的斗争,不外批判空尚文采的危害,强调为封建政教服务的必要等。在封建社会中,在士大夫文人中,能够用什么思想武器来进行这种斗争呢?历史为我们提供的事实,就主要是儒家思想。劳动人民内容充实的战斗诗篇,在反形式主义斗争中可以发挥一定的作用,但由于地主阶级对文化的垄断,劳动人民的思想既难上升为系统的文学主张,他们的作品即使得以流传,也往往经文人之手而受到歪曲或篡改,所以,它在反形式主义斗争中所能起到的作用是有限的。佛老释道,诸子百家,不仅他们的声望远不能和儒家抗衡,他们的思想并不比儒家高明，而且他们根本就没有什么文学主张。庄子的作品，佛家的经文，对文学曾有不小的影响，但只有助于形式主义而无补于反形式主义。这些都是我国古代文学发展的史实所证实了的，文学史上反形式主义的一系列斗争，往往以儒家之道为思想武器。

3. 儒家思想对古代文学发展在一定条件下能起到某些好作用，是由儒家思想为封建政教服务的性质决定的。出于为封建政教服务的要求，儒家对文学的基本主张是崇实尚用，强调文学的教化作用和美刺意义，维护地主阶级统治下正常的封建秩序。基于这种要求而产生的文学观点，如白居易的"为君、为臣、为民、为物、为事而作，不为文而作也"①。孙复提出的"写下民之愤叹""述国家之安危"②等等，虽也符合封建地主阶级的要求，对维护封建统治有好处，但这比之嘲风月、弄花草，比之夸艳斗丽、采滥辞诡，特别是比之绮罗香泽的脂粉文学、色情文学为好。南朝的宫体诗也是为封建统治阶级服务，但只为极少数腐朽的反动统治者服务。这些和儒家之道是对立的，用儒家之道来反对这些东西，当然是可取的。

儒家思想为封建地主阶级服务的本质，我们是必须看到的，但不能以此否定儒家思想在文学史上曾起过有益的作用。强调道、重视道的古代文学家、文论家，往往不是出于为少数反动统治者服务。如"不平则鸣"这个口号，是卫道者的韩愈提出的。处于封建社会后期的黄宗羲，他对封建制度已进行了大量的抨击，甚至认为："天下之大害者，'君'而已矣。"③但他却认为"文之美恶，

---

① 《新乐府序》，《白氏长庆集》卷三。
② 《答张洞书》，《孙复明小集》卷一。
③ 《明夷待访录·原君》。

视道离合",主张文人"必当以孔子之性情为性情"。这并不是个别的、特殊的例子。本文提到的文学史上重儒道的代表人物,除欧阳修重道主文和当时封建统治者的步调基本一致外,刘勰、韩愈等人的尊儒,都和当时统治者的调子不甚合拍。整个南朝期间,儒家之道是不受欢迎的,刘勰的"尊圣""宗经",可说是逆水行舟。韩愈更是冒着掉脑袋的危险来辟佛卫道的,这和当时统治者对佛老的热火劲,正是背道而驰。为什么他们要这样干呢?无疑在本质上是为了整个地主阶级的利益;也无疑并非为了少数昏庸腐朽的统治者。他们敢于用儒家之道和这样的统治者作斗争,正是因为在当时强调儒道不仅对文学的发展有必要,对改变当时迷信佛道的社会风气也是必要的,因为在韩愈那个时候,佛道之盛已逼得老百姓"穷且盗"了。所以,他们强调儒道对当时整个社会、对老百姓,也是有一定好处的。顾炎武提出的《文须有益于天下》,其中既强调"明道",也强调"察民隐"。在封建社会中,"明道"和"察民隐"在一定条件下是可以统一起来的,古代能统一这二者的作家如杜甫、白居易等也确是有一些的。

4. 由于各个历史时期社会现实的不同,被各个时期人们所运用的儒家思想也会改变面貌,这是历代史实已经表明了的。这里我们要研究的是:在儒家思想的发展演变过程中,有时甚至在同一时期内,为什么有的重道却肯定文,有的重道却反对文呢?为什么有的本于道而反映现实、同情人民,有的却用道来残害人以至吃人呢?这固然是由不同人物的思想和阶级立场决定的,但从刘勰、韩愈特别是章学诚等人对待儒家之道的态度中,不难发现他们有一个共同的特点:他们都程度不同地重视道而不死守六籍。他们充分利用了儒家典籍中的许多现存资料,却不死抱住儒道的僵尸不放;他们敢于抛弃那些束缚人心的传统观念,不受某些教条的约束,而根据不同的实际情况,利用或强调儒家思想中的某些东西。这样,他们不仅把文与道的关系统一起来了,有的还使儒家思想在封建社会的后期发挥了一定的作用。

值得注意的是,历史上任何有成就的人,都不可能不吸收前人的成果和经验,但任何有成就的人,都不是对前人亦步亦趋所能达到的。据说颜回是"夫子步亦步,夫子趋亦趋"①,但颜回除留下一个"贤者"的空名就一无所有了。从孟子到章学诚,他们的历史成就和"善学孔子""善用孔子"是分不开的。他们懂得了孔子之后发生的事"六籍不能言"这条真理,因而必须根据新的实际"约六经之旨而随时撰述以究大道"。为什么作为奴隶主代言人的孔子,他的很多思想言论不仅为新兴地主阶级代言人的孟子所继承,还为资本主义因素早已出现后的章学诚所利用,并发挥了一定作用呢?这就由于他们的"善学孔子"与"善用孔子"。文学史上有成就的作家或文论家无不如此:刘勰提出的道,是他自己创造的既通于儒,又适宜于文的道;韩愈提出的道,是可以和孟子对立而"不悖于教化"的道;欧阳修讲的道,是从日常"百事"的实际出发的道;章学诚说的道,更是结合"天下事物人伦日用"的实际的道。这就说明,儒家之道能在数千年封建社会的文学发展中起到一些有益的作用,并不是它本身的神通广大。当然,儒家典籍为后世提供了许多可资利用的思想史料,这也是不可否认的。关键却在于:是从实际出发,还是死守六籍。这是一条重要的历史经验。

(原载于《文史哲》1978年第6期、1979年第1期)

---

① 《庄子·田子方》。

景无情不发,情无景不生

——艺术构思民族特色试探之一(存目)

诗学之正源,法度之准则

——艺术构思民族特色试探之二(存目)

意得神传,笔精形似

——艺术构思民族特色试探之三(存目)

《文赋》的主要贡献何在(存目)

近年来《文心雕龙》研究中存在的几个问题

1956年以来,全国主要报刊发表了研究《文心雕龙》的文章约一百三十篇,此外还陆续出版了一些专门论著。《文心雕龙》是我国古代文艺理论的一份珍贵遗产,近年来得到学术界如此普遍的重视和研究,是完全必要的。在《文心雕龙》的研究工作中,大多数研究者都遵循毛主席的指示,运用历史唯物主义的观点,贯彻了批判继承的原则,取得了一定的成绩:《文心雕龙》中许多重要的问题,我们逐步明确起来了;其中的精华与糟粕,也大都能辨别了。可以肯定,这些研究,在清理总结和批判地继承我国古代文学遗产的工作中,是积极有益的,在一定程度上起到了古为今用的作用。

但是,在近年来的《文心雕龙》研究工作中,也暴露出一些不容忽视的问题,这不仅是进一步研究《文心雕龙》的障碍,对整个古代文艺理论遗产的批判继承工作也是十分不利的。这些问题,我自己在以往的学习和教学工作中,也多多少少存在一些。现在的认识还很不成熟,谨提出与大家商讨和共勉。

一

如果翻开三十年前研究《文心雕龙》的文章，我们就会发现，那时的《文心雕龙》研究和现在有一个显著的区别，就是今天大多数研究者都初步掌握了马克思主义文艺理论的基本原理，因而有了辨别精华和糟粕的有力武器，能运用新的观点来吸取和阐发其可贵的精华。过去研究《文心雕龙》的人，则往往是用古人的观点来说明古人。一部《文心雕龙》在他们的笔下，就不外论文体和修辞二事①；也有人谈到刘勰的"文理"②，但由于论者自己从唯心主义观点出发，也就把刘勰的"文理"罩上一层唯心主义的色彩；有的自称是阐明了刘勰的几点"卓识"③，但像刘勰所论想象构思的问题，内容和形式的问题等，均未只字提及。实际上，到底刘勰有哪些"卓识"，他们还不一定能认识到。

我们有马克思列宁主义的文艺理论和毛泽东思想作武器，是我们得以胜过前人的一个有利条件，因而《文心雕龙》中许多重要的、有价值的问题，近年来我们都作了反复的研究，取得了前人所不可能取得的重要收获。但是，有的研究者虽然企图运用马克思列宁主义这个武器来研究《文心雕龙》，却往往和马克思列宁主义的精神背道而驰。

马克思列宁主义者对待历史的态度，是要用无产阶级的观点，用历史唯物主义的原则来审查历史，分析古人，鉴别历史上的

---

① 陈延杰《谈文心雕龙》，《东方杂志》第23卷第18号。
② 刘节《刘勰评传》，《国学月报》第2卷第3号。
③ 梁绳祎《文学批评家刘彦和评传》，《小说月报》第17卷号外。

精华与糟粕,从而给历史以科学的评价。但有的人不是这样做。他们不是运用这些观点来分析古人,检验古人,而是把这些观点廉价地直接奉送给古人,把古人装扮成一个马克思主义者,然后心安理得地去颂扬他。美化古人,这是近年来遗产研究工作中常见的通病,在《文心雕龙》的研究中表现得尤为突出。

在某些研究者的笔下,刘勰简直成了一个关心人民疾苦、为民请命的文艺战士了。有人这样说:"出身于一个没落的贵族家庭而日益走向贫苦的刘勰,他是不会不看到当时人民的水深火热的生活状况的,他是不会不要求用文学这个武器来为改善国家的政治和人民的生活而斗争的。"①像这样一位关心人民的文学评论家,他对文学创作的主张,自然也就不会不是进步的了。因而如《征圣》篇中"志足而言文,情信而辞巧"两句,论者就认为:

> "志足""情信",这就是说作者在现实生活中有了很真实、饱满的感情,有了很美好的生活理想;"言文""辞巧",这是说作者所运用的是足以圆满地表现自己的感受和理想的优美的艺术形式。只有这样的作品,才能够使读者从它认识到生活的意义和道路,才能使读者从它得到美感的享受,这样来陶铸他们的性情,激发他们为美好的生活理想而斗争的信心与力量。②

如果真是这样,刘勰确是看到了当时生活于水深火热之中的人民生活,而主张用文学这个武器来为改善人民的生活而斗争;他的文学理论,也确是在于主张写出能"使读者认识到生活的意义和

---

① 刘绶松《〈文心雕龙〉初探》,《文学研究》1957年第2期。
② 同上。

道路"的作品,并且有"激发他们为美好的生活理想而斗争的信心与力量";那么,我们对刘勰真就该顶礼膜拜了,刘勰真也就不愧为一位人民的文艺战士了,但事情并不是这样。无论是作为一个落发为僧的佛教徒,或是崇奉周孔的儒家信徒,我们从刘勰现存全部著作中,看不出他有任何关怀人民生活的表示。在阶级矛盾和民族矛盾都十分尖锐的南北朝时期,劳动人民的灾难确是十分深重的。如果作为一位先进的文艺理论家,能够要求作家面向人民群众,批判当时极不合理的封建门阀制度,揭露统治阶级荒淫无度的腐朽生活,那当然是非常应该的、可贵的。可惜这样的文艺批评家在当时还没有出现的可能,而这又恰巧是刘勰最严重的缺点。在《文心雕龙》全书三万七千多字中,我们找不到他有丝毫关怀人民生活的表示;有的倒是对当时封建统治者"跨周轹汉"(《时序》)的称颂。刘勰心目中的理想文人,也不过是一个"穷则独善以垂文,达则奉时以骋绩"(《程器》)的儒家偶像。而他自己写《文心雕龙》,除了不满于当时"去圣久远""离本弥甚"的文风外,他所考虑的也是自己的能否"立家"(《序志》),却没有什么"为人民的生活而斗争"的用意。

至于什么样的创作才能使读者从中认识到"生活的意义和道路",才有"激发他们为美好的生活理想而斗争的信心与力量"等等,这些内容是"志足而言文,情信而辞巧"十个字无论如何也容纳不了的。刘勰自己并没有企图说明这些他不可能说出来的东西,我们把这些今人才有的思想认识强加到古人头上去,显然是很不相称的。

《文心雕龙》用当时流行的骈文写成,有些地方晦涩不明,易于误解,这种事情是有的。但在近年来某些美化古人的文章里出现的问题,往往并非这些。有时刘勰的原意本来是很清楚的,只是我们自己在分析研究时,好像老老实实按古人原意来阐发就不够味,不用现代思想给以"高度评价"就不足以显其发掘的"深入"。因此,不惜把一些明明是古人不可能有的思想强加于古人头上。譬如有人分析《神思》篇的"研阅以穷照"一句就是这样,论者非常坚持这五个字中有着"对客观现实和人生生活加以精细的观察和体验的意思"①,并举出《时序》篇的"歌谣文理,与世推移"等话,要证明那是刘勰的原意。论者接着写道:"我们知道,不曾参加生活斗争,或对社会现实毫不关心的人,决不能产生好的文学作品。所以,对当前的社会现实,要精细地加以注视,加以发掘,才能够有比较深刻的反映。"这些话作为我们今天的观点,那是对的。但作者紧接着说:"这就是一种'研阅''穷照'的态度,并不能局限于书本中。要这样来了解刘勰的意思,才不会糊里糊涂地滑过去。"②

前面的"我们知道"云云,分明说的是今人或论者自己的观点,但后面却要求我们"要这样来了解刘勰的意思",这就真叫人有点"糊里糊涂"了。这样做,岂不正是要求用今人的观点去代替古人?相反,如果我们按刘勰的原意来理解"研阅以穷照"这几个字,就我的浅见,那不过是要作者参酌("研")以往的阅历("阅"),以求对事物的彻底("穷")了解("照")而已。这句话并没有涉及要对社会现实进行观察、发掘之类的意思,更不用说只有我们今天才强调的作家要参加生活斗争、关心社会现实等等的含义。

---

① 黄海章《刘勰的创作论和批评论》,《中山大学学报》(社会科学版)1958年第1期。
② 同上。

在如何研究古代文艺理论遗产这个问题上，有人认为，面对着我国古代文艺理论资料丰富而又散杂的特点，"彻底加以发掘和整理，区分类聚，使之现代化，是迫不容缓的当务之急"①。这种提法显然是欠妥当的；不过作者的用意，大致并非要求把古人装扮成今人，把马克思列宁主义直接送给古人；但真的这样来"使之现代化"的，却是大有人在。如上所述，不仅有人认为刘勰是关怀人民疾苦的，是主张用文学来为改善人民生活而斗争的，还主张作家要深入现实，参加生活斗争等等；又因为我们今天对作家特别强调观点、立场的问题，要求作者具有有辩证唯物的思想方法，对待古人遗产要有批判继承的态度等等，这些最时新的东西，如果刘勰没有，岂不太可惜了？刘勰岂不是就不够伟大了？因此，为了彻底地"使之现代化"，也就有人千方百计地把这些全都奉送给刘勰了。

《风骨》篇有这样两句话："结言端直，则文骨成焉。"于是有人认为："所谓结言端直，正是正义的立场、观点通过形象文辞的体现。"②既然刘勰主张写文章要有"骨"，当然就是要有"正义的立场、观点"了。不过，就"结言端直"这句话来看，我们只能看出刘勰对语言的运用上要求"端直"；要求运用语言的"端直"，为什么就成为"正义的立场、观点通过形象文辞的体现"，这是令人难解的。

刘勰在《情采》《时序》两篇曾说过"物以情迁，辞以情发""歌谣文理，与世推移"等话，有人根据这些，"便知道刘勰理解作者的情感或认识的来源是客观现实；而他自己的情感或认识也正是从

---

① 马茂元《变散为整，化杂为纯》，《文汇报》1961年9月12日。
② 王达津《文心雕龙札记》，《新港》1962年2月号。

客观现实产生的,这应该说是一种唯物的反映论"①。并且,刘勰常提到"奇"与"正"、"刚"与"柔"等,这位论者又认为"都是相反的,但又是有关联的。这基本上说明矛盾的统一性,这应该说是一种辩证的思想方法"②。刘勰不仅具有"唯物的反映论"和"辩证的思想方法",而且:

> 刘勰还指出:作者学习文学遗产,应该批判地接受……他在《通变》篇里引用桓谭的话说:"予见新进丽文,美而无采。及见刘扬言辞,常辄有得。"我们应该注意"常辄有得"的"常"字,既然说"常"就不是全部可取的。而读者所得到的,乃是通过批判,采取其中可取的精华部分。③

这样,正是我们自己疏忽了批判精神,刘勰早在一千四百年前就提出过了。不过,把个"常"字解作"批判地接受",这种文字游戏式的研究方法,是很难叫人信服的。刘勰用桓谭的话,只是为了反对"竞今疏古"而提倡"还宗经诰"(《通变》),他自己对桓谭这个"常"字,倒恐怕没有后人想的这样细致,这样周到。从这里,我们就清楚地看到刘勰是怎样黄袍加身,被扮演成一个二十世纪也不可多得的人物了。

很难理解,把刘勰扮演成这样一个奇形怪状的人,到底有什么好处呢?这样做,只能使人感到今天我们强调的许多重要观点并没有什么了不起,这些也不一定只有马克思列宁主义者才能认识到;古今界限的划分,似乎也没有多大必要了;无产阶级的观

---

① 吴林伯《试论刘勰文学批评的现实性》,《文史哲》1956年10期。
② 同上。
③ 同上。

点,有许多是千多年前的封建士大夫文人就具有的了;刘勰的那些基本上是代表封建统治阶级利益的文学思想,我们也就可奉为至宝来学习了,这样的后果显然是有害的。

"在阶级社会中,每一人都在一定的阶级地位中生活,各种思想无不打上阶级的烙印。"①所以,我们对待任何阶级社会的人物和思想,首先必须用马克思主义的阶级观点进行阶级分析。一个具有明确的阶级观点的人,他是不会费尽心机去曲解古人的原意,而把古人装扮成一个马克思主义者的。他不仅不会模糊古今界限,更不会妄想像刘勰那样一个虽然是没落的封建官僚,但毕竟是为昭明太子萧统所接近的人物,是做过太末令以至最高封建统治者的保卫者——步兵校尉的人,竟会主张用文艺这个武器来为人民的苦难生活而斗争;同时,也决不会认为这样一位千多年前封建士大夫文人,就已经具备了辩证唯物的思想方法等等。显然,忽略了马克思主义的阶级观点,是近年来《文心雕龙》研究中存在的一个严重问题。这也就是造成上述美化古人的倾向的主要原因。

二

如果说,近年来《文心雕龙》研究中存在的基本问题是忽略了马克思主义的观点,其具体表现之一是模糊古今界限,美化古人,那么,与此密切有关的另一种表现,就是孤立地谈形式,抽象地谈内容,而缺乏无产阶级的批判精神。

马克思和恩格斯早在1848年就向全人类发出一声巨响:"迄

---

① 《实践论》,《毛泽东选集》第1卷。

今存在过的一切社会的历史都是阶级斗争的历史。"①马克思、恩格斯认为,历史上"各个时代的社会意识,不管它表现得怎样纷繁和怎样歧异,总是在某些共同形态下,即在那些只有当阶级对立彻底消逝时才会完全消逝的意识形态下演进的"②。《文心雕龙》"体大虑周",在众多的古代文艺理论遗产中,应该说是一部较好的著作。但它是一种观念形态的东西,它也"是在某些共同形态下"演进的。因此,我们不仅要注意到它的历史局限性,更因为它为人们所珍视,影响较大,对它的糟粕部分就更不能放松,更应该严格地予以批判。马克思和恩格斯教导我们:"共产主义革命就是同过去遗传下来的所有制关系实行最彻底的决裂。"③因此,我们只有在自己的思想意识中,和种种难舍难分的旧观念实行了彻底的决裂,才能建立起马克思主义的观点,也才不至偏爱古人,从而能以严格的批判态度来继承古人的遗产。几年来的《文心雕龙》研究工作中,缺乏这种马克思主义的批判精神的,并不是个别现象。因此出现了这种情形:不是孤立地谈艺术技巧,就是笼统地推崇刘勰对思想内容的重视。

不少同志已经察觉到,近年来研究《文心雕龙》的人,谈艺术方法的多而谈思想内容的少。这是事实。本来刘勰所总结出来的许多写作技巧,有不少是值得我们批判地予以继承的;对这些东西认真加以探讨,应该说是必要的。只是不应忘记,我们所探讨的具体对象是千多年前阶级社会的产物。

如果孤立起来看,在某些个别写作技巧上,古人确有他们独

---

① 《共产党宣言》。
② 同上。
③ 同上。

到的见地，而且，孤立地从这些艺术技巧中，似也看不出什么思想意义或阶级局限来。要是我们过多地把自己的注意力放到这上面来，大加赞赏刘勰的高明，那我们实际上就在不知不觉中放下了阶级分析这个武器，拜倒在古人脚下而不能自拔。

艺术技巧，我们是一定要研究、要继承的。问题在于，如果我们不是孤立地来看待个别艺术技巧，而是把自己的立足点放在马克思主义的阶级观点这个制高点上，那我们就会发现，任何艺术技巧都是从属于一定思想内容的；任何阶级社会的文艺家、理论家，无论他们在口头上、文词上如何声明，但在实质上是不会主张无倾向、无目的的文学艺术的。刘勰正是这样。纵使他谈写作技巧的甚多，但"征圣""宗经"是他论一切问题的出发点，而其最终归宿，则是要为封建统治效力。他在专论作家品德的《程器》篇就曾直接提出："摛文必在纬军国。"这和曹丕把文章视为"经国之大业"是一鼻孔出气的。所以，为谁服务，这是我们考察任何阶级社会的任何文学艺术主张的基本出发点。离开这点，我们就看不见古人的局限，分不清古今的界限，迷失研究古典文学的方向。

在《文心雕龙》的研究中，有人曾提出这样的看法：

> 我们今天的借鉴古典作品，主要是在各种艺术手法上。刘勰的征圣宗经，正是着眼在这方面进行探索；有他理论上的成就，所以更值得我们参考吸取。①

这种论点本身对不对，是可以讨论的。譬如，古典文学对我们今天的借鉴作用，是否主要是各种艺术手法；刘勰《征圣》《宗经》的主张，是不是对艺术技巧的探索等。问题是，这样讲的意旨所在，

---

① 振甫《〈文心雕龙〉的〈原道〉》，《文学遗产》第445期。

是否要我们对古典文学或者说《文心雕龙》的研究，也要以更值得我们参考借鉴的艺术技巧为主呢？既然刘勰所论的《征圣》《宗经》的主张也不出于对艺术手法的探讨，舍此以外，恐怕也就没有多少艺术手法以外的东西可研究、可借鉴了。

这种提法的问题在什么地方呢？我觉得主要是对艺术技巧作了不恰当的估计，客观上它只能引导人们更加注意于古人的艺术技巧。刘勰《征圣》《宗经》的主张，虽也有着眼于艺术技巧的一面，但他着眼于圣人经典是"恒久之至道，不刊之鸿教"的却也不少。《宗经》篇提出的所谓"六义"，其中"情深""风清""事信""义直"等都是思想内容方面的。在评论作家作品时，他是常以儒家经典作标准的。如《辨骚》就是一个明显的例子。其"同于风雅"的"典诰之体""规讽之旨""比兴之义""忠怨之辞"和"异乎经典"的"诡异之辞""谲怪之谈""狷狭之志""荒淫之意"等等，大都是从思想内容上来用经典衡量的。从这里我们更可看出，即使刘勰在某些文辞形式上也要求征圣宗经，但其实质还是在儒家教义上。这从《通变》篇的肯定"序志述时，其揆一也"，而"文辞气力"则须"数必酌于新声"可以看出。《宗经》篇说的"三极彝道，训深稽古。致化归一，分教斯五。性灵熔匠，文章奥府"，也是很明显的。《征圣》《宗经》是刘勰的主要文学思想，我们正要从这里入手，来探讨其整个文学理论的实质。如果我们把这一层也说成是刘勰研究艺术技巧的东西，那么，《文心雕龙》对我们来说，是否就只有艺术技巧可研究了呢？这是否很容易使人忽略了从刘勰《征圣》《宗经》观点进而探讨其理论的实质和批判其局限性呢？

我们知道，任何文学艺术理论，都是一种意识形态的东西。所谓艺术理论，实际上就是对艺术的某种主张，它的阶级性是必然的。艺术技巧，则是整个艺术理论的有机组成部分。它是从属于思想内容而为思想内容服务的。只要我们把握住它的整体，从而考察它对艺术技巧的主张，是能够认清其阶级性、局限性的。譬如，同是夸张这一艺术手法，有些是刘勰同意的，这并不因为夸张手法运用得好一些；有些则为刘勰所反对，也并不因为夸张手法运用得差一些；其赞同与否，全以是否符合儒家经典的教义为准则（见《辨骚》《夸饰》等篇）。这就说明，一个文艺理论家对艺术形式的主张和他对整个艺术的主张，是与他对思想主张分不开的。如果我们过多地、孤立地强调艺术技巧，不仅很可能忽视对整个文艺理论实质的把握，甚至走向艺术技巧可不经批判而直接继承的绝路。这是我们应该有所警惕的。

　　在许多研究《文心雕龙》的文章中，当然还并不是完全不谈思想内容。譬如，谈创作的提到了刘勰"要约以写真""述志为本"的主张；论批评的提到了刘勰"披文以入情""观澜而索源"的意见；谈风格的也注意到刘勰"因内符外""情动而言行"的观点；分析创作过程的更认为刘勰是要求首先确定思想主题；甚至在谈刘勰如何描写自然景物时，也提到他"感物吟志"，通过自然描写来表达思想感情的意见等等。提是提到了，问题是怎样提法，是否说明了刘勰的所谓思想内容的实质是什么。我自己在过去的工作学习中，也常是这样抽象地肯定刘勰对文学思想内容的重视，满足于"情""志""义"等等字眼，其实这并没有触及刘勰对文学艺术思想内容的看法。

　　这样说，并不是要求在论述《文心雕龙》的任何一个问题时，都必须首先探明其思想实质；这只是说，在《文心雕龙》研究中，我们虽然常常提到刘勰"为情而造文""要约以写真"等等，这实际上只是一些有关创作方法的意见，仅凭这些，是不能触及思想内容的实质的。在对《文心雕龙》一般问题的探讨中，不能专门论述其思想内容,这是未可厚非的;但作为一种研究古代文艺理论的倾向来看,我们却不能不有所注意。前面说过,如果研究古代文论,过多地偏于艺术形式方面,那就有引起忽视内容、孤立地看待形式技巧的可能。更值得注意的是,有些专门论证刘勰对内容的重视的文章,也往往抽象地肯定其重视内容,而不问是什么样的内容。

有一篇文章这样提出:《文心雕龙》不仅上篇"绝未忽视内容……他是时时在强调内容的重要",而且下篇虽谈形式技巧的话多一些,"我们也不能就说他忽视内容而偏重形式"①。这种看法,是有一定的道理的。但我们不能一般地说,凡是重视内容的古代文论就值得肯定,而要看他重视的内容是什么内容。譬如元代封建文人郝经,他主张的是"文以载道",而反对的是"工于文而拙于实,衔于辞章而忘于道义"(《文弊解》)。看来这好像是重内容而轻形式的。实际上他是反对艺术而主张时时不忘于为封建统治服务的"道义"。所以对古代文论家,抽象地肯定其重视思想内容,往往是靠不住的。所以,我们仅仅说明刘勰重视内容也是不够的,还必须弄清他重视的是什么内容。而上述这篇文章则以全力从《文心雕龙》中列举种种例句,来证明刘勰对内容的重视,至于这些"内容"的性质如何,却全不过问。如所举《明诗》篇的"顺美匡恶",《诠赋》篇的反对"逐末之俦",《谐隐》篇的"会义适时,颇益讽诫",《附会》篇的"情志为神明,事义为骨髓……"《熔裁》篇的"裁则芜秽不生,熔则纲领昭畅",以及《定势》篇的"因情立体,即体成势"等等。且不问刘勰说的"纲领"是什么,"情志""事义"是什么,即使是他提出的"美""恶""讽诫"之类,仍是值得

---

① 高海夫《刘勰忽视内容而偏重形式吗?》,《文学遗产》第305期。

分析的。是什么样的"美"与"恶"呢?要"讽诫"的是什么东西呢?论者根本不加考虑,只要用这些来证明刘勰是重视内容就满足了,因而也就更谈不到什么批判。显然,这样的论证,其结论是令人怀疑的。

又一位研究者把"文质"问题视为《文心雕龙》的中心问题而提出讨论,这是有见地的。对"质"这一为一般人所忽视的问题,也作了具体的分析。"质"的含义是什么呢?他这样说:

> 我们从《情采》篇"文""质"对文而言,很清楚地知道,"质"就是指的文章内容。文章的内容包含些什么呢?《情采》篇说:"然则志足而言文,情信而辞巧;乃含章之玉牒。秉文之金科矣。"《附会》篇说:"必以情志为神明,事义为骨髓,辞采为肌肤,宫商为声气。"……所谓"情",所谓"志",所谓"情志",所谓"事义":这就是刘勰之所谓"质",也就是文学的内容,用我们今天的话来说,文学就是要有纯真的情感和正确的思想。①

这里直接提出了"文章的内容包含些什么",可见对这个问题是作了较深一步的考虑的。但其所作的具体说明,和前面一样,仍不外是"情""志""事义"等几个抽象概念。任何艺术作品当然总有它一定的内容,总要表达出作者这样或那样的情志。难道一个文艺理论家只是主张写文章要有内容、有情志,而不管是什么内容和情志都可以吗?当然,古代的文论家,常常不是直接提出他们的主张来的。但弄清他们所主张的实质,正是我们的任务;只要我们联系到当时的社会现实,把握住文论的整体,运用马克思主

---

① 舒直《刘勰文学理论的中心问题》,《文学遗产》第191期。

义的阶级分析方法,古人论文艺思想内容的实质,我们是一定能够弄清楚的。一个文学批评者对思想内容的要求,无论是直接或间接的,都必须回答这样一些问题:文学应反映现实生活中的一些什么东西?怎样反映?要歌颂什么?反对什么?一句话:要为谁服务?只有弄清了这个根本问题,我们才可以说是把握住了古人论文学思想内容的实质。这个看法如果可以成立,那就可以断言,近年来《文心雕龙》研究中在这个问题上是做得还很不够的。

近年来,也曾有人试图具体一点来说明刘勰对文学的社会意义的看法;这比那种抽象肯定刘勰重视内容的做法是有其可取的一面。但由于我们马克思主义水平不高,对刘勰的研究不够深入,也就难免出现一些有失分寸的意见。有人这样说:

> 他(刘勰)认为文学家都应具有高度的政治修养,他说:"安有丈夫学文,而不达于政事哉。"他认为创作是高度政治思想的表现……。
>
> 这样的观点,在古代当然是很难得的。①

这里说的刘勰主张作家要有"高度的政治修养",作品要有"高度的政治思想性的表现",是指的什么"政治思想"呢?如果只能是封建统治阶级的"政治思想",那么越是"高度"的就越反动,我们就越不应肯定。这又有何"难得"可说呢?如果论者明确地意识到这只能是一种"高度"封建的"政治思想",我想是不会如此赞不绝口的。恩格斯指出:"全部历史都应该开始重新研究"②,这是很值得我们注意的。历史上一切意识形态的东西,我们今天都

---

① 王达津《文心雕龙札记》,《新港》1962年2月号。
② 恩格斯《致康·施米特》,《马克思恩格斯文选》(两卷集)第2卷。

必须运用历史唯物主义的观点,弄清其实质,然后才能在这一总的把握之下,进一步探讨其思想和艺术各个方面的具体主张,从而给以科学的评价。对刘勰所主张的文学思想的探讨应该如此,对他所主张的艺术技巧的探讨,也必须如此。抽象继承的方法,在这里是行不通的。

三

历史唯物主义要求我们对历史进行具体的、实事求是的分析;阶级观点的具体运用,就正是从这种具体的、实事求是的分析中体现出来的。

毛泽东同志曾经指出:"列宁说:马克思主义的最根本的东西,马克思主义的活的灵魂,就在于具体地分析具体的情况。……我们的教条主义者违背列宁的指示,从来不用脑筋具体地分析任何事物,做起文章或演说来,总是空洞无物的八股调,在我们党内造成了一种极坏的作风。"①《文心雕龙》的研究中正存在这种情形。翻开几年来研究《文心雕龙》的文章,我们会有这样的感觉:概念的争论多,空洞的帽子戴得多,按现代文艺理论简单地套框子的多;实事求是的具体分析却太少。这可说是近年来《文心雕龙》研究中存在的又一较为普遍的问题。不过要说明,我这样讲,并不是一笔抹煞几年来研究《文心雕龙》的成就;不少人是正确地运用了马克思主义的观点,进行了具体深入的研究的。只是从总的情况看,从历史唯物主义地对待历史的高度要求看,就感到我们已经做了的还非常不够。

---

① 《矛盾论》,《毛泽东选集》第1卷。

概念,是应该研究、需要弄清的,特别是古人在论述中运用的概念和我们今天的理解往往出入很大,这个问题不解决,研究工作的进行是有困难的。但应该明确,研究概念并不是我们的目的,因此也就不能孤立地来研究概念,老是纠缠在概念之中,拔不出腿来。就从"风骨"二字的讨论来看:1956年以来的一百三十篇文章中,据我所见,专门讨论这问题的就有二十二篇之多。此外,在其他许多问题的讨论中,也常常不免要牵连到"风骨"的问题。可以说,"风骨"之争在整个《文心雕龙》研究中的比重占了第一位。

研究"风骨"的结果如何呢?应该说这一问题的探讨是逐步有所深入,特别是某些人能联系到全书来考察,注意到区别开这两个字的一般意义和作为专门术语的特定意义,能联系到刘勰提出这一问题的时代背景和现实意义以及它在刘勰的创作论中所占的地位来讨论等等,因之,刘勰的原意也就逐渐地更为明确了。但是,也还存在这样的一种情形:对"风骨"的解释五花八门,愈来愈多,到目前出现了二十余家之说,家家各抒创见,大有谁也说不服谁之势。当然,百家争鸣,这是可以的,有好处的;但从《文心雕龙》研究的整体来看,不仅花费过多精力,这样继续争论下去意义不大,而且也很难得出一个一致公认的结论来。

这就值得考虑我们的研究方法。表面上,"风骨"之争好像是对具体问题的具体研究;其实,许多同志的着眼点始终是一个概念,研究起来,老是从概念到概念,而未能抓住刘勰在《文心雕龙》中赋予"风骨"二字的具体命意。可否这样设想:我们的研究工作不以研究概念为目的、为前提,而以研究刘勰的文艺理论为目的、为前提,如像讨论中某些人已经开始做了的那样,从刘勰的文学观点、理论体系出发,具体地探讨他何以要提出"风骨"之说,"风骨"论在他的整个文学理论体系中占什么位置,和他的创作论有何联系,"风骨"论是怎样有机地贯通在他的文学观点和理论体系中的,等等。这样来研究,也许要麻烦一些,也许暂时仍不易得出一个一致公认的结论,但这对我们研究《文心雕龙》的整个工作是有好处的。实际上,这样结合整个理论体系来研究所得到的认识,比起孤立地钻研概念所得到的结论,是更有可能接近刘勰的原意的。马克思主义辩证唯物论的方法论告诉我们一条研究事物的共同规律,就是要从具体个别的认识到掌握整体,在初步把握住整体的基础上,再回到具体个别上来。如此反复研究,逐步提高加深,才能认清事物的实质。对"风骨"的研究,仍应遵循这一马克思主义的科学方法才行。

毛泽东同志批评某些对事物缺乏具体研究的同志说:他们"做起文章或演说来,总是空洞无物的八股调"。《文心雕龙》的研究中也正存在这种毛病。有的人习惯于按现代理论的框子,把刘勰的某些话简单地分类套入就算完事。我自己就曾有过这种做法。如在《文心雕龙选译·引言》①中,就是按文体论、文学与现实的关系、内容与形式的关系、创作论、有关现实主义和浪漫主义的一些论点、批评论、作家论等这样一个现代化的系统来列论的。在一般论述《文心雕龙》的著作中,除了一些专题性的讨论文章,也大都不外论述文学与现实的关系,内容和形式的关系,创作论和批评论几个内容。那篇《引言》,则可说是这个体系的发展。《文心雕龙》中的这些内容,就今天的观点来看,自然是几个比较有价值的主要的问题,对这些作重点阐述是可以的、应该的。但这样做存在两个问题:第一是看不见《文心雕龙》自身的理论体系,而又容易流于简单化的生搬硬套;第二是极易模糊古今界限

---

① 陆侃如、牟世金:《文心雕龙选译》。

而使读者对刘勰发生误解,刘勰的本意也往往不能更确切地显示出来。所以,我们感到有探讨刘勰自己的文学理论体系的必要。目前注意于此的还不多见,我希望《文心雕龙》的研究者们考虑这个问题。

在《文心雕龙》研究中随便给刘勰戴帽子的更是举不胜举,如像唯物主义、现实主义、浪漫主义、形而上学、客观唯心论、二元论、循环论、外因论等等。把今人的帽子戴到古人头上,是不易完全合式的,如果不加具体分析,很难令人信服。近年来概念的争论特别多,这是一个主要原因。如果评价刘勰只注意戴什么帽子更合适,那就势必使得概念的争论代替了具体分析。对于某些问题的实质,譬如刘勰的文学思想是倾向于唯物还是唯心的,这是非用现代科学的概念不能说明,或者说很难说明问题的,但这必须建立在深入具体分析的基础上,而不能随便地、轻易地戴帽子。

毛泽东同志说过:"研究问题,忌带主观性、片面性和表面性。"①并且指出,片面性和表面性也是主观性。可见主观性是研究问题最主要的敌人。《文心雕龙》研究中很多问题的产生,都是主观主义造成的。

譬如《知音》篇中"六观"的解释就常常是这样。"六观"是不是刘勰的批评标准,这是可以讨论的。对"六观"的解释,也可各有自己不同的看法。但我们研究问题不能凭主观愿望出发,而要实事求是地进行科学研究。不少人把"六观"当作刘勰的批评标准来看(我很怀疑这点),却又总觉得"六观"全是形式方面的,似乎有损于刘勰的伟大,于是把其中一部分解释成是思想内容的标

---

① 《矛盾论》,《毛泽东选集》第1卷。

准。如"一观位体",有人认为是指"文章的思想、主题"①,有人说,"观位体""实际上就是说的考核作品的思想内容的问题"②等等。不错,刘勰在《熔裁》篇说过"设情以位体",但这个根据并不能证明《知音》篇的"位体"是思想内容。既说"设情以位体",则"设情"与"位体"虽有联系,却没有等同。我们既不能说《熔裁》篇的"设情"就是"位体",更不能说《知音》篇的"位体"就是《熔裁》篇的"设情"。如果这个区别是必须的话,我们从《知音》篇的"位体"二字,是无法看出"思想内容"这个含义的。"观位体"只是说观察"体"的安排如何;虽然也要考虑"体"的安排是否适合于内容的表达或需要,但毕竟是观"体",而不是观"思想内容"。

有的人虽也认为"六观"都是些形式上的问题,但仍恐委屈了刘勰。这也可以"位体"为例。有人这样说:"批评文章的第一步,是看他有无伟大丰富的情感寄托在形式当中。"③这种看法的主要根据是《附会》篇"夫才量文学,宜正体制。必以情志为神明,事义为骨髓"等句。《知音》篇的"位体"即使就是《附会》篇的"正体制",但《附会》篇只不过强调"情志""事义"在构成一篇文章中的重要位置而已,并未涉及写文章应有什么样的感情,更谈不到什么"伟大丰富"之类的意义。这只能说是论者凭自己主观愿望强加在刘勰头上的。

又如《序志》篇有如下几句话:"原始以表末,释名以章义,选

---

① 中国科学院文学研究所《中国文学史》第 1 册。
② 于维章《刘勰的批评论》,《山东大学学报》(语言文学版)1962 年第 3 期。
③ 黄海章《刘勰的创作论和批评论》,《中山大学学报》(社会科学版)1958 年第 1 期。

文以定篇,敷理以举统",也常被人们作了主观的解释。有人说:"刘勰又认为文学批评、文学理论与文学史这三者是不能分开的。在刘勰看来,一个理想的文学研究者应该能够兼做这三种工作。……刘勰又以为这三种工作应该是有机的结合起来的。"①这里有两个问题值得考虑:第一,刘勰说的三种做法,是不是等于我们今天说的文学史、文学批评和文学理论,这是有问题的。第二,这三者是否"不能分开",是否须要"有机的结合起来",刘勰并没有说明这些,他只不过说明自己写《文心雕龙》上篇的几个步骤、几种方法而已。因此,所谓"有机结合"云云,完全是论者凭自己的主观加上去的。至于什么"理想的文学研究者应该兼做这三种工作",也是刘勰自己不曾想到的。

这样的例子是很多的。前面讲到一些研究者过高地估计了刘勰,把刘勰现代化了,也大都是这样造成的。

对历史缺乏实事求是的态度,与缺乏阶级观点、缺乏批判、缺乏历史唯物主义的研究方法等等是有联系的。因为我们从主观出发,因而忘记了阶级分析,忽略对古人的批判,把古人评价得过高,模糊了古今界限;也正由于我们缺乏阶级观点,缺乏历史唯物主义的科学研究方法,因而往往凭主观愿望出发,不能客观准确地评价古人。

《文心雕龙》是我国古代文艺理论的一份重要遗产,其中很多问题还值得我们进一步研究。但我们必须进一步学习马克思列宁主义和毛泽东思想,确实遵循毛泽东同志有关批判继承古代遗产的指示,才有可能把我们的研究工作提到一个更高的水平。

(原载于《江海学刊》1964年第1期)

---

① 许可《读〈文心雕龙〉笔记》,《文学遗产增刊》第2辑。

《文心雕龙》理论体系初探

早在1938年,毛泽东同志曾提出:"我们这个民族有数千年的历史,有它的特点,有它的许多珍贵品。"又说:"马克思主义必须和我国的具体特点相结合并通过一定的民族形式才能实现。"①在文学艺术上,我们的民族特点是什么?马克思主义的文艺思想,通过什么民族形式来实现?这是发展社会主义文学艺术所必须解决的问题。在我国数千年文化遗产的宝库中,文学理论的"珍贵品"也是相当丰富的,也有它自己的特点。而作为一种理论的"特点",它必然有自己的一套体系,也只有从整个体系中,才能显示出这种理论的特点。因此,在马克思主义思想指导之下,探索、总结我国古代文艺理论自己的体系,并按照这种体系来建立或编写我们的批评史、文艺理论史,无疑是古代文论研究者所应该努力的。这方面的工作,多年来已经取得很大成绩,但也显然还存在不少问题有待解决:我国古代文论能不能构成一套完整的理论体系?这个体系的规模如何?价值如何?是按古人的原貌去总结,还是按现代文艺理论提出的要求和问题去总结?用古代的术语还是用今人的概念?按思潮、按流派、按问题综合探讨,还是按朝代、按人头逐家分论?都必须在深入实践的过程中,进

---

① 《中国共产党在民族战争中的地位》,《毛泽东选集》第499页。

行具体的探索。因此,既有必要作一些综合的研究,也有必要作一些个别的解剖。本文即拟对《文心雕龙》的理论体系进行一点初步的探讨。

一

近二三十年来,《文心雕龙》研究的专著和论文之多,在古代文论中是首屈一指的。这个事实,固足以说明《文心雕龙》本身的重要和论者的重视,但在《文心雕龙》的研究中,不仅还存在许多众说纷纭的问题尚未得到解决,也还有某些相当重要的问题,还没有开展认真的研究和探讨,刘勰的理论体系就是其中之一。

对《文心雕龙》全书严密的组织结构,历来称道甚多。如元代钱惟善,曾谓"其立论井井有条不紊"①;明人叶联芳称此书:"若锦绮错揉,而毫缕有条;若星斗杂丽,而象纬自定"②;清代章学诚,则称其"体大而虑周"③。有的论者,也在一定程度上触及《文心雕龙》的体系问题。如清人刘开,曾以近于《史》《汉》的《叙传》方式,列论了全书各主要篇章的安排④。明代曹学佺则讲到:

> 《雕龙》上二十五篇,铨次文体;下二十五篇,驱引笔术。而古今短长,时错综焉。其《原道》以心,即运思于神也;其《征圣》以情,即《体性》于习也。《宗经》诎纬,存乎风雅;《诠

---

① 王利器《文心雕龙新书》1951年版第139页。
② 同上书第142页。
③ 《文史通义·诗话》。
④ 《文心雕龙书后》,《孟涂骈体文》卷二。

赋》及余,穷乎《通变》。良工心苦,可得而言。①

这是企图从上下各篇之间的对应关系来探索刘勰的良工苦心,并想用一个"风"字来统摄全书的论点。这种尝试,显然是想要找出刘勰是怎样安排其理论体系的。这种探讨没有继续进行下去。直到范文澜注《文心雕龙》,在《原道》和《神思》两篇的注中,为上下二十五篇各立一表②,显示了全书的基本结构,这就给我们探讨《文心雕龙》的理论体系以重要的启示。

结构和体系当然不能等同,但对于理论著作来说,二者不可能互不相关;其理论体系往往是通过其论述的结构体现出来的。正如刘勰所说的"沿波讨源",从《文心雕龙》的组织结构窥其内在的体系,至少是可行的方法之一。从他把什么问题摆在什么位置,先讲什么,后讲什么等,是可以看出一些问题的。但这里还存在许多问题有待解决,首先遇到的,是今本《文心雕龙》的篇次是否可靠,如今本五十篇的次第又非原貌,那就很难据以探得刘勰自己的理论体系了。对于这点,不少研究者早已提出种种怀疑:如范文澜认为"《练字篇》与上四篇不相联接,当直属于《章句篇》"③;《物色篇》"当移在《附会篇》之下,《总术篇》之上"④;杨明照认为《时序篇》"当在《才略篇》之前,此篇论世,彼篇论人,文本相承。传写者谬其次第,则不伦矣。《序志篇》云:'崇替于《时序》,褒贬于《习略》',明文可验也"⑤。刘永济则认为:《物色篇》

---

① 凌云本《文心雕龙序》。
② 《文心雕龙注》第4—5、496页。
③ 《文心雕龙注》第626页。
④ 《文心雕龙注》第695页。
⑤ 《文心雕龙校注》1958年版第290页。

"宜在《练字》篇后,皆论修辞之事也。今本乃浅人改编,盖误认《时序》为时令,故以《物色》相次。"①特别是郭晋稀,他在原来《文心雕龙译注十八篇》提出更正某些篇次意见的基础上,最近又作了新的全面研究,对《文心雕龙》后二十五篇的篇次作了较大的调整②。现将上举四家的调整意见和通行本《文心雕龙》的篇次对照如下。

通行本篇次	郭改	范改	杨改	刘改
第二十六　神思				
第二十七　体性				
第二十八　风骨				
第二十九　通变	养气			
第三十　　定势	附会			
第三十一　情采	通变			
第三十二　熔裁	事类			
第三十三　声律	定势			
第三十四　章句	情采			
第三十五　丽辞	熔裁	练字		
第三十六　比兴	声律	丽辞		
第三十七　夸饰	练字	事类		
第三十八　事类	章句	比兴		
第三十九　练字	丽辞	夸饰		
第四十　　隐秀	比兴			物色
第四十一　指瑕	夸饰			隐秀
第四十二　养气	物色			指瑕
第四十三　附会	隐秀			养气

---

① 《文心雕龙校释》第 180 页。
② 《〈文心雕龙〉的卷数和篇次》,《甘肃师大学报》1979 年第 1 期。

通行本篇次	郭改	范改	杨改	刘改
第四十四　总术	指瑕	物色		附会
第四十五　时序	总术	总术	物色	总术
第四十六　物色	时序	时序	时序	时序
第四十七　才略				
第四十八　知音				
第四十九　程器				
第五十　　序志				

　　前二十五篇的次第，还未见有人提出异议。后二十五篇从上表可见，由第二十九到四十六这十七篇的次第，问题较多。这些有关篇次的研究，虽然没有直接提到理论体系的角度来考虑，但和探讨理论体系的关系是十分密切的。范、郭诸家主张调整其篇次，也有理其"混乱"，顺其条理的用意；也是从内容上是否前后相承，理论是否上下贯通着眼的。所以，这种研究对于探讨刘勰的理论体系是十分有益的。

　　遗憾的是，我们还无法根据范、杨、刘、郭任何一家之说来探讨刘勰的理论体系。四家之说，都有一定的理由，但都没有提出任何史料根据，而主要是从内容上分析，从理论的论述上看何篇应前，何篇应后。这样的推论，虽然更有利于理论体系的研究，却难免使人怀疑是否符合刘勰的原意。如《指瑕》之后的《养气》，郭晋稀认为应移在《风骨》之后，是否刘勰的用意本来是在《指瑕》之后呢？由于时代距离较远，刘勰的认识水平和立论角度和今人的理解自然不同，按我们今天看来应作何安排，如无可靠的史料依据，就很难使人信服调整后的篇次正是《文心雕龙》的原貌。这个道理是显而易见的。即使按今人的理解，如上列四家之说，也难免出现各据一理，各持一解的局面。以《物色》篇来看：范文澜认为应在《附会》之后，刘永济认为当在《练字》之下，杨明照又主张在《时序》之前，郭晋稀则列于《夸饰》之后。这种情形很能说明，没有一定的史料根据而凭自己的想当然，以为应该如何如何，是很难作出定论的。有的论者斥今本《文心雕龙》的篇次，有的是浅人妄改，有的是传写之谬；这种可能性不能说没有，但如细究其误传或妄改始于何时？有没有任何未改之前的版本或史料足以证明其为妄改或误传？如果无据可凭，又安能证明己说必是，今本必非？

郭晋稀同志认为："今本《文心》，在每篇之下，标明次第，也不是原书所原有，而是后人依据已经错乱的顺序所增加的。如果原书每篇有次第，今本就不会产生下述的矛盾了。"①什么"矛盾"，下面再具体讨论。这里先研究今本《文心雕龙》的篇次问题，这是个前提，也是个关键。"如果原书每篇有次第，今本就不会产生下述的矛盾了"，这个意见是很好的。如果今本每篇所标"原道第一""征圣第二"之类，的确不是原书所有，而是后人依据已经错乱的顺序所增，则今本篇次就大有加以考证和调整的必要了。问题是我们现在所能看到的一切《文心雕龙》版本，都标明了篇次，且全是一致的，明清时期的各种刻本，都是"养气第四十二""物色第四十六"……如果是据"错乱"的抄本所增，为什么会"错乱"得如此一致呢？宋版《文心雕龙》，是早在明代就极不易得了，幸而还有一个唐写本的残卷留传下来，虽然看不见后二十五篇，但它也

---

① 《〈文心雕龙〉的卷数和篇次》，《甘肃师大学报》1979年第1期。

是标明篇次的,其尚存部分也与今本篇次相同①。这是个值得注意的重要线索。唐代自然不可能有《文心雕龙》的刻本,但《文心雕龙》的抄本在唐代流传之广,是很值得注意的。除了现存的敦煌残本②,说明《文心雕龙》在唐代已远传至敦煌外,在颜师古③、刘知幾④等人的著作中,都讲到《文心雕龙》;陆德明的《经典释文序》,孔颖达的《尚书正义》《毛诗正义》,李善的《文选注》中,都大量引用了《文心雕龙》中的话⑤。此外,唐代来华留学仅三年(804—806)的日僧遍照金刚,在回国后所写《文镜秘府论》中,也多次引到《文心雕龙》中的话⑥。这些事实充分说明,《文心雕龙》在唐代已有相当广泛的流传。既然《文心雕龙》在唐代的抄写本已经很多,如果原本《文心雕龙》没有注明篇次,就很可能有多种错乱出现。可是,今存明清各种刻本的篇次完全是一致的。这只有两种可能:一是一切不误的抄本全部绝迹了,而且也没有其他错乱的本子流传下来,因而后来的各种刻本也错得完全一致。另一种可能,就是原著就标明了篇次,因此,各种抄本无由致误,各种刻本也就一致了。前一种可能性不能说没有,毕竟是很小的,

---

① 据范文澜《文心雕龙注》所录铃木虎雄校刊记:"敦煌莫高窟出土本,盖系唐末钞本。自《原道》篇赞尾十三字起,至《谐隐第十五》篇名止。"日本从铃木虎雄的校本到昭和四十九年所出《中国古典文学大系》卷五十四中的《文心雕龙》译本,其篇次和明清各本也完全一致。
② 唐写本《文心雕龙》残卷,现存英国伦敦博物馆。
③ 见《匡谬正俗》卷五,中称"刘思轨《文心雕龙》"。"刘思轨"是"刘勰"之误。
④ 《史通》的《自序》《杂说》等篇,都讲到或引用《文心雕龙》中的话。
⑤ 杨明照《文心雕龙校注》附《群书袭用》。
⑥ 《文镜秘府论》,人民文学出版社1975年版,第28、57、142、149页。

不仅很难错得那样巧,还有唐本残卷为证。因此,今本《文心雕龙》的篇次为原著所定的可能性是较大的。

这样看,仍只能说可能性较大。须作进一步证实的是:刘勰著《文心雕龙》的时代,著者会不会自己标以"第一""第二"的篇次。这一史实是不难查清的。先秦典籍之所以存在错简的问题,那是因为它用的是"简"。汉以后多用帛或纸,错简的问题不存在了,如果有篇次错乱,只有卷轴的颠倒或有意的篡改两种情形;传抄之误造成篇次的错乱,可能性是较小的。卷轴的错乱,不可能出现郭晋稀同志所说那种乱法,人为的误改,又很难把流传已广的抄本全部改完。而更主要的是,汉以后的书籍,整个篇卷次第的错乱已不易发生了。汉人著书,自己标明篇次的已很普遍。如《史记》的《五帝本纪第一》《夏本纪第二》;《汉书》的《高帝纪第一》《惠帝纪第二》之类,从《史记·太史公自序》《汉书·叙传》可知,其篇次为著者自定是无疑的。又如扬雄的《法言》,今本十三篇的次第,和《汉书·扬雄传》所列《学行第一》至《孝至第十三》完全一致,师古注:"雄以序著篇之意",也是著者自定了的。这样的例子很多。既然汉人著书已常常自标篇次,而这些著作刘勰不仅见到过,并且研究过、评论过,这就足证刘勰对自己的著作也标以篇次是完全可能的。原著已标明篇次,后世的错乱就不容易发生了。

当然,也未可断言今本《文心雕龙》的篇次绝无一篇更易,只是从未变的可能性更大来考虑,为对古籍持慎重态度,在没有找到可靠证据之前,仍应根据今本《文心雕龙》的篇次,来探讨刘勰的理论体系。

二

除了《文心雕龙》的篇次外,其《序志》一篇,是我们今天研究刘勰的理论体系的重要资料。其中讲到:

> 盖《文心》之作也,本乎道,师乎圣,体乎经,酌乎纬,变乎骚,文之枢纽,亦云极矣。若乃论文叙笔,则囿别区分:原始以表末,释名以章义,选文以定篇,敷理以举统。上篇以上,纲领明矣。至于割情析采,笼圈条贯:摛神、性,图风、势,苞会、通,阅声、字;崇替于《时序》,褒贬于《才略》,怊怅于《知音》,耿介于《程器》;长怀《序志》,以驭群篇。下篇以下,毛目显矣。

这段话是否可以视为刘勰对其全书体系安排的说明呢?应该说是可以的。不但这是作者自己的话,文字上还有隋唐间人所编的《梁书》为证①。问题在于如何理解这段话。

首先根据这段话来探讨全书前半部的体系。

《序志》所述上半部内容的安排,和今本《文心雕龙》的次第完全一致:首先以本道、师圣、体经、酌纬、变《骚》为全书的"枢纽",再分别"论文叙笔"来总结各种文体的创作经验。这就是上半部的"纲领",也就是前二十五篇的体系。篇次和体系虽然一致,但有两个问题还须讨论清楚,才能明确全书的理论体系:一是第一部分中《辨骚》的性质问题,二是第二部分的意义问题。

《文心雕龙》的前半部,一般都认为包括总论和文体论两个部

---

① 《梁书·刘勰传》录《文心雕龙》的《序志》篇全文。

分,这是没有争议的。但《辨骚》篇属总论或文体论,各家看法很不一致,至今尚无定论。范文澜列为"文类之首",属文体论①;刘永济说:"《辨骚》一篇,列之总论之末"②,是总论;游国恩等主编的《中国文学史》说:"总论五篇,论'文之枢纽',是全书理论的基础"③;文学研究所的《中国文学史》,则说"前五篇……是全书的总纲"④;罗根泽一书而两说:一以"道、圣、经"为总论,《骚》则列为诗体之一,一列"文""笔"各体为二表,却无《骚》体⑤;刘大杰则一家而有三说:一列文体论⑥,二列文体论又说:"也可列为绪论"⑦,三列"文之枢纽",并说"不属于底下的文体论范围"⑧。不同的说法还有,但归纳起来,不外这样几种类型:一、总论,二、文体论,三、既是总论,又是文体论。

分歧的关键,主要是如何理解"文之枢纽"的"枢纽"二字。"骚"是不是一种文体,本来是明确的,楚汉以后"效骚命篇"者确乎不少,所以萧统在《文选》中特立骚体一类。刘勰在《辨骚》篇中,也不是单论《离骚》一篇,而是以《离骚》为主,泛论《楚辞》的许多篇章,这也说明他是当做一种文体来论述的。刘勰在《辨骚》之后,在《明诗》篇讲到:"逮楚国讽怨,则《离骚》为刺",这说明他是把《离骚》视为诗体之一;《乐府》篇又讲到:"朱、马以骚体制

---

① 《文心雕龙注》第4页。
② 《文心雕龙校释》第10页。
③ 《中国文学史》1979年版第1册第314页。
④ 文学研究所《中国文学史》第1册第306页。
⑤ 《中国文学批评史》第1册第224、219页。
⑥ 《中国文学发展史》1957年版上卷第303页。
⑦ 《中国文学发展史》1973年版第1册第338页。
⑧ 刘大杰主编《中国文学批评史》上册第154页。

歌",更是以"骚"为文体之一的明证。引起怀疑的,就是《序志》中讲了"变乎骚"是"文之枢纽"的组成部分。而认为《辨骚》不属文体论的主要理由,就因为它是"文之枢纽":

> 舍人自序,此五篇为文之枢纽。五篇之中,前三篇揭示论文要旨,于义属正。后二篇抉择真伪同异,于义属负。负者箴砭时俗,是曰破他。①

> 刘勰把《辨骚》归入"文之枢纽"……这是因为产生于战国时代的楚辞,不但时代较早,而且它的"惊采绝艳",对后世文学发生深远的影响,所谓"衣被词人,非一代也"。刘勰把《辨骚》列入"文之枢纽",表明他对于楚辞的价值与影响,具有较深的认识。②

> 由于《楚辞》的奇异的文采崛起于战国时代,继承了《诗经》的遗绪……既熔铸了经书的内容,又独创了奇伟的文辞,所以把它看作经书的支流,列入"文之枢纽",而不把它看作一般的文体。③

三家之说虽然持理各异,甚至相反,但都是意在说明刘勰何以把《辨骚》列入"文之枢纽"。就《辨骚》属"文之枢纽"这一点来说,都是对的。但《辨骚》为什么不属文体论?为什么是总论或总纲?就或则语焉不详,或则论证不力。"经书的支流"何以能"算是全书的总纲"④?刘勰认为一切文章都是经书的支流⑤,一切文体都

---

① 《文心雕龙校释》第10页。
② 刘大杰主编《中国文学批评史》上册第154页。
③ 詹锳《刘勰与〈文心雕龙〉》第27页。
④ 同上。
⑤ 《序志》:"唯文章之用,实经典枝条。"

源于五经①,却不能把一切文体都列入全书的总纲。《楚辞》的"价值与影响"固然较大,但和是不是总论,并无必然联系。

至于认为《辨骚》和《正纬》一样,都"属负",是反面作品,因此列入"文之枢纽",这就更待商榷。后来还有人发展了这种观点,说"刘勰在《辨骚篇》中是把《离骚》放在和儒家经典对立的'奇''华'的地位,也就是他所谓'夸诞'的地位来看待的"②。以反面的、对立的作品为总论或总纲,其说本身就很难成立,何况《辨骚》中一则称骚体为"奇文郁起";再则称"气往轹古,辞来切今,惊采绝艳,难与并能";最后又赞以"金相玉式,艳溢锱毫"。既以反面的、对立的地位来对待,却又如此赞不绝口,是十分令人费解的。因而又取退一步的说法:《离骚》"亦师圣宗经之文也。然而后世浮诡之作,常托依之矣"。所以仍属"破他"之列,"而与《明诗》以下各篇,立意迥别"③。可是,刘勰在《明诗》等篇,又何尝没有批判其"后世浮诡之作"呢？如《明诗》指责了"或析文以为妙,或流靡以自妍",以及"俪采百字之偶,争价一句之奇"的诗歌;《乐府》中批判了"丽而不经""靡而非典"的乐章;《诠赋》中批判了"繁华损枝,膏腴害骨"的辞赋等等。显然,不能把这些也和纬、骚并论而"列之总论"。

所谓"总论",必须是对全书基本论点或立论原则的阐述,才能叫做"总论"。因此,严格地讲,堪称全书总论的,只有《原道》

---

① 《宗经》:"论、说、辞、序,则《易》统其首;诏、策、章、奏,则《书》发其源;赋、颂、歌、赞,则《诗》立其本;铭、诔、箴、祝,则《礼》总其端;纪、传、铭、檄,则《春秋》为根。"
② 马宏山《〈文心雕龙·辨骚〉质疑》,《文史哲》1979年第1期。
③ 《文心雕龙校释》第10页。

《征圣》《宗经》三篇。这三篇的观点,既贯串于上半部的文体论,也指导下半部的创作论和批评论。第四篇《正纬》,实际上是《宗经》的补充或附论,《正纬》中说得很明白:"前代配经,故详论焉。"是由于前代以纬配经,使得"真虽存矣,伪亦凭焉",所以在《宗经》之后,要附以《正纬》而辨纬之伪,存经之真。至于《辨骚》,不仅对下半部的创作论和批评论来说,并非总论,对上半部所论各种文体,更是平行并列的关系,而绝无以《辨骚》的观点指导《明诗》或《史传》的任何意义。《辨骚》篇既未讨论全书的基本观点,就没有理由说它是全书的"总论"。《序志》篇虽说《辨骚》是"文之枢纽",但"枢纽"之义既非总论,其实际内容也不是总论。论者往往把"枢纽"和"总论"混为一谈,这就是酿成种种分歧的症结之所在。

对于《楚辞》,说刘勰"不把它看作一般的文体",也有一定的道理,因为毕竟只有《辨骚》篇才能列为"文之枢纽",自然和其他文体有所不同。但刘勰以《辨骚》为"枢纽"之一,不过因为《楚辞》是"轩翥诗人之后,奋飞辞家之前"的作品,因而以它作为第二部分的第一篇,列入"枢纽",其基本性质并未改变,它和第二部分各篇的性质还是一样的。就《辨骚》篇的具体内容来看,主要是评论骚体作品,而不是讨论全书的基本观点。通常称为"文体论"的二十一篇,其内容不外四项。《辨骚》则有其三①:一是"原始以表末"。本篇从"奋飞辞家之前"的《离骚》开始,讲到汉代的"枚、贾追风以入丽,马、扬沿波而得奇"。二是"选文以定篇"。本篇除重点评论《离骚》外,也讲到《九歌》《九章》《天问》《招魂》等。三是

---

① 段熙仲《〈文心雕龙·辨骚〉的从新认识》(见《文学遗产》第 393 期),认为《辨骚》中只有"选文以定篇"一项。

"敷理以举统"。本篇总结骚体的写作特征甚多,特别是提出了"酌奇而不失其贞,玩华而不坠其实"的著名论点。这两句是有较大的普遍意义的。能否据此认为《辨骚》篇有指导全书的总论性质呢?这里只举《诠赋》篇"敷理以举统"的部分内容就清楚了。其中不仅总结了"情以物兴""物以情观"的基本原理,还提出"文虽新而有质,色虽糅而有本"等观点,都具有较大的普遍意义。显然是不能据以说《诠赋》为总论之一的。这就因为《诠赋》的基本性质是论赋,《辨骚》的基本性质是论骚。《辨骚》与它篇稍有不同的,是缺"释名以章义"一项。如"诗者,持也""赋者,铺也"之类的话,本篇没有。不过这四项并不是各篇都缺一不可的。如《祝盟》中的"祝",《杂文》中的"对问""连珠"等,也没有"释名"一项,当然谁也不会怀疑其为文体论。

由上述可见:《辨骚》和《原道》等前三篇总论的性质绝不相同,和《明诗》以下二十篇文体论的性质却基本一致。既然如此,刘勰为什么说"变乎《骚》"是"文之枢纽"呢?这正是《文心雕龙》上半部结构体系上的一个重要问题。简单点说,《辨骚》篇是以二十一篇文体论的代表者的身份列入"文之枢纽"的,它本身是论"骚"体,却又具有全书"枢纽"的意义。这又涉及对整个"文体论"的理解问题。认清了这二十一篇的主要意义,则《辨骚》的"枢纽"之义自明。

从《辨骚》到《书记》的二十一篇,通常称为"文体论"。这部分按篇数计,是全书的百分之四十二;按字计,则超过全书的百分之四十七。所以,这是全书分量最大的一个部分。如果仅仅是论文体,则比之《神思》《体性》《情采》《物色》《知音》等篇所论重大问题,其轻重失调就十分突出了。但细究这部分的实际内容,不仅不是单纯论文体,且并不以论文体为主,实际上是在分体的文学评论中,全面总结前人的创作经验。所以,称这部分为"文体论"虽未尝不可,但我们必须明确,用一般的"文体论"的概念来理解、来对待这二十一篇,是不准确的。

任何文学理论,都是从创作实践中总结出来的,而所总结的创作经验愈丰富,其提炼出来的理论就有可能更精确。所谓"操千曲而后晓声,观千剑而后识器"(《知音》),刘勰对这点是有所认识的。正因如此,他才以大量篇幅,相当全面地总结了历代各种文体的写作经验,而为下半部建立创作论和批评论打好基础。从这个部分的具体内容来看:一、追溯各种文体的源流演变,也就是总结文学创作的发展概况,把各体的论述综合起来,也就近于一部文学发展史了。清理了各体的发展演变过程,就为总结文学创作的经验教训提供了依据。二、解释各种文体的名称,是为了明了各体的性质和作用。如在"诗者,持也"之后,紧接着说"持人性情";在"赋者,铺也"之后,紧接着说"铺采摛文,体物写志也"。很明显,这种释名工作,是和对文体的具体写作特点的研究相结合的。三、举出各种文体的代表作品加以分析评论,这本身就是文学评论。四、总结各种文体的写作特点,这本身就是创作论。由此可见,这部分实际上就是结合实际的创作论和批评论。刘勰对这部分的重视,自然有其必要,我们对《文心雕龙》的研究,这也是一个不可忽视的部分。

从《文心雕龙》理论体系的结构来看,刘勰是首先总结前人在各个方面的实际经验,然后在此基础上提炼出下半部所论述的各种理论问题。他把"论文叙笔"的第一篇《辨骚》列入"文之枢纽",就意在表明这种关系。因此,用以显示上篇"论文叙笔"和下篇"割情析采"之间的"枢纽"作用的《辨骚》篇,它的身份,是二十一篇"论文叙笔"的代表;而列以为五篇"文之枢纽"之一,除说明刘勰对"论文叙笔"部分的重视外,更表明《文心雕龙》全书总的安排,是以总结前人实际创作经验为基础,进而建立其整个文学理论体系。

由上述可见,五篇"枢纽"的意义和作用是各有不同的,一概视为"总论",就既与实际相违,又看不见刘勰在处理其理论体系上的具体用意。

三

《文心雕龙》下半部的二十五篇,除《序志》篇外,其余为创作论和批评论(包括作家论)两大内容,在这点上是没有什么争议的。但要探讨下半部的理论体系,也存在两个比较复杂的问题须要首先解决:一是哪几篇属创作论,哪几篇属批评论;二是怎样理解这二十四篇的次第。

先谈第一个问题。创作论和批评论自然是两回事,但它们之间也有一定的联系。刘勰对这两个问题,基本上是分别论述的,也有少数篇章,他是列于二者之间的。由于在某些问题上二者界限不甚分明,加之今天的论者持理各异,因而出现了种种不同的意见。如罗根泽既说:"下篇二十五篇,则除了《时序》《知音》《程器》《序志》四篇,都可以算是创作论。"又说:"《文心雕龙》全书五十篇,……止有《指瑕》《才略》《程器》《知音》四篇是文学批评。"① 刘大杰则认为二十四篇中,《知音》《才略》《物色》《时序》《体性》《程器》《指瑕》七篇是批评论,除《隐秀》未计外,其余十六

---

① 《中国文学批评史》第 1 册第 235、236 页。

篇为创作论①。但由他主编的《中国文学批评史》却说:"下半部自《神思》至《总术》十九篇加上《物色》共二十篇是创作论……《时序》《才略》两篇是文学史和作家论……《知音》《程器》两篇,讨论了文学批评方面的重要问题。"②有的认为:"从《神思》到《隐秀》十五篇是发挥作者对创作过程的见解和对创作的要求。……从《指瑕》到《程器》九篇则着重论述文学批评的方法与标准。"③有的又以《通变》《时序》《才略》《知音》四篇,"属于文学史和批评论",《神思》《情采》等八篇为创作论,以《体性》《风骨》等四篇属风格学,以《声律》《章句》等八篇为修辞学④。此外,不同的说法还多,仅上述诸家,已可看出在这问题上分歧是很大的。

　　在学术问题上,有多种不同意见同时并存是不足为奇的,不过,这样大的分歧虽长期存在,而论者却互不过问,各行其是,似乎是不应有的现象。其实,这并不是一个难以解决的问题,特别是按照刘勰自己的结构体系来看,这两个部分本来是很清楚的。《文心雕龙》有严密的结构,这是古今论者所公认的。如果我们没有足够的理由、充分的证据说明今本《文心雕龙》是错乱的,不是刘勰自定篇次的原貌,那就勿劳今人费神,按我们的理解去断定何者为创作论,何者为批评论,而应根据刘勰自己的意见来区分。只有这样,才能看到刘勰自己的创作论、批评论,也才能看到刘勰自己的理论体系,而不是我们认为应该如何如何的体系。这样来考虑,刘勰显然是不会把总论创作技巧的《总术》篇当做批评论

---

① 《中国文学发展史》上卷第 303 页。
② 《中国文学批评史》上册第 148 页。
③ 文学研究所《中国文学史》第 1 册第 306 页。
④ 詹锳《刘勰与〈文心雕龙〉》第 22 页。

的,也不可能在《总术》之前,在下半部的第二篇、第四篇以及第十六、十七、十八篇,以《体性》《通变》《指瑕》《养气》《附会》等篇为批评论。按照原书次第的安排,再参照《序志》篇的说明,就显而易见:"摛神、性,图风、势,苞会、通,阅声、字"四句指创作论;"崇替于《时序》,褒贬于《才略》,怊怅于《知音》,耿介于《程器》"四句,所用句法和所讲内容都和上四句不同,都属文学批评和批评论。具体地说,就是从《神思》到《总术》的十九篇属创作论,《时序》到《程器》的五篇属批评论。不过《时序》《物色》两篇处于创作论和批评论之交,这和处于"文""笔"两类之间的《杂文》《谐隐》两篇的情形相仿,也兼有创作论和批评论两方面的内容。只有这样,刘勰的理论才能成其为体系;若以《体性》《通变》《附会》《知音》等为一类,那就真是杂乱无章,还有什么严密体系可言?

  但这是以今本《文心雕龙》的篇次为刘勰所自定来说的,虽据前面推测,刘勰已自定篇次的可能性较大,但不仅有范文澜等对今本《文心雕龙》的个别篇次提出怀疑,有的同志还认为今本篇次是后人依据已经错乱的顺序所增加的,因而主张作较大的调整。这就有必要探讨第二个问题:后二十五篇的篇次是否原貌,怎样理解这部分的篇次安排。

  前面所说范、杨、刘、郭四家对《文心雕龙》篇次问题的意见,都在后二十五篇,其中郭晋稀同志既认为错乱较多,又有专文论述,这里就以郭文提到的一些重要问题来略加商讨。郭晋稀同志认为今本《文心雕龙》篇次错乱较多的主要根据是《序志》篇,而怎样理解《序志》中的"割情析采",又是一个比较关键性的问题。郭文认为《序志》中的说法与今本篇次"矛盾很多",就以和"割情析采"之说的矛盾为主;其所作大量调整的根据,也以"割情析采"为主。他说:

从《神思》以下至《时序》二十篇,《神思》至《定势》五篇还是剖情;《情采》与《熔裁》两篇,是剖情兼析采;至于《声律》至《时序》等十三篇,就很驳杂,并不局限于析采。第一,《时序》不应该是析采,应该把《物色》提前,纳入析采……第二,《养气》很清楚是剖情,纳入析采,没有任何道理。第三,《附会》云:"附辞会义",这里的"辞",是指的"事",事义属于内容,也应该纳入剖情。《事类》云:"据事类义",与《附会》略同,也应纳入剖情。今皆杂入析采,显然是后人改动了篇次。①

这段话可视为郭文的论纲。它断定"后人改动了篇次"的根据是"割情析采";它指出《时序》《物色》《养气》《附会》《事类》等篇次的错乱,都是因其不符"割情析采"的位置;而主张加以调整的原则,也是要使之符合"割情析采"的次第。以下所论,主要就是根据此纲,为《物色》《养气》诸篇找一个具体的位置。因此,怎样理解"割情析采"是一个关键性的问题。

如前表所列,经郭晋稀同志调整后的篇次是:由《神思》到《定势》的八篇为"剖情";继以《情采》《熔裁》二篇为"剖情析采"相兼;由《声律》到《总术》的十篇为"析采"。这样改编是否符合刘勰的原意,姑且不论,问题在于是否符合郭晋稀同志自己的用意,也就是说:他认为属"剖情"的八篇是不是"剖情",他认为属"析采"的十篇是不是"析采"?《神思》论"神与物游",讲"规矩虚位,刻镂无形"之术,很难归入"剖情";《体性》的"体",本属"采"的范畴,至少是和"采"不可分割,刘勰已讲得很清楚:如"远奥"的"馥

---

① 《〈文心雕龙〉的卷数和篇次》,《甘肃师大学报》1979年第1期。

采典文"、"繁缛"的"博喻酿采"、"壮丽"的"卓烁异采"等。《风骨》中"辞之待骨""析辞必精""风骨乏采,则鸷集翰林"等内容,也显然是"剖情"所概括不了的。特别是《通变》所论:"诗、赋、书、记,名理相因,此有常之体也;文辞气力,通变则久,此无方之数也。"通与变都主要指形式方面,更难谓之"剖情"。

郭文归入"析采"的,也未必全属析采。如《比兴》篇,固然是讲"比兴"两种表现方法,但就刘勰所论,却并非纯属形式问题。如强调"比则畜愤以斥言,兴则环譬以托讽",反对"诗刺道丧,故兴义销亡"等,并不单是"析采"的问题。《指瑕》所指之"瑕",如斥曹植用"尊灵永蛰""圣体浮轻"之类来"施之尊极";认为左思的"说孝而不从,反道若斯"等等,显然是不应归之于"析采"的。《章句》明明说:"设情有宅,置言有位;宅情曰章,位言曰句";《练字》则说:"心既托声于言,言亦寄形于字",都说明即使种种修辞技巧,也是为表达思想内容服务的。因此,要把一些问题比较复杂的篇章,简单地分为"割情""析采"两大类,本身就是不可能的。如把《定势》篇列入"剖情"一类,理由是:"《定势》的势,指的语调辞气,决定语调辞气的是风情,语调辞气所表达的内容是事义,故以《定势》列在剖情之末。""定势"的"势",是不是"语调辞气",这里存而不论。这里要研究的是这种推论法,"析采"诸篇是不是也可照此办理呢?即使用字,也是用来表达思想感情的,如果都这样推论,岂不全都可以归入"剖情"一类?这都说明,把"割情析采"理解为:部分篇章论"割情",部分篇章论"析采",是此路不通的。

刘勰讲"割情析采"既无此意,要按自己的理解来调整篇次,把自认为是论"割情"的《养气》《附会》《事类》等篇"纳入剖情",在"纳入"何处上,就不能不遇到困难。

范文澜曾提到:"《文心》各篇前后相衔,必于前篇之末,预告后篇所将论者,特为发凡于此。"①郭晋稀同志也赞同其说,认为"这个说法是有根据的,确实是《文心》的凡例"。根据这个凡例来看,《风骨》篇末有云:"若夫熔铸经典之范,翔集子史之术,洞晓情变,曲昭文体,然后能孚甲新意,雕画奇辞。"这正是下篇要讲的"通变"的道理;又说:当时作者"跨略旧规,驰骛新作……于是习华随侈,流遁忘反"。这就更为明确地预告了下篇《通变》将论的内容。《通变》之末又说:"凭情以会通,负气以适变。"这和下一篇《定势》的开始所说:"夫情致异区,文变殊术,莫不因情立体,即体成势也。"正是前后紧紧相连的。《定势》之末又说:"夫情固先辞,势实须泽",这显然是预示下一篇《情采》要论述内容和形式的关系了。这种情形除说明《文心雕龙》的篇次先后,是刘勰有意安排,不可随意移易之外,更说明要在这几篇之间插入它篇是不允许的。可是,郭晋稀同志却要把《养气》和《附会》两篇加入《风骨》与《通变》之间,把《事类》移入《通变》与《定势》之间。理由是:一、"图风、势"的"势"字应该是"气"字,"气"即《养气》所论;二、《风骨》篇中"第二段专论文气","全文是风气并称"。这两条理由都颇为奇怪:说"势字是气字的错误",不知有何根据?"因为《文心》的篇次乱了,《养气》列入析采,所以后人改气为势。"这种说法不过是以不可靠的推测为基础,又作出新的没有根据的推论。从《梁书·刘勰传》到明清至今的各家校本,全作"图风、势",没有一本作"图风、气"。因此,出于论者主观见解的改易就很难成立。《风骨》中"文气"或"风气"并称虽是事实,但和《风骨》之后是不是《养气》却毫不相干。因为"养气"是指调养精神,

---

① 《文心雕龙注》第504页。

它和"文气"也好,"风气"也好,都风马牛不相及。

此外,郭文也还提到一些把《养气》《附会》《事类》等篇移入"剖情"之中的理由。除《附会》原接《养气》,因而对这两篇的相接自然言之成理外,一因没有比上举两条更重要的理由;再因原《风骨》《通变》《定势》诸篇,本是一气相连,不容增易;更因刘勰并非按"割情析采"排列篇次,所以不必逐一讨论,问题也基本清楚了。

郭文有云:"为什么'论文叙笔'那样眉目清楚;而剖情析采,却这样的混乱呢?"①问题就在这里:如何理解"割情析采"。"论文叙笔"是先列"文"体九篇,后列"笔"体十篇,两大类之中,间以"文笔"相杂的二篇。郭文也如法炮制:首列"剖情"八篇,后列"析采"十篇,同样于两类之中,间以"剖情析采"相兼的二篇。虽则整齐划一、上下一致了,但有违刘勰本意,因而此路不通。

刘勰于《文心雕龙》,既是论文,又是作文,这是人所共睹的;我们研讨其论,就不能不注意到这个特点。因是作文,他就颇好纵横交错,黼黻其采,而对整齐划一的刻板方式,却是极力避免的。试看全书安排:分论各种文体的二十一篇,是分别从先秦到晋宋作纵的叙述;论创作的十九篇,则是按专题作横的总结;论批评的五篇,又是纵横交错。《序志》中对上篇的说明,"论文叙笔"是纬,"原始以表末"四句则是经;对下篇的说明正好相反,"割情析采"是经,"摛神、性"以下几句则是纬。这种总体结构情形,有助我们认识"割情析采"的意义,并不指篇次的

---

① 《〈文心雕龙〉的卷数和篇次》,《甘肃师大学报》1979年第1期。

排列是先"割情",后"析采",而是指对下篇所讲各种问题,主要从"情""采"两个方面进行论析。对下篇所论各个问题,不是某几篇"割情",某几篇"析采",而是对大多数问题,都要既"割情"又"析采"。

对"割情析采"作如此理解,这是从《序志》篇的原文就可看清楚的。这段话虽可作为研究全书篇次的重要参考,但它本身并不是讲篇次。如:"若乃论文叙笔,则囿别区分:原始以表末,释名以章义,选文以定篇,敷理以举统。"这显然是说对"文""笔"各篇的论述,都要从"原始以表末"等四个方面进行。"至于割情析采,笼圈条贯:摛神、性,图风、势,苞会、通,阅声、字",也指对"神思""体性""风骨"等问题,都是加以"割情析采"。

更主要的还在于:这样理解"割情析采",是不是符合《文心雕龙》的实际。从《文心雕龙》全书来看,"情"和"采"的问题,可说是刘勰探讨文学理论的中心议题。全书用到"情"字的有三十多篇,共一百四十多句;用到"采"字的也有三十多篇,共一百多句。用作专门术语时,"情"字基本上指作品中所表达的作者的思想感情,有时引申指作品的内容;"采"字基本上指作品的文采、辞藻,有时引申指作品的表现形式。在《情采》篇,刘勰集中论述了"文附质""质待文"的相互关系,提出他对"情"和"采"的基本观点:"情者文之经,辞者理之纬;经正而后纬成,理定而后辞畅。"这一基本观点是刘勰整个文学理论的一条主干,贯串于他的全部创作论、批评论,以及文体论之中。刘勰对很多问题的论述,都是从重视内容而又不偏废形式着眼的。如《神思》篇论艺术构思,也一方面说"志气统其关键",一方面注意到"辞令管其枢机"。《体性》篇论风格与个性的关系是:"气以实志,志以定言,吐纳英华,莫非情性。"因为文学创作是"情动而言形",艺术风格就必然是"因内而符外"的。《风骨》篇不仅强调"结言端直,则文骨成焉;意气骏爽,则文风清焉",而且反对"风骨乏采"或"采乏风骨"。《定势》篇则是从"因情立体,即体成势"的角度来论文章体势,提出"因利骋节,情采自凝"。《熔裁》篇更是论述"规范本体"的"熔",和"剪截浮词"的"裁",以求做到"情周而不繁,辞运而不滥"。《附会》篇则主张:"以情志为神明,事义为骨髓,辞采为肌肤,宫商为声气"等。这都说明:从"情"和"采"两个方面及其相互关系来剖析文学理论上的种种问题,不仅符合《文心雕龙》的实际,而且正是其理论体系的特点。

以内容为主而情采兼顾、文质并重,这是刘勰整个文学理论体系的一条主线,下面还要谈到。如《体性》《风骨》《情采》《熔裁》等,其篇题就兼指内容形式两个方面;《序志》篇又明确指出其"割情析采"的意图,正能说明其全书理论体系安排的特点。如果把"割情析采"仅仅理解为篇次的说明,则不仅与实际不符,也模糊了刘勰整个理论体系的特点。

明确了"割情析采"这个关键性的问题,其具体的篇次安排,就易于解决了。刘勰以"摛神、性"表示《神思》《体性》两篇所研究的内容;以"图风、势"表示《风骨》《定势》两篇所研究的内容;以"苞会、通"表示从《通变》到《附会》所研究的内容;以"阅声、字"表示从《声律》到《练字》所研究的内容。最后讲:"崇替于《时序》,褒贬于《才略》,怊怅于《知音》,耿介于《程器》。"这里还存在两个问题:一是和下半部的篇次不完全一致,一是还有部分篇目没有提到。这种情形,有的认为是"后人搞乱的",有的认为"乃浅人改编";鄙意则以为若真经"浅人改编",就不会容许这种表面的差异继续存在了。

明人王文禄有云:"古文之妙者……三国六朝得八人焉:曹

植、祢衡、张协、陆机、刘峻、江淹、庾信、刘勰是也。"①这个评价，并不算高。清代刘开则谓："至于宏文雅裁，精理密意，美包众有，华耀九光，则刘彦和之《文心雕龙》殆观止矣。"②这仍不为过。刘永济也说："盖论文之作，究与论政、叙事之文有异，必措词典丽，始能相称。然则《文心》一书，即彦和之文学作品矣。"③看来，《文心雕龙》不仅是古代文论的奇构，也是六朝艺坛的佳作，这是我们可以承认的。《文心雕龙》既可目以"文学作品"，则《序志》所叙，和《史》《汉》的《叙传》就理应有所不同；它不像迁、固所叙，一目不漏，一篇不倒，正是理所当然的。如果刘勰也从"原道第一"开始，逐篇讲到"程器第四十九"，这就真要使读者疑其真伪了。《文心雕龙》既是论文，又是讲文学理论，所以它的《序志》是说明理论上的处理，不是讲篇次的排列。只因理论的结构体系和篇次安排有密切联系，所以二者又是基本一致的。

其实，只要稍加寻究，不难发现《序志》中对后二十五篇内容的说明，只省略了可以省略的两篇：一是《总术》。按刘勰的意思，《总术》虽单成一篇，但并未提出新的论旨，不过将前面所论各种问题，"列在一篇，备总情变"，因而不必在《序志》中和其他论题相提并论；再就是《总术》列《时序》之前，是创作论的总结，篇中已有交代，《序志》中就没有重复提出的必要。再一篇是《物色》。《时序》以下的几篇，按内容来说，《时序》《才略》《程器》的性质相近，都是分别从时、才、德三个方面纵论历代作家作品，似应连在一起的，但其中却插进《物色》《知音》两篇，既以横的论述为主，

---

① 《杂论》，《文脉》卷二。
② 《与王子卿太守论骈体书》，《孟涂骈体文》卷二。
③ 《文心雕龙校释·前言》。

性质也和评论历代作家的三篇不同。因《物色》省去未提，所以引起怀疑较多，如果《序志》中未逐篇讲到《时序》以下几篇，那会更要引人怀疑其篇次。但刘勰这样处理却有他自己的用意。他不是着眼于论述的形式来归类，而主要是从理论上的内在关系来处理的。以《程器》篇殿后，显然和他重视作家品德，特别是"摛文必在纬军国，负重必在任栋梁"的用世思想有关。而《知音》篇作为文学批评理论的总结，自然应在《才略》篇之后。至于《物色》在《时序》之后，则是虽省犹明的。其他诸篇都各有专题，《时序》《物色》则是一个问题的两个方面。这正是《序志》篇未提到《物色》的主要原因。诸家对此篇怀疑最多，但从《时序》《物色》位于创作论和批评论之交，又是分别就"时序""物色"两个方面来论述客观事物对文学创作的影响来看，又何疑之有？如果认为刘勰的认识水平还不可能有意把这两个方面联系起来论述，那就首先应该怀疑《原道》篇的内容。《原道》篇就明明是从"天文""人文"两个方面来论述"自然之道"的规律了。其实，《时序》《物色》两篇，正是以《原道》思想为指导，对"天文""人文"两个方面所作的论述。

　　刘勰对其他诸篇的论述是明确的："摛神、性，图风、势"二句，留下一篇《通变》篇，就从《附会》以上，用"苞会、通"以包举之；再从《声律》到《练字》，用"阅声、字"以细说之。这就把后二十五篇全部概括了。刘勰这样一倒一顺，一包一举，不过为了做文章，竟使人以为是对篇次安排的机械说明，恐怕是他始料所不及的。如果要严格地按照《序志》的文字来改正全书篇次，则其中对"论文叙笔"部分的具体说明，是以"原始以表末"为第一句，"释名以章义"为第二句，而这部分各篇的具体论述，又多是先"释名以章义"，后"原始以表末"，岂不要对很多篇的内容也要加以调整？

四

总结上文,列表如下:

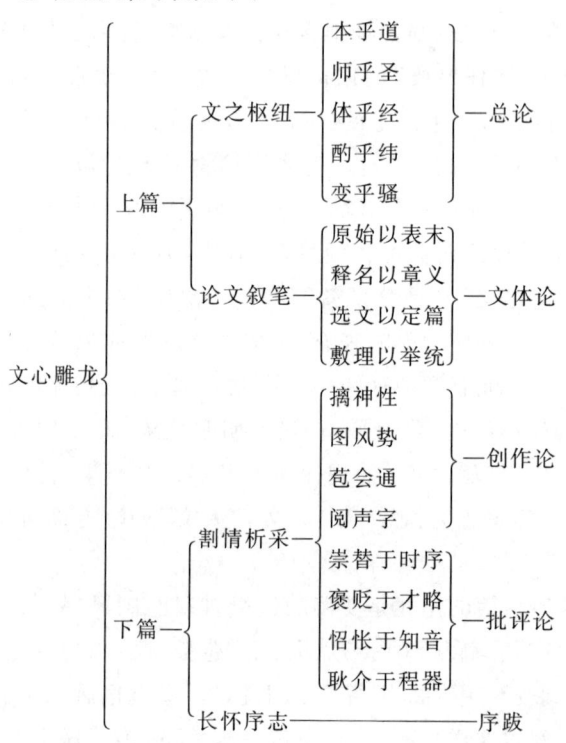

```
                    ┌ 本乎道
                    │ 师乎圣
         ┌ 文之枢纽 ─┤ 体乎经 ├─ 总论
         │          │ 酌乎纬
         │          └ 变乎骚
   上篇 ─┤
         │          ┌ 原始以表末
         │          │ 释名以章义
         └ 论文叙笔 ┤ 选文以定篇 ├─ 文体论
                    └ 敷理以举统
文心雕龙 ┤
         │                      ┌ 摛神性
         │                      │ 图风势
         │                      │ 苞会通 ├─ 创作论
         │                      │ 阅声字
         │          ┌ 割情析采 ─┤
         │          │           │ 崇替于时序
   下篇 ─┤          │           │ 褒贬于才略 ├─ 批评论
         │          │           │ 怊怅于知音
         │          │           └ 耿介于程器
         └ 长怀序志 ─────────────── 序跋
```

这就是《文心雕龙》全书体系的骨架。首先,在"文之枢纽"中总论全书的基本观点;其次,以总论中提出的基本观点为指导思想,来"论文叙笔",总结前人创作经验;第三,以前人的实际经验为基础来"割情析采",提炼出文学创作和批评的一些理论问题;最后的序跋,说明著者的意图、目的和全书内容的安排。根据这样的体系安排,是有助于我们从《文心雕龙》的实际出发,来研究其理论上的成就的;对研究某些长期存有争议的问题,也提供了正确的途径。如果从《文心雕龙》总的体系上来考察,很多问题是不难得到合于实际的解决的。

不过以上所述,主要还是《文心雕龙》的结构体系,它只能为研究刘勰的理论体系提供一定的基础,"初探"云云,就是这个意思。本文只是对研究《文心雕龙》理论体系有分歧的一些有关问题,提出一己之见,至于对刘勰理论体系的具体研究,那还另待高明。但在初探之余,也附以管蠡,讲一点粗浅体会。

仅从《文心雕龙》表面的结构,可以看出它的体系是相当完整而严密的。具体探其理论上内在的联系,那就更为细密和复杂。这种特点,主要表现在"割情析采"部分对种种创作理论的阐述;所以,我们就从刘勰的创作论着手,来探讨其理论体系。

如前所述,"割情析采"是在"论文叙笔"的基础上进行的理论概括,这里有必要首先对此略加说明。如《杂文》篇说:"陈思《客问》,辞高而理疏;庾敳《客咨》,意荣而文悴";又说:左思以前十多家的《七讽》等作品,"或文丽而义暌,或理粹而辞驳",都是内容和形式不相称。《铭箴》篇说:曹丕的《剑铭》"器利辞钝";潘岳的《乘舆箴》却又"义正体芜"。这都是刘勰所不满的。有的作品,如屈原的《橘颂》,写得"情采芬芳"(《颂赞》);郭璞的《客傲》,也是"情见而采蔚",这样的作品才是刘勰所赞赏的,所称之为"属篇之高者也"(《杂文》)。根据这些经验,就总结出《情采》篇"文附质""质待文""文不灭质,博不溺心"等论点。《辨骚》总结骚体的写作经验,提出"酌奇而不失其贞,玩华而不坠其实"的原则;《诠赋》篇说,辞赋的写作应该是"丽辞雅义,符采相胜,如组织之品朱紫,画绘之著玄黄,文虽新而有质,色虽糅而有本"。《哀吊》篇讲哀辞的写作,"隐心而结文则事惬,观文而属心则体奢"。刘勰根据这些经验,于是提炼出《情采》篇"为情者要约而写真,为文者淫丽而烦滥"的观点,以及"情者文之经,辞者理之纬;经正而后纬成,理定而后辞畅"等著名论点。又如《明诗》篇说:"然诗有恒裁,思无定位;随性适分,鲜能通圆";《诸子》篇说:"孟、荀所述,理懿而辞雅;管、晏属篇,事核而言练;列御寇之书,气伟而采奇;邹子之说,心奢而辞壮"等等,不同的作家有不同的艺术特色;这种不同的特色,又和作者的才气、个性有关。这就是《体性》篇所论作家的个性和风格的关系的根据和出发点。

这样的例子很多。刘勰的文学理论,主要就是这样产生的。它除了说明刘勰的理论体系,有建立在丰富的实际经验基础之上的特点外,更值得注意的是:这种从实际出发的文学理论,就有可能得其肯綮,接触到某些文学理论上的根本问题,并作出比较正确的回答。这里只以《神思》一篇来看。作为"驭文之首术,谋篇之大端"的"神思"问题,刘勰列为他的创作论之首,实际上是整个创作论的总纲,也是上下篇之间的"枢纽"。我们从《神思》中,既可看到刘勰文学理论体系的基本特点,也可发现它从实际出发的理论所达到的深度和广度。

《神思》篇主要是论艺术构思,并以艺术构思为中心,从艺术家的平素修养、生活、学习等,直到怎样把构思所得,用语言文辞表达出来。这样,本篇就可说概括了文学创作的全过程,因而构成了刘勰创作论的总纲。这个总纲,主要体现在:

> 故思理为妙,神与物游。神居胸臆,而志气统其关键;物沿耳目,而辞令管其枢机。枢机方通,则物无隐貌;关键将

塞,则神有遁心……是以意授于思,言授于意,密则无际,疏则千里。

刘勰论艺术构思的核心论点是"神与物游",也就是讲"物以貌求,心以理应"的心物交融活动。在这个构思活动中,由客观的物象和主观的情志相结合而形成某种"意象"。有了这种"意象",当然还远不是创作活动的完成,在刘勰看来,也还不是构思活动的结束。要把"意象"变成作品,就应"窥意象而运斤"。这就存在两个方面的问题:一是"物沿耳目,而辞令管其枢机"。作者的情志,是通过艺术形象,也就是借助于物象来表达的,要把出现于作家耳目之前的物象描绘出来,主要就靠优美的文辞了。二是"意授于思,言授于意"。艺术创作中对物象的描绘,目的终在表情达意,序志述时,因此,更要求语言文字能准确地表达作者的思想感情,做到"密则无际",而不要"疏则千里"。在实际创作中,构思是心物相融,作品也往往是情景不分的。但抒情状物既各有不同的侧重点,从理论上析而论之就更有其必要。

上述《神思》中这段话,集中论述到文学艺术创作的三个基本问题:一是情和物的结合问题,二是以言写物问题,三是以言达情问题。而文学创作在理论上所要研究的全部问题,就是情和物、情和言、物和言三种关系。

物、情、言是文学艺术的三个基本要素,三者缺一,就不能成其为文学艺术。《神思》篇能集中谈到三者及其基本关系,这绝不是偶然的。这和刘勰的"深得文理"固然有关,但更主要的,仍是如上所述,是广泛总结前人创作经验,从丰富的实际经验中提炼出来的。文学创作本身既然主要是处理这样三种关系,全面研究了古代大量作品的刘勰,正所谓"观千剑而后识器",认识到这种

基本关系就完全是可能的了。这可用大量事实来证明:

《辨骚》:山川无极,情理实劳(辽)。

《明诗》:人禀七情,应物斯感,感物吟志,莫非自然。

《诠赋》:至于草区禽族,庶品杂类,则触兴致情,因变取会。……原夫登高之旨,盖睹物兴情。情以物兴,故义必明雅;物以情观,故辞必巧丽。

以上论情与物的关系。

《辨骚》:叙情怨,则郁伊而易感;述离居,则怆怏而难怀。

《明诗》:《古诗》佳丽……婉转附物,怊怅切情,实五言之冠冕也。

《哀吊》:隐心而结文则事惬,观文而属心则体奢。奢体为辞,则虽丽不哀。必使情往会悲,文来引泣,乃其贵耳。

以上论情与言的关系。

《辨骚》:论山水,则循声而得貌;言节候,则披文而见时。

《乐府》:师旷觇风于盛衰,季札鉴微于兴废,精之至也。

《诠赋》:拟诸形容,则言务纤密;象其物宜,则理贵侧附。

以上论物与言的关系。《神思》篇集中讲到这三种关系,就是在以上种种论述的基础上汇集起来的。这反映了刘勰论创作所取得的巨大成就。更值得注意的是,刘勰对这三种关系的论述,并不到此为止。这三种基本关系中,还存在很多复杂问题有待深入细致地进行研究,而刘勰的创作论,正以大量篇幅,分别从不同角度作了具体的探讨。所谓"创作论的总纲",正是从这个意义上说的。

在刘勰的创作论中,这个"总纲"的具体体现是很清楚的。如

《体性》篇从"情动而言形,理发而文见,盖沿隐以至显,因内而符外"的基本原理,来论述作者的个性与他的艺术风格的关系。这显然是情言关系所要研究的一个重要侧面,刘勰对艺术风格有较为正确的认识,正和他能从情言关系着眼有关。《风骨》篇说:"结言端直,则文骨成焉;意气骏爽,则文风清焉。若丰藻克赡,风骨不飞,则振采失鲜,负声无力。"言辞要有骨,情意要有风,但又不能"风骨乏采",或"采乏风骨",这就涉及情和言(文、采)的复杂关系。《定势》篇又从"因情立体,即体成势"的基本道理来论文章体势。文之体、势,也属于言,但体势决定于情,所以,《定势》中探讨的是又一种情和言的关系。《情采》篇就可说是情言关系的专论了。此篇主要讲内容和形式的关系,从"情者文之经,辞者理之纬;经正而后纬成,理定而后辞畅"等基本论点可见,刘勰也主要是从情言关系着眼的。《熔裁》篇所论"规范本体",属情;"剪截浮词",属言;要求"善删者字去而意留,善敷者辞殊而意显",也是如何处理情与言的关系问题。《熔裁》以后,从《声律》到《附会》的十一篇,主要讲修辞技巧,也就是说,以论述"言"的方法技巧为重点。但一切表现形式是为内容服务的,论形式技巧,不是探讨如何抒情写志,就是研究怎样状物图貌。所以,刘勰所论,也大都不出言与情、言与物两种关系。如《章句》篇说:"夫设情有宅,置言有位;宅情曰章,位言曰句。"全篇就根据这个观点来论章句的安排。《比兴》篇提出:"起情,故兴体以立;附理,故比例以生。比则畜愤以斥言,兴则环譬以记(托)讽。"反对"刻鹄类鹜"而主张"以切至为贵"。《夸饰》篇最后指出:"饰穷其要,则心声锋起;夸过其理,则名实两乖。"《练字》篇说:"心既托声于言,言亦寄形于字。"语言文字本来就是表达思想的符号,因此,用字要"依义弃奇",避免"诡异""联边"等毛病。最后,《附会》篇更明确提出:"夫才量学文,宜正体制,必以情志为神明,事义为骨髓,辞采为肌肤,宫商为声气",以此为"附辞会义"的基本原则。在作品中,把"情志""事义""辞采""宫商"各放在什么位置,让它在作品中起到什么作用,这又是情和言所必须研究的另一重要关系。

《时序》《物色》两篇,则集中探讨了物和情、物和言的关系。"物"不外两个方面:一是社会现象,一是自然现象。刘勰把《时序》《物色》两篇连在一起,正符合其理论体系,分别论述了情言和物言两个方面的关系。这两个方面和作家、作品都有着密切而复杂的关系。如:"姬文之德盛,《周南》勤而不怨;大王之化淳,《邠风》乐而不淫";"文变染乎世情,兴废系乎时序",从王化或世情对作品的影响来看,这是物与言的关系。"物色之动,心亦摇焉";"情以物迁,辞以情发",讲客观的物色对作者的影响,这主要是讲物与情的关系。但王化和世情首先是影响到作者的感情,感情的变化又必须通过文辞来表达,这就有其错综复杂的关系。因此,《物色》篇讲的"情以物迁,辞以情发"二句,就比较概括地说明了物、情、言三者的基本关系。在实际创作中,虽然物、情、言三者的关系十分复杂,如刘勰所讲到的:"'皎日''嘒星',一言穷理;'参差''沃若',两字穷形。并以少总多,情貌无遗矣。""观其时文,雅好慷慨,良由世积乱离,风衰俗怨,并志深而笔长,故梗概而多气也。"这都有着物、情、言三者相交织的关系。但是,最基本的关系,就是"情以物迁,辞以情发";一切文学创作,都是由外物制约或引起作者某种思想感情,再运用一定的文辞来表达其思想感情。由此可见,"情以物迁,辞以情发"八字,不仅进一步说明刘勰对物、情、言三者的关系有明确的认识,也说明他对这三者关系的理解,基本上是正确的。

总上所述可以看出,刘勰的创作论,主要是由对物与情、物与言、情与言三种关系的论述构成的,这三种关系又以情和言的关系为主体。这就是刘勰创作论的理论体系及其基本特点。根据上述对刘勰创作论理论体系的理解,试列表于下。

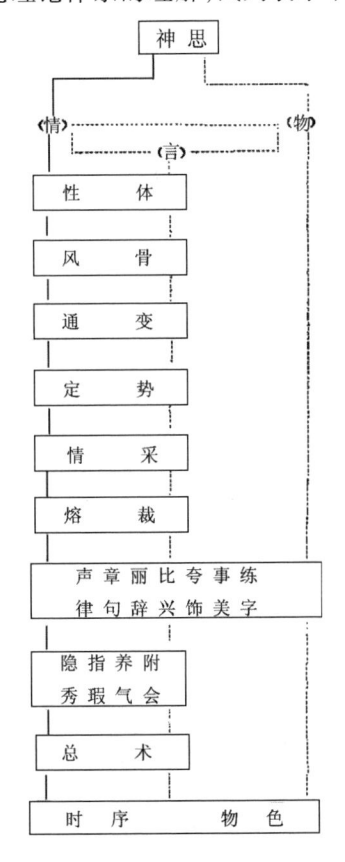

```
                    ┌─────────┐
                    │  神 思  │
                    └────┬────┘
              ┌──────────┼──────────┐
           (情)         (言)        (物)
              │          ┊          │
              │     ┌─────────┐     │
              │     │ 性   体 │     │
              │     └─────────┘     │
              │     ┌─────────┐     │
              │     │ 风   骨 │     │
              │     └─────────┘     │
              │     ┌─────────┐     │
              │     │ 通   变 │     │
              │     └─────────┘     │
              │     ┌─────────┐     │
              │     │ 定   势 │     │
              │     └─────────┘     │
              │     ┌─────────┐     │
              │     │ 情   采 │     │
              │     └─────────┘     │
              │     ┌─────────┐     │
              │     │ 熔   裁 │     │
              │     └─────────┘     │
              │  ┌───────────────┐  │
              │  │声章丽比夸事练 │  │
              │  │律句辞兴饰美字 │  │
              │  └───────────────┘  │
              │  ┌───────────────┐  │
              │  │隐指养附       │  │
              │  │秀瑕气会       │  │
              │  └───────────────┘  │
              │     ┌─────────┐     │
              │     │ 总   术 │     │
              │     └─────────┘     │
              │  ┌───────────────┐  │
              └──│ 时 序   物 色 │──┘
                 └───────────────┘
```

这个表充分显示出,"割情析采"正是刘勰创作论体系的基本组成部分。它虽全面论到物与情、情与言、物与言的关系,但对物与情的关系,只有《神思》《物色》《时序》等篇讲到;物与言的关系,除《时序》《物色》两篇作了较为集中的论析外,"阅声、字"各篇中还有部分论述。至于情和言的关系,不仅"阅声、字"中论述较多,也不仅刘勰所讨论的一些重要理论问题多属情言关系,甚至从《神思》到《物色》,全部创作论都和情言关系有关。因此,刘勰用"割情析采"来概括其理论体系,是完全适宜的。

五

"割情析采"部分的理论和体系,当然都不是游离于整个《文心雕龙》的理论和体系之外的。这部分既是在全书总论中提出的基本观点指导之下写成的,也是在"论文叙笔"中总结了前人丰富经验的基础之上,进而所作理论上的提炼和概括。因此,"割情析采"的理论体系,应该是《文心雕龙》全书的缩影。虽然,有的以研究文学理论为主,有的以总结历史经验或评论作家作品为主,因而各有其不同的表述方式,但各个部分之间,必将由某种基本思想,统一而成一个整体,形成一个完整的体系。

"割情析采",正是贯通全书的基本思想的纲领。刘勰在全书的总论中,既以"衔华而佩实"的儒家著作为典范,又提出:"然则志足而言文,情信而辞巧,乃含章之玉牒,秉文之金科矣。"(《征圣》)"割情析采"正是按照这一金科玉律,来论析如何把作品写得志足言文、情信辞巧。

前已说明,刘勰的总论,只有"原道"和"征圣、宗经"两种基本观点。刘勰在《原道》篇讲的"道",主要指万物自然有"文"的必然性。这种"文",他谓之"道之文";这种"道",他叫做"自然之道"。刘勰认为:"形立则章成,声发则文生",天地万物,凡有其形,就必有其自然形成的"文"。因此,"文"是和"天地并生"的,有天地就有天地之"文",有人类就有人类之文,"傍及万品,动植皆文"。"文"既为人类万物所必有,是客观存在的规律,文学创作就不能违反这一规律。所以他说,从伏羲到孔子,一切古代圣人都"莫不原道心以敷章,研神理而设教"。最后的结论是:"辞之所以能鼓天下者,乃道之文也。"总之,《原道》篇提出的基本观点是,文学创作必须有符合自然规律的文采,只有这样的作品,才能起到鼓动天下的巨大作用。

《征圣》篇的开头就说:"夫作者曰圣,述者曰明。陶铸性情,功在上哲。"《宗经》篇也开宗明义提出:"三极彝训,其书言经。经也者,恒久之至道,不刊之鸿教也。"这都说明,"征圣""宗经"的主旨是一致的,都是重在强调文学为封建政治服务的教育意义。《宗经》篇还具体讲到,儒家五经"义既极乎性情,辞亦匠于文理,故能开学养正,昭明有融"。所以刘勰认为,"文能宗经",就有"情深""风清""事信""义直""体约""文丽"等六大好处。这都说明,"征圣""宗经"主要是对文学作品内容方面的要求。这两篇虽也大肆吹嘘儒家圣人的著作,有"衔华而佩实""辞约而旨丰"等十分完善的典范意义,但在刘勰看来,不过因圣人著作是"原道心以敷章"的。能根据"自然之道"的精神来写作,也就具有符合"自然之道"的文采了。因此,"道"和"圣"的关系就是:"道沿圣以垂文,圣因文而明道。"自然之道通过圣人表现而为文章,圣人通过文章来体现自然之道。这种关系的实质,也就是"道"和"经"的关系。根据以上分析,"原道"和"宗经"的关系,就是所谓"文与道"的关系。只有两个方面的结合,才能写出"衔华佩实"、文质彬彬的作品。

当然,儒家著作未必是"自然之道"的体现者,除《诗经》中的部分优秀作品外,儒家经典也未必是"衔华佩实"的文学典范。刘勰的这种说法,主要目的是建立其既重内容又重形式的文学观。问题的实质,是他在当时论文,不能不首先探讨"文与道"的正确关系,作为自己评论文学的依据。不过,他是以"原道"作为"文"的范畴,以"征圣""宗经"作为"道"的范畴来论述的。《文心雕龙》的总论,只有这样两种基本观点,而不能以《正纬》《辨骚》为总论,可由此获得进一步的证实。

"原道"和"征圣、宗经"相结合的基本观点,是贯通于《文心雕龙》全书的。刘勰既以此来"论文叙笔",也用之于"割情析采"。综观全书,强调"舒文载实"(《明诗》)、"华实相胜"(《章表》)、"华实相扶"(《才略》),要求"玩华而不坠其实"(《辨骚》);反对"华不足而实有余"(《封禅》)、"华实过乎淫侈"(《情采》)、"有实无华"(《书记》)或"务华弃实"(《程器》)的意见,比比皆是。主张"文虽新而有质,色虽糅而有本"(《诠赋》)、"文不灭质,博不溺心"(《情采》)、"文质相称"(《才略》),而批判"为文造情""繁采寡情"(《情采》),不满于"义华而声悴""理拙而文泽"(《总术》)的作品,也举不胜举。这就是刘勰文道并重观点在全书的反映。当然,华与实、文与质、情与采等,和文与道的范畴并不等同,但至少可以说,这些都是在刘勰注重文道统一的思想指导之下,对作家作品的评论,和对文学创作的具体主张。而所有这些,无论是文与道或华与实等,在总的理论体系上,基本上都是情和言的关系所研究的范围。这就说明,在物、情、言三大关系中,情与言的关系是《文心雕龙》全书理论体系的主干。

章学诚说《文心雕龙》是"专门名家,勒为成书之初祖"①,这

---

① 《文史通义·诗话》。

是对的。毫无疑问,这部最早的古代文论专著,对我国古代文学理论的发展有着重要的影响。有待研究的是,刘勰的理论体系,对我国古代文论体系的形成和发展起到什么作用,这是很值得研究的。因为对这个问题的认识,显然有助于对整个古代文论体系的认识,但必须对历代各家文论体系作全面研究之后,才有考虑这个问题的可能。在目前学术界对古代文论体系的研究还着墨不多的情况下,尚非笔者个人力量所敢问津。但任何繁杂的问题,总是要从一点一滴做起。有了对刘勰文学理论体系的如上初探,至少可以得出这样几点简单的看法:

1.《文心雕龙》是我国古代文论的一个组成部分,且无疑是一个比较重要的组成部分。因此,在整个古代文学理论体系中,必然有《文心雕龙》的因素在内。

2.《文心雕龙》是集晋宋以前古代文学理论之大成的著作,它全面研究和总结了先秦以来文学创作和文学理论的重要成果,它的理论体系就集中反映了公元五、六世纪之前我国古代文论的基本特点。所以,由《文心雕龙》而进窥古代文论的体系,就成为一条可行而重要的途径。更主要的是:

3.刘勰的文学理论体系以研究情和言的关系为主,而由探讨物、情、言三者的相互关系构成,这三种关系又是文学理论所研究的基本问题,这就为我们研究古代文学理论体系提供重要线索。

在我国古代最初出现有关文论的点滴意见中,如"诗言志"①;"言以足志,文以足言"②;"质胜文则野,文胜质则史"③;

---

① 《尚书·尧典》。
② 《左传·襄公二十五年》。
③ 《论语·雍也》。

"文犹质也,质犹文也"①;"人心之动,物使然也"②等等,就开始对物、情、言三者的关系有所论述了。其后数千年的文论诗话,则抒情言志、咏物写景,情景交融之类,就成为论者的家常便饭;物、情、言三事,几乎是无书不写,无人不谈。要写要谈的,就不外是如何以言抒情、以辞状物,或如何使情与景会、物与心合。因此,对物、情、言三者关系的研究,在我国古代文论中,是具有较大的普遍性的。

古代对物、情、言三种关系的研究,不仅相当普遍,也不是散漫零碎,杂乱无章的。本书上编对这三种关系的几种主要研究情况,已作了一些初步的探讨。情与物的关系,我国古代有一整套传统观点:就是情景交融。情与言的关系,除"诗言志"的观念外,"文与道"的形式在古代文论中也有着相当重要的地位。言与物的关系,古代除研究种种咏物写景的理论和技巧较多外,赋比兴方法和形神统一的观点,更有其源远流长的优良传统。所有这些,古代文艺理论家都有着深入而系统的论述,并形成一套具有民族特色的理论体系。这些问题,上编已各有专题讨论,这里就不再详说。

古代对物、情、言三者关系的研究,当然不止这些。以上数例,只是仅就本书已讨论到的问题,以图说明我国古代文论是自成体系的。不过,能否由此窥见我国古代文论体系的一鳞半爪,这仍是笔者未敢自信的。本文刍陈浅见,除以就教读者,自己也还有待进一步学习和研究。

---

① 《论语·颜渊》。
② 《礼记·乐记》。

《文心雕龙译注》引论(存目)

刘勰论文学欣赏

文学欣赏和文学批评有密切联系，也有一定区别。在文学欣赏中，也会有一定的鉴别或品评，却以玩赏为主，从中得到美的享受，受到一定的影响和教育。文学批评虽然重在品评优劣，但一般来说，评论家对文学作品的批评，往往是从欣赏着手的。因为文学作品是艺术创作，这决定了文学批评有着不同于其他的特点。根本不懂艺术欣赏的人，就很难设想他能对文学艺术做出正确的评价。

我国古代早在春秋时期的季札观乐、孔子论《诗》，就有了文学欣赏和文学批评的正式记载，但对文学欣赏和文学批评从理论上进行系统的总结，是到齐梁时刘勰的《文心雕龙》才开始的。本文只简单谈谈刘勰有关文学欣赏方面的几个问题。

一

《文心雕龙》中没有论述文学欣赏的专篇，但散见于他的文体论、创作论和批评论中的有关意见还是不少的，其中也提出了一些值得重视的问题。《知音》篇曾讲到：

夫唯深识鉴奥，必欢然内怿，譬春台之熙众人，乐饵之止过客。盖闻兰为国香,服媚弥芬;书亦国华,玩泽方美。知音君子,其垂意焉!

刘勰认为,只有能够领略到作品的精微奥妙之处的人,才能在文学欣赏中得到使内心愉悦的享受。这种享受,就如春天登上楼台所见美景使人心情舒畅,或者像能使过往行人止步的音乐和美味一样。怎样才能得到这种美的享受呢?除了"深识鉴奥",要有一定的欣赏能力外,还必须"玩绎方美"。"玩泽"应该是"玩绎",就是要仔细地体会玩味。刘勰以兰花为喻,兰是全国最香的花,如果人们喜爱它,佩带它,那就能够更加显其芳香了。优秀的文学作品也是这样,要"玩绎方美"。

这段话形象而深刻地说明:文学作品能给善于欣赏者以美的享受,但既要"深识鉴奥",又必须"玩绎方美"。刘勰特别强调"知音君子"注意这点,就是要求批评家首先是欣赏家;一个批评者如果对作品不能"深识鉴奥",不经过一番细细地"玩绎",优劣未分,好坏莫辨,怎能做出恰当的评价呢?

真正的艺术欣赏,其实是艺术的再创造。欣赏者不进入艺术家创造的艺术境界中去,是体会不到"春台之熙众人"一类情趣的。所谓"玩绎",正是欣赏者进入欣赏对象的艺术境界中去的方式或方法。刘勰所"深爱接之"的萧统,在《文选序》中说,他在阅读欣赏文学作品中,"未尝不心游目想,移晷忘倦"。萧统能整天阅读而不知疲倦,就因他"心游目想"于文学作品之中。这个"心游目想",就是欣赏者进行艺术再创造的具体活动。艺术欣赏,只有心游其中,目想其形,在欣赏者的头脑中,绘声绘色地把作品的内容再现出来,才能在美的享受中其乐无穷而"移晷忘倦"。

刘勰对这种欣赏者的再创造,虽然还没有明确认识,但不仅他讲的"玩绎方美"在一定程度上接触到这点,他在《知音》篇还提出了文学欣赏的具体途径是"披文以入情"。所谓"披文入情",他用个比喻说,就是"沿波讨源"。能这样来阅读文学作品,则即使是古代作者"世远莫见其面,觇文辄见其心"。显然,"披文入情"就是要通过文辞进而深入了解作者的思想感情。形式的美,对文学欣赏来说固然是重要的,但任何文学创作都是"为情而造文"(《情采》),如果停留于形式的欣赏,觇其文而未见其心,见其表而未见其里,尚未领会到作者表达在作品中深微的情意,又怎能得到"欢然内怿"的享受呢?这正是刘勰在《知音》篇批评的"深废浅售",当然不是高明的欣赏家。如能在"披文入情"的过程中,结合"文"与"情"两个方面细加玩味,就可能实现欣赏者的艺术再创造,从而收到良好的欣赏效果。

但"披文入情"只概括了文学欣赏的基本途径;"披文"主要是应"入情",却不限于作者的思想感情。《辨骚》中曾讲到"循声而得貌""披文而见时";《物色》中也讲到"瞻言而见貌,即字而知时"等。这也是"披文入情""沿波讨源"的欣赏方法的具体运用。文学欣赏能由表及里,则见时、见貌、见情、见心,从形象到思想,全面深入理解作品的内容,这就实现了欣赏者的再创造。

但文学欣赏并不是到此为止。刘勰在《乐府》篇曾讲到:"故知季札观辞,不直听声而已。"对诗歌的音乐演奏,当然不能只是欣赏其音乐之美,还有更高的要求:"师旷觇风于盛衰,季札鉴微于兴废,精之至也。"这是指晋国的师旷能从歌声中听出楚国士气的盛衰,吴国的季札能从周王朝演奏《诗经》中听出各诸侯国的兴废。这种欣赏音乐的能力,确也是"精之至"的。不仅"直听声"、只见其表不入其里做不到这点,欣赏者没有广博的社会知识和高度的音乐修养、文学修养,也是不可能的。师旷本人就是春秋时期著名的乐师,季札则是当时外交场中历聘上国、遍交当世的活动家,他们能从音乐中听出盛衰兴废来,也就不是偶然的了。所以,刘勰在《知音》中特别强调:"凡操千曲而后晓声,观千剑而后识器;故圆照之象,务先博观。"这是批评家应有的修养,也是欣赏家所不可忽视的。

《诸子》篇还讲到:阅读诸子百家的著作,要"览华而食实,弃邪而采正"。这也是文学欣赏中具有普遍意义的问题。在文学欣赏的过程中,作品的艺术力量很可能征服读者,使读者陶醉其中,从而在读者思想感情上引起潜移默化的作用。以诸子中的《庄子》来说,刘勰说它"述道以翱翔",鲁迅说它"汪洋辟阖,仪态万方"(《汉文学史纲要》),确有其较强的感人力量。因此,《庄子》中悲观厌世的没落思想,就存在着感染读者的可能性。在文学欣赏中,对优秀的作品来说,是不要赏其形而止于形,还应"览华而食实";对消极颓废或采滥辞诡的作品,就有"弃邪而采正"的必要了。

二

《知音》篇中的"六观",差不多已被公认是刘勰提出的文学批评标准。我过去谈到这问题时,虽有自己的解释,但也承认了它是"标准"。仔细考虑,这是有待重新研究的。刘勰的原话是:

> 凡操千曲而后晓声,观千剑而后识器;故圆照之象,务先博观。……是以将阅文情,先标六观:一观位体,二观置辞,三观通变,四观奇正,五观事义,六观宫商。斯术既形,则优劣见矣。

首先，刘勰明明讲的是"斯术既形"，"术"只能是方法。所谓"圆照之象"，也是指全面考察作品的方法。这个方法主要就是"博观"。"六观"则是"博观"的具体内容。因此，"六观"不过是从六个方面来进行观察的方法，而不是衡量作品优劣的六条标准。

其次，刘勰是讲为了"阅文情"而"先标六观"。阅文之情，即"披文以入情"。六个方面本身都基本上属于"文"，阅文情，就是从这六个方面着手，以深入探讨其表达的情。刘勰在《序志》篇批评魏晋以来的许多文学评论，其共同的弊病就是："未能振叶以寻根，观澜而索源。"刘勰主张"披文入情"，正是针对这种弊病而提出的"沿波讨源"之法。"六观"的六个方面就是"波"，就是"叶"，观察这六个方面，就是为了"寻根""索源"。这样，"六观"就与批评标准毫不相干。

最后，所谓"标准"，必须有某种程度的规定性，或者是一定的原则要求。"六观"呢？一是体裁的安排，二是辞句的运用，三是继承与革新，四是表达的奇正，五是典故的运用，六是音节的处理。这六个方面并未显示出任何规定性，因此，它本身就无法成其为衡量作品优劣的标准。当然，在《文心雕龙》的有关篇章中，是提出了一定的要求的。什么要求呢？为历来论者所取的，不外是要求这些形式技巧能更好地为表达内容服务。这只能证明"六观"是"披文入情"的方法，而不是批评的标准。按刘勰的一贯思想，某些更为他重视的要求，如《征圣》《宗经》《风骨》等篇所论，"六观"却未涉及。如果说刘勰在自己的文学批评中运用了什么衡量文学作品的标准，那就应该是他认为"衔华而佩实"的儒家经典，或者是作为对内容和形式统一的最高要求的"风骨"。在刘勰大量的批评实践中，却没有把"六观"当作"标准"来使用。

按照刘勰自己的说法，只能认为"六观"是文学欣赏或文学批评的方法。就文学欣赏来看,"六观"就是他说的"披文";但"披文"不是目的,而是手段或方法。目的是为了"入情""见时""见貌",这正是文学欣赏所必走的道路。刘勰在讲了"六观"之后,紧接着提出:"夫缀文者情动而辞发,观文者披文以入情。"这是刘勰鉴赏论的核心论点。这两句不仅说明,正确的鉴赏是可能的,因为文学创作既然是"情动而辞发",则鉴赏者就可以"披文以入情",对文学作品作深入的理解;这两种相反的道路,更有力地说明了文学鉴赏的特定方式,必然是先从文辞的观赏,进而追溯到作者的情志;不"披文"就不能"入情",也就无所谓文学欣赏。

过去不少研究"六观"的同志,总想把其中的某几项解释为内容方面的要求,这既勉强,又无必要。从"披文入情"的用意来看,"六观"都是为了进窥内容,它本身就是形式和内容密切联系着的。从文学欣赏的角度来看,"六观"的提出正符合文学欣赏的特点。和文学批评一样,文学欣赏固然也以内容为主;但文学欣赏除了必须首先接触表现形式,必须通过形式以进窥内容外,如前所述,文学欣赏本身就是一种艺术活动,它和艺术性、和作品的美学意义的关系更直接。文学欣赏重在审美,对艺术拙劣、无美可审的作品,对质木无文、淡乎寡味的诗歌,根本就不存在艺术欣赏问题。因此,文学欣赏本身对艺术性有着更高的要求,用什么优美的形式来表现作者的深情厚意,就有其突出的意义。从文学欣赏的这种特点来看"六观",就正是要欣赏这六个方面在表现内容上运用得如何了。

三

在刘勰的有关论述中,还涉及一个值得探讨的重要问题:创作和欣赏的相互作用。

《情采》篇说:"繁采寡情,味之必厌。"《丽辞》篇说:"碌碌丽辞,则昏睡耳目。"这都是在论创作中讲到的。要把作品写得让人读了不厌烦,不昏昏欲睡,显然是从文学欣赏的角度提出的要求。这种要求在《文心雕龙》中是常见的。《总术》篇讲到文学创作总的要求:

> 视之则锦绘,听之则丝簧,味之则甘腴,佩之则芬芳,断章之功,于斯盛矣!

这就集中反映了刘勰要求文学创作应满足读者视听,要有较高的欣赏价值的思想。从欣赏的角度来要求创作,这除了说明刘勰对文学欣赏有相当的重视外,更显示了文学创作和文学欣赏的辩证关系:作品可以影响读者,读者的爱好和要求又反作用于作者。如果作品不能给人以美的享受,而令人读之昏昏欲睡,就不可能成为"英华弥缛,万代永耽"(《明诗》)的好作品。好作品的"好",就好在能长期为读者所乐于欣赏。刘勰对这种辩证关系,也可能还未明确认识到,但他一再从欣赏的角度来要求创作,却有力地说明,文学欣赏对文学创作具有一定的制约作用。

文学创作和文学欣赏的相互影响作用,其实是文学发展过程中的必然规律。刘勰既批评过欣赏者的"会己则嗟讽,异我则沮弃"(《知音》);也批评过文学创作的"习华随侈,流遁忘反"(《风骨》),不满于扬雄、班固等人依靠"纤综比义,以敷其华",来取得"惊听回视"的效果(《比兴》)。这自然是对的。欣赏者要是单凭个人的偏爱,那就是"所谓东向而望,不见西墙也"(《知音》),很难客观正确地理解和鉴赏作品;如果作者完全迎合某些人的兴趣来创作,那就很可能走上邪路,最突出的例子就是《谐隐》篇讲到的东方朔和枚皋。刘勰说,他们的作品"无所匡正",只是说些滑稽无聊的俏皮话供人开心,所以到头来他们自己也说:"为赋乃亦俳也,见视如倡。"欣赏者的偏爱,作者的投其所好,都不是正确的态度,都有碍于文学的发展。虽然如此,文学创作必将受到文学欣赏的影响,这个规律是改变不了的。刘勰在《乐府》篇讲到这种事实:

> 然俗听飞驰,职竞新异。雅咏温恭,必欠伸鱼睨;奇辞切至,则拊髀雀跃。诗声俱郑,自此阶矣。

这是说,一般流行的主要是新奇的乐章。雅正的乐歌是温和而严肃的,人们听了都厌烦得打呵欠,瞪眼睛。而奇异的乐歌就很合口味,人们听了就高兴得拍着大腿跳起来。这样,诗和声都走上了"邪路",从此越来越厉害了。这是讲春秋战国时期乐歌的变化情形。它说明,欣赏者的爱好,对诗乐的创作有着巨大的作用。西周末年以来,那种所谓"雅正"的庙堂乐章,死气沉沉而又装腔作势,的确没有什么欣赏价值,不能得到广大听众的欢迎是很自然的。人们对雅乐的厌烦,对俗乐的爱好,使得当时整个创作倾向都"诗声俱郑"了。

如果说,刘勰反映的以上事实,还是以不满的态度所作的叙述,而这种不满的态度也表现了刘勰的局限;但他所讲到的这种事实,至少说明艺术欣赏对艺术创作具有一定的制约作用。刘勰对这种作用是有所认识的,在他对某些问题的论述中,就明确主张文学创作必须以读者为转移。除上面已讲到的一些论点外,又如《练字》篇讲如何用字,这是文学创作中"文"的方面最基本的问题,其中曾说:

> 自晋来用字,率从简易,时并习易,人谁取难?今一字诡

> 异,则群句震惊;三人弗识,则将成字妖矣。后世所同晓者,虽难斯易;时所共废,虽易斯难:趣舍之间,不可不察。

这可算是一段相当精辟的论述了。刘勰一向重古轻今,这里却完全相反。原因就在于,文学创作是要给人阅读欣赏,如果用"时所共废"的古文古字,那就成了众人弗识的"字妖"。难和易的辩证关系,这里也讲得不错,关键在于从读者出发,以能否为广大读者所能接受、所能欣赏为转移。

从刘勰提供的以上基本事实和基本观点,我们可以看到,创作和欣赏之间错综复杂的关系是很值得研究的。文学创作不应迎合某些个别人物的爱好,而应坚持正确的创作道路,用优秀的作品来影响、教育读者,培养和提高读者的审美力;但又不能不顾广大读者的爱好和欣赏能力。读者在欣赏作品的过程中,一方面接受艺术的熏陶和思想教育;一方面广大读者对文学作品的喜闻乐见,又必将影响甚至制约着文学创作的发展趋向。他们总是以具有高度欣赏价值的作品来要求作者,这就不断促使作者提高创作水平。文学的创作和欣赏,就是在这种互相推进、相得益彰的过程中向前发展的。

(原载于《社会科学战线》1980年第4期)

钟嵘的诗歌评论

一

文学评论在我国出现得很早,但从先秦以来有关文学评论的书录,一般不是只言片语的零星散论,便是与经史纪传混淆不清,即使"体大而虑周"的《文心雕龙》,也还是以诗赋、史传、章表、奏议等相提并论。文学批评既然是从具体的作品出发,则对象不同,要求也就不同,其所作的总结,自然就不能完全符合于文学艺术的特征。

在我国文学史上,能够针对文学作品进行评论而又建立了基本上符合于文学艺术的特征的理论著述,钟嵘的《诗品》要算较早的一部。他著《诗品》,首先给自己规定一个严格的论题范围:只谈五言诗。这样,他就有可能针对诗歌艺术的具体特征,总结出真正符合于诗歌的规律、建立起诗歌艺术所特有的理论体系来。钟嵘不只是这样做了,而且已初步认识到诗歌艺术和一般的文章有各不相同的特点。譬如他反对用典,这就因为他认为诗歌主要是"吟咏情性"的,用典过多,"拘挛补衲",必然要影响到思想感情的表达。但他反对用典并不是一概反对的,他说:"若乃经国文符,应资博古;撰德驳奏,宜穷往烈。至乎吟咏情性,亦何贵于用事？"对诗歌创作，他反对用典；对奏议章表，他却主张用典，而且主张宜"穷"宜"博"。由此可见，他已意识到诗是一种有别于一般文章的了。这种认识在对诗人的具体品评中也联系到，如谓沈约"不闲于经论，而长于清怨"；又说颜延之"虽乖秀逸，是经纶文雅才"。一个长于"经纶"而失于"秀逸"，一个长于"清怨"而失于"经纶"。可见一个善于写一般"经国文符"之类文章的人，不一定也善于写诗，二者各有特点。

正因为钟嵘认识到诗是有别于一般文章的文学艺术，他才根据诗歌本身的特点，总结出虽然不是很有系统、但却是相当重要的一些诗歌创作的规律，在我国古代文学史上，初步建立起诗的理论体系来。

首先，在文学反映现实这一文学艺术的基本规律上，钟嵘较前人有了较为明确的认识。对于诗的产生，秦汉以来的论者，一般都只认识到诗是"志之所之"这一步，而没有探讨到（或没有认识到）诗人的思想情感又是从何而生的。陆机的《文赋》，开始接触到诗人的情感与自然现象的关系："遵四时以叹逝，瞻万物而思纷，悲落叶于劲秋，喜柔条于芳春。"但这认识还是比较模糊的，也不是针对诗人的思想情感从何产生这一问题所作的论述。

《礼记·乐记》中曾说过："凡音之起，由人心生也；人心之动，物使之然也。感于物而动，故形于声。"钟嵘则本于这种唯物的乐论，进而认识到诗人内在的情是受外在客观事物的影响而产生的。所以他说：

> 气之动物，物之感人，故摇荡性情，形诸舞咏。……若乃春风春鸟，秋月秋蝉，夏云暑雨，冬月祁寒，斯四候之感诸诗者也。

抒情言志，本来是诗歌艺术一个最显著的特色，它很容易使人误解为诗就是诗人主观情志的表达，是主观的"心"的产物。这样来理解诗歌，就势必使之失去反映现实的主要意义。钟嵘看到主观的情与客观的物之间的必然联系，这就为他的诗歌理论的建立打下了很好的基础。但认识到情与物的关系，这还只是正确地理解文学反映现实规律的一个起点，如果停留在这一点上，不进而把"物"扩展到广阔的社会现实生活上去，其意义仍是不大的。在这问题上，钟嵘的主要成就正在于他对诗与社会现实的关系，有着较为深入而正确的探讨。

钟嵘指出，社会上种种不同的生活现象，可能使人产生两种不同的情感：一是"嘉会寄诗以亲"，一是"离群托诗以怨"。对"寄诗以亲"的一面，论者并不重视，没有作什么具体阐发；对"托诗以怨"的一面，却着重进行了细致的分析论述。他举出这样一些矛盾现象：如屈原之遭放逐去境；王嫱之离宫出塞；统治者发动残酷无情的战争所造成"骨横朔野，魂逐飞蓬"的悲惨情景；离妻别子，远戍边塞的游子生活；历尽千辛万苦，流尽辛酸眼泪的孀闺怨妇等等。所有这些，无论是诗人的亲身遭遇或耳闻目睹，都莫不使之"感荡心灵"。在这种现实的感荡之下产生的情感，自然是哀怨之情，愤激不平之情，发而为诗，这就构成他所谓"托诗以怨"的具体内容。

在矛盾重重的封建社会，特别是战乱连年，民不聊生的南北朝时期，不仅广大人民生活于水深火热之中，甚至一般中下层士大夫阶层的人士，也往往流离失志，牢骚满腹。在那样一种疮痍满目，白骨蔽野的现实生活中，感荡心灵的当然只有哀怨之情；吟咏情性的诗人，当然只有"托诗以怨"，而不会"寄诗以亲"。钟嵘认识到这种关系之后，在具体品评诗人时，便常常注意到他们是否能"托诗以怨",也就是看他们能否表达出自己对社会现实的真实感触,能否抒发自己对社会上种种不平现象的怨怒之情。所以,《诗品》中除常以能否"发愀怆之词""感慨之词"来品评诗人外,直接用"怨"字的地方特别多。如谓《古诗》"多哀怨",李陵诗是"凄怆怨者之流",班婕妤诗"怨深文绮",曹植"情兼雅怨",左思是"文典以怨",秦嘉夫妇"文亦凄怨",沈约"不闲于经纶,而长于清怨"等等。由此可见,在钟嵘心目中,诗的主要内容应该是抒发诗人感于现实生活的悲惨现象而产生的哀怨之情。对于钟嵘所强调的这种"哀怨"之情,当然我们不能对它估计过高,也不能用身受重重压迫剥削的劳动者的怨怒之情,和不满现实而奋起斗争的人民大众的反抗之情来要求它。钟嵘所看到或理解到的东西,总还是带有一些士大夫文人的烙印。所以,像《古诗》中某些消极悲观的情绪,他也无所区别地大加推崇;对王嫱、班姬、李陵、王粲等人的同情,也是从个人遭遇的不幸的角度提出来的。这是我们应该注意到的。但是,钟嵘能把"托诗以怨"当做对诗的总的要求提出来,并一再强调这点,在客观上它就起到这样一种作用:使诗歌具有充实的社会内容,使文学艺术成为暴露黑暗、批判现实的武器。这是值得我们肯定的。如他所列举的屈原的含冤被逐,连年征战所造成的"骨横朔野"的悲惨景象等,钟嵘认为这种现象是必然要引起诗人的怨怒之情的。无疑这种观点在当时是有一定的现实意义的。所以,对于钟嵘的"托诗以怨",我们既不能说它就是有意识地主张揭露和批判社会现实的黑暗,但也不能说它仅仅是对于个人遭遇的悲叹。

从文学是现实生活的反映这一基本认识出发,进一步,钟嵘评李陵说:"文多凄怆怨者之流。陵名家子,有殊才,生命不谐,声颓身丧。使陵不道辛苦,其文亦何能至此?"评刘琨说:"琨既体良才,又罹厄运,故善叙丧乱,多感慨之词。"说秦嘉"夫妻事既可伤,文亦凄怨"。这就是说,李陵之所以是"文多凄怆怨者之流",刘琨之所以"善叙丧乱,多感慨之词"等等,是与他们"生命不谐""罹厄运"的具体遭遇分不开的。从这里可以看出,钟嵘已认识到诗人的生活遭遇对于他的创作是有着密切关系的。这一认识,对于探讨文学与现实的关系,是一个值得注意的发展。只有认识了这种关系,才能理解生活对于创作的重要意义。

在探讨诗与现实的关系中,钟嵘也同时认识到诗歌必须具有来自生活的充实的情感。诗是情的结晶,情是诗的生命。没有来自生活的洋溢充沛的情感,便没有诗——起码是不会有好诗。从《尚书》中的"诗言志",陆机的"诗缘情而绮靡"①,到刘勰的"人禀七情,应物斯感,感物吟志,莫非自然"②等等,都在于说明诗是情的产物。"诗言志"更是贯穿于我国整个古代文学史中一个对诗的总观点、总概念。

钟嵘论诗,是继承而又发展了这一传统观点的。他认为诗就是诗人受了外在事物的召感,"摇荡"了诗人的性情,于是才"形诸舞咏"——产生诗歌的。诗既然是发乎情,动乎志的东西,那么,"吟咏情性"就是诗歌创作的主要任务了。如此,则诗歌创作的各个方面都应以表情达意为出发点。譬如在诗的形式上,钟嵘反对四言诗,主张用五言诗,那就因为五言诗具有"穷情写物,最为详切"的优点。在诗歌内容上,他强调"建安风力",反对玄言诗,就因为建安诗作多为激情回荡的慷慨悲歌之词,而永嘉时期"理过其辞,淡乎寡味"的玄言诗,则写得像《道德论》一样,没有一点真

---

① 《文赋》。
② 《文心雕龙·明诗》。

实感情。在表现方法上,钟嵘主张自然,反对用典,他说:"至乎吟咏情性,亦何贵于用事?"就因为堆砌典故太多,造成"句无虚语,语无虚字,拘挛补衲,蠹文已甚"的毛病,妨碍了思想情感的自然表达。

更值得注意的是,钟嵘所论诗歌创作所必需的情感,并不是一般的泛泛之情,矫揉造作之情,他说:

> 至于楚臣去境,汉妾辞宫;或骨横朔野,魂逐飞蓬;或负戈外戍,杀气雄边;塞客衣单,孀闺泪尽;或士有解佩出朝,一去忘返;女有扬娥入宠,再盼倾国。凡斯种种,感荡心灵,非陈诗何以展其义?非长歌何以骋其情?

这段话说明:一、诗歌创作必须是实有所感引起的;二、这种感情一般不是欢愉之情,多为黑暗社会中种种矛盾现象所引起的哀怨不平之情;三、这种情感还必须是深刻浓厚的,不能只凭一点淡漠的微弱的感触写诗,必须诗人受到客观事物的刺激而引起一种强烈的冲动,使他不借诗歌抒发出来就悒郁不安。只有这样,才能写出感情饱满,内容充实,使"味之者无极,闻之者动心"的好诗。对于那种没有真实情感,为作诗而作诗的做法,钟嵘是十分反对的:

> 今之士俗,斯风炽矣。才能胜衣,甫就小学,必甘心而驰骛焉。于是庸音杂体,人各为容;至使膏腴子弟,耻文不逮,终朝点缀,分夜呻吟。独观谓为警策,众睹终沦平钝。

这段淋漓尽致的批评,真使人读之称快。正是那般日子过得实在无聊的"膏腴子弟",本来生活空虚,性灵枯槁,无话可说,无情可抒,却偏要苦苦"终朝点缀,分夜呻吟"。但这种无病呻吟之作,虽是自谓"警策",大家看来,却是"平钝"得很。这就是缺乏来自生活的情感的原因。

诗之所以成其为诗,能够构成一种独特的艺术形式,除在内容上要具有深刻的现实意义和强烈的思想情感之外,在表现形式上,还必须有自己的特点。钟嵘是充分注意到这点的。譬如诗的音乐性,这是诗的重要因素之一。钟嵘对这问题的态度,显然是根据他对诗歌的这样一个总的原则来处理的:即以能充分自由地表达诗人的思想感情为出发点。诗,应该有诗的自然音律,但反对任何人为的不利于表情达意的作法。在这一总的原则之下,他有区别、有分寸地提出了自己的意见。对于须要入乐的古诗,他认为要"被之金竹",所以,"非调五音,无以谐会"。至于齐梁时的五言诗,"既不被管弦,亦何取于声律耶?"而他所赞同的古诗"重音韵之义",也和齐梁时言宫商者有别。古诗讲求的音韵,只是"调五音",使诗能入乐即可,那仍是一种自然的音韵。齐梁间沈约、周颙等人所讲求的音韵,则是极为严繁的四声八病。要求"宫羽相变,低昂舛节"[1],这一总的精神还是可取的,但却又规定出种种严密繁苛的病忌,要做到"一简之内,音韵尽殊;两句之中,轻重悉异"[2]等等,这就是钟嵘所反对的了。钟嵘批评当时讲究声病的风气说:"于是士流景慕,务为精密,襞积细微,专相陵架。故使文多拘忌,伤其真美。"这与钟嵘主张自然地表露真情实感的原则是大相径庭的。

钟嵘虽然反对当时那种"务为精密",有伤真美的做法,但对于当时盛行的五言诗,虽不被之弦管,诗歌本身所要求的音乐性,

---

[1] 沈约《宋书·谢灵运传论》。
[2] 同上。

他认为还是应该具备的。张协诗作的"音韵铿锵",他是采取赞扬态度的。钟嵘所主张的,则是一种自然的音韵。他说:"余谓文制本须讽读,不可蹇碍,但令清浊通流,口吻调利,斯为足矣。"钟嵘反对沈、周等人的声律之说虽然过激一些,但他从能自由畅达地表达作者思想感情的要求出发,提出这种自然音律的主张,基本上是正确的。

除了音乐性,钟嵘对诗歌艺术性上一个总的要求,是诗要有诗味。钟嵘所强调的诗味还并不仅仅是一个形式上的问题,他所要求的诗味,是和内容紧紧联系在一起的。正因为钟嵘在诗歌内容上要求有充实的思想情感,反对无病呻吟,所以对永嘉时那种毫无感情的玄言诗,他认为是"淡乎寡味"的;而大明泰始间出现的大量堆砌典故的事类诗,钟嵘也认为"殆同书抄",没有半点诗味。这都是钟嵘所极力反对的。他对五言诗很感兴趣,认为"五言居文词之要",就因为五言诗在形式上比四言诗显得活泼,更能自由生动地表达思想情感,所以是"众作之有滋味者也"。

在品评诗人时,钟嵘也很注意这点。如对陶渊明,已有"世叹其质直"的评语。特别是被列入下品的一些诗人,如袁嘏,他自己还认为"我诗有生气",钟嵘看来,也不过是"平平耳"。阮瑀、欧阳建等七人的诗,都失之"平典",缺乏诗味。傅亮的诗,"亦复平矣(亦作"平美")"。诗写得"质木无文"的班固,当然也只有名列下品了。所谓"平直""平平""平典""质木"等等,都是内容比较单调、形式比较生硬,特别是缺乏艺术性的表现。

总上所述,我们可以看出:一、钟嵘对诗歌艺术的特点,从思想内容到艺术形式都已有了一定的认识;二、他认为诗以"吟咏情性"为主,因此,诗的内容必须具有充实的思想情感,强调诗歌的"托诗以怨"。他也认为诗必须具有诗的艺术特点,所以说既要

"干之以风力",又要"润之以丹采"。但一切诗歌形式必须为内容服务,任何有损于诗歌内容的,"使文多拘忌,伤其真美"的雕琢繁饰,他都是坚决反对的。钟嵘就是根据这种认识——也就是他对诗歌的这些基本主张,进入具体的作家作品论的。

二

钟嵘对作家作品的具体评论,是从两个方面同时进行的:一是探索诗人的风格流派及其渊源关系;一是品其优劣,把汉魏以来一百二十多个五言诗人分别列入上中下三品,各加以简要的评语。现在先谈第一个方面。

钟嵘在探索诗人的风格流派上,注意到诗人诗风的历史渊源关系,因而能结合着探源溯流来进行批评。在我国文学批评史上,这是一件值得重视的事情。钟嵘在他的实践中,缺点自然是很多的,问题是我们今天应怎样来看待这些缺点;而更主要的,我以为还在于怎样来认识他所作出的成绩,怎样来估价这些成绩在文学史上的意义,以及怎样来批判地继承这份遗产中于我们有用的东西。

钟嵘在建立和运用这一批评方法中,由于过分强调了文学的历史继承关系,以致在具体评论中常有不当之处。一个诗人的创作倾向和艺术风格的形成,主要决定于现实生活。钟嵘在评论诗人中本已接触到这一文学创作的重要规律,但却没有明确深刻地意识到它,因而在追溯渊源关系时忽略了这点。

在文学创作中,作者有意无意受到他人影响的事实是存在的,但这是一个相当复杂的过程,不能简单对待。因诗人与诗人之间、诗风与诗风之间不是绝缘的,彼此间常有错综复杂的影响,不可能只受某一诗人诗风的影响而与其他诗人诗风无关。这一复杂的关系钟嵘也没有注意到，因而在探讨诗人诗风渊源关系时对这问题作了过于简单的处理。如说《古诗》源于《国风》，李陵出于《楚辞》，王粲源于李陵，应璩祖袭魏文，陶潜出于应璩等，而归各家为《国风》《小雅》和《楚辞》三个总的源头。这样简单的归划，显然是忽视了现实生活对文学的重要作用。而某些真正具有共同风格的诗人，被钟嵘追溯的源头又各不相同。如说曹植源于《国风》、曹丕源于《楚辞》，曹操则不知所出。其实三曹都是具有"建安风力"的代表人物，多多少少都具有一些"感于哀乐，缘事而发"的共同特色，说他们各属不同的源流派系是不很恰当的。又如谢混、谢灵运、谢朓等人，他们确是有一定的渊源关系而又风格相近的诗人，钟嵘却说谢灵运出曹植，属《国风》一系；谢混、谢朓出张华，属《楚辞》一系。更成问题的是《国风》一系的班婕妤、曹丕、王粲等二十余家均源出于李陵，且不说他的诗是否可靠，无论真伪，历史上只载有他的《与苏武诗三首》，说这三首诗对后世的影响有如此之大，这是不可思议的。像这样的缺点，《诗品》中是存在的，前人已有过不少指责。王世贞《艺苑卮言》说："第所推源出于何者，恐未尽然？"①《四库全书总目提要》说："惟其论某人源出某人，若一一亲见其师承者，则不免附会耳。"②谢榛《四溟诗话》也说："钟嵘《诗品》，专论源流，若陶潜出于应璩，应璩出于魏文，魏文出于李陵，李陵出于屈原。何其一脉不同邪？"③这些批评也大都是对的。

钟嵘所取探源溯流的批评方法虽然有着不少缺点，但我们必

---

① 《艺苑卮言》卷三。
② 《四库全书总目》中华书局影印本第1780页。
③ 《四溟诗话》宛平校点本第43页。

须看到,它的功绩毕竟是主要的。从横的方面看,钟嵘常用对比方法,以简要评语指出诗人的风格特征,虽然其中少数地方说得抽象含混一些,但对多数诗人都能抓住要害,较为明确地指出诗人的风格特征。如说曹植:"骨气奇高,词采华茂;情兼雅怨,体被文质,粲溢今古,卓尔不群。"说左思:"文典以怨,颇为精切,得讽谕之致。虽野于陆机,而深于潘岳。"说鲍照:"得景阳之俶诡,含茂先之靡嫚。骨节强于谢混,驱迈疾于颜延。总四家而擅美,跨两代而孤出。"这些评语,大体上都道出了诗人的基本特色,并指出了某些诗人彼此之间的不同风格特征。这对我们研究汉魏六朝诗人时,究其诗作,探其风格,量其高下,考其成就,都是很有借鉴作用的。

这里,值得我们注意的是,钟嵘不仅指出了不同诗人所表现出来的风格特征,而且还探索到某些诗人诗风的形成原因。如前面所述李陵、刘琨、秦嘉夫妇等人的诗风与他们身世遭遇的关系便是。在这种对不同诗人诗风形成原因的探索中,就使得钟嵘的诗歌理论更深一步地接触到文学与现实的关系,从而丰富和加深了他的诗歌理论。

从纵的方面看,钟嵘把这时期的诗人归入三个源头,属《国风》一系的十四人,《小雅》一系的一人,《楚辞》一系的二十二人。这样归类,自然是简单一些,其中不免也有一些主观的地方。指出这种缺点是完全必要的,但我们如果仔细考察一下钟嵘何以要这样追溯划分,并非毫无根据。首先,我们应看到钟嵘《诗品》品录诗人凡百二十余家,他仅仅指出了三十七人的渊源关系,还有八十五人,作者没有随便乱说,可见钟嵘对这三十五人多少总是有一些根据的。其次,这三个总源头中属《小雅》的只有阮籍一人;风雅本自相近,钟嵘也说过,阮籍"《咏怀》之作……会于风雅"。所以,钟嵘所划分的实为风雅与《楚辞》两系。钟嵘所探索的渊源关系,主要是从风格流派和表现形式上着眼的。我们知道,《诗经》和《楚辞》在表现方法上,是我国现实主义和浪漫主义的两大源头,钟嵘虽还没有认清这点,但他正好也是从诗歌的表现手法上把汉魏六朝(亦即《诗经》《楚辞》以下)的诗人归入这两大流派的。这一事实对于我们考虑钟嵘何以把这些诗人正好分属这两系,似乎应有一些启示作用。我觉得这点是值得我们注意的。这里不妨先就两大派系的特点,对照起来试探一下钟嵘这种分法的意旨所在。

对《国风》的传统见解是"上以风化下,下以风刺上……故曰风"①;"诗者,弦歌讽谕之声也"②。因此,它所表现出来的风格特征是:温丽而怨,婉约言志。钟嵘列入《国风》一系的诗人,也大都具有这方面的特点。如像《古诗》的"文温以丽,意悲而远";曹植的"情兼雅怨,体被文质";左思的"文典以怨……得讽谕之致";谢超宗等七人的"得士大夫之雅致"等。

《楚辞》则不同。在骚赋那种热情奔放,哀怨横生的气氛之中,自有一种峻拔疾迈之势,而和《国风》迥异。司马迁说:"屈平之作《离骚》,盖自怨生也";是由于"疾王听之不聪也,谗害之蔽明也,邪曲之害公也,方正之不容也,故忧愁忧思而作《离骚》"③。所以,浓烈的愁怨不平之情,是骚的显著特色之一。王逸又曾说过:屈原"膺忠贞之质,体清洁之性,直若砥矢,言若丹青,进不隐

---

① 《毛诗序》。
② 郑玄《六艺论》,《北堂书抄》卷九十五。
③ 《史记·屈原贾生列传》。

其谋,退不顾其命,此诚绝世之行,俊彦之英也"①。这就造成《楚辞》慷慨陈辞,锋芒直射的又一特色。《诗品》中列入《楚辞》一系的许多诗人,正是有着这样的特色。如李陵是"文多凄怆怨者之流";班姬是"词旨清捷,怨深文绮";王粲是"发愀怆之词";嵇康则"过为峻切,讦直露才,伤渊雅之致";刘琨、卢谌是"善为凄戾之辞,自有清拔之气";鲍照是"高尚巧似,不避危仄,颇伤清雅之调"。这里的"怨"就不同于《国风》中的"怨",而是愀怆之辞,凄戾之声,是更深更厚的"怨";也再没有"温柔敦厚"的"士大夫之雅致"了。其陈辞是"峻切"的,"讦直"的,"险俗"的,故多"有伤渊雅之致"。由是可知,两两相较,一是温丽而怨,婉约言志,以讽其上;一是讦直峻切,大发愁牢,有伤风雅。它们的风格特征确是各不相同的。

所以,钟嵘这样做,总的看来,他并没有错;他在千多年前就看出我国文学史上这样两大流派,我们绝不能说没有意义。但是也必须指出,这只是就其总的成就与贡献而言,在风格流派的辨别区分上,钟嵘并不是已经做得很对了。如左思与陆机的诗歌风格是大不相同的,钟嵘自己也曾指出过左诗"野于陆机",但却把他们都列入《国风》一系。又如《楚辞》一系的潘岳和刘琨,特别是陶潜和谢朓等人的诗风,也是很不相同的。由此可见,钟嵘对这问题还并不是搞得很清楚,只不过他已注意到这问题罢了。

三

钟嵘在《诗品》的序中严厉地批评了当时贵族文坛上一种很

---

① 《楚辞章句叙》。

不好的风气：

> 观王公搢绅之士，每博论之余，何尝不以诗为口实，随其嗜欲，商榷不同。淄渑并泛，朱紫相夺，喧议竞起，准的无依。

对于陆机、李充、谢灵运、张隲等人所撰有关文论或文集，亦因其"皆就谈文体，不显优劣""并义在文，曾无品第"，而感到十分遗憾。因此，钟嵘著《诗品》便是要显优劣、论品第。既然要品定作家作品的高低优劣，就不能再是信口开河，"准的无依"，而必须有自己的品评标准。

钟嵘的品评标准是什么呢？这点在目前还存在着较大的分歧意见，有的以为钟嵘评诗标准以艺术形式为主①，有的则认为是以思想内容为重②，也有认为是文质并重、内容形式兼顾的③。至于钟嵘所品诗人的高下等第是否恰当，历来指责的人就很多。如王世贞说：

> 迈、凯、昉、约，滥居中品，至魏文不列乎上，曹公屈第乎下，尤为不公。④

又如王士禛所论：

> 钟嵘《诗品》，余少时深喜之，今始知其踳谬不少……夫桢之视植，岂但斥鹦之与鲲鹏耶？又置曹孟德下品，而桢与王粲反居上品。他如上品之陆机、潘岳，宜在中品；中品之刘

---

① 郭绍虞《中国古典文学理论批评史》第 137 页。
② 陆侃如、冯沅君《中国文学史简编》修订本第 97 页。
③ 范文澜《中国通史简编》修订本第二编第 421 页；北京大学中文系 1955 级《中国文学史》修改本第 2 册第 339—340 页。
④ 《艺苑卮言》卷三。

琨、郭璞、陶潜、鲍照、谢朓、江淹,下品之魏武,宜在上品;下品之徐幹、谢庄、王融、帛道猷、汤惠休,宜在中品。而位置颠错,黑白淆讹,千秋定论,谓之何哉?①

举出这些可以说明:一、钟品不当之处,确乎不少;二、但这些批评者的意见也未必都对。如像王士禛主张把曹丕、郭璞、谢朓、江淹等人列入上品,把王融、谢庄等人列入中品,这就反不如原品得当了。由此可见,品列诗人等第,要做得恰到是处是颇不容易的。由于论者观点不同,标准各异,很难没有一些主观成分,要品评得准确无误,特别是要使得定品千百年之后,永远不会有人再有异议,那是完全不可能的。虽然如此,但我们不能就此否定钟嵘所取这一批评方法本身。试看钟嵘所品一百二十多人,无论历来论者意见是否正确,对钟嵘所品有异议的诗人,也总不过十之一二,那么,十之八九还是品对了,这就确乎不失为千载定论。所以,王士禛在批评他不当之处时,仍首先肯定了《诗品》是"折衷情文,裁量时代,可谓允矣!"

问题并不仅仅在于方法本身。任何好的方法用起来也不能保证不出毛病。重要的是如何使用这方法,特别是使用者的立场观点如何。从钟嵘所品不当之处来看,如曹操、陶潜、鲍照等过低,陆机、潘岳、刘桢、谢灵运等人过高,他所依据的,似乎主要是这些人诗歌的表现形式,如说陆机"才高词赡,举体华美";说谢灵运诗"名章迥句,处处间起,丽典新声,络绎奔会"等等。这些地方确是表现出论者有一定形式主义倾向;他评论诗人时,也确是有从艺术风格着眼的。但我们是否可由此得出结论,说"钟嵘论诗

---

① 王士禛《渔洋诗话》卷下,《清诗话》上海古籍出版社排印本第203—204页。

的总倾向"是"重形式胜于内容"①,或者说"钟嵘对于文质的看法,基本上是站在'文'的方面的……他品评的标准,比较还是偏于艺术标准的"②呢?这还是值得商讨的。

　　首先应看到的是:《诗品》中像陆、谢这样的例子并不是多数。可否从少数几个人的品第不当,偏重于他们的艺术形式,便由此得出结论:其批评标准是重形式而轻内容?显然是不能这样来看问题的。一个批评者所持批评标准,是用来衡量一切作家作品的总原则,少数几人的评品不当,是不能改变其根本性质的。

　　其次,形式主义倾向和批评标准之间的关系如何,这是很值得我们研究的一个问题。可否设想能有这样一位所谓形式主义的批评家,他在品评作家作品时因所评的作品的艺术形式表现得好一些,就背弃自己的阶级立场,改变自己的阶级观点,而把一篇在思想内容上和自己的阶级利益有矛盾、有冲突的作品评价得很高呢?这是不可能的。所以,形式主义倾向虽然有可能影响到批评标准,但形式主义倾向并不等于就是批评标准,这是显而易见的。这其中的区别是否在于:作为一种衡量艺术品高低的批评标准,它是包括思想内容和艺术形式两个方面而又必然是把思想内容放在首要地位的。无论什么样的批评标准,它都含有一定的阶级内容,也就是说:它只能是属于这一阶级或那一阶级的批评标准,而不是一切阶级通用的,跟没有绝对的形式主义的文学创作一样,脱离阶级内容的,完全以艺术形式为依据的批评标准也是不存在的。脱离内容的任何艺术形式都是不可能存在的,无论创

---

① 李伯勋《论钟嵘〈诗品〉》,《光明日报》1961年1月22日《文学遗产》第348期。
② 郭绍虞《中国古典文学理论批评史》第137页。

作和批评;所谓"形式主义"云云,只能当作一种倾向或较重于形式的观点来看,而并不就是一种超然于思想内容、阶级观点之外的独来独往的东西。有的人虽然在表面上口口声声大叫艺术至上,形式第一,但那不过是借以掩盖其不可告人的思想实质而已。这种人虽然是津津乐道于形式问题,但当他真的在品定作品的高低价值时,其主要依据却不是形式,而是思想内容。毛泽东同志说过:

> 各个阶级社会中的各个阶级都有不同的政治标准和不同的艺术标准。但是任何阶级社会中的任何阶级,总是以政治标准放在第一位,以艺术标准放在第二位的。①

这就正是上述道理最科学、最正确的总结。这是我们研究古今一切文学批评——也是探讨钟嵘批评标准的最好依据。

所以,对于《诗品》中一些今天看来品第不当的诗人,我们首先应从批评者的阶级立场上来看。在文学批评上,既然任何阶级社会中的任何阶级,都是把政治标准放在第一位,钟嵘自然也不例外;只不过他是用的他那个阶级——在当时较为进步的中下层士大夫阶级的政治标准,今天用我们的政治标准来衡量,有少数人品第不当,那是毫不为奇的。其次,我们也必须看到这样两点:第一是他所品录的"止乎五言"。他主要是根据一个诗人五言诗的成就来品定其高下的,不弄清这个前提,我们很容易错怪批评者。譬如鲍照,我们对这位诗人总的印象是从他全部作品中得来的,而他给我们印象最深的,还是那些足以代表其特色和成就的七言歌行;但钟嵘却只是根据他的五言诗来定品的。所以,即使

---

① 《在延安文艺座谈会上的讲话》,《毛泽东选集》第 826 页。

他品评得完全正确,他和我们印象中的鲍照仍有一定距离。这种情形是研究《诗品》的人所应该注意到的。第二是《四库全书总目提要》提醒我们的:"近时王士禛,极论其品第之间,多所违失。然梁代迄今,邈逾千祀,遗篇旧制,什九不存,未可以掇拾残文,定当日全集之优劣。"如陶潜是否源出于应璩,很可能就存在这个问题。指责陶潜出于应璩之说不当的人很多,但唯一的根据只是应璩三首残缺不全的《百一诗》。可是据李充《翰林论》说,应璩的五言诗原有百数十篇,钟嵘当然是根据他的全部作品来说的,我们未见其全貌,抓住一鳞半爪,便说它"与陶诗了不相类"①,这显然是靠不住的。钟嵘所品诗人,现在看来有些不当的,其中很可能有这种情形存在。

我们在讨论钟嵘评诗的基本倾向时,是应该估计到以上种种情形的,但是,仅就现有资料和钟嵘的评论意见来看,我认为《诗品》的形式主义倾向并不是主要的;它的基本倾向还是更重内容一些,并把思想内容放在品评标准的首要地位的。这可以从以下两个方面来看:

第一,从钟嵘评论诗歌中所主张的和反对的东西来看。

一个文学家、艺术家,在他自己的理论主张和创作实践上,可能有较大的距离甚至矛盾。文学理论和文学批评之间的关系就不是这样,二者都属逻辑思维范畴,都是自己某种主张的表现形式。"评"不仅必须以"论"作依据,而"评"本身就是主张什么,反对什么的意思,实质上"评"也就是"论"的另一种表现形式。二者有区别,但又是统一的。某些研究《诗品》的同志,由于没有细查钟嵘对少数诗人品第不当的根本原因,看不见评诗与论诗之间

---

① 叶梦得《石林诗话》卷下。

的根本关系,于是简单化地套用"主张并不等于实践"这个概念,也不问"主张"是什么样的主张,"实践"是什么样的实践,硬说钟嵘论诗与评诗的观点不一致,有矛盾;说他的文学主张是进步的,文学批评则背弃了自己的主张,是落后的,等等。这种看法是值得进一步讨论的。

这问题在钟嵘的实际评、论中可以得到解答:在总论部分,他特别推崇"建安风力",说"平原兄弟,郁为文栋,刘桢、王粲,为其羽翼","曹、刘殆文章之圣,陆、谢为体二之才"。到后面进行具体品评时,前面赞颂过的曹、刘、王、陆、谢等人均列上品,对"建安风力"的代表者曹植,更是推崇备至,认为他有如文学领域中的周公、孔子,说他的诗"骨气奇高,词采华茂;情兼雅怨,体被文质,粲溢今古,卓尔不群"。这在前后的评与论上都是统一的。

陆、谢列入上品,自然不当,但从钟嵘的论与评的相应关系上看,前后是统一的。钟嵘对陆、谢二人的不当之评,郭绍虞、李伯勋等同志都曾作过正确的批评,这完全是应该的。但如果我们在批评之余,进而探讨一下钟嵘何以要把陆、谢二人列入上品,这对更全面地来认识钟嵘的诗歌评论,也许会有一些帮助。

从上述钟嵘对曹植的极力推崇来看,钟嵘认为陆、谢二人均源出陈思,这或许是他把陆、谢二人列入上品的原因之一。其次,钟嵘的诗歌评论既然是结合着探源溯流进行的,史的观念他是较为明确也很重视的。因此,他常常是把作者放在文学史的发展过程中,根据他在文学史上应有的地位来品列等第的。如《诗品》总论部分说,自建安"彬彬之盛"以后,文风便每下愈况,"陵迟衰微";到了太康年间,诗人并起,"勃尔复兴",五言诗发展为建安后的第二次高峰。太康以后,诗歌又进入"建安风力尽矣"的玄言诗居统治地位的时期。只有这中间的一段时间内,诗人们尚能"踵武前王,风流未沫",造成"文章之中兴"的时代。所谓"风流未沫",想必就是指"建安风力"的余绪了。这就是钟嵘尚还称许太康文学的原因。这时期的主要诗人,有所谓"三张、二陆、两潘、一左"等等,钟嵘认为这中间的代表诗人——"太康之英"就是陆机。作为这样一个"中兴"时代的代表人物,大概是钟嵘把他品入上品的又一个原因。

李伯勋同志在《论钟嵘〈诗品〉》一文中,主张把"太康之英"的桂冠转送给左思,这不能说没有道理。但左思固然有其突出的成就,可是作为一个时期诗坛的代表,则又有其不如陆机之处。就其现存诗作看,四、五言一共只有十四首,也并非首首都好;陆机却有一百一十多篇,亦非篇篇皆坏,取其精华,和左思十四首相比,恐不会相去多远。而作为一个诗人,陆机在诗歌领域内的影响比左思就要大得多;特别是从五言诗的发展上来看,"野于陆机"的左思,就不如陆机"厌饫膏泽"的诗作使五言诗发展到一个更成熟的阶段的贡献之大。钟嵘称陆诗乃"文章之渊泉也",便是指的这点。范文澜同志对这问题的意见,我觉得是有道理的。他说:"陆机、潘岳热中仕进,性格卑污,正好是士族的代表人物。不过,所作诗篇,文辞华美,把卑污性格掩饰得不露形迹,《文选》所录如陆机《乐府诗》,潘岳《悼亡诗》,就诗而论,确是清新可诵,《诗品》列潘陆为上品,还是恰当的。"①

钟嵘把谢灵运列入上品,这和他总论部分的见解也完全吻合。总论称:"谢客为元嘉之雄",也是五言诗发展到一个新的阶段有代表性的人物。何以要举谢灵运为此期代表呢?钟嵘说得很明白:诗至永嘉,玄风独扇,"建安风力"丧尽。虽前有刘琨、郭

---

① 《中国通史简编》修订本第二编第 296 页。

璞"变创其体""然彼众我寡,未能动俗",及至谢灵运,才以其"才高词盛,富艳难踪"之势,一扫玄风,创立了清新自然的山水诗,扭转了近两百年来的玄言诗风。刘勰所谓"宋初文咏,体有因革,庄老告退,而山水方滋"①正是指的这一事实。可见谢诗在文学史上仍有他一定的功绩。而这种功绩又正投合钟嵘的意趣。正如鲍照说的,"谢五言如初发芙蓉,自然可爱"②。沈德潜也说,谢诗"经营惨淡,钩深索隐,而一归自然"③。"自然"一宗,正是钟嵘所重视的;而谢又以其自然吟咏之作,冲散了钟嵘大为不满的玄言诗风,这就可能是钟嵘把谢灵运列入上品的原因了。

但这还并不是说,陆、谢二人就应该列入上品了,提到这些,主要是说明:一、钟嵘论诗和评诗的观点基本上是一致的;二、钟嵘把二人列入上品,也还有他一定的原因,并不完全是从形式观点出发的。除此以外,钟嵘论诗和评诗观点的一致性,还可举出很多例子来证明。如他在总论部分反对玄风,强调诗味,主张自然,反对雕琢;在诗歌批评中亦无不处处贯彻这些主张。虽列上品的谢灵运,也还是指责了他"尚巧似……颇以繁富为累"的毛病。宋初并称大家的颜延之、谢庄,不只是位列中下,还很不客气地批评颜延之一番:"动无虚散,一句一字,皆致意焉。又喜用古事,弥见拘束。"显赫一世的任昉、沈约,也是只列中品,且评以"昉既博物,动辄用事,所以诗不得奇"。至于大写玄言诗的"孙绰、许询,桓、庾诸公",孙、许二人,还有幸列入在下品,桓温、庾亮就不得"预此宗流"了。

---

① 《文心雕龙·明诗》。
② 《南史·颜延之传》。
③ 《古诗源》卷十,文学古籍刊行社排印本第232页。

就以上所述看来，我认为钟嵘的诗歌主张和诗歌批评，在观点上基本是一致的。那么，从钟嵘对诗歌艺术全面的主张来看，如高倡"建安风力"，强调"吟咏情性"，主张"托诗以怨"，反对无病呻吟等等，这就很难同意说钟嵘评论诗歌的总倾向是形式主义的，是重形式甚于重内容的了。

至于钟嵘反对的东西，那就更为明显。自魏晋至齐梁，举凡钟嵘生前五言诗发展过程中出现的一切歪风邪气，如正始以来的玄言诗，大明、泰始间的事类诗，以及永明间讲求声病的"永明体"，钟嵘都一一加以猛烈地抨击。他的一篇总论（序言），可说就是一份对形式主义而发的战斗书；他从诗风到诗人，从理论到创作，全都予以毫不留情地批判。对于这样一位以全力来反对形式主义诗风的评论家，我们却又说他自己仍是一个形式主义者，是个重形式甚于重内容的人，在情理上既说不通，当然也非事实。

第二、从钟嵘对作家作品的具体品评来看。

李伯勋同志认为钟嵘没有在整部《诗品》中彻底贯彻他的批评主张，这是对的。钟嵘评诗，从风格形式上着眼的地方是有的，这固然由于他未能完全摆脱当时整个时代风气的影响，还不是一个彻底的反形式主义者，但是，我们还不能因为钟嵘没有在《诗品》中百分之百地"彻底贯彻"其诗歌主张，就认为其总倾向是"文胜于质"，是"重形式胜于重内容"。既然是论其"总倾向"，那就必须真正从《诗品》的全貌来看问题。在具体谈到这点以前，对于《诗品》中有关形式方面的评语，有几种情况须要说明：一、我们知道钟嵘评诗的具体做法之一，是要探源溯流。为了辨明诗人不同的风格流派，就不得不对诗人的风格形式作必要的说明；二、钟嵘谈形式，也与当时整个诗歌创作上形式主义的倾向比较严重有关。《诗品》中如对陆机、谢灵运、颜延之、任昉等人过于绮丽繁密的表现形式做了一再地批判,就正是这种情形的说明;三、钟嵘常把诗的风格形式和思想感情揉合在一起提出来,有些评语,很难严格地区分开是谈思想情感或是艺术风格。如说李陵"文多凄怆怨者之流";刘桢"真骨凌霜,高风跨俗";左思"文典以怨";嵇康"过为峻切,讦直露才,伤渊雅之致"等。注意到这些情况,对于我们更加客观地来认识钟嵘评诗的基本倾向是很有必要的,这样,我们才能更准确地看到它的本来面目。

考查《诗品》评诗的基本倾向,我们当然不能只凭《诗品》中有关内容或形式的评语的多少,来判断作者是重文或重质,重内容或重形式。但是,要论证钟嵘评诗时从思想内容着手的地方确是多于从表现形式着手的地方,举出必要的具体例证,这还是应该的。现以上品为例来看。上品共十二人,我们可举出八人有关的主要评语来研究。

对于《古诗》,曾指出它的"意悲而远";李陵是"文多凄怆怨者之流";班姬的"词旨清捷,怨深文绮";曹植是"骨气奇高""情兼雅怨";刘桢是"仗气爱奇,动多振绝;真骨凌霜,高风跨俗";王粲是"发愀怆之词";阮籍的"《咏怀》之作,可以陶性灵,发幽思,言在耳目之内,情寄八荒之表……颇多感慨之词";左思的"文典以怨,颇为精切,得讽谕之致"等等。此外四人的评语,也有涉及思想内容的,不必赘举。就从这八人的主要评语中,我们已能看出钟嵘论诗的总倾向了。这里已用不着过多的分析,这些事实说明,钟嵘在诗歌批评的实践中,并不是重形式甚于内容,而是重内容甚于重形式。所谓"总倾向"云云,应该从这中间来寻找结论。

此外,钟嵘在总论部分的最后,曾举出一些他认为是"篇章之珠泽"的五言诗代表作品。从他所推举的这些作品,也能明显地看出其取舍标准是把思想内容放在首要地位。

钟嵘一共举出二十二家代表作品,其中除了像"平叔衣单""安仁倦暑""王微风月""叔源离宴"等所指不明或篇章不存以外,绝大部分都是具有充实的内容和较为进步的思想意义的诗篇。如"陈思《赠弟》""仲宣《七哀》""阮籍《咏怀》""越石《感乱》""景纯《咏仙》""鲍照《戍边》""太冲《咏史》""陶公《咏贫》"等,都确是堪当得起他称誉的"五言之警策"。即以我们今天的观点来看,除钟嵘所举,汉魏六朝期间剩下来的五言诗(除了民歌),比这更好的作品,恐怕是再举不出很多了。这就更加说明,钟嵘的文学见解在当时确乎是高人一等的。从这里,我们也是无论如何得不出他品评诗歌的总倾向是形式重于内容或艺术标准第一的结论。

所以,无论从钟嵘的诗歌理论或诗歌评论来看,他对于诗的内容都是更加重视一些的。对于诗歌艺术的形式,他也相当注意,但那种过分人为的、有碍于充分自由地表达思想内容的形式主义的做法,却是坚决反对的。钟嵘就是持着这样一种基本观点,跟魏晋以来文坛上种种歪风邪气进行了猛烈的斗争,初步总结了五言诗的发展历史,从而建立了探源溯流的批评方法,建立了一系列重要的诗歌理论等等。其中的缺点自然也很多,这主要是作者所处时代和阶级局限造成的,同时也与其中很多问题还是首创初试有关。章学诚把《诗品》和《文心雕龙》并举,除认为它们都是我国文学批评史上"专书之祖"以外,并称"《文心》体大而虑周,《诗品》思深而意远"①。仔细看来,这并不是虚美之辞。

---

① 《文史通义·诗话》内篇卷五。

《诗品》中确有很多有价值的意见,还值得我们进一步深入探讨和整理,这对发掘我国古代丰富的文学理论遗产,还是很有意义而必要的。

(本文原载于《文学评论》1962年第2期)

雕龙外集

《文心雕龙》的总论及其理论体系

《文心雕龙》全书五十篇，按照《序志》所提示，可分为三大部分：一是《原道》至《辨骚》的五篇为"文之枢纽"；二是《明诗》至《书记》的二十篇为"论文叙笔"；三是《神思》至《程器》的二十四篇为"割情析采"。这是刘勰对全书主要轮廓的说明。其具体安排还有以下情况：《辨骚》一篇，既有列入"枢纽"的必要，又与"论文叙笔"各篇有相同的性质，一般以"论文叙笔"的二十篇加《辨骚》合称为"文体论"。"割情析采"的二十四篇，可分为创作论和批评论两个部分。最后一篇《序志》是全书序言。

本文主要探讨《文心雕龙》全书的总论及其理论体系。

一

刘勰称《文心雕龙》的第一部分为"文之枢纽"。"枢纽"并不等于"总论"，这是首先要明确的。关于《辨骚》篇属上属下的长期争论，主要就是混淆了"枢纽"和总论的性质。所谓"总论"，应该是贯穿全书的基本论点，或者是建立其全部理论体系的指导思想。从这个理解来看，不仅《辨骚》，《正纬》也同样不具备总论的性质。"枢纽"自然也是在全书中关系较大的问题，不首先解决，就不利于下文的论述。如《正纬》，因为儒家经典在东汉时期被纬书搅混了，不首先"正纬"，就会影响到在全书中贯彻"宗经"的基本观点。但"正纬"不过是为"宗经"扫清道路，并不具有总论的性质。《辨骚》论骚体，实为"论文叙笔"之首。刘勰之所以把《辨骚》篇列为"文之枢纽"，有两个重要原因：一、"论文叙笔"共二十一篇，在全书中所占分量是很大的，而全书的理论结构，又是在这二十一篇的基础上，来总结文学理论上的种种问题；也就是说，刘勰是首先分别探讨各种文体的实际创作经验，再由此提炼出一些理论问题来。因此，整个"论文叙笔"部分，都是为后半部打基础。也可以说，"论文叙笔"的二十一篇都具有论文之"枢纽"的性质。但是，不可能把二十一篇全部列入"文之枢纽"中去。把"论文叙笔"的第一篇《辨骚》列入"文之枢纽"，除了表明刘勰的理论体系以总结前人的创作经验为基础以外，还说明了他对整个"论文叙笔"部分的重视。二、刘勰认为，《楚辞》是儒家经典问世之后出现最早的文学作品，且又是"取熔经意，亦自铸伟辞"，在文学发展史上有承上启下的作用。也就是说，《楚辞》在儒家经典与后世文学作品之间，具有"枢纽"的作用。

由此可见，《正纬》和《辨骚》虽列入"文之枢纽"，但并不是《文心雕龙》的总论。属于总论的，只有《原道》《征圣》《宗经》三篇。其中《征圣》和《宗经》，实际上是一个意思，就是要向儒家圣人的著作学习。因此，《文心雕龙》的总论，只提出两个最基本的主张："原道""宗经"。

"原道"的基本观点，是讲万事万物都必有其自然的文采。这里要进一步研究的是：刘勰提出"自然之道"的意图和"征圣"、"宗经"的关系如何？《原道》的最后一段已讲到这个问题：

> 爰自风姓，暨于孔氏，玄圣创典，素王述训；莫不原道心

以敷章,研神理而设教。……故知:道沿圣以垂文,圣因文而明道;旁通而无滞,日用而不匮。《易》曰:"鼓天下之动者,存乎辞。"辞之所以能鼓天下者,乃道之文也。

在《原道》的讨论中,曾有人提出:"刘勰的《原道》,完全着眼在文上。"①这个意见是不错的,论者正看到了刘勰写《原道》篇的真正意图。"自然之道"作为刘勰论文的一个基本观点,是指万事万物必有其自然之美的规律,这是刘勰论证一切作品应有一定文采的理论根据。他不仅认为文采"与天地并生",而且断言:"圣贤书辞,总称文章,非采而何!"(《情采》)文章应有文采,这在刘勰看来是天经地义的,是以刘勰论文首标"原道第一"。刘勰虽然崇拜儒家圣人,却认为圣人也必须本于"自然之道",才能发挥其应有的作用。所以,他说从伏牺到孔子,"莫不原道心以敷章,研神理而设教"。这里的"神理"亦即"道心",就是"自然之道";圣人只有本于"自然之道"、研究"自然之道",才能写成文章、完成教化作用。圣人的著作其所以能鼓动天下,他认为,就因为他们的著作"乃道之文也"。这就表明,必须要有符合"自然之道"的文采,其著作才能产生巨大的艺术力量;而圣人的作用,就在于能掌握"自然之道"、很好地发挥"自然之道"的作用,所以说:"道沿圣以垂文,圣因文而明道。"这就是"自然之道"和圣人的关系。

对"道"和"圣"的关系,上述理解是"自然之道"和儒家圣人(主要指周、孔)的关系。最近出现一种新的理解是:"道(佛道)沿圣(孔子)以垂文(儒家之经),圣(孔子)因文(儒家之经)而明道(佛道)。"②这种"道圣"关系的新说,主要基于"玄圣创典,素

---

① 振甫《〈文心雕龙〉的〈原道〉》,《文学遗产》第 445 期。
② 马宏山《论〈文心雕龙〉的纲》,《中国社会科学》1980 年第 4 期。

王述训"的如下新解：

> "玄圣"（佛）创《佛经》之典，孔子述"玄圣"所创之佛典为儒家之六经，故孔子之所述为"训"。

此说的关键在于对"玄圣"的解释，论者"肯定"是"指佛言而无疑"，而实则大有可疑。其说主要根据有三：一、宗炳的《答何衡阳书》、孙绰的《游天台山赋》中说的"玄圣"是指"佛"；二、《庄子·天道篇》《后汉书·王充传》、班固《典引》以及何承天《上白鸠颂》等文中曾用到"玄圣"，但"注家皆不得其确解"；三、刘勰之前的宗炳、孙绰，刘勰之后唐初的法琳，均以"玄圣"专指佛，处于其间的刘勰也是佛徒，不能不也是指佛①。这些理由是很难成其为理由的。宗、孙之文，"玄圣"指"佛"是不错的，却无法证明刘勰所说的"玄圣"也是指"佛"。道理很简单。"玄圣"二字与"佛"也好、"儒"也好，都没有必然的联系，各家都可以指自家的远古之圣。仅以刘勰一家来看：《史传》篇的"法孔题经，则文非玄圣"，不是指佛而是指孔；甚至在同篇《原道》中，"光采玄圣，炳耀仁孝"，岂能说使"仁孝"焕发光彩的"玄圣"是"佛"？上二例均系指孔，而"玄圣创典"的"玄圣"却并非指孔，但也不指"佛"（详下）。

---

① 马文的原话是："虽然，'玄圣'一词在《庄子·天道》《后汉书·王充传论》以及班固《典引》、何承天《上白鸠颂》等文曾出现，但均是泛指'老君、尼父者也'，注家皆不得其确解。只有孙绰、宗炳和法琳等人之所谓'玄圣'，专为指佛而言，具体明确，毫不含糊。可见在刘勰之前和之后，佛教信徒都称佛为'玄圣'，则是无可置疑的。能不能说偏偏处于中间的刘勰，而他也是一个虔诚的佛教信徒，在使用这个已有特定意义的词语时，可以凭空生发出另外的意义来，或仍然沿袭'泛指'呢？看来这是不可能的。"

同一人、同一篇的"玄圣"尚各有所指,怎能据宗、孙的"玄圣"判定刘勰的"玄圣"必同指一物?佛入东土之初,为了宣传效果,往往借用儒、道的一些概念和词汇,怎能把宗、孙等借用道家与儒家早已运用的"玄圣"一词来反证儒道的概念源于佛家呢?

《庄子·天道》和班固《典引》都用过"玄圣",论者却以为"注家皆不得其确解"。纵使不得确解,也不能证明"玄圣"即"佛",何况并非未得确解?成玄英注《庄子》的"玄圣、素王"为"老君、尼父是也","玄圣"指"老君","素王"指"尼父",这怎是"泛指"、怎么不确呢?至于文中说班固《典引》等文中的"玄圣"二字"均是泛指'老君、尼父者也'",那就不知何据了。李善注《典引》:"玄圣,孔子也"①;李贤注《后汉书》中所录《典引》:"玄圣,谓孔丘也。《春秋演孔图》曰:孔子母征在,梦感黑帝而生,故曰玄圣。"②这都是很明确的。

第三条理由就无待细辩了。论者自己所列《上白鸠颂》的作者何承天、《后汉书》的作者范晔,都是孙绰之后、与宗炳同时、略早于刘勰的人,范晔在《王充(等)传论》中说的"玄圣御世",是无法解为不"御世"的"佛"的。何承天则是宋初著名的反佛者,岂能颂佛为"玄圣"?"能不能说偏偏处于中间的刘勰"不用"玄圣"指"佛",也就很清楚了。

"玄圣创典"一句的"玄圣"所指何圣,要从刘勰的具体用意来定。他的原话本来讲得很明确:"爰自风姓,暨于孔氏,玄圣创典,素王述训。"如把这几句中的"玄圣"解为"佛",上二句又作何解释呢?要是不割断上二句,则只能理解为"玄圣"指"风姓",

---

① 《文选》卷四八。
② 《后汉书·班固传》。

"素王"指"孔氏",这就能顺理成章,勿劳旁搜博证。要求旁证,也应与《原道》本篇求之。《原道》中有言:"幽赞神明,《易象》惟先。庖牺画其始,仲尼翼其终。"这四句不正是上四句最好的注脚吗?"风姓"即伏牺。相传伏牺画八卦,演而为《易》,孔子作《十翼》以解释,这就是"翼其终"了;"述训"正指孔子的"翼其终","创典"则是伏牺的"画其始"了。所以,"玄圣创典"不是佛主创典,而是伏牺创典。如此,孔子要"述训"的,也就不是什么"《佛经》之典","圣"与"道"的关系,就不是儒家之圣和佛家之道的关系了。

二

至于"原道"和"宗经"两种基本观点的关系,这还须首先弄清"征圣""宗经"的观点之后才能说明。

《征圣》主要讲征验圣人之文,值得后人学习,即所谓"征之周孔,则文有师矣"。《宗经》则强调儒家经典的伟大,是"文章奥府""群言之祖",因此,建言修辞,必须宗经。其中许多对儒家著作的吹捧,大都是言过其实的。什么"经也者,恒久之至道,不刊之鸿教",这是唯心的、形而上学的观点;所谓"衔华而佩实"等等,大多数儒经也是不堪其誉的。

但我们也不能不注意到,刘勰为什么要强调"征圣""宗经",他的用意何在。《通变》中说:"矫讹翻浅,还宗经诰。"这个用意,《宗经》中也明确讲到了:"而建言修辞,鲜克宗经。是以楚艳汉侈,流弊不还。正末归本,不其懿欤!"刘勰就是针对楚汉以后日益艳侈的文风,而大喊大叫"征圣""宗经",企图以此达于"正末归本"的目的。从这一方面来看,"征圣""宗经"的观点虽然有它的局限,但刘勰之用意原是未可厚非的。

刘勰从文学主要有益于封建治道的思想出发，企图使文学作品对端正君臣之道，并在整个军国大事中发挥作用，在当时就必然要反对"离本弥甚"的浮华文风，而强调"正末归本"。"离本"的原因是"去圣久远"，文学创作"鲜克宗经"，则"归本"的途径，他认为就是"征圣""宗经"。对于挽救当时"讹滥"的创作倾向，刘勰从当时的思想武库中所能找到的唯一可用的武器，也就只有儒家经典了。佛道思想在齐梁时期无论怎样盛行，它既没有提出文学创作方面的什么理论主张，也没有儒家思想那种"根底槃深，枝叶峻茂"的雄厚基础，而最根本的原因，还在只有儒家思想，才过问世俗，才取积极入世的态度，也只有儒家经典，才更有利于为封建治道服务。正如孙绰所说："周孔救极弊，佛教明其本耳。"①范泰和谢灵运也有类似的说法："六经典文，本在济俗为治；必求灵性真奥，岂得不以佛经为指南耶！"②佛经是用"普渡众生"、解救人类灵魂之类为"指南"来骗人的，至于"济俗为治"，处理世俗政教，怎样统治人民，一般佛徒就无意过问，而认为理所当然是儒家的事了。这也说明，《征圣》《宗经》中虽然极力吹捧儒经，对于笃信佛学的刘勰并不矛盾。

更值得注意的，是《征圣》《宗经》的具体内容。《文心雕龙》毕竟是一部文学评论，而不是"敷赞圣旨"的五经论。所以，即使在《文心雕龙》中最集中、最着力推崇儒家圣人及其著作的《征圣》《宗经》篇中，也并没有鼓吹孔孟之道的具体主张。虽然，刘勰在《文心雕龙》全书中对忠孝仁义等确作了一些肯定和宣扬。如《程器》篇肯定"屈贾之忠贞""黄香之淳孝"；《指瑕》篇说"左思

---

① 《喻道论》，《弘明集》卷三。
② 《高僧传》卷七，《慧严传》引。

《七讽》,说孝而不从,反道若斯,余不足观矣"。《诸子》篇评商鞅、韩非的著作"弃孝废仁,辕药之祸,非虚至也"等等。虽然,儒家思想在刘勰的文论中占有一定的重要地位,并在某些方面影响到他的文学观点,但宣扬儒家思想毕竟不是《文心雕龙》的主要任务,刘勰既不是在一切问题上都从维护儒家观点出发,也没有把文学作品视为宣扬孔孟之道的工具而主张"文以载道"。举一个具体例子来看,战国初墨家学说盛行的时候,"杨朱、墨翟之言盈天下",以至到了"杨、墨之道不息,孔子之道不著"①的程度。孔、墨两家发生了一场尖锐、激烈的斗争。这场与孔、墨两家存亡攸关的重要斗争,刘勰是不会不知道的。他对这场斗争的态度如何呢?《奏启》篇曾有所议论:

> 墨翟非儒,目以豕彘;孟轲讥墨,比诸禽兽。……是以世人为文,竞于诋诃,吹毛取瑕,次(刺)骨为戾,复似善骂,多失折衷。若能辟礼门以悬规,标义路以植矩,然后逾垣者折肱,捷径者灭趾,何必躁言丑句,诟病为切哉!

对于"世人为文"以善骂为能的现象,刘勰是极为反感的。他主张"辟礼门""标义路",定规矩,对有违"礼门""义路"的文章,就要砍他的手,断他的足! 这就俨然是一副凶相毕露的卫道者的面孔了。"礼门""义路"出自《孟子》②,礼义之教,也正是儒家的主要教义,这似乎很能说明刘勰对儒家的态度了。但从他所举"躁言丑句"的具体例子,联系当年儒墨之战的背景来看,刘勰的用意就值得我们深思了。刘勰所举"复似善骂"的典型例子,就是孔门

---

① 《孟子·滕文公下》。
② 《孟子·万章下》:"夫义,路也;礼,门也。"

"亚圣"孟轲和墨翟的破口对骂。刘勰在这场关系儒家命运的大战中不仅没有站在儒家的立场指责墨家,而且对他们"吹毛取瑕""躁言丑句"一概加以批判,并曾经用《孟子》的话来批评孟子。我认为,这很难说是刘勰立论的疏忽,或是有意对孟子嘲讽,而只能证明,刘勰是从论文出发,而不是从宗派出发;他反对的是为文中的破口大骂,维护的是文之正端,而不是儒家宗派。

《征圣》《宗经》两篇所论,和刘勰上述对儒家的态度是一致的。虽然这两篇对儒家著作进行了竭力的吹捧,却全是从写作的角度着眼的。刘勰所强调的,主要是儒家圣人的著作值得学习。如说圣人之文,"或简言以达旨,或博文以该情,或明理以立体,或隐义以藏用";或"辞约而旨丰,事近而喻远"等,都是讲圣人的文章在写作上有各种各样的好处,堪为后人学习的典范。这一思想讲得最集中的,是《宗经》篇提出的"六义":"故文能宗经,体有六义:一则情深而不诡,二则风清而不杂,三则事信而不诞,四则义直而不回,五则体约而不芜,六则文丽而不淫。"这就是刘勰所论学习儒家经典的全部价值,也是他主张"征圣""宗经"的全部目的。学习儒家经典来写作,他认为就有情深、风清、事信、义直、体约、文丽六大好处,这就是他所要归的"本"。"六义"的提出,就是针对当时文学创作中出现的:诡、杂、诞、回(邪)、芜、淫,这就是刘勰要正的"末"。所以,刘勰"征圣""宗经"的主张,主要就是企图纠正当时文学创作的形式主义的倾向,使之"正末归本"。

三

明确了"征圣""宗经"的基本观点,我们就可以进而探讨它与"原道"的观点有何关系了。"原道"是注重自然文采而反对过分的雕饰,主要属于形式方面。《原道》中对内容方面还没有提出什么主张，这就不能构成全面的文学观点。要挽救当时"饰羽尚画，文绣鞶帨"(《序志》)的创作趋向，只提出"原道"的主张，显然是无能为力的。"征圣""宗经"主要是针对当时"将遂讹滥"的文风，为了"正末归本"而提出的，重点是强调"情深""风清"等内容方面，而反对"诡、杂、诞、回、芜、淫"等形式方面的弊病。既强调内容的纯正，反对形式的诡杂，又对必不可少的文采，提出一定的理论根据，这就是刘勰论文要首标"原道"，同时又强调"征圣""宗经"的原因。"原道"和"宗经"的结合，就构成《文心雕龙》完整的基本观点，也就是《文心雕龙》的总论。

　　"原道"和"宗经"实际上是从内容和形式两个方面提出的统一而不可分割的基本文学观点。刘勰认为，虽然"道心惟微"，自然之道是十分深微奥妙的，但"圣谟卓绝"，因此，可以"因文而明道"。而儒家经典其所以值得后人学习，主要就是它体现了自然之道。这样说，显然是为其论文找理论根据。儒家的周孔之文，未必是自然之道的体现者；儒家的经典，也未必有刘勰所说的那些经典意义，这都是很明显的。我们要看到的是，除了在当时突出强调"征圣""宗经"有一定的必要性外，刘勰这样讲，如果不是仅仅借助儒家的旗号，至少是反映了他自己的某些观点：或者是被刘勰所美化了的儒家经典，在他看来真是如此；或者是他以为在当时要提出较有力量的、全面的文学观点，必须强调这两个方面。我们要注意的，主要是后一种意义，也就是以"原道"和"宗经"相结合所表达的刘勰对文学艺术的基本主张。因为他在实际上是这样做的，并以此贯彻于《文心雕龙》全书。我们从这里就可以清楚地看到：刘勰首先树立本于自然之道而能"衔华佩实"的儒家经典这个标，不过是为他自己的文学观点服务。"衔华而佩实"，是刘勰在《原道》《征圣》《宗经》三篇总论中提出来的核心观点；所以他说："然则志足而言文，情信而辞巧，乃含章之玉牒，秉文之金科矣。"要有充实的内容和巧丽的形式相结合，这就是文学创作的金科玉律，也就是刘勰评论文学的最高准则。

这一基本观点，是贯彻于《文心雕龙》全书的。在"论文叙笔"部分，刘勰就是以"衔华佩实"的准则来评论作家作品，总结创作经验的。如论骚体，提出"酌奇而不失其贞，玩华而不坠其实"（《辨骚》）；评诗歌，则强调"舒文载实"（《明诗》）；论辞赋，就主张"文虽新而有质，色虽糅而有本"（《诠赋》）；对"情采芳芬"（《颂赞》）、"华实相胜"（《章表》）、"志高而文伟"（《书记》）、"揽华而食实"（《诸子》）的作品，予以肯定和提倡；对"或文丽而义暌，或理粹而辞驳"（《杂文》）、"有实无华"（《书记》）、"华不足而实有余"（《封禅》）的作品则给以批评。

至于创作论和批评论部分，刘勰用"割情析采"四字来概括其总的内容，更说明他是有意着眼于华和实、情和采两个方面的配合来建立其文学理论体系的。创作论部分，如结合"体"和"性"（《体性》）、"风"和"骨"（《风骨》）、"情"和"采"（《情采》）、"熔"和"裁"（《熔裁》）等进行论述，这些篇题都是从内容和形式两个方面来命名的。刘勰认为："立文之道，惟字与义"（《指瑕》），又说："万趣会文，不离情辞"（《熔裁》）。"情"与"义"指内容方面，"字"与"辞"指形式方面，作品不外由这两个方面组成，创作的具体任务，也就是如何"舒华布实"，怎样安排好内容和形式的问题。所以，刘勰在《情采》篇把正确处理内容和形式的关系，称为"立文之本源。"创作论中虽然讲修辞技巧较多，也都是围绕着如何运用种种表现手段服务于内容来论述的。如讲对偶，要求"必使理圆事密"（《丽辞》）；论比喻，主张"以切至为贵"（《比兴》）；论夸饰，要求"辞虽已甚，其义无害"（《夸饰》）等。

文学创作是作者有了某种情志，然后通过文辞形式表达出来；文学批评与此相反，是通过形式进而考察作品中所表达的思想内容。刘勰就根据这一原理建立了他的文学批评论："缀文者情动而辞发，观文者披文以入情。"（《知音》）因此，他认为文学批评的基本途径，就是"沿波讨源"，即从作品所用的体裁、文辞等形式方面，进而考察作品的内容，以及这些形式能否很好地表达内容。这和刘勰论创作的基本观点完全一致，仍然是从内容和形式的统一这个基本点出发，要求作品既有充实的内容，又有完美的表现形式。因此，刘勰的作家论，也是肯定在创作"文质相称""华实相扶"（《才略》）的才能，而不满于"有文无质"（《程器》）、"理不胜辞"（《才略》）的作者。

以上情形，不仅说明"原道"和"宗经"相结合的基本观点是贯穿于《文心雕龙》全书的，同时也说明，"衔华佩实"是刘勰全部理论体系的主干。《文心雕龙》全书，就是以"衔华佩实"为总论，又以此观点用于"论文叙笔"，更以"割情析采"为纲，来建立其创作论和批评论。这就是《文心雕龙》理论体系的概貌，也是其理论体系的基本特点。

四

刘勰的文学理论集中在创作论部分，其理论体系在这部分表现得更为完美和细致。

刘勰把艺术构思问题视为"驭文之首术，谋篇之大端"，因而把《神思》列为创作论的第一篇，这的确是他"深得文理"的证明。严格地说，文学创作过程，是在积累学识、观察和研究生活的基础上，从艺术构思开始的。这显然是刘勰论创作要首先探讨这个问题的原因之一。但其更为重要的意义还在于：《神思》篇从创作原理上确立了刘勰创作论的整个体系,揭示了他的创作论所要研究的全部内容。因此,《神思》就可成为我们研究刘勰整个创作论体系的一把钥匙。

有一种意见认为:"《神思》篇是《文心雕龙》创作的总纲,几乎统摄了创作论以下诸篇的各重要论点。"①这是很有见地的。《神思》篇虽以论述艺术构思为主,但刘勰在本篇从创作的准备,讲到用语言文字把构思表达出来,以至最后的修改加工,涉及文学创作过程的各个基本环节,这就确有可能使《神思》篇成为刘勰整个创作论的总纲。不过,既然是总纲,就不能仅仅是统摄创作论的"重要论点";从"论点"上来找《神思》和其他各篇的联系,有些"重要论点"也是很难联系得上的。如《风骨》《通变》《情采》等篇,其中重要论点甚多,就很难找出和《神思》篇具体论点有何联系。论者所举《体性》篇的"摹体以定习,因性以练才"二句,即使和《神思》篇的"情数诡杂,体变迁贸"有联系,显然既不是实质性的联系,也不是这两篇最重要的论点。如果仅仅是统摄其部分重要论点,就未必是总纲了。所谓"总纲",必须统领创作论的全部内容,囊括从《神思》到《物色》的整个理论体系。刘勰的创作论,全部内容都是按《神思》中提出的纲领来论述的,他在具体论述中,各个专题虽然有所侧重,但《神思》以下二十一篇的主旨,并没有超出其总纲的范围。

《神思》中说:"故思理为妙,神与物游。神居胸臆,而志气统其关键;物沿耳目,而辞令管其枢机。枢机方通,则物无隐貌;关键将塞,则神有遁心。……是以意授于思,言授于意,密则无际,疏则千里。"这段话涉及文学创作全过程的几个主要环节,指出了

---

① 王元化《文心雕龙创作论》第191页。

文学艺术物、情、是言三要素在各个创作环节的重要作用,并力图从理论上说明它们之间的相互关系。物、情、言三者在文学创作中各有其相对独立性,在实际创作中又往往是密不可分地联系着的。三者之间的联系虽然千变万化,但总不出物与情、情与言、言与物三种基本关系。这三种基本关系,刘勰这段话都在一定程度上论述到了:一是物与情的关系。"神与物游……而志气统其关键",这就是通常所谓心物相接、情景交融的问题;亦即黄侃所释"此言内心与外境相接也"①。艺术构思其所以是文学创作的一个基本问题,就因为从根本上来说,它所要处理的是心与物、情与景的关系。任何文学创作,说到底,不外是个如何使客观的物和主观的情相结合的问题。也只有物与情的结合,才能产生文学艺术。二、言与物的关系。情与物相结合之后,还必须通过语言文字表达出来,才能成为文学作品。因此,刘勰又提出:"物沿耳目,而辞令管其枢机。枢机方通,则物无隐貌。"就是说,必须辞令运用得当,才能把客观事物表现出来。三、言与情的关系。文学语言的功能,不外序志述时,抒情状物;文学作品虽然必须情物结合而成,但在实际创作中,往往是有所侧重的。因此,怎样用语言文字把作者的思想感情表达得"密则无际",也是文学创作的重要问题之一。

物、情、言三者的关系,除在《神思》篇讲得比较集中外,在《诠赋》《物色》等篇也常有论述。他的全部创作论,主要就是研究这三种关系。

《神思》主要讲"物以貌求,心以理应"的心物交融问题。使情和物在艺术创作中密切结合,只是创作过程的结果。情物相融

---

① 《文心雕龙札记》文化学社版第14页。

的实现,还有很多复杂问题要研究。因此,物与情的关系所要研究的,并不只是艺术构思中的物情相融。《物色》中说:"目既往还,心亦吐纳",这也是物情关系所要研究的一个重要问题。必须作者接触和观察客观事物,才能心与之会,情与之融;《神思》中强调"博观",正是这个原因。《物色》中所讲"物色之动,心亦摇焉""情以物迁"等,即客观的物对主观的情的制约作用,这又是物情关系所要研究的另一重要问题。

《神思》以下,从《体性》到《熔裁》的六篇,就主要是研究如何处理情与言的关系了:《体性》是从"情动而言行""因内而符外"的道理来论个性和风格的关系;《风骨》是从"怊怅述情,必始乎风;沉吟铺辞,莫先于骨"两个方面对创作提出情和辞的统一要求;《通变》的主旨是反对"从质及讹"的不良倾向,主张"矫讹翻浅,还宗经诰",仍是企图解决文与质的正确关系;《定势》是讲"因情立体,既体成势"的创作规律;《情采》更是论"情者文之经,辞者理之纬"的相互关系;《熔裁》是要求做到"情周而不繁,辞运而不滥"。以上各篇,都是围绕着情和言的关系,从不同角度进行的论述。

从《声律》到《总术》的十二篇,虽然主要是讲写作技巧上的一些问题,但都不出如何用种种表现手段来抒情写物的范围,也就是说,它研究的不外是言与物和言与情两种关系。如《比兴》篇所讲:"比则畜(蓄)愤以斥言,兴则环譬以记(托)讽"等,属于情与言的关系;"诗人比兴,触物圆览;物虽胡越,合则肝胆"则属于物与言的关系。这种艺术方法,"或喻于声,或方于貌,或拟于心,或譬于事",都是可以的,但都不出述志写物两个方面。

除《比兴》篇外,《夸饰》中说:"自天地以降,豫入声貌,文辞所被,夸饰恒存";"形器易写,壮辞可得喻其真"等,也以研究言与物的关系为主。但较多的篇章所研究的，仍以言与情的关系为主。如《章句》以"宅情曰章"，《练字》说"心既托声于言，言亦寄形于字"，可见从字句到篇章，都是用来表达作者思想感情的。研究怎样练字和安排章句以表达思想感情，自然就是研究情与言的关系了。不过，文学作品既由情物相结合而成，情和物在作品中也往往是密不可分的。因此，刘勰对修辞技巧的论述，有的也不能截然分开是言与物或言与情的关系。如《丽辞》要求："必使理圆事密，联璧其章"；《隐秀》要求："文外之重旨""篇中之独拔"等，这只能说是研究如何用表现形式为内容服务，仍不出言与物情关系的范围。

刘勰在他的创作论中集中研究言和物的关系的，是《时序》《物色》两篇。这一重要问题虽然只有两篇来论述，但一些基本问题都涉及了。一是物对情的制约作用："岁有其物，物有其容；情以物迁，辞以情发。"虽然"辞以情发"，但情决定于物，则物的变化也必然影响到辞。"歌谣文理，与世推移""文变染乎世情，兴废系乎时序"，讲的就是这种物与言的关系。二是怎样以言写物：这是《物色》篇研究的主要内容，如"以少总多""文贵形似""体物为妙，功在密附"等。三是客观现实是文学的源泉："山林皋壤，实文思之奥府"，因此，写作中要"流连万象之际，沉吟视听之区"，就是要对所写之物作深入细致的观察。四是文学作品"能瞻言而见貌，印（即）字而知时"。言以写物，就应能反映物，可以通过言来认识物。以上几个方面，都是属于言与物的关系所要研究的重要问题。

物、情、言的相互关系，在实际创作中是错综复杂的，并不仅限于上述三种基本关系。其中详情不是本文要研究的问题。以上简析只图说明，《神思》篇提出的情与物、言与情和言与物三种关系,是刘勰创作论的总纲,这个总纲是贯串了他的创作论的全部内容。因此,以物、言、情三种关系为纲所作的论述,就构成了刘勰创作论的理论体系。这个体系既是全书理论体系的重要组成部分,也和全书总的理论体系相吻合。前已说明,贯串其全书理论体系的主线是"衔华佩实";创作论不仅以情与言的关系为重点,且情与言和物与言两种关系所研究的主要目的,都在于如何把作品写得"衔华而佩实"。因此,我们可以说,《文心雕龙》的理论体系是以"衔华佩实"为核心,以研究物、情、言的相互关系为纲组成的。

刘勰的这个理论体系,在我国古代文论史上并不是偶然出现的。从《尚书·尧典》中的"诗言志,歌永言";《礼记·乐记》中的"人心之动,物使之然也";《毛诗序》中的"情动于中而形于言";以及从孔子以来的"文质"论等等,对物、情、言三者关系就开始了点点滴滴的论述,到汉魏以后,就逐步形成一些深入人心的传统观点了。刘勰这个体系,既有所继承也有所创新。他把古代一些零星意见,汇聚成一套完整的理论体系,在我国古代文学理论史上,是有其重要的历史贡献的;特别是早在公元五、六世纪之际,就产生了这样一部"体大而虑周"的严密论著,是很值得重视的。

搞清刘勰的这个体系,对我们进一步深入研究《文心雕龙》,准确地认识其成就和不足之处,都可提供重要的依据。上述体系使我们清楚地看到,刘勰的文学理论不仅相当全面,能抓住文学理论上的一系列基本问题,并大都作了正确的阐发,这是十分可贵的。但这个体系也明显地暴露出刘勰文学理论的薄弱环节。它以情言关系为主干,围绕着传统的文质论,确有不少精辟的论述,但对文学理论上更基本、更重要的物情关系,虽也有一些可取的论述,但毕竟是太简单、太粗略一些;特别是其中的"物"又主要指自然景色，这就在很大程度上限制了它的理论的深度及其价值。

《文心雕龙》研究中存在一些长期争论不休的问题，如果从刘勰的整个理论体系着眼来研究，把这些问题放到刘勰的理论体系中去考察，是很容易辨识清楚的。如关于刘勰思想的唯心唯物之争，长期以来在一些枝节问题上纠缠不清，如果从刘勰对待物与情的关系这个根本问题上来作分析，其文学思想的实质是很好把握的。又如分歧更大的"风骨"问题，只要从刘勰以文质论为中心的理论体系着手研究，也是不难得出无庸质疑的正确解释的。这些问题，我已另文专议，这里只是用以说明，把刘勰的理论体系搞清楚，对于整个《文心雕龙》的研究，都是极为有益的；总的理论体系明确了，许多有关问题都可随之得到解决。当然，这首先要看能否准确地认清刘勰的理论体系，本文对此，还只是作些初步的探讨。

（原载于《中国社会科学》1981年第2期）

刘勰思想三论

（一）

刘勰自幼深受佛教洗礼，出仕以后，佛教已被正式宣布为国教①，也没有中止其佛教活动，最后燔发自誓，决心出家；但他的《文心雕龙》，又以尊孔宗经为主旨，口口声声以儒家经典为依据。这是不是一个矛盾，怎样理解这个矛盾，是了解刘勰思想所必须明确的一个重要问题。

在刘勰的思想中，在《文心雕龙》一书中，怎样处理儒与佛的关系，这是个有待研究的客观存在的问题。过去的论者，或以为《文心雕龙》与佛教思想无关，或以为刘勰的思想前后有别，前期以儒家为主，《文心雕龙》完全是在儒家思想指导下写成的。这都与事实难符。近年来有人开始正视这个问题，并提出"刘勰的指导思想是以佛统儒，佛儒合一"②的创见。这种看法虽还有待讨论，但首先值得肯定的是这种正视问题，敢于提出问题的精神。

---

① 梁武帝《敕舍道事佛》："道有九十六种，唯佛一道，是于正道，其余九十五种，皆是外道。"（《全梁文》卷四）
② 马宏山《论〈文心雕龙〉的纲》，《中国社会科学》1980年第4期。

回避是解决不了任何问题的,只有正视它,并加以研究,才能逐步求得解决。

刘勰前后期思想有所不同,这是事实。但不仅他后来毅然事佛,是前期思想的发展,且《梁书》本传说:"勰为文长于佛理,京师寺塔及名僧碑志,必请勰制文。"这是前期已然的事了。如超辩于"齐永明十年(492)终于山寺……沙门僧祐为造碑墓所,东莞刘勰制文"①;僧柔卒于延兴元年(494),也是"东莞刘勰制文"②。这都是刘勰动笔写《文心雕龙》之前的事。既然写《文心雕龙》之前,已"为文长于佛理",到写《文心雕龙》的时候,他的佛教思想不可能绝然中止,问题只在于刘勰怎样处理他满脑子已有的佛教思想。

传为汉末牟融的《理惑论》,其中有这样一段问答:

> 问曰:"子云佛经如江海,其文如锦绣,何不以佛经答吾问,而复引诗书合异为同乎?"牟子曰:"渴者不必须江海而饮,饥者不必待敖仓而饱,道为智者设,辩为达者通,书为晓者传,事为见者明。吾以子知其意,故引其事,若说佛经之语,谈无为之要,譬对盲者说五色,为聋者奏五音也。……是以诗书理子耳。"③

用"诗云子曰"一套儒家的话头来宣讲佛家教义,是汉魏期间普遍存在的事,牟子为了对方易于理解而用《诗》《书》之语,至少可以说明,对一个佛教徒来说,他口称孔孟之语,却未必是宣扬

---

① 《高僧传》卷十四。
② 《高僧传》卷九。
③ 《弘明集》卷一。

孔孟之道。这样,范文澜的说法就没有很大的说服力了。他认为:

> 刘勰自二十三四岁起,即寓居在僧寺钻研佛学,最后出家为僧,是个虔诚的佛教信徒,但在《文心雕龙》(三十三四岁时写)里,严格保持儒学的立场,拒绝佛教思想混进来,就是文字上也避免用佛书中语(全书只有《论说篇》偶用"般若""圆通"二词,是佛书中语),可以看出刘勰著书态度的严肃。①

第一,从《理惑论》的例子来看,用儒书语或佛书语并不能说明根本问题;第二,既是"虔诚的佛教信徒",又要严格拒绝佛教思想以至佛书词语,这就使矛盾更为加深了,一个虔诚的佛徒,何以竟对佛家词语都要如此严加拒绝呢? 第三,偶用"般若""圆通",这不是个一般的用语问题。仅就"般若"二字来看,刘勰是把一个关键性的词用在关键的地方来了。他是这样说的:

> 夷甫、裴𬱟,交辨于有无之域,并独步当时,流声后代。然滞有者,全系于形用;贵无者,专守于寂寥,徒锐偏解,莫诣正理。动极神源,其般若之绝境乎。(《论说》)

"贵无"和"崇有"是魏晋时期一场激烈的大辩论,它涉及万事万物的"有"或"无"、人生在世应"有为"或"无为"等重要问题。刘勰对这场争论,表面上是各打五十大板,认为都不是"正理",然后从佛家的思想武库中搬出"般若之绝境",认为这才是最正确的观点。所以,他是在这个关键性的问题上用到"般若"一

---

① 《中国通史简编》修订本第二编第422页。

词的。

"般若"学是盛行于魏晋的一个佛家学派;所谓"六家七宗","般若"派的支派也是很多的,但有一个基本观点,就是一切皆空,一切皆无。如《大明度经·本无品》中不仅说"一切皆本无,亦复无本无",甚至"如来亦尔,是为真本无"①。主张"本无",但"本无"也是没有的,以至佛家的老祖宗如来佛也是没有的。用这种彻底的"本无"观来对待具体事物,就是既不"有",也不"无"。如和《大明度经》同经异译的《道行般若经》讲"心"的有无说:"心不有,亦不无""亦不有有心,亦不无无心"②。本书《论说》篇的注中曾引晋代僧肇《般若无知论》中"实而不有,虚而不实""非有非无,非实非虚"等话,也是一个意思。刘勰既反对"崇有",也反对"贵无",其实,就是"非有非无"论,正是地道的佛教思想,彻底的唯心主义。

"般若"一词,一般译为"智慧"。阐释《大品般若经》的《智度论》说:"般若者,秦言智慧。一切诸智慧中,最为第一,无上无比等,更无胜者。"③既强调为至高无上的"智慧",就不是一般世俗之人所有的智慧,而是专指佛徒领会佛义的独特"智慧"。所谓"佛",原是"浮屠""浮陀"等译音演化而来的,意译为"觉者"或"智者"。所以《理惑论》说:"佛之言觉也。"④一般佛徒常名曰"觉""慧""智""悟"等,就是这个意思。由此可见,"般若"一词,对整个佛家思想是有代表性的。刘勰认为"有无"问题,归根到底

---

① 《大正藏》卷八。
② 同上。
③ 《智度论》卷四十三。
④ 《弘明集》卷一。

是一个"般若之绝境",就是要人们去领悟那种"非有非无、非实非虚"的佛教最高境界。

这就足以说明,刘勰在《文心雕龙》的写作过程中,他的佛教思想并未中止,也无意于"严格保持儒学的立场,拒绝佛教思想混进来"。既然在这种重大问题上,他可旗帜鲜明地运用佛家的基本思想,其他问题又何惧之有,而要严格拒绝呢?《文心雕龙》中佛家词语不多,主要是它讨论的内容决定的。刘勰写此书既不是为了宣传佛教,也不是参加当时哲学上的争论,而主要是总结文学创作经验,进行文学评论,因此,虽然在必要时并不回避佛教思想的"混入",却也没有必要把佛教思想强加进去,甚至要"以佛统儒"。

但刘勰毕竟是以"征圣""宗经"为指导思想来写《文心雕龙》的,全书也处处以儒家经典为评论作品的依据。这和刘勰作为一个虔诚的佛教徒是不是有矛盾呢?这要从以下三个方面来探究:

第一,刘勰的《文心雕龙》是论"文",无论文学创作或文学理论,和儒家经典的关系都比较密切,而承认这一事实并不等于放弃或背离佛家教义。北宋的孤山智圆是一个突出的例子。他"于讲佛教外,好读周、孔、杨、孟书,往往学为古文以宗其道"①;甚至称儒道为"吾道":"老、庄、杨、墨弃仁义,废礼乐,非吾仲尼祖述尧舜宪章文武之道也。故为文入于老、庄者谓之杂,宗于周、孔者谓之纯。"②他这样维护儒道之纯,只对"为文"而言,所以并不意味着他放弃了佛道的立场。智圆是宋代佛教天台宗的"山家山外"之争的主要角色之一,这场和四明智礼的争论相持七年之久,谁

---

① 《闲居编·自序》。
② 《送庶几序》,《闲居编》卷二十九。

也说不服谁,最后不得不"各开户牖"而分裂为"山家""山外"两派①。智圆这种固持己见的态度,很能说明他在文学观点上尊儒,绝不是佛教的立场有了改变。

第二,刘勰确是强调"征圣""宗经",但"征圣""宗经"的具体内容是什么呢? 清代李家瑞曾说:

> 刘彦和著《文心雕龙》,可谓殚心淬虑,实能道出文人甘苦疾徐之故;谓有益于词章则可,谓有益于经训则未能也。乃自述所梦,以为曾执丹漆礼器于孔子随行,此服虔、郑康成辈之所思,于彦和无与也。况其熟精梵夹,与如来释迦随行则可,何为其梦我孔子哉?②

照李家端看来,刘勰这个佛徒连梦与孔子随行的资格也没有,因为他所精熟的是佛理,《文心雕龙》也无益于经训。全书如此,《征圣》《宗经》两篇,也是有益于词章而无益于经训。这两篇主要是:宣扬儒家圣人的文章"衔华佩实""旨远辞文";论证在写作上向儒家经典学习的必要;强调要"禀经以制式,酌雅以富言";认为"文能宗经"就有"情深而不诡"等好处。总之,是主张向儒家经典学习写作,并未阐发六经的经义,也未提出如何用作品以宣扬儒家观点学说的主张。这样的"征圣""宗经"观点,当然就和佛

---

① 《释门正统》卷五《庆昭传》:"智者大师撰《金光明经玄义》,有广略二本行世。晤恩撰《发挥记》解释略本,谓广本为后人擅增,以四失评之。弟子奉先源清、灵光洪敏,共构难词,辅成师说。法智(即智礼)乃撰《扶宗释难》,力救广本,而庆昭与孤山智圆,既预清门,亦撰《辨讹》,驳《释难》之非,救《发挥》之得。如是反覆,各至于五,绵历七年。……自兹二家观法不同,各开户牖,枝派永异,山家遂号清、昭之学为山外宗。"
② 《停云阁诗话》卷一。

家教义不存在什么矛盾。

第三,更主要的还在于,当时即使是真心诚意崇拜孔圣,对于一个虔诚的佛徒也不成其为矛盾。

儒与佛无疑是大异其旨的,但在刘勰所处的特定历史条件下,人们可以把它们统一起来。当时虽也有人认为"泾渭孔释,清浊大悬"①,却相当普遍地存在着儒佛二教殊途同归的思想。这种思想的形成,一方面是由于佛入东土之后,不能不遇到土生土长的儒道思想的强大阻力,必须借助于根基雄厚的儒家思想及其词语,以利传播;由此更附会或编造出种种奇谈怪论。有的说孔子自己讲过,他不是圣人,而"西方之人,有圣者焉"②,这个西方圣者就是佛祖;有的更说孔子就是佛门弟子,名曰"儒童菩萨"③。这就真所谓"以佛统儒",儒佛一家了。另一方面是,魏晋时期以老庄思想和儒家思想凑合而成的玄学,唯心的因素更加发展了,和佛学就有了某些相通相近之处;而此期的玄学和佛学,正是在相辅相成的过程中发展起来的。这样,由魏晋而南朝,就逐步形成了儒佛不二的普遍思潮;其间虽也有夷夏之论,本末之争,但本同末异的观念遍及晋、宋、齐、梁的僧俗儒道以至帝王大臣。这种思潮不只是影响到刘勰,刘勰自己正是这一大合唱的重要成员之一。他在《灭惑论》中说:"至道宗极,理归乎一;妙法真境,本固无二。……故孔释教殊而道契。"④《灭惑论》的写作时间,目前学术

---

① 道安《二教论·儒道升降论》,《广弘明集》卷八。
② 《列子·仲尼篇》。
③ 道安《二教论》引《清净法行经》:"佛遣三弟子,震旦(指中国)教化。儒童菩萨,彼称孔丘;光净菩萨,彼称颜渊;摩诃迦叶,彼称老子。"(《广弘明集》卷八)
④ 《弘明集》卷八。

界还有不同意见①。虽然写于《文心雕龙》成书之后的可能性更大,但从晋宋以来普遍存在的思潮来看,儒佛二道"本固无二"的思想,在《文心雕龙》成书之前之后,对刘勰这个虔诚的佛徒来说,都是存在的。因此,早已皈依佛门的刘勰,完全可以崇奉周孔,也可公然用"征圣""宗经"的旗号来写《文心雕龙》,而不致有什么矛盾。因此,刘勰既可大讲其"征圣""宗经",必要时,也可毫不含糊地运用佛家思想。认清这点,对我们理解刘勰的整个文学思想,是很有必要的。

(二)

在儒佛相融,并渗透到整个思想领域的六朝时期,虽有像范缜等少数人奋起抗争,但唯心主义的宗教思想处于绝对优势,这是当时的客观事实。刘勰的《文心雕龙》不可能出污泥而不染,这是毫无疑问的。但《文心雕龙》的可贵,却在它建立了以唯物思想为主的文学理论体系。

《文心雕龙》不是哲学著作,它也就不探讨物质的第一性,精神的第二性之类哲学范畴。因此,我们要判断《文心雕龙》倾向于唯心或唯物,不应从只言片语中去找它对哲学问题的回答,而要从它所论述的文学问题上,考察它对文学创作、文学理论的一些基本观点。

佛教思想自然完全是唯心的。刘勰虽然继承了具有朴素的

---

① 杨明照《刘勰〈灭惑论〉撰年考》认为写于《文心雕龙》成书之前(见《古代文学理论研究》第1辑)。王元化《〈灭惑论〉与刘勰的前后期思想变化》认为写于《文心雕龙》成书之后(见《文心雕龙创作论》)。

唯物思想的儒家古文学派的观点,儒家古文学派也绝非彻底的唯物论者。所以,在《文心雕龙》中,唯心主义的杂质是随处可见的。不仅上述"般若之绝境"是唯心的,他多次讲到"河图""洛书"之类原始传说,用专篇论述了祭祀鬼神的文体"祝盟""封禅"等,吹捧儒家圣人是"妙极生智,睿哲惟宰"(《征圣》),以及儒家经典是"恒久之至道,不刊之鸿教"(《宗经》)等等,都杂有浓厚的唯心主义思想。

值得注意的是《正纬》篇,其中如"神道阐幽,天命微显""有命自天,乃称符谶""昊天休命,事以瑞圣"等,唯心主义的成分更多,但仍未可遽定《正纬》篇完全是唯心的。我们不应忽略《正纬》篇的主旨,正是反对东汉神鬼化、宗教迷信化的谶纬之书。本篇既论证了纬书之伪,又痛斥方士诡术"或说阴阳,或序灾异",用"鸟鸣似语,虫叶成字"等来骗人,是"乖道谬典,亦已甚矣"。全书多次提到"河图""洛书",本篇讲得更多,并对这种现象作了刘勰自己的解释:"昔康王河图,陈于东序,故知前世符命,历代宝传。仲尼所撰,序录而已。"这个解释很能说明刘勰对这种古代传说的态度。前代把"河图""洛书"之类当做国宝一代一代传下来,孔子讲了这些,刘勰认为不过是"序录而已"。这就解脱了孔子,也表明了刘勰自己的理解。《文心雕龙》虽多次讲到"龙图""龟书",既未正面论述,更未宣扬或肯定其灵威,除了也不过是"序录而已"外,唯一的解释就是:"谁其尸之,亦神理而已。"(《原道》)以刘勰及其时代的科学知识,是难以正确地解释这种现象的。古书已多有记载,刘勰无法否定它,但却否定了这是上帝的安排,认为是自然而然产生的现象。

所以,《正纬》篇的唯心主义杂质虽然更多,正可通过此篇以通观全书。只要不惑于表面词句,而细察其具体用意;不纠缠于枝节问题,而研究全篇主旨,我们不难看到,《文心雕龙》全书的主导面是唯物的,而不是唯心的。

刘勰并不是无神论者,这是可以肯定的。但如果由此而笼统地推论其全部文学理论是唯心的,而不问其对具体问题作何具体论述,那是得不出符合实际的结论的。以《祝盟》篇来看,讲的虽是祝告天地、盟誓鬼神之文,却未论证天地鬼神的灵验。所谓"天地定位,祀遍群神",也只是客观的"序录而已"。既论历代祝盟之文,自然会联系到历代祝盟之事,而不是刘勰在提倡、主张"遍祀群神"。刘勰没有宣扬神,也没有否定神,这固然是他的局限。问题在于怎样对待祝盟这个具体问题,他一再强调的却是:"崇替在人,咒何预焉",盛衰决定于人,咒祝是不起作用的;"信不由衷,盟无益也",信誓之辞不出自人的真心实意,对天盟誓也毫无益处;"忠信可以,无恃神焉",他劝告人们不要依靠神,而要相信自己,这就十分可贵了。不仅如此,本篇还肯定了有"利民之志"和统治者"以万方罪己"的祀文,而批判"秘祝移过",把罪过推给臣下和老百姓的恶劣做法。曹植有一篇《诰咎文》,其序有云:"五行致灾,先史咸以为应政而作。天地之气,自有变动,未必政治之所兴致也。"①其为反对汉儒天人感应之说是很明显的。而刘勰在对汉魏时期的祝文全加批判之后,却赞扬说:"唯陈思(即曹植)《诰咎》,裁以正义矣。"这岂非刘勰的卓见!

上举《正纬》《祝盟》两篇,在《文心雕龙》五十篇中,不仅不是最优秀的,反而是涉及鬼神迷信较多,唯心思想较重的两篇。于此可见,只要略加具体分析,唯心的成分,《文心雕龙》中并不是主要的。

---

① 《全三国文》卷十九。

《文心雕龙》是一部文学理论著作,以上分析,可以提供参考,但要判断文学评论家的刘勰的思想,主要还应根据《文心雕龙》中表述的文学观点。不过,从文学观来看,也有不同的看法,有人认为"文原于道"是根本问题,有人认为"人文之元,肇自太极"是关键问题,等等,都各有一定的理由。找根本,抓关键,这是完全必要的,但所谓根本或关键,应指决定其整个文学观的因素,应该是支配全局性的东西,而不是局部的个别观点,更不是把刘勰自己并无意探讨的问题硬套上去。

刘勰的全部文学理论,不出"情""物"二字及其相互关系。评论作家作品,要看其"序志述时"(《通变》)如何;讲艺术构思,要问思("情")从何来;论艺术风格,要讲"性"之所生;论比兴,以"至切为贵";讲夸张,就反对"夸过其理"而"名实两乖";抒情则"情以物迁";状物则"功在密附"(《物色》)等等。一个文学理论家,怎样回答"情"与"物"的关系,就是要说明:文学艺术是作者头脑的主观产物,还是客观现实通过作者思想感情所作的反映;作者的情志是来自客观的"物"还是主观的"心";以及文学艺术能不能、应不应真实地反映客观事物。这才是决定全局而能判断一个文学理论家属唯心或唯物的根本问题。

刘勰对文学与现实的关系的认识,当然也有他的局限。如过分夸大封建帝王的作用,认识不到阶级斗争、生产斗争对文学家和文学创作的重要意义。再就是过分强调征圣、宗经,说儒家经书是"文章奥府","文能宗经",就有六大好处等,都是对作家更直接、更深入地去接触现实、认识现实的忽视。但这些不足之处,仍未足以改变其基本上是唯物的文学观。

刘勰虽认识不到物质世界的本质,却明确讲到文学创作受制约于客观的"物"。《物色》篇说:

> 春秋代序,阴阳惨舒,物色之动,心亦摇焉。……献岁发春,悦豫之情畅;滔滔孟夏,郁陶之心凝;天高气清,阴沉之志远;霰雪无垠,矜肃之虑深:岁有其物,物有其容;情以物迁,辞以情发。

这里不仅讲到物色有强大的感人力量,而且具体说明了作者不同的情,来自不同季节的不同物色。物是情的决定因素。作者的思想感情既然是由物引起并随物的变化而变化的,则文学创作就是抒发这种来自客观的物的感情。这是从自然景物和作者的情的关系来讲的。《时序》篇则从时代社会对文学的影响来讲情与物的关系。社会现象更为复杂,刘勰也就不同历史时期的特点,分别说明不同的社会现象对文学创作所起的不同作用。如对商周以前的文学创作情况,则以统治者的德政与昏庸而产生不同的作品,说明:"歌谣文理,与世推移,风动于上,而波震于下者。"论建安时期的文学创作,就说"良由世积乱离,风衰俗怨,并志深而笔长,故梗概而多气也"。东晋的文学创作,则由于玄风的影响,"诗必柱下之旨归,赋乃漆园之义疏"。总结这些情况,说明"文变染乎世情,兴废系乎时序"。王政的得失、社会的动乱以及学术思想,对文学创作的发展变化,都有密切的关系。刘勰对这方面的认识虽然未能抓住社会现实中最本质的东西,但不仅上述事实基本正确,对于说明情与物的关系,也是有力的。总的来看,以上两个方面说明,刘勰认识到文学创作不是主观臆造,作者抒写的情志,不是无本之木,无源之水,而是来自外物,受制约于外物,这就应该说是唯物的观点。前面已经说过,这种观点在《文心雕龙》中,并不是局部的、个别的,除《时序》《物色》两篇作了集中的论述外,它如《明诗》《诠赋》《神思》《比兴》等,都有这方面的论述,都和这种观点有密切的关系,在分论各个问题时还要讲到,这里就不加细说了。

以上讲"情以物兴"。表达在作品中的"情"既然来自客观的"物",自然通过"情",就可看到客观的"物",也就是说,作品可以反映客观事物。所以,刘勰在《诠赋》中称这方面为"物以情观"。刘勰对这方面虽没有专篇论述,散见于各有关篇章的也不少,并有较为清楚的认识。如肯定《楚辞》的"论山水,则循声而得貌;言节候,则披文而见时"(《辨骚》);说晋宋时期的作品能"巧言切状,如印之印泥……故能瞻言而见貌,即字而知时"(《物色》);甚至可以通过写得"精之至"的作品"觇风于盛衰""鉴微乎兴废"(《乐府》)。从文艺作品中反映出或看出一个国家的士气、盛衰,可能这种具体说法有所夸大,但也不是完全不可能的。因为反映到作品中的"物",并不是纯客观地摹物状形,而要通过作者主观的"情"。而这种"情"又和当时的社会风貌,上自王政得失,下至风衰俗怨有一定联系。但这必须要写得"精之至"的作品,才能反映出来,不真实的,虚情假意的作品是不可能的。因此,刘勰极力反对"世极迍邅,而辞意夷泰"之作(《时序》),批判"志深轩冕,而泛咏皋壤,心缠几务,而虚述人外"(《情采》)之制。所以,他一方面主张"为情者要约而写真",要存其"真宰"(《情采》),表达真实的思想感情;一方面注意到要"象其物宜"(《诠赋》),"体物为妙,功在密附",从而写出"情貌无遗"(《物色》)的作品。要能做到这点,就必须"触物圆览",对所写事物作全面的观察了解。刘勰对这方面的论述也很多,仅以《物色》篇来看,就一再讲到:"流连万象之际,沉吟视听之区";"窥情风景之上,钻貌草木之中";"若乃山林皋壤,实文思之奥府";"屈平所以能洞监风骚之情者,抑亦江山之助乎"等等。这已从物色对文学创作总的作用,怎样深入细致地观察景物,到创作构思中情和物的交织情形等不同角度,说明了物色在文学创作中的重要作用。正如本篇"赞"辞所说:只有"目既往还",才会"心亦吐纳"。没有对客观事物的接触,主观空虚的"心"是吐不出什么东西来的。

从文学创作来自现实和反映现实这两个方面来看,刘勰的认识虽然还存在这样那样的不足之处,他的文学思想的主导面,应该说是唯物的。有的同志对这些根本问题视而不见,却抓住某些只言片语,大做文章,虽有精解宏论,也不过是明足以察秋毫之末,而不见舆薪,是无补于说明实际问题的。

(三)

认为刘勰的思想以唯心为主,或是彻底的唯心主义的同志,主要根据是《原道》篇,这就有必要讲讲《原道》的问题。

最近有一篇论《文心雕龙》的"唯心主义本质"的文章①,认为刘勰的思想是"反动"的、"极端唯心"的,刘勰所说的"道","也就是统治阶级压迫人民、剥削人民的'天经地义'之'道'了"。不过,除了一大堆高帽子,并未说明其"唯心主义"的"本质"究在何处。也有一些理由,但和是否"唯心"多不相干。如说《文心雕龙》除前后各五篇外,"前二十篇是分论文章体裁,后二十篇是分论写作技巧(所以他把本书称作《文心雕龙》)。就凭这一点来说,他这种偏重形式的文章理论,也是不可能摆脱唯心主义的谬见的"。分论文体和写作技巧,与唯心主义有何必然联系,即使

---

① 杨柳桥《〈文心雕龙〉文章理论的唯心主义本质》,《文史哲》1980 年第 1 期。

"偏重形式",又从何能判断他"不可能摆脱唯心主义"?这样的论证还有,不必多举。关于"道",论者认为:"由于他主张文章必须'宗经','经'原于'自然之道',因而他必然要提出'因文以明道'也就是后来所谓'文以载道'的反动主张。"且不说"自然之道"和"文以载道"有没有什么关系,奇怪的是这种论证方法:论者明明引出刘勰的原话是"圣因文而明道",却一变而为"因文以明道",再变而为"文以载道",中间还跳过了首先提出"文者以明道"的柳宗元①,他却是公认的唯物论者。问题在于:"圣因文而明道"不能改为"文以明道"②。原话的句意是"圣因文——而明道",并不是"圣因——文以明道"。至于宋代理学家提出的"文以载道"可能是"反动"的,但和刘勰所说"圣因文而明道"的原意就相去远矣。

有的同志认为"原道"的"道"是"佛道"或"佛性"③。既是"佛道"或"佛性",自然就是彻头彻尾的唯心主义了。不过论者除引证《灭惑论》等佛教著作外,却未能从《文心雕龙》本身找到什么直接的论证。佛教的话头,《原道》中直言不讳的话确是一句没有。于是论者断定《原道》篇用的是"罩眼法",是"哑迷",是"烟幕"等等。这样,我们就没有详究这些"烟幕""哑迷"的具体内容的必要了;因为根据前面所讲,宣扬佛法在齐梁时期绝非非法活动,毫无躲躲闪闪、大施其"罩眼法"的必要。佛徒宣唱佛法,

---

① 《答韦中立论师道书》,《柳河东集》卷三十四。
② 涵芬楼影印本《太平御览》卷五八一,此句作"圣因文以明道"。但从论者所引原文("圣因文而明道")来看,并非所据版本的不同,而是理解的不同。即使据《御览》,也是"圣因文——以明道",不是"圣因——文以明道"。
③ 马宏山《论〈文心雕龙〉的纲》,《中国社会科学》1980年第4期。

最重使人明了易懂,他们千方百计讲譬喻、编故事,讲求宣讲者的"声、辩、才、博"①,以求"令人乐闻";刘勰也公开讲过"般若之绝境",他既要讲"佛道"或"佛性",何必搞一通"哑迷",而"使人莫名其妙"呢?

"原道"的"道"和佛道的"道",是有一定关系的(这里不能详论),但不等同,简单化地强画等号,只会弄得自己"莫名其妙"。

看来,用"原道"的"道"来说明刘勰的思想纯属唯心主义,目前还没有足以服众的充分理由。至于刘勰的这个"道"是什么"道",也还众说纷纭,儒道、佛道、儒佛统一之道、道家之道等说,都各有一定理由,尚无定论。"道"这个概念在我国古代确是比较复杂的,不仅各家有各家的"道",《文心雕龙》中讲的"道"就多种多样,如"天道""王道""常道""儒道""神道""至道"等。因此,要判断《原道》的"道"是什么意思,是唯心或唯物,就必须从《原道》篇来看它的具体命意。《原道》中的"道"是什么"道",刘勰已开宗明义,讲得很清楚了:

> 文之为德也大矣,与天地并生者何哉!夫玄黄色杂,方圆体分,日月叠璧,以垂丽天之象;山川焕绮,以铺理地之形:此盖道之文也。

这个"道",是和"天地并生"的"道之文",和儒道、佛道,都没有直接的联系。刘勰认为,从开天辟地之后,就有天地、日月、山川等

---

① 见慧皎《唱导论》:"夫唱导所贵,其事四焉,谓声、辩、才、博。非声则无以惊众,非辩则无以适时,非才则言无可采,非博则语无依据。至若响韵钟鼓,则四众惊心,声之为用也;辞吐俊发,适会无差,辩之为用也;绮制雕华,文藻横逸,才之为用也;商榷经论,采撮书史,博之为用也。"(《高僧传》卷十五)

等,天地就有玄黄之色,日月则如璧玉重叠,山川就像鲜丽的锦绣。它们都有"文",刘勰就称这种"文"为"道之文"。刘勰即使不作更进一步的具体解释,以上的话已清楚地说明,"道之文"是指天地万物都有其自然形成的文彩,也就是所谓"自然美"。进一步,刘勰把这种现象扩及人类。人为万物之灵,就因为人有思想("心")。刘勰认为万物都自然有"文","有心之器,其无文欤"!而语言是表达人的思想感情的,刘勰对这点有明确的认识("心既托声于言,言亦寄形于字");语言的表达就会显示出文采,这也是自然而必然的,所以他说:"心生而言立,言立而文明,自然之道也。"明确了"自然之道"的基本命意,对"道"字如何解释就是次要的了,道路、道理、法则、规律,都无不可。可以称之为"规律",主要还不是根据训诂上可通,而是刘勰的命意。他把以上现象再"傍及万品"来考察,即推论一切动物、植物,莫不有"文",而这种"文"的出现都是:"夫岂外饰,盖自然耳。"天地万物都有文彩,这种文彩不是外加上去的,是"物"的属性。于是刘勰总结这种普遍现象说:

故形立则章成矣,声发则文生矣。

这就上升为规律了:有其物,就必有其形;有其形,就必有其文。这种必然性,刘勰称之为"道";这种"文",就称之为"道之文"。这就说明,《原道》篇中概括这种必然性的"道",是指万物自然有文的法则或规律。

"道"这个概念虽然比较复杂和抽象,但从以上分析来看,刘勰赋予它的意义还是相当明确的。其所以产生种种分歧,比较常见的原因有二:一是有些同志研究古人,有一种查三代的爱好。诚然,为了追根探源,对某些问题查清其来龙去脉是必要的。但用于《原道》的研究，却往往是从词句的运用上查其出于何典，由是据以推断其源于何家；所谓"儒家之道""佛家之道""道家之道"云云，多由此而来。对刘勰来说，这显然不是一种可靠的办法，因他不仅好用古书，诸子百家都有，且好创新义，特别是"自然之道"的观点，完全是刘勰的独创，借用古书古语虽多，要说明的问题却与古人无关。再一种情况是脱离"原道"的论旨，往往议论虽精，火力虽猛，却是空炮。早在1957年，就有人提出《原道》篇所论"文学源泉"的问题①，其后讨论刘勰世界观的不少文章，都论及《原道》篇对"文学起源"问题的唯心主义观点。如果文学的源泉问题、起源问题，真是《原道》篇的论旨，那是刘勰自己写得文不对题了。可是，细检原文，全篇三段，第一段讲"自然之道"，第二段讲人类文化的发展，第三段讲"自然之道"和儒家圣人的关系，并未走题。全篇主旨，是要说明天地万物自然有文的规律，而不是讲文学的起源和源泉。当然，第二段从"人文之元"，讲到周、孔之文，是涉及人类文化的起源问题了；对有文字以前的传说时期，刘勰用"河图""洛书"之类来解释"人文之元"的情况，无疑是不正确的。但有两个具体问题不能不研究：第一要看刘勰对这类古代传说是怎样理解的，他用这些企图说明什么问题？刘勰的回答是："谁其尸之，亦神理而已。"有的同志对"神理"二字很有兴趣，比之黑格尔的"绝对观念"，这岂不是欲抑实扬，把刘勰估计得太高了？五、六世纪的刘勰，怎可能有十八、十九世纪伟大哲学家黑格尔的"绝对观念"？刘勰的这个"神理"，也就是他的所谓"道"，这个看法学术界基本上是一致的。本篇讲"天文""人文"的两段，都是旨在阐明"自然之道"这个普遍规律，两个部分的命

---

① 刘绶松《〈文心雕龙〉初探》，《文学研究》1957年第2期。

意是一致的。十分明显,"谁其尸之,亦神理而已",和上段说的"夫岂外饰,盖自然耳",正是一个意思;就是说,"河图""洛书"的出现,从"文"的意义来看,并不是什么人为的东西,而是一种自然出现的现象。就刘勰的这种理解和用意来看,就很难说他是唯心主义了。

第二,用"神理"来解释那些并不存在的古代传说,无论刘勰是疑信参半还是完全相信实有其事,总是对上古"人文"的一种错误推测,这是他难以避免的局限。问题在于,这种错误认识(以"河图""洛书"等为人文之始)在《文心雕龙》全书中占什么位置。事实是,它不仅毫无影响于刘勰的整个理论体系,即使在《原道》篇中,也是无关宏旨的。因此,我们固应看到他有此局限,但要据以判断刘勰总的思想是唯心主义的,就没有多大力量。

认为《原道》篇论述了"文学源泉"问题,那就离题更远。这种看法可能与纪昀的评语"文原于道"之说有关。由"文原于道"再理解为"文源于道",这样,"道"就成为文学的源泉了。无论把"道"解作何家的"道",都只能是观念而不会是物质,以某种观念为文学的源泉,自然就是唯心主义了。但《原道》既未讲文学的源泉问题,"原道"也不是"文源于道"。

仅就"原"字说,是可以释为"源泉"的。但"原泉"的原意和今天所说生活的"源泉"还不是一回事。孟子:"原泉混混,不舍昼夜"①;班固:"源泉灌注,陂波交属"②。《孟子》朱注:"原泉,有原之水也。"由此可见,从字面上说"原道"是"文源于道",也是不通的。当然,"文源于道"也绝非刘勰以"原道"命篇的本意。

---

① 《孟子·离娄下》。
② 《西都赋》,《文选》卷一。

早于刘勰六百年前的《淮南子》，也有一篇《原道》冠于全书之首。高诱注："原，本也。本道根真，包裹天地，以历万物，故曰'原道'。"刘勰的《原道》，是否也取"本于道"的意思？他自己讲得很明确："盖《文心》之作也，本乎道"（《序志》）；《原道》的内容也正是论证天地万物都本于"自然之道"而有其文。特别是其中曾讲到：从伏羲到孔子，"莫不原道心以敷章"，概括了一切"人文"无不是本着"道"的基本精神来进行著作。"原道"二字在这里的具体运用，说明"原道"与文学的源泉是"道"之意，了不相关。因此，要据以论断刘勰的唯心主义就势必落空。

《原道》是刘勰全部文学理论的一篇总论，因此，它的内容应该是指导全书的一个总观点。纪昀有所谓"标自然以为宗"之评，刘勰确是把"自然之道"作为其全部文学评论的主要依据。他重文采的理论根据是"自然之道"；他反对过分的采饰，理论根据也是"自然之道"。这在《文心雕龙》是很明显的。只举一例：《丽辞》篇说："造化赋形，支体必双，神理为用，事不孤立。夫心生文辞，运裁百虑，高下相须，自然成对。"刘勰认为文学作品应该用对偶，根据就是自然事物的成双成对，本身就是自然形成的；客观事物如此，描写客观事物的作品也应如此。如果完全拒绝用对偶，就如"夔之一足，趻踔而行"，反而是不正常的。显然，这是"自然之道"观点的具体运用。但是，对偶的运用，要"奇偶适变，不劳经营"。如果过分雕琢，偶句成堆，以至"俪采百字之偶，争价一句之奇"（《明诗》），那又是刘勰所反对的了。这种反对，也是根据"自然之道"，因为过分的雕琢繁饰，同样违背"自然之道"的精神。"原道"是全书的指导思想，即在于此。

判断刘勰的文学观点是唯心或唯物，前面已经说过，主要应从刘勰对文与时、情与物的态度来考察；《原道》篇虽然主旨不在探讨文与物的关系,从其有关论述中,也可间接看出它是唯心或唯物的。不过,既不应把刘勰自己无意在本篇讨论的问题强加于他,也不应在无关主旨的枝节问题上,抓住只言片语不放。从"自然之道"这个根本问题来看,"原道"的观点基本上是唯物的。因为刘勰明明肯定要有其物,才有其形;要有其形,才有其文,才有其自然的美。在这个命题中,美是物的属性;因此,物是文的先决条件。刘勰认为文"与天地并生","人文之元,肇自太极",如果理解为"文学"的"起源",岂能不荒谬?混沌初开之际,怎能有"文学"或"文"的"起源",但刘勰并非意在"起源",而是说即使最早的、最原始宇宙,有天地就有天地的"文",有"太极"就有"太极"之美,总之,是"形立则章成",是"自然之道"。这些认识的确不科学,但归根结蒂,文是源于物,而非源于心。这样,就应该说,"原道"的观点,基本上是唯物的。但也必须指出,刘勰的唯物思想是不自觉的,他并没有意识到唯物观的意义而有意识地在《文心雕龙》中坚持唯物的观点。因此,在他的文学评论中,唯心的杂质是不可避免的。

我们肯定刘勰的唯物思想是不自觉的,但也不能认为《文心雕龙》中占主导面的唯物观点是一种偶然现象。从刘勰的身世及其整个思想的具体情况来看,他的文学思想本身就是历史的产物。刘勰对当时世族地主控制之下文学状况的不满,他写《文心雕龙》时还存在的积极入世态度,在儒佛道同的思潮中,他虽然笃信佛学,却并未年满具戒①,直到晚年才正式出家。这些对构成刘勰的文学思想都有一定的作用。从《文心雕龙》本身来看,刘勰能针对现实、从总结文学创作实际经验出发来评论文学,这对他

---

① 佛教徒年满二十,正式受戒,叫做"年满具戒"。

写成以唯物观点为主的《文心雕龙》，有着重要作用。刘勰的寒门思想，无论儒典或佛经，都还没有使他僵化到不尊重事实的程度，而《文心雕龙》的一个重要特点，正在于它的理论是从古代大量实际创作的成败经验中总结出来的。他论情物关系的"情以物迁"等重要观点，就是从诗歌创作的"感物吟志"（《明诗》），辞赋创作的"情以物兴""物以情观"（《诠赋》）等实际创作经验中提炼出来的。忠于现实的作家，是可以接近唯物主义的；忠于实际创作经验的评论家，同样有可能接近唯物主义。如果不是孤立地、绝对地看待这点，而联系其全部思想来看，这也是一条历史经验。

（原载于《文史哲》1981年第1期）

刘 勰

人类历史进入中世纪之初,欧洲文化消沉了,世界的东方却出现一部独秀于整个中世纪文坛的光辉巨著——《文心雕龙》。"东则有刘彦和之《文心》,西则有亚里士多德之《诗学》"①,《文心》和《诗学》,确为世界古代文论的双璧。

《文心雕龙》出现于公元五六世纪之交的齐梁之际不是偶然的。照刘勰所说:"自非圆鉴区域,大判条例,岂能控引情源,制胜文苑哉?"(《文心雕龙·总术》。以下凡引本书只注篇名)中国古代文学从建安时期进入"文学的自觉时代"以来,充分提供了"圆鉴区域,大判条例"的有利条件;至于齐梁,文学创作正反两面的经验有待总结和研讨者,已十分丰富。而六朝的时代特征,又是一个艺术的时代,追求美的时代,特别是激发人们思辨的时代。此期不仅出现了许多大画家、大书法家、大音乐家、大文学家、大思想家,也有不少重要的画论、书论、乐论、文论和哲学著作问世。所有这一切,又与当时文人从两汉经学的桎梏下解脱出来有关。儒术不再是一尊了,儒、道、玄、释可以并存而自由研讨。《文心雕龙》就是这个时代的产物。

---

① 鲁迅《集外集拾遗补编·题记一篇》。

一、刘勰的生平和思想

历史是《文心雕龙》的决定因素,但齐梁文人甚多,能著"体大思精"的《文心雕龙》者,只有刘勰,这和他个人的生活思想,才气学习是息息相关的。

刘勰(465—521),字彦和,东莞莒(今山东莒县)人,侨居京口(今江苏镇江)。祖父刘灵真,事迹已无从查考,只《梁书·刘勰传》提到一句:"祖灵真,宋司空秀之弟也。"此句和刘勰的家世身份关系极大。据《宋书·刘秀之传》,刘秀之是"刘穆之从兄子也";而《宋书·刘穆之传》又说:刘穆之乃"汉齐悼惠王肥后也"。齐悼惠王就是汉高祖刘邦的儿子刘肥。刘勰的家世是否如此,关键就在刘灵真是否"宋司空秀之弟也"一句。范文澜注《序志》曾提出怀疑:"秀之粹之兄弟以'之'字为名,而彦和祖名灵真,殆非同父母兄弟。"近经王元化、程天祜等详考[1],刘勰的上述家世可疑者甚多,他们都据比《梁书》晚出的《南史·刘勰传》已删去"宋司空秀之弟也",以证刘灵真并非刘秀之之弟。《南史》不仅对《梁书》等史的记载经过核正,且以家传为特征,按其体例,只能加强说明家族关系,反而删去"宋司空秀之弟也"句,即割断了刘勰和刘秀之的家族关系,可见《梁书》上的这句话是不可信的。刘灵真可能未曾出仕,或出仕而地位不高,所以史书上别无记载。刘勰的父亲名尚,曾做过越骑校尉,是一种较低的军职,此外也别无记载。

---

[1] 见王元化《文心雕龙创作论·刘勰的身世与士庶区别问题》;程天祜《刘勰家世的一点质疑》,《社会科学战线》1981年第3期。

刘勰的一生,除《梁书·刘勰传》的简略记载外,《文心雕龙》的《序志》等篇和《高僧传》中偶有涉及,但很多事迹都略而未详,虽经范文澜以来诸家多年细考,至今仍只能知其大概。

刘勰大约生于宋明帝泰始元年(465)。他的幼年时期,家境虽不很富裕,但从《梁传》说他"早孤,笃志好学"可知,在刘尚去世前后,供他就学的条件还是可以的。《序志》中说:"予生七龄,乃梦彩云若锦,则攀而采之。"既叙其"志"而讲到此梦,当然是有用意的。所谓"五彩祥云",古代常以为吉祥的象征;刘勰又能"攀而采之",显然是用以表示他自幼其志不凡。既有凌云之志,又能采得五彩祥云,说明当时的刘勰是乐观而信心十足的。因此,刘勰的"早孤"不能早于七岁之前。约在此后不久,刘勰的父亲去世了,但这个打击并未改变其好学的"笃志"。

汉末以来,儒道不振,学业废弛,到刘勰的青少年时,情况略有变化。就在刘勰夜梦彩云的前一年,宋明帝立总明观,分设儒、道、文、史、阴阳五学,儒学和文学都受到了新的重视。到刘勰十六七岁以后,更进入所谓"儒学大振"的时期,继之出现了"家寻孔教,人诵儒书"的局面。这时,文学方面也以竟陵王萧子良为中心,形成"竟陵八友"的文学集团。所有这些,对"笃志好学"的刘勰不能不产生一定的影响,并促使他更加努力学习。不幸的是,据范文澜推算,约在刘勰二十岁左右,母亲去世了。

刘尚去世十余年之后,刘勰的家境日渐窘迫是必然的,母殁而守丧三年之后,约二十三岁的刘勰不能不离开京口,去当时的都城建业(今南京)谋求生存之道。京城的峨峨高门却没有刘勰的通道。当时,萧子良已在鸡笼山开西邸,招集天下才学之士,刘勰必有所闻,但却望尘莫及。齐武帝于永明八年(490)下诏:"公卿已下,各举所知,随才授职"①,但不仅当时朝臣并无知刘勰者,他的寒士地位也根本没有被推举的资格。在走投无路之下,刘勰只有投靠当时颇有名望的佛徒僧祐,住进钟山定林寺。

刘勰终身未婚。《梁书》本传说他"家贫不婚娶,依沙门僧祐,与之居处积十余年,遂博通经论"。刘勰二十岁丧母,守丧三年后即入定林寺十余年,在这种情况下确是难以婚娶的,到他离开定林寺踏上仕途时,已是四十左右的人了。其不婚与依僧祐,最根本的原因都是"家贫"。家贫,未婚,入寺和出仕之晚,对刘勰固然是不幸的,但对他在文学理论上的成就,却提供了重要的有利条件。当时的寺庙藏书甚多,除了佛教经论外,儒家经典、诸子百家和文学作品,也为多数佛徒所研习。定林寺又有一种潜心佛学的风气,如当时正在定林寺的慧弥、超辩、法令等,都是"足不出山三十余年"的高僧。本来就"笃志好学"的刘勰,生活在这种环境中自然会更加苦读。刘勰入定林寺十余年,一直没有受戒出家,说明他并非出于信佛而入寺,主要是为了得到学习和生活的条件。刘勰充分利用这十多年的时间,相当全面深入地研究了经史百家的著作和历代文学创作,为他撰写《文心雕龙》打下良好的基础。当然,刘勰在此期间也精研佛典而"博通经论",使之"为文长于佛理";这对他的"深得文理"和把《文心雕龙》写得系统严密,也是很有助益的。

刘勰三十岁出头,在定林寺做了一个他引以为荣的美梦:"齿在逾立,则尝夜梦执丹漆之礼器,随仲尼而南行;旦而寤,乃怡然而喜。大哉,圣人之难见也,乃小子之垂梦欤!"(《序志》篇)这个梦用以表达什么"志"呢?虽自称无名"小子",其实仍是自命不

---

① 《南齐书·武帝纪》。

凡,伟大的圣人竟投梦给他,且由他跟随南行,俨然是孔子在南方的继承者。因此,刘勰要根据"尼父陈训""乃始论文",即开始《文心雕龙》的写作。经过五年左右的努力,到齐末中兴二年(502)完成。由于刘勰的身卑名微,书成之后,未能引起时人的注意。但刘勰对自己的著作很有信心,决心请当时文坛名望较高的沈约给以评审。同年三月已由齐入梁,沈约正是梁代的开国功臣,政治地位十分显赫。刘勰没有正式拜访沈约的资格,便背负书稿,扮成货郎,候于沈约车前,才得以进呈其书。沈约读后大为重视,除给以"深得文理"的评价,并"常陈诸几案",随时翻阅。从此,刘勰和《文心雕龙》才渐为世人所知。

由于沈约的称誉,刘勰开始踏上仕途。梁天监二年(503)得到一个没有官职的官号:奉朝请。第二年才任临川王萧宏的记室,管理文书。越一年,改任车骑将军夏侯详的仓曹参军,管理仓账。天监六年(507)六月,夏侯详调迁,寻卒。所以刘勰任车骑仓曹参军也只有一年多时间,便出为太末(今浙江龙游)令。史称刘勰任太末令"政有清绩",此任时间尚较长,到天监十年(511),才改任仁威将军萧绩的记室,兼昭明太子萧统的东宫通事舍人。《刘勰传》说:"昭明太子好文学,深爱接之",这就是刘勰一生最荣幸的时期了。通事舍人职掌章奏,在当时是较为清要的职务,但据《隋书·百官志》,天监七年(508)定官阶为十八班,以班多为贵,而东宫通事舍人是最低的"一班"官僚。到天监十八年(519),刘勰虽升迁为步兵校尉,管理东宫警卫,继兼通事舍人,这时的刘勰已五十五岁,进入他的晚年了。

刘勰在《程器》篇曾说:"君子藏器,待时而动……摛文必在纬军国,负重必在任栋梁。"这是论文人应起的社会作用,也表达了刘勰自己的人生理想。他显然有负起国家栋梁重任的积极愿望,但从他终老东宫的情况来看,明明是壮志难酬了。适逢僧祐卒于天监十七年(518),他搜集的佛经亟待整理,刘勰便在升步兵校尉后不久,奉命回定林寺整理这些佛经。故地重游,很容易回想起当年在此所作的努力和种种幻想,经过十多年的涓流寸折,自然感到有愧于昔日曾引以为荣的旧梦。因此,到第二年整理佛经毕,便在定林寺落发受戒,正式弃官为僧,并改名慧地。大约出家后的心情不会太好,不到一年就离开人世了。

从上述刘勰的一生可以大致看到:积极用世的思想是其主导倾向。自幼"笃志好学"及其凌云壮志是如此;不得已而入定林寺也主要是为了实现其壮志,绝无皈依佛教、献身佛门的打算,其未年满具戒而梦紫孔圣,著论《文心》,到时机成熟便离开佛寺,都是明证;十多年的仕宦生活便是其用世思想的实践;刘勰的人生态度是他自己说的:"穷则独善以垂文,达则奉时以骋绩"(《程器》)。他最后的出家,只能说是"穷则独善"的末路。至于《文心雕龙》中表现出来的思想倾向,不仅和他一生积极用世的思想完全一致,而且有更为集中突出的反映。如主张文学创作要"经纬区宇,弥纶彝宪"(《原道》),应"顺美匡恶"(《明诗》)、"抑止昏暴"(《谐隐》)、"表征盛衰,殷鉴兴废"(《史传》),而一再反对"无贵风轨,莫益劝戒"(《诠赋》)、"无所匡正""无益时用"(《谐隐》)的作品。这类意见,在《文心雕龙》中是举不胜举的。

但积极的用世思想并不等同于儒家思想,诸子百家之论,大多具有强烈而鲜明的治世主张,虽其道各别,其治殊途,却都是积极用世的。不可否认,无论是高举"征圣""宗经"旗帜的《文心雕龙》,还是从刘勰的一生行事来看,儒家思想都更浓厚一些。刘勰的一生和佛教有密切的关系,如果不能否认其思想并非绝缘体,则无论他在写《文心雕龙》之前、之中、之后,佛教思想的因素都是存在的,虽其比重时有大小,但就其著论和从政的总貌来看,一直仍以积极的用世思想为主,即使是最后的愤而出家,如果联系其志未酬的具体心情和出家后却"未期而卒"来看,也很难视为虔心皈佛的行为。

刘勰的思想确有其复杂性,历来论者歧议甚多。从近年来总的研究倾向看,持"儒家思想为主"论者居多,但有主则有次,不断有人提出《文心雕龙》中有某些道家思想、佛教思想、玄学思想等,都是言之有据的。甚至还可举出一些,如说源于兵家、法家者,也往往有之。这就势必冲淡儒家为主论而有大杂烩之嫌了。王元化近年提出新说,对解释这种现象是有力的。他说:"这里需要注意的是当时学术思潮的一个重要特点,即儒、释、道、玄之间形成了一种既吸收又排斥,既调和又斗争的复杂错综的局面……当时没有不掺入任何其他思想绝对纯粹的儒家,也没有绝对纯粹的玄学和佛学。"①两汉儒学有别于原始儒学,虽杂以阴阳谶纬诸说,仍不失为儒学;六朝儒学又有别于汉代儒学,虽吸收了释、道、玄学的某些因素,它仍是六朝的儒学。刘勰的儒家思想,特别是《文心雕龙》的儒家思想,正可如是理解。

但是,研究刘勰的思想,止于其归属何家是意义不大的。刘勰的文学理论,确以儒家观点为主干,但刘勰的理论之所以有突出于整个中世纪文坛的成就,又在于它既本之儒家而又不拘守儒家。他不仅在《诸子》篇称扬诸子百家之说"亦学家之壮观",在《论说》篇肯定佛教的"般若之绝境"等,甚至明知正始时期"聃、周当路,与尼父争涂",即处于老庄与儒家思想的激争之际,刘勰仍公正地肯定王弼、何晏等人的玄论:"并师心独见,锋颖精密,盖

---

① 《思想原则和研究方法二三问题》,《复旦学报》1985年第1期。

人伦之英也。"(《论说》)特别是嵇康的《与山巨源绝交书》,明明讲他"每非汤武而薄周孔",《书记》篇却评以"志高而文伟"。这都说明,刘勰并无先秦两汉儒家之流的狭隘观念,他没有什么门户之见,而是以较为通脱、公正的态度来对待各家之说。正因如此,刘勰不仅能较为正确地评价历代文学作品,更能多方面地吸取古今各家学说和文学创作的滋养,从而"深得文理",总结出一系列重要的艺术规律。早在半个世纪之前便有人讲到:"刘勰思想之渊源,非出于一家,乃集众山而汇众流也。"①刘勰之所以有成就,这正是十分重要的一个方面。

  刘勰的这种通达而能集众山、汇众流的思想,正是时代使然。六朝各种学说既互相融汇又彼此斗争的思潮,不能不冲破一些樊篱,消除一些门户之见,而在不断辩难中互相启发、互相沟通。这样的历史条件为"笃志好学"的刘勰创造了极好的机会。他对待诸子百家的学说,又能持正确的态度:"洽闻之士,宜撮纲要,览华而食实,弃邪而采正。"(《诸子》)刘勰对各家之说的华、实、邪、正,自然不可能有完全正确的认识,且时以儒家偏见,颠倒了诸子百家和不少作家作品的是非邪正,但他提出的原则是对的,对待前人之说,应该"览华食实,弃邪采正",而不能全盘照搬或舍其实而取其华。至于认为博学多闻之士,就应吸取各家之大要,更是建立其"体大思精"的理论体系的基础。本篇的赞中强调,高明的学者就应"辨雕万物,智周宇宙",可见刘勰不仅能接受各家思想而无门户之见,并以积极的态度,要求认识和说明万事万物以至整个宇宙。所以,刘勰还不只是消极地接受时代的影响,而是在时风的启迪下,创造性地推动着这一思潮的发展。当然,在思想

---

① 李仰南《文心雕龙研究》,《采社杂志》第6期(1931年10月)。

上刘勰还远离时代的高峰,他不仅难以突破儒家的保守思想,也接受了佛教的宗教迷信思想。刘勰虽然在《文心雕龙》中避开儒佛的教义,但二者在他思想的深处也必有所融汇,影响了他对某些文学现象作正确的解释。儒家传统思想中的迷信成分和佛教思想交织起来,就更使刘勰不能自拔了。不过,这在《文心雕龙》中是很次要的。

二、《文心雕龙》的理论体系

《文心雕龙》全书五十篇,主要由四大部分组成:总论、文体论、创作论和批评论。刘勰在《序志》篇中对全书基本内容的安排有明确说明:

> 盖《文心》之作也,本乎道,师乎圣,体乎经,酌乎纬,变乎骚:文之枢纽,亦云极矣。若乃论文叙笔,则囿别区分:原始以表末,释名以章义,选文以定篇,敷理以举统。上篇以上,纲领明矣。至于割情析采,笼圈条贯,摛神、性,图风、势,苞会、通,阅声、字;崇替于《时序》,褒贬于《才略》,怊怅于《知音》,耿介于《程器》;长怀《序志》,以驭群篇。下篇以下,毛目显矣。

第一部分的五篇,刘勰称之为"文之枢纽",即评论文学的一些关键问题,其中表述了刘勰撰写此书的基本观点,所以泛称总论,但并非每篇都具有总论的性质。第二部分刘勰叫做"论文叙笔"。当时分各种文章为"文""笔"两大类,以有韵者为"文",无韵者为"笔",刘勰按这两大类分别总结各种文体的写作经验,评论历代作家作品。范文澜认为《辨骚》篇为"文类之首",则这部分从《辨骚》到《书记》共二十一篇,每篇或论一体,或论两种以上相近的文体,共评论了骚、诗、乐府、赋、史、传、诸子、论、说等三十五种文体。今人多称这部分为文体论,其实是分体总结、评论各种作品,并非专论文体。《神思》以下二十四篇,刘勰总谓之"割情析采,笼圈条贯",就是从内容和形式两个方面来分析、概括各种理论。但"摛神、性"以下各篇,和"崇替于《时序》"以下各篇,刘勰的论述显然是不同的;所以,一般都按其内容称《神思》至《总术》的十九篇为创作论,《时序》至《程器》的五篇为批评论。最后一篇《序志》是全书的序言。因此,全书主要内容可分为以上四大部分。但这是就其大要而言,除"文体论"的名实并不完全一致外,"总论""创作论""批评论"等,也是大致如此;各个部分的区界也不是绝对的,如《辨骚》篇,既是"枢纽"之一,又是"文类之首";《杂文》《谐隐》二篇既有"文"又有"笔";《时序》《物色》二篇既论创作又有批评等。但刘勰把这些列在两类之间,更足以说明全书内容结构是井然有序的。

以上四大部分的次第是《文心雕龙》的基本结构,其理论体系就是通过这种组织结构体现出来的。也可以说,这种结构是其理论体系的外在形式;要进一步研究的是通过这种结构形式所体现的内在理论的体系。所谓理论体系,必须以某种基本思想来统领其全部论点,并围绕某一中心而展开一系列有内部联系的、互相制约、互为补充的论述,从而形成一个有机的整体。《文心雕龙》全书各个部分、各个篇章,直到各种评、论,正是这样一个有机的整体。

总论部分十分明确地提出了全书的基本思想。这里有一个复杂而容易混淆的问题是:刘勰的思想固然属于儒家思想,但要从总论各篇中找到他用儒家的什么思想来统率其全部理论是困难的。其中既无"克己复礼"的要求,亦未论及仁义之道,至于经世致用的思想,则如前所论,并非儒家所独有。当时的佛徒也认为佛教可"助王化于治道"①,而儒家自汉末以来反而被视为"能传圣人之业,而不能干事施政"了②。问题更在于:若刘勰真以什么儒家思想来指导全书,他就无法公正地评价其他各家的作品,特别是公然反对儒家思想的优秀作品。刘勰的高明正在于并非用儒家道义来统率全书之论。必知刘勰不是思想家,其书亦非哲学著作,他著此书的目的是论文而非传道;所以,即使"无益经典"的东西,只要"有助文章"(《正纬》)便不放弃。故其总论的思想,只是儒家的某些文学思想,而非儒家的仁义之道。

正因为本书的性质是论文,故开章明义的第一篇《原道》,就提出天地万物都自然有文的规律:有日月便有日月之美,有山河便有山河之丽,推及万物,"动植皆文"。刘勰强调万物之美"夫岂外饰,盖自然耳",故总结其规律为:"形立则章成矣,声发则文生矣。"就是说:凡物有其形,就自有其美。这是自然如此的,故刘勰谓之"自然之道";这个"道"就不是某一家的道,而是"文"的道。刘勰认为一切圣人"莫不原道心以敷章",都是根据这一规律来从事写作的。所以这是刘勰论文的最高原则。《文心雕龙》全书无论评何体、论何家、探讨何种理论,无不本此规律,既重文采,又反对过分雕琢的不自然的藻饰。文学应该是文学,本篇可说为全书定了这样的基调。

刘勰之尊儒有别于思想家、政治家,他正是从"原道"的观点来推崇儒家的,是从文论家的立场来尊儒的。儒家圣人之可尊,

---

① 慧远《沙门不敬王者论》,《全晋文》卷一六一。
② 刘劭《人物志·流业》。

就在于他们能"原道心以敷章",在于"道沿圣以垂文,圣因文而明道"。自然之道通过圣人的著作而得以体现,因此,刘勰继以《征圣》《宗经》两篇,从文学的角度论证儒家圣人及其经典值得师法。《征圣》篇强调为文著论"征之周、孔,则文有师矣";《宗经》篇强调"建言修辞"必须师圣,都是从儒家圣人的文章值得学习着眼的。这两篇讲到儒家之文的好处甚多,以至行文技巧上的"繁略殊形,隐显异术"等细微末节都有反复的渲染,唯无暇顾及仁义之道的实质内容。《宗经》篇说:"文能宗经,体有六义:一则情深而不诡,二则风清而不杂,三则事信而不诞,四则义直而不回,五则体约而不芜,六则文丽而不淫。"这个"六义"概括了刘勰主张"征圣""宗经"的全部内容,也是全部目的。它虽然确是从五经中概括出来的,却并无狭隘的、明确的儒家思想。如主张"情深",并未限定必须合乎礼义之情;《情采》篇强调"为情而造文",对"情"的具体要求是:"志思蓄愤,而吟咏情性,以讽其上",这就是"情深"。既然是积愤以讽上之情,就未必合于"温柔敦厚"的儒家教义了。所以,刘勰的"征圣""宗经"思想是侧重于儒家之文,而非儒家之道。但也必须说明,只是"侧重"而已,绝非排斥儒道。

　　明乎此,便可进而探讨其总论的基本文学思想了。"六义"既是刘勰从经书中概括出来的全部内容,自然就是他主张"征圣""宗经"的主旨所在。可以说,"六义"就是刘勰的基本文学思想。"情深""风清""事信""义直""体约""文丽"六个方面,是对文学的内容和形式两个方面的全面要求。《征圣》篇说:"然则圣文之雅丽,固衔华而佩实者也。""六义"既是从圣人的文章中概括出来的,则"圣文"就是体现"六义"的典范——"衔华而佩实"。于此可见,"衔华佩实"就是刘勰在他的总论中提出的基本文学观点。这不仅是从儒家经典中概括出来的,也直接来自儒家的文学主张。《征圣》篇综合儒家的"言以足志,文以足言""情欲信,辞欲巧"等说提出:"志足而言文,情信而辞巧,乃含章之玉牒,秉文之金科矣。""志足而言文,情信而辞巧",也就是"衔华而佩实",刘勰视之为文学创作的金科玉律,自然就是他论文的最高准则了。

文学首先应该有文,但文生于物,要有其物才有其相应之文,故应文质相称,衔华佩实。他据此以衡量历代作家作品,也据此以建立其创作理论;即使"枢纽"论中的《正纬》《辨骚》两篇,也是"按经验纬"或依经辨骚,所以是贯穿全书的指导思想。在文体论中,论诗则强调"舒文载实"(《明诗》),论赋则主张"丽辞雅义,符采相胜"(《诠赋》),论颂则要求"揄扬以发藻,汪洋以树义"(《颂赞》);高度评价屈原的《橘颂》"情采芬芳"(同上)、嵇康的《与山巨源绝交书》"志高而文伟"(《书记》),而反对"或文丽而义暌,或理粹而辞驳"(《杂文》)的作品。对作家的评论同样如此,如《才略》篇评荀况"文质相称"、马融"华实相扶"、刘桢"情高以会采"等。

至于创作论,刘勰既谓之"割情析采",说明他是从各种不同角度来论述如何把作品写得"衔华而佩实"。但实与华、文与质的关系,在文学理论上只是较为重要的一个方面,而远非文学理论的全部。从理论体系上来看,衔华佩实可说是这个体系的主干或中心,还必须围绕这一中心展开一系列有关论述,才能形成体系,也才可构成完整的文学理论。创作论是刘勰文学理论较为集中的一部分,我们正可由此看到其理论体系的全貌。这部分的第一篇《神思》就是全部创作论的总纲。其中说:

> 故思理为妙,神与物游。神居胸臆,而志气统其关键;物沿耳目,而辞令管其枢机。枢机方通,则物无隐貌……是以

意授于思,言授于意,密则无际,疏则千里。

《神思》篇主要是论艺术构思,但它论及从想象到写成作品的基本创作过程,因而全面接触到创作理论的关键问题。上引这段话就是如此。"神与物游"和本篇赞语的"物以貌求,心以理应"等,是讲作者的思想感情和外物的关系;用言辞把构思所得的意象写得"物无隐貌",是讲言和物的关系;要辞能达意,做到言和意"密则无际",则属于言和情的关系。刘勰的全部创作论,就是研究情与物、物与言、言与情三种关系。所以,这就是其创作论的纲。《神思》以下各篇,有的论及三种关系,如《物色》篇的"情以物迁,辞以情发",就概括了物、情、言三种关系的一个侧面。有的专论某一关系的某一侧面,如《体性》篇据"情动而言行""志以定言"之理论艺术风格;《风骨》篇从"怊怅述情,必始乎风;沉吟铺辞,莫先于骨"两个方面,提出"风骨之力"的统一要求;《情采》篇论述"情者文之经,辞者理之纬"的相互关系;《时序》篇的"文变染乎世情,兴废系乎时序",是文与时的关系,实为物与情、物与言两种关系的综合;《物色》篇更对物与情和言与物两种关系做了大量精彩的论述,如"物色之动,心亦摇焉""物色尽而情有余""目既往还,心亦吐纳""一言穷理""两字穷形""体物为妙,功在密附""巧言切状,如印之印泥""瞻言而见貌,即字而知时"等,这样的例子举不胜举。总之,刘勰的创作论虽不能说完全是直接论述物情言的关系,但基本上不出这三种关系的范围之外①。所以,对文学创作中物情言三者相互关系的研究,就构成刘勰创作理论的纲。

---

① 参见拙文《〈文心雕龙〉创作论新探》,《社会科学战线》1982年第1、2期。

这个纲和全书其他部分的内在联系是:(一)三种关系的研究,都旨在写成衔华佩实的作品,也是在衔华佩实的总要求下全面论述这三种关系。(二)"志足而言文""衔华而佩实",本身就是情言关系的重要组成部分。(三)文体论是创作论的基础,三种关系是从总结各体的实际经验中提出的。只略举二例,如《明诗》篇的"人禀七情,应物斯感,感物吟志,莫非自然",是为物情关系;《诠赋》篇的"情以物兴,故义必明雅;物以情观,故辞必巧丽",则论情物、情言两种关系;同篇又说:"拟诸形容,则言务纤密;象其物宜,则理贵侧附",就是讲的物言关系了。(四)刘勰的批评论,主要是据"缀文者情动而辞发,观文者披文以入情"(《知音》)之理建立的,也显然是情言关系的延伸。

总上所述可知,《文心雕龙》的理论体系,是以衔华佩实为主干,以物与情、情与言、言与物三种关系为纲,由总论、文体论、创作论和批评论四个具有内部联系的部分组成的。其各部分之间、各种关系之间,都互相制约、互为补充,从而形成一个"体大思精"的严密整体。《文心雕龙》之所以成为中国古代文论唯一的典型,并独步于中世纪世界文学艺术的论坛,这是主要原因之一。

三、几个重要理论

《文心雕龙》涉及的文学理论十分广泛,今人无论从文学的内部规律或外部规律、从美学或文艺学、从创作方法或艺术技巧各个方面、各种角度来研究,刘勰都有其重要的历史成就。这里只略述几个基本的重要问题。

（一）艺术构思论

刘勰对艺术构思的论述，主要集中在《神思》篇。本篇不仅在中国文论史上，是继陆机《文赋》之后的第一篇专论；在全世界的文论史上，也是最早研究想象虚构的专论。而刘勰把此篇列为其创作论之首，除具有上述总纲的意义外，还显示了刘勰对文学艺术的特征已有较为明确的认识。如论想象：

> 文之思也，其神远矣。故寂然凝虑，思接千载；悄焉动容，视通万里。吟咏之间，吐纳珠玉之声；眉睫之前，卷舒风云之色：其思理之致乎！

任何文辞的写作都必须构思，但不一定一切构思都要通过这样的想象：作者驰神运思，可"思接千载""视通万里"，不受任何时间和空间的限制。这种想象，既不可能是作者亲历目睹之事，就只能是凭虚构象。这种想象的特点，《文赋》谓之"课虚无以责有，叩寂寞而求音"；刘勰所讲的"规矩虚位，刻镂无形"，其意与陆机所云相近，都是对艺术创作从无到有的创作特点而言。当作者"神思方运"时，他想象的东西是没有明确固定的形态的，艺术家加以"规矩"和"刻镂"，使之形成鲜明的艺术形象，正是艺术家想象虚构的特具功能。这是一般写作构思所不必有，甚至是不允许的。

没有想象虚构，就没有艺术创造。但无所不达的想象和任凭主观意图的虚构，仍须遵循一定的规律："物以貌求，心以理应。"艺术想象虽可不限于亲历目睹的实有事物，却不能离开一定的物象。艺术想象本身就是一定的物象影响于作者，并要求作者按照必然的物理进行相应的思维活动。所以，艺术构思的过程，实际上就是心物交融的过程，"故思理为妙，神与物游"，就是刘勰对这种特征的正确总结,"神与物游"即想象结合着物的形象进行思维活动。这正是西方文艺理论家在一千多年之后才认识到的"形象思维"的特点。

艺术构思虽可自由驰骋其想象,但绝非毫无根据的凭空乱想。为了能顺利地施展作者艺术想象的才能,刘勰认为作者还须有必备的基本修养:"积学以储宝,酌理以富才,研阅以穷照,驯致以怿(绎)辞。"这四项要求是很高的,不仅要积累学识、明辨事理以充实作者的才力,还要研究以往的阅历达于彻底认识,训练作者的情致以恰切地运用文辞。这里,刘勰忽于作者对生活的直接认识,显然是他的不足之处。但就他已提出的四点来看,却是较为深刻而有益的见解。任何作家如果在这些方面缺乏必要的修养,其创作构思是难以"垂帷制胜"的。

这些论述充分说明,一千五百年前的刘勰,对艺术构思的基本特征能有如此深刻的认识,是十分难能可贵的。他以此篇列为创作论之首,且是创作论的总纲,则其整个创作论的性质可知。黄侃讲《文心》,说者多以其所讲为"文章作法",此论至今不绝。窃疑黄侃自己或不以为然。他说得很明确:"即彦和泛论文章,而《神思》篇已下之文,乃专有所属,非泛为著之竹帛者而言,亦不能遍通于经传诸子。"①这是非常正确的论断。若泛论文章或经传诸子,是不容凭虚构象而"神与物游"的。

(二)风格论

在刘勰的时代,对不同作家有不同的风格特色虽已早有认识,但还没有形成"风格"这个概念,而往往用"体"来表示作家作

---

① 《文心雕龙札记·原道》。

品的风格特色。刘勰对作家风格的论述主要集中在《体性》篇，"体"即风格，"性"指作者的情性，近于今人所说的艺术个性。本篇所论，既是作家的风格，又着眼于"体"和"性"的关系立论，正抓住了风格论的关键。所谓"风格即人"，离开人的风格是不存在的。作者何以会有不同的风格呢？《体性》篇一开始就做了明确而精彩的论述：

夫情动而言形，理发而文见；盖沿隐以至显，因内而符外者也。然才有庸俊，气有刚柔，学有浅深，习有雅郑；并情性所铄，陶染所凝。是以笔区云谲，文苑波诡者矣。

形成作家风格的根本原因在于：文学创作是"情动而言形"，则作者的情性和作品的言辞必然是内外相符的。但每个作家的才力、气质、学识、习性各不相同，因而形成千变万化的艺术风格。刘勰指出，这四个方面是"情性所铄，陶染所凝"，说明四种因素在一个作者身上已凝结成一种不可分割而比较稳定的整体，就是他所说的"成心"。用今天的话说，就是艺术个性。在这种长期铸成的个性中，各个作家之间即使在某一种或多种因素上有相近之处，但要才、气、学、习四者的庸俊、刚柔、浅深、雅郑都完全一致，则是不可能的。所以刘勰断言："各师成心，其异如面。"所谓"风格即人"，正是这个原因；艺术风格的必然多样化，也是这个原因。

刘勰为了确证这一基本观点，又进一步提出："故辞理庸俊，莫能翻其才；风趣刚柔，宁或改其气；事义浅深，未闻乖其学；体式雅郑，鲜有反其习。"这些"莫能""宁或""未闻""鲜有"等具体论证，不仅加强说明了作家风格"其异如面"之论的正确性、必然性，更以其有力的逻辑表明：作家的个性是风格的决定因素。对"风格"这个概念的理解，至今还存在种种分歧；至少是研究刘勰的风格论,就不能不注意到他讲的风格始终是和作者的个性分不开的。刘勰以才、气、学、习为风格的决定因素,而忽于作者的生活实践,这固然是他的不足之处,但其论作家风格的成因并由此而规定的风格的含意,却基本上是正确的。

刘勰把各种风格归纳为八种类型:典雅、远奥、精约、显附、繁缛、壮丽、新奇、轻靡。但他认为"八体屡迁,功以学成",每个具体作家的风格又随其具体的情性而定,远非八体所能范围。如"贾生俊发,故文洁而体清;长卿傲诞,故理侈而辞溢"等十余家,都情性不同而风格各异。刘勰列举这些具体作家的"体性",都不属八体中的某一体,而在证明:"触类以推,表里必符",以进一步证实其"各师成心,其异如面"的基本论点。

(三)风骨论

刘勰的风骨论为历来研究者所重视。这不仅是列为其创作论第三的《风骨》篇在《文心雕龙》的理论体系中具有重要的地位,更因"风骨"的要求在古代文学中有较大的普遍性;而"建安风骨"又被视为唐宋文学的一面旗帜,至今仍为文学史家所称道。但由于"风""骨"皆以物为喻,难以确切理解其含意,所以一直存在着多种不同的解释。

从《风骨》篇一再强调"风力""风骨之力""刚健既实""文明以健"等,可见风骨论总的要求是创造刚健有力的作品;从其强调"无务繁采",认为"丰藻克赡,风骨不飞,则振采失鲜,负声无力"等,可见风骨论是针对当时过分追求藻饰的文风而发。这两点基本认识已是多数研究者所公认的了。采繁便力弱,正是为了纠正采繁之弊,刘勰才特以此篇突出"风骨之力"。这就为正确理解"风骨"的含意提供了线索:需要什么"风骨"才能对症下药而使文学创作走上健康的正道呢？应该把握这一大前提来理解其原话：

> 《诗》总六义，风冠其首，斯乃化感之本源，志气之符契也。是以怊怅述情，必始乎风；沉吟铺辞，莫先于骨。故辞之待骨，如体之树骸；情之含风，犹形之包气。结言端直，则文骨成焉；意气骏爽，则文风清焉……故练于骨者，析辞必精；深乎风者，述情必显。捶字坚而难移，结响凝而不滞，此风骨之力也。

若以"风骨"指质朴有力的文风，固然合于反对繁采之义，却显然与强调风化、"情之含风"等说难符。若以"风骨"指充实有力的内容，对繁采便非对症下药，且与"结言端直""析辞必精"等说相违。显示作品之力者，内容自然是主要的，刘勰也正是从"六义"之"风"开始论风的重要，并提出一个本篇立论的理论根据：作品的风教化感作用，和作者的志气是一致的。因此强调在创作中述情志必首先要有风教意义，作者的"意气"必须高昂，以及"述情必显"等，从而产生"结响凝而不滞"的力量，即作品所发生的影响——化感之力牢固而无止境。但这都指风力而言。在实际创作中，只有风（且无论怎样充实有力的情志）是不能形成力的。必须"言以足志"，不通过一定的语言文字，就不可能有作品的风力。而形诸言辞，就有可能出现"繁采"。刘勰也不赞成"言之不文"，也反对"风骨乏采"。所以，既要有文采又能有效地避免"繁采"，他必须同时对怎样"言以足志"正面提出有力的主张。

刘勰认为"捶字坚而难移"就有了文辞之力。怎样做到"坚而难移"，他又提出"析辞必精""结言端直"等主张。刘勰明言"练于骨者，析辞必精""结言端直，则文骨成焉"，可见他是以语言文辞之力为"骨力"。只有用辞精确、端直、"坚而难移"等,才能避免"繁采";只有风力与骨力结合,才能有作品的"风骨之力",并把文学创作有效地引向正道。而文学史上一切称道"汉魏风骨""建安风骨",以至"盛唐风骨"者,亦无不是就其内容和形式的整体而言。《风骨》篇中常有异议的是这样一句:"若瘠义肥辞,繁杂失统,则无骨之征也。"可否理解为"瘠义"是"无骨之征"呢?从上述刘勰对"骨"义的种种明确论断,可知刘勰不可能以"义"丰为"骨"而自相矛盾。"瘠义肥辞"四字不仅是一个完整的概念,且重点是讲"肥辞",指缺乏内容的言辞;空话太多,故为"无骨"。至于《附会》篇讲的"事义为骨髓",是在另一场合下的另一比喻,也与《风骨》篇主旨不合,故不足为据。

　　容易产生误解的另一点是"风骨乏采""采乏风骨"之说,"风骨"和"采"对举,似以"风骨"为内容,"采"为形式。其实,"风骨"和"采"的关系,正是刘勰既不废采而又反对繁采的一贯思想的反映。不仅如上所述,他为了反对繁采而要突出地强调"风骨之力",且认为"立文之道,惟字与义"(《指瑕》);又说"万趣会文,不离辞情"(《熔裁》)。既然文学创作以正确处理字、义为主,作品的构成以辞、情为基本成分,则《风骨》篇着重论述使情有风力,辞有骨力,就是合理的。正确处理了情辞两个基本方面,再适当施以采饰,就不会"丰藻克赡"而"风骨不飞"了。而"风骨"和"采"的关系,又正是刘勰的总的理论体系所决定的。如前所述,其"志足而言文,情信而辞巧"的基本观点,来自儒家的"言以足志,文以足言"等说,《文心雕龙》中也常据以讲"言以文远""文采所以饰言"。于此可见,风、骨、采的关系,正是志、言、文的关系决定的。刘勰的理论体系以情、言关系为主干,"风骨"论正是这个主干的重要组成部分,只是表现为风——骨采的关系,而与志——言文的关系一致。

（四）通变论

范文澜在《文心雕龙讲疏序》中早就说过："读《文心》当知崇自然、贵通变二要义；虽谓为全书精神可也。"据近年来各家的研究，充分证明范文澜的论断是正确的。但对《通变》篇的主旨，范解却前后有异。《讲疏》不仅引《易·系辞》之"化而裁之谓之变，推而行之谓之通"，且引"变通者趣时者也"等以证"通变"之义，并案云："事穷则变，自然之理，抱持腐朽，危败实多。"显然是以变为主。但其后的《文心雕龙注》，却尽革前说而以纪昀"复古而名以通变"等说为是，并大量引证《札记》中的"通变之为复古，更无疑义矣"等语。故论者至今对通变论的主旨，仍有复古与新变两种不同理解。

《通变》篇首先讲通变的必要性：

> 夫设文之体有常，变文之数无方。何以明其然耶？凡诗、赋、书、记，名理相因，此有常之体也；文辞气力，通变则久，此无方之数也。名理有常，体必资于故实；通变无方，数必酌于新声。

刘勰认为各种文体的名称及其基本写作原理是不变的"有常之体"，因而必须根据古代的作品来写作；作品的文辞和表现力量没有固定不变的方法，因而必须参酌新的作品才能不断发展。今人多据这两个方面释"通变"为继承与革新，其实，"通变"一词只是对"文辞气力"而言，资故实与酌新声两个方面，亦非继承与革新的关系。所谓继承与革新，就不应只继承文体的"名理"，"文辞气力"更应继承，刘勰也常强调学习继承诗骚的写作技巧；也不应只革新"文辞气力",文体的"名理"同样需要发展变新,如《诠赋》篇说的"赋自诗出"等便是。但《通变》篇不仅只强调"体必资于故实""数必酌于新声",且全篇并未就这两个方面立论。

本篇的主要内容有二:一是论"九代咏歌"的"从质及讹",一是论汉赋的"广寓极状,而五家如一"。二者都属"文辞气力"方面,则本篇题曰《通变》,主要是论"文辞气力"的"通变"甚明。明乎此,则本篇的主旨和"通变"二字的含义也就容易解决了。历代诗歌的发展,其所以"从质及讹,弥近弥澹",主要是由于"竞今疏古,风末气衰",因而主张"矫讹翻浅,还宗经诰",就是要学习古代经书,来矫正当代的讹浅。这自然是主张"文辞气力"方面要通古。汉赋的"夸张声貌",则指"文辞气力"的"循环相因"以至"五家如一",这绝非"示人以法",而是批评其未能发展,没有新变。"此庭间之回骤,岂万里之逸步哉",正是对"循环相因""莫不相循"者的批判。以上两种倾向,一是需要通古,一是需要变新,都是从反面提出问题。最后,刘勰才正面提出:"参伍因革,通变之术也。"这就是说:"竞今疏古"和"循环相因"都不对,而应因革相参,古今结合。"参伍因革"就既是"通变之术",也是刘勰自己对"通变"一词的解释。

近年不断有人对"通变"二字提出新解,认为不是继承革新之意,而是贯通(或会通)变化。这自然是对的。但关键不在字意,而在"通变"的内容,明确了刘勰所论乃"文辞气力"的"通变",再参照他自己的解释,则"通变"虽不等同于继承革新,然以今释古,仍相去不远。至于本篇的主旨,既以论可变而必变的"文辞气力"为主,又强调"趋时必果,乘机无怯",再参以《议对》篇的"采故实于前代,观通变于当今",显然是重在新变。即使是论"九代咏歌"的一段,其云:"黄歌《断竹》,质之至也;唐歌《在昔》,则广于黄世;虞歌《卿云》,则文于唐时;夏歌《雕墙》,缛于虞代;商周篇什,丽于夏年。"对这种从质及丽的发展新变,刘勰仍是肯定的。他认为"文律运周,日新其业",由质朴发展到华丽,是文学演变的必然规律。只是后来发展到过分绮艳以至讹滥,刘勰才反对单纯地"竞今疏古"。他主张"还宗经诰",固然有宗经思想的影响,但并非为了复古,而主要是"矫讹翻浅",目的是"斟酌乎质文之间,而檃括乎雅俗之际",仍是为了使文学创作能正确发展。虽然如此,仍不能忽视刘勰浓厚的保守思想。他认为历代文学发展到"商周丽而雅"就到了顶点,其后就一代不如一代。这不能不在一定程度上影响或限制了他的文学发展观。

(五)情采论

刘勰不仅用"割情析采"来概括其创作论的基本内容,且论情与采的关系,要求情采兼顾,文质相称,更是其全书的理论主干,故情采论在《文心雕龙》的理论体系中是相当重要的。

情采关系的理论集中在《情采》篇。本篇强调文学创作以"述志为本",为文的目的是表达作者的思想感情,作品的内容自然是主要的。但"言以足志,文以足言",不通过一定的语言文字就无从表达情志,没有必要的文采便不能成其为文学作品。所以,本篇以"采"指作品的表现形式,一开篇就讲:"圣贤书辞,总称文章,非采而何?"并认为"立文之道"必通过"形""声""情"三者而成。这都说明,刘勰是从文学艺术的特点立论的,他说的"采"不限于一般的文采,还包括形、声等艺术形式。本篇即在这一认识的基础上来论文学创作内容和形式的关系:

夫水性虚而沦漪结,木体实而花萼振:文附质也。虎豹无文,则鞟同犬羊;犀兕有皮,而色资丹漆:质待文也。

文和质的关系是互相依存,不可分割的。"沦漪"的形式必须依附于水才能形成,"花萼"的形式必须依附于木才能出现。形式依附于内容,但内容有待于形式来表达:虎豹如无花斑的皮毛,其皮革就同于犬羊;犀牛皮虽很坚韧,但必须涂上红漆才美观适用。所以,文与质、内容和形式是不可偏废的。但"沦漪"的形式是"水性虚"的特质决定的;只有"木体实"的内容,才能有"花萼振"的形式。刘勰移此理于文学创作,提出一个著名的论点:"情者文之经,辞者理之纬。经正而后纬成,理定而后辞畅:此立文之本源也。"以经纬相成为喻,说明二者是缺一不可的。但必须首先确立内容,才能据以运用相应的文辞采饰来表达内容。他认为这是文学创作的根本原则。

据此,刘勰主张文学创作要"为情而造文",反对"为文而造情"。他主张的情,不仅必须是真情实感,还强调:"志思蓄愤,而吟咏情性,以讽其上。"这就是要有饱满的、真实的、不满于统治者的情。在刘勰的时代,这种主张是很有现实意义的。

(六)物色论

《时序》和《物色》是姊妹篇,前者论各种社会现象对文学发展的作用,得出"文变染乎世情,兴废系乎时序"的著名结论;后者论春秋四时自然景象对文学创作的作用,并进而论述如何描绘自然景物。《时序》篇的性质虽较重要,但《物色》篇在理论上发挥得更好、更全面一些。且虽分论时序、物色,但在理论上是相通的,如论写物的"善于适要""以少总多"等,写人事之理亦然。因此,这里只介绍其物色论。

《物色》篇一开始就提出:"春秋代序,阴阳惨舒;物色之动,心亦摇焉。"四季景色的发展变化,作者的心情也受其影响而产生相应的活动。刘勰认为,这是由于物色有一种巨大的感召力量,没有思想感情的虫蚁尚且受其影响,何况万物之灵的人呢?所以说:"物色相召,人谁获安。"刘勰总结这种现象为:"岁有其物,物有其容;情以物迁,辞以情发。"这是文学创作的一般规律。客观景物不断变化,作者的思想感情即随着景物的变化而变化,文学创作就是抒发这种源于自然景物的感情。这是刘勰的卓见。其论之"物"虽是自然现象,但与"文变染乎世情"同理。如《时序》中论建安文学:"观其时文,雅好慷慨,良由世积乱离,风衰俗怨,并志深而笔长,故梗概而多气也。"这种"梗概多气"之情的变化,仍是"情以物迁";而"世积乱离,风衰俗怨"等,就是"情以物迁""物色相召"的"物"了。

外物对作者有一定的影响作用,但刘勰并不认为作者只是被动地接受其感召。"情往似赠,兴来如答",必须作者投赠给外物以情,也就是怀着深厚的情去以情观物,外物才能报答以创作的兴致。必须对客观景物进行反复深入地观察,"目既往还",才能触发情思而"心亦吐纳"。所以,文学创作更应发挥作者主观能动作用,"窥情风景之上,钻貌草木之中",深入观察钻研其所要描写的对象。

物我两方的结合是水乳相融的。刘勰论及这一复杂过程是:作者的心"既随物以宛转",客观的物"亦与心而徘徊"。刘勰认为《诗经》的作者就是这样做了千载难易的形象描绘。如:

"灼灼"状桃花之鲜,"依依"尽杨柳之貌,"杲杲"为出日之容,"瀌瀌"拟雨雪之状……"皎日""嘒星",一言穷理;"参差""沃若",两字穷形;并以少总多,情貌无遗矣。

《诗经》中用"灼灼其华"形容桃花的鲜丽,用"杨柳依依"形容柳枝的轻柔等,都是"以少总多",就是用少量的文字概括了大量桃花、柳枝的共同形象。这就总结了古代文学概括艺术形象的可贵经验。其"少"之所以能总"多",就是能概括大量物象的共同特征,刘勰谓之"善于适要"。这个"要",刘勰又叫做"要害",和"以少总多"之论结合起来看,即指物象的基本特征。所有的桃花之盛,都有"灼灼"的特点;所有柳枝之柔,都有"依依"的特点,所以是其基本特征。能捕捉住这样的"要害",自能"以少总多"。

(七)批评论

刘勰的批评论集中在《知音》篇。中国古代文学批评多是鉴赏式的评论,《知音》篇也总结了这种特点。所以,有的研究者也称《知音》篇为鉴赏论。

"知音"原为懂得音乐之意,刘勰借以指文学批评或鉴赏。本篇一开始就慨叹:"知音其难哉!音实难知,知实难逢;逢其知音,千载其一乎!"这种夸张的说法,绝非不可知论,也不是要使人知难而退。本篇主旨反而是试图论证音实可知,强调难,正如《明诗》篇所说:"妙识所难,其易也将至;忽之为易,其难也方来。"所以,刘勰首先讲"知实难逢"。他举秦汉以来的种种实例说明,有的是"贵古贱今";有的则"崇己抑人";有的又"信伪迷真"。这些都是古来文学批评的通病,批评者即使识高才大,仍不能得到正确的批评,所以是"知实难逢"。刘勰以先破后立的方式,以图首先破除这种不良的批评风气,正确的批评理论才能建立。

次论"音实难知",实际是讲文学批评、鉴赏的特点。客观上的"难",是批评鉴赏的对象和具体事物不同,文学作品不如"形器易征",它所表达的思想情志,看不见,摸不着,所以说:"文情难鉴。"再就是"篇章杂沓,质文交加",不仅作品多种多样,每一篇作品又内容和形式交织在一起,有较大的复杂性。主观上的"难",是批评鉴赏者的"知多偏好,人莫圆该"。不同的人有不同的爱好,"会己则嗟讽,异我则沮弃"的情形是难免的;何况一个批评者很难全面熟悉掌握各种各样的作品。这就是"音实难知"的原因。

根据以上困难和特点,刘勰提出自己的主张:第一是"圆照之象,务先博观"。必须提高批评鉴赏者的鉴识能力,没有大量阅读过各种作品的人,是不可能成为很好的批评家、鉴赏家的。第二是"无私于轻重,不偏于爱憎",不从个人的偏爱出发而进行客观地评论,以求做到"平理若衡,照辞如镜"。要文学批评做到像天平那样公正,像镜子那样准确,在封建社会是不可能的,但刘勰的这一要求是正确而有积极意义的。第三是提出"六观"的方法,即从六个方面着手全面了解作品:"一观位体",指体制的安排是否适合;"二观置辞",文辞的运用如何;"三观通变",能否贯通变化;"四观奇正",表现方式的奇异或正常;"五观事义",用典的意义;"六观宫商",声律的处理。这六个方面多属形式,但按刘勰所说,是"将阅文情,先标六观",目的是为了"阅文情",也就是他所说"披文入情"的具体方法。

按照以上方法,刘勰认为正确的文学批评或鉴赏是并不困难的。从理论上讲,文学创作是"情动而辞发",文学鉴赏不过是反过来"披文以入情",因此,"沿波讨源,虽幽必显"。古人"志在山水",尚可从琴声中了解到他的思想感情,"况形之笔端,理将焉匿"?关键只在鉴赏者能否"深识鉴奥"。好作品具有强大的艺术力量,它能像美好的春色使人愉快,像音乐和美味吸引行人,只要鉴赏者有"深识鉴奥"的能力，必能在阅读欣赏中"欢然内怿"，得到美的享受。

以上只是简述《文心雕龙》中几项比较重要的基本理论，此外，如对作家作品的评论，各种艺术方法、修辞技巧的论述，都有不少好的意见。仅以上所述已可看出，刘勰在文学理论上的成就，特别是从中世纪之初的历史背景来考察，确是值得我们珍视的一份可贵的文化遗产。《文心雕龙》的主要局限是正统观念较强，儒家文艺思想对它仍有一定束缚，特别是在评价作家作品方面更为明显；对民间文学虽然有所注意却重视不够；当时虽未出现以人物形象为主的小说和戏剧，但不仅在一些长诗中已有成功的人物形象，史传文学中更积累了丰富的人物描写经验，这方面未能引起刘勰的重视，也是他的重要缺陷。但其不足之处是局部的，也主要是历史造成的。由于《文心雕龙》相当全面地总结了先秦以来文学创作的实际经验，有的甚至是对写作经验的径直描述，这就真可送怀千载。即使到了今天，研究者"任力耕耨，纵意渔猎"于其间，仍可不断获得一些有价值的东西。龙学之所以有强大的生命力，正在于此。

（原载于《中国古代文论家评传》，中州古籍出版社1988年版）

刘勰《文心雕龙》

刘勰,字彦和,东莞莒(今山东莒县)人,侨居京口(今江苏镇江)。他的生平事迹,主要见于《梁书·刘勰传》,因所载不详,现在只知其大概。大约生于南朝宋明帝泰始元年(465),幼年丧父,到他二十岁左右,母亲也去世了。《刘勰传》说他自幼"笃志好学,家贫不婚娶"。约二十三岁离开京口,到南京谋生无门,便依沙门僧祐,在钟山定林寺住了十多年。在此期间,除协助僧祐整理佛经,更精研经史百家的著作和历代文学作品,为撰写《文心雕龙》打下了良好的基础。三十一二岁开始《文心雕龙》的写作,历五年完成。由于刘勰名微位卑,书成之后未能引人注意,他便拦在当时官高位显的沈约车前,请沈约评审。沈约读后,给以"深得文理"的高度评价,并经常把书稿放在自己的案前,刘勰和《文心雕龙》才渐为世人所知。

梁天监二年(503),刘勰离开定林寺进入仕途,相继做了几任记室、参军、太末(今浙江龙游)令等小官。到天监十年(511),改任萧绩的记室,兼萧统的东宫通事舍人。通事舍人虽仍是低级官吏,但颇清要;萧统又爱好文学,所以此期的刘勰还是比较荣幸的。天监十八年(519),刘勰升迁步兵校尉,管理东宫警卫,继续兼任通事舍人。同年,刘勰奉命回定林寺整理佛经,这时他已五十五岁了,由于看到仕途上已难再有大的发展,便于第二年整理佛经结束后,落发受戒,弃官为僧。《文心雕龙·程器》中曾说:"穷则独善以垂文,达则奉时以骋绩。"刘勰的一生是力图奉时骋绩,并成为国家的栋梁之材的,他的出家,只能说是其志未酬的"穷则独善"。所以,出家后的心情并不很好,不到一年(521)就离开人世了。《梁书》说刘勰有"文集行于世",可惜早已失传。现存著作除《文心雕龙》外,只有《灭惑论》等两篇佛教方面的文章。

《文心雕龙》的书名,刘勰在《序志》篇有这样的解释:

> 夫"文心"者,言为文之用心也。昔涓子《琴心》、王孙《巧心》,"心"哉美矣,故用之焉。古来文章,以雕缛成体,岂取驺奭之群言"雕龙"也?

由此可知,"文心"指写文章的用心,"雕龙"指把文章写得华美如雕绘的龙文。这部书就是研究如何写好文章的文学理论著作。本书虽论述了一些现在看来不属文学的文体,这固然是它的局限,但其总的内容不仅以文学评论为主,且刘勰论各种文体,也主要是从总结文学经验出发,何况古代文史哲不分,各种文体以至地理书《水经》的注文,也可写得和文学作品无异。所以,从另一方面看,正因刘勰全面总结了古代各种文体的写作经验,从而建立了完整的古代文论体系,才正如周扬同志所说,《文心雕龙》不仅是"世界各国研究文学、美学理论最早的一个典型",并且"是一部伟大的文艺、美学理论著作"①。

《文心雕龙》全书五十篇,由四个部分组成:总论、文体论、创作论、批评论。最后一篇《序志》是全书的序言,说明本书的写作

---

① 《关于建设具有中国民族特点的马克思主义文艺理论问题》,《社会科学战线》1983年第4期。

动机、持论态度和基本内容、结构等。其书体大思精，内容繁富，以下只按原著次第，简述四大部分的基本内容及其得失。

一、总　论

刘勰称前五篇《原道》《征圣》《宗经》《正纬》和《辨骚》为"文之枢纽"，指这些是评论文学的关键问题，所以一般泛称其枢纽论为总论，但各篇的内容和在全书中的作用，意义并不等同。第一篇《原道》，主要论天地万物到人类文化都必有自然之美。如有日月就美如"叠璧"，有山川就丽如"焕绮"；"傍及万品，动植皆文"：龙凤、虎豹、云霞、草木等无不如此。所有这些都不是人为的，"夫岂外饰，盖自然耳"，都是万物自身就具有其美。刘勰总结这种普遍现象说："故形立则章成矣，声发则文生矣。"就是说：凡物有其形，就自有其美（"章""文"）。这种自然美的道理，刘勰谓之"自然之道"，这种"道"既有必然性和普遍性，就是一种自然规律。符合这一规律的"文"，就是"道之文"。《易》云："鼓天下之动者，存乎辞。"刘勰认为并非一切言辞都有鼓动天下的作用，"辞之所以能鼓天下者，乃道之文也"。这就是刘勰要本"道"论文的原因。本书性质既是文学理论，必以"文"为前提，并作为论文的最高原则。所以刘勰认为即使古来圣人也"莫不原道心以敷章"；用以指导全书，就是既要有文采，又反对过分雕饰的不自然的文采。

《征圣》《宗经》两篇主要讲写文章要向儒家圣人及其著作学习。如"征之周、孔，则文有师矣"，反对"建言修辞，鲜克宗经"等。其中讲到"圣人之文章"的好处甚多，归纳起来就是："圣文之雅丽，固衔华而佩实者也。"刘勰要求后世作家向儒家经典学习的，主要就是既要作品有华美的形式，又要有正确而充实的内容。

这也就是刘勰在总论中提出的基本主张，所以他强调："志足而言文，情信而辞巧，乃含章之玉牒，秉文之金科矣。"以内容充实可信，言辞有文采而巧丽为写作的金科玉律，自然是其指导全书理论的最高原则。

儒家经书除《诗经》之外，既非文学著作，更无"衔华佩实"的典范意义。刘勰言过其实的称颂，一方面是他的历史局限，在当时还找不到更有权威的理论根据；另一方面，从"楚艳汉侈，流弊不还"的趋势，特别是晋宋以来过分追求艳丽的文风来看，他利用儒家尚实重质的主张是可取的，加之他首先提出"本乎道"以论文的原则，就基本上能按照文学艺术的规律来评论文学。此外，《正纬》篇是按经验纬，以证纬书之伪，《辨骚》篇也是依经辨骚，以证楚辞与经书的同异，从而说明其"虽取熔经意，亦自铸伟辞"的发展。这两篇在全书中虽有一定的"枢纽"意义，却远不如前三篇重要。

二、文体论

《辨骚》是一篇楚辞论。它和下面分体论诗，论乐府等有相同的一面，所以既是"枢纽"论之一，也是文体论之首。其实，所谓"文体论"并非专论文体，刘勰自己称这部分为"论文叙笔"，主要是对当时有韵者为"文"、无韵者为"笔"这两大类作品分别进行评论，从而总结各种文体的写作经验。如《辨骚》篇就总结了"酌奇而不失其真，玩华而不坠其实"的重要写作经验，故范文澜《文心雕龙注》以此篇为"文类之首"。

从《辨骚》到《书记》的二十一篇是"论文叙笔"，分别论述了骚、诗、乐府、赋、颂、史、传、诸子、论、说等三十五种文体的作品。

有的是一篇论一体,如《明诗》论诗、《诠赋》论赋;有的是一篇论相近的两体,如《颂赞》论颂、赞,《诔碑》论诔、碑等。各种文体大都论及四个内容:一是"原始以表末",如《明诗》篇从传说中的葛天氏之乐讲到"宋初文咏"的发展概况,近似一篇诗歌简史。二是"释名以章义",如《颂赞》篇释颂:"颂者,容也,所以美盛德而述形容也。"此项近于给文体下定义,对后世文体论影响较大。三是"选文以定篇",就是选出各个时期有代表性的作品加以评论。这和第一项"原始以表末"通常是结合在一起的。四是"敷理以举统",即总结文体的写作要领和特点。如《诠赋》篇的总结:"情以物兴,故义必明雅;物以情观,故辞必巧丽……文虽新而有质,色虽糅而有本:此立赋之大体也。"各体的这种总结,就为创作论部分的理论研究打下了充分的基础。

三、创作论

从《神思》到《总术》的十九篇为创作论,介于创作论和批评论之间的《时序》《物色》两篇,也有一些重要的创作理论。这是全书文学理论的精华部分,《文心雕龙》论及的重要问题大都集中在这二十一篇之中。当时的文学创作已涉及的种种文学理论和艺术技巧,刘勰都做了相当全面的总结。

第一篇《神思》是艺术构思的专论。其论艺术想象可"思接千载""视通万里",既无时间和空间的限制,又是"规矩虚位,刻镂无形"的凭虚构象。要对没有固定位置和形态的思维加以"刻镂",使之"规矩"成形,这就是在艺术加工中进行形象虚构。因此,刘勰用"神与物游"四字来概括"思理",即作家的想象必须结合物的具体形象活动。这正是欧洲文艺理论家在一千多年之后才提出的形象思维的特点。刘勰以艺术构思论为其创作论之首，既说明他对文学艺术特征的认识，亦于此可见其创作论的性质，一般文章的写作，是不要求"神与物游"的，甚至是反对想象虚构的。

第二篇《体性》论艺术风格，认为作家的才能、气质、学识、习性四者是风格的决定因素。每个作家的才气学习各不相同，写作时"各师成心，其异如面"，这就是风格多样化的必然原因。第三篇《风骨》针对当时柔靡的文风，提出刚健之美的创作理想。第四篇《通变》论"文律运周，日新其业"的文学发展规律，主张"望今制奇，参古定法"。第六篇《情采》论内容和形式的关系，据"文附质""质待文"之理，提出文学创作的原则是："情者文之经，辞者理之纬，经正而后纬成，理定而后辞畅：此立文之本源也"。内容和形式不可偏废，但必以内容为主，要首先确立经，然后据经织纬。所以要求"为情而造文"，反对"为文而造情"。此外，"阅声字"各篇论述种种艺术技巧，如声律、对偶、比兴、夸张、用典以至篇章字句等，都各有专篇论述。最后的《时序》《物色》两篇，前者论各种社会现象对文学的影响，提出"文变染乎世情，兴废系乎时序"的著名论点，后者论自然现象对文学创作的作用提出了"岁有其物，物有其容，情以物迁，辞以情发"，和物象描绘要"善于适要""以少总多"等精彩之论。

仅上述可知，创作论部分的内容既丰富而又总结了许多重要的经验。其主要不足之处，是忽视了人物形象的描绘，汉魏以来的部分长诗，特别是史传文学，这方面已有了不少成功的经验，却未能引起刘勰的注意。

四、批评论

除《时序》《物色》两篇涉及一些文学批评外,另有《才略》篇评历代作家的文才,《程器》篇评历代作家的品德。这两篇实为作家论。专论文学批评的,只《知音》一篇。一般泛称这几篇为批评论,不过从全书来看,从总论中提出文学评论的基本原则到各部分的有关论述还是不少的。

文学批评和鉴赏有密切联系,《知音》篇所论也与文学鉴赏分不开,所以有的研究者也称此篇为鉴赏论。《知音》篇首先批评了"贵古贱今""崇己抑人""信伪迷真"等不良风气,揭示文学批评鉴赏的特点:客观上是作品的复杂性、抽象性,"文情难鉴",不如具体的"形器易征";主观上是鉴赏者"知多偏好,人莫圆该",既难免各有偏爱,又不易具备评论各种作品的才能。据此,刘勰要求批评鉴赏者"务先博观",提高自己的鉴识能力。其次是排除偏见,"无私于轻重,不偏于爱憎"。然后从体制的安排、文辞的运用、能否贯通变化、表现方式的奇正、用典的意义和声律等六个方面作全面考察。从理论上讲,这和文学创作的"情动而辞发"相反,是"披文以入情"。刘勰认为通过作品的形式而进探其内容,犹如"沿波讨源,虽幽必显",关键只在鉴赏者能否"深识鉴奥"。高明的欣赏者必能在艺术鉴赏中"欢然内怿",得到美的享受。

以上是《文心雕龙》的基本内容及其主要成就。其体系完备,结构严密,在古代文论中确是一个不可多得的典型。但由于作者儒家思想较浓,虽未完全受其限制,却带来一些比较保守的观点;而佛教思想的影响,又加重了书中的某些迷信色彩。好在这些不仅在全书中是次要的,且对其理论的主体——创作论部分影响不大，所以仍无损其光辉成就。

今存《文心雕龙》最早的版本是唐写本残卷，最早的刻本是元代至正本。从明代弘治本以后，刻本、校本、注本甚多，到清代黄叔琳辑注本集其大成。近人校注以范文澜《文心雕龙注》流行最广，杨明照的《文心雕龙校注拾遗》既正范注之失，又补其未备。王利器的《文心雕龙校证》是一个迄今最全的校本。注释和译注本则有周振甫，陆侃如、牟世金，郭晋稀，赵仲邑，向长清等多种。

（原载于《中国古代文学理论名著题解》，黄山书社 1987 年版）

古代的文学概论《文心雕龙》

我们现在讲文学理论,主要体系来自苏联,其中也掺杂不少西方的东西。怎样建立一套具有民族特点的马克思主义文艺理论体系,早已为众多研究者所重视。党的十二大后,怎样创造具有中国特色的社会主义文学和文学理论,就成为开创文学艺术新局面的重要课题了。这方面要研讨的问题很多,总结我国古代文学的传统经验,探寻其发展规律和民族特色,则无疑是我们的重要任务之一。

刘勰的《文心雕龙》,以"体大虑周"称著,可说是我国古代的一部系统的文学概论。因此,全面深入地研究这份珍贵遗产,是探讨古代文论民族特色的重要步骤。本文拟对此简述两个问题:

一、体系的完整

《文心雕龙》五十篇,由四大部分组成:前三篇《原道》《征圣》《宗经》是全书的总论;第四篇《正纬》是《宗经》篇的附论。从第五篇《辨骚》到第二十五篇《书记》是文体论。从第二十六篇《神思》到第四十四篇《总术》是创作论。《总术》之后的《时序》《物色》两篇介于创作论和批评论之间。从第四十七篇《才略》到第四十九篇《程器》是作家论、批评论。这个划分是就大体而言,如有人认为《正纬》《辨骚》两篇也是总论。但就整体来说，多数论者都认为全书由总论、文体论、创作论和批评论四大部分组成。最后一篇《序志》是本书的序跋。这里有必要提出：有的论者按照自己的理解，对全书篇次做了重新编排，使原书的面目大变。这种做法是没有根据的。《文心雕龙》的版本，从唐写本到明清各种刻本的篇次，都是一致的。没有确凿的根据而任意改动原著篇次，我们就难以认识和探讨原书的理论体系。

《文心雕龙》的体系，本身是完整而严密的。如《正纬》和《辨骚》两篇的性质，从全书体例看，和《时序》《物色》的位置相当，也是介于总论和文体论之间的两篇。文体论二十一篇，首论韵文方面的文体，如骚、诗、赋、颂等，次论散文方面的作品，如史传、诸子、论说等。两类之间的《杂文》《谐隐》两篇，也是兼有韵散文的作品。特别是创作论部分，虽各篇是一个独立的专题论述，篇与篇之间又有一定联系而形成一个整体。如《神思》篇末说："情数诡杂，体变迁贸"，"体"指风格，由于"情"的复杂，因而作品的风格也多种多样。这就是下一篇《体性》要论述的问题。《体性》篇论述了风格的因人而异之后，篇末强调："童子雕琢，必先雅制"，要求初学写作者从雅正的作品入手。怎样做到雅正呢？紧接着以《风骨》篇提出文学创作的最高准则："风清骨峻，篇体光华。"《风骨》之后，又以《通变》《定势》等篇，论述如何写出有"风骨之力"的作品。由此可见，创作论各篇，是篇篇相衔而自成体系的。

全书各篇，不仅结构安排井然有序，在理论体系的内在联系上，更是一个严密的整体。总论提出的基本文学观点，是要向儒家经典学习，以求做到"衔华而佩实"，就是要有华美的形式和丰富而真实的内容。文体论部分就以此为准来评论作品和提出各种文体写作上的基本要求，如《诠赋》篇批评某些作品"繁华损枝，膏腴害骨",而主张既要"义必明雅",又须"词必巧丽",做到"丽词雅义,符采相胜"。创作论和批评论部分的论述,刘勰在《序志》篇总称之为"割情析采",在一系列重要理论上,都是情采兼论,文质并重,甚至许多篇题,如《体性》《风骨》《情采》《熔裁》等,都是从内容和形式两个方面着眼的。所以,全书各个部分,是以"衔华佩实"为纲组成的一个完整体系,各个部分之间的关系,也是很密切的。总论提出指导全书的基本文学观点之后,文体论部分便以之衡量历代各体文学作品,并分别总结各种文体的实际创作经验,然后在此基础上,提炼而成"神思""体性"等种种专题理论,这就是其创作论。最后再论作品的批评、欣赏和作家的才气、品德修养等。由此可见,全书的组织安排确是相当周密的,作为一部古代文学概论的体系是相当完整的。

二、论述的全面

从全书由总论、文体论、创作论和批评论四大部分组成,已可看出《文心雕龙》作为一部古代的文学概论,其内容是相当全面的。文体论部分论述了骚、诗、乐府、赋、颂等三十五种文体,除后世才出的戏曲、小说外,封建社会的各种文体,都作了全面论述。对各种文体,大都从四个方面进行论述:一是叙述文体的起源和演变;二是解释体裁的名称;三是选出各个发展阶段具有代表性的作品加以评论;四是总结各种体裁的写作原则及其基本特点。因此,这部分不仅可使我们了解古代各种文体的基本特点,还可当做分体文学史来看,了解到刘勰之前各种文体的发展概貌。

创作论部分论述了各种文学创作的理论问题和写作技巧,不仅当时已出现的创作问题包罗无遗,即使从整个封建社会涉及的创作理论来看,也是相当全面的了。如以《神思》篇论艺术构思,《体性》篇论艺术风格,《风骨》篇提出对作品的美学思想,《通变》篇论文学的继承和革新,《定势》篇论如何遵循文体的特点,《情采》篇论内容和形式的关系,《熔裁》篇论内容的规范和文辞的剪裁;《时序》《物色》两篇则分别论述了社会现象和自然现象与文学的关系等。《声律》到《练字》的几篇,对用字谋篇的要领、比兴夸张的方法、对偶典故的运用以及声律音韵的安排等,逐一进行了论述,最后又以《附会》篇论述如何把作品写得"首尾周密,表里一体";并在总结创作论的《总术》篇对文学创作提出一个总的要求:"义味腾跃而生,辞气丛杂而至。视之则锦绘,听之则丝簧,味之则甘腴,佩之则芬芳。"就是说,作品的内容要浓郁充沛,文辞要气势蓬勃;生动的形象描绘,要视之有色,听之有声,食之甘美,闻之芳香。刘勰的创作论,就是从理论和技巧上论述如何写出这样的作品。

《文心雕龙》的创作论不仅相当全面,也是全书的精华部分,其中不少论点是颇为精辟的。只以《情采》篇所论内容和形式的关系来看:"夫水性虚而沦漪结,木体实而花萼振:文附质也。虎豹无文,则鞟同犬羊;犀兕有皮,而色资丹漆:质待文也。"水和木的性质不同,其表现出来的形式,一是波纹,一是花朵,也各不相同,这说明形式决定于内容。虎豹之皮如果没有花斑的毛色,就和犬羊之皮相似了;犀牛的皮革虽很坚韧,还须涂上丹漆才美观适用,这说明内容还有待美好的形式。文附质,质待文,二者是互相依存的。刘勰据此提出一个著名的论点:"情者文之经,辞者理之纬,经正而后纬成,理定而后辞畅:此立文之本源也。"虽然内容和形式不可偏废,但在文学创作中"情"是经,"辞"是纬,必须首先确立经线,然后才能织上纬线。所以,本篇最后指出:"联辞结采,将欲明经;采滥辞诡,则心理愈翳。"运用辞采是为了表达内容,如果辞采浮泛而怪异,就反而使内容模糊不清了。这就是说,一切文辞采饰的运用,必须和特定的内容相称,只能为内容服务,而不能以文害质。值得注意的是,本篇在上述原理的基础上,又一再强调了艺术性的重要。一开始就提出:"圣贤书辞,总称文章,非采而何?"篇末又说:"言以文远,诚哉斯验。"古人认为要有文采的言辞才能流传久远,刘勰肯定这话确实是对的。本篇从理论上对此作了很好地说明:"故立文之道,其理有三:一曰形文,五色是也;二曰声文,五音是也;三曰情文,五性是也。"文学创作的基本原理,不外表形、表声、表情三个方面。刘勰认为这三个方面汇总而成文学艺术是"神理之数也",即文学艺术本身的规律决定的。正因他从这种认识出发来论文学创作,所以认为应该把作品写得有声有色、气香味美。

本书批评论包括两个方面的内容:一是论述批评和鉴赏的原理、特点、方法等,集中在《知音》篇;一是批评实践,除在文体论部分对历代各种文体的主要作品进行了分别评论外,又以《才略》篇专论作家的文学才华,以《程器》篇专论作家的道德品质。全书论及先秦至晋宋间的两百多位重要作家。不少作家都分别评论了他们各体作品的得失、才华品德、风格特色等,总体来看,也是比较全面的。

以上两个方面的简述已足说明,《文心雕龙》确可谓我国古代的一部文学概论而值得重视。

(原载于《语文教研》1983年第2期)

刘勰"原道"论管见

毕万忱、李淼同志从1979年发表第一篇《试论刘勰文源于道的思想》,到1983年底,就集成十余万言的《文心雕龙论稿》。集成之后,以嘱为序,有幸成为此书的第一名读者,我自己是感到收益不小的。常感龙学发展到今天,很须要有新的方法、新的路子、新的突破。《论稿》虽不能说已有什么重大突破,甚至他们所论及的一些问题,就个人浅见,还不能说都已解决得很圆满、很理想了,如"文源于道"的提法,《辨骚》篇的"四异"都是对屈原浪漫主义特色的"充分肯定"等论点,就还有待进一步研究。但从总体看,《论稿》在前人的基础上,确有不少新的成就、新的发展是值得注意的。

他们敢于大胆提出新的见解,但又不是作轻率的、简单的论断,多能采取全面研究和具体分析相结合的科学方法,这在论《原道》《征圣》《宗经》《诠赋》诸篇中,都表现得很充分。对《正纬》篇的评价虽觉略高,但这个过去不大为人注意的篇章,著者第一次做了新的、引人注目的专题研究,阐明了此篇的重要意义,其贡献是值得肯定的。特别是论《诠赋》,著者经过对二十多篇文体论全面分析比较后,大胆地提出:此篇论赋体的创作原则,"涉及文学创作中最基本的理论问题,最有普遍性",是其他各篇所不及的。这是一个很值得重视的见解。其意义还不止于正确地认识《诠赋》篇，而在"体物写志"的赋确具有文学艺术的"普遍性"，刘勰在论赋中，确是总结了"情以物兴""物以情观"等文学艺术的基本原理。按照"丽辞雅义"的最高要求，文学创作就必须既要"写物图貌，蔚似雕画"，具有鲜明的形象性，又不是单纯地描绘形象，而须"体物写志"。这里相当精辟地概括了物、情、词三要素的关系，确是"涉及文学创作中最基本的理论问题"。论者的这一"发现"，除有助于认识刘勰的理论成就外，还启发我们研究刘勰的理论，不要局限于《文心雕龙》的后半部，在它的文体论中，也有不少论创作的重要意见不可忽视。

《论稿》涉及《文心雕龙》的内容甚多，而以其总论部分和全书的理论体系为重点。这两个互有联系的问题，正是当前《文心雕龙》研究者较为关心的。著者首先对刘勰称为"文之枢纽"的五篇，逐篇进行深入细致地研究，这是掌握刘勰的基本文学思想必不可少的重要工作，也为研究其整个理论体系打下了有力的基础。这就可说是一个扎扎实实的新路子了。《论稿》虽然不是对《文心雕龙》的全面论述，却抓住了《文心雕龙》研究的关键。只要搞清了"文之枢纽"和刘勰的基本文学观点，全书的理论体系以及所评所论的种种具体问题，就有了依据而比较容易理解和掌握了。但这是历来研究中分歧较多、困难较大的一部分，特别是刘勰的"原道"观，既居《文心雕龙》之首位，存在的问题也更多。我曾提到过这样的看法："可以毫不夸大地说，若不知'原道'之'道'为何物，便无'龙学'可言。"①此说无非强调，"原道"问题虽然复杂，却是研究《文心雕龙》必须首先搞清的问题。《论稿》著者正由此着手，除了精神可贵，其研究方法和道路也是十分可取

---

① 《〈文心雕龙〉研究的回顾与展望》，《文心雕龙学刊》第2辑。

的。问题自然还不在讲到什么,而在怎样讲。下面便拟具体谈谈刘勰的"原道"论。

就我所知,关于"原道"论的专题论文,迄今已发表四十余篇(其中包括港台地区的十余篇)。1971年香港还有石垒的专著《文心雕龙原道与佛道义疏证》问世①。日本学者如户田浩晓、兴膳宏、安东谅等,对"原道"问题也有不少论述②。此外,各家批评史和《文心雕龙》论著中论及"原道"的更不计其数。问题复杂,意见纷纭,这里仅述其大概也是很困难的。现在看来,准确地理解刘勰的"原道"观,并求得多数研究者公认的结论还为时太早。有的研究者自谓"蹊径独辟",已得"颠扑不破的定论"③,这种自信的精神诚然可嘉,其于"原道"问题所作探索应该说也是有益的,惟其所作"定论":"《文心雕龙》所原、所明的道,是佛道"④,不仅和者盖寡,比之"以佛统儒"论在龙学界的处境,是难于好得很多的。著《论稿》的毕、李二位,就是"以佛统儒论"的激烈反对者。

"原道"论的关键,正在刘勰所原所明的"道"是什么道。能明乎此,整个"原道"论的论旨便可得而寻了。所以,下面就主要对这个"道"字略予探讨。

近世诸家论道,所费笔墨虽多,但不出儒道、佛道、老庄之道、自然之道和精神、理念数解。所有这些,又可大致归纳为三种类

---

① 此书于1979年合并为《文心雕龙与佛儒二教义理论集》由香港云在书屋出版。
② 参见王元化编《日本研究〈文心雕龙〉论文集》及拙文《日本〈文心雕龙〉研究一瞥》(《克山师专学报》1984年第1期)。
③ 《文心雕龙与佛儒二教义理论集》第101页。
④ 同上。

型:一是某一家一教的教义,佛、老、儒之道属之;二是不属于何家何教的"自然之道",指"自然"的规律;三是精神、理念、宇宙本体之类,指凌驾于物质世界之上又能化生万物的精神本体。后一种解说,往往依附于佛老。正如《论稿》中讲到的:《老子》中所谓"有物混成,先天地生。可以为天下母,吾不知其名,字之曰道",这个"道",就是先于物质世界的精神本体。有的则直接由《灭惑论》等佛教著作推衍而来,用"至道宗极,理归乎一"等说中的"至道"(实为佛道),以印证《原道》中的"道"也是精神本体。《论稿》既强调这些说法的背景、目的、论旨迥别,不能混为一谈,又认为:"把《原道》当作刘勰的宇宙本体论……当作哲学著作来研究,完全背离了刘勰写作《原道》篇的初心。"我是完全同意的。而此说既本于佛老,实际上诸家之说虽千变万化,各道其所道之"道",总不出教义和规律两大类。

无论持佛道、儒道或老庄之道论的研究者自己是否意识到了,既然认为《原道》之"道"为儒道、佛道等,就应指其论力主斯道的基本教义,至少在重要论点上符合其基本教义。不首先明确这点而侈谈某家某教之道,就只能是各道其所道而已,必然是讲得虽多无益的。离开仁义道德而谈"儒道",就很难有什么"儒道"的气味,这是显而易见的。如果据孔子曾屡称"好学""多学""学而时习之",刘勰也常讲"博学""积学""功以学成","学慎始习"等,便断言其为儒道、孔道,岂不是轻言负消?不少论证刘勰属何家之道的根据,与此之别,也不过是百步与五十步耳。无论古今中外,要从任何两种不同甚至是对立的思想体系中找出某些相似之点是不难的,只要同是论天地万物、人类社会之理,就有其"理自不可异"的东西,何况是论述无所不包的文学现象和集前人论文之大成的《文心雕龙》。

这样看来,要从《原道》篇以至《文心雕龙》全书中,找出对儒、道、释任何一家主要教义的论述、提倡、主张,都是困难的。石垒先生提到《文心雕龙》"所原、所明的道",对我们探讨《原道》之"道"是什么道,很有意义。原者,本也;《原道》篇有云:"圣因文而明道。"需要认真研究的,正是刘勰所本何道,所明何道。儒、道、释三说中,主张属道家之道者本来不多①;认为"自然之道"和老庄思想有一定联系,则可并入规律说。因此,下面只就《原道》之"道"是否本儒佛之道、明儒佛之道,分别加以探讨。

先看儒道。

鄙见以为,就各家思想在《文心雕龙》中的比重而言,以儒家思想为主的事实是无可否认的。也许正因如此,加以《原道》之后又继以《征圣》《宗经》二篇,很容易使人误解《原道》中的"道"为儒道。其实,《文心雕龙》中虽然运用儒家的文学观点、遵循儒家的文学思想的地方较多,刘勰在《序志》篇对儒家圣人及其著作虽也表示了极大的敬意,但这并不等于他是本于儒道来写《文心雕龙》,也不是要用《文心雕龙》来明儒家之道。全书不仅并无本儒家教义或明儒家教义的主张,还对儒家圣人时有不恭之辞。如《诸子》篇认为诸子百家的著作,都是"入道见志之书",且诸子之一的老子还是孔子的老师:"李实孔师。"汉儒已尊孟子为儒家的"亚圣"了②,《奏启》篇则评"孟轲讥墨,比诸禽兽"为"躁言丑

---

① 周振甫《〈文心雕龙〉的〈原道〉》(《光明日报》1962年12月30日)曾谓:"刘勰在《原道》里主张自然,接近道家。"后已放弃此说而在《文心雕龙注释·前言》中说:"刘勰的所谓道,以儒家思想为主。"斯波六郎曾谓刘勰的道,兼有老庄及儒家观点(见《日本研究〈文心雕龙〉论文集》第46—47页)。

② 赵岐《孟子题辞》:"命世亚圣之大才也。"

句"。《论说》篇不仅颂扬王弼、何晏等人在"聘周当路,与尼父争涂(途)"之中的玄论为:"师心独见,锋颖精密,盖人伦之英也",还明确肯定了佛教的"般若之绝境"。嵇康的《与山巨源绝交书》,虽公然声称"非汤武而薄周公",《书记》篇却评为"志高而文伟"的佳作。从这些观点来看,我们有充分理由怀疑刘勰是否忠于儒家的立场,更不用说其所本所明的是否儒道了。即使是《征圣》《宗经》二篇,虽然旗号鲜明,也不过是旗号而已。这两篇只讲"夫子文章"而不讲"夫子之道",极力赞扬的是五经的文章写得"衔华而佩实",强调这些文章值得后人学习。一句话:主要是着眼于文章的写作而不及仁义道德。"征之周孔,则文有师矣",周公孔子在这里主要是文章的祖师。

有的论者认为"原道"的"道"为儒道,在很大程度上是借助全书有关论点所作的推论,特别是《征圣》《宗经》两篇,更为这种推论的重要依据。这两篇及全书的实际情况既如上述,要直接从《原道》篇论证其"道"为儒道,就更为困难了。篇末有"光采玄圣,炳耀仁孝"之赞,"仁孝"二字可谓儒道矣,但原意是讲古代圣人根据"道"的精神来进行教化,从而使"仁孝"得以发出光采。这和"爰自风姓,暨于孔氏……莫不原道心以敷章,研神理而设教"之说一致,一切圣人都要本于道来写作和从事教育。所以"仁孝"二字适足以说明它和"原道"的"道"不是一回事,"原道"虽有益于仁孝,却并不就是所原之"道"。此外尚能提出的依据,就是本篇多取《周易》之说,讲到周孔,且谓"圣因文而明道",既是圣人所明之道,就只能是儒道。且不说这些推论不能说明什么实质,如果是正确的,却难免使人生疑:既然是原儒道,刘勰何以不直书力论,而讲了一大篇龙凤虎豹、云霞草木等等与儒道无关的话,若非刘勰写得文不对题,就只能是研究者的理解有问题了。

再看佛道。

不是儒道，不能作为必是佛道的根据，这是无待细说的。从"所原所明"是否佛教的基本教义来看，道理和上述相同。至于具体情况，只能说佛道的影子在《文心雕龙》中比之儒道更为渺茫。《原道》中有周孔的线索、易象的发挥尚不足为儒道之据，求之佛道，就真是"羚羊挂角，无迹可寻"了。持佛道论者往往反对望文生训，而强调不拘表面文辞，要查究其思想内涵。这是他们不能不采取的不二法门。因为从《原道》以至全书，除《论说》篇"般若之绝境"一语为佛家专有外，佛教的释迦高僧、佛门的经论典籍，一概只字未及，更不用说它的基本教义了。因此，除了概念游戏一途就别无他法。持佛道论者对六朝佛教自有深究，当时上自帝王，下至臣民，其踊跃从佛的盛况，想必是很了解的；刘勰写此书时虽未落发具戒，但早已是一个公开的佛教信徒。既然这样，如果他写此书"所原所明"的真是佛道，又何以躲躲闪闪，使真如面目藏而不露，佛徒宣讲佛法，十分重视明白易懂，以求普化众生，何劳千载之后为之疏证，才知其书"所原所明"为佛道？

不惑于表面现象而重实质，正是马克思主义者一向所取的科学态度，也正是我们研究这个复杂问题时必须坚持的重要原则。但无论儒道或佛道，离开其最基本的教义，又还有什么实质可言呢？现以《文心雕龙原道与佛道义疏证》开宗明义的两条力证来试予分析。其首章论道，大有笔扫千军之势，否定众说而创新论，唯一的论据就是《论说》篇的"般若之绝境"，以此得出结论说："这显然是采取了佛教的说法，以中道实相作为万有的根源，从而破斥人们的崇有贵无的边见或'偏解'的。由此可见，他所原、所明的道，是佛道。"刘勰在《论说》篇评"崇有""贵无"的玄论而提出"般若之绝境"，的确说明《文心雕龙》中杂有佛教思想，但对此作何理解，却是值得细究的。能否据此孤证遽断"原道"之"道"为佛道,不能不首先考虑如何估计此话的分量。仅仅视为借用佛语而不关思想,这里实难说得过去;但把它扩大以证明论定全书之"道",又难当其任了。从《论说》篇来看,其中评"石渠论艺,白虎讲聚,述圣通经,论家之正体也",不可谓不高,既尊为"正体",可否据此判断其为儒道,而且是今文经学的儒道呢?又如评祖述老庄的王弼、何晏等人之玄论为"人伦之英",也就无以复加了,可否据此判断刘勰的"道"为老庄之道呢?只看到全篇中的一句而不计其余,岂可谓已得其实质呢?其次,如果《论说》篇的"般若之绝境"能证实《原道》篇的"道"是佛道,何以在《原道》的本题正论中避而不谈,只在《论说》篇评论其他论文时顺便一提而过?再就是"原道"论是不是本体论,"道"是不是本体的范畴。按照石氏下文所说:"自然之道"的意义是"自然的道路、道理、关系、或法则",则论者自己就否定"道"是本体了。《原道》篇既非论"万有的本体""万有的根源",又从何能以"般若之绝境"推证《原道》之"道"为佛道?

上例只是论者"作为研究的起点"提出的,其全面论述,从第一节首论"自然之道",便可略知梗概。其主要论点是:

> 在《原道》篇中,刘勰所说的"自然之道",是跟人"为五行之秀,实天地之心,心生而言立,言立而文明"这几句话,连在一起说的。如果我在这里把它们解释为:心是言产生的根源,言是文产生的根源。心是因,言是果;言是因,文是果。那末,由这几句话所引生的"自然之道"的意义是什么呢?它恰是佛教所说的因缘,或者说是一切有为法生起所经由或依循的自然的道路、道理、关系、或法则,也正是《无量清净平等觉经》或《阿弥陀经》中佛所说的"自然之道"。

讲因缘确是佛教的要义之一,"心生而言立"二句在语言形式上也确有点因果关系,而佛书中也真有讲"自然之道"的,所以,这似乎是论者找到的一条力证。但这能说明什么实质问题呢？可以据此论证《原道》篇是在宣扬因果报应吗？形式逻辑上的近似和所讲内容、用这种语言形式来说明的问题,岂可混为一谈？有心便有言,有言便有文的本意,是和佛道毫不相干的。佛书中可以称因果关系为"自然之道",外典何尝不可呢？《法言·君子》:"有生者必有死,有始者必有终:自然之道也。"王弼《老子注》:"夫晦以理物则得明,浊以静物则得清,安以动物则得生:此自然之道也。""夫御体失性,则疾病生;辅物失真,则疵衅作;信不足焉,则有不信:此自然之道也。"阮籍《达庄论》:"夫山静而谷深者,自然之道也。"这些也有因果关系,岂能也是佛道？更主要的是,"心生而言立"二句的实质是在讲天地万物都自有其文,人亦如此。刘勰由天地人皆有文而"傍及万品",龙凤草木无不有文,"夫岂外饰,盖自然耳"。万物本身自有其文的本质意义,已完全排除或扬弃了因果关系。"自然"的本质意义在这里不是因缘,而是天然,指万物本身自然如此。这些都充分说明,试图以"自然之道"来说明《原道》之"道"为佛道,只是徒劳而已。

"原道"论中的"道"虽非佛道,但石垒、饶宗颐、马宏山、兴膳宏诸家对刘勰佛教思想的研究①,都应该说是有益而值得欢迎的。传统见解把《文心雕龙》视为纯粹的儒家论著,范文澜虽指出

---

① 石垒见《文心雕龙与佛儒二教义理论集》第101页。饶宗颐有《文心雕龙与佛教》(陈新雄、于大成主编《文心雕龙论文集》)、《刘勰文艺思想与佛教》(香港大学《文心雕龙研究专号》)等。马宏山有《文心雕龙散论》(新疆人民出版社)。兴膳宏有《〈文心雕龙〉和〈出三藏记集〉》(见日本《中国中世纪的宗教和文化》)。

其书"盖采取释书法式而为之"①，却认为刘勰"在《文心雕龙》里，严格保持儒学的立场，拒绝佛教思想混进来"②。在儒释不二的思潮席卷齐梁之际，身在佛门的刘勰，是否持如此"严格"的态度来写《文心雕龙》是大有可疑的。因为在当时既无必要，也不可能这样坚持，何况刘勰自己正是一个主张"孔释教殊而道契"（《灭惑论》）的二教合一论者。他既可用"般若之绝境"，又何必"拒绝"其他呢？从这个意义来看，石、饶诸家之论，仍是十分有益的，石垒先生用力犹勤，唯觉石、马二家之论矫枉过正，走向另一个极端而已。

必知刘勰虽是佛教信徒，而《文心》旨在论文，并未在其中充当传道士的角色，这是正确理解其"道"的关键。"盖《文心》之作也，本乎道"，便是明证。《原道》是论"文之枢纽"之一，与儒道佛道均无必然联系；全书则是为了使文人得以"按辔文雅之场，环络藻绘之府"（《序志》），何须儒道佛道？

这样，《原道》之"道"，就应从规律一义来考虑。主规律说者，多认为"道"即刘勰自己说的"自然之道"。自范注取黄侃《札记》之说而提出："所谓道者，即自然之道，亦即《宗经》篇所谓恒久之至道。"其后从此说者甚多。虽然如此，各家对"自然之道"的理解仍有很大分歧。举其要者，如郭绍虞先生认为："《原道》篇所说的道，是指自然之道，所以说'文之为德与天地并生'。《宗经》篇所说的道，是指儒家之道，所以说：'经也者，恒久之至道，不刊之鸿教也。'这就不是自然之道……《文心雕龙》之所谓道，不妨有

---

① 《文心雕龙·序志》注。
② 《中国通史简编》（修订本）第二编第422页。

此二种意义"①;陆侃如先生认为:"自然是客观事物,道是原则或规律,自然之道就是客观事物的原则或规律"②;杨明照先生认为:"刘勰所原之道,则为自然之'道'。"并谓此道"属于儒家之道"③。郭说注意到《原道》《宗经》之"道"有别,杨说明确肯定其为儒家之道,陆论第一次提出规律说。三家都对后来的"原道"论有较大的影响。其后取"自然之道"而迥异于三家者唯赵仲邑先生:"所谓'道'就是'自然之道',就是先物质而存在的绝对观念。"④其所以认为是"绝对观念",乃由于著者把"道"理解为"文学创作的源泉"⑤。前面说"文源于道"的提法有待进一步研究,就因为与这种观点容易混淆,而《论稿》又明明是取规律说。

规律和精神本体的不同理解,正和怎样解释"原道"的"原"字有关。解为"源泉"或"本原",就很容易误认为刘勰乃谓天地万物之文的根源是"道",这个"道",似乎就是化生万物的"绝对精神""宇宙本体"之类东西了。有的研究者正是这样认识的:"《原道》是以探讨美的本原为中心思想的,既认为'人为美'本于'自然美',必然要归结到美本原于'宇宙本体'。"⑥这种认识,就以"原是本原的意思"为基础。《论稿》的"文源于道"说,当指其论所说"事物的文采、事物的美都是道的体现,都是事物自身规律的体现"而言,其具体命意和上说是大不相同的。

---

① 《中国文学批评理论中"道"的问题》,《文学研究》1957年第1期。
② 《〈文心雕龙〉论"道"》,《文史哲》1961年第3期。
③ 《从〈文心雕龙·原道、序志〉两篇看刘勰的思想》,《文学遗产增刊》第11辑。
④ 《文心雕龙译注·前言》。
⑤ 同上,《原道》题解。
⑥ 郭晋稀《文心雕龙注译·原道》。

"原道"一词的真正含意,只能据刘勰自己的话来理解:"盖《文心》之作也,本乎道。"原,本也,是本于道来写《文心雕龙》,也就是依据"道"的原理来论文。有的论者把"原道"的意思一改为根源于道,再改为文的根源是道,"道"成了文的母体,就和"原"意相去远矣。从《原道》全篇的内容来看,它绝不是什么本体论,除非曲解个别词语(如"神理""太极""与天地并生"),或者拉上在不同的时间、为不同的目的而写的不同论题《灭惑论》;从它本身,特别是不脱离其所论主旨,是找不出对世界本体的论述的。一定要强解"道"为本体,则"本于本体"或"论文本于本体",就真是不知所云了。

从训诂上看,"道"字可作多种解释,但其本义是《说文》的"所行道也"。《周易·系辞》有所谓"一阴一阳之谓道",就具有法则、规律的含意。《原道》篇历举日月山川之文,立言之文,推及万品,龙凤虎豹、云霞草木、林籁泉石,无不有文,其意安在?如果全部套进"道(本体)之文"的公式,以为一切皆精神本体之文,就势必成为一篇用奇怪的逻辑写成的奇怪的哲学论文。即使把刘勰自己的解释,如"夫岂外饰,盖自然耳"等话抹掉,仍消除不了全文处处显示出来与此解相违的论旨。刘勰以强有力的逻辑说明,天地万物之美,都是"无待锦匠之奇"的:"日月叠璧,以垂丽天之象;山川焕绮,以铺理地之形";"龙凤以藻绘呈瑞,虎豹以炳蔚凝姿"等等,都使妄图加入或篡改为上帝安排之文、精神本体之文者无隙可乘,因其句句都明确显示了万物自有其美的特定含义。这个含义就是"道",就是物必自有其文的规律。刘勰进而总结上述规律为:"故形立则章成矣,声发则文生矣。"这是相当精彩的结论。凡有形有声,其形其声就自有其美,这与精神本体、绝对观念何关?

物自有文的必然性，就是道。《庄子·知北游》有云："天不得不高，地不得不广，日月不得不行，万物不得不昌，此其道与？"这种具有必然性的"道"，就是古人所理解的规律。《论稿》引《书记》篇所云："阴阳盈虚，五行消息，变虽不常，而稽之有则也。"以证刘勰对万物变化的规律有深刻认识，这是一个很重要的旁证。从《文心雕龙》全书来看，刘勰是很注意总结文学规律的。如《征圣》篇的："志足而言文，情信而辞巧，乃含章之玉牒，秉文之金科矣。"这条金科玉律，就是刘勰论文的最高准则。《情采》篇的："情者文之经，辞者理之纬，经正而后纬成，理定而后辞畅：此立文之本源也。"这就是刘勰所总结的文学创作的基本规律。此外如《通变》篇提出的"九代咏歌，志合文则""文律运周，日新其业"；《时序》篇讲的"歌谣文理，与世推移""文变染乎世情，兴废系乎时序"；《物色》篇的"情以物迁，辞以情发""以少总多，情貌无遗"；以至《丽辞》篇的"造化赋形，支体必双"；《夸饰》篇的"文辞所被，夸饰恒存"等等，都是文学规律的总结。

刘勰"本乎道"以写《文心雕龙》，则"自然之道"就是用以指导全书的总规律。明确这个总规律，决不仅仅是概念的不同理解，它具有正确认识全书的重要意义。《论稿》中有一篇《略论〈文心雕龙〉的文学理论体系》，特别标明"文学理论体系"是很有必要的。因为至今"不承认它是文学理论体系的人仍不在少数"，所以此篇以第一大部分力证《文心雕龙》乃文学理论，而并非仅仅是文章理论。我不仅赞同此说，且主张认真加以讨论，把问题彻底搞清。认清《原道》篇标自然以为宗的意旨，正有助于对此书性质的把握。刘勰征圣宗经，主要着眼于"圣文之雅丽"，而不在儒道，他论各种文体更是如此。《原道》篇强调自然有文采的规律，就为其全书定性定调了。其首段论"自然之道"，是从各种自然现象来总结自然有文的规律,目的仍在以证人文。它由天地有文推及"五行之秀"的人更应有文,再由"动植皆文"推论"有心之器,其无文欤!"循此脉络到第二段论人文,提出了"言之文也,天地之心哉"的重要观点。因前面已有"实天地之心"一语,历来注家都注前而略后,可能是认为两个"天地之心"义同可省。其实,细查上下文意,两个"天地之心"是大不一样的:前者指"两仪既生"之后,人处在天地之间的位置;后者是用"天地之心"来说明"言之文"。按前句出《礼记·礼运》,已见范注;后句出《易·复》"复其见天地之心乎"。王弼注:"复者,反本之谓也,天地以本为心者也。"则心者,本也。这里,刘勰是借此话指语言必有文采,乃是天地自有之本性,仍承上段所论天地万物皆自然有采之意而来。把文采视为天地的本性,说明刘勰对文的重视,可见他无论是对儒家的经典或各种文体,都是从"文"出发来论述的。蔡钟翔同志说:"'自然之道'才是刘勰写作《文心雕龙》的指导思想"①,我很同意。正因为刘勰把万物自然有文的规律看得如此重要,所以在《原道》篇的最后一段提出:"爰自风姓,暨于孔氏,玄圣创典,素王述训,莫不原道心以敷章,研神理而设教。"从古以来的圣人都必须本着自然之道的规律来写作,来从事教化;最后用"辞之所以能鼓天下者,乃道之文也"结束全篇,强调言辞之所以能产生鼓动天下的巨大力量,就因为符合自然有文的规律。显然,"自然之道"是刘勰论文的最高原则,也就是要求一切文辞都符合这个原则。

《原道》全篇严密的逻辑和明确而纵贯首尾的论旨,都说明刘勰"本乎道"的"道",就是天地万物都具有自然美的规律。据此,几个有疑的问题,也就可得而明了。

---

① 《论刘勰的"自然之道"》,《文心雕龙学刊》第 1 辑。

一是"道沿圣以垂文,圣因文而明道"中的"明道"是否指"明儒道"?从上文一切圣人"莫不原道心以敷章"和最后的"道之文"可见,这个"明道"仍不能以其为圣人所明之道,便是儒道。因圣人也是"原道心"而为文,他们的著作也应符合"道之文"。这样,《原道》全篇所说的"道",都是指自然有文的规律了。这是否和《宗经》篇讲的"恒久之至道"有矛盾呢?首先应该明确,这是两种全然不同的"道",但刘勰的"原道"观和"征圣""宗经"思想是可以统一起来的。统一的基础是论文。既从论文出发,圣人被拉到"原道心以敷章"的立场上来了,而其"征圣""宗经"思想,也是从论文的角度着眼的。因此,"原道""征圣""宗经"的观点是完全一致的,只是不能把这种一致视为"自然之道"和儒道的等同。

二是如何理解文"与天地并生"和"人文之元,肇自太极"。《原道》中的"道"被视为先天地而生的精神本体,往往与孤立解释这两句有关。据全篇主旨来看,似应从所论自然美的客观性及美是物的属性来考虑。刘勰列举大量事物来说明一个共同的"道":物有其形便自有其美,美是物的属性,这是十分可贵的认识。文"与天地并生"和"肇自太极",正是在这种认识的基础上提出的,且正是这种认识的组成部分。问题只在未出现人类之前,是否有美的存在,是否有"人文"的开始。不仅刘勰对此不可能作出科学的解释,至今仍是一个有不同意见的复杂问题。作为观念形态的美来看,在人类社会出现之前,是不存在美的观念的。但必须先有美的客观存在,然后才能形成美的观念,并不是先有美的观念,宇宙间才有美的存在。对从未见过日月、龙凤的人来说,他自己不承认日月、龙凤之美,而日月、龙凤之美仍是客观存在着的。日月、鸟兽已先于人类而存在了,物质既不依赖人的意识而存在,作为物质属性的美,同样是不依赖任何观念而客观存在的。刘勰论自然美的特点,正在美"与天地并生",有其物就自有其美,有天地就有天地之美,有太极亦有太极之美。从刘勰自己立论的这个角度来看,显然是未可厚非的。混沌初开时的物质世界,当时自然没有谁去判断其美丑,刘勰不过据今视昔,从他看到的天地万物之美,推论其出现时便已如此而已。这本来是极其平易的道理,近世论者,先割裂其原意,把它孤立起来,再从万物产生、起源的角度,强加给先天地而生并创造了世界万物的本体论,这就离题千里了。

三是对"自然"一词的理解。侃如师论"自然之道",首创规律说,对"原道"论的研究是一重要发展,也是一大贡献。但他在解"道"为"原则或规律"的同时,又解"自然"为"客观事物"①,这两种解释都对后来产生了较大的影响②。直到写此文时,得向长清先生惠寄新著《文心雕龙浅释》③,粗读部分篇章,颇有所获,而于释"自然之道"则云:"就是自然界客观事物的规律。"著者未说明是否取陆说,但和陆说是一致的,并把"自然"进一步解作"自然界"。查台湾王更生等三家之论,其直接取陆说或受陆说影响之迹甚明:

> 王更生:今人陆侃如作《文心雕龙论道》及《原道篇译注》,确认此处所谓之"道",就是"自然之道"……自然是客观事物,道即原则或规律;自然之道也就是客观事物的原则

---

① 《〈文心雕龙〉论"道"》,《文史哲》1961年第3期。
② 在陆、牟合著的《文心雕龙选译》和《刘勰论创作》中也曾取此说,但《文心雕龙译注》和《刘勰论创作》的修订本已作修改。
③ 1984年3月吉林人民出版社出版。

或规律。①

　　沈谦：自然者，客观事物也，道乃原则或规律。自然之道可谓客观事物之原则或规律。②

　　李曰刚：自然者，客观事物也。道乃原则或规律，自然之道可谓客观事物之原则或规律。③

三家之说实出一辙，这是很明显的。台湾学者数十年来热心于龙学者颇多，也是富有成就的。惜其身陷孤岛，阻于一峡，对祖国大陆学术上的巨大发展及其新的成就所知甚微④，以至曾受业于黄侃的李曰刚先生，虽有为"发展民族文学，而略尽其绵薄"的良好愿望⑤，在其皇皇巨著中，也只能沿用早已被抛弃的旧说。

　　中国古代所说的"自然"，乃天然、自然而然之意，与后世的"自然界"是不同的概念，把"自然之道"的"自然"解作"客观事物"是错误的。从《老子》中的"道法自然"，到《淮南子》《法言》《论衡》中的"自然"，无不以天然而为言。《论衡》有《自然》篇，全祖"天道自然"说，如云："春观万物之生，秋观其成。天地为之乎？物自然也。"又如《三国志·蜀志·秦宓传》："夫虎生而文炳，凤生而五色，岂以五采自饰画哉？天性自然也。"这就和刘勰所论很接近了。到晋宋以后，文学观念中重"自然可爱""自然英旨"者

---

① 《文心雕龙研究》第 199 页，台北文史哲出版社 1976 年版。
② 《文心雕龙批评论发微》第 33 页，台北联经出版事业公司 1977 年版。
③ 《文心雕龙斠诠》第 4 页，台北"国立编译馆"中华丛书编审委员会 1982 年版。
④ 陆文见《〈文心雕龙〉论"道"》，《文史哲》1961 年第 3 期。此文于 1969 年选入香港中国古典文学批评研究论文集《文心雕龙研究专集》传至台湾。
⑤ 《文心雕龙斠诠·序言》。此书洋洋一百八十万言，堪称龙学巨著。

更为普遍,刘勰的"自然"观亦承此而来,和"客观事物"初不相关。所以,陆侃如先生的旧说,已早在1978年出版的《刘勰和文心雕龙》一书中作了纠正,明确提出"文""是天地万物本身的必然体现""'自然之道'就是自然的道理或规律"。到第二年出版的《文心雕龙创作论》中,王元化先生更具体指出:"在前人著述中'自然'一词并不一定代表'自然界',更不一定等于今天所说的'物质'。"①《论稿》中早王书一月问世的论"道"之文,也一再强调:"有事物存在就有其文采存在,这就是'道'。用今天的观点看,刘勰在这里讲的道,就是事物的自身规律……在这里'道'与'自然'内涵完全相同。"此论已清楚地排除了对"自然"的误解。

正"自然"为天然,看似寻常,却是研究"原道"论的一大进展。把"自然之道"理解为客观事物的规律,既不符原意,就无从揭示出"道"和整个"原道"论的真实意蕴。解"本乎道"以论文为本"客观事物的规律"以论文,必然存在这样一些问题:这个"规律"是什么规律呢?它和论文有何关系呢?怎样理解首标"自然"以为宗?又怎样把这个"规律"贯彻到评论文学的实际中去,怎样用它来指导全书的写作?显然,泛而不实的"客观事物的规律"是抽象的,不合实际的,因而也是无用的,它仍将使人堕入"原道"论的五里雾中而真相难明。刘勰所本之"道"是论文的道,它不是个一般的哲学范畴;"道"之为规律,不是一般的规律,而专指物有其自然之美的规律。只有认准了这点,才能消除种种被误加的神秘感;才有助于理解刘勰此书的宗旨和性质是研究文学理论,而必然在"征圣""宗经"之前,首先明确自然有文的最高原则;也才能理解刘勰的"原道"观,确是他写全书的指导思想。

---

① 见王元化《文心雕龙创作论》1979年版第62页注⑦。

《论稿》的作者能较早就认清这点,很能说明其研究的深入。其对《原道》篇的论述,虽也还有可酌之处,但在几个关键性的问题上,是为"原道"论的研究做出了自己的贡献的。这篇小序,只是借此讲点自己的浅见,未必可取。著者的具体论述很丰富,读者自可于《文心雕龙论稿》中得之。

1984 年 7 月 10 日

(原载于《文史哲》1984 年第 6 期)

刘勰的"征圣""宗经"思想

"征圣""宗经"是《文心雕龙》全书的指导思想。其所征之"圣"为儒家圣人,所宗之"经"是儒家的五经,这是很明确的。既如此,它和不属儒家之道的"原道"观,怎样构成一个文学观的整体呢?主张"征圣""宗经",是否要求文学作品应当宣扬儒家思想呢?评论文学有何"征圣""宗经"的必要呢?这些问题,虽过去还未展开具体的讨论,但在许多论著中,是存在着相当歧异的认识的。这既影响对刘勰"原道"论的理解,更有碍对刘勰整个文学思想的认识。本文即试图对此做点具体研究。

一

《原道》篇所说:"道沿圣以垂文,圣因文而明道",就概括了"道""圣""经"三者的基本关系。圣人所垂之"文"就是"经",这不仅因为"五经含文",且"圣贤书辞,总称文章"(《情采》)。所以,《征圣》中屡称经书为"圣人之文章""圣文之雅丽"等。就"言立而文明"的"自然之道"来看,圣人的著作是必然成为"文章"而可"总称文章"的,何况一切圣人"莫不原道心以敷章"?《征圣》《宗经》两篇对此有具体说明:以圣人来说,他能"鉴周日月,妙极机神";"妙极生知,睿哲惟宰"。"性灵所钟"的人,本是"五行之秀",具有超越常人智慧的圣人,更能全面鉴察自然万物而洞晓事物的深微奥妙。所以:"道心惟微,圣谟卓绝",自然之道的精神无论怎样精微,卓越的圣人都能"精理为文"而体现自然之道。刘永济《文心雕龙校释·征圣》云:"圣人之心,合乎自然,圣人之文,明乎大道",正是道、圣、文完全一致的说明。再以经书来说,既然圣人能"因文而明道",其"文"(即经)又无不是"原道心以敷章",则"道"和"经"自然是统一的。

从根本上看,什么是"经"?刘勰的解释是:"三极彝训,其书言经。""三极"就是天、地、人,经书就是讲天、地、人的恒常之理,刘勰又称之为"恒久之至道"。《原道》中讲的"道",也是天、地、人之"道",不过从论文的角度着眼,而认为"言之文也,天地之心哉"。两种"道"虽不等同,却都是天、地、人的"恒久之至道"。所以,在刘勰的理论体系里,这两种"道"是相通的。正因如此,《文心雕龙》的研究者很容易据后者以断前者,认为《原道》是论"文学要宣扬儒家的道"。这只要认清"征圣""宗经"的本来面目,自可进一步认清《原道》篇的论旨。

"征圣"和"宗经"的关系,基本上是明确的。《征圣》篇的"论文必征于圣,窥圣必宗于经",就不仅说明了二者的关系,也分别说明了既须"征圣",也须"宗经"的必要性。但纪昀评《征圣》篇提出:"此篇却是装点门面,推到究极,仍是宗经。"这就引来孙德谦①、黄侃②、刘永济③、李曰刚④等人的相继反对。如黄侃谓:

---

① 见《太史公书义法·宗经篇》。
② 《文心雕龙札记·征圣》。
③ 《文心雕龙校释·征圣》。
④ 《文心雕龙斠诠·征圣》。

> 此篇所谓宗师仲尼以重其言。纪氏谓为"装点门面",不悟宣尼赞《易》、序《诗》、制作《春秋》,所以继往开来,唯文是赖。后之人将欲隆文术于既颓,简群言而取正,微孔子复安归乎?

刘永济才不同意纪昀对《征圣》篇的评论。他说:

> 盖《征圣》之作,以明道之人为证也,重在心。《宗经》之篇,以载道之文为主也,重在文。圣心合天地之心,故繁、简、隐、显,曲当神理之妙。经文即自然之文,故详略先后,无损体制之殊。二义有别,显然可见。

二家之说都是对的。一为圣、为人,一为经、为文,岂能无别?借重孔圣的声威,用"圣人之文章"来"隆文术于既颓",在当时是确有必要的。但圣人之文的繁简隐显与详略先后,就"人"说,都是圣人为之;就"文"说,都见之于经。刘勰论"征圣"也说:"圣人之情,见乎文辞。"因此,不仅"窥圣必宗于经",也可说,无论征圣、宗经,"微经复安归乎"?这样看来,纪昀所谓:"推到究极,仍是宗经",并不是没有道理的。而"装点门面"云云,实与黄侃"宗师仲尼以重其言"同旨。纪说要在"究极",并未否定"征圣""宗经"之别,只是其评既略,"装点门面"又似不恭,易为后人误解。

肯定纪氏此评的也有,如王更生:"我倒觉得纪氏'装点门面'的说法,也许容得商量;而'推到极处(应为"究极"),仍是宗经'之语,又何尝不对?"① 周振甫:从圣人的写作讲,"就同'宗经'一样。所以纪昀评它是'装点门面','仍是宗经',从这点说是对的"。又说:"他(刘勰)提出的《征圣》《宗经》实际上是一回事,只

---

① 《文心雕龙研究》,台北文史哲出版社 1976 年版第 217 页。

是分开来说罢了。"①祖保泉:"纪氏就《征圣》篇说'推到究极,仍是宗经',这是符合刘勰原意的。"②这些意见,也是对的。综合两种不同的意见,可使我们对"征圣""宗经"的关系看得更全面一些,这是显而易见的。

1981年我曾提到过:《文心雕龙》的总论,"只有《原道》《征圣》《宗经》三篇。其中《征圣》和《宗经》,实际上是一个意思,就是要向儒家圣人的著作学习"③。有的反对者认为这是"否定了'征圣'"④。这和纪评并未否定《征圣》《宗经》之别一样,原话绝无否定"征圣"之意,只是说《征圣》《宗经》两篇讲的是"一个意思"而已。这样说,自然是有局限的。从《文心雕龙》的基本观点来说,"征圣""宗经"确是一个观点;从"推到究极"来看,确也"仍是宗经"。但也不应忽略二者毕竟有别,而在文风日颓的六朝时期,"装点门面"实有必要。只是"征圣""宗经"二者,并不是在任何情况下都要等量齐观的。

二

纪氏"装点门面"之评,固然不在怀疑或否定刘勰的宗儒思想。但对刘勰之于论文来说,不仅《征圣》,有的研究者认为:"推究纪氏的意见,可知《原道》《征圣》都是'装点门面',只有《宗经》

---

① 《文心雕龙注释·前言》。
② 《〈文心雕龙〉纪评琐议》,《文心雕龙学刊》第2辑。
③ 《〈文心雕龙〉的总论及其理论体系》,《中国社会科学》1981年第2期。
④ 马宏山《也谈〈文心雕龙〉的理论体系》,《学术月刊》1983年第3期。

云云,才是刘氏论'文'指导思想的实质所在。"①这可能是以"原道"之"道"为儒道而言。若从儒道的角度来考察,对于论"文"来说,所谓"宗经",也不过是"装点门面"而已。

清人李家瑞有云:"刘彦和著《文心雕龙》,可谓殚心淬虑,实能道出文人甘苦疾徐之故,谓有益于词章则可,谓有益于经训则未能也。"②此说完全正确。在《文心》一书中,不仅《原道》篇未论儒道,《征圣》《宗经》二篇,虽也抽象地颂扬过"恒久之至道,不刊之鸿教",而于圣道或经学,不仅无只字发明,且根本没有研讨什么儒学。其所论述,全在于"文",怎会"有益于经训"呢?然则刘勰是怎样"征圣"、怎样"宗经"的呢?两篇原文都很清楚。

先看《征圣》。一曰:"政化贵文之征""事迹贵文之征""修身贵文之征"。此可谓之"三征"。日本学者斯波六郎认为"篇名《征圣》当亦来自三个'征'字"③,其说虽欠全面,但"三征"都是"贵文之征",《征圣》篇名的由来已可得而明。二曰:"繁略殊形,隐显异术;抑引随时,变通会适:征之周孔,则文有师矣。"这个"征",仍是"文有师"之"征"。三曰:"体要与微辞偕通,正言共精义并用:圣人之文章,亦可见也。"这里虽无"征"字,显然仍是在征验"圣人之文章"。总起来说是:"然则圣文之雅丽,固衔华而佩实者也。……若征圣立言,则文其庶矣。"这就是《征圣》篇的全部内容了。"征圣立言"可说是篇末点题,全篇论旨,四字已概括无余。"征圣"的目的在于立言,则圣人之当"征",自然就是他们的文章

---

① 《〈文心雕龙〉纪评琐议》,《文心雕龙学刊》第2辑。
② 《停云阁诗话》卷一。
③ 《文心雕龙札记》,《日本研究〈文心雕龙〉论文集》第53页。

具有典范意义,就在"文有师矣"。

再看《宗经》。一曰:五经"义既极(埏)乎性情,辞亦匠于文理;故能开学养正,昭明有融"。二曰:五经"根柢槃深,枝叶峻茂,辞约而旨丰,事近而喻远"。三曰:各种文体皆源出五经,"并穷高以树表,极远以启疆;所以百家腾跃,终入环内者也"。所有这些,都是着眼于文,讲经书的文章有各种好处,值得师法。和《征圣》一样,本篇也是篇末点题,提出"文能宗经,体有六义:一则情深而不诡,二则风清而不杂,三则事信而不诞,四则义直而不回,五则体约而不芜,六则文丽而不淫"。这不仅概括了《宗经》篇的主旨,也是刘勰"征圣""宗经"思想的集中体现。他反对"建言修辞,鲜克宗经",而大力主张"文能宗经",可见其宗经的意图是极为明确的。

根据《征圣》《宗经》的全部内容,就不难判断刘勰主张"征圣立言"也好,"文能宗经"也好,是否要用文学来宣扬儒家思想、来明儒家之道了。我们可以推论:其所"征"之圣、所"宗"之经既是儒家的圣人和儒家的五经,则其"征圣立言"和"情深""风清"等,岂容有违反儒家思想之"言"?岂不是主张符合儒家思想之"情"、之"风"?这只能是一种推论,虽有一定理由,却并不全对。刘勰不仅对诸子百家之"道"和"文"都有一定肯定,甚至在"聃周当路,与尼父争涂"的尖锐斗争中,他也如实而客观地评价了老庄思想的胜利,而热烈颂扬王弼、何晏等人的玄论为"师心独见,锋颖精密,盖人伦之英也"(《论说》)。特别是嵇康的《与山巨源绝交书》,其中公开提出"每非汤武而薄周孔"的离经叛道之论,刘勰仍称以"志高而文伟"(《书记》)。以上推论,就很难和这种实际相符合。刘勰的儒家思想是较浓的,《文心》评作家作品,偏重儒家之处也不在少数,但他并未以儒家思想为衡量作家作品的绝对标准。而刘勰的"征圣""宗经",也不是从征验圣人和宗法五经的儒家思想出发。细检《征圣》《宗经》两篇可知,并无一字一句明确提出文学要宣扬儒家思想的主张,而反复强调与论证的,是儒家圣人的文章如何写得好,如繁略隐显之各得其宜,"体要与微辞偕通,正言共精义并用",以及"详略成文""先后显旨"等。

　　刘勰的"征圣""宗经"思想,显然主要是强调儒家圣人的著作在写作上值得学习。他是否"并不赞成用儒家思想来写作",虽然尚待研究,但认为:"他的宗经,既不是要用儒家思想来写作,也不要用经书语言来写作,主要是要六义,即写出思想感情具有感化力量的,引用事例真实而涵义正直的,文辞精练而富有文采的作品。"①这就基本上是对的。日本著名汉学家吉川幸次郎以为:"《征圣》全篇都在于赞美圣人即孔子的文章。"②吉川曾就学于铃木虎雄③,虽未过多地致力于《文心》研究,其言不失为有识之见。台湾的《文心》研究者对此颇有歧议。如黄春贵之论:"惟有发挥儒家思想之文章,始能符合《征圣》《宗经》之要求"④;王更生论《宗经》则谓:"事实上,他是先言五经的内容,再比较《尚书》《春秋》二经行文的特殊风格,处处从文学的观点,去透视五经,较之两汉经生以名物训诂说经的方式,自是大有不同。我们如果勘破他这一点,便发觉他处处释经,却处处言文"⑤。就上述刘勰所论

---

① 周振甫《文心雕龙注释·宗经》。
② 见《日本研究〈文心雕龙〉论文集》第33页。
③ 见日本《支那学研究》1928年第1卷《黄叔琳本〈文心雕龙〉校勘记》。
④ 《文心雕龙之创作论》,台北文史哲出版社1978年版第106页。
⑤ 《文心雕龙研究》,台北文史哲出版社1976年版第218页。

具体内容来看,显然以王说为近是。其处处崇圣,处处宗经的实质,正是在处处言文,处处论文。

折衷诸说,刘勰主张"征圣立言""文能宗经",本是为文而"征圣""宗经",不是研究经学以发扬儒道,这是不容置疑的。他并未主张文章非儒不言,非道不立。但若走向另一个极端,视之为艺术而艺术、为文章而文章论者,或者不赞成用儒家思想来写作,也不符合《文心》的实际情况。《征圣》《宗经》中既无此说,全书亦无此论。周振甫先生论《宗经》有云:"在《时序》里,他认为后汉作品'渐靡儒风''文章之选,存而不论',用儒家思想来写的作品,都不加评论。可见他并不赞成用儒家思想来写作。"①此说和刘勰的原意或有出入。《时序》篇的原话是:"自安、和已下,迄至顺、桓,则有班、傅、三崔,王、马、张、蔡;磊落鸿儒,才不乏时,而文章之选,存而不论。然中兴之后,群才稍改前辙,华实所附,斟酌经辞,盖历政讲聚,故渐靡儒风者也。"这里说的"存而不论",很难视为由"渐靡儒风"使然。所谓"存而不论",明指《时序》篇对班固、傅毅等人的作品不逐一列论,但在《文心》全书中,不仅多次论及他们的作品,且常从儒家的角度予以肯定。如《史传》篇评班固《汉书》以"儒雅彬彬"和"宗经矩圣之典",《才略》篇称"马融鸿儒,思洽识高,吐纳经范,华实相扶";特别是《杂文》评崔瑗《七厉》说:"唯《七厉》叙贤,归以儒道,虽文非拔群,而意实卓尔矣"。这很能说明,"存而不论"并非由于他们的作品是用儒家思想写的。杨明照先生谓《时序》篇的"盖历政讲聚,故渐靡儒风者也"等语,"正指章帝会诸儒白虎观而言,其文亦作'讲聚'"②。而《论

---

① 《文心雕龙注释·征圣》。
② 《文心雕龙校注拾遗》第157页。

说》篇却说:"石渠论艺,白虎讲聚,述圣通经,论家之正体也。"这更说明,刘勰不可能一方面奉之为"论家之正体",一方面却以其"渐靡儒风"而"存而不论"。

《论说》篇对正始玄论的肯定,虽能说明刘勰并非主张只能用儒家思想来写作,却难以证明刘勰反对用儒家思想来写作。除上举"论家之正体"是典型的汉代儒家思想外,又如:

> 若夫注释为词,解散论体,杂文虽异,总会是同。若秦延君之注《尧典》,十余万字;朱普之解《尚书》,三十万言。所以通人恶烦,羞学章句。若毛公之训《诗》,安国之传《书》,郑君之释《礼》,王弼之解《易》,要约明畅,可为式矣。

这段话说明两个重要问题:一、并非凡是有关儒家思想、阐发儒家思想的著作,刘勰都予以赞扬;二、无论用何种思想来写,凡是写得好的,"要约明畅",都可肯定。这就充分说明,刘勰并无某家某教的门户之见,而主要是从文章的好坏出发。从这种意义上来看刘勰的"征圣""宗经",就都可谓之"装点门面"了。

三

这里,就有略究一下所谓刘勰之"经学"的必要了,只有辨清其"经学"的究竟,才能更准确地认识其"装点门面"和"征圣立言"的本来面目。上引李家瑞之论已足说明,在经学史上,刘勰是没有容身之地的。自范文澜提出:"刘勰撰《文心雕龙》,立论完全站在儒学古文学派的立场上。"[1]其后论者甚多,以至王更生有

---

[1] 《中国通史简编》第二编,1961 年版第 422 页。

《文心雕龙之经学》的专章研究①，从经学的角度，对刘勰的写作动机、"文之枢纽"、文体论、修辞观和批评理则进行全面系统地论述，最后得出结论："刘彦和是古文经家。"这种研究试图说明什么呢？《文心雕龙》并不是一部经学论著，王更生当是清楚的，但不遗余力地考论其作者"是古文经家"，全书各个部分无不由"经学衍生"或"从经学出发"，岂不是要证明《文心》乃经学著作？不然，"古文经家"又从何而来？王氏自谓他是"惟求抉发彦和经学思想的真象"，只是如此做来，适足以模糊事实的真相。《文心》中取古文学派之说较多，确是事实，王更生以"群经次第"补证刘勰乃取古文学派之说，亦不失为力证之一，但刘勰绝不是什么"古文经家"，《文心》也绝非经学著作，不明确这点，刘勰的"宗经"思想便真相难明。

刘勰自己有清楚的交代："敷赞圣旨，莫若注经，而马、郑诸儒，弘之已精，就有深解，未足立家。唯文章之用，实经典枝条……于是搦笔和墨，乃始论文。"（《序志》）这段话往往被视为《文心》与经学联系的说明，其实正说明了经学和"论文"的区别。刘勰试图建言立家的思想，在这篇《序志》里是毫不掩饰的，所谓"岁月飘忽，性灵不居，腾声飞实，制作而已"，显然表现出一定的急切心情；他这时已三十开外，是很可理解的。但怎样来立家而"腾声飞实"呢？本篇做了充分的自我表白：

予生七龄，乃梦彩云若锦，则攀而采之。齿在逾立，则尝

---

① 见王更生《文心雕龙研究》第六章，共七节：一、赞圣述经的写作动机；二、百川汇海的宗经篇；三、以卫道为主的正纬与辨骚；四、由五经衍生的文体论；五、依经树则的修辞观；六、从经学出发的批评理则；七、刘彦和是古文经家。

>夜梦执丹漆之礼器,随仲尼而南行;旦而寤,乃怡然而喜。大哉,圣人之难见也,乃小子之垂梦欤!

这两个梦是否实有,我们不必管它,但在叙说己志中讲到二梦,其用意何在?是要借以表达何志?却是研究者不可不究的。李曰刚先生的解释,或可作为进一步探讨的基础。他说:

>舍人所以大书特书其七龄梦攀彩云之事者,乃在暗示一己之文学素养得自天授,创作才华异乎常人。至于垂梦仲尼,凡堪注意者三事:一、作梦之年龄是"齿在逾立",由此一梦之启示,改变舍人述造之方向,遂于佐僧祐整理经藏之同时,又转而从事文学评论。文心之著作年代于焉推定。二、舍人祖籍山东莒县,侨居京口,京口位于山东曲阜以南,故"执丹漆礼器随仲尼而南行",有圣道南矣之预兆,亦正代表舍人对至圣孔子之倾慕。三、(略)①

七岁得彩云之解可能是刘勰的用意。但若这是表示他幼有文才,何以会用第二梦表示改变"述造之方向"?这不仅上下脱节,且刘勰著《文心》,不可能是一梦而定。这样一部体大虑周的巨著,没有长期的准备和谋虑是无从捉笔的。较合理的解释是日有所思,夜有所梦,正因刘勰虽身在佛门,而长期研读和思考儒家经典和大量的文学作品,才有可能夜有其梦而搦笔论文。这就和前梦一致而不是改变方向了。联系刘勰"腾声飞实"的迫切思想来看这两个梦就更为清楚,既然早有"文学素养",自然会梦寐以求其实现,孔子是伟大的圣人,就自然应跟着他走了。

---

① 《文心雕龙斠诠》,台北"国立编译馆"中华丛书编审委员会1982年版第2—3页。

刘勰在梦中只能充当捧礼器随行的角色，而不是闻孔子之道、传圣道之统的人物，这和他根本就未曾有传夫子之道的念头有关。因为刘勰衡量自己的才能素养，明知这条道路对自己是不适宜的，主要问题就是"未足立家"。刘勰既无注经的才能和素志，因此明确表示，他不走"敷赞圣旨"的经学道路，而从事扬己之长、足以立家的文学评论。只因圣经之伟大，必须"征圣""宗经"，正如梦境之"随仲尼而南行"。所以，"注经"和"论文"虽可以有一定的共同点，但却是截然不同的两条道路。经学和文学虽非水火不容，本身却是矛盾的，至少不能混为一谈。即便是后世古文家主张"文以明道""文以载道"，自命为儒家道统的继承者，也只能是古文家而不是经学家，并不"敷赞圣旨"的刘勰，怎能谓之"古文经家"呢？

中国古代的所谓"经学"，不外就是注经释经，敷赞圣旨；不究圣人之旨，不问经书之意，而只是"处处言文"的经学家，在经学史上是不存在的。必须明确这点，才不惑于刘勰处处称圣，篇篇言经的表面现象，才能认清其"宗经"思想的实际意义。刘勰自己既已明言其书不是"敷赞圣旨"，我们就没有理由把"明儒家之道"或"宣扬儒家思想"之类强加给他，无论《原道》或《征圣》《宗经》都是如此。明确了刘勰对儒家圣人和经书的态度，就更容易认清其"征圣""宗经"的真面目了。刘勰所宗的"经"是什么经呢？他说：

> 三极彝训，其书言经。经也者，恒久之至道，不刊之鸿教也。故象天地，效鬼神，参物序，制人纪，洞性灵之奥区，极文章之骨髓者也。

这是一个十分精巧的解释。因为是"三极彝训"，便合于自然之道;是"不刊之鸿教",便与儒经相应,又能"极文章之骨髓",正适"文能宗经"之经。更妙之处,还在这种"经"不仅儒家能接受,道家、佛家也是可以接受的;从这个定义中,我们看不到任何儒经所必有的特点。用刘勰的话来说:"至道宗极,理归乎一"(《灭惑论》),不仅各家均可视自家的道为永恒的"至道",在当时的思想家们看来,"儒佛不二""三教同源",各家之道是本同而末异的。刘勰所释之"经",可能正是这种时代思潮的产物,何况他自己就既奉佛又崇儒。高度的抽象以求其本同而避其末异,是当时思想家的重要手段之一,刘勰对"经"的这种解释,正妙在于此。经者,常也,刘勰的解释并没有错,且以"三极彝训""不刊之鸿教",把经书拔高为宇宙间永恒的真理,似乎表示了对儒经的极端崇拜。但这是须作具体分析的。

皮锡瑞谓经学"自汉以后,暗忽不章。其尊孔子,奉以虚名,不知其所以教万世者安在;其崇经学,亦视为故事,不实行其学以治世,特以为历代相承,莫之敢废而已"[1]。我们还不能简单地说刘勰的"征圣""宗经"是"莫之敢废"而"奉以虚名",但"不知其所以教万世者安在"之说,却是值得留意的。略略比较刘勰以前的解说就可发现其中的区别。较早的如《礼记·经解》:"温柔敦厚,《诗》教也;疏通知远,《书》教也;广博易良,《乐》教也;洁静精微,《易》教也;恭俭庄敬,《礼》教也;属辞比事,《春秋》教也。"这种对经的解释不是抽象的,主要是示以"其所以教万世者安在"。汉儒的解释,《白虎通·五经》最有代表性:"经所以有五何?经,常也,有五常之道,故曰五经:《乐》仁、《书》义、《礼》礼、《易》智、《诗》信也。人情有五,性怀五常,不能自

---

[1] 《经学历史》,中华书局1981年版第26页。

成,是以圣人象五常之道而明之,以教人成其德也。"《汉书·艺文志》:"《乐》以和神,仁之表也;《诗》以正言,义之用也;《礼》以明体,明者著见,故无训也;《书》以广听,知之术也;《春秋》以断事,信之符也。五者盖五常之道,相须而备。"这些解释自然是牵强附会的,但"必知孔子作经以教万世之旨,始可以言经学"①,则不论古文经学或今文经学,都是不能例外的。刘勰论五经,也重视其教育作用,却与儒家者言大异其趣。《宗经》篇对"经"的总释既如彼,分论则如此:

> 《易》张"十翼",《书》标"七观",《诗》列"四始",《礼》正"五经",《春秋》"五例",义既极(挺)乎性情,辞亦匠于文理,故能开学养正,昭明有融。
>
> 夫《易》惟谈天,入神致用,故《系》称旨远辞文,言中事隐。韦编三绝,固哲人之骊渊也。《书》实记言,而训诂茫昧,通乎尔雅,则文意晓然。故子夏叹《书》:"昭昭若日月之明,离离如星辰之行",言昭灼也。《诗》主言志,诂训同《书》,摛风裁兴,藻辞谲喻,温柔在诵,故最附深衷矣。《礼》以立体,据事制范,章条纤曲,执而后显,采掇生(片)言,莫非宝也。《春秋》辨理,一字见义,五石六鹢,以详略(备)成文;雉门两观,以先后显旨:其婉章志晦,谅以邃矣。

这种五经论,显然不是"敷赞圣旨",无论是"言中事隐""藻辞谲喻",或"章条纤曲""婉章志晦"等,都是讲它们的文章写得好,各有其不同的写作特点;其"旨远"是什么"旨","志晦"是什么"志";用什么来"教人以成其德"等,均未涉及,亦非其"宗经"论

---

① 《经学历史》,中华书局1981年版第26页。

的论题范围。所以,这不是儒家的五经论,而是文家的五经论。其中的"旨""志""义""理""开学养正"等,都没有具体的规定性,而被抽象为泛指的"旨""志""义""理"了。

这种情形,有两点是须做进一步探讨的。一、"征圣""宗经"既是论"文能宗经""征圣立言",并非儒学专著,就无必要,也不应该写成五经论而大讲儒家的仁义道德;二、既是征儒家之圣、宗儒家之经,则所讲"旨""志""义""理"就自应是合于儒家思想之"旨""志""义""理",似可不言自喻。

在《文心雕龙》研究中,这两种观点是很容易产生且相当普遍的。一般来说,这样看也是对的,论文的《征圣》《宗经》,确无大讲仁义道德的必要,其"旨"其"义",自然是儒家思想之"旨"之"义"。但若停留在这种认识上而不加深究,便难全面和准确,如果过分看重这点甚至夸大这点,就难恰当地估计其所谓"指导思想"。首先,以上两点置之马郑诸儒的著作中也许是对的,在《文心》中便不尽然。刘勰既非地道的儒生,《文心》又非经学著作,特别是南朝的儒学,已早非汉代的博士经学了。其次,刘勰如果是虔笃的孔门弟子,他确是意图以文学来振兴儒道,他就不会含糊其辞,至少在关键处要对儒道有所强调。但他却只讲抽象的"至道"、抽象的"旨""义";所谓"文能宗经,体有六义",也是抽象的"情深""风清"等,所以,周振甫先生说:"在情深风清里,他只要求情感的深挚,思想感情的能够感动人,至于表达的是不是儒家思想,他没有说。"[①]刘勰自己既未明说,就有他不说的原因,推论是很难完全准确的。第三,"征圣""宗经"的确是《文心雕龙》指导思想的重要组成部分,唯其如此,就不能专用一家的狭隘思想

---

① 《文心雕龙注释·征圣》。

来指导全书。文的范围是十分广阔的,其所涉及的思想更无涯无垠,把"征圣""宗经"限死为儒家思想,若以之为衡文之准,又如何评论诸子百家之文?就更不用说"每非汤武而薄周孔"之类魏晋之作了。黄侃《札记》有云:"夫堪舆之内,号物之数曰万,其条理纷纭,人鬓蚕丝,犹将不足仿佛,今置一理以为道,而曰文非此不可作,非独昧于语言之本,其亦胶滞而罕通矣。"(《原道》)此论可谓发刘勰《原道》《征圣》《宗经》三篇之秘奥。正因刘勰所论是极其纷纭繁富的文,而"弥纶群言"的《文心雕龙》,又可谓:"按辔文雅之场,环络藻绘之府,亦几乎备矣。"(《序志》)则其在思想上不定于一尊而作高度的抽象,"深得文理"的刘勰,当是不得已也。

四

必须明确的是,刘勰对儒家思想作抽象的表述,并不是否定儒家思想;从《文心》并非"敷赞圣旨"而是论文来说,好像是没有用儒家的圣人和经书来"装点门面"的必要,其实,论文而"征圣""宗经",在当时又是必不可少的。对此,我们必须辩证地看待。

《序志》有云:"唯文章之用,实经典枝条……详其本源,莫非经典。而去圣久远,文体解散;辞人爱奇,言贵浮诡,饰羽尚画,文绣鞶帨,离本弥甚,将遂讹滥。"离圣人的时间愈久远,文风愈益走向浮华诡丽,这种现象至少从先秦到南朝时期确属事实。这并不是偶然的,六朝文风的日趋卑下,确与此期的儒道不振有一定的联系。由于儒家崇实尚用,五经之文多朴质无华,所以,无论从思想上或文风上以五经为典范,在当时都是有实际意义的。孔圣儒经的声望,当时虽远逊于汉代,但如刘勰所说,"励德树声,莫不师圣",仍是六朝的时风;而儒家五经"根柢槃深,枝叶峻茂",对古代思想文化影响之深广,是其他任何学术思想所不及的。所以,刘勰在当时所能运用的最好思想武器,只能是孔圣儒经。借圣人之文以神其说,特别是对毫无社会地位的刘勰,绝不是可有可无的。

但一方面由于刘勰面临的任务是"弥纶群言",他不能不抽象地肯定圣文的教育意义,如"陶铸性情,功在上哲""开学养正,昭明有融""致化归一,分教斯五"等等;也不能不抽象地要求把文章写得"情深""风清""事信""义直"等等。另一方面,刘勰对儒家的思想主张并非原封照搬,全面自不可能,也无必要;即使是儒家的重要观点或最基本的主张,刘勰不取的也很多。刘勰所选用或强调的,主要是一些他认为有益于文的儒家言行,如"言以足志,文以足言""情欲信,辞欲巧""辞尚体要,弗惟好异"等。而这些既有所选择,就必有刘勰的主观意图,如不选"非礼勿言"而多次讲"言以文远",就和刘勰自己的文学主张有关。即使所用经书上的话,又往往断章取义,不必尽合原意。因此,《征圣》《宗经》两篇虽字字句句颂圣称经,其实是刘勰利用有关资料以表达自己的文学主张。不难想象,从另一个角度,用另一种观点来进行抽象、选择或突出强调儒家的某些观点,是完全可以出现另一种"征圣""宗经"观的。历史上不乏其例。与刘勰同时的裴子野慨叹"圣人不作,雅郑谁分",反对"摈落六艺"而主张"止乎礼义"①,也是"征圣""宗经",却与刘勰大异其旨。研究者多谓刘勰的"征圣""宗经"思想来自扬雄,刘勰可能曾受扬雄之论的某些影响,但二家"征圣""宗经"的性质是各不相同的。《法言·吾子》谓"舍五经而济乎道者,末矣"。刘勰论"道",则正是"舍五经"的"道"。《吾子》又云:

---

① 《雕虫论》,《全梁文》卷五三。

> 或曰：人各是其所是，而非其所非，将谁使正之？曰：万物纷错，则悬诸天；众言淆乱，则折诸圣。或曰：恶睹乎圣而折诸？曰：在则人，亡则书，其统一也。

这和刘勰的"征圣""宗经"虽有某些近似，但刘勰是"征之周孔，则文有师矣"，五经只是文章的典范，扬雄则是以圣人和五经为判断一切是非的准则。因此，扬雄的征圣宗经观是定于一尊而容不得诸子百家："委大圣而好乎诸子者，恶睹其识道也？"（《吾子》）刘勰的征圣宗经观，不仅容得诸子百家，认为诸子之作也是"入道见志之书"（《诸子》），"师心独见"之玄论、"般若之绝境"的佛理（《论说》）等，都可予以肯定，而不致违背其"征圣""宗经"的基本文学观点。

这就足以说明，刘勰的"征圣""宗经"，主要是借以提出自己的基本文学主张，而不在宗奉儒家思想。明乎此，则其中对圣人和五经的大量颂扬之辞，也就不难理解了，其目的并不是简单的尊儒颂圣，他必须把圣人的高明伟大，"鉴周日月，妙极机神"，及五经的至善至美，"衔华佩实""渊哉铄乎"，讲得无以复加，使人确信其为文章的宗师或典范，才能增强刘勰的征圣宗经观的力量。这种颂扬，自然不无刘勰对孔圣儒经的崇敬心情，但把它仅仅视为尊儒或儒家思想的佐证，那就本末倒置了。刘勰所列举或赞扬的内容，有的难免是勉强一些，如为了说明五经在写法上各有特点，《诗》的特点自然有足称道者，但"《易》惟谈天""《礼》以立体"等，即使用"采摘生（片）言，莫非宝也"之类高度评价，却是缺乏说服力的；从文学的角度来讲，《礼》的特点也确有难言之苦。有的赞辞显然是过分一些，如谓"禀经以制式，酌雅以富言，是仰（即）山而铸铜，煮海而为盐也"。把五经视为取之不尽的文学源泉，虽然刘勰并未忽视文学的其他源泉，此说仍是过甚其辞而反映了刘勰的局限。但从《征圣》《宗经》两篇总的来看，刘勰针对六朝文学的实际，利用五经或有关史料提出的见解，大多是有益的。

《征圣》《宗经》中提出的文学主张，有三点是较为重要的。第一是文学的教育作用。文学的教化作用，一向为儒家所重视。六朝名教废弛，文学创作也"习华随侈，流遁忘反"（《风骨》）。刘勰重视诗文的风教意义，认为"怊怅述情，必始乎风"，既是时代的要求，也和儒家的传统观点一致。所以《征圣》篇提出的"三征"，第一项就是"政化贵文之征"。并在"三征"之前，首论圣人之可征验者是："陶铸性情，功在上哲，夫子文章，可得而闻。"则夫子文章之足征，就首在其能"陶铸性情"。《宗经》篇同样是首论"经"乃"不刊之鸿教"，再分论五经，"义既极（埏）乎性情，辞亦匠于文理，故能开学养正，昭明有融"。五经之所以能发挥良好的教育作用，就因辞义俱佳。则其后所论五经的"辞约而旨丰，事近而喻远"，便可视为论五经教育作用的补充说明。刘勰以这样的"圣"和"经"为宗师或典范，其为论文的目的是明显的。但值得注意的是，陶铸什么"性情"，养什么"正"，他未作具体规定。如果对照一下汉人的有关意见，其区别就很能说明问题了。《毛诗序》："风，风也，教也……先王以是经夫妇，成孝敬，厚人伦，美教化，移风俗。"《史记·乐书》："夫淫佚生于无礼，故圣王使人耳闻雅颂之音，目视威仪之礼，足行恭敬之容，口言仁义之道。故君子终日言而邪辟无由入也。"刘勰没有要求进行教化的这些具体内容，对"弥纶群言"的指导思想来说，显然比汉儒站得更高而更具普遍意义。应该说他这样做在当时是正确的，因为它无损于儒而有益于文。

第二是"矫讹翻浅,还宗经诰"。对圣人的"精理为文,秀气成采";经书的"藻辞谲喻""五经之含文",刘勰都是肯定的,只是要求做到"文丽而不淫",这是全书一贯的思想。《征圣》《宗经》中虽谈表现方法的较多,但主要是着眼于如何表达思想内容,如:"或简言以达旨,或博文以该情,或明理以立体,或隐义以藏用",行文的繁简隐显,圣人可"变通适会",都是表现内容的需要,各随其"旨""情""理""义"的不同而"抑引随时",灵活运用。所以,《征圣》《宗经》两篇虽兼论形式,主旨却在强调有教育意义的内容以及如何表现这种内容。这种强调的另一作用就是"矫讹翻浅",反对汉魏以后由丽而淫的趋向。《宗经》篇末提出:"建言修辞,鲜克宗经,是以楚艳汉侈,流弊不还。正末归本,不其懿欤。"刘勰主张"宗经"的主要意图就是"正末归本",扭转后世的"流弊",使之回到经书"衔华而佩实"的正确道路上来。

第三是以经典为榜样,树立"衔华佩实"的轨范。上一义主要是"正末",此义主要是"归本"。刘勰认为:"圣文之雅丽,固衔华而佩实者也";又说:五经"义既极(埏)乎性情,辞亦匠于文理""辞约而旨丰,事近而喻远"。五经之文是否真是这样华实并茂,辞旨俱胜呢?大都不堪其誉是无须细说的。即使从"文丽而不淫"的观点和反对"楚艳汉侈"的倾向来考察,刘勰也未必真就以五经之文为文学的最高标准。从《文心》全书可以清楚地看到,他理想中的文学作品不可能停留在儒家的经书上。所以,在这点上最足以说明其"征圣""宗经",主要是借重儒家圣人的声望以表述自己的文学主张。《征圣》篇所论,"然则志足而言文,情信而辞巧,乃含章之玉牒,秉文之金科矣",自然是根据孔子的"言以足志,文以足言""情欲信,辞欲巧"等话提出来的,但把"志足而言文,情信而辞巧",奉为文学创作的金科玉律,则是刘勰的意见。联系上述"衔华佩实"等说,可知这是刘勰"征圣""宗经"论的结晶,也是他用以论文的基本文学观点。

从《征圣》《宗经》两篇以至《文心》全书可知,刘勰的文学思想和儒家经典是较为密切的,他从中吸取了很多有益于文的因素,这是有助于《文心雕龙》在文学理论上的成就的。但刘勰不是以"敷赞圣旨"为目的来对待儒经,且借重或利用某些儒家的文学观点,也非严守师说而是有所改造、有所发展,这是刘勰能取得较大成就的更重要的原因。刘勰未能完全凌驾儒家之上,则是造成其不足之处的原因之一。

(原载于《文史哲》1986年第2期)

说"风骨"

《文心雕龙》中有《风骨》篇对"风骨"问题做了专论。因为它不仅是《文心雕龙》的重要内容之一,也是古代文论中一个常用的概念,并为现在的多种文学史、批评史所沿用,因此具有一定的普遍性而为古代文艺研究者所重视。但"风骨"是多年来《文心雕龙》研究中争议较大的问题之一,这里只能简述一点自己的浅见。

一

"风骨"二字最初用于人物品评,指人的风神骨相,如《论衡·骨相篇》和《人物志》中的"骨法""骨植"等;《世说新语》中的"风神""风韵""风骨"之类就讲得更多。这些说法和后来文论中讲的"风骨",自然其义有别,但也有一定的演进之迹可寻。在刘勰《文心雕龙》之前,首先以此二字用于文艺评论的是南齐谢赫的《古画品录》。六朝画论的主要对象是人物画,谢赫著名的"六法"论,就主要是从人物画的创作经验中总结出来的。"六法"论的前两条:"气韵生动""骨法用笔",正反映了人物画的主要特征。谢赫评曹不兴的画曾说:"观其风骨,名岂虚成。"其所评具体对象虽是"一龙",但"风骨"二字是"气韵生动"和"骨法用笔"的综合运用。这里,以品评人物的"风骨"移用于人物画并扩大及一般画论的迹象是很明显的。而画论中的"气韵生动",就是当时人物画讲究的传神。这种对绘画艺术的要求,就和文学艺术有一定的共通之处了。如清人李重华论诗所说:"诗以风骨为要,何以不论?曰:风含于神,骨备于气,知神气即风骨在其中。"(《贞一斋诗说》)刘勰的"风骨"论虽然和六朝的人物论和画论都有很大区别,却显然有一定的渊源关系。

略晚于刘勰的钟嵘,除在《诗品序》中讲到东晋以后诗坛的"建安风力尽矣"之外,评曹植说:"骨气奇高,辞采华茂";评刘桢说:"真骨凌霜,高风跨俗"等,都说明用"风骨"来评论诗文,当时已较普遍了。齐梁之后,初唐陈子昂高倡"汉魏风骨"反对齐梁以来"采丽竞繁,而兴寄都绝"的创作风气;中经李白对"蓬莱文章建安骨"的肯定,殷璠以"风骨"为标准来论诗和评诗,从而在扭转六朝文风上发生了一定的作用。从此,"风骨"更为古代作家和评论家所重视。较有代表性的论著,如宋代严羽的《沧浪诗话》、明代胡应麟的《诗薮》、清代沈德潜的《说诗晬语》、刘熙载的《艺概》等,都曾大量运用"风骨"来衡量作家作品;而"风骨"就成了古代众多作家和评论家所追求的共同理想。

历代论者对这一概念的运用,有两种情形值得注意:第一是词异而意同。有的称为"风力",如钟嵘讲的"建安风力";有时简称为"骨",如李白讲的"建安骨",都和严羽说的"建安风骨"基本相同。有时也可简称为"力",如刘勰在《明诗》篇评西晋文学:"采缛于正始,力柔于建安";这个"力",指的就是"风骨之力"或"建安风力"。唐以后多称"气骨",如殷璠评高适诗"多胸臆语,兼有气骨";张炎评秦少游词"体制淡雅,气骨不衰"(《词源·杂论》)。这些说法,都和"风骨"的含意大致相当。

第二是词同而意异。如后魏祖莹所说:"文章须自出机杼,成一家风骨"(《魏书·祖莹传》);明代费经虞所说:"唐司空表圣以一家有一家风骨"(《雅论·品衡》)。这两个"风骨"都指风格。有的以"神气"为"风骨"(如前举李重华),有的以"典赡精工,庄严律切"为"风骨"(《诗薮》内编卷四)。有的认为:"诗人造语用字,有着意道处,往往颇露风骨。"(《竹坡诗话》,见《历代诗话》)有的则认为:"以忠义之气发乎情,而见乎词,遂能风骨内生,声光外溢。"(清纪昀《纪文达公遗集》卷十一)前者以"风骨"由"造语用字"而露,后者以"风骨"由"忠义之气"内发。多数以"风骨"为一整体;有的认为"风""骨"有别,而谓"太白长于风,少陵长于骨"(刘熙载《艺概·诗概》)。自其所指,则又有"汉魏风骨""建安风骨""盛唐风骨"等等的不同。这类变化,往往随论者具体命意不同而各别,是不能一概等同视之的。

　　历代运用情况虽较复杂,但除极个别地方指风格而属另一概念外,其余大多数都有一个最基本的共同点。刘勰用一个"力"字泛指风骨之力,正概括了"风骨"的基本特征。无论称"风力""骨力"或"风骨之力",都指作品的刚健有力之美。《风骨》篇评具体作品的"骨髓峻""风力遒",其"遒"其"峻",同样是刚健有力之意。这一基本特征,在历代许多不同论著中,都是相当明确的。如唐人之说:"尝以龙朔(唐高宗年号)初载,文场变体,争构纤微,竞为雕刻。……骨气都尽,刚健不闻。"(杨炯《王勃集序》,《杨盈川集》卷三)宋人之论:"王维以诗名开元间……词虽清雅,亦萎弱少气骨。"(《诗人玉屑》卷十五)明人之议:"《易》之冲玄,《诗》之和婉,《书》之庄雅,《春秋》之简严,绝无后世文人纤秾佻巧之态,而风骨格力,高视千古。"(屠隆《文论》,《由拳集》卷二十三)清人之评:"(沈)云卿《独不见》一章,骨高气高,色泽情韵俱高;视中唐'莺啼燕语报新年'诗,味薄语纤,床分上下。"(沈德潜《说诗晬语》卷上)这样的例子甚多,上举诸例已足说明,和"纤微""萎弱"

"纤秾""语纤"等相对举的"风骨""气骨",都指作品的刚健有力而言。

二

从上述古代运用"风骨"一词的概况及其基本含意来看,这个概念的意义是不难理解的。经过多年来的讨论研究,学术界对刘勰"风骨"论的认识已渐趋统一:"风骨"就是以刚健有力为主要特征的审美标准。现在尚存分歧,主要是"风""骨"二字的分别含意;其中对"风"的理解,分歧又较小一点。

"风"本是风雨的风,风吹则物动,便有风的力量。古人常以这种力量来比喻教化作用,因而有"风教""风化"之说。《毛诗序》有所谓:"风,风也,教也,风以动之,教以化之。"刘勰正是借用这个意思,认为文学创作应该有教育意义和感人力量,所以《风骨》篇一开始就提出:"诗总六义,风冠其首,斯乃化感之本源,志气之符契也。"就是说:《诗经》的"风、赋、比、兴、雅、颂""六义",第一项就是"风";这是进行教化的根源,同作者的情志和气质是一致的。这里,刘勰首先从理论上说明,作品能否产生感人的教育力量,和作者的情志气质密不可分。因此,他提出:"怊怅述情,必始乎风",就是抒情言志,首先要考虑其情其志的风教作用。怎样才能写得有"风"呢?他认为:"意气骏爽,则文风清焉",即能表达出作者昂扬爽朗的意气,作品便可能产生明显的感化作用;"深乎风者,述情必显",即善于使作品有风教力量的作者,思想感情必然表达得很显豁。反之,"思不环周,索莫乏气",思想不周密,内容枯燥而缺乏气势,这就是"无风之验也"。所有这些都讲得很明确,刘勰所讲的"风",都是对思想内容方面的要求。

"骨"就是骨骼,它具有坚硬的力量和支撑物体骨架的作用,用以喻文,指要有骨力和树立文章的整个骨架。但这种作用是来自内容或文辞就较为难定,"风骨"论的长期纷争,主要就在这里。现在先看刘勰自己的论述:

> 沉吟铺辞,莫先于骨。
> 故辞之待骨,如体之树骸。
> 结言端直,则文骨成焉。
> 故练于骨者,析辞必精。
> 若瘠义肥辞,繁杂失统,则无骨之征也。

这就是《风骨》篇单论"骨"的全部句子。第一句说考虑用辞,首先要注意有骨力。第二句说文辞必须有骨力,就像身体必须树立骨架一样。第三句说文辞端整准确,文章便有骨力了。第四句说善于使文章有骨力的作者,运用文辞必然精当。第五句说如果用大量空洞的文辞,又写得杂乱无章,就是没有骨力的说明。这五个句子中,三、四两句讲得最明确,既然"结言端直"和"析辞必精"就可产生文骨,可见"骨"是对文辞的要求。末句最易误解为"瘠义"就是"无骨之征",因而有人认为"骨"是对内容的要求。但"肥辞"也是"无骨之征",不能断章取义。从全句来看,"繁杂失统"主要指表达方法,而与"肥辞"有直接联系;则"瘠义肥辞",是指不能表达充实内容的"肥辞",落脚点不是"义"而是"辞"。如果考虑到五个句子中的"骨",其含意应该是统一的,则只有这样理解,才不致与"结言端直,则文骨成焉"等说发生矛盾。明确了后三句,前两句就很容易理解了。由此可见,本篇所讲的"骨",都是对文辞方面的论述和要求。

总上所述:"风"是要求作者以高昂的志气,用周密的思想,表达出鲜明的思想感情,并具有较大的教育意义和感人力量。"骨"

则是要求用精当而准确的言辞,有如坚强的骨架支撑全篇,把文章组织得有条不紊,从而产生出刚健的力量。这里必须提出的是:"风"和"骨"虽各有不同的要求,但在实际创作中是密不可分的,无"骨"则"风"不显,无"风"则"骨"不立。研究"风骨"论,是应注意到这种联系的,却又不能以此而混淆其界线,否定其区别。

三

刘勰的"风骨"论不是孤立出现的。从他所针对的历史背景和全书的理论体系来考察,不仅能更有力地解决一些疑难问题,也可进一步认识"风骨"论的历史意义。

"风骨"论是针对齐梁文风提出的,这已是论者所公认的了。但当时文风的具体内容指什么,这就不能用我们的观点代替刘勰,而必须认清他自己的着眼点是什么。《序志》篇说得很明确,由于当时"辞人爱奇,言贵浮诡,饰羽尚画,文绣鞶帨"等,他才"搦笔和墨,乃始论文"。这种见解在全书中屡见不鲜,如《通变》:"从质及讹,弥近弥澹";《定势》:"近代辞人,率好诡巧";《情采》:"体情之制日疏,逐文之篇愈盛";《风骨》:"习华随侈,流遁忘反"。所有这些都说明,刘勰对当时文学创作的批评,重点是放在追逐浮诡、华侈、讹滥的文辞上,这也确是当时文坛上实际存在的严重问题。刘勰的"风骨"论正对此而发。他从内容上要求"风力",并把"风"摆在首位,固然完全必要,但如果说他明明看到当时文辞方面的弊病十分严重,却没有提出纠正这种弊病的意见,"风"和"骨"都是对内容的要求,则确如王运熙先生所说:"把《风骨篇》中的骨解释为情志或事义,那是无论如何也讲不通的。"①

---

① 《〈文心雕龙〉风骨论诠释》,见《学术月刊》1963年第2期。

《附会》篇有"事义为骨髓"之说，《风骨》篇也曾用"骨髓峻"来评潘勖的作品，因而有的论者就认为《风骨》中的"骨"是"以喻文之事义也"（刘永济《文心雕龙校释·风骨》）。其实，这两个"骨髓"，正属上面所说词同而意异的类型。其所用的地方和命意不同，它可以成为两个迥然各别的概念，这是古代文论中常有的情形。以《文心雕龙》来说，《宗经》《杂文》《体性》《风骨》《附会》《序志》等篇，都用过"骨髓"二字，既不能都解作文骨，也不可全释为事义。如《杂文》中的"甘意摇骨髓"，其"骨髓"就指人体的骨髓。《序志》中的"轻采毛发，深极骨髓"，其"骨髓"却指文学评论的根本问题。所以，这种比喻性的词语和作为文学理论专用术语的"骨"，是完全不同的概念。若把《风骨》中的"骨"解为"事义"，不仅与刘勰针对的实际不符，且和"结言端直，则文骨成焉"等说无法统一。以"事义"释"骨"的另一重要理由，是《风骨》篇曾说："若风骨乏采，则鸷集翰林；采乏风骨，则雉窜文囿。"有风骨而缺乏文采，或有文采而缺乏风骨，都不是理想的作品，必须"风骨"和文采俱备，才是"文笔之鸣凤"。这里的"采"自然属形式，与之对举的"风骨"，是否都属内容呢？这就必须从全书总的理论体系上，才能看清是否如此。

需要注意到的是：任何文学作品的文辞，都是含有一定意义的，辞和意在作品中必然密切结合着。但从文学创作的角度看，如何立意，怎样用辞，毕竟是有区别的两件事，不能混为一谈。混淆了这种区别，认为离开内容的辞就不可能有骨力，这就纠缠不清了。用于文学评论，或有一定道理，但《风骨》篇是论创作，是研究如何"述情"而有"风"，怎样"结言"而有"骨"，这是应该明确的。

刘勰本于儒家的文学观点，而以华实兼顾，辞义并论为主干来建立其理论体系。他认为:"万趣会文,不离辞情"(《熔裁》);"立文之道,唯字与义"(《指瑕》)。这就是说,文学作品由情与辞两个基本方面构成,因而文学创作就主要是如何处理字与义了。《风骨》篇正是这个体系的重要组成部分,所以其中也是分别强调"孚甲新意,雕画奇辞",要做到"意新而不乱""辞奇而不黩"。这种辞意并重的观点主要本于儒家著作。《征圣》篇就根据"言以足志,文以足言"等儒家之说提出:"志足而言文,情信而辞巧,乃含章之玉牒,秉文之金科矣。"这种金科玉律,也就是全书立论的基本原则了。"风"与"骨",就正是从"志"与"言","情"与"辞"两个方面立论的。这里值得注意的是志—足,言—文;情—信,辞—巧,其基本成分是志与言或情与辞,这和"万趣会文,不离辞情"等说完全一致。由此再看"言以足志,文以足言"中志—言—文三者的关系,我们就会发现一个明显的重要问题:"文"和"巧"是"言"和"辞"的要求,"文"是用以修饰"言"、为"言"服务的,因此,"文"从属于"言"。注意到"志、言、文"三者的这种关系,就找到理解"风、骨、采"三种关系的关键了。在刘勰的理论体系中,根据这种关系来立论之处甚多,这里只举其著名论点之一:

> 夫铅黛所以饰容,而盼倩生于淑姿;文采所以饰言,而辩丽本于情性。故情者文之经,辞者理之纬;经正而后纬成,理定而后辞畅:此立文之本源也。(《情采》)

情经辞纬,相织而成文章,可见情与辞是构成作品的基本成分。采则从属于辞,所以说"文采所以饰言",亦即"文以足言"之意。于此可见,在刘勰的理论体系中,"风骨采"的关系和"志言文""情辞采"的关系是完全一致的。这就较为有力地说明:"风"只能是对情志方面的论述和要求,"骨"只能是对言辞方面的论述和要求，而不容作其他解释。正因为刘勰把情辞之力摆在首位，对文章的基本成分提出刚健之美的要求而又不废文采，他的"风骨"论才既切中时弊，又能成为历代论者强调刚健而反对柔靡的一面重要旗帜，并在文学史上产生了广泛而深刻的影响。

（原载于《文史知识》1983年第11期）

刘勰的文学批评论

文学批评在我国很早就出现了。从孔子论诗,到王充的《论衡》、曹丕的《典论·论文》等,在刘勰以前,已出现过很多有关文学批评的著作;但对文学批评理论作比较系统的总结,是到齐梁时刘勰的《文心雕龙》才开始的。《文心雕龙》全书大部分篇章都涉及对作家作品的评论,有关文学批评理论的阐述,则集中在《知音》篇。本文就以《知音》为主,简单谈谈刘勰关于文学批评的理论。

一

"知音"的意思,本来是指懂得音乐。《吕氏春秋·本味》中讲到古代的知音者钟子期,在伯牙弹琴时想到巍巍的泰山,钟子期就从琴声中听出伯牙"志在泰山";当伯牙想到滔滔的流水,钟子期马上又听出伯牙"志在流水"。后人就称钟子期为"知音"。这样的知音者是很难得的,所以钟子期死后,伯牙就再也不弹琴了。《知音》篇既是借这个传说来比喻文学批评者的善于辨识文学作品,也是用以表示文学批评的不容易,所以本篇第一句就是:"知音其难哉!"

刘勰所说知音之难有两个方面:一是"音实难知",一是"知实难逢"。

首先看"知实难逢"。刘勰举出秦汉以来文学批评的大量实例,说明古代真正知音的批评者不可多得。他概括为三种类型:一是"贵古贱今",认为后人的作品总不如古人好;一是"崇己抑人",贬低别人而抬高自己;一是"信伪迷真",相信假的而真相不明。所谓"知实难逢",就是针对这种情况讲的。这些虽也是文学批评,却不能说是"知音"。刘勰对这种批评深有感慨地说:"酱瓿之议,岂多叹哉!"就是说,在这种批评风气之下,正如汉代扬雄很认真地著《太玄经》,刘歆对他叹惜说,可能有人将用其著作来盖酱坛子。意思是说,好的作品很难得到正确的评价,刘歆的叹惜,并不是多余的。

刘勰借用这个典故,虽是一笔带过,却语重心长,并涉及一个相当重要的问题:批评和创作的关系。据《汉书·扬雄传赞》所说,刘歆是认为,在当时一般"学者"都不学无术,不懂什么《玄》和《易》的情况下,扬雄著《太玄经》虽然十分严肃认真,不过是"空自苦"而已;写得再好,人家却拿去盖酱坛子,因此劝他不要那么认真地写下去了。这说明,文学批评的风气不正,没有知音,就有可能影响到文学创作。文学批评本来应该指导创作,推动创作向前发展,但如上述种种批评,纵然不使所有的作者都搁笔,优秀的作者是会泄气的。这就说明,正确的文学批评对于文学创作的发展是很重要的。但古来知音,十分难得,必须建立正确的文学批评论,其意义在此。

二

其次,刘勰再论"音实难知",即正确的文学批评确是十分困难的。这种困难,他分别从客观和主观两个方面来论述。

客观原因是"文情难鉴"。他说:

> 夫麟凤与麏雉悬绝,珠玉与砾石超殊……然鲁臣以麟为麏,楚人以雉为凤,魏氏以夜光为怪石,宋客以燕砾为宝珠。形器易征,谬乃若是;文情难鉴,谁曰易分。

麒麟和獐子,凤凰和山鸡的差别是很悬殊的,珠玉和石块也大不相同,但是,却有人把麒麟当獐子,把山鸡当凤凰;也有人把美玉当怪石,或把碎石当宝珠。这种形体显著的东西,还难免有人认错,抽象无形的文情,自然就更难鉴别了。

主观的原因是"知多偏好,人莫圆该"。他说:

> 夫篇章杂沓,质文交加;知多偏好,人莫圆该。……会己则嗟讽,异我则沮弃;各执一隅之解,欲拟万端之变。所谓东向而望,不见西墙也。

批评者既各有自己的偏爱,又不可能具备全面评价作品的能力,因此,往往就是合于自己口味的便赞同,不合的就抛弃,那就正如一个人面向东望,必然看不见西墙。不能全面而客观地观察作品,要作出正确的评价,自然就很困难了。

这里虽是从主观和客观方面讲文学批评的困难,却也说明了文学批评有自己的特点:一方面是文学作品本身的复杂性和抽象性;一方面是批评者各有所好而见识有限,不易全面掌握有着"万端之变"的文学作品。认清这种特点所造成的困难,是进而求得解决以做好文学批评的必要条件。

三

真正的知音，确如上述，是困难重重的。但刘勰讲这些，并不是说，要做好文学批评已不可能，而是要批评者正视这些困难，避免这些不良倾向，并根据这些困难和特点，找出相应的解决办法。刘勰正是这样做的。他说："夫缀文者情动而辞发，观文者披文以入情；沿波讨源，虽幽必显。"这就是正确的文学批评完全可以做到的基本原理。知音固难，但从这一基本原理来看，其实不难。这就因为：文学创作是由于有了某种感情而用文辞来表达其情；文学批评正可反过来"沿波讨源"，即沿着作品的文辞进入到作品的"情"中去，这就可以把作品中幽深不明的东西认识清楚了。根据这个道理，刘勰再进一层说："夫志在山水，琴表其情，况形之笔端，理将焉匿？"从琴声中表达出伯牙的志在山水，那是玄之又玄了，这都可以识别，何况形之笔端，用文字写成的作品呢？所谓"意授于思，言授于意"（《神思》），语言文字是表达思想的符号，有了用文字写成的作品，作者的思想也好，作品的内容也好，就更加隐藏不住了。所以，只要读者"披文以入情"，是能够彻底了解作品的内容，从而作出正确的评论的。

这样，"文情难鉴"的问题，在原则上是可以解决了。具体办法，就是刘勰提出的"六观"：

> 是以将阅文情，先标六观：一观位体，二观置辞，三观通变，四观奇正，五观事义，六观宫商：斯术既形，则优劣见矣。

作者的思想，作品的内容，是通过种种文辞形式来表达的，无论如何复杂的思想、深奥的道理、微妙的情趣，都不外表现在体裁的安排、辞句的运用、继承与革新、表达的奇正、典故的运用、音节的处理这六个方面之中,因此,从这六个方面来观察,作品的内容就将"虽幽必显"了。"六观"基本上都是形式方面的问题。刘勰的用意当然不是让批评者只要观察评价这些形式技巧,他是为了"阅文情"才"先标六观",也就是要考察这六个方面表达了什么内容,以及它是怎样表达内容的。这就是"观文者披文以入情"的具体办法。刘勰在《序志》篇批评魏晋以来许多批评家的文学评论,"并未能振叶以寻根,观澜而索源"。他的《知音》篇要建立正确的文学批评理论,正是要纠正这种流弊,因而提出"六观"来"沿波讨源",从而也解决了"文情难鉴"的问题。

"六观"常被人视为刘勰评论文学的六条标准。根据以上理解,这是有待重新考虑的。

四

"知多偏好,人莫圆该"是一个问题的两个方面:都是文学批评上主观原因造成的困难,但一指评论者对某种形式或某种倾向的作品有所偏爱,一指批评者的见识有限,难以全面理解纷纭复杂、质文交加的文学作品。两个方面也有其密不可分的关系:由于偏爱,就更不注意客观、全面地去认识和评论作品;由于接触作品或见识有限,就促成评论者对某些作品的偏爱。至于因"崇己抑人"或私人关系造成的不公正评论,那是属于批评者的道德品质问题,与文学批评本身的难度无关。因此,除主观因素外,文学批评的不易做好,关键还在"文情难鉴"。其所以"难鉴",仍在于文学作品的"篇章杂沓,质文交加"。而"知多偏好,人莫圆该",也主要是这种复杂情形造成的。

客观的困难，却只有从主观上来找解决办法。因此，刘勰大力强调的是：

> 凡操千曲而后晓声，观千剑而后识器；故圆照之象，务先博观。阅乔岳以形培塿，酌沧波以喻畎浍；无私于轻重，不偏于憎爱，然后能平理若衡，照辞如镜矣。

这是说，有了演奏各种乐曲的实践经验的人，才懂得音乐；观看过许多刀剑的人，才懂得武器。因此，全面评价作品的方法，是必须进行广泛的观察。因为看过大山就更了解小山，研究过沧海就更懂得小沟。这样，只要排除个人的偏见，就可以对作品作出公平而准确的评价了。对一个文学批评者来说，这些意见是很中肯的。

以曹操的《观沧海》来看，不仅没有遍览高山大海的人，很难理解渤海之滨出现的"水何澹澹，山岛竦峙"的景象，即使曾经"东临碣石，以观沧海"的游客，如果没有丰富的历史、政治常识，不懂得文学创作的特殊手法，也未必能理解曹操用"日月之行，若出其中；星汉灿烂，若出其里"几句来表达其雄心勃勃的深意。所以，加强批评者多方面的修养，以提高其鉴赏能力，这是做好文学批评、解决以上种种知音之难的根本问题。刘勰强调"务先博观"，正是这个道理。

"博观"的内容是广泛的。值得注意的是"操千曲而后晓声"，这是刘勰论"博观"的第一句。批评家当然不可能都是作家，但对一个批评者来说，如果毫无创作实践的体验，他要评论别人的创作，必然会遇到许多陌生的难题而不好下笔。"操千曲"自然是过高的要求，如曾多少尝试过一点创作的甘苦，理解一点文学创作的特点，则在评论他人作品时，就会有更为锐利的目力，不仅有助于解决"文情难鉴"等知音之难,也可扫除一些"崇己抑人""信伪迷真"等陋习。

  一个正直的文学批评者,在见多识广,提高鉴赏能力之后,可能会开阔其视野,突破其原来的狭小天地,因而减少或改变某些偏见偏爱;但自古以来,真正做到秉公持论,"平理若衡"的批评家是不多的,正如刘勰所说:"逢其知音,千载其一乎!"因此,加强批评家"无私于轻重,不偏于憎爱"的思想修养,仍是很有必要的。

(原载于《欣赏与评论》1980年第1期)

《文心雕龙》研究的回顾与展望

——祝《文心雕龙》学会成立并序《文心雕龙研究论文选》

《文心雕龙》研究,已有"龙学"之称长期流行,这不是偶然出现的。近三十年来,已出版了二十四部专著,发表了约六百篇文章。这个十分可观的数字,已足说明形成"龙学"的客观条件;特别是近几年来,研究队伍日益庞大,全国多数高等院校和研究机构,都有《文心雕龙》的研究者;各种重要报刊,也大都发表过研究《文心雕龙》的文章。现在,成立了《文心雕龙》学会,出版了《文心雕龙学刊》,名符其实的"龙学"势将有新的大发展。为此,回顾一下已经走过的途程,展望一下新的局面,自然是十分必要的。

一

不少研究者早已看到,《文心雕龙》和《文选》有许多相似之处。这就可以说,《文心雕龙》的研究史,从它问世之后不久就开始了。不过,千多年来虽有不少论者对它做过极高的评价,主要工作还只是一些校刊和评注;在现存大量序跋中,虽时有精论妙语,也往往点点滴滴,且失之笼统。从二十世纪初到解放前的半个世纪,《文心雕龙》研究有了较大的发展。黄侃的《文心雕龙札记》和范文澜的《文心雕龙注》是这个时期的重要成果,此外还发表了各家论文七十余篇。《札记》的出现,才标志着《文心雕龙》正式研究的开始,它在"龙学"史上的重要意义是不可低估的。范注集前人之大成,直到现在,仍是《文心雕龙》研究的重要基础。不过,这个时期理论上的研究是薄弱的。在当时论者的笔下,一部《文心雕龙》,不外讲文体和修辞二事①;有的则把《文心雕龙》视为"总括全体经史子集的一部通论"②;有的自谓阐明了刘勰的"卓识",但如艺术构思问题、内容和形式的关系等却只字未提③。

《文心雕龙》的研究者,经过解放初期对马克思主义和毛泽东思想的学习,研究者对刘彦和也就刮目相看了。从1955到1964的十年间,出现了《文心雕龙》研究的全新面貌。

杨明照的《文心雕龙校注》和刘永济的《文心雕龙校释》,是这十年内《文心雕龙》研究的重要收获。两书都是他们多年研究的硕果,在国内外都有深远的影响。由于《文心雕龙》文字上的障碍较大,在广大读者的迫切要求下,张光年、陆侃如、周振甫、赵仲邑、郭晋稀、刘禹昌等,都在此期内做了大量的今译工作。除张光年同志的译文即将由上海古籍出版社出版外,当时已出版了《文心雕龙选译》《文心雕龙译注十八篇》和《刘勰论创作》三种,其他也大部以单篇译文在报刊上发表。

值得注意的是这十年内发表的一百五十篇论文。《文心雕龙》研究的新貌,除表现在论著数量的空前增长外,更反映在新思想、新观点的运用上。正由于多数研究者初步掌握了历史唯物主义这个重要武器,因而能够对《文心雕龙》的理论意义和历史价

---

① 陈延杰《读文心雕龙》,《东方杂志》第23卷第18号。
② 方孝岳《中国文学批评》第94页。
③ 梁绳祎《文学批评家刘彦和评传》,《中国文学研究》下册。

值,开始做一些较为深入的、系统的、科学的研究。

这些论文涉及的问题甚多,世界观、文学观、创作论、批评论、文体论、风格论、风骨论、三准论、艺术构思论、内容与形式、继承与革新、现实主义和浪漫主义等,《文心雕龙》的重要内容,大都有所论及。其中讨论得比较集中的,一是风骨论,二是世界观,三是风格论,四是艺术构思问题;特别是风骨论,除有二十多篇专论外,其他兼论及此的还不在少数。通过这些讨论,对《文心雕龙》理论意义的认识,是大大向前推进一步了。《文心雕龙》之被重视,能够发展成今天这种大规模的"龙学",当时的研究工作是起了重要作用的。这些研究,有很多东西是值得我们吸取和发扬的。

刘绶松的《〈文心雕龙〉初探》①,可说是《文心雕龙》理论研究的奠基石。它第一次向读者揭示了《文心雕龙》的主要成就,使读者认识到《文心雕龙》确是我国古代极为珍贵的一部文学理论遗产。这就因为论者能初步运用马克思主义的观点,站在现代文艺理论的高度,密切联系当时的历史背景来考察其理论意义,而和解放前一般用古人的观点来评述古人的论著形成鲜明的对照。研究古代文论,必须以先进的理论为指导,才能发现其价值与不足。刘论在这方面虽还做得并不十分理想,却是我们应首先总结的一条经验。

此期很多论者实事求是的研究态度,也是很值得我们学习的。杨明照的《从〈文心雕龙·原道、序志〉两篇看刘勰的思想》就是一例②。论者认为《原道》《序志》对了解刘勰的思想极为重

---

① 《文学研究》1957年第2期。
② 《文学遗产》增刊第11辑。

要,尤其后者是"以驭群篇"的总序,"是全书最关紧要的一篇","可是,有的同志在论证刘勰的思想时,取材于《灭惑论》的地方反而比这两篇多得多,甚至还有只字未提的"。论《文心》的思想而对其关键篇章只字未提,这就很难说是实事求是的研究了。杨论以这两篇为主,再证以全书有关大量论点,然后得出结论:"刘勰在《文心雕龙》中所表现的思想为儒家思想,而且是古文学派的儒家思想。但他的文学观是否为唯物的,还不能因此即遽下论断,这就需要作进一步的探讨了。"这都充分反映了论者一向严谨治学的态度。

实事求是的研究,就必须对问题作全面深入的调查研究,详尽地占有原始资料,并加以客观地综合分析,才能据以得出较为准确的、合于实际的结论。郭预衡的《〈文心雕龙〉评论作家的几个特点》①,正是这样的佳作之一。它确能道出刘勰评论作家的特点,就不是从某一篇、某几句评语出发,也不是从对少数几个作家的评论着眼,而是从全书,从对全部作家的各个方面进行全面研究之后总结出来的。只有这样探得的"特点",才能是它本身确有的、实质性的特点。目前古代文论界正在大力研究中国古代文论的民族特点,《文心雕龙》自不例外。研究特点,就正应发扬郭论之长,而避不力求其实便轻下结论之短。

古为今用是研究古代文论的出发点。此期论著正在这方面做出了不少成绩。如许可的《读〈文心雕龙〉笔记》②,其第一个论题就是《文心雕龙是批评文学》。论者针对当时"文学批评的文章,一般都写得很枯燥"的情况,根据刘勰用大量形象生动的描述

---

① 《文学评论》1963年第1期。
② 《文学遗产》增刊第2辑。

来阐明理论的特点,提出"批评文学"的主张,显然是有现实意义的。王元化的《〈明诗篇〉山水诗兴起说柬释》①,明确地针对当时山水诗的讨论而发,起到了很好的配合作用。又如王达津的《刘勰论如何描写自然景物》②,在具体分析了刘勰的论述之后,恰如其分地指出了对今天的借鉴意义。在古为今用这个问题上,虽觉此期研究的深度还并不理想,但有此良好的开端,却是很值得我们发扬光大的。

此期研究,应该引为教训的主要有二:

第一是缺乏阶级分析的观点,把古人现代化,对刘勰的理论意义做了不切实际的过高评价。如刘绶松的《初探》,前面说过,确是解放初期一篇质量较高的重要论文,但却把刘勰看得太高了,说他"是不会不看到当时人民的水深火热的生活状况的,他是不会不要求用文学这个武器来为改善国家的政治和人民的生活而斗争的"。把这种显然是刘勰所不可能有的思想强加给他,在当时的文章中并不是个别的。现在看来,这在研究者初步学习了一点马克思主义理论的解放初期,也许是一种较自然的现象,但这种历史的教训是必须记取的。另一种现代化的倾向,是把刘勰的种种论点,分别套入现代文学理论的体系中去,完全失去了刘勰理论的本来面目。这两种倾向比较起来,前一种之误,既易为读者发现,也在后来的论述中逐渐消失了;后一种则有较大的迷惑性而至今难以绝迹。把古人的理论分割开,而按现代理论的框框对号入座,这种方法是轻而易举的,但不仅毫无价值,还有碍于认识刘勰自己的理论原貌和特点,自然更谈不到研究的深入和发

---

① 《文艺报》1962 年第 3 期。
② 《光明日报》1961 年 8 月 20 日。

展。所以,这是今后应该特别注意的。

第二是孤立的概念之争较多而总体的研究较弱。从总体上来把握其理论或概念的文章,这个时期也有一些。除上述刘、杨、郭诸家之论外,如陆侃如的《〈文心雕龙〉术语用法举例》①,从全书用语的实际情况,来说明一些专门术语和一般词语的区别,对于认识刘勰所用概念的含义是颇为有益的。又如舒直的《刘勰文学理论的中心问题》②,从全书许多论述说明,内容形式统一论是刘勰理论的中心问题。这就涉及对全书理论体系的理解,本是一个相当重要的问题,可惜此论提出后未能继续深入下去。总的看来,当时的研究,还主要是对一些单篇的论析或孤立的概念之争,对综合的、整体的研究,还是注意不够的。1963年底,笔者曾提出这样的呼吁:"我们感到有探讨刘勰自己的文学理论体系的必要。目前注意于此的还不多见,我希望《文心雕龙》的研究者们考虑这个问题。"③我现在仍认为,无论是对其概念的理解,或防止现代化的倾向,特别是为了求得对《文心雕龙》的深入理解,都有待于对其总的理论体系的探讨。可惜这个问题提出不久,《文心雕龙》的研究工作,就在十年动乱之中中止了。

二

在"四人帮"大搞"儒法斗争"的乌烟瘴气之中,也出现过一

---

① 《文学评论》1962年第2期。
② 《光明日报》1958年1月12日。
③ 《近年来〈文心雕龙〉研究中存在的几个问题》,《江海学刊》1964年第1期。

些讨伐《文心雕龙》的文章。这自然不全是某些作者的过火,但至少应该说,那并不是什么学术研究。一位身居孤岛的研究者,曾讥此期"龙坛""空山不见人"①;但恨祖国山河君不见,早就"万紫千红总是春"了。从1978年到现在,不过短短五年多的时间,已出版和发表了研究《文心雕龙》的专著十八部,论文四百余篇;专著和论文,都大大超过前十年的两倍。从十八部专著的发行总量已达五十多万册还远不能满足读者需要来看,关心此道的人数就十分可观了(其中有的已三版至十余万册)。数字当然不能说明一切,却足以表明:《文心雕龙》的研究队伍空前扩大了,"龙学"已进入一个繁荣昌盛而拥有千百万读者的新时期!

十八部专著可大别为三种类型:一是校注,二是译注,三是理论研究。

校注方面,王利器的《文心雕龙校证》侧重于校;杨明照的《文心雕龙校注拾遗》兼有校注,还辑录了大量有关资料(按出版时间先后列述,下同)。两书都是他们多年精心研究的成果。王本原名《文心雕龙新书》,新版基本上是保持原貌。杨本原名《文心雕龙校注》,新版有较大的增补。两书各有特色,其校其注,都在前人的基础上有较大的新发展、新贡献,杨书则尤为突出。以注为主的有周振甫的《文心雕龙注释》,此书深入浅出,除注释词义典实,还注意对理论意义的阐释,是深受读者欢迎的一个注本。

译注方面,以译为主的有周振甫的《文心雕龙选译》和赵仲邑的《文心雕龙译注》。译注并重的有陆侃如、牟世金的《文心雕龙译注》和郭晋稀的《文心雕龙注译》。以上四种,都从六十年代初

---

① 王更生《近六十年来文心雕龙研究概况》,《中华文化复兴月刊》1974年第3期。

就开始发表了部分单篇译注。现有多种全译本和选译本,不仅对广大初学者提供了方便,对整个"龙学"的普及和发展,都是有一定作用的。

有关理论研究的著作较多,如王元化的《文心雕龙创作论》、詹锳的《文心雕龙的风格学》等不下十种,都对《文心雕龙》研究有程度不同的贡献。这方面论著之多,正是"龙学"大发展的重要标志;今后的趋势很可能还要越来越多。这方面的情况可以结合此期大量的论文来讨论,而不少论著也曾以单篇论文发表过,为了避免重复,就不分别列述了。

不过,要对十部专著和四百篇论文进行任何综述,都是笔者无能为力的,本文也并无这种必要。这里只能就近几年来"龙学"发展的概貌,提供一点情况。

这几年研究的内容,仍以艺术构思论和风骨论最多,这两方面的论文都有二十多篇。其次是"辨骚"问题、风格问题和刘勰的思想问题,各有论文十余篇。对这些问题讨论较多的原因是各不相同的,或因其理论意义较大,或因理解上有分歧,或因论者对此有兴趣、有深究等。如艺术构思(包括形象思维)的论文特多,就主要是它在刘勰的理论体系中既占有重要地位,也是文学理论上的一个重要问题。王元化先生首创《神思》为创作论总纲说①,鄙论继之,并写了《创作论的总纲》一个专节②。其理解角度虽有不同,却正是在王论的启迪下所做的补充。刘勰自己就说,是乃"驭文之首术,谋篇之大端",则无论从什么角度看,艺术构思论在刘勰的理论体系中,都具有较为重要的地位。近年来有关"神思"的

---

① 《文心雕龙创作论》第 191 页。
② 《文心雕龙译注·引论》。

论文特多,可谓良有以也①。

　　风骨论虽仍是争议较大的问题之一,不过近年来已有渐趋统一之势。经过长期的论争,多数论者都接受了这样一个基本认识:"风骨"是刘勰针对当时文风而提出的审美标准或理想。只是分论"风""骨"时,对"骨"的认识尚略有歧议。这应该说是近年来《文心雕龙》研究的一大进展。与此有关的是风格问题,这方面做出重要贡献的是詹锳先生。他的《文心雕龙的风格学》,对全书有关论述做了全面系统的深入研究。风格问题涉及与"风骨""定势"和文体风格、时代风格的关系等,因而有对"风格"这个概念广狭不同的理解,这就不是什么根本分歧了。唯风骨的性质略为复杂,它和风格有联系,有没有区别呢?有的同志认为:"风骨,这是刘勰对作家风格的质的美学要求","他明确揭示'风清骨峻''文明以健'的风格理想"②;又认为:"刘勰严密的理论体系使他不会同时设两个篇章探讨同一个问题,继《体性》之后,刘勰特立'风骨'专章,显然是由风格问题生发开去,在不同的领域探讨了更为深入的问题。……实则'熔式经诰,方轨儒门'的典雅一格,便是他心中'最好'的风格。"③这里,"风骨"既是一种风格理想,却又不是理想的风格,其中微妙的关系,是还有待进一步研究的。

　　"辨骚"是近年来研讨较多的一个新问题。其涉及面较广,除对《辨骚》篇本身的评论外,还有对"辨"和"变"的不同理解、刘勰对《楚辞》的态度和评价、此篇属总论或文体论、刘勰的基本文学观和对浪漫主义的态度等问题。因此,《辨骚》篇的研究,和对刘

---

① 也有个别同志不同意《神思》为创作论总纲之说,是可以继续讨论的。
② 石家宜《精深而完备的古典风格理论》,《古代文学理论研究》第7辑。
③ 《"风骨"及其美学意蕴》,《古代文学理论研究》第4辑。

勰整个文学理论体系的研究有较为直接的联系,近几年的研讨势头,大有继续开展下去的可能。

有关刘勰思想的研究,包括属唯心或唯物,进步、落后或反动,以及儒道玄释等。这方面的研究,继上一时期的纷论而又有所发展。马宏山同志提出的"以佛统儒"论,增加了此期的新内容,也活跃了近年来的"龙学"论坛。这自然是一种好现象,但也存在一些问题,要说明《文心雕龙》的思想,不着眼于它本身的论述,而从《文心雕龙》以外找根据,不过重复二十年前的老路。看不见其全书表现出来总的思想倾向,只在少数几个词语、概念上做文章,是很难得到什么有实际意义的结论的。研究刘勰的思想,必须明确的大前提,是为了知人论世而有助于研究其文学理论。从这个意义上看,就觉近年来这方面空道理讲得多一些,有实际意义的研究却太少。杨明照的《刘勰传笺注》、王元化的《刘勰身世与士庶区别问题》等,对我们了解刘勰的思想是确有裨益的,而这样的论著却不仅太少,也还研究得不太充分。刘勰是站在什么阶级立场说话,用什么阶级的观点来阐述文学理论,这不能不是我们应研究、应解决的重要问题。从杨王二论可知,分歧是存在的,一主士族,一主庶族,两说都言之有据,都有充分理由,但对这个重要问题进行认真研究者,却寥落无几。笔者虽倾向于王说,也认为王说尚存继续研究之处。除王论外,程天祜的《刘勰家世的一点质疑》①,都对刘勰家世的研究有新的贡献。王、程二论都据比《宋书》和《梁书》晚出的《南史》,已删"汉齐悼惠王肥后也""司空秀之弟也",以证《宋书》和《梁书》中的此二句不可信。这当然是重要证据之一。但《南史》是宋、齐、梁、陈诸史的节要,

---

① 《社会科学战线》1981年第3期。

其总篇幅约减原书之半,安知上述二语,不是由于删繁就简而省?所以,此证是有待作进一步研究的①。

  搞清这些问题的必要,是出于了解刘勰最基本的思想面貌,而为研究其理论之所必需。至于刘勰的哲学思想,当然也应了解、也应研究,却无必要当做一个哲学家、按照对哲学家的要求来研究。我同意这样的看法,在历史上,刘勰并不是哲学家,《文心雕龙》更未有意识地研究和解答哲学上的任何问题。我们一定要把他当做哲学家来研究、来要求,岂非缘木求鱼?任何人也不会反对在必要时联系到其与哲学、宗教有关的思想来研究,但如喧宾夺主,那就事非所宜了。

  与刘勰思想相关联的"原道"论,也是近几年讨论较多的问题之一。这个"道",有的认为指儒道,有的认为指佛道或道家之道;有的认为并非某一家的道,而是自然规律;有的又认为指文的本质的体现等。无论指什么道,《原道》既为《文心雕龙》的第一篇,它在全书、在刘勰的整个理论体系中具有极为重要的地位,这是肯定无疑的。因此,认真下点力气,拿下这个老大难问题,我以为是极为必要的。有的同志对这个问题已表现出某种厌烦情绪,虽可理解,却是不应有的厌烦。那种纯概念地纠缠不已,固然令人生厌,但这是个不能不搞清楚的问题。可以毫不夸大地说,若不知"原道"之"道"为何物,便无"龙学"可言。所以,"不厌其烦",这里是用得着的。但也可断言,在这个复杂而严肃的问题上,继续玩弄概念游戏是不受欢迎的;抓住只言片语而轻下结论,不做全面的、实事求是的认真研究,也是有害而无益的。在过去的风

---

① 《南史》所删之可资,笔者已得力证予以补充,见《中国历代著名文学家评传·刘勰》。

骨论大论战中,少数论者表现出这样的习气:过分相信自己的一隅之见,而不屑一读他人的大量论述。这是今后应该避免的。学术问题,特别是某些重大难题,往往不是靠某一天才的突然发现而解决的;离开前人长期研究的成果,任何个人都会一事无成。所以,无论是研究"原道"或其他,都应该是在前人的基础上前进,既要尊重他人,也要有自己独立的见解。只有这样,才有可能在不断前进中得到某些共同的认识。

除以上几个论述较多,争议较大的问题外,刘勰的卒年问题、成书时间问题、《隐秀》篇补文的真伪问题,全书的篇次问题以及"文之枢纽"等,也是近年来提出并正在讨论中的新问题。和上一段时间比较,这几年研究的内容显然是大为丰富多彩了,许多过去没有进行研究或研究不多的重要问题,都有了或多或少的研究。如刘勰的美学思想,过去只有于维璋的一篇文章,现则有王达津、缪俊杰等的十余篇。欣赏论或鉴赏论,过去一篇没有,现则有吴调公、刘文忠等三篇。它如文学语言、艺术辩证法、灵感论等,也是前所未有的新论题。此外,还值得提出的,是对刘勰理论体系的研究。

随着"龙学"的发展和深入,探讨刘勰理论体系的必要性,已为众多的研究者所认识;《文心雕龙》中不少问题的深入,越来越显示出有待对其整个理论体系的掌握,也客观地提出了研究这个问题的必要性和迫切性。但这又并不是一个容易解决的问题,目前的初步研究情况已显示出这点了:

牟世金:《文心雕龙》的总论及其理论体系①

---

① 《中国社会科学》1981年第2期。

张文勋:《文心雕龙》的理论体系①
王运熙:《文心雕龙》的宗旨、结构和基本思想②
周振甫:《文心雕龙》的体系③
杜黎均:《文心雕龙》的文学理论体系④
马宏山:也谈《文心雕龙》的理论体系⑤
贾树新:《文心雕龙》的理论体系⑥
李淼:略论《文心雕龙》的文学理论体系⑦

同是一部《文心雕龙》,但上列八种体系却是八个面目,这是毫不奇怪的。只"风骨"二字,如果从黄侃算起,已有约五十篇文章,历数十年的讨论研究,至今尚难完全统一认识,何况掌握"体大而虑周"的整个理论体系。但也不必把问题看得深不可测、高不可攀。这里除再次呼吁研究者的略予垂意外,愿献愚见三点:其一,刘勰的理论体系,正该是它自己的原貌,而不是硬套今人的理论体系,更不是论者的任何主观意图;其二,理论体系应该是理论的体系,它与篇章结构的安排有关,却不等同于结构体系;其三,我们要深究的是其文学理论的体系,它和作者的思想有关,却也不等同于思想体系。如果这几点可以作为研讨体系问题的基本出发点,则可望取得比较一致的研究角度,明确了角度,也许会少走一些弯路,问题就容易解决一点。

---

① 《云南社会科学》1981 年第 2 期。
② 《复旦学报》1981 年第 5 期。
③ 《文心雕龙注译·前言》。
④ 《文心雕龙文学理论研究和译释》。
⑤ 《学术月刊》1983 年第 3 期。
⑥ 《四平师院学报》1983 年第 2 期。
⑦ 《文心雕龙学刊》第 1 辑。

三

综观近几年《文心雕龙》研究的概况,无论是校注译释或理论研究,也无论是研究的深度和广度,都是十分可观的。前一个时期的种种良好学风,在近几年的许多论著中,都得到了更大的发扬。这里仅以《文心雕龙创作论》一书来略予说明。此书问世后,在"龙学"界震动甚大;虽有某些不同意见的商榷,也是学术问题的正常现象。鄙见以为,从"龙学"史上来看,此书的主要意义和价值,还不在它提出了多少独到的见解,做了多少精辟的论述;而其既渊且博的种种论述,也并非无可商酌之处,此书的值得重视,主要还在它为"龙学"开拓了道路,扩大了古代文论的视野,对今后的研究工作以多方面的启示。如著者对创作论八说的"案而不断",无论是否谦词,我看理解为"引而不发"大概是可以的。著者把古今中外有关的论点分别加以列述,而未予融贯综论,其实正是已加融贯的引而不发。八说都是刘勰理论的精华,这就提出许多重要的线索和论题,让我们去思索、去完成了。

值得注意的,首先是严谨审慎的治学精神。据笔者所知,王著本不只"八说",还有几"说"既不愿收入其书,虽几经要求,至今仍不愿付梓,原因就是自认为"不成熟"。读过其《文学风格论》的跋语者会知道,这本书是为写《释〈体性篇〉才性说》准备材料而搜集和翻译出来的。又如《释〈物色篇〉心物交融说》,为了准确理解一个"物"字,著者不仅遍查《文心》全书的用例,且根据大量古训,专写了一篇《心物交融说"物"字解》,以证范注之误,而得出较为准确的认识。这些事实已无须做任何说明,著者的治学精神可见。

其次是实事求是的研究态度。钱仲联先生评此书有云:"本书考订的精确,有力地为理论服务,因此全书所提出的各种论点,具有很大的说服力,它和旧时代所谓乾嘉学派那种为考据而考据的路子是大异其趣的。"①这确是王著的显著优点。不过,以我之见,著者与乾嘉学派虽是大异其趣,却又一向是尊重乾嘉学派的。王著正是扬其所长而舍其所短的佳构。在先进的思想指导之下,尊重事实,注重论据,也是治古典文学者应有的态度。本书的言之有据,论证确凿,正发扬了这种优点。尤其著者研究刘勰的创作论,首先是"以实事求是的态度揭示它的原有意蕴,弄清它的本来面目"②,更是值得大力提倡的研究态度。所谓"实事求是",对古文论研究者来说,首先就是尊重原意,并努力把它的本来面目搞清楚,舍此而言"实事求是",若非空谈,便是自欺欺人。

最后是科学的研究方法。"科学方法",不少学人是颇为茫然的。大道理或可讲一些,付诸实践者,便不多见。用古人的观点论古人,应该是"五四"以前的事了;用马克思主义论古人,我们有把古人现代化的重要教训。古为今用虽为人所共论,从否定了"抽象继承法"之后,便觉问津者无几;为艺术而艺术,为古人而古人,显然又此路不通。至于融会古今,贯通中外,往往只是一种美好的理想,更何况用精湛的训诂以探其实,以确切的考据以明其本,用亲手的译文以富其论,以妥帖的比较以究其质,等等。王著之可贵,主要就在统一了这一切。科学的研究方法,庶可于此看到它的实体了。正因这样,著者虽严谨如彼,却又大胆如此:敢于揭示刘勰理论中最根本、最具普遍意义的艺术规律和艺术方法,

---

① 《〈文心雕龙创作论〉读后隅见》,《文学遗产》1980年第3期。
② 《〈文心雕龙〉创作论八说释义小引》。

从而探得刘勰的一些最有现实意义的理论内核。著者期望此书"在批判继承我国古代文艺理论遗产方面提供一些新的研究方法",这种方法是应该受到高度重视的。

这里不是全面的书评,提出以上三点,主要出于"龙学"发展的需要。我们的研究工作,如能严谨一点,实事求是一点,而又注意科学的方法,今后是会有更大的发展的。这几年的其他不少论著,还有许多长处和贡献,这里就不逐一列举了。不能不看到的,是几年来大量论著中暴露出来的一些新问题。

我们肯定近年来研究内容的扩大,也欢迎不少新论题的提出,但有一种追新逐异的风气隐隐出现,却未必是一种好现象。少数论者,不以研究问题、解决问题为旨,而以出奇制胜为务;为新而新,为奇而奇,于是奇谈怪论,应运而生。高则白璧无瑕,低则彻底否定;有的文章比之当年的大批判是毫不逊色的。对个别文章,龙学界置之不理,我看是对的,因为它本身就不是什么学术问题。但对追新逐异之风,却是不能不注意的。有的同志总以否定前论而另创新说为高,有的则似以扩大分歧为能,人向南而我向北,人说东而我说西,有的甚至与前论并无实质区别,却在文字上略予变化而自谓新解;还有个别同志自己似乎并无意于研究什么,却瞪大眼睛盯着别人,而人家的意见尚未看清楚,就左一"商榷",右一"商榷"。学术上的商榷,辩论或创新,都是完全必要的,但必须有一个最起码的出发点:实事求是地研究问题。

"龙学"发展到今天,很有必要树立一点正气,提倡一点新风:扎扎实实地研究问题,虚心诚意地服从真理。不仅数十年来的研究成果不容轻率地否定,任何一个真正的研究者,他的意见也不会是一无可取的。善学者,正在能从多方面吸取他人之所长。但是,唯高明者能发现他人之长,唯高尚者能承认他人之所长。没有大批高明而高尚的学者,"龙学"的发展也是不可能的。

　　王元化先生提到的另一情况,也是值得注意的:"国内论者论证《文心雕龙》杂糅了佛道玄思想,大抵采取了语汇类比法,即以佛道玄诸家著作中的一些语汇去比附《文心雕龙》的用语。……姑不论这种类比法有时甚至张冠李戴,把本不是佛道玄的用语误认为佛道玄的专有词汇。纵使《文心雕龙》有类似甚至相同于佛道玄的用语,我以为,除了必须辨析是在怎样情况下及其目的何在外,也应划清一条界线,即把用本义而取譬和舍本义而取譬的两种不同征引法加以严格地区分开来。"①这确是《文心雕龙》研究中一个有普遍意义的问题。《文心》一书,引用诸子百家语甚多,仅据其用语来判断属何家思想,是困难的,也不可靠的。且不说全书,就以《情采》一篇来说,其中取《论语》《孝经》《老子》《庄子》《韩非子》《阙子》和《淮南子》诸家之说甚多,岂能据以论《情采》属何家思想?刘勰引用这些,只是借以说明文学理论上的某些问题而已,与属何家思想是不相干的。除了研究思想,有的论者在析理释义中也用此法,而不辨其为本义与非本义。这样,引证虽多,不仅于义无补,时或据以得出不当的结论。还有一种情形是大量罗列词汇,有时甚至明明无关,或者反而有损于自己的论旨,也盲目照抄。如果有新发现的材料,可能对说明某些问题是多多益善的,但在有的问题上(如论风骨),往往是前人早已多次引述,也早为人所共知的东西,至今仍被重重复复,一引再引,似也该适可而止了。

---

① 《日本研究〈文心雕龙〉论文集》序。

四

  一部《文心雕龙》,不过三万七千多字,只近三十年的海内论著,就远在千万言以上。有人担心,今后还有多少话可说、有多少题目可做?这不是毫无道理的。现在要好好考虑的正是这个问题。上面说有的论者着意求新,可能正是"龙学"发展至今的必然反映。这些现象也在迫使我们认真考虑:今后怎么办?

  事实大致正好相反。在每个"龙学"工作者的头脑里,必然都还装着不少的问题和计划,有的同志甚至决心要大干终身。就我所知,不少研究者手头都有一些重要的研究项目正在进行。上面所讲许多已经提出而论争未已的新老问题,也恐怕是三五年内所难解决的,何况有不少新问题必将继续发现、不少新领域有待继续开拓?所以,有充分的理由可以肯定,"龙学"是大有可为的,新高潮必将再现。

  我们在满怀信心迎接"龙学"的新时期之际,首先要看到的,自然是已经取得的巨大成绩;与此同时,又有必要看到它的不足。从某种意义上说,《文心雕龙》的研究,现在还不是太多了,而是太少了。"象《文心雕龙》这部体大虑周的巨制,在同时期中世纪的文艺理论专著中还找不到可以与之并肩的对手,可是国外除了少数汉学家外,它的真正价值迄今仍被漠视,甚至很多文艺理论家还根本不知道它的存在。这原因除了中外文字隔阂,恐怕也由于还没有把它的理论意蕴充分揭示出来。"①这就是一个很有力的说明。《文心雕龙》不仅是中国的,也是整个人类文化的宝贵遗产

---

① 《〈文心雕龙〉创作论八说释义小引》。

之一，但要赢得世人的理解，从而确立其应有的世界地位，我们还必须用科学的方法作长期的努力。

放眼世界是"龙学"工作者义不容辞的神圣职责，这是《文心雕龙》本身的世界意义所决定的。既要研究其世界意义，就不能不了解世界是怎样认识它的。其实，"龙学"早就越出国界了，英、法、美、日、朝鲜和南洋诸国，都有研究；特别是日本，更以《文心雕龙》为研究中国古代文论的中心，对版本、校注、译释和理论各个方面，进行了长期的研究。过去，我们对这类情况是所知甚微的，这里，不能不感谢《日本研究〈文心雕龙〉论文集》的选编者，此书的适时出版，可谓"龙学"史上一件大事；我们由此才开始知道日本学者研究此书的一些具体情况。粗粗一览，深感他们的研究工作是绝不可忽视的。我们由此更觉不应仅仅把"龙学"视为"国学"，闭门读书的局面必须改变，而放眼世界则是十分必要的。其实，许多研究者早就有识于此了，也早就盼望着了解一点海外情况，只是这种介绍工作难以跟上而已，这也是我们的工作不足的一个方面。可以断言，随着国内新局面的开展，国外反响必将愈来愈大，而介绍海外情况的任务也将会愈来愈重。有的同志已开始有这方面的考虑，还希望更多有条件的同志关注这项沟通中外的重要工作。我们不但希望看到日本研究论文集的二集、三集，还希望看到全世界研究《文心雕龙》的论文一集、二集，更希望看到国内论著的英译本、日译本等等，传遍全世界。

我们虽然已经做了大量的研究工作，但至今还既没有一部全面系统的《文心雕龙研究》，也没有一本研究者所亟需的工具书，可是人家却是一部一部地拿出来了。仅就这一点而认为国内"龙学"落后于海外，自然是荒谬的，却不能不由此看到自己的不足之处。特别是资料工作，更是我们的弱点。日本冈村繁教授早在

1950年就主编了一部《文心雕龙索引》，在日本的《文心雕龙》研究史上，被视为"不可磨灭"的业绩，至今仍一再受到研究者的称赞①。国内的传统观点，则往往视资料工作为"低级"工作。这种状况若不迅速改变，从已具世界意义的"龙学"发展来看，我们会处于相当不利的地位。巴黎大学北京汉学研究所出版的《文心雕龙通检》，虽有个别遗误，还是一部较好的工具书，但国内仅得五部，其中一部又早就拆散了；冈村繁的《索引》，近年已传入几部，均为多数研究者所难见。所以，资料工作是今后必须大力加强的一个环节。有的研究者已开始编了部分资料，如作家论和论文索引等，这是很值得欢迎的。不过，据我所见，其全面性、准确性，都还不太理想。资料工作要求高度的精确，否则就失去它应有的作用，还望有志于此的研究者特别留意。

校注和今译工作，近年来的成绩十分显著，但问题也还不少。以今译工作来说，现有诸家译本，在原意的转达上出入甚大，不少地方，可说是有多少种译本就有多少种不同的译意。恐怕现在要断言哪一种译文最准确还为时过早。这项工作也还仅仅是一个开始，准确的译文，还有待于整个《文心雕龙》研究的深入。直到今天，甚至还很难说已有一个完备的校本。以校为主而最晚出的《文心雕龙校证》，其取材之丰富，校证之精细，确是前无古人的。但它只能说是现有较好的一个校本，而不是已臻完美的校本。唐写本《文心雕龙》残卷，是现存最早而较有权威性的本子，它自然是校勘家的重要依据。但《校证》对此本的运用，就颇有可疑。仅以《明诗》篇所校来看。其校"两汉之作乎"云："唐写本、《御览》

---

① 见户田浩晓《〈文心雕龙〉小史》（《日本研究〈文心雕龙〉论文集》）和釜谷武志《日本研究〈文心雕龙〉简史》（《文心雕龙学刊》第1辑）。

'两'上有'固'字",而唐写本实为"故";其校"婉转附物"云:"唐写本'婉'作'宛'",而唐写本实为"婉";其校"挺拔而为俊矣"云:"唐写本'俊'作'雋'",而唐写本实作"儁"。这是否排印之误呢?至少51年版的《文心雕龙新书》也是如此。是否有两个唐写本呢?没有。这种误校之所出,从本书的《序录》可知。其谓唐写本"原书系章草"而实非章草;其谓"唐写本便已每段分章另起"而实未分章另起,只全篇正文之末空一字,再继以赞语,文体论中一篇论两体时,也中隔一字。

注释方面当然首推范本。范注也不是十全十美的。早在1937年,杨明照先生便有《范文澜文心雕龙注举正》发表①,其后还陆续有人给以补正。但直到现在,其中问题并未全部发现,因而也还被后来注家广泛沿用。范注所引史料,多非严格的原文,如《书记》篇注引《淮南子·道应训》文,把原文"穆公见之,使之求马"改作"秦穆公使九方堙求马",类似这样的引文而为后来注本依样照抄者,举不胜举。《指瑕》篇注引《帝王世纪》所载羿射雀目故事,谓佚文见《史记·夏本纪正义》,实则全部《史记正义》也未引过这个故事。《三国志·王粲传》注引《文章叙录》说应璩"博学好属文,善为书记。文、明帝世,历官散骑常侍"。《书记》篇注却引作"善为书记文"。又如《神思》篇的"博而能一",注引《韩诗外传》论"治气养心之术"的"好一则博"等以证。按后者之"博"乃"搏"字之误,"搏"通"专",指养心的专一,与艺术构思的"博而能一"毫不相干。著者是史学权威,其于《史传》之注,似乎更无庸置疑了,也不尽然。《史传》篇有这样几句:"宣后乱秦,吕氏危汉,岂唯政事难假,亦名号宜慎矣。"范注引《史记·匈奴列

---

① 《文学年报》第3期。

传》:"秦昭王时,义渠戎王与宣太后乱,有二子。"则宣后之"乱"就是淫乱了。但何以要谓之"乱秦"呢?淫乱与"政事难假"有何联系呢?和上下文反对为女后立纪而强调"妇无与国"之旨怎能吻合呢?这些疑问,一读《史记·穰侯列传》自明:"穰侯魏冉者,秦昭王母宣太后弟也。……昭王少,宣太后自治,任魏冉为政。"如果这才是"宣后乱秦"的真相,则不幸的是,凡我所见现有注译本,全都从范而误了。

校注上既然尚存不少问题,且不说理论认识上的问题更多,译文是否准确就无待细说了。仅从校注译释上的这些情况,已不难找到今后怎么办的回答:要做的工作还很多,只是必须进行一些切实的研究而提高、加深。否则,除了坐享前人的成果或重复其错误,就真会无事可做了。所以,我讲上面这些,非敢妄议前贤,不过意在说明,今后的道路是既宽广又艰巨的。至于理论研究,就更是任重而道远了。如果说,《文心雕龙》的校注工作已有近千年的历史,则理论研究还是相当年轻的;如果校注今译只是龙学的基础工作,理论研究则是其主要任务。校注今译方面,今后固然还要继续提高,而理论研究则势必成为重点而大力加强。

但是,"龙学"工作有一个重要特点,它的理论研究和校注译释虽然各别,却又密不可分。《文心雕龙》的文字,本身就是表述理论的文字;而这种文字又必须通过校注译释,才能准确地把握其理论意义。建立在不准确的文字理解基础之上的理论大厦,可能被人轻轻抽掉几块基石而全部倾塌。因词义理解不同而在理论上长期纷争不已的就更多。如对"自然之道"一词的不同理解,而有唯心论、唯物论、二元论,以及儒、道、释等一系列理论上的重大分歧。所以,"龙学"工作者必须充分注意这一重要特点。但是,不仅理论研究者必须以正确的文字理解为基础,文字的解释,也有赖于对其整个理论体系的全面理解。这种相得益彰的关系，过去不少研究者是有所注意的。今后若能有意识地结合进行，必将更加迅速地推动整个"龙学"的发展。

理论研究的新路子、新问题、新突破，都是必要的。如果只能重复前人已有的见解，转述前人已有的结论，"龙学"的历史就该结束了。创新是必须的，也是完全可能的，只是应该和单纯地追新逐异区别开来，而大力提倡扎扎实实的研究风气。这就要求我们首先要进一步深入学习马克思主义和毛泽东思想，而比过去站得更高，看得更深更远。其次是要有科学的研究方法，以求古为今用。再就是必须以准确地搞清刘勰的原貌为出发点。其理论的本来面目尚未认清，甚至原话的意思还不明白就侈谈"创新"，只能是"轻言负诮"而已。

《文心雕龙》的理论研究，必将很快出现一个大丰收的时期。多种全面系统的《文心雕龙研究》和各式各样的专题研究论著，都必将很快就大量涌现出来。让我们都以自己的努力来迎接《文心雕龙》研究的新局面！

最后要说的是，丛甫之等同志为迎接"龙学"新局面而准备的一份重要礼物《文心雕龙研究论文选》。所谓"往者既积，来者未已，翘足志学，白首不遍。"①在三十年来的六百篇论文面前，读者是难免不有"白首不遍"之叹的。不了解过去，新的研究是不好着手的；人人都要读遍六百篇然后下笔，也不可能。这部论文选，即拟承负起这一重任，打算从六百篇中选辑十分之一左右，而图取"览无遗功"之效。这是很有意义而值得欢迎的工作。去年济南会上，编者已向我谈起这一计划，经过一年的努力，已近完成。编

---

① 萧绎《金楼子·立言篇》。

者和出版社都嘱为之序,可说的也就是这些了。

匆匆命笔,谬误实多,幸读者只以个人浅见视之。

1983 年 7 月 24 日

(原载于《文心雕龙学刊》第 2 辑,齐鲁书社 1984 年版)

近三十年来的《文心雕龙》研究

《文心雕龙》的研究史已长达一千多年了。1956年发表了郭绍虞、黄海章、许可等人的论文,第二年又有刘绶松的《文心雕龙初探》等文问世,《文心雕龙》研究从此进入一个新的历史时期。三十年来,广大研究者用新的思想和方法,对此书进行了深入系统的研究,取得了远胜于千年之久的巨大成果。到1984年底,已出版二十四部专著,发表了八百多篇论文。已有论著问世的研究队伍已扩大到近四百人。《文心雕龙》研究被国内外学术界称为"龙学",早已不再是少数专家研究的对象,而成为具有广泛意义的、为众多读者关注的重要学科之一了。

正如周扬同志所说:《文心雕龙》不仅是中国古代文学理论的典型,也是"世界各国研究文学、美学理论最早的一个典型"(《关于建设具有中国民族特点的马克思主义文艺理论问题》)。因此,不仅国内广大研究者重视这个"典型"是必然的,世界各国研究者对这个"典型"愈来愈重视,也是必然的。国外的全译本现已有日文三种,英文一种,法译本即将出版;选译和研究论文则遍及南洋和欧美各国。日本学者对"龙学"尤为重视,所以,1983年中国社会科学院派出以王元化为团长的《文心雕龙》考察团访问了日本,1984年日本派出以目加田诚为团长的代表团,参加了上海的中日学者《文心雕龙》讨论会(香港和英、美、法国也有研究者参加)。

这都说明,"龙学"在世界文艺理论史上是具有重要地位的,随着国内外研究的不断深入,《文心雕龙》的"典型"意义也更加受到珍视了。

国内三十年来的研究,首先是校注释译方面取得了丰硕的成果。杨明照和王利器被台湾学者誉为"《文心》之两伟大功臣"(《文心雕龙斠诠·例略》)是完全正确的。王利器于1951年出版《文心雕龙新书》,1980年改订为《文心雕龙校证》,根据二十七种版本做了全面校勘,解决了不少前人未校或误校之处,成为一部较前大为完备的校本。杨明照于1958年出版《文心雕龙校注》,1982年增改为《文心雕龙校注拾遗》,除于校字多有独到之处外,更在注释上对范文澜注本或正其失,或补其未备,并辑录历代有关著录、品评等大量资料,为《文心雕龙》研究做了重要贡献。1962年出版刘永济的《文心雕龙校释》,在分段释义、阐明各篇主旨方面相当精辟。其后新注,1981年出版了周振甫的《文心雕龙注释》,此书深入浅出,注意阐释其理论意义,深受读者欢迎。

为了适应广大读者的需要,不少研究者多年来致力于《文心雕龙》的今译工作。从1962年出版陆侃如、牟世金的《文心雕龙选译》开始,至今已有全译本四种,选译本五种。此外,还有大量单篇或数篇一组的译文不断问世,这对《文心雕龙》的研究和普及都是有益的。在各种译注本中,不同理解的不同译注随处可见,这既是一种必然现象,也有助于推进思考和研究的发展。

第二是对刘勰的家世、生平和思想的研究。有关刘勰的史料,只有一篇《梁书·刘勰传》(《南史·刘勰传》是其节录),《高僧传》中偶有涉及。《刘勰传》的记载十分简略,这是研究刘勰生平至今尚存的一大困难。范文澜在《序志》篇的注中,勾画了刘勰一生的大概轮廓,虽然奠定了较好的研究基础,但有的只是推测而根据不足，有的还嫌粗略或不当。经杨明照广为考索，完成《梁书·刘勰传笺注》，并列具刘勰世系表，是为刘勰身世研究的一大发展。1979年和杨明照的新笺同时发表了王元化的《刘勰身世与士庶区别问题》，较为有力地提出了刘勰出身寒门庶族的新说。关于刘勰的生卒年代，范文澜推定为公元465年左右生，520或521年卒。一般论者均从此说。1978年后，李庆甲和杨明照先后提出卒年为532和538、539年，但也有人持不同意见。卒年问题尚在继续讨论中。

　　刘勰的思想比较复杂，近三十年内一直是研讨较多的问题之一。从六十年代开始，就对刘勰的思想属何家，是唯物或唯心等展开了激烈的讨论。如陆侃如、杨明照、王元化、穆克宏等，持儒家说者较多。但早在1960年，张启成就提出"佛教思想是刘勰的主导思想"，1980年马宏山又详论刘勰"以佛统儒，佛儒合一"的指导思想，并以此写成《文心雕龙散论》一书。讨论刘勰的思想，多集中在他的"原道"论上，1962年周振甫论《原道》篇，曾提出过"接近道家"之说；近年来王运熙、蔡钟翔等，进一步探讨了道家或玄学思想和刘勰的关系。总的看来，持儒、道、玄、佛论者，虽各有一定的理由，却难以服众。1984年王元化从当时各种思想既互相排斥，又互相融化的实际情况出发，认为刘勰的思想虽属儒家，但也有融合释、道、玄思想的一面，较为合理地解释了长期以来的纷争。

　　第三，关于《文心雕龙》的总论和理论体系的研究，是随着《文心雕龙》研究逐步深入之后必然涉及的问题。此书以"体大而虑周"称著，内容庞杂却又是一个严密的整体。不把握这个整体，要继续深入下去是有困难的；但没有对全书各个部分的具体研究为基础，就无从认识这个整体。所以，直到1981年，牟世金和张文勋才大约同时发表了《文心雕龙的总论及其理论体系》和《文心雕龙的理论体系》，接着有王运熙、周振甫、贾树新、李淼等人，都对此发表专论展开讨论。这是《文心雕龙》研究进入八十年代的一大发展。但问题是相当复杂的，现在提出的七八种体系论都各有不同的理解，这也是正常的，必然的，目前还在继续研讨中。如果说已有一定的共同认识，就是《文心雕龙》确有一个完整而严密的理论体系，它充分体现了中国古代文学理论的民族特点。

体系研究中分歧较大的是所谓"文之枢纽"的五篇。一是《原道》篇的"道"，尚存儒道、佛道、道家的"自然之道"，自然规律和精神本体诸说，历年来讨论这一问题的文虽多，但还没有出现公认之论。二是"枢纽"和总论的关系，一以为"枢纽"即总论，一以为只"枢纽"中的前三篇才有总论的意义。三是《辨骚》篇的性质，一以为总论，一以为文体论，一以为兼有"枢纽"和文体论的性质而非总论。这些分歧是三十年前早就存在的，但长期来各说一套而未展开论辩，近几年来有了一些认真的、针锋相对的商讨，应该说是"龙学"正在深入发展的好现象。经过近几年来的讨论，至少明确了两点：刘勰自己明明列《辨骚》篇为"文之枢纽"之一，则完全以此篇属文体论是难以成立的；无论持何种论者，都承认五篇"枢纽"以前三篇为主，则以前三篇为总论和五篇皆总论两说就缩短了距离。这仍是值得肯定的进展。

第四，《文心雕龙》的理论精华集中在创作论部分，这部分也是三十年来研究的重点。除了大量的单篇论文，还出版了四种专著：陆侃如、牟世金合著的《刘勰论创作》(1963年初版，1982年再版)、王元化的《文心雕龙创作论》(1979年初版，1984年二版)、詹锳的《文心雕龙的风格学》(1982年)、钟子翱、黄安祯合著的《刘勰论写作之道》(1984年)。其中詹著虽涉及文体风格论，但主要是从创作上的艺术风格立论的,把刘勰的"风格学"理出一个完整的体系而予以全面论述,既是种开创性的研究,也从而提出不少新的见解。值得注意的是,这几种研究创作论的专著,多是近五年来的新成果。《刘勰论创作》一书虽初版较早,1982年的再版本做了一定的增修,还重新按刘勰的理论体系探讨了他的创作论。《刘勰论写作之道》是一本注重普及性的著作,从其初版就印达四万册可知,广大读者对这样的书是欢迎的、需要的。《文心雕龙创作论》则是近三十年来《文心雕龙》理论研究方面最重要的成果之一。本书以科学的研究方法,融汇古今,贯通中外,对《文心雕龙》创作论中具有普遍意义的问题,进行了精辟的阐释和论述;特别是在研究方法上,本书更给古代文论研究者以多方面的启示。最近有人提出对古代文论进行宏观研究的主张,是值得重视的。而王元化的《文心雕龙》研究,已为宏观研究做了很好的示范。

第五,几个重要理论研究的发展。

刘勰把艺术构思问题列为其创作之首,不仅说明他对这个问题极为重视,还反映了他对文学艺术的特征是有一定认识的。但在三十年前的长期研究过程中,不仅没有一篇专论,在不少综论全书的文章中,也往往只字未及。从1961年《文艺报》发表第一篇有关《神思》的专论以来,现已多达五十余篇,对刘勰的艺术构思论做了全面深入的研究。大致从艺术想象的研究开始,进而有较多的文章探讨其形象思维的特点;近五年内更深入论及《神思》篇是刘勰创作论的总纲,它在世界文艺理论发展史上的价值,及其集六朝诗文、书画、音乐论艺术构思之大成的意义等。

"风骨"论一向是争议最大的问题之一。从1959年8月开始,《光明日报·文学遗产》展开了这一问题的讨论,迄今已发表了约六十篇文章。这些争论可简单地概括为三大类：一是"风"指内容，"骨"指形式；或"风"属形式，"骨"属内容。二是"风""骨"都是内容或都是形式。三是"风骨"相结合而成理想的风格，或以为涉及现实主义和浪漫主义的结合，或以为指刘勰的审美理想等，这是就其大别而言，具体分析，则六十篇文章便有六十种不同的解说。此论虽然尚未获得一致的认识，但在逐步深入的过程中，较多的研究者认识到"风骨"是对文学艺术之力的美学要求。研究方法也从单纯的概念之争，进而从全书整体、从其总的理论体系以至当时书画理论等，进行多方面综合地研究。

长期来对"通变"论的理解，是以复古为主要倾向。近年来部分研究者提出一种相反的观点：主要是新变，目的是出于文学的发展。"通变"论愈来愈受到重视，并被上升为全书的基本观点之一，正与这种新的认识有关。

"文质"论不仅本身具有重要的理论意义，也是《文心雕龙》的理论主干。早在1958年，舒直就提出这是"刘勰文学理论的中心问题"，迄今已有近三十篇文章，对刘勰的"文质观""文质论"、内容和形式的关系等，进行一系列论述。1980年王运熙综考从魏晋到隋唐的"文质论"，包括刘勰在内，认为大多指文风的华丽与质朴，而不是内容和形式的关系，使这一论题有了新的进展，但以《情采》所论内容和形式的关系为刘勰理论体系的主干，仍在研究中继续深入发展。区分两种不同的"文质"概念是应该的，两种概念是否有一定关系，还待进一步研究。

第六，批评论和鉴赏论的研究中，有两点较为明显的发展。一是批评标准问题。初期研究者多以《知音》篇的"六观"只是文学批评的手段或方法，至于批评标准，有的认为是"六义"，有的认为是"六义"和"六观"的结合，有的认为是"征圣""宗经"，尚无定论。二是鉴赏论的提出。1980年以前,探讨刘勰鉴赏论的文章还一篇没有,80年以后,研究鉴赏论的论文越来越多了,缪俊杰一人就有三篇。这说明并不是《文心雕龙》中没有鉴赏论,只是在研究它的过程中,研究的领域逐步扩大,认识逐步加深了。在三十年来的研究过程中,这种情况是很多的。

除上举六个方面之外,近三十年来研究的内容还很多,如文学与现实的关系、风格论、文体论、作家论、文学史观,以及刘勰有关现实主义、浪漫主义的论述等。都是较为重要的问题。最近几年内,研究者不断以新观点、新方法,从新的角度,提出许多新的论题来,如刘勰的美学思想、美学体系,《文心雕龙》的民族特色、艺术辩证法、写真论、文学语言论、灵感论,以及种种比较研究等。所以,"龙学"的面貌正在日新月异地迅速发展中。1983年秋,中国《文心雕龙》学会在青岛成立,并由齐鲁书社出版了《文心雕龙学刊》,"龙学"的发展有了自己的阵地,并由此及时和国际上发生了密切的交往,这对推进整个古代文论的发展,发扬祖国优秀的文化遗产,都是有益的。

(原载于《语文导报》1985年第7期)

《文心雕龙》研究的新起点

《文心雕龙》学会于8月中旬在青岛成立了。会议的中心议题是怎样开创《文心雕龙》研究的新局面。

周扬同志在开幕式上的发言，主要是强调"走自己的路"，引起全体与会者的高度重视。他认为怎样走自己的路，并不是轻而易举的事，需要几代人的努力来逐步实现。文艺理论也是这样。言必希腊的现象，至今并未绝迹。有些论著，虽也不乏"彦和云云"之类点缀，大多是以古证今，把肢解了的古文论词语，纳入今人的、欧化的理论体系中去。我们自己的理论特点，往往是无迹可寻的。很多与会同志的文章或发言，都一再反对这种倾向，是完全必要的。要繁荣社会主义的文艺，西方的东西固然要借鉴，但完全跟在人家的屁股后面是没有出路的。文学艺术必须走自己的路。中国作风、中国气派的文学创作和文学理论，都源远流长而丰富多彩，它有自己独特的发展规律，并逐步形成一套为广大群众所喜闻乐见的民族特色。古代文论研究者的重要任务，就是要总结这种规律，探讨这种特色，为建立具有民族特点的马克思主义文艺理论体系作出自己的贡献。

"体大而虑周"的《文心雕龙》，既集前代文论之大成，又对后世文论的发展具有深远的影响。它可说是一部我国古代的文学概论，其论述的全面性、系统性，在古代文论中可说是独一无二的。因此,认真解剖这只五脏俱全的麻雀,对我们认识中国古代文论的规律和民族特点,都是十分有益的。这就是摆在《文心雕龙》研究者前面的光荣任务。但是,正如张光年同志借刘勰的话所说:"知音其难哉"!做刘勰的知音者,并不是很容易的,从对"自然之道""意象""风骨""体势"等概念的准确理解,到把握其中的理论体系,从而辨识其独到之处、特殊之处等等,还有许多深入细致的工作要做。而所有这些,首先是搞清刘勰理论的原貌。不认识刘勰自己的理论体系,就谈不到刘勰的知音者,就只能把今人的、西方的框框强加给刘勰,那是永远见不到中国古代文论的民族特色的。

与会同志深感《文心雕龙》研究的深入发展,并不能以纯理性的研究为满足,还必须在理论研究的基础上,探讨如何发挥古代文论在繁荣社会主义文艺中应有的作用。从《文心雕龙》研究发展的总趋势来看,理论研究必然愈来愈成为《文心雕龙》研究的重点。但所谓"理论",既不是抽象空洞的理论,我们的"研究",也不是为理论而理论。探讨规律和民族特色,正是对理论研究的深入的要求。这个"深入"是和理论为现实服务的要求密切联系着的。《文心雕龙》研究为社会主义现实服务有着广阔的天地。这就是今后研究古代文论的发展方向。研究古代文论,正是要吸取和发扬其精华,以求古为今用;而能否做到古为今用,至少是检验我们的研究是否深入的重要尺度之一。在过去的研究工作中,这方面是做得很不够的,今后必须大力加强。

由于《文心雕龙》本身的复杂性,研究者对它的认识和理解,一直存在着多种多样的分歧。但《文心雕龙》研究者有一个可贵的传统:对问题要进行严肃认真地讨论,对同志却能真诚地团结。论敌相见,既不轻易地调和与妥协,也从无剑拔弩张之势,而是面对面地诚挚商讨,携手并进。大会充分肯定了这种良好的传统,并强调继续发扬这种传统以形成我们的会风。

王元化同志和许多同志的发言,都从不同角度讲到学风、会风问题。我们的学会能不能搞好,《文心雕龙》研究的新局面能否开创,什么样的学风和会风,是一个重要前提。所以,《文心雕龙》研究者的学风虽然如上所说,有较好的基础,在成立学会之始,反复强调这点,仍是十分必要的。坚持科学态度,发扬优良传统,注重实事求是的精神,树立扎扎实实的研究风气,这是全体与会同志的共同意志。杨明照同志在发言中,强调今后的研究工作,必须从逐字逐句搞清原意做起,以至每一个断句和标点都要认真对待。这种治学精神,受到全体同志的热烈欢迎与赞同。可以预言,今后的《文心雕龙》研究必将继承老一辈的良好学风而健康发展。

这次会议还要求《文心雕龙》研究者放眼世界。《文心雕龙》不仅是中国人民的宝贵遗产,也是全世界人民的文化财富。它早在公元九世纪初就流传海外了。至今,在苏联、英国、法国、美国和日本等世界各大百科全书中,都占有重要的地位。除多种原文版本、中文今译本在许多国家广为流传外,全书的英译本、日译本,也有多种陆续问世了,至于选译和论著之多,更是举不胜举。《文心雕龙》研究早已超出国界了。这就是我们必须放眼世界的客观形势。一方面,海外的汉学家由于环境和文字的隔阂,很难深入理解刘勰此书的精微之处,我们有责任用科学的方法,如实地向他们作必要的介绍,以确立其在世界文化之林的应有地位;另一方面,人家是怎样研究,怎样看待《文心雕龙》的,他们的研究,无论在内容上、方法上,必确有某些可资借鉴的地方,也必将有某些误解与歪曲,都是我们所应该了解的。所以,多数研究者早就深感闭门读书的时代必须结束,应该放眼世界来迎接《文心雕龙》研究的新时期。大会决定,今后一定要加强国际交流,注重情报资料工作。

(原载于《光明日报》1983年9月13日第3版)

《文心雕龙释义》序

　　冯春田同志的《文心雕龙释义》告成，嘱为序。深感抱歉的是，以诸事缠身，拖延甚久，最近才得以舌耕之余，粗读其书，因而弥增内疚，这本《释义》，是应该让它尽快和读者见面的。

　　我在不久前写的一个小册子《台湾文心雕龙研究鸟瞰》中，曾介绍台湾省以《文心雕龙》为学位论文的写作和出版情况：就我不全面的了解，该省1982年以前，有《文心》学位论文九篇，其中两篇为博士论文、七篇为硕士论文，共有五种已成专书出版。大陆诸省市，虽最近四五年内，研究《文心雕龙》的学位论文已不下十篇（其中笔者主持答辩和评审者八篇）。这些论文大都以单篇论文的形式发表一部分或全部，但以专书出版者，至今还一本未见。冯春田同志的《文心雕龙释义》，看来就是这方面的第一部了。

　　冯春田同志是1981年山东大学毕业的硕士研究生，其硕士学位论文为《文心雕龙术语通释》。在此基础上，历时五载，数易其稿，完成了这部《释义》。五年来，著者孜孜不倦，经过巨大的努力，从质到量，都较《通释》有了显著的提高和发展。由硕士论文发展成一部二十余万言的专著，在"龙学"发展的进程中，这是一件很值得庆幸的事。它标志着年青一代《文心雕龙》研究者的逐步走向成熟，"龙学"将成为名符其实的

"显学"。

近年来,新的思想方法席卷文坛,也有力地推动着各个学术领域的新变与发展。这无疑是大好事。即使是一千五百年前还有较浓厚的保守思想的刘勰,也明确认识到:"文律运周,日新其业";文学艺术只有"变则其久",这是历史的必然规律。尤其是发展到今天的"龙学",不凭借一定的新思想、新方法,就很难有大的发展和突破,这是"龙学"研究者早已普遍看到的事实。但也不能不看到另一种客观存在的事实:以新为高,以奇为深,为新而新,为异而异,却不问其本,不究其实,好高骛远而读书不求甚解的风气因之以生。《文心雕龙》本身就十分难读,在它成为当今显学之一的过程中,泥沙俱下就是难免的了。

《文心雕龙》的译本大量问世,固然给广大初学者提供了方便之门,但我曾产生过一种顾虑:译文之便可能是有害的。不仅初学《文心》的青年只读译文,有的研究者也不究原著而只据译文。这似乎是一条捷径:不必苦读原著,就可凭新思想、新方法而出奇制胜了。其实大谬不然。最好的译文,也只能起到帮助理解原文的部分作用。离开原著,我看就谈不上什么"研究"。对广大青年同志来说,总不能永远靠译文过日子,如果希望真正理解《文心雕龙》,或者真正做点研究,除了下功夫读懂原著外,是没有别的路可走的。

鲁迅曾说《文心》之文,"其说汗漫,不可审理"。由于它以艰深的骈文说理,又多取形象的比喻而句式特殊,即使对古文有深厚基础的前辈学者,也常对某些字句疑而难定。初学者要读懂原文,自然困难更大。应读原文而原文相当难读,这是一个矛盾。解决这个矛盾的方法,到目前为止,主要就是借助于注释和今译。

如果读者善于利用译注以理解原文，确可充分发挥译注本的作用而为行之有效的方法。但是，一般注释本很难满足广大读者的要求，要他们藉黄叔琳、范文澜、周振甫的注本完全读懂原文是困难的。正如本书著者所说，今译本的不足处之一，是"一般读者往往是知其然而不知其所以然"。何况无论注释与今译，都不过是著者自己对原文的理解，在同一原文而有多种不同的注译面前，不知其所以然的读者就莫知所措了。

因此，关键就在如何使读者能知其"所以然"。这当然不是轻而易举的事，冯春田同志著此书，正是为此而努力，应该说是有益之举，是很值得欢迎的一种新的努力。

《文心雕龙释义》从文字训诂、词语出典、句法句式到理论意蕴的阐发，无所不有。它的新就新在这里，凡能使读者明其所以然的，就十八般武艺不拘，能使的都使。其取材是丰富的，各种字书、古人的注疏、可资佐证的古书用例，以至中外各家校注之长，都有大量汲取。但本书并非简单地罗列成说，其中有同于旧说者，也有异于前论者，均非苟同苟异，都在力图说明其本意之"所以然"，更有许多是发前人所未发的新解。这些新解，虽然未必全对，但著者并非轻率妄断。既有必要的论证，或备一说，或引人注意。正因如此，这本《释义》我以为它可雅俗共赏，对于"龙学"研究有素的同志，也不乏参考意义。

冯春田同志是治古汉语的，从训诂的角度来释《文心雕龙》，是很难完全行得通的，所幸其解虽偶有泥于诂训之失，却大都能究其本而探其末，能从文理出发，而不是死守古训。这就充分发挥了著者的长处。就我看来，注重字句本义，应该是正确理解《文心雕龙》最基本的法门。本义未明而任意发挥，就难免走失原意而离题千里，近年来少数研究文章虽有新意，却非刘勰本旨，正是由此造成。所以,这本书的做法不仅值得欢迎,还是应该大力提倡的。

1985年12月21日

(原载于《文心雕龙释义》,山东教育出版社1986年版)

怎样读《文心雕龙》

《文心雕龙》是我国古代文学理论中一部有代表性的重要著作,近年来得到广大读者的重视,是理所当然的。但由于它的内容繁富,文字难懂,多年研究此书的专家,也有某些难解之处,一般读者在学习上自然有一定的困难。我自己也是正在学习之中,不少问题还在继续探索,这里只是谈一点自己学习的体会。

一

和研读其他古代论著一样,学习《文心雕龙》也必须了解当时的历史背景和作者的身世、思想、写此书的动机、意图等,特别是魏晋以来世族制的盛行与出身寒门的刘勰之间的矛盾;汉末儒学衰微之后佛道思想流行,刘勰既是佛教信徒而又高举"征圣""宗经"的旗帜的原因和实质;以及建安以后文学艺术由经学附庸转而独立发展,出现了文学史上空前繁荣的盛况,又很快走上追逐浮华的道路,产生在这个时期的《文心雕龙》是怎样对待这种发展趋势的。这些都是研究《文心雕龙》的人不可心中无数的。因有的须作专题论述,有的可从一般历史和文学史著作中知其详情,有的则可从《文心雕龙》本身得到认识,这里只提请读者注意,不作详述。本文打算介绍的,一是《文心雕龙》的基本内容,二是怎样阅读原文，三是掌握全书理论体系的必要。现在先谈第一个问题。

《文心雕龙》评论了晋宋以前二百多位重要作家，总结了三十五种文体的源流演变和特点，全面论述了文学创作和评论上的一系列重要问题，内容是丰富多彩的。全书共五十篇，由以下四大部分组成：

一、总论：由《原道》《征圣》《宗经》三篇构成。《原道》中所论"自然之道"，主要说明万事万物有其形就必有其自然的文采："形立则章成矣，声发则文生矣。"刘勰以此说明：文学作品必须有文采，但应该是由相应的内容所决定的自然文采。全书既重文采，又反对雕琢繁饰，就从这一基本观点出发。《征圣》《宗经》两篇主要是强调学习儒家经典的写作原则，这种思想集中体现为《宗经》篇的"六义"，即认为学习儒家经典对文学创作有六大好处："一则情深而不诡，二则风（教）清而不杂，三则事信而不诞，四则义直而不回（邪），五则体约而不芜，六则文丽而不淫。"显然，要求从儒家经书学得"情深""风清""事信""义直"等，是侧重于内容方面的要求。刘勰认为圣人著作是"衔华而佩实"的，所以《征圣》篇强调："志足而言文，情信而辞巧，乃含章之玉牒，秉文之金科矣。"这正是《原道》和《征圣》《宗经》三篇总论提出的核心观点。第四篇《正纬》，主要论纬书之伪，没有什么重要意义。

二、文体论：从第五篇《辨骚》到《书记》共二十一篇，通常称为文体论。这部分对各种文体大都从四个方面来论述：一是文体的起源和发展概况，二是解释文体的名称、意义，三是对各个时期有代表性的作品进行评论，四是总结不同文体的特点及写作要领。所以，这部分不仅论文体，还具有分体文学史的意义，也是批评论的重要组成部分；特别值得注意的是，本书的创作论正是以这部分所总结各种文体的创作经验为基础提炼出来的。

三、创作论：从《神思》到《总术》共十九篇是创作论；《时序》《物色》两篇介于创作论和批评论之间,也有一些论创作的重要意见。这是本书的精华部分。其中分别对艺术构思、艺术风格、继承与革新、内容和形式的关系、文学与社会现象、自然现象的关系等重要问题,分别进行了专题论述;也对声律、对偶、比兴、夸张以至用字谋篇等,逐一进行了具体的探讨。其中不少论述是相当精辟的,且大多是文学理论史上第一次所作专题论述;它既总结了先秦以来点点滴滴的有关论述,也对后世文论有着深远的影响。

对这部分丰富的内容,我们既要逐篇进行深入细致地研讨,又不能割断和全书的联系而孤立看待。首先,每一个论题都是在总论的基本观点指导之下所作论述;其次,各篇之间也有一定联系,合之则成一整体。如《风骨》篇提出"风清骨峻"的要求,怎样才能把作品写得"风清骨峻"？本篇提到必须"洞晓情变,曲昭文体",这就是紧接在《风骨》之后的《通变》《定势》两篇继续论述的内容。有人读到《声律》以下有关艺术技巧的几篇论述,就怀疑刘勰是形式主义论者。如结合《情采》篇强调的"述志为本",再从"联辞结采,将欲明经(理)"中了解到刘勰论辞采的目的,这个疑问自可冰释了。所以,应掌握它一篇一论的特殊结构而从全面着眼,这是阅读《文心雕龙》中应特别注意的问题。

四、批评论：本书集中阐述文学批评理论的,只有《知音》一篇,这也是需要从全书着眼的一个问题。把全书作为一个总体看,三篇总论也就是批评论的总论了;文体论对各种文体的作品所作评论,也就是刘勰的作品论了;《才略》篇论历代作家的才华,《程器》篇论历代作家的品德:这就是刘勰的作家论了。创作论中所论创作原理,也正是刘勰评论作家作品的原理。所以,从整体看,不仅可见其批评论相当全面丰富;也只有如此,才能准确地认清刘勰的文学评论。

此外,最后一篇《序志》说明作者写此书的动机、意图、态度,以及全书内容的安排等,对了解刘勰其人其书都很重要,虽列书末,实应先读。

二

鲁迅在《汉文学史纲要》中曾说:《原道》中讲的"文","其说汗漫,不可审理"。其实,《文心雕龙》全书所论,大都存在这个问题。但不读原文,是谈不到学习《文心雕龙》的。困难虽有,却非无法读懂的天书;事实上有不少青年读者已能较好地领会此书。《文心雕龙》可说是我国古代的一部文学概论,封建社会的全部文论,无论是文字的难度和内容的广度,再没有全面超过《文心雕龙》的论著了。所以,有志于此者,下点功夫攻下这个难关,可为学习整个古文论从文字到理论打下很好的基础。下面就我的体会,谈点如何理解其文字的想法。

首先是要善于利用其论述的特点。《文心雕龙》讲的是理论问题,能抓住其理论的脉络,就比较容易理解了。如《神思》篇的"规矩虚位,刻镂无形"二句,好像是很难理解,但从所论艺术构思上来看,当作者运思之际,各种思路涌上心头,这些浮动无定的意象,既无固定的位置,也没有形成具体的形态,"虚位"与"无形"所指即此。而构思的任务,正是要使之逐步明确,进而凝成具体有定的艺术形象。这种构思活动,就是"规矩""刻镂"之意了。

又如《熔裁》中颇多歧见的"三准":

> 凡思绪初发,辞采苦杂,心非权衡,势必轻重。是以草创鸿笔,先标三准:履端于始,则设情以位体;举正于中,则酌事以取类;归余于终,则撮辞以举要。

有人以为这是讲创作的三项准备工作,有人认为是讲全部创作过程的三个步骤等等。这从个别字句上是难以求得准确理解的,而必须从《熔裁》篇论述的主旨来考虑。刘勰自己讲得很明白,所谓熔裁,就是"檃括情理,矫揉文采也。规范本体谓之熔,剪截浮词谓之裁。"本篇既是论述对作品已有内容的规范和文词的剪裁,自然与创作的准备或创作过程之类无关。本篇先论熔意,后论裁词,而上引这段话,明明是论熔意;作为熔意的"三准",显然是用以"权衡"内容的处理是否得当的三项准则:首先是以内容能确立主干为准,其次是以取材与内容关系密切为准,最后以用辞能突出要点为准。这个例子说明,从理论的总体上来把握某些具体论点,是学习《文心雕龙》的重要方法之一。

《文心雕龙》文字上的突出特点是骈偶文,这也是可以利用来帮助理解部分文字的。如《夸饰》篇中所说:

> 神道难摹,精言不能追其极;
> 形器易写,壮辞可得喻其真。

根据这种上下对应的结构,就很容易认识到:和"形器"相对应的"神道"是指抽象的道理,和"精言"相对应的"壮辞"是指夸张的言辞。《文心雕龙》中这种写法很普遍,掌握了这种骈偶规律,有时比理解散文更为容易。

第二是以刘解刘。古代常用词语,大都有传统的用法和固定的含意,这类文词一般可查工具书获得解决。但刘书用语,不仅有他自己新造的,有的虽为古书常用,刘勰却自有其特定的用意,有时是从古代用例难得确解的。如"神理"一词,若按字面意义解作鬼神之理,则《原道》《正纬》《明诗》《情采》《丽辞》等篇多次用到此词,《文心雕龙》岂不成了一本讲鬼神之理的书?如果把全书各处用"神理"一词的含意综合考究一下,就可判断它指的是自然的或深微的道理,如《原道》篇论河图洛书说:"谁其尸之,亦神理而已。"意为并非有谁主使,而是自然之理所形成。

以刘解刘,是准确理解刘勰理论的可靠方法之一,不仅词语上可常用此法,不少难解的内容,也可由此得到确解。如《原道》中的"玄圣创典,素王述训","素王"指孔子是明显的,"玄圣"指谁,就有争议。有的论者认为:"玄圣创典"乃佛祖创立佛经,"素王述训"则是孔子以六经来阐述佛典。要辨证这个"玄圣"是佛非佛,虽然都可找到一些旁证,但最终必决定于刘勰的原文。所以,最有力的论据,就莫如《原道》本身了。其中曾说:"庖牺(即伏羲)画其始,仲尼翼其终。"这是指传说中的伏羲画八卦,此为《易》卦之始,孔子最后作《十翼》加以解释而完成《周易》。这岂不正是刘勰自己对"玄圣创典,素王述训"二句的解释?

第三,《文心雕龙》中涉及典故史实较多,这只要勤于查检,一般是不难理解的。但由于历史现象很复杂,也有其值得注意的问题。如《程器》篇在指出西汉孔光和西晋王戎的品德之失以后,曾说:"然子夏无亏于名儒,浚冲不尘乎竹林者,名崇而讥减也。"这里的"浚冲",一般都认为即上述王戎的字;"子夏"则有二说:一以为即孔光的字,一以为是孔子弟子卜商的字。孔光和卜商都是"名儒",卜商和孔光都字"子夏",但二者必有一误。这是略读原文就不难辨别的。

又如《史传》篇的"宣后乱秦":宣后指战国时期秦昭王母宣太后;"乱秦"指什么呢?从黄叔琳、范文澜到最近的新注本,都引

《史记·匈奴列传》:"秦昭王时,义渠戎王与宣太后乱,有二子。"则所谓"乱",就指淫乱了。淫乱何以要称之为"乱秦",不能不是一个疑问。刘勰的这段话,主要是反对史书为女后立"纪",强调"妇无与国",于是讲到:"宣后乱秦,吕氏危汉,岂唯政事难假(指难由妇女假代),亦名号宜慎矣。"显然,这都与淫乱毫不相干。事实却是:宣太后是古代第一个皇太后,也是母后临朝听政的创始者。《史记·穰侯列传》有明确记载:"穰侯魏冉者,秦昭王母宣太后弟也。……昭王少,宣太后自治,任魏冉为政。"只有这件史实,才符合刘勰所说的"乱秦",也才和下句的"危汉",以及这段话总的论旨相称。

以上二例足以说明:如果把史实搞错了,势必影响对原意的正确理解;而查检史实的正误,主要是根据刘勰所论问题的主旨。初学者必须借助注本,这也是阅读前人注本所应注意的。

第四,必须反复研读,这恐怕是新老读者都不例外的。有的人只图"猎其艳辞""拾其香草",引几句"彦和云云"以点缀文章,那是很可能弄巧反拙的。所谓反复,还不仅仅是多读几遍,而应从个别问题的理解到整体的掌握,然后就初步掌握的整体,以求对具体问题的准确认识,再由个别到整体,逐步加深。就我自己的体会,每一个反复,总会发现过去理解的某些错误,从而有一些新认识。对具体问题的认识是掌握总体的基础;了解到全貌,又有助于加深个别问题的理解:这是认识事理的一般规律。学习体大思精的《文心雕龙》就更应如此。

第五,《文心雕龙》的译注本现已不少,就我所知,近年内还有几种将继续问世,这对初学者是一个有利条件。但种种译注,也不过是译注者个人对此书的理解。细心的读者不难发现,同一原文,往往会有多种不同译注。这种现象是正常的、必然的,且对初学者是件大好事。同一段原文,可能有几种译本就有几种不同的译文,读者将何去何从?对此,愿献愚见三点:其一,译注可供参考,但最根本的道路是攻读原文;其二,最好是先读原文,求得自己的理解,再参看译注,从检验对照中训练自己掌握原文的能力;其三,多种不同译本的出现之所以是大好事,就因为各种译本千篇一律,很容易使人无条件接受,似乎已无思考余地了。若善于利用其不同,使自己从比较分析中找到自己认为正确的答案,虽然费力,却是好事。

有的读者可能没有条件五十篇全读,选读部分重要篇章,以上意见同样可供参考。但至少读一篇应掌握一篇的全貌,且选读也应尽可能顾及全书。我以为可先读《序志》,再读三篇总论,文体论部分至少应读《辨骚》《明诗》《诠赋》三篇;创作论部分则须读《神思》至《熔裁》的七篇,和《比兴》《夸饰》《总术》《时序》《物色》五篇;批评论部分读《知音》一篇。能认真读通这二十篇,全书的精华和总的理论体系,便可大致掌握了。若以这二十篇为第一步,然后扩及全书,也是一个办法。

三

上面一再讲到,阅读《文心雕龙》应了解其概貌,掌握其总体。但所谓概貌或总体,还只是泛指全书大要、基本观点、篇章结构、各个部分的重要论点等,这些,自然都是学习、研究《文心雕龙》的人不可不知的,但仅仅了解甚至熟谙这些,仍是未得其要领的。比如:小而言之,我们读到某一具体篇章或论点,即使从文字到内容都已基本理解,但能否准确判断这一篇、这一论点,在刘勰的文学理论中是一个什么组成部分?具有什么重要地位?大而言之,读完全书,能不能确切说明刘勰的理论是否全面?这虽是很普通、很浅近的问题,却是只泛泛了解其概貌的读者难以回答的。所以,对全书总的了解,最关键的是它的理论体系,只有从整个理论体系中,才能判断其理论是否全面,以及各个具体问题在全部理论中的成分、位置等,也才能据以进而作种种深入的探讨。

《文心雕龙》的理论体系是什么?这还是一个有待广大读者和专家深入研究的问题。我曾做过一点试探①,还仅仅是个人的初步见解。大致说来,这个体系是以"衔华佩实"为主线,以论述物与情、情与言、言与物的三种关系为纲组成的。

如前所述,《文心雕龙》的总论是由重文的《原道》和重质的《征圣》《宗经》构成的,也就是必须华实并茂的所谓金科玉律。文体论部分就是用这种观点来评论作品的。如肯定屈原的《橘颂》"情采芬芳"(《颂赞》)、嵇康的《与山巨源绝交书》"志高而文伟"(《书记》)等,对华而不实或有实无华的作品,则多有批评。创作论部分刘勰既自称为"割情析采",其为贯串华实并重的观点就更为明显。其中如《体性》《风骨》《情采》《熔裁》《附会》等,篇题就兼及内容形式两个方面,其论述则以强调二者的密切结合为主旨。批评论中如《才略》篇肯定"文质相称"而反对"理不胜辞"等,也与文体论部分一致。"衔华佩实"的主线,就是这样纵贯全书的。

对物、情、言三者相互关系的论述,集中在创作论部分。如《体性》篇从"情动而言行""因内而符外"的原理,来论述作者的情性和风格的关系;《情采》篇以"情者文之经,辞者理之纬"等道

---

① 见拙著《〈文心雕龙〉的总论及其理论体系》,《中国社会科学》1981年第2期;《〈文心雕龙〉创作论新探》,《社会科学战线》1982年第1、2期。

理来论述内容和形式的关系：这就是对情言关系的论述。《神思》篇的"物以貌求，心以理应"；《物色》篇的"物色之动，心亦摇焉""情以物迁，辞以情发"等：这就是对物情关系的论述。《比兴》篇的"物虽胡越，合则肝胆；拟容取心，断辞必敢"；《物色》篇的"以少总多，情貌无遗""体物为妙，功在密附"等：这就是对物言关系的论述。刘勰的全部文学理论，主要就是对这三种关系的研究。这三种关系中的重要问题他都已论及，所以可说他的文学理论是比较全面的。三者之中，情言关系最详而物言关系较略，这与古代文学以抒情言志为主有关，也反映了刘勰理论体系的特色及其不足之处。

根据这个体系来读《文心雕龙》，不仅可使我们对每个具体问题的价值、地位的理解有了依据，对全书的总貌也就更为心中有数了。

（原载于《文史知识》1982年第7期）

从《文赋》到《神思》

——六朝艺术构思论研究

陆机的《文赋》,是古代第一篇以艺术构思为中心的创作论;刘勰的《神思》,则是第一篇研究艺术构思的专论。二者的关系,章学诚说得很好:"古人论文,惟论文辞而已矣。刘勰氏出,本陆机氏说而昌论文心。"(《文史通义·文德》)六朝时期是我国古代文学艺术发展的一个重要阶段。从《文赋》到《神思》,既反映了这个重要阶段的一些基本问题,从《文赋》怎样演进到《神思》,刘勰的艺术构思论继承和发展了前人什么,就是很值得研究的了。

一

虽然"陆赋巧而碎乱"(《文心雕龙·序志》),但它不仅洋洋大观,是一篇完整的创作论巨制,也接触到艺术构思的一些基本特点,在古代文论史上做出了重要的贡献①。它产生在建安文学之后,是有其历史必然性的,但在《文赋》之前,有关艺术构思的论述,并不是一点没有的。

---

① 《文赋》的历史贡献,已在《〈文赋〉的主要贡献何在》中做了详论。见拙著《雕龙集》。

《神思》篇一开始就引用了《庄子·让王》中的说法:"形在江海之上,心存魏阙之下。"其原意虽非论艺术构思,却也是一种想象活动。古书中多有记载的"高山流水"故事,是值得注意的:

> 伯牙善鼓琴,钟子期善听。伯牙鼓琴,志在登高山,钟子期曰:"善哉,峨峨兮若泰山!"志在流水,曰:"善哉,洋洋兮若江河!"①

这也不是讲艺术构思,却把艺术构思的某些特点生动地描绘出来了。"志在登高山""志在(观)流水",正是说的想到高山、流水的状貌,故能于琴声中表现出"峨峨""洋洋"的山水形象。如果用刘勰在《神思》中讲的"登山则情满于山,观海则意溢于海"二句为此作注,不仅是适当的,还或有相得益彰之效。

在先秦两汉,虽还不可能出现正面系统的艺术构思论,但艺术实践不能没有艺术构思,因而也必将产生某些间接的、点点滴滴的论述,有的甚至相当可贵,并对后世产生了长远的影响。除"高山流水"的故事外,又如《楚辞·招魂》中有"结撰至思"之说,直到晚清,刘熙载还极力赞以:"赋欲不朽,全在意胜。《楚辞·招魂》言赋,先之以'结撰至思',真乃千古笃论。"(《艺概·赋概》)所谓"至",刘熙载认为就是"欲人不能加也"。进行"欲人不能加也"的"结撰",这就是辞赋创作在构思上的特殊要求。

到了汉代,有关论述就更多了。如司马相如所谓"赋家之心,包括宇宙,总览人物"(《西京杂记》卷二);扬雄所谓"言,心声也;书,心画也"(《法言·问神》)等等,都对后世的艺术构思论产生

---

① 《吕氏春秋·本味》、《韩诗外传》卷九、《说苑·尊贤》中都有记载。此据《列子·汤问》。

过深刻的影响。不过,以上诸论,都不是直接讲艺术构思的。传为蔡邕的《笔论》,讲到:"夫书,先默坐静思,随意所适,言不出口,气不盈息,沉密神彩,如对至尊,则无不善矣。"(《佩文斋书画谱》卷五)这自然是艺术构思的正面论述,但既未提出什么理论问题,是否蔡邕之作也很不可靠。汉人有关论著,值得注意的是傅毅的《舞赋》。其中有这样一段描写:

> 于是蹑节鼓陈,舒意自广,游心无垠,远思长想。其始兴也,若俯若仰,若来若往,雍容惆怅,不可为象。……修仪操以显志兮,独驰思乎杳冥。在山峨峨,在水汤汤,与志迁化,容不虚生。(《文选》卷十七)

这是我们现在所看到的魏晋以前讲艺术构思的珍贵资料。它虽然仍未提出什么重要的理论问题,但把一个配合着音乐旋律的舞者,边思边舞,构思与舞姿密切结合的情态,生动地描绘出来了。作者利用"高山流水"的故实,形象地说明舞蹈动作的"与志迁化,容不虚生"。这就具有一定的理论意义了。舞蹈不是盲目、机械的动作,而是和舞者思想感情紧紧相连,随着志在高山、流水而"峨峨""汤汤"。这种舞蹈,才是一种艺术创造。

《舞赋》中的以上描写,确能显示艺术构思在艺术实践中的重要作用,但它只具有一定程度的显示意义,而不是理性的认识与总结。真正的艺术构思论,已为历史所证实,只能在"文学的自觉时代"出现之后才能产生。《文赋》在文艺理论史上的重要地位,正是由此确立的。从以上所述可以看到,关于艺术构思的理论,陆机可继承的前人论述是不多的。秦汉以来点点滴滴的有关论述,只是在某些侧面接触到艺术构思问题,既未深入到艺术构思的特质,也还未形成一种艺术构思论。陆机的《文赋》,虽也受到前人的某些启示,但从总体上看,它主要是从实际创作中总结出来的。

和《舞赋》一样,《文赋》也是赋,其表达方式也是描写性的。以文学作品的形式,如诗、赋、歌、诀等,通过生动的形象描绘来阐发文艺理论,这是中国古代艺术理论的显著特色之一。《文赋》和《舞赋》的根本区别,是《舞赋》中的形象描写虽能给人以某种理论的启示,但它的作者并未意识到自己是在阐述舞蹈理论,它只图表现舞姿的美妙,而不是要建立何种主张。《文赋》则与此相反,它的目的性很明确,不仅通篇都是围绕艺术构思这个中心来讲的,且其序已明确提出,陆机写此赋,是为了"论作文之利害所由";而企图研究解决的核心,则是创作中"意不称物,文不逮意"的问题。要使意物相称,就必然要从艺术构思着手来研究,也必然要涉及艺术构思的一些基本问题。

陆机论艺术构思的特点说:

> 其始也,皆收视反听,耽思傍讯,精骛八极,心游万仞。其致也,情曈昽而弥鲜,物昭晰而互进。倾群言之沥液,漱六艺之芳润;浮天渊以安流,濯下泉而潜浸。……观古今于须臾,抚四海于一瞬。

艺术构思的这种情景,在前人的论著中是闻所未闻的。我们可以从《庄子》《离骚》以至汉赋等许多前代作品中,看到作者"精骛八极,心游万仞"的景象,体察到艺术家们在构思过程中飞驰想象而升天入地的情形,但这种艺术构思的特点,是到了陆机才第一次揭示出来的。《文赋·序》云:"余每观才士之所作,窃有以得其用心。……每自属文,尤见其情。"陆机正是总结了"先士之盛藻"的创作经验,又根据自己在创作实践中的切身体会,才提炼出艺术想象的这种特点的。这种特点,不只是驰骛无边无际、无所不及的想象,还必然是和物象密切结合着的。"情曈昽而弥鲜,物昭晰而互进",正能说明这点。陆机对此,认识还比较模糊,论述也并不明确。但它毕竟说明,在艺术构思中,艺术家的思想感情逐渐鲜明起来,是和物象在作者头脑中逐渐昭晰分不开的。这点还可联系陆机的以下论述来看:"遵四时以叹逝,瞻万物而思纷;悲落叶于劲秋,喜柔条于芳春。"刘勰在《物色》篇所讲"岁有其物,物有其容;情以物迁,辞以情发"之理与此相似,不过刘勰讲得更深刻和明确一些。作者的情既然来自物,又是随物象的变化而变化,"悲"与劲秋的落叶,"喜"与芳春的柔条是密不可分的。因此,在"瞻万物而思纷"之下进行艺术构思,其情其思,是和物的形象相结合的。

艺术构思不仅是结合物象来进行想象,《文赋》中还接触到艺术构思的另一重要特点:"课虚无以责有,叩寂寞而求音。"艺术构思是完成艺术创造的重要手段。文学艺术的创造性,既不是对抽象理论作逻辑上的安排,也不是对现存材料作技术上的组织。它是从无到有地进行创造,也就是说,它必须通过虚构来实现艺术创造。"课虚无以责有,叩寂寞而求音",正是要从无形创造出有形,从无声创造出有声,而这种形和声,就是生动具体的艺术形象。通过艺术构思以创造出生动具体的艺术形象,《文赋》对此做了大力地强调:

> 体有万殊,物无一量,纷纭挥霍,形难为状。辞程才以效伎,意司契而为匠,在有无而僶俛,当浅深而不让,虽离方而遁圆,期穷形而尽相。

物象虽复杂多变,难以描绘,但为了达到"穷形尽相"的目的,就不惜打破传统的正常方法,调动一切因素,努力完成,使创造出来的作品,有如"播芳蕤之馥馥,发青条之森森,粲风飞而猋竖,郁云起乎翰林"。

二

正由于《文赋》揭示了艺术构思的一些基本特征,发现了艺术创造的"兹事之可乐",因而对六朝文艺创作和文艺理论的繁荣,都有其重要的影响。除刘勰的"本陆机氏说而昌论文心"外,还可举一个比较明显的例子:南齐王僧虔的《书赋》。此文不仅用赋的形式论书法艺术,而且论述方法以至句式的运用,也都很近于陆赋。如:

> 或具美于片巧,或双竞于两伤,形绵靡而多态,气陵厉其如芒。故其委貌也必妍,献体也贵壮。(《艺文类聚》卷七十四)

这种写法,和《文赋》中的"或辞害而理比,或言顺而义妨,离之则双美,合之则两伤";"其会意也尚巧,其遣言也贵妍"等,显然是变化不大的。由此更可断言,《书赋》中的"情凭虚而测有,思沿想而图空"等论构思的话,也是"本陆机氏而昌论文心"了。

《文赋》之后,论艺术构思者渐多,而且遍及文学艺术的各个领域,特别是在文论、画论和书法理论中更受重视而有较大的理论成就。如萧统编《文选》,就以是否"事出于沉思,义归乎翰藻"(《文选序》)作为文学与非文学作品的重要界限。谢赫论画,认为刘绍祖"善于传写,不闲其思",因而被称为"移画"。不经自己的构思而只是传移模写他人之作,当然谈不到艺术创作。谢赫又说:"述而不作,非画所先"(《古画品录》),这是对的。所谓"不作",主要就指不善于艺术构思。这就有力地说明南朝艺术家对艺术构思认识的深刻和重视的程度。相传西晋文学家左思写《三都赋》,"构思十稔"①而成;东晋艺术家戴逵铸刻一座佛像,"积思三年,刻像乃成"(《历代名画记》卷五)。由此可见,无论是评论家或作家,都对艺术构思有了足够的重视。这种重视艺术构思局面的出现,虽然和《文赋》有一定的关系,但也绝不是仅仅由于它的影响而形成的。

宗白华先生说得好:从汉末到六朝时期,是中国古代"最富有艺术精神的一个时代"②。而此期对艺术构思的普遍重视,则可说既是"最富有艺术精神"的表现,也是"最富有艺术精神"的重要原因之一。艺术构思是进入艺术天国的金桥,也是打开艺术宝库的金钥匙。此期艺术家能够进入一个迥异于前的"自觉时代",正是发现了这座金桥、掌握了这把金钥匙。从建安时期开始出现的"文学的自觉时代"并不是孤立的。文学的"自觉",可以推动、启发其他艺术的"自觉",其他艺术又将反过来给文学发展以巨大的影响。问题还在于,在"最富有艺术精神"的这个时代之中,各种艺术都吸取同一土壤的营养;接受同一空气的熏陶,都有进入"自觉"艺坛的同样条件。而各种艺术之间,虽各有其独立的特点,又有许多相通的共性。艺术构思则是沟通各种艺术的重要纽带。因为不通过艺术创造,就谈不到"富有艺术精神";而艺术构思则是实现艺术创造的必由之路。我们于此可说:"最富有艺术精神"的六朝艺坛,是以艺术构思为枢纽而形成的。

---

① 《文选·三都赋序》注引臧荣绪《晋书》。
② 《论〈世说新语〉和晋人的美》,《美学散步》第177页。

正由于重视艺术构思,此期不仅文学创作和文学理论有了光辉的成就,书法和绘画艺术,也在创作和理论上具有空前的成就。这种成就,只从艺术构思的理论上可以得到说明。陆机之后不久的大书法家王羲之论书法有云:

> 夫欲书者,先干研墨,凝神静思,预想字形大小,偃仰平直,振动令筋脉相连,意在笔前,然后作字。若平直相似,状如算子,上下方整,前后齐平,便不是书,但得其点画尔。(《题卫夫人笔阵图后》,《全晋文》卷二十六)

这段话有两点值得注意:首先是艺术构思对书法创作的重要。如果不经过"凝神静思",只是平直方整地写出字的笔划,"便不是书",根本就不成其为书法艺术。其次是"意在笔前"的提出。从王羲之的论述可知,这个"意",是在下笔作书之前,通过"凝神静思"的构思过程形成的,并不是随便偶生的"意"。这句和艺术构思密切有关的名言,就不仅适用于书法艺术,也为后世诗文绘画论者所宗奉。如清初王原祁论画,谓"意在笔先,为画中要诀"(《雨窗漫笔·论画十则》)。传为王维的《山水论》(也称《山水诀》)就说:"凡画山水,意在笔先。"(《中国画论类编》596页)不仅山水画,人物画以至一切绘画,亦无不如此。如沈宗骞论画人:"人物家固要物物求肖,但当直取其意,一笔便了。古人有九朽一罢之论……九朽一罢之旨,即是意在笔先之道。张素于壁,凝情定志,人物顾盼,邱壑高下,皆要有联络意思。若交接之处,少不分晓,再细推敲,能使人一望而知者乃定。"(《芥舟学画编》卷四《人物琐论》)这段论述,更具体说明了"意在笔先"的实质,就是进行艺术构思。这种实质,在古代画论中是屡见不鲜的。如宋代画论家韩拙所论:"凡未操笔,当凝神著思,预想(一作"豫在")目前,所以意在笔先,然后以格法推之,可谓得之于心,应之于手也。"(《山水纯全集·论用笔墨格法气韵之病》)这段论述,就和上引王羲之之论颇为相似了。

书画一理,都是表形艺术,"意在笔先"自可通用。但"诗画本一律",也有其共通之处。沈德潜曾讲到这点:

> 写竹者必得成竹在胸,谓意在笔先,然后着墨也。惨澹经营,诗道所贵。倘意旨间架,茫然无措,临文敷衍,支支节节而成之,岂所语于得心应手之技乎?(《说诗晬语》卷下)

这说明,必须"惨澹经营"而后着墨的诗歌创作,就更需"意在笔先"以做到"胸有成竹"。如此,可知凡是笔墨之艺,无不须要"意在笔先"。刘熙载论文说:"古人意在笔先,故得举止闲暇;后人意在笔后,故至手脚忙乱。"(《艺概·文概》)陈廷焯论词也说:"所谓沉郁者,意在笔先,神余言外。"(《白雨斋词话》卷一)

这样的例子,在古代艺论中举不胜举,仅以上所述已足说明,王羲之提出的"意在笔前",是六朝时期论艺术构思所取得的重大成就之一。书论之外,此期画论也有十分突出的成就。艺术构思论方面,可以晋代大画家顾恺之的"迁想妙得"说为代表。其论为:

> 凡画,人最难,次山水,次狗马;台榭,一定器耳,难成而易好,不待迁想妙得也。(《论画》,应为《魏晋胜流画赞》,见《历代名画记》卷五)

这是说,除台榭等建筑器物外,画人物和山水狗马,就必须"迁想",才能"妙得"。这种想象,就既非漫无边际的驰神运思,也不是停留在事物的表面上,只在色彩、状貌、美丑上考虑。艺术家必须把自己的思想感情迁入他所描写的具体对象,去深入体察其独具的神情特征,才能得其妙趣,创造出传神的艺术形象。用顾恺之自己的艺术创作来说,他画裴叔则像,"颊上益三毛。人问其故,顾曰:'裴楷(字叔则)俊朗有识具,正此是其识具。'看画者寻之,定觉益三毛如有神明,殊胜未安时"(《世说新语·巧艺》)。颊上益三毛,就是顾恺之"迁想"于裴楷,掌握了他"俊朗有识具"之后的"妙得"。虽只增画三笔,却不是轻易得来的。相传他画人,"或数年不点目精。人问其故,顾曰:'四体妍蚩,本无关于妙处,传神写照,正在阿堵中'"(《世说新语·巧艺》)。为什么要数年不点"目精"(即目睛)呢?他自己回答得很好:对整个人物画来说,目睛太重要了。因此,不能草草下笔,必须在长期深入的"迁想"过程中以求"妙得"。这样的艺术构思,不仅符合形象思维的特点,而且是古代论形象思维的重要收获之一。

三

六朝时期的艺术构思论能够取得一些重要的成就,原因是多方面的。从各种艺术之间的相互关系来看,也有着十分复杂的情形。文学方面,陆机提出了"虽离方而遁圆,期穷形而尽相"的强烈要求,发展到晋宋之际,便出现了"情必极貌以写物,辞必穷力而追新"的局面。"文贵形似"成了这个时期文学创作的重要特征。追求形貌的趋势,自然会促进文学创作中形象思维的发展。但很值得研究的一个情况是:表形艺术的绘画、书法、雕塑等,这个时期内都有突出的发展和成就,既以表形为这些艺术形式的主要特征,其创作和理论,对此期的"文贵形似"和艺术构思论是否有一定的影响呢?

汉代只有画工而无画家。汉人对绘画艺术自然是缺乏认识的,王充就认为画不如文:"人好观图画者,图上所画,古之列人也。见列人之面,孰与观其言行?置之空壁,形容具存,人不激劝者,不见言行也。古贤之遗文,竹帛之所载粲然,岂徒墙壁之画哉!"(《论衡·别通》)唐代张彦远讥之为"以食与耳,对牛鼓簧"(《历代名画记·叙画之源流》),说王充根本不懂绘画艺术,完全是对的。这种情形,建安以后就发生了明显的变化。在魏晋南北朝期间,不仅出现了顾恺之、陆探微、谢赫、张僧繇等著名的大画家,且如嵇康、谢灵运、谢惠连、谢庄、陶弘景等文学家,以至魏主曹髦、梁元帝萧绎等帝王,也都兼工书画。《历代名画记》著录此期画家多达一百零四人。在这种情形下,绘画艺术对文学艺术的注重形象描绘产生一定的影响,就是完全可能的了。早在陆机之前,曹植就注意到绘画艺术的特点:"故夫画所见多矣:上形太极混元之前,却列将来未萌之事。"(《画赞序》)这已对绘画艺术的形象作用,作了极高的评价。陆机进而对绘画艺术表形的特点作了明确的肯定:"宣物莫大于言,存形莫善于画。"(《历代名画记·叙画之源流》引)曹植是一代诗风的转变者,"古诗,两汉以来,曹子建出而始为宏肆,多生情态,此一变也"(王世懋《艺圃撷余》)。这个"变",就是变汉诗的"质木无文"而为富有形象描写的诗歌艺术。至于陆机,则有"穷形尽相"的文学主张。就以上情况联系起来看,虽难作出绘画影响文学的截然判断,至少可以说,以上现象并非出于偶然。

东晋戴逵(字安道)是一位诗、赋、书、画、弹琴、雕塑样样皆通的艺术家,《世说新语·巧艺》中载有他这样一个故事:

> 戴安道就范宣学。视范所为,范读书亦读书,范抄书亦

抄书。唯独好画,范以为无用,不宜劳思于此。戴乃画《南都赋图》,范看毕咨嗟,甚以为有益,始重画。

学生说服了老师,固然是绘画艺术本身的力量。而为《南都赋》作画,则说明文学与绘画有了联系。沈德潜说:"唐以前未见题画诗,开此体者老杜也。"(《说诗晬语》卷下)此说不确。东晋王廙之便已做过题画诗了。他有《二疏画诗序》云:"因扇上有画二疏事,作诗一首,以述其美。"(《全晋文》卷二十一)此外,如陶渊明的《扇上画赞》、夏侯湛的《东方朔画赞》(见《全晋文》卷六十九)、傅玄的《古今画赞》(见《全晋文》卷四十六)等,这个时期的作品已举不胜举了。不仅按画配诗,也有按诗配画的,如顾恺之所评《北风诗》《嵇轻车诗》等画便是。(见《历代名画记》卷五)

以上种种说明,在魏晋南北朝期间,文学和绘画的关系已十分密切,如果不是绝缘体,二者之间就不能不互相有一定的影响。而表形艺术的特点,对此期包括文学艺术在内的艺术构思的发展,就会有一定的推动作用。如上述"意在笔先"和"迁想妙得"等重要成就,就对后世各种艺术的构思,都有着深远的影响。但各种艺术之间的相互渗透作用,往往是曲折的、不明显的;一种艺术今天取得的成就,很难到明天就为其他艺术所承认和吸收,并马上起到立竿见影的作用。因此,我们也只能从总体上把握,不应简单对待。

文学方面的艺术构思论,本期以《文心雕龙·神思》篇为代表。《神思》中虽未直接吸收本期表形艺术构思论的成果,但它不仅本于陆机,且比陆机更多更显著地受到绘画艺术的影响。这种影响,在《神思》中反而是不明显的,但我们看以下论述:

《诠赋》:写物图貌,蔚似雕画。

《定势》:是以绘事图色,文辞尽情;色糅而犬马殊形,情交而雅俗异势。……譬五色之锦,各以本采为地矣。

　　《比兴》:至于扬、班之伦,曹、刘以下,图状山川,影写云物,莫不纤综比义,以敷其华,惊听回视,资此效绩。

　　《附会》:夫画者谨发而易貌,射者仪毫而失墙,锐精细巧,必疏体统。

　　《物色》:写气图貌,既随物以宛转;属采附声,亦与心而徘徊。

　　《才略》:延寿继志,瑰颖独标,其善图物写貌,岂枚乘之遗术欤!

这样的论述,在《文心雕龙》中还可举出一些。如果不注明书名篇题,不少论述,说它是画论也未尝不可。如《附会篇》的几句,前两句固可说是直接论画,后二句则与《古画品录》中的"纤细过度,反更失真"同旨。至于"写物图貌""写气图貌""图状山川,影写云物"等,就简直是对绘画的要求了。刘勰对文学创作的这些主张,要求把作品写得"蔚似雕画",总的来说,无非是要求描绘出生动鲜明的形象。既然对作品的形象性有如此要求,他的艺术构思论就不可能与之相反或无关。其实,刘勰论艺术构思的成就,正体现在如何创造艺术形象上。于此可见,六朝表形艺术的繁荣,对刘勰的艺术构思论是有着深刻的影响的。当然,这只是一例,表形艺术对文学的影响并不限于《文心雕龙》一书。

　　另一方面,以表意为主的文学也必然对以表形为主的绘画、书法等以一定的影响。前述《文赋》与《书赋》的关系就是一例。不过,从总的来看,文学对其他艺术的影响,主要在表意上。如

"诗言志"和"诗言情"的概念,在汉魏以前就很明确了①,但在书法、绘画中明确提出抒情言志的观点,则是唐宋以后的事。书画必抒情,也和诗文必有形象描绘一样,它虽是文学艺术所固有的特点,但艺术家们明确认识它、有意识地掌握它,是有一个过程的,而由于表意和表形两种艺术的不同,因而在认识和发挥艺术的基本特点上,就必然有早晚先后之别。因此,对艺术创作的主题思想和立意的要求,就有了更为显著的差异。

从先秦到六朝,文学理论上对这方面的主张和论述甚多,已无必要作过多的引证。这里只举一例,以见一斑。范晔有云:

> 文患其事尽于形,情急于藻,义牵其旨,韵移其意。虽时有能者,大较多不免此累,政可类工巧图缋,竟无得也。常谓情志所托,故当以意为主,以文传意。以意为主,则其旨必见;以文传意,则其词不流;然后抽其芬芳,振其金石耳。(《狱中与诸甥侄书》,《宋书·范晔传》)

这可说是陆机"恒患意不称物,文不逮意"说的发展,也是文论家常常谈到的老问题,不过范晔做了正面的、明确的概括,提出了"以意为主,以文传意"的主张。到刘勰论"情采",这问题还有更深入的发展。范晔所论,提出一个值得注意的问题,是不能以形害意,"形""文""藻"都必须服从于内容,"以文传意"。这类论述,在六朝文论中也是屡见不鲜的,在书论、画论中,却很难找到与之相应的观点。线条、色彩、形象,是否也应以意为主,以形传意呢?这个重要问题在六朝的书画理论中是相当模糊的。

---

① 如屈原《惜诵》:"惜诵以致愍兮,发愤以抒情。"刘歆《七略》:"诗以言情"(《初学记》卷二十一)。

王羲之提出的"意在笔前",后世如何运用是另一回事,它的本意是一个艺术构思的命题。这个"意",和范晔所讲"以意为主"的"意"是大不相同的。范"意"主要指表达思想感情的内容,王"意"主要指对字形大小结构的考虑,不能混为一谈。谢赫在《古画品录》中品画,曾多次讲到"意",如:

> 赋彩制形,皆创新意。(顾骏之)
> 志守师法,更无新意。(袁蒨)
> 迹不逮意,声过其实。(顾恺之)
> 意思横逸,动笔新奇。(张则)
> 用意绵密,画体简细。(刘瑱)

这五家的评语,只三、四两例涉及内容或与内容有关。第一例指"赋彩制形"上能"创新意",第二例评作者拘守师法,因而在"法"上"无新意",都与内容无关。最后一例的"用意"二字近于构思,其构思的"绵密",也与内容无涉。谢赫在《古画品录》中,共评两晋至宋齐画家二十七人,除顾、张二例外,就再没有涉及内容的评语了。如果联系其著名的"六法论",问题就显得更清楚。所谓"六法"就是:"气韵生动""骨法用笔""应物象形""随类赋彩""经营位置""传移模写"。宋代郭若虚曾谓:"六法精论,万古不移。"(《图画见闻志》卷一《论气韵非师》)六法论既是创作原则,也是批评标准,在古代画论中的确有深远的影响。但六法中并未提出内容方面的要求。这就说明,谢赫在评论二十七位画家时很少评及内容,是很自然的。在六朝期间,谢赫的例子不是个别的,重形而略意是当时的普遍倾向。因此,相对而言,重意的文学理论,在这种情形下就可能对绘画理论以一定的影响。

仍以谢赫为例来看。他在《古画品录》的序中提出了"六法论",虽全面涉及绘画艺术的各个方面而无内容的要求,却在论"六法"之前讲到:"图绘者,莫不明劝戒,著升沉;千载寂寥,披图可见。"怎样理解这种现象呢?《古画品录》主要是评画,则"六法"也主要是他提出的批评标准;既提出了相当全面的批评标准,却在"六法"之外提及绘画的意义和作用。造成这种现象的原因可能是多方面的,其中之一,就是文学理论的影响。在文论中,"明劝戒,著升沉"之类说法,秦汉以来甚多,谢赫受到其影响,却还没有融会而为其画论的有机组成部分,因此,既游离于"六法"之外,也未用以衡量作家作品是否"明劝戒,著升沉"。而曹植论画早就说过了:"存乎鉴戒者图画也"(《画赞序》,《全三国文》卷十七);陆机也说过:"丹青之兴,比《雅》《颂》之述作,美大业之馨香"(《历代名画记·叙画之源流》引)。这都是文人的观点。用文人的观点来论画,又影响及画家的画论,在此期文人和画家的多种联系中,就往往是这样曲折地互相起到渗透作用的。

六朝艺论中创造了一个很有意义的新词:"目想"。这两个字颇为精确地体现了艺术思维的特殊规律。"目"怎样想呢?就是所想事物如在目前,想到的东西都是目之所及的,也就是直接联系着具体形象的想象。这个词的创造和使用过程,说明各种艺术之间的互相渗透,可能是在不知不觉中实现的。其产生过程是:

曹植《任城王诔》:目想官墀,心存平素,仿佛魂神,驰情陵墓。(《艺文类聚》卷四十五)

潘岳《寡妇赋》:窈冥兮潜翳,心存兮目想。(《文选》卷十八)

陆云《为顾彦先赠妇》:目想清惠姿,耳存淑媚音。(《全晋诗》卷三)

曹摅《答赵景猷》：心忆目想，形游神还。(《全晋诗》卷四)

王微《与友人何偃书》：吾性知画，盖鸣鹄识夜之机，盘纡纠纷，咸纪心目。(《历代名画记》卷六)

王僧虔《书赋》：心经于则，目像其容，手以心麾，毫以手从。(《艺文类聚》卷七十四)

萧统《文选序》：历观文囿，泛览辞林，未尝不心游目想，移晷忘倦。

姚最《续画品录》：目想毫发，皆无遗失。(《画品丛书》)

从以上部分用例可见，"目想"一词在六朝期间是运用得很广泛的。从文体说，诗、赋、谏、书、序、论都有，从时代看，遍及魏、晋、宋、齐、梁、陈。这种现象和此期重视形象描绘，促进了形象思维的运用，是不无关系的。但从上列运用过程来看，其促进作用是相辅相成、互为因果的。它首先出现在魏晋间的一些文学作品中，到了南朝宋齐时期，王微用于画论，王僧虔用于书论而略有变化，到萧统则用"心游目想"这个更完善的概念于文学欣赏，最后，姚最用以评画。虽然其实际发展过程并不这么简单，但这种现象至少说明，各种艺术之间是互有影响的，而六朝整个文学艺术的发展，特别是以形象思维为特征的艺术构思论能够取得一些重要的成就，都是和这种有意无意的互相渗透分不开的。

四

刘勰的艺术构思论，就是在上述环境中产生的，它虽然吸取陆机的成分更为明显，却与六朝整个文学艺术构思论的发展分不开。只举一个简单的例子:《神思》这个篇题,就是从刘勰以前的画论中直接借用过来的。"神思"一词,虽然曹植、陆凯、管辂等都使用过①,但均与艺术构思无关。宋画家宗炳所讲,就属艺术构思问题了。他说:

> 夫以应目会心为理者,类之成巧,则目亦同应,心亦俱会;应会感神,神超理得……峰岫峣嶷,云林森眇,圣贤映于绝代,万趣融其神思。(《画山水序》,《历代名画记》卷六)

刘勰的"神思"论,不仅"神思"二字源于此,且其所讲心物交融之理,也来自宗炳的"应目会心"之论。《神思》篇中的"物以貌求,心以理应",正是"目亦同应,心亦俱会"说的发展。不仅如此,产生在六朝后期的《神思》篇,我们完全可以说是集六朝艺术构思论之大成者。

刘勰的艺术构思论,主要集中在《神思》篇,但散见于《神思》以外篇章的也不少。由于《文心雕龙》体大思精,六朝时期涉及的种种文艺理论问题,虽非无所不包,但当时已论及的一些重大问题,即使是文论以外的艺论,也可从中找到相近或相当的论述。即如前述此期书论和画论在艺术构思上的重要成就,也不例外。如:

> 心定而后结音,理正而后摛藻,使文不灭质,博不溺心。(《情采》)

> 必以情志为神明,事义为骨髓,辞采为肌肤,宫商为声气,然后品藻玄黄,摛振金玉,献可替否,以裁厥中:斯缀思之

---

① 曹植语见《上疏陈审举之义》(《全三国文》卷十六)。陆凯语见《三国志·陆凯传》。管辂语见《晋书·刘寔传(附刘智)》。

恒数也。(《附会》)

这种论述，如果和"意在笔先"相较，只能说讲得更深更细。问题已很明显，不须多说。又如：

> 必使情往会悲，文来引泣，乃其贵耳。(《哀吊》)
>
> 流连万象之际，沉吟视听之区。写气图貌，既随物以宛转；属采附声，亦与心而徘徊。(《物色》)

比之"迁想妙得"，虽角度不一，深度较差，但要求作者的情感融会于悲哀，思想紧跟着物的活动而活动，也和"迁想"有相近的意义。这种情形，当然未必是继承关系的说明。我们于此看到的，是整个六朝期间的艺术构思论，对刘勰有深刻的启迪和影响；也于此可见，一个僧徒能够在文论上取得史所罕见的成就，是有当时的客观原因的。

从较为直接的继承关系来看，刘勰确是"本陆机氏说而昌论文心"。《神思》中的一些重要问题，都是《文赋》中已经提出并有初步探讨的。如论艺术想象，陆云："精骛八极，心游万仞"；"观古今于须臾，抚四海于一瞬。"刘云："寂然凝虑，思接千载；情焉动容，视通万里。"两相对照，只不过文辞上有所变化。又如论虚构，陆云："课虚无以责有，叩寂寞而求音。"刘云："规矩虚位，刻镂无形。"也是大同小异地讲构思中从无形到有形的情况。甚至在一些次要问题上，两论都有近似之处。陆在篇末曾说："或言拙而喻巧，或理朴而辞轻，或袭故而弥新，或沿浊而更清……是盖轮扁所不得言，亦非华说之所能精。"刘在篇末也说："拙辞或孕于巧义，庸事或萌于新意。……伊挚不能言鼎，轮扁不能语斤。"从措辞到用意都相去不远。这样的例子还有，仅以上几条，也就可以说明刘论确是本于陆说了。

值得研究的是，刘勰在前人的基础上对艺术构思论有何新的发展、新的贡献。比之陆机以来的有关论述，首先是刘勰写了一篇相当全面而系统的专论。作为一篇专论，《神思》在历史上是第一篇，且在刘勰之后的古代艺论中也颇为罕见。其全面性和系统性，虽还有其不足之处，但在当时的有关论著中，相对而言，它对艺术构思的基本原理、想象虚构和形象思维的特点、艺术构思的基础和方法等都有所论述，也就是相当全面而系统的了。

其次，刘勰用"神与物游"四字来概括艺术构思的特点，是一个很值得注意的成就。和"心游目想"相较，虽有异曲同工之妙，却又有较大的发展。"心游目想"曾被后世用以论艺术构思（王昱《东庄论画》），但无论"目想"或"心游目想"，六朝人还未提到理性认识来运用或论述，何况萧统讲"心游目想"，根本就不是论艺术构思。《神思》中却是明确提出："故思理为妙，神与物游。"这是总结的"思理"，它就上升为理性认识了。而"神与物游"四字之妙，就在于它概括了艺术思维的特殊规律，想象是和生动的物象联系在一起的活动。这种特点，《文赋》也有所触及，如"情曈昽而弥鲜，物昭晰而互进"等，也说明在艺术想象中情和物是互相结合的，感情的逐渐鲜明和具体，正是由于物象的逐渐明确和具体造成的。但陆机只是客观地描绘了这种现象，到刘勰才做了理性的概括。

第三，艺术构思并不是凭空乱想，腹内空空，就想不出个所以然来；面墙而立的人，最多只能架空中楼阁，生动具体的艺术形象，是创造不出来的。陆赋对此已有所注意了。他说："伫中区以玄览，颐情志于典坟；遵四时以叹逝，瞻万物而思纷。"要深察万物的变化，凭借古代典籍以陶养自己的情志，这是进行艺术构思所必需的。以"应目会心为理"的绘画创作，更是在"身所盘桓，目所绸缪"(《画山水序》,《历代名画记》卷六)的基础上,才能进行"应目会心"的构思活动。刘勰继承前人的论述而提出:"积学以储宝,酌理以富才,研阅以穷照,驯致以怿(绎)辞,然后使玄解之宰,寻声律而定墨;独照之匠,窥意象而运斤。此盖驭文之首术,谋篇之大端。"显然,刘勰所论艺术构思的必备基础,不仅比前人更全面,而且强调这是进行艺术创作的首要条件,说明刘勰对此比前人认识更深刻,也更重视。

所谓"全面",这里有一点须要注意。从《文心雕龙》全书看,讲"观天文""察人文""博观""博见","流连万象之际,沉吟视听之区"等甚多,《神思》中所讲四个方面,没有重复强调这些,主要是从艺术构思的角度着眼的。本篇后面就讲到"博见为馈贫之粮",说明他并非忽略了观察事物的必要。从艺术构思的要求来看,丰富学识,辨析事理的能力,都为作者进行艺术构思所必需。对事物的观察认识,并非不必要,而是从构思的角度要求更高。"研阅以穷照",是要对艺术家已有的生活经验、阅历进行研讨,以求达到彻底了解它、掌握它,才能有助于构思的顺利进行。此外,训练自己的情致,使之能很好地适应文辞的表达,也为艺术构思所必要,那种朦胧模糊的东西,往往是难以形之于文辞的。这些要求,多是前人所未及的创见。

第四,《文赋》中讲到"辞程才以效伎",多少接触到一点文辞在构思中的作用。把这个问题正式提到艺术构思中来讨论,从而认识到语言文辞在艺术构思中的重要地位,基本上是刘勰才开始的。《神思》中除以"驯致以绎辞"为构思的必要条件之一以外,还有如下论述:

> 神居胸臆,而志气统其关键;物沿耳目,而辞令管其枢

机。枢机方通,则物无隐貌;关键将塞,则神有遁心。

意翻空而易奇,言征实而难巧也。是以意授于思,言授于意;密则无际,疏则千里。

语言是思想的工具。在艺术构思中,从最初的莩甲到形成头脑中的意象,都是通过语言形式来完成的,更不用说最后用文辞表达而为作品了。刘勰认识到,当物象浮现在作者的耳目之前时,"辞令管其枢机",这确是他的卓见。找不到适当的言辞来固定作者的构思所得,则意象将会瞬间即逝;不仅如此,还必须具有枢机作用的言辞运用得当,才能"物无隐貌",否则,在艺术构思中就不会有清楚的物象出现。因此,刘勰据意易言难、一虚一实的特点,要求作者注意思、意、言之间的关系,应做到"密则无际",而不要"疏则千里"。

最后一点,也可说是刘勰论艺术构思总的成就,是解决了陆机颇感困惑的思路"开塞之所由"。《文赋》的最后说:"或竭情而多悔,或率意而寡尤。虽兹物之在我,非余力之所勠;故时抚空怀而自惋,吾未识夫开塞之所由。"为什么在构思上有的费尽心思而毛病甚多,有的随便写来,却轻而易举呢?《神思》篇对此作了解答。它说:

人之禀才,迟速异分。……若夫骏发之士,心总要术,敏在虑前,应机立断。覃思之人,情饶歧路,鉴在疑后,研虑方定。机敏故造次而成功,虑疑故愈久而致绩;难易虽殊,并资博练。若学浅而空迟,才疏而徒速,以斯成器,未之前闻。是以临篇缀虑,必有二患:理郁者苦贫,辞溺者伤乱。然则博见为馈贫之粮,贯一为拯乱之药;博而能一,亦有助乎心力矣。

"机敏故造次而成功,虑疑故愈久而致绩",显然是针对陆机"竭情""率意"而效果相反的疑问而发,说明了"开塞之所由":"敏在虑前",故开;"情饶歧路",故塞。陆机对构思中的难易、开塞感到无能为力,难以掌握,刘勰则提出了解决的办法:"难易虽殊,并资博练"。所谓"博练",就是要对"积学以储宝"等四个方面进行全面的培养训练。刘勰认为在艺术构思中有两种毛病:一是思理不畅而感到贫乏,一是辞藻过多而造成杂乱。因此又提出"博见"和"贯一"两种具体方法,如果有了广博的见识,构思中能把思路集中到一条主线上,就既可解决"贫""乱"之患,也不会感到构思的开塞无法掌握了。

  论者多认为陆机所讲"应感之会,通塞之纪",就是后世所说的创作灵感。灵感也并不是神秘而不可掌握的。它必须在丰富的生活基础之上才有可能产生。如果作者在生活的基础上,又有"积学""酌理""研阅""驯致"的全面修养,在艺术构思中"疏瀹五藏,澡雪精神",灵感是不难而致的。这说明,刘勰的构思论,不仅在当时取得了较高的成就,在今天,也还有值得我们借鉴之处。

(原载于《中国文艺思想史论丛》第 1 辑,北京大学出版社 1984 年版)

《文章流别志、论》原貌初探

一

自有《中国文学批评史》以来,对挚虞《文章流别集》和《文章流别志、论》的历史地位都是肯定的。但由于其书不存,原貌难明,大都只能作简单而笼统的肯定;有的则存而不论,有的虽称以"规模宏伟"却不知所据。近读程千帆先生为拙编《中国古代文论家评传》所撰序言,受到很大的启发。序云:

> 晋朝挚虞撰《文章流别》,分为集、志、论三个部分:集是作品,志是传记,论是理论批评。他把这三个各有侧重面而又互相关联的组成部分,构成一个整体,就能够比较完整地体现其所涉及的历史时代的整个文学风貌。挚虞这一创造性的工作,对于后世文论的影响,是有目共睹的①。

程序对集、志、论三个组成部分,有了较为具体的认识。原貌不明,自然难作准确之评。本文试图以此为基础进探挚虞论著的原貌。

---

① 《中国古代文论家评传序》,《文史哲》1986年第4期。

早在 1929 年,郭绍虞先生在《文章流别论与翰林论》一文中,曾作如下论述:

> 原辑本虽不可得见,而据诸家著录犹可略窥崖略。大抵当时以卷帙繁多之故,传钞者恒不相一致。一本则区《文章志》与《流别集》为二,而论则附于《流别集》中者。此《晋书》本传所载者是。(新、旧《唐书·艺文志》目录类《文章志》四卷,总集类《文章流别集》三十卷与《晋书》同)一本则区《流别集》与《文章志流别论》而为二,此则《隋书·经籍志》著录所称为《文章流别志、论》者是。又一本则区《流别集》《流别论》《文章志》而为三,此则《隋书·经籍志》注所云"《流别集》六十卷、志二卷、论二卷"者是。今张溥、严可均诸人所辑,案其内容,皆为《流别论》,其称为《流别志、论》者,误也(《文章志》性质同于序目与此不同。)①

此所窥之"崖略",主要指各种史籍的著录而言,然于进探挚著原貌,亦大有助益。它是对历史上挚书流传情况的一次总清理,欲知其原貌,必须以各种不同的著录情况为基本线索。第一,所谓《文章流别论》等书名,原是"附丽于总集(《文章流别集》)而别行辑出者",则现所探之原貌,实指"原辑本"而言。第二,既以"原辑本"为大前提,则《隋书·经籍志》(以下简称《隋志》)已有《文章流别志论》的辑本二卷,后世称《流别志、论》是否为误?郭论之后五十多年来的批评史著作,何以仍多谓之《文章流别志论》或简称《志论》?第三,郭文中有《文章志流别论》之目,似指挚虞《文章志》与《文章流别论》的合辑本而言,则向所称《文章流别志》

---

① 《照隅室古典文学论集》上编。

(郭、王主编的《中国历代文论选》便有"《文章流别集》与《文章流别志》二书均佚"之说）是否即《文章志》？又《流别志》或《文章志》孰为传记、孰为目录或二实为一？这里存在的问题甚多，但若其书的名目性质还不清楚，就永远是一笔糊涂账，又将何以作准确的评价而认清其历史贡献？

二

不能不首先辨别的是集、志、论的区分。《文章流别集》是基本明确的。虽其书早佚，但史志著录明而无疑。《晋书·挚虞传》说他"又撰古文章，类聚区分为三十卷，名曰《流别集》"，显然是分类汇聚古来文章的集子。《隋志》著录为"《文章流别集》四十一卷"，并归之总集类而论曰："总集者，以建安之后，辞赋转繁，众家之集，日以滋广；晋代挚虞，苦览者之劳倦，于是采摘孔翠，芟剪繁芜，自诗、赋下，各为条贯，合而编之，谓为《流别》。"可见《文章流别集》乃分体编成的文章总集，直至《四库全书总目·总集类》亦以"挚虞《流别》为始"，并具体说明其总集"盖分体编录者也"。《流别集》之待考者，唯在"分体编录"了多少文体，倘能知其梗概，对这部总集之始的意义，就更加可得而言了。现在欲知其详虽不可能，但也不是无迹可寻的。

《文章流别论》的性质也是比较明确的。《晋书》本传说挚虞撰《流别集》，"各为之论"，与现有《文章流别论》辑本一致，即分体论述各种文章的源流，并结合评论有关作品的优劣。《文章志》与《文章流别志》的情况就较为复杂，志与论的关系也尚待察考。

《晋书·挚虞传》说"虞撰《文章志》四卷"，《隋志》二亦录"《文章志》四卷，挚虞撰"，但与《别录》《七略》《晋中经》《晋义熙已来新集目录》《宋元徽元年四部书目录》等共编为目录类,此类论曰:"古者史官既司典籍,盖有目录,以为纲纪……汉时刘向《别录》、刘歆《七略》,剖析条流,各有其部,推寻事迹,疑则古之制也。自是之后,不能辨其流别。但记书名而已。……今总其见存,编为簿录篇。"这里虽未提到《文章志》,但编入"簿录篇"的《文章志》,其为文章目录的性质当无疑义。其后,《旧唐书·经籍志》《新唐书·艺文志》亦以《文章志》属目录类,更可确证其为文章目录。

《文章流别志》之名,当由《隋志》四的"《文章流别志论》二卷"而来;又从"《文章流别集》四十一卷"下注"志二卷,论二卷",可知《文章流别志论》是由"志""论"两个部分合辑而成的。这个合辑而成的《文章流别志论》,应该就是前面所说的"原辑本",也就是其传世的本子。原辑本虽分志论两大部分,但既合为一本,加以古人对书名多用简称,或称《流别》,或称《文志》,或称《文章志》,就造成了至今犹存的长期混淆不清。如:

《文心雕龙·序志》:魏文述《典》,陈思序《书》,应玚《文论》,陆机《文赋》,仲洽《流别》……陆《赋》巧而碎乱,《流别》精而少巧。

《诗品序》:陆机《文赋》,通而无贬;李充《翰林》,疏而不切;王微《鸿宝》,密而无裁;颜延论文,精而难晓;挚虞《文志》,详而博赡,颇曰知言。

《文镜秘府论·四声论》:李充之制《翰林》,褒贬古今,斟酌病利,乃作者之师表;挚虞之《文章志》,区别优劣,编辑胜辞,亦才人之苑囿。

以上三例之称《流别》者,必非《文章流别集》是无待细说的。其称《文志》或《文章志》者，也不可能是文章目录的《文章志》。查其所论，或标明为"近代之论文者"之一，或与《文赋》《翰林论》等并论，或称"知言"，或谓"区别优劣"，则无论是《流别》《文志》和《文章志》，都应该是《文章流别论》的省称。但许文雨《文论讲疏》、陈延杰《诗品注》、北大《魏晋南北朝文学史参考资料》及郭绍虞、王文生主编的《中国历代文论选》等，都是引《隋志》的"《文章志》四卷"以注《诗品序》中的"文志"。如是则为文章目录的《文章志》"颇曰知言"，可与《文赋》等并论，且钟嵘还批评挚虞所编文章目录"皆就谈文体，而不显优劣"。这是不可能的。王利器《文镜秘府论校注》引《晋书·挚虞传》"虞撰《文章志》四卷，注解《三辅决录》"等以注《文章志》，仍是指文章目录的《文章志》。这也是不可能的。因《四声论》的原文不仅不会肯定文章目录之"区别优劣"，更不会责"其于轻重巧切之韵，低昂曲折之声，并秘之胸怀，未曾开口"。显然，诸家注"文志""文章志"，似皆忽于古人之简称而未察其实指。

郭绍虞先生认为称今辑本以《文章流别志、论》为误，既是从今辑本的实际内容着眼，也出于《流别论》与文章目录的《文章志》了不相关。为澄清二者的混淆，郭先生是完全正确的。按张溥和严可均的辑本，本来就标目为《文章流别论》，这应该是一个准确的名称。但古人既可谓之"流别""文志"或"文章志"，近世诸批评史（如罗根泽本、复旦本、敏泽本等）仍称以《文章流别志论》或简称《志论》，亦未尝不可。因原辑本就是《文章流别志论》。虽齐梁时期还有其他辑本，但从《诗品》和《文镜秘府论》的称引可知，《文章流别志论》至少是当时传世较广的一种。因此，指其部分而用其全名并非"误也"。但关键在"志"的具体内容，若以《文章流别志论》之"志"为文章目录，那就真误了。

挚虞是否在文章目录的《文章志》之外,又另撰有性质不同的《文章流别志》呢?《晋书》本传载其著述的全文是:

> 虞撰《文章志》四卷,注解《三辅决录》;又撰古文章,类聚区分为三十卷,名曰《流别集》,各为之论,辞理惬当,为世所重。

这里既未涉及《流别志》,《文章志》与《流别集》又无关连。从《文章流别志》的性质来考察,若所"志"为文章之流别,便与《文章流别论》无异,"志""论"为一,《隋志》的"志二卷,论二卷"之分亦不可能。若所"志"为文章目录,就只能是四卷本的《文章志》。于此可见,挚虞不可能有《文章流别志》的专著,历史上也并无此书存在。《隋志》所录《文章流别志论》,只能是《文章志》与《流别论》的合辑本,而冠以"文章流别"的总名。

《晋书》《隋志》《唐志》所录《文章志》,一直是四卷,《隋志》所录《文章流别志论》虽合"志""论"两部分而成,却只有二卷。这说明合辑本的内容,必非《文章志》和《流别论》的全部;若将文章目录与流别论合为一书,也是不伦不类的。因此,合辑本的性质与文章目录的《文章志》大异。前述钟嵘等论称《文志》《文章志》之为合理,正在于此。

刘师培有云:"虞之所作,一曰《文章志》,一曰《文章流别》。志者,以人为纲者也;流别者,以文体为纲者也。"①此说甚是。文章目录"以人为纲",也就是以人系文。《文章志》既不可见,何以知其必为以人系文?按文章目录的辑录,不外以类相从和以人系文两种,根据上述《晋书》本传所载挚虞著述情况,《文章志》必非

---

① 《蒐集文章志材料方法》,《国故》第3期。

按流别分类，否则不当于《文章志》和《流别集》之中，间以《三辅决录》而谓"又撰古文章"云云①。挚虞的《文章志》迄今未见辑本，故将随手所得数条佚文录之如次：

挚虞《文章志》曰：不疑死时年十七，著《文论》四首。（《三国志·魏书·刘表传》注引）

挚虞《文章志》曰：刘季绪名修，刘表子。官至东安太守。著诗、赋、颂六篇。（《三国志·魏书·曹植传》注引）

《文章志》曰：太祖时征汉中，闻粲子死，叹曰："孤若在，不使仲宣无后。"（《三国志·魏书·王粲传》注引）

《文章志》曰：（潘）勖字元茂，初名芝，改名勖，后避讳。或曰勖献帝时为尚书郎，迁右丞。诏以勖前在二千石曹，才敏兼通，明习旧事，敕并领本职，数加特赐。二十年，迁东海相。未发，留拜尚书左丞。其年病卒，时年五十余。魏公九锡策命，勖所作也。勖子满，平原太守，亦以学行称。（《三国志·魏书·潘勖传》注引）

《文章志》曰：（缪）袭字熙伯。辟御史大夫府，历事魏四世。正始六年，年六十卒。子悦，字孔怿，晋光禄大夫。袭孙绍、播、徵、胤等，并皆显达。（《三国志·魏书·缪袭传》注引）

挚虞《文章志》曰：（崔）烈字威考，高阳安平人，骃之孙，瑗之兄子也。灵帝时，官至司徒、太尉，封阳平亭侯。（《世说新语·文学》注引）

---

① 姚名达《中国目录学史》以为《文章志》"体例实与《别录》《七略》相似，确为目录无疑"。

以上共六条,全是传记,足证程说"志是传记"是对的。"以人为纲"的文章目录而附以作者传记,既是"知人论世"的传统,又开后世总集附以作者传记之先,其意义和影响都是值得重视的。

上述情况说明:四卷本的《文章志》原是文章目录。这个目录是以人为纲编成的,故有每个作家的简略传记。《文章流别志论》即由《文章志》的传记部分与《流别论》合辑而成。

三

《文章流别论》的原辑本虽已不存,还有张溥、严可均、张鹏一的辑佚本传世,尚可借此探求《流别论》的原貌及整个《文章流别集》的规模。

《流别论》的佚文,严可均《全晋文》辑得十二条,范文澜《文心雕龙·序志》注增补二条①,共有十四条。这十四条论及文体有颂、赋、诗、七、箴、铭、诔、哀辞、哀策、杂文(解嘲等)、碑、图谶等十二种。此外,还可能论及赞、祝二体。《文心雕龙·颂赞》云:"纪传后评,亦同其名。而仲洽《流别》,谬称为述,失之远矣。"刘勰认为,史书篇末之赞辞亦属赞体,而《流别论》却称之为"述",可见其中曾论及赞体,而为已辑佚文中所无(关于祝体,说详后)。这种未能辑得的内容还有多少,固然是个未知数,但据《隋志》著录,《文章流别志论》总共只有二卷,则其论流别的篇幅,是不可能很庞大的。从上述十二体或十四体来看,比之《典论·论文》和

---

① 其一见《金楼子·立言》:"挚虞论邕《元表赋》曰:《(幽)通》精以整,《思玄》博而赡,《元表》拟之而不及。"一见《文选·东征赋》注:"《流别论》曰:发洛至陈留,述所经历也。"

《文赋》，自然是一大发展。值得注意的是，《典论·论文》讲到八体：奏、议、书、论、铭、诔、诗、赋；《文赋》论及十体：诗、赋、碑、诔、铭、箴、颂、论、奏、说。《文章流别论》所论虽详，但在上述十二至十四体中，却无《典论》的前四体，也无《文赋》的后三体。这不是个数量问题，而是一种值得研究的重要现象。

只要和《文心雕龙》的"论文叙笔"部分相较，问题就十分明显了。《文章流别论》所涉十四种文体，全在刘勰的"论文"之内，"叙笔"诸体却一字未及。这是否辑佚造成的偶然现象呢？

《文心雕龙》共论文体三十四种，其中有韵之"文"类诗、乐府、赋、颂、赞、祝、盟、铭、箴、诔、碑、哀、吊、杂文（包括对问、解嘲、七、连珠等）、谐、隐，共十六体；无韵之"笔"类史、传、诸子、论、说、诏、策、檄、移、封禅、章、表、奏、启、议、对、书、记，共十八体。这可说是六朝时期除志人志怪小说之外的全部文体。挚虞虽早刘勰二百多年，但"笔"类诸体在挚虞之前早就存在了，且曹丕、陆机已论及奏、议、书、论、说等体。挚虞虽发展了曹、陆的文体论，却少于曹、陆六体，就似非正常，何况所少者全是"笔"类文体，又何况当时"笔"类文体多于"文"类？若挚虞曾论及"笔"类而失传，少量字句可以，一条二条也可能，但挚虞倘论"笔"类，衡诸其所论"文"类，就至少应在十体以上。"文"类既存十二体，"笔"类一句不存，这是不可能的。

《文章流别论》的佚文，多辑自《艺文类聚》和《太平御览》，这两部类书又非仅录"文"而无"笔"。特别是保存《流别论》佚文最多的《太平御览》，其中如诏、策、章、表、奏、论、议、檄、移等，都有大量辑录。这里面只收《流别论》之"文"而舍其"笔"，也是不可能的。《晋书·杜预传》有如下记载："当时论者谓预文义质直，世人未之重，唯秘书监挚虞赏之（《三国志·杜畿传》注作"尚书郎挚虞甚重之"),曰:'左丘明本为《春秋》作传,而《左传》遂自孤行。《释例》本为《传》设,而所发明何但《左传》,故亦孤行。'"这确是对"笔"类文体的评论,但显然不是《流别论》的佚文。于此可见,挚虞未论"笔"类,非不能也,是不为也。早在西晋便明确地论"文"而舍"笔",应该是文学史、文论史上的大事。这说明,其所谓"文章流别"的"文章",是指有韵之文的诗、赋、颂、铭等体。"文""笔"之辨,向来认为到宋初才逐渐明确。挚虞虽未正面论及"文""笔"之别,但其《流别论》却分得如此清楚。这也是很难用偶然性来解释的。只能认为,在"文笔之辨"的过程中,挚虞已大大向前推进一步了。

四

根据上述情况,基本上可以作出这样的判断:现有《文章流别论》的辑本,加上前面所说其中可能有而未辑得的祝、赞二体,已和原书规模相去不远了。

《流别论》既是论文体的流别,则其规模的大小决定于所论文体的多少。每体的篇幅,如今辑本的颂、赋、诗诸体之首尾俱全,已大体上近于原貌,其他各体不可能有太大的出入。从当时已有"文"类文体来看,除辑佚本的颂、赋、诗、七、箴、铭、诔、哀辞、哀策、杂文、碑、图谶和辑佚本虽无而可能原有其论的祝、赞之外,其它文体就不多了。楚辞虽属"文"类,但《流别论》已并入赋体,如论赋的源流中所说:"前世为赋者,有孙卿、屈原,尚颇有古诗之义,至宋玉则多淫浮之病矣。楚辞之赋,赋之善者也。"又如乐府,也在诗体中一并论述了。如谓诗的三言句"汉郊庙歌多用之",六言句"乐府亦用之"等。除了这些,《流别论》中唯盟体是否有论,尚疑莫能定。因《御览》及一般类书均未录盟文，就难知是本来未论还是论而失传。但盟文古来不多，即使少论此体，也可说当时全部"文"类文体，《流别论》都已论及了。

《文章流别论》本是在《文章流别集》的基础上"各为之论"而成。则《流别论》既论述了当时"文"类全部文体，《流别集》也必同样如此：只收"文"类文章，"文"类各体都有搜辑。两书的文体排列次第，也应该是一致的。

要进而探讨的，就是《文章流别集、论》的文体次第。这点不辨，不仅仍然难知其原貌，且对挚虞的文学观可能产生误解。《流别论》的今辑本以颂体居首，是否挚虞的本意？辑佚本的文体次第是否原貌？最明显的疑问是，既论文体的源流，就不可能以颂体为首。按辑佚者的意图，自然是尽可能复其原貌，但这首先要看所存佚文的条件，再就是辑佚者如何处理。如张溥所辑《挚太常集》为：颂、诗、七、赋、箴、铭、诔、哀辞、文、图谶、碑铭。严可均《全晋文》所辑则是：颂、赋、诗、七、箴、铭、诔、哀辞、哀策、杂文、碑、图谶。这种区别说明，辑佚者的不同认识将对辑文作不同的处理。

严辑本流行较广，现已几成定本而被普遍采用。但略核所辑类书原文，就会发现不少问题。这里只举一例：其诗体佚文辑自《艺文类聚》卷五十六，但此条只首二十六字辑于诗类，其余二百字却出自赋类；"古之诗有三言"原作"诗之流也，有三言"；"汉郊庙歌多用之""乐府亦用之""于俳谐倡乐多（世）用之""不入歌谣之章，故世希为之"等句，《艺文类聚》均无，乃据《太平御览》卷五八六文部诗类增入；但其论诗之三至九言各有例句，唯四言句无，《御览》有"四言者，'振鹭于飞'是也，汉郊庙歌多用之"却未辑入。这说明严辑本虽较全，却是相当粗疏的。

由此再看严辑第一条:前为总论,后论颂体,由《艺文类聚》和《太平御览》两书合辑而成。其间文字出入且不管它,问题是总论部分辑自《艺文类聚》卷五十六的赋类,而其原文既有总论,也有赋论和诗论。《御览》卷五八五的"叙文"类也有此条,其中除有严可均辑自《艺文类聚》的总论全文外,又继以颂论和赋论。这种情形必非《流别论》本身的文体混乱,刘勰谓其"品藻流别,有条理焉"(《文心雕龙·才略》),是对的。问题出在编类书者的分类辑录上。如《艺文类聚》诗类在前,赋类在后;《流别论》中论诗的话已辑入诗类,到赋类录其总论之后,为了避复,故略其诗论而继之以颂论和赋论。其他次第失当者,也多由分类工作造成。由是可知,类书的次第是不足为据的;不很严谨的辑本就更应慎重对待了。

辑佚本的文体次第既不足为据,就应以挚虞自己的话来定其先后。《文章流别论》总论云:

> 文章者,所以宣上下之象,明人伦之叙,穷理尽性,以究万物之宜者也。王泽流而诗作,成功臻而颂兴,德勋立而铭著,嘉美终而诔集。祝史陈辞,官箴王阙。《周礼》太师掌教六诗:曰风,曰赋,曰比,曰兴,曰雅,曰颂。言一国之事,系一人之本,谓之风。言天下之事,形四方之风,谓之雅。颂者,美盛德之形容。赋者,敷陈之称也。比者,喻类之言也。兴者,有感之辞也。后世之为诗者多矣,其称功德者谓之颂,其余则总谓之诗。

这篇总论就是整个《文章流别论》的论纲,虽未提出引人注目的文学见解和主张,甚至重弹汉儒老调,显示了浓厚的保守倾向,但对认识《流别论》的不少问题,都是至为重要的。这个论纲的显著特点,是以论诗为中心。除第一句释"文章",其余都是论诗和诗之流。作为论"文章"流别的总论,固其宜也。其以诗为中心而论及文体有七:诗、(赋)、颂、铭、诔、祝、箴,这就是它所论文体的纲。全部文体流别,就是以此为纲而展开论述的:论诗而及"诗之流",论赋则称"古诗之流也",论颂就谓为"诗之美者也",论七而引扬雄"童子雕虫篆刻"等评,实亦赋之流也;它如哀辞为"诔之流也"等,都显示了其论全部文体流别的面貌。

如此,便可判断两个重要问题:一是确证《流别论》的全部文体必属有韵的"文"类,这既是其总论的性质决定的,其论文体之纲亦全是"文"类;二是文体的次第,必以"王泽流而诗作"为首,次以赋、颂、铭、诔、祝、箴。上文说《流别论》可能曾论及祝文,所据即此。挚虞在文体的论纲中没有直接提到赋,可能因赋乃"古诗之流"而省,且"六诗"之二即赋,正如刘勰《诠赋》所谓"诗有六义,其二曰赋"也。挚虞在论赋中,也屡用"古之作诗者""古诗之赋"要求赋体,故与传统上以诗、赋为首一致。挚虞必列诗赋为首,还可举出一些旁证。如《隋志》四称挚虞"自诗、赋下,各为条贯,合而编之,谓为《流别》"。这是指《流别集》,但集、论是互相配合一致的。又如前举《文章志》的佚文,谓刘修"著诗、赋、颂六篇",亦可佐证《流别论》必以诗、赋、颂编次,而不可能是严辑本的颂、赋、诗。

其纲既明,七种主要文体之次第可立。则其余诸体,或随流别,或次其后,虽难强定,《流别论》的基本面目可知矣。其文体流别的全而有序,应是古代文体论趋于成熟的重要标志。

(原载于《中华文史论丛》1987年第2、3期合刊)

钟 嵘

钟嵘(约468—518)是齐梁时期杰出的文学理论家、批评家,他的《诗品》与刘勰《文心雕龙》同时出现在齐梁时期,是辉耀在古代文学理论批评史上的双璧。

一、钟嵘的生平与思想

钟嵘字仲伟,大约于南朝宋明帝泰始四年(468)生于颍川长社(今河南长葛市西)。他的七世祖钟雅在东晋时官至散骑侍郎、尚书右丞,苏峻之乱中殉难,追赠光禄勋。钟雅的父亲钟晔曾任公府掾,儿子钟诞官至中军参军。以下数代史书没有记载。钟嵘的从祖钟宪在南齐时为正员郎,父钟蹈为齐中军参军。兄钟岏字长丘,梁时任建康令,著《良吏传》十卷;弟钟屿字季望,任永嘉郡丞,梁天监十五年(516)曾参与编纂类书《遍略》。钟氏是颍川望族。《唐贞观八年条举氏族事件》于"颍川郡七姓"中有钟氏一姓,《姓解》亦云:"颍川钟氏。"①可知钟嵘出身世族。

齐永明三年(485)秋,钟嵘与兄钟岏同入国子学(《南齐书·周颙传》)。据当时国子生入学年龄"十五以上,二十以还"的规

---

① 见《文史》第9辑王仲荦《唐贞观八年条举氏族事件考疑》。

定(《南齐书·礼志上》),是年钟岏当不超过二十,钟嵘大概十七八岁。钟嵘因"明《周易》",得到国子祭酒、卫将军王俭的赏识,举荐为本州秀才。

永明年间(483—493),竟陵王萧子良移居鸡笼山西邸,招致文学之士,著名的主要有萧衍(梁武帝)、沈约、谢朓、王融、萧琛、范云、任昉、陆倕等,号"竟陵八友"。其中,沈约、谢朓、王融是讲究声病音律的"永明体"诗的重要创始人,任昉、王融写诗注重用事。"西邸"是当时的文学中心,"京邑人士,盛为文章谈义,皆凑竟陵王西邸"(《南齐书·刘绘传》)。时钟嵘正在京师,对诗歌创作讲究声病和大量用事的风气与弊病自然会有清楚的认识。

齐建武(494—498)初,钟嵘起家为南康王萧子琳侍郎。建武三年(496),他上书言事,建议齐明帝不必躬亲细务,应"量能授职","恭己南面",其意见未被采纳。五年(498),萧子琳被杀,钟嵘改任抚军行参军,出为安国令。永元三年(501),又改任司徒行参军。

萧衍建梁(502)后,钟嵘上言:"永元诸军官是素族士人,自有清贯,而因斯受爵,一宜削除,以惩浇竞。若吏姓寒人,听极其门品,不当因军遂滥清级。若侨杂伧楚,应在绥抚,正宜严断禄力,绝其妨正,直乞虚号而已。"反映出钟嵘认为世族寒门有别的门阀等第观念。他的上书被采纳,并迁为中军临川王行参军。

天监三年(504),萧元简封衡阳王,出任会稽太守,引钟嵘为宁朔记室,直至天监十三年(574)。在此期间,何胤隐居会稽若耶山,与元简往还甚密,后迁秦望山,筑室而居。有一年山发洪水,漂拔树石,此室独存。元简令钟嵘作《瑞室颂》,辞甚典丽。

天监十三年,萧元简回京任给事黄门侍郎,钟嵘当随元简同回京师。此前,即天监十二年,沈约去世。据《南史·钟嵘传》:

"嵘尝求誉于沈约,约拒之。及约卒,嵘品古今诗为评,言其优劣。"可见《诗品》是在沈约死后开始写的。《诗品序》说:"其人既往,其文克定,今所寓言,不录存者。"也明言所评诗人俱已过世。《诗品》所评的梁代诗人共有十位,其卒年可考者,以沈约为最迟。因此,可以断定《诗品》写于天监十三年之后。

天监十七年(518),晋安王萧纲(即梁简文帝)为西中郎将,负责石头戍军事,钟嵘被引为记室,不久,卒于此职,终年约五十一岁。

如前所述,钟嵘出身世族,502年上书建议清理军官中士庶寒门的混杂现象,正是其门阀观念的反映。这种士大夫阶级的意识在《诗品》中也有所表现,主要是重"雅"轻"俗"的审美趣味。但钟嵘基本上是忠于艺术和恪守自己的批评标准的。他把许多出身寒素甚至名不见经传的诗人列入《诗品》的评论范围。家世寒贱、沉于"下僚"的左思被提到艺术殿堂的"上品",而许多世家子弟、达官贵人以至于皇帝都被置之"下品"。他评鲍照:"嗟其才秀人微,故取湮当代。"对这位出身寒门而埋没不闻的诗人,表示了同情的叹惋。这说明他在具体评价作家作品时,能从他所理解的实际艺术成就出发,在一定程度上突破了士大夫阶级的局限。

钟嵘的思想基本上属儒家。儒家思想经汉代鼎盛之后,魏晋六朝转入中衰,但齐梁时一度有所抬头。赵翼《廿二史札记·南朝经学》中说:"齐高帝少为诸生,即位后,王俭为辅,又长于经礼,是以儒学大振。"钟嵘青年时代正当此"儒学大振"之际,他所入的国子学以传授儒学为主,他所熟谙的《周易》是儒家重要经典,国子祭酒王俭又深通儒学。因此可以说,钟嵘曾受到儒家思想较深的熏陶。《诗品》的主导思想基本上也是儒家的。《诗品序》论诗常取《毛诗序》的传统提法,但也有所取舍;《诗品》正文追溯诗歌风格源流分为《国风》《楚辞》两大主要流别，他尤为推重《国风》系，视为风雅正宗，表现出宗经的倾向；《诗品》具体评论作家作品，常常采用"讽喻""风规""激刺"等儒家传统文学思想；这都可以看出儒家思想的影响。但齐梁时期毕竟属于儒学的衰微时期，也毕竟属于文学的自觉时代，因而《诗品》的宗经思想不很突出，而对于诗的某些艺术规律和美学特征的探索和表述却越出了儒家思想的藩篱。

《梁书·钟嵘传》记载："嵘尝品古今五言诗，论其优劣，名曰《诗评》。"可知《诗品》原名《诗评》。《隋书·经籍志》著录："《诗评》三卷，梁钟嵘撰，或曰《诗品》。"可知到隋代已有《诗评》《诗品》两个名称。唐、宋时期，仍有两个名称并行。宋代以后，便只有《诗品》一名，直到现在。

在我国古代诗史上，两汉到六朝是五言诗从兴起到相当繁荣的时期，逐渐取代了《诗经》以来四言诗的地位，成为"会于流俗"的诗坛的主要形式。另一方面，齐梁时期诗风又十分颓靡。由于上层统治者的倡导与带头，形式主义、唯美主义大肆泛滥，"庸音杂体，人各为容"；批评方面也很混乱，"随其嗜欲，商榷不同，淄渑并泛，朱紫相夺"。钟嵘为了肯定五言诗这种新形式，打破那种认为四言为"正宗"、五言为"流调"的保守观念，为了针砭颓风，矫讹归正，辨体溯源，便写了《诗品》一书，评论了汉魏至齐梁一百二十多位五言诗的主要作者及其作品，分置于上、中、下三卷之中。卷上十二人（《古诗》按一人计），是为"上品"；卷中三十九人，是为"中品"；卷下七十二人，是为"下品"。

二、钟嵘的诗歌批评理论

《诗品序》简要地回顾了五言诗发生、发展的历史,比较精辟地阐发了有关诗歌创作、欣赏、批评等问题,是指导全书诗歌批评的理论纲领。归纳起来,主要有以下三个方面:

(一)关于诗的性质、产生与社会功用

魏晋以来,人们往往通过文体辨析来认识诗歌有别于其他文体的本质特征,如曹丕《典论·论文》认为"诗赋欲丽",陆机《文赋》认为"诗缘情而绮靡"。钟嵘也是从不同文体的比较中认识诗的性质的。他说:

> 夫属词比事,乃为通谈。若乃经国文符,应资博古;撰德驳奏,宜穷往烈。至乎吟咏情性,亦何贵于用事?

他认为诗与一般文体不同,其特点是"吟咏情性"。这种提法来自《毛诗序》的"吟咏情性,以风其上",与"诗言志""诗缘情"说有着一脉相承的联系。他既强调抒发感情,又在正文的具体评论中提出"讽喻""激刺"等,这就把"言志"与抒情、思想与情感联系起来了,与挚虞《文章流别论》、范晔《狱中与诸甥侄书》、刘勰《文心雕龙》等关于诗言"情志"的认识是一致的;但他把"经国文符"与抒情诗歌相对论述,更能说明诗歌艺术独具的特点。

钟嵘认为诗人所吟唱的感情并不是主观自生的,而是触发于客观外物,首先是自然现象的变易:

> 气之动物,物之感人,故摇荡性情,形诸舞咏……若乃春风春鸟,秋月秋蝉,夏云暑雨,冬月祁寒,斯四候之感诸诗

者也。

更重要的是,他还论述了人类社会生活的悲欢离合、荣辱忧喜对诗歌创作的作用:"嘉会寄诗以亲,离群托诗以怨。"他所列举的"感荡心灵"的事例中,绝大多数都是"托诗以怨"的,如"楚臣去境,汉妾辞宫""骨横朔野,魂逐飞蓬""塞客衣单,孀闺泪尽"等,反映出他对于矛盾动荡的封建时代人们苦难多欢愉少的社会现实的认识。这是钟嵘对古代诗歌理论的一个新贡献。

因为诗是"吟咏情性"的,在创作上,钟嵘便主张"直寻",反对"补假",即主张通过"即目""所见"的现实事物感受与抒发新鲜真挚的诗情,反对专尚用典,以古人的陈迹代替生活实感,以"且表学问"代替抒写情志;他称赞慷慨激越的"建安风力",批评"平典似《道德论》"的玄言诗;他要求自由畅达地表露真情实感,不赞成以人为的音律声病拘束诗情的"永明体"。他热情肯定五言诗,也是与其"穷情写物"的主张分不开的。他常着眼于感情的有无与强弱来评论作家作品,如认为《古诗》"意悲而远,惊心动魄",李陵诗"文多凄怆",曹植诗"情兼雅怨",王粲诗"发愀怆之词",刘琨诗"多感恨之词",等等。

钟嵘认为诗以情生,又以情感人,达到其审美教育作用。他指出"使味之者无极,闻之者动心,是诗之至也";称赞阮籍《咏怀》诗能够"陶性灵,发幽思……使人忘其鄙近,自致远大"。但他认为诗有"使穷贱易安,幽居靡闷"的作用,可以慰藉那些痛苦失意的灵魂,使其安于穷贱的命运而不反抗不合理的现实,反映出儒家"怨而不怒""温柔敦厚"的诗教和士大夫阶级的局限。

(二)关于诗歌批评的审美标准

钟嵘在《诗品序》中严厉地抨击了当时诗歌评论方面的不良

风气:

> 观王公搢绅之士,每博论之余,何尝不以诗为口实,随其嗜欲,商榷不同。淄渑并泛,朱紫相夺,喧议竞起,准的无依。

可见他反对那种主观随意的诗歌批评,认为这是诗坛"淆乱"的重要原因。他主张有一个可以共同依从的客观批评标准,才能区分出作家作品的优劣高下。

钟嵘从诗歌欣赏的美感以及这种美感的创造过程入手,逐层地揭示出其诗歌批评的审美标准。首先,他提出对诗的美感要求:"有滋味。"他认为五言诗所以"会于流俗",就是因为"有滋味"的缘故,而这是由"指事造形,穷情写物"造成的。紧接着,他又指出要"指事造形,穷情写物",就必须运用"兴""比""赋"三种艺术方法:"文已尽而意有余,兴也;因物喻志,比也;直书其事,寓言写物,赋也。"这就是要把对于客观"事"、"物"的描写与主观"志""意""言"的抒发巧妙结合起来,实际上也就是要处理好"物"与"情"的关系,融情于物,因物见情,物情相生,这样就会产生那种"文已尽而意有余"的审美效果,由具体可感的艺术形象引发出广远的联想与想象。但一般地抒情还不够,要"干之以风力",抒发那种慷慨激越的感情;一般地写物也不够,要"润之以丹采",鲜明生动地描写形象,从而"使味之者无极,闻之者动心",在欣赏时产生强烈的"滋味"美感。"有滋味"的艺术美就是这样创造出来的。其中"风力"无疑是对这种艺术美的内容上的要求,"丹采"是对其形式上的要求。"风力"与"丹采",便是钟嵘诗歌批评的审美标准。他特别强调"风力"即情感因素,与其"吟咏情性"的理论基础是一致的。因而,他不满于玄言诗、事类诗、"永明体"诗,实际上也就是由于它们"淡乎寡味",缺少"自然英旨"和

"真美",即缺少那种主要由情感因素造成的"滋味"美感的缘故。

钟嵘强调"风力",有着针砭齐梁柔靡诗风的意义;主张"丹采",一般说来也合于艺术创造的规律。但由于他有时将"丹采"看得过重一些,因而对某些作家作品的评价是不够得当的,这也与时代风气有一定关系。

钟嵘从艺术美感及其创造入手阐明自己的审美标准,不但使这标准具有了一定的客观性,也把创作与欣赏、作家与读者、艺术创作与社会效果沟通起来,是很值得注意的。

(三)关于文学批评的内容与方法

从"疾淆乱"的目的出发,运用"风力""丹采"的审美标准,怎样具体地进行评论呢?钟嵘通过比较的方法,阐述了文学批评的内容与方法:

> 陆机《文赋》,通而无贬;李充《翰林》,疏而不切;王微《鸿宝》,密而无裁;颜延论文,精而难晓;挚虞《文志》,详而博赡,颇曰知言:观斯数家,皆就谈文体,而不显优劣。至于谢客集诗,逢诗辄取;张骘《文士》,逢文即书:诸英志录,并义在文,曾无品第。嵘今所录,止乎五言。虽然,网罗今古,词文殆集。轻欲辨彰清浊,掎摭利病,凡百二十人。

这段话说明:《诗品》作为诗歌批评专著,不同于《文赋》等探讨文学理论的文章,而要"显优劣";也不同于谢灵运、张骘编纂的诗文集,而要论"品第"。"显优劣"、论"品第",就是比较评价作家的艺术成就与地位。钟嵘以此作为自己的诗歌批评的核心内容。他把历代诗人分为三品,就是"显优劣";他在正文各品目中经常纵横地比较作家优劣高下。他很不满当时"轻薄之徒,笑曹、刘为古拙,谓鲍照羲皇上人,谢朓今古独步"的优劣不分、高下莫辨的状况,要为青年作者树立取法与学习的高标准。

这段话还说明:显示作家的优劣高下,要以其作品为依据,对之"辨彰清浊,掎摭利病"。"辨彰清浊"就是"致流别",辨析作家作品的风格特色和渊源流派,是"庸音杂体"还是"篇章之珠泽";"掎摭利病"就是分析作家作品的利病得失。二者是显示作家优劣的基础。

总之,通过"致流别""掎摭利病",从而对作家"显优劣"论"品第",这便是钟嵘对文学批评的内容和方法的理解。

三、钟嵘的诗歌批评实践

《诗品》正文是钟嵘诗歌批评的具体实践,共有五十九条品目,有的一条评论一位作家,有的一条评论数位作家。每条品目,大致都按"致流别""掎摭利病""显优劣"的顺序和内容展开,如卷上《刘桢》条:

> 其源出于《古诗》("致流别")。仗气爱奇,动多振绝。真骨凌霜,高风跨俗。但气过其文,雕润恨少("掎摭利病")。然自陈思以下,桢称独步("显优劣"或论"品第")。

(一)"致流别"

所谓"致流别",就是探索诗人的渊源关系和风格流派。《诗品》明确指出"其源出于某某"的共二十四条,三十五人。如《古诗》条:"其体源出于《国风》。""体"字在这里指作家作品的风格,他是从风格着眼辨析渊源流变的。

钟嵘把五言诗的源头归之于《国风》《小雅》《楚辞》三个，其中源出《小雅》的仅阮籍一人，因而实际上便只有《国风》《楚辞》两个主要源头，这是旨在引导人们向《诗经》中的民歌部分及屈原作品学习，具有拨乱反正、矫讹归本的意义。从客观上说，《诗经》和《楚辞》在表现手法上，是我国古代现实主义和浪漫主义的两大源头。钟嵘虽未明确地认识到这点，但他划分为这两大流派，无疑看出了二者有很大的差异。从他的辨析与表述看，他似乎认为《国风》系的基本特点是"雅"，如其中曹植一支：曹植"情兼雅怨"，陆机有"雅致"（见卷下《谢超宗等七人》条），颜延之"是经纶文雅才"。"雅"从积极方面说，是雅正，有委婉讽喻的内涵。但发展到后来如颜延之，则失之于过分注重用事了。《楚辞》系的基本特点是"怨"，如李陵是"怨者之流"，班姬"怨深文绮"，王粲"发愀怆之词"，刘琨"多感恨之词"，沈约"长于清怨"，有着浓烈的悲怨不平之情。这一系有的由于注重形式"华艳"和内容"儿女情多"，其末流就多"哀艳"之作了。《文心雕龙·定势》篇云："是以模经为式者，自入典雅之懿；效《骚》命篇者，必归艳逸之华。"钟嵘似乎也有这种看法，因而他对《国风》系作者较为重视，表现出宗经的倾向。

钟嵘的"致流别"是对魏晋以来风格流派问题研究的深入发展。他通过对作家风格源流的具体辨析，揭示出一些带有规律性的东西，如有些作家或因遭际相似，或因才学相类，形成同一风格流派。而在同一流派中，既有继承，又有新变，表现出其风格的一致性与多样性。在同一时代的作家群中（如建安作家），风格也具有一致性与多样性。

钟嵘在建立与运用这一批评方法中，过分强调了文学的历史继承关系，并且有时往往只看到某一点的相似之处，忽略了形成作家风格的多方面因素,把复杂问题简单化了,因此对有的流派的划分,如认为陶潜出于应璩,应璩出于曹丕,曹丕出于李陵,就受到后人的一致非难。

(二)"掎摭利病"

所谓"掎摭利病",就是具体分析作家作品的优点、缺陷。他从辨析"滋味"的艺术欣赏入手,从"质"与"文"、内容与形式两方面进行分析。这两方面结合得好的,他就认为是优秀的作家作品,如"文温以丽,意悲而远"的《古诗》、"怨深文绮"的班姬诗,特别是曹植,"骨气奇高,词采华茂,情兼雅怨,体被文质",完全合于其"风力""丹采"的审美标准,被推崇为五言诗人之冠。有的作家作品内容上有"雅意",有"讽喻之致""激刺之旨",有"凄怨"之情;有的作家作品形式上有"华美""彪炳""华净",等等,也得到适当的肯定。但内容"靡嫚""淫靡",形式质木无文,则是他所不取的。

钟嵘认为内容或形式任何方面的"过"即"过分",都会造成作品的病累。如玄言诗的"理过其辞",刘桢诗的"气过其文",嵇康诗的"过为峻切",宋孝武帝诗的"过为精密",谢灵运诗的"逸荡过之",等等,都"有伤"于作品的诗意。从钟嵘高度评价了喜欢用典的谢灵运诗,可以看出,他并非完全反对用事,而只是反对"句无虚语,语无虚字"的过分注重用事。他也不完全反对音律,只是主张"清浊通流,口吻调利"的自然音韵,而反对"务为精密,襞积细微"的过分讲究禁忌声病。

钟嵘对作家作品的艺术分析不乏精当之处。但总起来看,艺术分析似嫌失之笼统,有时对艺术形式分析过多,对思想内容分析太少,是他在此问题上的较大缺陷。

（三）"显优劣"

所谓"显优劣"，就是比较与评价作家的艺术成就与文学地位，这是《诗品》的核心内容，是在"致流别"与"掎摭利病"的基础上进行的。从风格源流上说，在《国风》与《楚辞》两大流派中，他更加重视《国风》系作家，如评为"建安之杰"的曹植，"太康之英"的陆机，"元嘉之雄"的谢灵运，都属《国风》系。再从互相对应的几对作家来看，《国风》系的曹植、刘桢、陆机、颜延之，分别高于《楚辞》系的曹丕、王粲、潘岳、鲍照。——这都是"宗经"思想的反映。从艺术分析上说，那些他认为内容与形式完美结合的，如《古诗》、班姬、曹植、阮籍，列为上品，有的作家内容或形式的某一方面虽有缺陷，但钟嵘认为他们总的成就较高，也列上品，如刘桢、王粲、陆机、左思、谢灵运等。有一定的成就和影响，但钟嵘认为他们的作品内容或形式方面没有很大特色或缺陷较大，则列为中品，如曹丕、嵇康、陶潜、颜延之、谢朓、任昉、沈约等。成就平平，但仍可"预此宗流"者，便置于下品。另外，在对作家作品的成就进行比较时，他还运用了这样的表述，如张协"雄于潘岳，靡于太冲"，左思"野于陆机，深于潘岳"，范云、丘迟"浅于江淹，秀于任昉"。"深""雄""秀"无疑是优于"浅""靡""野"的。

钟嵘在比较作家作品的优劣高下时，是重内容还是重形式呢？他说："干之以风力，润之以丹采。"实际上，应当说他确是更重内容的。他对久有争论的刘桢与王粲、陆机与潘岳之间的比较便是两个颇有说服力的例子。刘桢"气过其文"，王粲"文秀质羸"，二人文质的偏胜恰巧相反。他评"质胜文"的刘桢为"陈思以下，桢称独步"，成就在"文胜质"的王粲之上。人们一向认为

"潘文浅而净,陆文深而芜"①。他将"深芜"的陆机置于"浅净"的潘岳之上,也说明更重内容些。但"丹采"既然也是他的一个重要的批评标准,有些文风较为质朴的诗人便被评价过低,如把陶潜置于中品,把曹操放在下品,俱属不当。但他对绝大部分诗人成就与地位的评价还是较为得当的,这已为多数论者所公认。

《诗品》晦于宋以前而显于明以后。这说明它终究能够经得起时间的考验,抖落掉历史的尘封,显示出其固有的光彩。《诗品序》和正文阐发的一些理论问题,如"吟咏情性"的诗的性质论,主张"直寻"反对专尚用事以及"兴""比""赋"并用不可偏废的诗的创作论,"有滋味"的诗的美感论,"陶性灵"的诗的社会功用论等等,都得到后人的一致肯定与深入发挥,产生了深远的影响。

《诗品》对后世的另一重要影响,表现在诗歌评论的形式上。"诗话"是我国古代诗歌评论的重要形式,各种"诗话"著作之多,远远超过其他形式的诗论、诗评。仅有宋一代,就有上百种之多。关于《诗品》与"诗话"的关系,不少人认为《诗品》是历代诗话之祖。如章学诚《文史通义·诗话》云:"诗话之源,本于钟嵘《诗品》。"孙德谦《雪桥诗话序》云:"诗话之作……大底皆准仲伟,而精识远不逮矣。"《学津讨源》本《诗品》毛晋《跋》认为《诗品》"实诗话之伐山也"。现在仍有人认为《诗品》是古代第一部诗话。我们认为《诗品》与历代诗话体例有别,一般说来,《诗品》较有系统性,诗话大多较为零散;《诗品》内容集中,诗话大多较为总杂;《诗品》严正,有些诗话有时往往流为戏谑,甚至自我标榜,党同伐异。但《诗品》与诗话毕竟有紧密联系,对历代诗话的启示与影响是不

---

① 《世说新语·文学篇》引孙绰语。

可否认的。

虽如前述,《诗品》中存在着不少缺陷与局限,但钟嵘阐述的一些理论问题,即使在今天看来也不失其正确性;钟嵘进行文学批评的方法,现在仍有一定的借鉴意义;钟嵘对汉魏六朝诗人的评论,成为我们研究此段文学史很好的参考资料,有的甚至可成为理解与评价某些作家作品的钥匙。

(本文与萧华荣合著,萧为第二作者。
原载于《中国历代著名文学家评传》第一卷,
山东教育出版社 1983 年版)

刘知幾

刘知幾(661—721)是唐代著名的史学家,也是颇有建树的文论家。他的名著《史通》虽以论史为主,但因为古代文史一流,又因为史之为物,"总括万殊,包吞千有"(《自叙》),所以其中论史即论文之处甚多。刘知幾以史家严峻的求实精神和历史发展的眼光审史论文,就显得相当透辟深刻。他对形式与内容的关系、艺术形式与表现手法,以及语言的古今之变、文字的提炼和运用等问题的看法,至今还给我们一定启发。但是,《史通》在文论史上的价值,还没有得到充分的估计。如果我们认真研讨一下《史通》中有关文学的论述,就会发现刘知幾提出了一些古代文论家注意不够的问题,对古代文论作出了自己的新贡献。

一、生平思想

刘知幾,徐州彭城(今江苏徐州)人。本名子玄,字知幾,"以玄宗讳嫌,故以字行"(《新唐书·刘知幾传》)。生于唐高宗龙朔元年(661),十二岁学《古文尚书》,业不进,父藏器顺其意愿,改授以《左传》,"期年而讲诵都毕"(《自叙》)。接着又读《史记》《汉书》《三国志》,"自汉中兴已降,迄乎皇家实录,年十有七,而窥览略周"(《自叙》)。刘知幾的青少年时代是在博览史籍中度过的。

年仅二十岁，刘知幾就考中进士，授获嘉县主簿，踏上了仕途。"于是思有余闲，获遂本愿。旅游京洛，颇积岁年，公私借书，恣情披阅。至如一代之史分为数家，其间杂记小书又竞为异说，莫不钻研穿凿，尽其利害。"(《自叙》)在入仕之初的几年里，刘知幾手不释卷，更广博也更深入地研读着史籍。

武则天长安二年(702)，刘知幾以著作佐郎兼修国史，寻迁左史，于门下撰起居注。会转中书舍人，暂停史任，俄兼领其职(《史通原序》)。唐中宗神龙元年(705)，除著作朗、太子中允、率更令，兼领修史如故。"会天子西还，子玄自乞留东都。三年，或言子玄身史臣而私著述，驿召至京，领史事。"后累迁太子左庶子，兼崇文馆学士。玄宗开元九年(721)，长子贶因事抵罪。刘知幾向执政诉理，玄宗怒，贬安州别驾。不久，刘知幾卒，年六十一岁。他一生"三为史臣，再入东观"(《自叙》)，"遍居司籍之曹，久处载言之职"(《史通原序》)，任史官前后近三十年。

刘知幾自少年读书时起，就表现出卓异的独立自主性格。授以《古文尚书》，他苦文辞艰琐，难为讽读，虽屡遭捶挞，而业不进。待到读完《左传》，父兄要他博观义疏，精此一经，他不领命，要继续读史，以广见闻，走自己选定的道路。而他读书也往往不假师训，富于独立思考精神。《自叙》云：

> 自小观书，喜谈名理，其所悟者，皆得自襟腑，非由染习……凡有异同，蓄诸方寸。

到他三十岁以后，言悟日多，不吐不快，于是更"多讥往哲，喜述前非"(《自叙》)。后来竟愤然致书史馆监修，历数五大弊端，主张国史应"出自一家"(《忤时》)。综观其一生，可见刘知幾思想比较解放，敢于疑古惑经，自主精神较强，崇尚创造革新。这种思想特点,贯穿《史通》全书。他写这部书,就是不满于当时"载笔之士,其义不纯。思欲辨其指归,殚其体统"(《自叙》)。

《史通》完成于唐中宗景龙四年(710),是一部发愤之作。其《自叙》说:

> 若《史通》之为书也……虽以史为主,而余波所及,上穷王道,下掞人伦,总括万殊,包吞千有。自《法言》已降,迄于《文心》而往,固以纳诸胸中,曾不蔕芥者矣……其为贯穿者深矣,其为网罗者密矣,其所商略者远矣,其所发明者多矣。

可见《史通》是隐括了《文心雕龙》等书,并与之相为吐纳的;而作者"早游文学""幼喜诗赋",后来读史又钻研穿凿,钩玄提要,熟知了史传文学"叙事之纪纲,立言之梗概"(《自叙》)。因此,在五彩缤纷的唐代文坛上,《史通》成为值得我们注意的一朵奇葩,就是必然的了。

《史通》上继《文心雕龙》①,下启古文运动。黄叔琳认为它"允与刘彦和之《雕龙》相匹"②;陈钟凡也说它"足与《文心雕龙》齐称"③。这已为文论研究者所公认。而书中特别值得称道的有两个带根本性的思想:一是从现实出发的历史发展观点;二是从切实用出发的实录直书精神。这两个思想是互为表里、相辅而行的,既有益于史,也有益于文。它们贯穿《史通》全书,成为刘知幾文学理论的思想基础。就其文学观点说,较有价值的约有五个方面:关于言必近真的论述,对于叙事经验的总结,崇尚创新的精

---

① 见范文澜《文心雕龙·史传》注。
② 《史通序》,《史通通释》卷首。
③ 《中国文学批评史》第82页。

神,实录直书的思想,以及用历史发展观点对文史异同的辨析等。

二、文史异同

文之与史,有共同之处,也有区别;把二者混为一体,或者完全对立,于论史论文都是有害的。刘知幾较为明确地认识到了二者的异同,因而提出了一些有益于文的意见。

刘知幾入仕前就"以善文辞知名",可见他有着良好的文学修养。《杂说下》有一条专论文:"《李陵集》有《与苏武书》,词采壮丽,音句流靡。观其文体,不类西汉人,殆后来所为,假称陵作也。"《与苏武书》载于《文选》,历史上第一个指出其伪托的就是刘知幾。苏轼深服其说,认为此书"决非西汉文,而统(萧统)不悟,刘子玄独知之"①。清代浦起龙更赞叹说:"具眼在坡老之前,可悟此老非不知文者。"②《史通》论及文学作品和作家之处甚多,仅此一例已足见他确是知文的了。因此,对于文史的一致性他是有明确认识的:

> 夫观乎人文,以化成天下;观乎国风,以察兴亡。是知文之为用,远矣大矣。若乃宣、僖善政,其美载于周诗;怀、襄不道,其恶存乎楚赋。读者不以吉甫、奚斯为谄,屈平、宋玉为谤者,何也?盖不虚美、不隐恶故也。是则文之将史,其流一焉。(《载文》)

不虚美、不隐恶是刘知幾的基本史学观点,而所谓周诗、楚赋,都

---

① 《答刘沔书》,《经进东坡文集事略》卷四十六。
② 《史通通释·杂说下》。

是典范文学作品,他认为也做到了这一点。可见,如实抒写政治之善恶,真实反映现实之美丑,是对文与史的共同要求。与此相联系,刘知幾认为史的作用在于彰善瘅恶、惩恶劝善。文的作用是否与此相同呢?《载文》论到文学作品可否载入史籍,如司马相如的《上林赋》《子虚赋》和扬雄的《甘泉赋》《羽猎赋》等,刘知幾认为"繁华而失实,流宕而忘返,无补劝奖,有长奸诈",不应载入扬马的本传。"至如诗有韦孟《讽谏》,赋有赵壹《嫉邪》,篇则贾谊《过秦》,论则班彪《王命》"等作品,"皆言成轨则,为世龟镜",因而"书之竹帛,持以不刊,则其文可与三代同风,其事可与五经齐列"。可见文的作用是与史一致的,刘知幾衡量文史的标准有相同之处。

有的论者以为刘知幾主张文史合一,"没有把使用艺术概括的文学创作与历史加以区别,这是严重的片面性","最后会导致取消文学"①。其实,刘知幾以历史发展的眼光分析问题,不只看到了文史相同的一面,也看到了二者的区别。《核才》说:

> 昔尼父有言:"文胜质则史。"盖史者当时之文也,然朴散淳销,时移世异,文之与史,较然异辙。

可见刘知幾对文与史的区别是有所认识的。关于这一点,《史通》并非偶然论及。《叙事》:"而今所作……或虚加练饰,轻事雕彩;或体兼赋颂,词类俳优。"这是说史书不可轻事雕彩、体兼赋颂,与文学作品有明显的区别。又说:"夫以吴征鲁赋,禹计涂山,持彼往事,用为今说,置于文章则可,施于简册则否矣。"这说明文学作品和历史著作即使措辞用事,都有严格的区别。《鉴识》说:

---

① 孙昌武《唐代古文运动通论》第44页。

> 夫史之叙事也,当辩而不华,质而不俚,其文直,其事核,若斯而已可也。必令同文举(孔融)之含异,等公幹(刘桢)之有逸,如子云(扬雄)之含章,类长卿(司马相如)之飞藻,此乃绮扬绣合,雕章缛采,欲称实录,其可得乎?

史书的特点是直陈实录,不宜雕章缛采,也难以充分表现作者的气质、个性;文学作品就不同了,可以绮扬绣合,作家的创作个性表现得很明显,每篇作品都可以显出独特的风格。正因为文史有此区别,"故以张衡之文,而不闲于史;以陈寿之史,而不习于文"(《核才》)。史才和文才也是各不相同的。

文之与史,有同有异,而无论文史,在有助于劝善惩恶的前提下,均应重视必要的文采。《叙事》说:"昔夫子有云:'文胜质则史。'故知史之为务,必藉于文。"这里所谓文,侧重于文采。他进而从根本上说明文饰的必要:

> 夫饰言者为文……古者行人出境,以词令为宗;大夫应对,以言文为主。况乎列以章句,刊之竹帛,安可不励精雕饰,传诸讽诵者哉?(《叙事》)

刘知幾把言和文作了明确区分:经过修饰的言才是文。优秀的史传也是文,也应该励精雕饰。当然,不能孤立地理解励精雕饰,就《史通》的全面论述来看,刘知幾固不废文采,但毕竟更强调实录,有损于内容的雕饰,他是坚决反对的。《杂说下》有一段话,最能说明他这种观点:

> "礼云礼云,玉帛云乎哉?"史云史云,文饰云乎哉?何则?史者固当以好善为主,嫉恶为次……必兼此二者,而重之以文饰,其唯左丘明乎!

所谓礼,不单指玉帛;所谓史,也不单指文饰。能好善嫉恶,而又加以文饰,才是理想的史。这可以说是刘知幾关于文质关系的基本观点。他反对六朝以来的雕章缛采,是因为繁华失实;主张为史要励精雕饰,是提倡文而有质。这样看问题是较为全面的。

刘勰《文心雕龙》有《史传》篇,他是把史当作文之一体的,没有分析二者的异同。在中国古代文论史上,用历史发展眼光分析文史异同的,当以刘知幾为最早。他指出了文史的某些共同之处,也分析了二者的区别,反映了文史分流发展的趋势,于史于文俱有益。

三、实录直书

"实录直书为贵"(《惑经》)是贯穿《史通》全书的基本观点。本来,实录直书是我国古代史家的通论,但由于刘知幾明确认识到文史的异同,所论就不只适用于史,有些论述也有价值于文,从而把我国古代的现实主义文学理论向前推进了一步。

一是用历史发展的观点对待文质变迁,主张拨浮华、采贞实。自齐梁到唐初,"世重文藻,词宗丽淫"(《核才》),文史皆然。刘知幾对这种现象是深为不满的,比之为"加粉黛于壮夫,服绮纨于高士",评之曰"华多于实,理少于文"(《论赞》)。就是对于文学作品,刘知幾也反对浮华。《载文》有云:

> 爰泊中叶,文体大变,树理者多以诡妄为本,饰辞者务以淫丽为宗。譬如女工之有绮縠,音乐之有郑、卫……若马卿之《子虚》《上林》,扬雄之《甘泉》《羽猎》,班固《两都》,马融《广成》,喻过其体,辞没其义,繁华而失实,流宕而忘返……

反对徒有其文、竟无其实的虚设之词,对于一个优秀的史家来说是必然的。但刘知幾同时还看到文质之变乃是历史发展的结果,一则曰"地迁陵谷,时变质文"(《本纪》),再则曰"古往今来,质文递变"(《六家》)。他把"朴散淳销"和文史异辙,也看作一种发展。

正是基于这种历史发展观点,刘知幾虽然反对浮华之作,却不主张废文返质、舍今趋古。《杂说中》批评苏绰:"绰文虽去彼淫丽,存兹典实,而陷于矫枉过正之失,乖夫适俗随时之义。苟记言若是,则其谬逾多。"苏绰以古奥的《尚书》体取代时文的主张,是开历史倒车,违背了历史发展规律,为刘知幾所不取。该怎样对待文质问题呢?刘知幾提出了自己的观点:

> 苟能拨浮华,采贞实,亦可使夫雕虫小技者,闻义而知徙矣。此乃禁淫之堤防,持雅之管辖,凡为载削者,可不务乎?(《载文》)

这就是说,既要顺应历史的发展,讲究必要的文采,不能以古之质取代今之文;又要看到淫丽的危害,反对过分的藻饰,坚决摈去浮华而归之真实。求实主真并不是新观点,刘勰《文心雕龙》早就批评过"采滥忽真"的现象了,但刘知幾鲜明突出的历史发展观点,却是刘勰所不及的。

二是反对高下在心、尊贤隐讳,主张爱而知丑、憎而知善的思想。刘知幾对史之曲笔深恶痛绝,一则说史用曲笔,"斯乃作者之丑行,人伦所同疾";再则说"此又记言之奸贼,载笔之凶人,虽肆诸市朝,投畀豺虎可也"(《曲笔》)。尤其可贵的是,他突破了尊贤隐讳的传统,对孔子提出了尖锐的批评:

> 观夫子修《春秋》也,多为贤者讳。狄实灭卫,因桓耻而

不书;河阳召王,成文美而称狩。斯则情兼向背,志怀彼我。苟书法其如是也,岂不使为人君者,靡惮宪章,虽玷白圭,无惭良史也乎?(《惑经》)

《文心雕龙·史传》称"尊贤隐讳,固尼父之圣旨,盖纤瑕不能玷瑾瑜也"。刘勰尚拘于传统,刘知幾则突破旧说,大胆提出了自己的见解。这也可见他求实主真更为彻底。为此,他提出了一个重要观点:

盖明镜之照物也,妍媸必露,不以毛嫱之面或有疵瑕,而寝其鉴也;虚空之传响也,清浊必闻,不以绵驹之歌时有误曲,而辍其应也。夫史官执简,宜类于斯。苟爱而知其丑,憎而知其善,善恶必书,斯为实录。(《惑经》)

这段话的核心是要求按照事物的本来面目真实地反映现实。将这种精神运用于人物描写,就必能"爱而知其丑,憎而知其善"。在中国古代文论史上,刘知幾最先明确提出了这一观点。这是冲破尊贤隐讳教条的创论,不仅在当时是卓越见解,就是在今天仍给我们以启发。

三是从真实地反映现实出发,十分强调实录直书。"良史以实录直书为贵。"何为实录? 不虚美,不隐恶,"善恶必书,斯为实录"。何为直书?"夫所谓直笔者,不掩恶,不虚美,书之有益于褒贬,不书无损于劝戒。"(《杂说下》)上文谈到的"爱而知其丑,憎而知其善",就是实录直书精神在人物描写上的具体化;而"拨浮华、采贞实"的主张,则是除淫丽之弊、求实录直书的重要途径。可以说实录直书是《史通》的理论基石之一,也是刘知幾疑古惑经、针砭时弊的有力武器。

实录是我国古代历史著作的一条重要写作原则,后来也成为评价现实主义文学作品的原则,实录的意义就是要写真,用刘知幾的话来说,就是要"如明镜之照物",对现实作符合其本来面目的描写。

在刘知幾之前,从班固到王充再到左思,言实录者均指历史的真实。刘勰《文心雕龙·史传》所说的"实录无隐之旨",也主要是指具体历史事实的真实。刘知幾当然是站在史家立场上强调实录的,但由于他认识到了文史异同,所论就较前人为通达。《载文》谈到《诗经》《楚辞》,他赞之为"不虚美,不隐恶",也就是符合实录标准。这就可见他不完全以写史的原则来衡文,认为文学上的虚构,并不一定妨碍其成为实录的作品。同是实录,文史有别,文学上的实录不拘拘于具体事实之真,而求反映事物的本质真实。明人钟惺称曹操的《蒿里行》《薤露行》为"汉末实录,真诗史也"①。这显然不同于史学著作的实录。而这种文学上的实录观,可以说萌生于刘知幾的《史通》,它把我国古代的现实主义文学理论向前推进了一步。

四、崇尚创新

由于用历史发展的眼光认识问题、分析问题,刘知幾反袭古、重创新的思想就特别强烈、突出。他批评因袭前史的著作是"以水济水,床上施床,徒有其烦,竟无其用,岂非惑乎?"(《断限》)最能体现他崇尚创新、反对因袭的是《序例》中的一段话:

> 古既有之,今何为者?滥觞肇迹,容或可观;累屋重架,

---

① 《古诗归》卷七。

> 无乃太甚。譬夫方朔始为《客难》，续以《宾戏》《解嘲》；枚乘首唱《七发》，加以《七章》《七辩》。音辞虽异，旨趣皆同。此乃读者所厌闻，老生之恒说也。

这里所举的例子多是文学作品，我们从中确可以嗅到一些古代文论的新鲜气息。自东方朔的《答客难》、枚乘的《七发》问世以后，踵武之作大量涌现。以"七"来说，魏晋仿作者多达二十家，到隋代竟有《七林》三十卷出现①。宋代的洪迈斥《七发》的继作者"规仿太切，了无新意……使人读未终篇，往往弃诸几格"；斥《答客难》的仿作者为"屋下架屋，章摹句写"②。洪氏之评与刘知幾意同，而刘知幾却早于他五百年，其目力之敏锐，对创新之崇尚，就由此可见了。

刘知幾这种反因袭、重创新的思想，并非偶然，乃是用历史发展眼光看待一切的必然结果。《六家》说："剪裁今文，模拟古法，事非改辙，理涉守株"，结果往往"画虎不成反类犬"。《因习》说："盖闻三王各异礼，五帝不同乐……夫事有贸迁，而言无变革，此所谓胶柱而调瑟，刻船以求剑也。"这表现了刘知幾一个重要观点："事有贸迁"，客观事物是在不断发展变化的；言宜变革，反映客观现实的史和文就不能不随之而变。基于这种观点，他以史家的高度责任感明确提出："前史之所未安，后史之所宜革。"(《载言》)革前人之非，成一家之业，这是刘知幾最可贵的思想之一。

以创新思想为主导，这就决定了刘知幾不以师古为能的态度，较合理地解决了古与今、继承与创新的关系。刘知幾虽然也讲了"仰范前哲"的话，但他和刘勰以及后来的韩愈不同，不以法

---

① 《隋书·经籍志》。
② 《容斋随笔》卷七。

古为旗帜,而以革新为宗旨。刘知幾最推重《左传》,而"左氏为书,不遵古法"(《载言》),则《左传》之可学者乃是其创新精神。在《史通》中适俗随时之论俯拾即是,旗帜鲜明。如《题目》批评"习旧捐新"者是"虽得稽古之宜,未达从时之义";《称谓》主张"取叶随时,不藉稽古";《言语》反对"追效昔文""怯书今语",《叙事》批判"假托古词,翻易今语",等等。这些论述的底蕴是一致的,即主张因时创新,不走复古之路。

对于学习前人的成功经验,刘知幾也有自己独到的见解,《模拟》即专论这个问题。"述者相效,自古而然。"刘知幾看到并承认这是事实,问题是怎样相效、怎样模拟。对那些守株效颦之辈,他进行了尖锐的嘲讽,称这种办法为"貌同而心异",即皮毛相似而精神不同。他认为不应模仿其形式、袭用其古语,而应"取其道术相会,义理玄同",这就是他提倡的"貌异而心同",形式不同而精神一致。浦起龙认为此论是"教人学古神似,勿貌似"①,不为无见。可以这样说,刘知幾关于模拟的论述超越了他的前辈,是中国文论史上的创论。其核心是:学习前人经验,是为了有所创造,不是跟在古人后面亦步亦趋。

正因为把落脚点放在现在,刘知幾提出了一个值得注意的观点:不屑古今,自出胸臆,努力创造前所未有的东西。"后之视今,亦犹今之视昔。"(《言语》)他不是两眼死盯着古代,而是立足于今,放眼未来。"古犹今也,何远近之有哉!"(《载文》)不屑古今,无论远近,唯创造是求。古人之所以值得称道,在于创新精神;生于今而欲与古人同居,就必须创造前人所未有的东西。《书志》说:

---

① 《史通通释·模拟》。

> 若乃《五行》《艺文》,班补子长之阙;《百官》《舆服》,谢拾孟坚之遗。王隐后来,加以《瑞异》;魏收晚进,弘以《释老》。斯则自我作故,出乎胸臆,求诸历代,不过一二者焉。

这当然是站在史家立场上讲的,但文学的旗帜是创造,把这种一空依傍,"自我作故"的精神用之于文学,无疑是大有益处的。

把刘知幾的观点与古文运动的领导者略作比较,更有助于认识他的创新主张的历史价值。在反对浮华文风上,他和韩愈是相同的。韩愈主张"唯陈言之务去"①,也和刘知幾的观点基本一致。但韩愈又主张学古要"师其意,不师其辞"②,自称"其所著,皆约六经之旨而成文"③。而六经之旨,也就是他所好的古圣贤之道了。这就和刘知幾不同了。刘知幾不屑于古今,因此不仅没有好古道、写古道的主张,而且明确指出:"必以先王之道持今世之人,此韩子所以著《五蠹》之篇,称宋人有守株之说也。"(《模拟》)这可以说是离经叛道了,而他是有充分理由的:"夫天地长久,风俗无恒……苟记言则约附五经,载语则依凭三史,是春秋之俗,战国之风,亘两仪而并存,经千载其如一。"(《言语》)好古人之道,约五经之旨,就显不出发展变化了。

由上述可知,无论是史是文,还是先王之道,他都反对因循规仿,抱残守缺,主张自我作故,创造革新。这就冲决了传统的束缚,卸去了因习的重负,高举起创新的旗帜,溢满着开拓的精神,为史学,也为文学的发展开辟了广阔的道路。

---

① 《答李翊书》,《韩昌黎文集》卷十六。
② 《答刘正夫书》,《韩昌黎文集》卷十八。
③ 《上宰相书》,《韩昌黎文集》卷十六。

五、叙事之工

在中国古代文论史上，刘知幾最先总结了叙事经验，对唐以后的小说、戏剧等叙事文学产生了积极的影响。

《史通》关于叙事的论述，主要是从写史角度说的。但无论文史，叙事都是重要问题，都尚简恶烦。刘知幾明确指出："国史之美者，以叙事为工，而叙事之工者，以简要为主。简之时义大矣哉！"（《叙事》）他还以比喻说明此理："盖凫胫虽短，续之则悲；史文虽约，增之反累。"（《浮词》）凫胫云云，后世成为文家论繁简的口头禅。

叙事要简洁，就不能徒张俪辞，以文害义。《叙事》篇两次批评这种现象：

……国史之文，日伤烦富。逮晋已降，流宕逾远。寻其冗句，摘其烦词，一行之间，必谬增数字；尺纸之内，恒虚费数行。夫聚蚊成雷，群轻折轴，况于章句不节，言词莫限，载之兼两，曷足道哉！

……作者芜音累句，云蒸泉涌。其为文也，大抵编字不只，捶句皆双，修短取均，奇偶相配。故应以一言蔽之者，辄足为二言；应以三句成文者，必分为四句。弥漫重沓，不知所裁。

由此观之，刘知幾对骈文的批判是严厉的，切中要害的。

作为叙事的样板，刘知幾很推崇《左传》：

《左氏》之叙事也，述行师则簿领盈视，叱咤沸腾；论备火则区分在目，修饰峻整；言胜捷则收获都尽，记奔败则披靡横前;申盟誓则慷慨有余,称谲诈则欺诬可见;谈恩惠则煦如春日,纪严切则凛若秋霜;叙兴邦则滋味无量,陈亡国则凄凉可悯……若斯才者,殆将工侔造化,思涉鬼神,著述罕闻,古今卓绝。(《杂说上》)

《左传》是否当得此誉,是另一个问题;从刘知幾这段对《左传》叙事经验的描述,我们可以看出,这样叙事,总的特点是形象生动,可感可触。唐宋以后的诗人画家,常有"工侔造化"之说,《左传》的叙事,也就真可谓工侔造化了。

如何达到这种工侔造化、思涉鬼神的境地呢?刘知幾认为不可不讲究用晦之道。无论文史,都要写真,但这"非谓丝毫必录,琐细无遗也"。《杂说下》说:"书之有益于褒贬,不书无损于劝戒。但举其宏纲,存其大体而已。"这既是刘知幾提出的叙事原则,又与他提倡的用晦之道一脉相通。

> 然章句之言,有显有晦。显也者,繁词缛说,理尽于篇中;晦也者,省字约文,事溢于句外……夫能略小存大,举重明轻,一言而巨细咸该,片语而洪纤靡漏,此皆用晦之道也。(《叙事》)

繁词缛说,大小不遗,不仅理尽于篇中,略无余蕴,而且往往难显要害,甚至繁华失实。所以为史为文,要举重明轻,略小存大。这就是用晦之道。刘知幾对用晦是很重视的:"晦之时义,不亦大哉!"他认为无论文史,善用晦即可以"言近而旨远,辞浅而义深,虽发语已殚,而含义未尽。使夫读者望表而知里,扪毛而辨骨,睹一事于句中,反三隅于字外"(《叙事》)。这就是用晦所产生的理想效果。

早在《周易》中就讲到:"其称名也小,其取类也大。"①汉人论文,这类说法甚多,如司马迁评屈原的作品说:"其称名小而其旨极大,其举类迩而见义远。"②到刘勰就总结出了"以少总多,情貌无遗"③的创作经验。刘知幾讲用晦之道,显然受到前人特别是刘勰的启发。这种古代文史交流、相得益彰的情形,是很值得注意的。刘知幾论用晦吸收了前人的意见,又对后世产生了影响。刘禹锡论诗有"片言可以明百意"④之说,即从"一言而巨细咸该,片语而洪纤靡漏"化出。后世论含蓄、意在言外者甚多,"言有尽而意无穷"成了唐宋以后文家公认的"天下之至言",从中也可以看出刘知幾的某些影响。

刘知幾对用晦的论述,虽继承前人,却有新的发展。除了对"略小存大,举重明轻"的论述比前人更具体、更深刻而外,他还触及到了叙事作品中的典型细节问题。刘勰总结出"以少总多"的原则,主要是就物色描写而言,还是一种抽取特征的概括写法。刘知幾引而伸之,把它应用于人事描写,就触及了选取典型细节的问题。他论文能用晦的特点说:"皆文如阔略,而语实周赡,故览之者初疑其易,而为之者方觉其难。"为什么览之易、为之难?

    盖作者言虽简略,理皆要害,故能疏而不遗,俭而无缺。譬如用奇兵者,持一当百,能全克敌之功也。(《叙事》)

以用兵喻为文,颇可引人注意。用兵要能持一当百,非处置巧妙出神入化不可;为文欲求片言百意,非精选细节义生言外不可。

---

① 《周易·系辞下》。
② 《史记·屈原列传》。
③ 《文心雕龙·物色》。
④ 《刘禹锡集·董氏武陵集记》。

我们看他所举之例,则此点益明:

> 至如叙晋败于邲,先济者赏,而云"上军、下军争舟,舟中之指可掬"。夫不言攀舟乱,以刃断指,而但曰舟指可掬,则读者自睹其事矣。至王劭《齐志》,述高季式破敌于韩陵,追奔逐北,而云"夜半方归,槊血满袖"。夫不言奋槊深入,击刺甚多,而但称槊血满袖,则闻者亦知其义矣。

这两例是《模拟》中用以说明貌异而心同的,但在具体分析中,刘知幾已清楚地揭示了典型细节的重要作用。只说舟指可掬,省去了乱兵争舟和以刃断指的过程,却可使人联想到字面之外的溃败情形。这就是形象生动、含蕴丰富的典型细节,槊血满袖也是这样。刘知幾认为写这样的细节,可持一当百,可见他已朦胧地看到了典型细节在叙事作品中的重要意义。

六、言必近真

语言,尤其是人物语言,对于叙事作品是至关重要的。《史通》对这个问题的论述很多,其指导思想是主真求肖。"事皆不谬,言必近真,庶几可与古人同居。"(《言语》)这是因为主真求肖,原是古人的成功经验:"寻夫战国以前,其言皆可讽咏……则知时人出言,史官入记,虽有讨论润色,终不失其梗概者也。"(《言语》)而不失其梗概要解决两个问题:一是写史为文宜用当世通行语言;二是人物语言要切合其实际情况。

刘知幾有个通达的观点:"取顺乎时,斯为最也。"(《题目》)主张因俗随时,照实而书,反对违俗泥古,真伪混淆。刘氏此类论述甚多,本文前面也已涉及,故从略。撰刘氏之意,盖谓史不可泥古,不可违俗。那么文尤其不可脱离现实,更应展现风土人情。这是文史相通之处。至于二者区别,刘知幾也有所认识:"故知喉舌翰墨,其辞本异。而近世作者,撰彼口语,同诸笔文。斯皆以元瑜、孔璋之才,而处丘明、子长之任。文之与史,何相乱之甚乎?"(《杂说下》)笔文翰墨即书面语言,口语喉舌指口头语言。史书尚整洁,故宜用书面语言叙事;文学尚生动,故可提炼口头语言描摹。刘知幾在一千多年前有此认识,是很可珍视的。

叙事用当世语,意在求真;人物各有声口,重在求肖。由于人各不同,人物的语言也就具有各自不同的特点,要使言如其人,就必须把各不相同的语言特点表现出来。《杂说下》说到如下情形:"辨如郦叟,吃若周昌,子羽修饰而言,仲由率尔而对",如果写不出这些特点,人物就失真了。史家记人物是如此,文家写人物也是如此,怎样才能达到人有其声口的要求呢?刘知幾总结史传写作经验,提出了三个需要注意的方面。

一是时代不同,人物语言也就不同,如果"使周秦言辞,见于魏晋之代;楚汉应对,行乎宋齐之日",那就失真难信了。如《左传·哀公二十年》载吴王夫差语:"勾践将生忧寡人。"孙盛《魏氏春秋》中记曹操语也有"将生忧寡人"[①]之说。刘知幾认为这就"事殊乖越"了。

二是不同地域、不同民族的人,有不同的方言俗语或民族语言。王邵《齐志》"多记当时鄙言",《杂说中》给予大力肯定。《言语》批评"讳彼夷音,变成华语",甚至对少数民族语言"妄益文采,虚加风物,援引《诗》《书》,宪章《史》《汉》",认为这样就"华而失实,罪莫大焉"。本篇举到几个生动的例子,如《左传·文公

[①] 见《三国志·魏志·武帝记》注。

九年》载江芊骂商臣:"役夫!宜君王废汝而立职。"《史记·留侯世家》载汉王骂郦食其:"竖儒,几败乃公事!"《魏略》载单固骂杨康:"老奴,汝死自其分!"①《晋书·王衍传》载山涛赞叹王衍:"何物老妪,生宁馨儿!"②刘知幾认为"斯并当时侮嫚之词,流俗鄙俚之说",这种生动的口语,真实地传达了人物的神态语气,使人如闻其声。为史为文,均宜采用这种语言。

三是人物语言必须和他的身份相称。粗野之人,其言鲁直;文墨之士,其言必雅。如果不注意这一点,就会闹出笑话:"王平所识,仅通十字;霍光无学,不知一经。而述其言语,必称典诰。""《宋书》称武帝入关,以镇恶不伐,远方冯异;于渭滨游览,追思太公。夫以宋祖无学,愚智所悉,安能援引古事以酬答群臣者乎?斯不然矣。"(《杂说下》)王平是"生长戎旅,手不能书,其所识不过十字"③;霍光则"不学亡术"④;宋主刘裕也"少事戎旅,不涉经学"⑤,他们说话,是不可能"必称典诰"的。

上述三方面,都是从写人物着眼的。考虑到种种因素,把人物的语言特点表达出来,是史的要求,也是文学的要求。

刘知幾对言必近真的论述,是前无古人的。后世直到小说、戏剧繁荣起来,文论家才上继刘知幾余绪,作了更深入的研究。

高尔基认为文学有三要素:语言、情节和人物。这三个方面,

---

① 见《三国志·魏志·王凌传》注。
② 《史通》原作乐广叹卫玠语,恐误。
③ 《三国志·蜀志·王平传》。
④ 《汉书·霍光传赞》。
⑤ 《南史·郑鲜之传》。

刘知幾都有所论述。其中关于人物语言问题,在他之前几乎是一张白纸;关于用晦之道的论述,不仅更深刻更具体,而且触及典型细节问题,也为他的前辈所不及。这是他对我国古代文论的独特贡献。此外,他第一个用历史发展的观点分析了文与史的异同,较早地提出了诗、骚等文学作品也符合实录精神的看法,率先倡导爱而知丑、憎而知善的观点,都给我国古代文论的发展以一定的助益。尤其是他不囿于传统,不屑于古今,不拘于成说,不惑于时风,主张一家独断,崇尚推陈出新的精神,至今仍给我们以深刻的启迪。当然,不能说他比其前辈都高明,他不是专门论文,不可能深究文学的某些特殊规律。但他有上述独到之处,应当引起古代文论研究者的注意,给予他恰当的评价。

(本文与萧洪林合著,萧为第二作者。
原载于《中国古代文论家评传》,中州古籍出版社 1988 年版)

建立有中国特色的文艺理论
是研究古代文论的首要任务

邓小平同志关于"建设有中国特色的社会主义"的重要指示,对文艺理论工作者,也具有极为深刻的指导意义。我们有数千年的文艺史,也有优良的文艺理论传统,但直到现在,还没有一部称得上具有中国特色的文艺理论。在丰富的古代文艺理论遗产中,是荟聚了大量珍贵的艺术经验的。它已为数千年的实践证明,许多是广大中国老百姓所喜闻乐见而具有强大的生命力的。要建立具有中国特色的文艺理论,就必须系统地总结这些经验。古代文论研究者,就应以此为自己的首要任务。

所谓"古为今用",既不是在今人的理论中,简单地引证几句"诗云子曰",更不是用当代的理论来改装古人。只有找出古代文论的原貌,才能看到中国古代文论自己的特色。以《文心雕龙》来说,不少研究者都怀疑某些篇次有误。提出疑问自然是可以的,能不能据一己之疑而改动古书原貌呢?这就须要十分慎重了。从现存《文心雕龙》的唐写本到明清各种刻本,全部篇次都是一致的。因此,种种怀疑,都还有待证实。在未得证实之前便遽改古书,很有可能我们认为有误之处,古人本意正应如此。有的论著就不是存疑,而据自己的理解,把《文心雕龙》的篇次做了大调整,再把调整后的《文心雕龙》介绍给读者。这样,读者就只能看到今人或论著者所理解的《文心雕龙》,而未必是刘勰的《文心雕龙》了。

古书的原貌既被改变,又从何究得古人理论的固有特色?不仅篇次问题是这样,从文字到全部理论的认识,无不如此。如《文心雕龙》中的《知音》篇,论者多以为它既是一篇批评论,就必然要提出批评的标准,于是把其中讲的"六观"视为六条批评标准。"六观"却又多指形式问题,这岂不有损于刘勰的理论价值?于是又强解其中部分为内容方面的标准。现已为多数论者认清,"六观"不过是文学鉴赏中"披文入情"的方法,并不是什么批评标准。这是个很值得重视的教训。不尊重原意,而按今人认为应当如何来强解古人,是会把古人搅得面目全非的。所以,要探讨我国古代文论的特色,首先必须搞清认准它的原貌,然后才能以此为基础,进而研究其理论体系和基本规律。

文学理论的民族特色,主要体现在它的体系和规律上。要准确地把握中国文学理论的特色,离开它的体系和规律是不可能的。要认清中国古代文学理论的体系和规律,还有大量的工作要做,而这方面正是过去古代文论研究工作的薄弱环节。由于我国古代这方面的论著既多又分散;以诗话为主的漫谈式著作,多无严密的组织结构;以及各家所用理论术语、概念不尽相同等,给研究工作带来的困难是较大的。但是,要开创古代文论研究的新局面,要为建立具有中国特色的文艺理论做出新贡献,这方面的研究是必须加强的。中国古代哲学、美学的研究,近年已取得了较好的成绩。古代文论的研究,也出现了一个良好的开端。对少数重要著作的理论体系,对某些源远流长的传统理论问题,如文与道、形与神、虚与实等,已开始有了一些初步的探讨。从某些个别的、具体的问题着手,由点到面,显然是可行的道路。只要把古代有代表性的一些论著和问题理出了头绪，对整体的认识就可望逐步接近了。

很可能出现的情况是：体系则有各家不同的体系，规律则有各种不同的规律。要从多种多样的体系和规律中找出古代文学理论的民族特色，仍是有困难的。我的初步体会，是要尽可能地多做点综合研究。单就某一家的理论而言，难免有一定的局限性；能找出若干家的共同特点，自然会具有一定的概括性。综合的面愈广，总结出来的规律或特点，概括性就越大，可靠性就越强。以形神问题为例来说：早在先秦时期，就出现了有关形神关系的某些论述，历汉唐而明清，传神佳作相继不绝，总结形神关系的理论，也大量涌现而不断加深。文学方面，不仅诗歌如此，词赋、散文、戏曲、小说等，都重传神。不仅文学，音乐、绘画、书法、舞蹈等，也是如此。又如绘画，古代不仅人物画要求传神写真，山水画、花鸟画、走兽画等，亦无不要求传形之神。据此，我们说传形之神的要求，是中国古代文学艺术的民族特色之一，也就颇有把握了。在形和神的关系上，总结历代多种艺术的共同经验，都是要求形与神的统一。据此，我们说形神兼备、以形写神，是古代创造艺术形象的一条重要规律，也就问题不大了。

虽然，不可能每一种文学艺术的民族特色，都必为各种样式的艺术所共有，但也应该看到：既然是民族特色，一般来说，不可能和同一民族的其他艺术毫不相关。在同一块土壤、同一种民族习尚之中经过长期酝酿而逐步形成的某种特色，共同性越大，势必民族特色愈浓；何况某些不同的文学艺术之间，本身就有一定的共通之处，如古代诗、乐、舞的三位一体，以及所谓"诗画本一律"等。所以，多种文学艺术所具有的共同特色，不仅可能更具民族特色,还可从不同艺术之间的相互关系中得到一些启示,从而有助于我们对古代文学艺术民族特色的认识。

(原载于《文史哲》1983年第1期)

古代文论研究述评

1984年的古代文论研究,从总体上看,研究面广而重点突出,新问题多而成绩显著。全年发表有关论文四百余篇,涉及古代评论家七十多人,某些过去注意不够、研究未及的问题或评论家,年内已得到一定重视。整个古代文论研究的面貌,正处于迅速发展变化之中。

古代文论研究的新趋向

重视古代文学理论民族特色的探讨,是近年来古文论研究的总趋势。多数研究者明确意识到,繁荣社会主义的文学艺术,在理论上走自己的路,发扬中国作风、中国气派的优良传统是完全必要的。因此,总结数千年来的丰富经验,探讨古代文论的民族特色,为建立具有民族特色的马克思主义文艺理论体系而积极努力,已成为古文论研究者的普遍行动。这一趋势,目前正处于方兴未艾之中。1984年内不仅提出了不少专题性的论述,更深透到许多古代文论的具体研究中去了。《文心雕龙》这一重点项目如此,诗文、小说、戏曲理论的研究,亦无不如此。

过去的研究,多着眼于古代文论本身所体现的民族特点。这种研究固然必要,但若仅仅停留在找出某些特点上,就既难认识准确，又往往知其然而不知其所以然，研究的深度是有限的。1984年内除仍继续探讨古代文论本身所表现的特点外，又进而对何以会形成某些民族特点加以研究。如陈伯海的《民族文化与古代文论》，从古代社会制度、民族文化传统的总背景上考察，再结合中西文化之异的比较，就为古代文论民族特色的研究开拓一个新的领域。又如董冰竹的《我国古代文论的民族印记》，从社会意识形态和古代文学创作等方面来探寻古代文论民族特点的形成；黄保真《漫谈古代文论的历史特点》，更从中国的"古代"特别长、单一的社会本质、民族的思维方式，和中国古代文学始终没有脱离杂文学的特点等，来探讨古代文论的民族特点。这些新的角度和视野的扩大，便说明这方面的研究已向前迈进一大步了。

陈伯海从中国古代形成较早而又相当牢固的人本思想、"法先王"和"中和之美"等传统观念来寻根索源，对说明古代文论重"道"，主"神"，尚"境"等特点的形成，显然是有力的。因能注意探寻民族特点的社会根源，就有可能发现过去对某些问题的认识是不符合实际的。如黄保真提到被中外学者长期误解的一个观点：中国古代文论没有完整的理论体系和涵义确切的概念。其原因就是忽视了中国古代文论思维形式的特点。他认为中国古代文论多有高度抽象的概念，只是以"抽象与形象相结合，概念与体验相结合"为特点。这样的概念比单纯理性认识的内容丰富得多。至于体系结构，如果不是从苏联或西方的模式出发，中国古代文论也是有自己的独特体系的。此论是有道理的（下面将谈到王夫之的诗论体系即是一例），但怎样把这个体系清晰而确切地勾勒出来，还有待做大量艰苦的研究工作。

除了总体的探讨，对一些富有民族特点的具体问题，如文气说、意境论、神韵论、风骨论，以及比兴、神思、妙悟等，年内也各有一些专题研究,各有程度不同的进展。如文气说,马白作为"古代文论特点一例"做了专论,也注意从古代文论侧重于对作家主体研究的总貌来探讨其民族特点。王运熙从纵的方面论述了文气说在古代的发展概貌,胡明从横的方面辨析了"气"的六种类型。又如吴调公论王渔洋的神韵说,一反过去"从诗论到诗论"的老路,而从其诗作的基本风貌(冲淡)所体现的美学观,提出其神韵说渊源于魏晋风度的新见解;又考察王渔洋的"得江山之助",及其融诗画两种艺术规律为一体等诸因素,来研究其神韵说的构成,从而获得较为丰实的认识。这都是1984年深入研究文论民族特色的新收获。

在普遍注意民族特点研究的过程中,又隐隐出现一种与之相反的趋向:重视文学艺术"共性"的研究。这不是一种矛盾现象,而是深入研究民族特色的必然结果,或者说是民族特色深入研究的必然反映。何谓民族特色?有人认为是:"中国古代文论的本质规律,它是个性与共性的统一,在个别中表现了一般,其特征本身也表现出中外古今人类文学的共同规律。"此说虽非定论,却有道理。如果有一种违反文学艺术共同规律的民族特色,它将是毫无价值的。所以,提出研究古代文论的"个性和共性"问题,很值得注意。年内不少论文已直接或间接地涉及这个问题了。如有的认为某一理论"揭示了艺术典型的本质";有的认为中国古代文论"具有伟大的世界意义";有的强调研究"最有普遍性"的理论,都说明对总结文学艺术的一般规律已有一定的注意。只有对此有深入的研究,才能发现古代文论的真正价值;也只有如此,才能更深刻地认识中国古代文论的民族特点;而更重要的,还在于只有如此才能发扬民族精华,使之在繁荣社会主义的文学艺术中发挥其作用。南帆的《我国古代文论的宏观研究》,正反映了古代文论研究的这一发展趋势。民族特色研究,必须发展而为结合宏观的研究,建设具有民族特色的马克思主义文艺理论体系才有可能。

道家思想和古代文论的关系,是本年内古文论研究者注目的新问题之一。年初,张少康的《重视古代文艺思想发展特点的研究》就提出:"以庄子为代表的文艺思想对我国古代文学发展的影响是极其深远的。其地位不亚于儒家,可惜解放以来我们文学批评史的研究中对此重视不够。"的确,多年来古文论研究者对此虽偶有所及,认真深入的研究是很不够的。老庄思想确有其消极面,以至在很长时期内几成禁区。现在能为较多的研究者所注意和重视,固然与思想解放有关,也是古代文论研究愈益深入发展的必然趋势。诚如张少康引郭老之说:"秦汉以来的一部中国文学史差不多大半是在他(庄子)的影响之下发展"的;道家思想既和古代文学有不可分割的内在联系,在古代文论逐步深入之后,就必然会接触到这个问题。

年内除在民族特色、意境、神韵、虚静说、小说理论和刘勰、司空图、苏轼、王渔洋等的研究中,涉及道家思想甚多外,对此做专题研究的也不少了:或论道家思想与两汉文学,或究《庄子》中"神"的概念对古代文论的影响,或析道家的艺术本体论,或究道家的自然之道在古代文论中的作用,或论玄学和山水诗的关系,或总评道家思想对古代文学的影响等。从许多不同的角度说明,道家思想是古代文论的一个重要组成部分,古代文论的一系列范畴、概念和观点,大都是在儒道思想相互对立又相互补充的发展过程中形成的。这些研究还初步阐明,中国古代文论尚自然、重神韵、讲虚实等民族特点的形成,特别是对文学艺术内部规律的认识与把握,道家思想都发挥了积极的作用。

漆绪邦的《自然之道与"以自然之为美"》认为:"道家思想对于我国古代文艺理论的影响不但是巨大的,而且在许多方面,甚至是决定性的",特别是古代文学理论贵自然的传统,其思想根源,主要就是道家的自然之道。论者认为,"道家关于人的性情以真为贵,世间万物以自然为美的观点,与文学的以自然真实为贵的固有规律是相通的"。因此,能在道家自然观的影响下,形成古代文论贵自然的传统。李壮鹰的《道家的艺术本体论剖析》,认为道家对后世文艺理论影响最大最深的就是其艺术本体论。道家"以无为本",对文学艺术也"认为只有无形无质的精神才是艺术的本体"。精神对实有的物质来说就是"无",而艺术创造正是一种精神生产。所以,本文肯定用道家的"无必生有"来解释艺术生产的合理性,认为道家"从而把人们的眼睛从艺术品的外壳引向它观念形态的本体",由于注重的是"言所以在意",就能使人逐步认识一系列艺术的内部特质。

历来多以为老庄否定文艺以至否定一切人类文化。李文不仅有理有据地提出了道家的"艺术本体论",且较为深入地剖析了这种"本体论"的具体作用,这不能不视为古代文论研究的一大发展。不过,这问题是十分复杂的,道家思想对古代文论有深刻的影响是无疑的,但怎样把否定文艺、一再强调"形如槁木,心如死灰"(《庄子》中多达四次)的老庄思想对文学艺术理论的促进作用讲深析透,现在还仅仅是一个开始。从现在的研究情况来看,有两点似应适当留意:一是矫枉过正的倾向。如谓没有道家思想就不会有古代文学灿烂辉煌的成就等。一是孤立地谈老庄思想的决定作用。古代文论家之所以有某种观点或主张,可能与受到某种思想的影响有关,但如主自然者,未必全来自老庄,即使源于老庄,这个评论家何以会接受其影响,还有他个人的、政治经济的、社会现实的复杂因素,何况在文学艺术发展的历史长河中,文学艺术家们也可以从艺术实践中,逐步总结出某些规律性的认识。

随着古代文论研究的深入发展,古文论的方法也是一个引人关注的新问题。王运熙的《谈谈中国古代文论的研究方法》,提出"统观全人,避免以偏概全","把理论原则和具体批评结合起来考虑"等四项主张。南帆的《我国古代文论的宏观研究》,强调"打破古代研究的封闭状态,向当代文论输送各种研究结果","应当成为古代文论研究致力的方向之一"。孙逊的《古代文艺理论系列研究刍议》,认为"要使我国古代文艺理论研究有重大的突破,就必须打破各种艺术形式的界限,打破文学和艺术的界限,对构成我国古代文艺理论系列的各个环节作综合的研究,从宏观的高度,总结出一些共同的和不同的带根本性的规律"。这些意见都是有益的,值得重视的。古代文论研究虽已取得很大成绩,但为了适应当前的需要,使古代文论研究得更有成效,从方法论上予以探讨是非常必要的。近年来,用新的方法研究古代文论,如总结某些基本规律,从美学的高度或用比较方法来研究古代文论,或对古代文学艺术理论进行综合研究等,都已有过一些尝试,但还未引起足够的重视,而相当普遍的还是一套陈旧的论述方法,甲乙丙丁,列叙若干条互不相关的内容者甚多。因此,为了推进古代文论研究的发展,方法论的研究在当前是不可忽视的。

小说、戏曲理论研究

小说理论一向是古代文学理论研究的薄弱环节之一,1984年是开始有所好转的一年。本年3月在武汉召开的古代小说理论讨论会,对促进研究者的重视起到一定的作用。从全年发表三十多篇论文来看,这个数量就是前所未有的收获;对不少问题的研究也取得了较好的成果。

重视小说理论的民族特点,是古代小说理论研究的一个良好开端。武汉会上的讨论和许多论文都能密切联系这点来展开研究。由于古代并无小说理论的专著,许多见解都是从有关序跋、评点和种种零散的资料中反映出来的,随感式的意见较多,因而中国古代小说理论是否自成体系,部分同志是有所怀疑的。有的则认为:"所谓体系,不能仅看理论的表述方式或理论家的个人声明;理论体系取决于该理论思想的内在联系。"中国古代小说理论有一整套独特的范畴、概念,是中国传统审美认识发展的历史产物,自有其内在的联系,因此,在"实质上却构成了一个理论系统"。这是一个较为复杂的问题,尚未展开全面深入的讨论。但年内发表的许多论文都与此有一定的联系,从已涉及的一些问题看,中国古代小说理论确有一套独具的特色。如论述较多的绘形传神、从实到虚、虚实结合、对比方法以及阅读、欣赏、议论和批评相结合的评点方式等,都是鲜明的民族特色。黄霖《中国古代小说批评中的人物典型论》一文,就从方法论着手探讨了这个问题。他认为研究中国古代小说的典型论,不外三个途径,从中国古代"典型"一词的本义或从西方的典型理论出发来研究都是走不通的,唯有"从中国传统理论的实际出发",才是一条可行的广阔大道。此说虽似老生常谈却不容忽视,只有如此,才能认清我国古代人物论的本来面目。不然,按照西方的定义来硬套,套得越像就越远离古代小说理论的实际。

年内讨论较集中的另一问题是塑造人物性格的理论,除上举黄霖之论,又如金昌谷、杨星映、李燃青等,都有专论发表。金昌谷的《典型理论的历史性突破》,着重论述金圣叹的"性格说",正抓住了关键的关键。金圣叹既是古代小说理论方面有代表性的评论家,性格问题又是塑造人物形象的要害。本文认为金圣叹评《水浒》是以论人物性格为核心,"形成了比较完整的典型理论"。金圣叹不仅"把个性描写作为性格塑造成功与否的关键",还注意到通过个性以显示共性,并总结出一套塑造人物群象的重要经验。这种分析充分显示了古代小说理论的可贵成就。

以人物形象的评论为主要议题,必然涉及对金圣叹的评价问题。这方面的分歧,至今仍然存在。如陈谦豫在《评金圣叹的小说理论》中说:"我总的看法是:他对《水浒》的思想内容基本持否定态度,而对《水浒》艺术成就的探索,却达到了前所未有的高度。"对金圣叹艺术理论方面的肯定,目前已大致趋于一致了,但对政治思想,则既有人肯定为"杰出的思想家",也有人认为是"反动"的。李茂肃的《金圣叹评〈水浒〉及其严重局限》论其思想说:"金圣叹不满于黑暗的社会现实,有同情被压迫者反抗斗争的思想,但只要超越了这个界限,触犯了皇帝的利益……他就要口诛笔伐了。"对一个封建文人来说,这种情形是值得考虑的。金圣叹的思想和在艺术理论上的成就是否矛盾,这是一个较为复杂的问题。它与一个作家的创作和世界观是否矛盾的性质不同,艺术理论本身就和世界观具有密切的联系,所以,怎样认识这种关系,是有待进一步研究的。

除金圣叹之外,年内对李贽、冯梦龙、毛宗冈、林纾、王国维等人,及从小说理论的萌芽,到晚清小说理论,也各有专文论述。总的看来,1984年的小说理论研究以人物性格为主,旁及小说的价值、意义、现实主义和情节结构等,都各有一定的研究成果。

古代戏曲理论也是以往研究不够的一个方面。比之小说理论研究,当前虽觉受重视的程度又有不足,但较之过去,年内仍有一定发展。如吕天成的《曲品》、吴梅的戏曲理论等,在中国戏曲理论史上是有一定地位的,过去很少被人注意。今年吴书荫发表了《从〈曲品〉看吕天成的戏曲理论》,刘伟林、陈永标发表了《吴梅的戏曲美学思想》等。又如王政的《论临川派的戏曲理论》,对其以"真"和"情"为核心的戏曲理论进行了系统论述,则是一种具有开创性的研究。

1984年的戏曲理论研究以李渔为重点,这和过去略同。如李渔的"立主脑"和"创新论"等,前几年虽已有论及,今年继续讨论这些问题,也有一定的发展。齐森华论金圣叹腰斩《西厢记》,提出与前人不同的见解,认为删去第五本,止于《惊梦》更具反封建色彩,其腰斩有合理性。此外,谢柏良提出古代戏剧序跋是"一个丰富的戏曲理论宝库",颇值得注意。中国古代戏曲理论资料是相当丰富的,只是资料的整理和研究工作都尚待加强。

《文心雕龙》研究及其他

正如周扬同志所肯定的:《文心雕龙》是中国古代文论的典型,也是世界各国研究文学、美学理论最早的一个典型;此书一向为古文论研究者所重视,是理所当然的。在1984年发表的古代文论研究论文中,《文心雕龙》达四分之一以上,充分说明研究者对这个典型是高度重视的。

本年研究的主要问题和前几年有连续性,仍以艺术构思论、风骨论、原道论和有关《辨骚》篇的文章较多。除艺术构思论研究发展较为顺利外,其他三项仍然存在较大的分歧,但其中虽有少数应景文章,总的看来,这些问题仍在逐步向纵深发展中。此外,如"写真实"问题、文体论、定势论等,虽发表论文较少,却较前有了显著进展。刘文忠论"写真实"问题,对前人已有论及者便从略,而力图从新的角度探其要旨,故能发前人所未发,如以《夸饰》篇为"艺术真实论的历史总结"等,颇富创见。

年内《文心雕龙》研究较重要的发展情况有四:第一是总结成果,探索新的途径。这一进程从1983年秋《文心雕龙》学会成立之际就开始了,集中反映在今年出版的《文心雕龙学刊》第二辑中。如张光年、王元化同志在大会上的讲话,充分肯定已经取得的巨大成就,对今后的研究提出了重要意见。同刊所发杨明照、吴调公、牟世金、刘凌等人的文章,或总结过去,展望未来,或总论《文心雕龙》的地位与研究趋势,或论今后的研究方法。此外,如石家宜的《〈文心雕龙〉研究的勃兴》,对已出版的《文心雕龙》研究专著做了总评;李庆甲、汪涌豪的《建国以来〈文心雕龙〉研究概述》等,都从不同角度对三十多年来的《文心雕龙》研究进行了总的检讨。与此同时,还开始了新的研究方法的试探,如崔文华的《〈文心雕龙〉体系形态论》,马白的《论〈文心雕龙〉的系统观念与系统方法》,刘凌的《〈文心雕龙〉理论体系新探》等,都对用新的方法来研究《文心雕龙》进行了尝试。

第二是综合性的研究。前面讲到有人提出"文艺理论系列研究"的主张,在苏轼研究中已有所触及了,只是还限于诗画二者的关系。苏轼是一位艺术大师,诗词散文,书法绘画,皆所精通而又有论述,很可作为一个典型来研究。刘勰本人之于书画艺术虽然无闻,但六朝是一个艺术大发展的时代,其间不能无关。在上海中日学者《文心雕龙》讨论会上,伍蠡甫先生提出,把画论和《文心雕龙》结合起来研究,并做了精辟的论述,受到普遍重视。缪俊杰为此会提交的论文《中国古代乐论、画论对刘勰〈文心雕龙〉的影响》，和牟世金在年内发表的《从〈文赋〉到〈神思〉》(六朝艺术构思论研究)等，都是开始将音乐、绘画、书法理论和刘勰的文论加以综合研究的试探。这种新的研究途径，是值得继续下去的。

第三是刘勰思想研究的新收获。由于刘勰与佛教的关系至为密切，而论文又主"征圣""宗经"，且《文心雕龙》中儒道玄佛、诸子百家都有涉及，又都有某些肯定，所以，其思想属于何家，是一个长期纷论不已的老问题。主儒家论者虽多，对上述复杂情形却难以提出足以服众的解释。王元化的《〈文心雕龙〉札记三则》和他在上海讨论会上的总结发言，都对这一老大难问题做了较为有力的论证。关键就在不能脱离当时社会思潮的整体。六朝是一个儒道玄佛齐驱并骛的时代，各种思想既互相排斥又互相融化。当时一方面已无纯粹的儒道释思想，一方面"儒学本身也在发展，甚至变化，当时的儒学跟早期的原始儒学以至其后的两汉的儒学已经不同了"。因此，刘勰的思想虽属儒家，"但是他对于作为当时时代思潮的释、道、玄诸家，也有融合吸收的一面"。这样，问题就得到了较为合情合理的解释。

第四是中外交流的开展。今年不仅专门召开了中日学者《文心雕龙》讨论会，为《文心雕龙》研究史上一件大事，还发表了五篇介绍国外研究《文心雕龙》情况的文章和一篇《文心雕龙》英译本序。这些交流和介绍，对于今后《文心雕龙》研究的发展是有益的。

以上几项说明，《文心雕龙》研究在1984年内不仅有了较大发展，且已逐步进入一个新的时期。在整个古代文论研究中，《文心雕龙》研究显然是先行一步了。但存在的问题也不少，文章虽多而少新意，纷争较久的老问题，年内研究鲜有大的突破，重复的论述屡有所见。这些都是须要继续克服的。就目前形势看,不仅研究队伍正在继续壮大,读者的数量发展更快,须要了解这个古代文论的"典型"者越来越多,这自然是一个大好形势。因此,不少同志致力于《文心雕龙》的普及工作,是很值得欢迎的。钟子翱、黄安祯合著《刘勰论写作之道》一书的出版,正适应当前的形势而深受欢迎。

陆机的《文赋》和钟嵘的《诗品》,也是一向为古文论研究者瞩目的重要论著。徐中玉、吴调公、敏泽、张少康诸家,今年都发表了研究《文赋》的文章;吕德申、梅运生等发表了论《诗品》的文章。徐中玉的《论陆机〈文赋〉的进步性及其主要贡献》,全面驳斥了种种否定《文赋》的意见,而充分肯定其"进步性是显著的,其贡献是重要的"。吕德申在详注《诗品》的基础上,写成《钟嵘的诗歌理论》,相当全面地论析了钟嵘的诗歌理论,提出了钟嵘评诗标准的新说:是"风力"和"词采"的结合。贾树新探讨了《诗品》的理论体系,也是一个值得注意的新问题。

司空图的《诗品》,也是1984年内研究较多的著作之一。郁源的《司空图审美理论中的"三外"说》和张少康的《象外之象,景外之景》,都有较为深入的研究。前者抓要害、析精髓,并究其来龙去脉,从"三外"的内在联系探其何以能产生"外象""外旨"的审美效果,对司空图的诗歌理论有了深刻而具体的认识。后者注重从总体上把握其理论意义,用"思与境偕"概括其论诗的最高要求,用"象外之象,景外之景"为其论诗境的基本特征,由这种认识出发来研究司空图的诗歌理论,对得其要旨而避免离题的发挥,是较为可取的研究方法。《诗品》研究尚存问题是它的性质,现已发展为风格论、创作论、境界论或风格兼创作、风格兼境界诸说。张少康认为"思与境偕"可概括《诗品》的主要内容,因此,《诗品》

是境界论。潘世秀认为是风格与意境互为表里,"不同风格的差别,本于不同意境的差别"。刘淦仍主风格论,并认为其实质是"创作个性决定艺术风格"。

对王夫之诗论的研究,1984年出现一个较为活跃的局面。李中华、吴家振对其文艺思想做了较全面的论述,萧驰究其创作论,赵永纪探其批评论,刘畅研其"现量"说,万松论其"化境"说,宋绪连评其对谢灵运的评论,周颂喜讨其对主客观关系的论述,丁宁就其论情景关系而探讨古代诗论的民族特色。这些论述,有的角度新颖,有的精深透辟,或点或面,都有一定的成就。特别是萧驰的《王夫之的诗歌创作论》,可说是本年古代文论研究的重要收获之一。王夫之的《薑斋诗话》等论著,在表述方法,结构形式上,和古代一般诗话是相同的。萧驰的贡献是理出了王夫之诗论的体系,认为王夫之的诗论是中国传统诗论的总结,这个总结已形成一套较为完整的古典诗歌美学体系。本文层层深入地揭示了这个体系,其各个有机的组成部分,都紧扣王夫之的特点,有力地论证了王夫之诗论的独特成就。

除以上所述,年内论述较多的还有白居易、苏轼、叶燮、王国维等。孔孟文学思想及传统文论,也在继续研究中有程度不同的进展。不少论文提出了值得注意的新见解。如蔡厚示认为先秦时期"只有孔子和他的后继者们较多地接触到一些文学内部的规律问题";"思无邪"既指内容也指形式。刘斯翰、何天杰认为"兴观群怨"四项,只有"怨"是"孔子对'诗'的文学性的一种朦胧的自觉"。贾文昭对"缘情"说的传统见解提出异议,而主张代之以产生更早也更合理的"性情"说。

1984年古代文论研究的成就是巨大的,更值得庆幸的是一批青年研究者的迅速成长。如前面提到的南帆、萧驰等,都是刚刚毕业的研究生,就为本年古文论研究增加活力,大放异彩。在新的一年里,我们相信会有更多的青年研究者为古文论研究作出新的贡献。

(原载于《中国古典文学研究年鉴1984》)

《中国古代文论家评传》前言

近年来,古代文论研究以每年发表四五百篇论文,出版十多部专著的速度发展,已出现一个前所未有的崭新局面。除了当前整个学术思想空气的活跃外,这种大发展的重要原因有二:一是中国古代确有十分丰富的文论资料,用新的观点和方法去发掘、清理和研究,真是使人应接不暇,美不胜收。人们愈来愈发现有其值得珍视的价值,愈来愈深知它确可激发起我们的民族自豪感。不少外来的时髦之论,其实我国古已有之;把陆机、刘勰、金圣叹、李渔等人的理论成就,放到同时期的世界文坛上略加比较,就发现我们这个文明古国,在文论方面是毫不逊色的。

再就是我们的国家民族应该走自己的道路,要建设有中国特色的社会主义。在这一光辉思想指导下,广大文艺工作者普遍意识到,建立具有中国气派的马克思主义文艺理论,已是刻不容缓了。文学理论是创作经验的总结。我们只能总结自己的经验来指导自己的创作,强搬西方的经验,硬套现代派的理论,不过把中国的文坛变成西方的应声虫。

历史的经验早已证明,全盘西化的道路是走不通的。在文学理论这块沃土上,我们是富有者。如果抛弃数千年来的优秀传统,而要"和传统告别",那就是从零开始。任何高明的仰人鼻息者,也只能永远跟在人家的屁股之后。我们并不盲目拒绝一切有益的外来东西。六朝文论的大发展,正与外来的佛学、新兴的玄学有关。但六朝时期的文论没有一部不是地道的中国文论,没有一家之言不是在传统经验的基础上重新构筑的。当前,多数古代文论研究者正在努力掌握新的思想方法,也积极而慎重地吸收西方的某些有利因素;却深知发扬民族文学的优良传统,在现在更负有光荣的历史使命。所以,近年来古代文论研究的勃兴,并非出于发思古之幽情,而是为了今天,为了明天,为了民族文学的发展。建设社会主义必须走自己的路,文学艺术及其理论自不能例外。按照建立具有中国特色的马克思主义文艺理论体系的要求,近年来古代文论的研究虽已有了很大发展,但还非常不够;关心此道者,也还总是少数。没有千百万文艺工作者的共同认识和努力,这一要求是很难实现的。

要使浩如烟海的古代文论为广大群众所理解和掌握是不可能的,只能首先向他们介绍一些最重要的、有代表性的东西。怎样把近年来的研究成果汇集起来,借以推广和促进古代文论的教学和研究工作,困难也是很大的。但古代文论的研究者们正在积极思考,出版家们也在千方百计想办法。近年来,除大量出版了各种专书的校注释译和研究著作外,研究者的论文集、专题性的研究集(如小说理论等)、专家专书(如刘勰、严羽、王国维等)的论文选,也正在陆续出版。这类论著今后必将愈来愈多,这自然是大好事。但仅以《文心雕龙》一种来说,迄今中外出版的研究专著已多达百多部,发表论文一千六七百篇,总计不下三千万言。而中国古代文论家较重要的也有二百余家,当代著名的研究者,也不下三百人。这对一个想要涉足古代文论的人来说,真就是"翘足志学,白首不遍"了。

所以,为了使广大读者能较为集中地接触中国古代文论的主要成就，又可得当代研究者的各家之长；既配合历代文论选的教学之需，又可提供广大研究者和爱好者的参考，中州古籍出版社决定出版这部《中国古代文论家评传》。本书选古代文论家六十七人，最重要的论著都在其中了；本书邀请当代著名的研究者和少数新起之秀共六十人执笔，除个别名家为时间所不允而未预其撰外，海内名流大都为此书捉笔了。研究者一般是各有所长的，或为研究某一论著的专家，或当前正集中研究某一论著；本书基本上就据此分工执笔而发挥各家之长。所以，本书不仅集中国古代文论之精华，也可说集近年来古代文论研究之大成。这对读者或研究者提供的方便是明显的。

"知人论世"是中国古代文论的重要传统之一。这部《评传》也继承和发扬了这一传统。其不能不继承者，盖以中国古代文论鲜有孤立的、纯理论性的论著，而往往有其具体的针对性：或为反对某种不良倾向而发，或为总结某种创作经验而撰，其主张与批判、建树或论战，大都与当时文坛风气息息相关。所以，离开其特定的历史状况和论者的思想阅历，是难以准确把握古代文论的实际意义的。本书宗旨虽以评论各家理论成就及其意义为主，也注意介绍古代文论家的生平思想及有关历史背景。这对一般读者来说，可能是更为必要的。但这只是就其大概而言，古代文论家的具体情况各不相同，其理论与时代的联系强弱不一；有的一家只一部专著，有的则针对多种情况提出不同的评论，有的甚至一生前后观点不一。因此，本书的内容和体例都无法强求一律，只能是大致取知人论世之途，而以论述各家的理论意义为主。

与此有关的问题是：中国古代基本上没有专业的文学评论家，大都是作家、诗人、思想家，或政治家兼行文学评论。我们在介绍其生平思想时，虽也兼顾全人，却不可能按照诗人、政治家或思想家的面目着笔。本书既是古代文论家的评传,就只能侧重从文论的角度来写其生平思想。如杜甫、王安石等,也适当联系其诗作以印证他们的文学观点,但对其创作活动、诗歌成就、政治生活等,就不作详细介绍了。

正如程千帆先生在本书序中所说:"此书的出版,无异是一次古代文论研究成绩的综合展览。"这不仅指明了本书集各家之长的综合性,而且是古代文论研究成果的"综合展览"。这是始料未及而实有的意义。这里的展品,绝大多数确是撰者在多年研究的基础之上发展而成的,它确是显示了古代文论研究的新成果。虽然其中难免会有某些未当之处,也必有某些更优异的成果为本书所遗,但欲求其全而必当是永远不可能的;我们的态度是尊重作者以存一家之言,某些有分歧的问题是难作定论的。这本书绝非古代文论研究的终点,但我相信,从全书总体上看,它将成为古代文论研究的一个新起点,在古代文论研究的发展过程中,起到应有的推动作用。

本人愧为"主编",以上所说,实无意于贪天之功。这本书的主旨是中州古籍出版社确定的,我不过是起一点联络作用而已。1985年秋,在福建的全国严羽讨论会中,中州古籍出版社孟庆锡社长拟委以此任,我当时还未敢受命。但经古文论界同仁的不断鼓励与督促,乃于是年底初拟选目,与出版社和部分古代文论研究者商议,程千帆、穆克宏、滕咸惠、蒋凡,和出版社的袁健等,都先后对选目提供过许多具体意见。而这本《评传》得以完成,更主要是得到全国二十四所大学和许多研究机构研究者的鼎力支持,承他们在繁忙的工作中撰成诸稿。特别如钱仲联先生,他是在重病中坚持完成的,上午寄出稿件,下午就住院了;顾易生先生当时正在日本讲学,亦远从国外复示,同意撰写;又如陈曦钟、黄霖二位,都是在即将赴日讲学之前的诸事丛集中完成的;莫励锋博士要去哈佛大学进修,则提前两月完成所应稿件。他们对此书的重视,于此可知。又如周振甫先生,虽以其他要事不能分身,仍十分关注此书,特为推介他认为堪当其任的同志执笔。此外,许多"卓负盛名的老一辈学者",除上述程千帆、钱仲联外,如杨明照、徐中玉、霍松林、吴调公、李健章、万云骏、蒋祖怡、张白山等,都抽出他们的宝贵时间为此书撰稿。所有这些,不仅为出版社和我个人十分感激,我想,广大读者也会深以为感的。

最后,由中州古籍出版社邀请霍松林、侯敏泽(因事未到)、牟世金、罗宗强、张少康、夏写时、刘文忠等集体审定书稿。为了统一全书,经审稿人共同研究,对稿件做了某些技术性的处理和删削。若有未当,这是要请原作者谅解的,为了早日付排,来不及逐一征求意见了。本书责编郑荣和袁健同志,最后又查核原文,改正一些不确的引文,做了大量细致的编辑工作,才使本书能以较为理想的面貌和读者见面。

(原载于《中国古代文论家评传》,中州古籍出版社1988年版)

《古文论的民族特色》序

赵盛德同志集近年来研究古代文学理论的十一篇论文为《古文论的民族特色》一书，嘱为之序。谨以此表示祝贺而已，同时，也愿借以为古代文论民族特色的研究工作呐喊几句。

研究古人，目的并不是为了古人。特别是古代文学理论的研究，当前具有强烈的现实意义。在文艺理论上，正如作者所说，"言必称希腊"的现象，至今并未绝迹；我们的文艺理论体系，近年来虽有所变化，但主要还是来自西方或苏联的一套。党的十二大以后，各行各业在"走自己的道路，建设有中国特色的社会主义"的光辉思想指导下，正迅速改变面貌，充分显示了这条道路是完全正确而非走不可的。社会主义的文学艺术自然不能例外。近年来，广大文学艺术工作者、理论研究者，都已充分注意到这点，并正为此而努力，赵盛德同志此书的问世便是其中之一，所以是值得祝贺的。

抒情言志是中国古代诗歌的重要特色之一。近读刘绍棠《小说的民族化》，讲到古代小说对人物的描写，也是有自己的独到之处的。五十年代我在青岛拜访刘知侠，谈到他的《铁道游击队》时，刘知侠同志强调故事性是中国古代小说的重要特点，他认为大段的景物描写、心理描写是西方的习尚，广大的中国老百姓是不欢迎的。为什么新诗"几十年来，迄无成功"？为什么八个"样板戏"彻底失败了？值得总结的正反经验甚多，集中到一个重要点上，就是中国作风、中国气派是什么，中国文学艺术的民族特色是什么。这不仅和中国的广大读者是否喜闻乐见有关，更是如何繁荣和发展社会主义文学艺术的重要问题。一些西方也早就过时了的东西，竟然在我们的文坛艺苑中时兴了一阵；甚至在电视屏幕上，也出现一些为多数观众莫名其妙的东西。于此可见，当前加强一点民族文艺的理论研究是何等必要。据说西方有的艺术家认为我国的书法艺术就是"象征派"的艺术。如果真是这样，西方在十九世纪出现的"象征主义"，早在公元前数百年，当汉字脱离形象阶段之后，我们就有大批的"象征主义"艺术品了。悠久的中华艺术还远没有被当代世界艺术家们所认识，为了提高民族自信心，确立我国古代文艺在世界文艺史上应有的地位，也首先要求我们自己加强古代文艺民族特色的研究。

研究民族特色的必要性，主要不在于找出它和其他民族的相异处，而是为了更好地发展民族文艺。一个民族的文化成就，很大程度上取决于这个民族是否在自己的发展过程中形成一套优良的传统。民族文化的特色，就是这种优良传统的主要表现。正如刘勰所说："文律运周，日新其业"，文学艺术必须不断创新，要"变则其久"，但决不能抛弃自己的优良传统；只有在继承发扬其优良传统的基础上创新，才能有真正的、迅速的发展。全盘西化或从头开始，都为历史所证实是行不通的。我们祖国光辉灿烂的古代文化遗产，可以继承发扬的东西很多，尤其是文学艺术的民族特色，不仅值得继承，而且非继承不可。

民族特色中当然也有某些不适应新形势、新现实的东西，同样须要批判地继承。但批判并不是简单粗暴地否定，而是要用历史唯物主义的观点和方法，进行细致地清理和总结。而所谓民族特色,它又具有自己的某种特色。它虽然也是一种意识形态的东西,却不是少数人,更不是某些统治阶级的意志所能决定的。它既非短时期形成的,也不是任何人可以随心所欲规定下来的。文学艺术的民族特色只能在漫长的艺术实践过程中逐步形成,而某种因素能否形成为民族特色,又必须得到广大人民群众的批准。一个民族的多数读者或观众不能接受的东西,就很难形成为民族特色。所以,民族特色是有民族性的,它往往是一个民族的艺术结晶,具有充分的人民性。

譬如我国古代诗文、绘画、音乐、书法艺术等,无不讲究传神,无疑是文学艺术的民族特色之一。从理论上来总结这种艺术方法虽在秦汉以后,但早在《诗经》民歌中,就运用得相当成功而普遍了。这种艺术方法何以从《诗经》一直用到现在仍为广大的艺术家所重视呢?自然由于它确是一种描绘形象的好方法。但其他民族的文学艺术,未尝不曾偶有传神之笔,却不能成其为该民族的民族特色。这就是必须优秀的传统才可能是民族特色的原因。不优秀则早被历史所淘汰,不形成一种传统就不会有民族性。当传神的艺术逐步形成一种传统之后,一方面培养了"音乐的耳",为多数民众喜闻乐见;一方面为多种艺术所采用,不断提高传神的技艺和理论。两个方面互为因果,互相推进,传神就成了欲罢不能的民族特色。所以,不研究、不重视自己的民族特色,不在数千年发展的良好基础上提高,对繁荣社会主义新文艺是不利的。要建立具有民族特色的社会主义文艺理论体系,当然必须从研究现实生活、从社会的实际情况着手,立足点、着眼点是当前的现实,但离开我们民族的优良传统,不总结研究古代文学艺术的民族特色,适合于我们自己的新文艺理论体系是建立不起来的。

文学理论是创作经验的总结,又反过来指导创作。所以,研究文学理论的民族特色,是发展社会主义文学艺术的重要环节。而文学理论的民族特色,只能从数千年来的优秀传统中去探讨和总结;因此,研究古代文论的民族特色,应该是古文论工作者的首要任务。

　　我国古代文学理论,历史悠久而丰富多彩。从"诗言志"开始,数千年来,逐步形成并丰富了一系列自己的传统观点,具有鲜明的民族色彩。"诗言志"这个"开山纲领",确是提出最早而又为我国古代文论总的"纲领"之一。"诗言情"是它的必然发展。由抒情言志的基本观点再发展而为兴观群怨、赋比兴、借物言情、象外之象直到性灵说等等,都是以"诗言志"为中心而展开的,并形成一个相当完整的体系。文学艺术不同于其他的重要特征,就是表达作者主观的情志。要怎样才能表达好,做到"言有尽而意无穷",就有一系列理论上的问题必然会提出并加以总结,赋比兴等即由此而生。当所有这些形成一个完整的体系之后,古代文论的优良传统或民族特色就具有较大的稳定性而深入人心了。这只是就"诗言志"这一点来说,须要系统地、把许许多多问题联系起来研究,我们应当做的工作还很多。民族特色远不只与"诗言志"有关的一些问题要研究,古代文论的理论结构、表述特点、常用理论概念的特点等,都是必须作系统的研究的;特别是古代文论的发展规律以及它所总结的艺术规律,只有把这些规律的特殊性和共同性搞清楚,我们才能更准确地认识古代文论的民族特色,这种特色才能更有利于发展社会主义的文学艺术。掌握规律是必要的,但并不容易,必须对各个方面作深入系统的研究,并搞清其间的内部联系之后,才能逐步认识它、掌握它。

　　研究古代文论的民族特色,的确是任重而道远,要扎扎实实做的工作还很多,须要广大古文论工作者作长期的努力。赵盛德同志在这方面的努力是值得欢迎的。本书除一篇总论古代文论的民族特色外,对古代文论中富有民族特色的几个重要问题,如形神论、风骨论、意境论、文气论、意象论、构思论、风格论等,都做了专题论述,这些都是很值得研究的。此外,如陆机的审美原则、桐城学派在广西等,也和古代文论的民族特色有密切关系。我希望本书能引起读者和研究者的注意,把古代文论民族特色的研究工作推进一步。

(原载于赵盛德《古文论的民族特色》,
广西民族出版社 1984 年版)

香港第四届国际比较文学会议概述

（一）

由香港中文大学英语系主办的第四届国际比较文学会议于1987年8月17日至21日在香港举行。会议中心议题是：中西戏剧比较研究。参加者有中国（包括香港和台湾）、美国、加拿大、日本等国的学者约50余人。我方参加者有：教委第一司杨埙处长、中国戏剧家协会刘厚生副主席、中央戏剧学院祝肇年教授、上海戏剧学院余秋雨教授、夏写时副教授、上海戏剧学院赴美博士生孙惠柱、四川大学中文系博士生曹顺庆、北京大学外文系程朝翔、山东大学中文系牟世金教授等9人。刘厚生、祝肇年、余秋雨、夏写时、孙惠柱、程朝翔和我，均有论文在大会宣读。

这次讨论会组织得较好。除宣读论文要点外，还安排了评讲人进行简评，然后自由提问和主讲人进行答辩。这样，每篇论文都可在短短几天的会上进行讨论。略感不足的是论题较为分散。虽然所有论文都不出戏剧研究的范围，但中西戏剧的范围和可作比较研究的问题太大太多，何况有的只是就某种地方戏作研究，有的则只对某一戏剧家的某一角度进行论述。论题不一，只能各讲一套。因此，对各个分题的讨论虽有一定的深度，但总的来看，则有不够深入之感。当前中西戏剧在电视广播的冲击下,都有不景气的普遍现象。这个中外戏剧界最感迫切的问题,在会上基本上没有涉及,颇以为憾。

(二)

在这次讨论会上,涉及稍多的是中国戏剧的程式化问题。祝肇年的《中国戏曲形式的审美特征》和刘厚生的《关于东方戏剧的几点认识》,两文都以程式化为其主要内容之一,祝文更是以此为中心论题。此外,普林斯顿大学高友工的《中国戏剧美典的发展》、多伦多约克大学方梓勋的《中国现代戏剧的形成和西方戏剧影响》等文,也有涉及。程式化确是中国戏剧不同于西方戏剧的显著特点,故与会者大都对此较感兴趣。但各家对这问题的意见是很不一致的。大会第一位发言者方梓勋认为:中国近代戏剧有两个特点,一是摒弃旧有戏曲的程式化表现手法,二是引进活的、生活化的表现手法。显然,方先生认为程式化是远离生活而应摒弃的表现方法。不过,他是就中国近代戏剧的发展趋势而言。高友工则认为程式化"一方面动作力求简易,另一方面表现可以脱离对现实的模仿,也即是简易和抽象。这正是所谓程式化的两个基石"。但因这种简化动作不是抒情性的浓集,"于是此种程序化主要建立于'典范'与'形构'之上,可以说陷入于公式主义及形式主义的泥淖的危险是极大了"。看来,方、高二位对程式化都是持怀疑态度的,其共同点在于认为程式化的动作脱离现实,脱离生活。

刘、祝二位的见解与此略异。祝文除强调"程式是中国戏曲赖以维系其独特样式的艺术基础"外,认为程式是从生活中提炼出来的规范化动作,这种动作虽然经过夸张等艺术加工而"必然远离生活的原貌",但"表演程式并非来自作家和演员的主观精神世界,相反,戏曲的程式动作不但来自生活,而且严格地受生活制约,它是依据生活动作提炼和美化而成的"。刘文也认为:"中国戏曲程式的美,大都是生活中的动作、声音在规范的基础上加以有限的夸张、修饰,这可以使观众因接近生活而易懂,又因其美而能欣赏。"但他指出:"程式当然不是万能的,也不是永久不变的。"对待戏剧艺术的程式化表现方法,他主张一方面必须继承,一方面又必须不断革新和创造。

以上四家之说角度不一,观点互异,而各有其理。从程式与生活的关系上看,以为来自生活者,主要从程式的产生、创始着眼;以为远离生活者,似从近现代生活着眼,当今生活既大别于元明清诸代,则产生远离生活之感是自然的,不断创新也是必要的。但问题并非如此简单,程式化是中国近千年来舞台艺术的结晶,确如刘先生所论,它有"舞台上可以千军万马,瞬息千里,小大由之"等西方戏剧所不可企及的独特功能;怎样既保持中国戏剧的独特性,而又使之适宜今天的生活与观众,还有大量复杂问题尚待研究。

这次提交大会讨论的论文,大体上可分为两大类:一是宏观的、综合性、总体性的比较研究;一是微观的、具体的、对个别作家作品的比较研究。前者如刘厚生的《关于东方戏剧的几点认识》、夏写时的《论中国演剧观的形成——兼论中西演剧观的主要差异》、祝肇年的《中国剧曲形式的审美特征》、余秋雨的《中西戏剧的构架与民族心理的反差》、程朝翔的《悲剧英雄与悲剧精神》、牟世金的《中西戏剧艺术共同规律初探》、高友工的《中国戏剧美典的发展》、方梓勋的《中国现代戏剧的形成和西方戏剧的影响》等;

后者如曾永义的《台湾歌仔戏的发展与变迁》、张静二的《论关汉卿的喜剧》、王靖献的《〈桃花扇〉的双重结构》、黄美序的《Cordelia 与窦娥之死:道德抑是戏剧性》、叶少娴的《田汉浪漫剧所受之影响》、佐滕俊彦的《易卜生〈海上的贵妇〉,田汉〈南归〉与〈废马〉之比较研究》等。两类论文的数量大致相近,值得注意的是中国大陆学者提出的论文共 8 篇,除上举刘厚生以下 6 篇外,另有孟繁树的《中西演剧观比较》也属前一类(孟已提交论文,但因故未能到会)。因此,8 篇中有 7 篇属第一类,第一类论文占绝大多数。

对比较研究来说,宏观与微观、个别与总体的研究都是需要的;就提交此会的两类论文来说,也各有其不同的成就而无高低之别。但大陆学者的不约而同,能说明一种研究倾向是值得注意的。这种倾向的形成不可能完全是偶然的。这里不能详究其形成原因,但可由这一总的倾向中看出不同的研究进程则是甚为明显的。它表明的客观事实是:在中西戏剧比较研究方面,中国大陆的学者已走在世界的前列。总体的研究虽不可能每一论题必然比个别的研究更深刻、更有价值,但一般来说,总体把握的难度大于个别的研究,其研究结果也比认识个别作家作品的异同更能说明问题。比较研究并不以认识个别异同为目的,无论是从相异之处找出不同戏剧的民族特点,还是从相同之处发现其普遍规律,都必有赖于从大量的综合研究中把握其整体。而中国大陆学者的研究已相当普遍地进入这一阶段了。

(三)

这次讨论会的论文,从同异角度可分为两大类:一类以研究中西戏剧的差异为主,一类以研究中西戏剧的共同之处为主。后一类只有我的《中西戏剧艺术共同规律初探》一篇。认为古今中外的戏剧艺术都有其共同的基本规律,不仅在这次会上是一种孤立的见解,国内外所有比较文学研究者也从未做过这方面的研究。因此本文颇为引人注意。会议指定评议人对所论五条共同规律是基本肯定的,只认为其中有的规律范围太大,不专属戏剧艺术的规律。有的人似不服气,但提不出反驳理由。有人提出问难:论文认为世界上凡优秀的戏剧必符合戏剧艺术的共同规律,又如何解释具有民族特色的优秀戏剧?我的回答是:民族特色必须是符合共同规律前提之下的独特表现,世界上找不出任何一种具有民族特点的优秀戏剧是违反共同规律的。提问者同意此说。普林斯顿大学高友工教授和我交谈中说:"你深得陆冯之精英。"起初,我未理解他的用意,只含糊地答以"不敢"。高友工解释说:"你从陆侃如先生学古代文论,从冯沅君先生学戏剧,你的论文岂不正是两方面的结晶!"

会议期间,中港双方协商合编一本《比较戏剧学论文集》,拟定选目23篇(不限于大会论文),我的《中西戏剧艺术共同规律初探》一文被选列为第一篇(中国戏剧出版社1988年出版)。

(四)

我被指定住中文大学内的雅礼宾馆。同住此宾馆的与会者有中国大陆的祝肇年和我两人、台湾有台湾大学曾永义、张汉良两人(另有台大张静二、台师大陈丽桂两人在此就餐,另住他处),另有麦基安大学夏端春、珍尼亚大学佐滕俊彦等共6人,加上只在此就餐的张、陈两人共8人。饭前饭后与台湾的几位学者略有交谈。

一般来说，互相间能以礼相待。他们的言谈，总的印象是很拘谨，只偶然讲到一句："你们的开放政策很好。"其中，张汉良是山东人，家里还有亲属，虽知我是山东大学教师，也不愿多问家乡情况，只向我打听给老家寄钱的情况。比较一致而谈得较多的话题是古典文学研究。古代文学是我们共同的祖先留下的文化遗产，我们都有继承和研究的义务，既然如此，我提出应加强交流与合作，他们是赞同的。我送给张静二、陈桂丽各一本我所著《台湾文心雕龙研究鸟瞰》，他们十分高兴。谈及台湾的《文心雕龙》研究，他们承认我了解的比他们还多。

台湾称古代文学为"国学"，中学课本一半以上的课文是古文。特别是台湾师范大学更加重视国学，不仅必读《四书》《五经》，且很多要求能背诵。台湾师大的毕业论文，特别是研究生的毕业论文，要求用文言文写作。我曾搜集到几种出版物登载台湾研究生的毕业论文，有的确是用相当老练的文言文写成。在文字功力上，我们的大学生、研究生一般确不如台湾学生。值得注意的是，近年来国内各大学对古典文学教学有愈来愈忽视的倾向，长此下去，恐有落后于台湾的危险。

（原载于《国际学术动态》1988年第4期）

曹植《白马篇》赏析

白马饰金羁,连翩西北驰。借问谁家子,幽并游侠儿。少小去乡邑,扬声沙漠垂。宿昔秉良弓,楛矢何参差!控弦破左的,右发摧月支。仰手接飞猱,俯身散马蹄。狡捷过猴猿,勇剽若豹螭。边城多警急,虏骑数迁移。羽檄从北来,厉马登高堤。长驱蹈匈奴,左顾凌鲜卑。弃身锋刃端,性命安可怀?父母且不顾,何言子与妻!名编壮士籍,不得中顾私。捐躯赴国难,视死忽如归!

这首诗歌颂一位武艺高强的爱国英雄,是曹植前期的代表作品。

曹植生于汉献帝初平三年(192),正好这年曹操击败黄巾,收编为青州兵。所以,曹植所经历的,已是汉末大乱的后期了。但他自称"生乎乱,长乎军",其少年时期,确随其父曹操南征北战,也有过一些军旅生活。曹植八九岁以后,曹操降吕布,战官渡,败袁绍,征乌桓,下荆州,破汉中等等,虽一直征战不息,但无论是当时中原的时代空气,还是曹植的家庭生活,都在逐步走向统一的胜利旗帜下,洋溢着昂扬奋发的精神,充满着信心和慷慨激昂的气息。可以说,从汉末分裂割据以来,为国家的统一和社会的安定而献身,一直是时代的最强音。《白马篇》就是这样一曲时代的慷慨之歌。

　　郭茂倩《乐府诗集》谓此篇："言人当立功立事,尽力为国,不可念私也。"吴淇《六朝选诗定论》提出："此篇当与《名都篇》参看。"并从本诗的"少小""宿昔"等句,看到"今日捐躯赴国,非一朝一夕之故"的深意。这些古人的意见对我们认识此诗是有一定帮助的。张铣注《文选》有云:《名都篇》乃"刺时人骑射之妙,游骋之乐,而无爱国之心"。这种人和《白马篇》中"捐躯赴国难,视死忽如归"的英雄形象,确有鲜明对照的作用,由此更可看出白马少年的"尽力为国"和"爱国之心"的可贵。但为国与爱国的具体内容和实质是什么,古人未曾说破。

　　从汉末长期割据分裂的战乱现实可知,国家的统一,社会的安定,是整个社会的客观要求;为了统一而征战一生的曹操,特别是他那种"烈士暮年,壮心不已"的豪情,不能不对曹植以深刻的影响。这两方面的结合,就铸成了本诗歌颂的英雄形象。他既有精绝的武艺,又有为国献身的美德。只有这样的人,才是当时所急需的,才能为现实作出应有的贡献。所以,这一英雄形象,是时代的理想凝聚而成的。

　　清人方东树谓"此篇奇警"(《昭昧詹言》),正概括了这首诗的艺术特点。起首二句:"白马饰金羁,连翩西北驰",就既警且奇了。这位英雄为何而急驰?又为何而西北驰?显然,一着墨就紧扣读者心弦,创造了令人惊异的浓郁气氛。西北是古来多事之地,不断遭到侵犯者的骚扰和破坏,以至酿成巨大的战祸。所以,"连翩西北驰"的骑兵,显示了情况的紧急。下面的"边城多警急,虏骑数迁移。羽檄从北来,厉马登高堤",就是这种紧急情况的具体说明:边地的城池已多次告急,犯边的骑兵活动频繁,步步紧逼;插上羽毛的紧急文告从北方传来,边防将士策马登上了高高的防御工事。这既是必须"西北驰"的原因,也是这一行动的继续。

这里的"奇",是不先叙军情事由,以"白马"二句突然而起之后,又不直述因果,却用慢笔插入"借问谁家子"以下一大段铺陈。这样安排,一是以写人物为主,而不以叙事为本。前两句虽未写人而人在其中,紧接十二句则是为了说明他是个何等样的人。人物形象以此而得到突出。二是起笔紧,间以缓,再继之以急,使文章波澜起伏,曲折生姿。三是层层补叙,次第井然:"借问"十二句以补"西北驰"者为何人,"边城"四句以补"西北驰"的原因。

巧妙地补入"借问谁家子"一段是很有必要的。在长期的战乱中,人们盼望的,正是久经沙场而武艺高强的英雄人物。所以,诗人用高度凝练的笔墨,以明其本末和勇猛:

借问谁家子,幽并游侠儿。少小去乡邑,扬声沙漠垂。宿昔秉良弓,楛矢何参差!控弦破左的,右发摧月支。仰手接飞猱,俯身散马蹄。狡捷过猴猿,勇剽若豹螭。

这种问答式和上下左右的铺陈,自然是学习汉乐府民歌的表现方法。曹植学得较为成功之处,在于不是简单的形式模拟,而是从表达内容的需要出发。这里有很深的用意。幽并二州,自古多豪侠之士。这位英雄出自幽并,可见其根底不浅,来历非凡,此其一;事实上,他自幼离家,已久经征战而"扬声沙漠垂"了,此其二;他为什么能扬声沙漠呢?就因他有超人的勇武,此其三。不仅这三个层次,一环紧扣一环,层层深入,使人确信其能安边卫国,写其勇武的几句,也是如此:"宿昔"二句说明其武艺的精深,并非一朝一夕之功,而是在长期不懈的骑射中苦练出来的。"参差"二字很值得注意。多数注析者都解作"多",这自然不错,但言楛矢何其多是什么意思呢？如指所持箭矢之多，便觉索然无味了。其实，曹植工于炼字，这正是很好一例。上言"宿昔秉良弓"，是说早早晚晚弓不离手，岂是拿在手里观赏？下言"楛矢何参差"，自然就是状其射出之箭，纷纷疾驰，络绎不绝了。我们于此，正可看到所写人物习艺之勤。既有这样的苦练功夫，进而道其武艺之精，就颇有说服力了：不仅左右开弓，都能中的，仰射飞猱，俯射马蹄，无论上下左右，或动或静，都能百发百中。这里虽只讲其骑射，却概括了他的全部武艺。正因如此，故能敏捷胜过猿猴，勇猛有如豹龙。也正因他有如此勇猛，在"边城多警急"之际，能有"长驱蹈匈奴，左顾凌鲜卑"的气概。通过以上描写，读者对其临敌能胜是完全信得过的。但有必要指出的是，"长驱"二句并非实指。所谓"蹈""凌"，不过表示可以战胜的意思，而非已然之词。"匈奴"与"鲜卑"，也是泛指西北地区的扰边者，如果视为实指这两个民族，既与史实不符，也失去了诗歌广泛的概括意义。

诗歌到此，所写英雄人物已被推到极点，对于一首颂歌来说，似已无话可说了。但塑造一个完整的、有血有肉的英雄形象，这里只完成一半，还有相当重要的一半，就是其可贵的精神世界：

弃身锋刃端，性命安可怀？父母且不顾，何言子与妻！
名编壮士籍，不得中顾私。捐躯赴国难，视死忽如归！

投身于锋刃之中，首先是把个人的生死置之度外，再就是决心割断父母妻子之爱，然后才能做到捐躯为国，视死如归。这些字字千钧的豪言壮语，我们读来并无空泛的印象，反觉真切感人，原因何在呢？首先是本诗通篇高昂的情绪感染了读者，并引导着读者的热情步步上升，自然而然地达于非此不可的境地；如果把这段话移到诗前，就很难起到它现有的作用。二是作者安排了一个巧妙的过渡："长驱蹈匈奴，左顾凌鲜卑。"这两句既是前段描写的自然归宿，又是诱发后段豪情的有力引言。二句是正面写勇，点出人物的英雄气概。而这种勇，是和"性命安可怀"分不开的，贪生怕死的人就谈不到什么勇了。为了解除国家的灾难而不顾个人的一切、视死如归的精神，正是英雄气概的本色，也是勇的动力和具体表现。我们读到"长驱蹈匈奴"二句时，不仅能接受其思想，而且有快感。伴随着这种快感过渡到下段，就是很自然的了。所以，这一段不仅是全诗的有机组成部分，且逐步发展到"捐躯赴国难，视死忽如归"，才把诗的主题引向最高潮。现在出现在读者面前的，才是一位具有巨大感人力量的爱国英雄。

　　诗以言志。《白马篇》抒发了作者的报国之志，这是无庸置疑的。但我们又不能把《白马篇》完全视为曹植的"自我写照"，这和前面所说，不能把诗中所写落实为具体的历史事件完全一样。有作者自己在内而又不完全是写他自己，塑造一个作者所崇敬的人物形象，而又反映了当时多数人的愿望和理想，正是此诗写得较为成功的重要原因。当然，在这个人物形象上，是倾注了作者深厚的思想感情的，只是曹植没有像他在《杂诗》中那样，直接出场说自己"甘心赴国忧"，而是把他的激情素志，凝聚在更完美的白马英雄身上，尽情歌颂他，倾其才力来塑造这个高大的形象。也正因如此，这个形象才有血有肉而历久不衰。

（原载于《汉魏六朝诗歌鉴赏集》，人民文学出版社1985年版）

曹植《美女篇》赏析

美女妖且闲，采桑歧路间。柔条纷冉冉，落叶何翩翩。攘袖见素手，皓腕约金环。头上金爵钗，腰佩翠琅玕。明珠交玉体，珊瑚间木难。罗衣何飘飘，轻裾随风还。顾盼遗光彩，长啸气若兰。行徒用息驾，休者以忘餐。借问女安居？乃在城南端。青楼临大路，高门结重关。容华耀朝日，谁不希令颜。媒氏何所营，玉帛不时安？佳人慕高义，求贤良独难。众人徒嗷嗷，安知彼所观。盛年处房室，中夜起长叹。

《美女篇》和《白马篇》一样，都是以首二字名篇的乐府诗。这首诗通过美女的不幸来抒发作者的胸臆，是曹植后期的一篇重要作品。

曹植从二十九岁开始，进入他生活与创作的后期，其主要标志，就是公元 220 年曹丕废汉献帝而做了魏文帝。本来，曹操早有以曹植为继的打算，曹丕和曹植兄弟在争立魏王太子上，曾有过一场激烈的斗争。曹植的失败，就为他后期的生活带来极大的不幸。曹植不仅在文才上早露锋芒，且被曹操视为"儿中最可定大事"（《魏武故事》）的理想继承人。正因如此，从文帝曹丕到明帝曹叡，都对他怀着很大的警惕，始终不放心他插手军国大事。而曹植又总是怀着"忧国忘家，捐躯济难"的壮志，不甘心做"圈牢之养物",一再上表要求"自试"而不得。他后期的许多作品都反映了这种矛盾斗争中的抑郁心情。《美女篇》就是表达这种心情的作品之一。

清初著名文学评论家叶燮不仅认为此诗"可为汉魏压卷",而且是"千古绝唱"(《原诗·外编》)。此评未免过誉,但也不是毫无道理的。

"美女妖且闲,采桑歧路间。"首二句是一个总的交代。"妖""闲"二字对美女做了概括说明,既艳丽又闲雅;二字统摄全篇,使读者对本诗主人公有一个总的印象。"采桑歧路"则是说明此女的活动场所,起到使人物具体化的作用。下面就分别描述美女的艳丽和闲雅。

"柔条纷冉冉,叶落何翩翩",二句写物,实为写人。柔嫩的桑枝纷纷摇动,采摘的桑叶翩翩飞落,都是暗写采桑女的优美动作,以物衬人。所以,接着就说:"攘袖见素手,皓腕约金环。"翩翩的落叶,冉冉的柔枝,不正是那卷着袖子的素手皓腕在攀援与挥动?"素手""皓腕""金环",都有鲜明的色泽,加之以"见""约"二字,不仅都成动态,而且妙趣横生。"见"字是对"观者"、读者而言,因美女攘袖才得见其素手,则平常是难得一"见"的,这就把一般的手写得颇不一般了。这个"见"字还兼及下句。由"素"而"皓",不是"色白"的重复,而是由手到腕、由洁白到光泽的不同描绘,用字极为精当。在因攘袖而露出雪白光泽的手腕上,还"约"之以金黄色的手镯。约者,束也,它和戴着、佩着、套着之类,风味大别,而把手镯紧束于丰圆玉润的手腕,传神地描绘出来了。画人先画手,已不同寻常,却又把手画得如此传神,可说是奇之又奇了。

"头上金爵钗,腰佩翠琅玕。明珠交玉体,珊瑚间木难。罗衣何飘飘,轻裾随风还。"这几句写衣着之美,除"明珠交玉体"的"交"字与"约"字同工外,其句法参差,次第有常,也是颇具匠心的。这首诗与汉乐府《陌上桑》之间的关系是明显的,但与其说它学习《陌上桑》,无宁说它是利用或借助《陌上桑》的广为流传以增其艺术效果。本诗主题与采桑活动本无必然联系,甚至与下述美女的门第不协,作者却故意让她"采桑歧路间",岂非有意使人产生联想?当然,《美女篇》不仅与《陌上桑》旨趣大异,写法上也有发展,有变化。《陌上桑》写衣着是:"头上倭堕髻,耳中明月珠。缃绮为下裙,紫绮为上襦。"民歌的本色较浓,句法多排比而少变化。《美女篇》则言"佩"、言"交"、言"间",不仅句句不同,还变静为动,使美女形象更为生动。特别是后面加以"罗衣"二句,益增动态之美,给人以袅袅在目之感。这段描写的层次,前人已有论述:"乍看美人,何处看起?因其采桑,即从手上看起。次乃仰观头上,次看中间;又从头中间看过,然后看脚下……妙有次第。"(吴淇《六朝选诗定论》)此说除"后看脚下"不确外,基本上是对的。

"顾盼遗光彩,长啸气若兰。行徒用息驾,休者以忘餐。"《陌上桑》中"行者见罗敷,下担捋髭须"等六句,是其写罗敷之美的精彩之笔,这里简化为两句,效果已具;这就既吸取了前作的精华,又借助于它已有的效果,应该说是处理得当的。"顾盼"二句则是曹植的重要发展。惊叹美女之美者虽多,终须使读者自己看到、感到她美在何处,才能有较大的艺术力量。"顾盼"二句,就比再写二十句对观者、叹者的作用更大。能用鲜明的形象给人以美的直感,正是曹诗的高招,"攘袖"二句,"罗衣"二句,"顾盼"二句,都抓住了这个诗歌艺术的特点。只有珠宝金玉,绮罗满身,是不足以感人的;第三者的叫好,也不过起一点烘托作用,最重要的却在画出美人的神姿。"顾盼遗光彩,长啸气若兰",虽着墨不多,这里正有画龙点睛之妙。从《诗经》中的"美目盼兮"以来,"传神阿堵"是古代画人的诀窍。曹植正继承了这一传统方法,点出美女顾盼之间,光华四溢;发出声音,气若兰香。这就把美女写活了,她怎不使得"行徒用息驾,休者以忘餐"呢?

至此,结束了全诗的上半篇,美女的形象,已跃然纸上,呼之欲出了。但前半篇还是写美女的外美,主要是首句所说的妖丽方面,下半首转写其内美,主要是首句所说的闲雅方面。

"借问女安居?乃在城南端。青楼临大路,高门结重关。"这几句写美女的门第。用"青楼""高门""重关"等,都是用以表示其为显贵之家,并非寒门之女。至于特地要点出家在"城南端"而又"临大路",是说明她并非僻处遥远难及之地。一写其美,二写其贵,再写其近,都是为下面无人求婚的反常现象作伏笔。

"容华耀朝日,谁不希令颜",上句应前半首所写之美,下句直逼此女未嫁之故。其容光既如朝日照耀,无人不爱慕她的美貌,可是,"媒氏何所营,玉帛不时安?"媒人们干什么去了,为什么还未送来聘礼,及时定下美女的婚事呢?这是一种极为反常的怪现象,此女既美且贵,但却嫁不出去。作者步步作势,正是意在充分揭示这种怪现象,以泄其胸中的不平之气。

"佳人慕高义,求贤良独难。众人徒嗷嗷,安知彼所观!"上面只是指责媒氏不力,这里又从"佳人"本身找原因,甚至自我安慰:"求贤良独难",要找到理想的配偶的确是不容易的。这里多少有点怨而不怒之感,只是从艺术处理上看,又有一定的合理性。全诗总的表现特点是含蓄不露,而所怨所怒已相当明显;曹植写此诗,尚存一定幻想,虽知见用之"难","慕高义"之心仍未死;更主要的是借以进一步写美女的闲雅,美女未嫁,是"慕高义"而未得。

所以说:不理解她的人嗷嗷乱叫,怎知她追求理想的心思。这样,美女内质的美更为充实了,形象也更为丰满了。而上述一切,都在积力蓄势,以形成最后两句的巨大艺术力量:"盛年处房室,中夜起长叹!"正当年轻貌美之时而独处闺中,这是无情的事实,无可奈何的美女,能不长叹于深夜不眠之中!

全诗极写其容颜之美,服饰之丽,门第之高,以及"高义""求贤"之德等,都是旨在说明"盛年处房室"的极不合理,"中夜起长叹"的不得不然。因此,愈写其"妖且闲",后两句的力量愈强。诗人精心描绘这个美女的深意,至此大白;能巧妙地把自己的难言之苦,表现得这样既含蓄,又有力,若非高手,诚不可得。回头再看叶燮的评论,可能有助于对此诗的认识。他说:"《美女篇》意致幽眇,含蓄隽永,音节韵度皆有天然姿态,层层摇曳而出,使人不可仿佛端倪,固是空千古绝作。"此诗抒发作者受曹丕、曹叡的冷落与压抑而报国无门的深情,却借美女难嫁的艺术形象,把情理讲得十分充分,却又始终扣紧美女的形象着笔而不露形迹,当然是情致幽深,寓意微妙,姿态天然,而又含蓄隽永,意味无穷。全诗浑然一体,不可分割,若任取其容华之美、珠饰之珍、门第之高等,一离整体,便索然无味。而所有这些,又是层层作势,汇成一气,故"使人不可仿佛端倪"。可见其评虽然偏高,还是讲出一些道理的。

(原载于《汉魏六朝诗歌鉴赏集》,人民文学出版社 1985 年版)

左思文学业绩新论

一

左思在文学史上有较为重要的地位,主要是他的诗歌创作。他的诗现存《悼离赠妹诗》二首、《咏史诗》八首、《招隐诗》二首、《杂诗》一首、《娇女诗》一首,共十四首,另有《咏史诗》的残句四句。

八首《咏史诗》是左思的代表作。《文心雕龙·才略》论左思的才力:"左思奇才,业深覃思,尽锐于《三都》,拔萃于《咏史》,无遗力矣。"在六朝时期,《咏史诗》确可说是出类拔萃之作。但这位"奇才"何以写了八首《咏史诗》便"无遗力矣"?刘勰此评也似"明而未融"。左思的诗赋创作态度是一致的:"业深覃思。"其为《三都赋》需"构思十年",或访蜀事于张载,或访吴事于陆机①,或"自以所见不博,求为秘书郎"(本传);在诗歌创作上,左思不可能是另一种态度。正以其严肃认真,不求量而重质,所以左思的诗虽不多而篇篇皆佳,八首《咏史诗》更是如此。

---

① 《文选集注》卷八引王隐《晋书》:"以蜀事访于张载,吴事访于陆机,后乃成之。"

这里涉及一个老问题:《咏史诗》的写作时间。迄有三说:一主完成于灭吴之前;一主第一首完成于灭吴之前,另七首为西晋统一之后陆续写成;一主八首皆左思后期作品,第一首乃晚年的回忆之作。三说都各有其理,然以今所知,似还难作确切的定论。从第一首的"志若无东吴……左眄澄江湘,右盻定羌胡"等句看,确与灭吴(280)前夕的历史背景相符。若视此为记实之作,则第五首的"被褐出阊阖,高步追许由",就应为离洛阳而隐居高卧以后的事。这样,八首《咏史诗》就不可能都是灭吴前的作品。从诗的内容看,由第一首"铅刀贵一割,梦想骋良图"的积极态度,到第八首"饮河期满腹,贵足不愿余"的消极情绪,已判若两人,岂能是同一作者的同一时期之作? 但如以这八首诗为"弱冠弄柔翰"之后左思一生的实录,或者是280年灭吴前到300年退居宜春里之后的二十多年内相继写成,又势必引人怀疑:何以这八首诗竟能形成如此完整的组诗?

八首《咏史诗》的整体性,《何义门读书记》已有云:"八首一气挥洒,激扬顿挫,真是大手。"近年来有识于此的研究者渐多。对此,有必要略加考究。八首《咏史诗》的次第,是《文选》的编者所定,抑为左思自己编排,现已无法判断。现行编次既有一定的合理性,古今论者皆从而未疑,就只好按既定次第来考虑。八首组诗,应该说是一个首尾完备的整体,表现了左思从"梦想骋良图"到甘愿成为"贵足不愿余"之"达士"的完整过程。第一首中所欲实现的"良图",并非权势与富贵,其云:"功成不受爵,长揖归田庐",与第三首的"功成耻受赏",第五首的"自非攀龙客"等思想完全一致。第一首的"著论准《过秦》,作赋拟《子虚》",俨然以"奇才"自居,却又不能以单纯的自夸之词看待,而很像预为伏笔,到第七首乃云:"何世无奇才,遗之在草泽?"而这些"奇才",也包括写《子虚赋》的司马相如在内。第四首写扬雄:"言论准宣尼,辞赋拟相如。"与左思写自己"著论准《过秦》,作赋拟《子虚》",其句法的如此相似是耐人寻味的。左思入洛之后,正是在"济济京城内",长期过着"寂寂扬子宅"的写作生活。本首所写的扬雄,更类似于左思自己。这和第一首一样,虽暗寓自负之意,但从他们遭遇冷落的共通处来看,第一、四两诗的联系,是用意良深的。

第一首被称为八首《咏史诗》的"总序"或"序诗",仅就上述情形看,是颇有道理的。除最后一首外,其高亢的基调确是笼罩全篇;而"功成不受爵"之志,视富贵"若浮云"之节,"高步追许由""豪右何足陈"的气概,更是贯穿八首的主线。即使"白首不见招"者亦非"不伟","门无卿相舆"的寂寥者却"英名擅八区"。"虽无壮士节"的"贱者",仍"重之若千钧",则"良图"未骋,其志犹贵。历代贤者虽"遗之在草泽",但能"遗烈光篇籍",终不失为历史上的"奇才"。所有这些都充分表现了左思高昂的志气和坚定的信念,而与第一首相呼应。

更可注意的是八首《咏史诗》的逻辑关系,它井井有序而合乎情理地揭示了左思的思想发展过程,从而深刻地批判了门阀制度对有才有志之士的残害。第一首写其才志是夸张性的。孤立地看这种夸张(又是自夸)是不好理解的。从艺术处理上看,从八首诗的总体着眼,则是愈写其才志之高,以下诸首的批判就愈显得深刻有力。本首之旨,正在说明"梦想骋良图"者,是这样一位志高才大的人。第二首的涧底之松,就是这位志高才大之士的形象,由于"地势使之然"而"良图"难骋。虽然阶级地位决定了自己的命运,第三首紧接着对"七叶珥汉貂"的"山上苗"授以"高节"者的藐视:"连玺耀前庭,比之犹浮云。"这就使凭借地势而"珥汉貂"者相形见绌。而郁郁苍松虽处涧底,不仅在品德上是高尚的，还以其确有郁郁之才，必能流芳百世。第四首就承"涧底松"和"山上苗"做了更深一层的对比："济济京城内"的王侯贵胄，其朝欢暮乐，不过是过眼云烟，也就是上首末句所说的"浮云"而已。但冷冷清清的"扬子宅"里，却"言论准宣尼，辞赋拟相如"，满怀信心地进行自己的创作。"悠悠百世后，英名擅八区"者，绝非山上之苗，而是涧底之松。第五首是全诗的高潮。虽然仍和上首同样用两两对比的写法，但前者是欢愉和寂寥、冷与热的反向比照，后者是高与更高的同向比照。"飞宇若云浮""峨峨高门内"是写高，但"高步追许由，振衣千仞冈，濯足万里流"者更高。前一首的对比，固然优劣已明，却寄望于"悠悠百世后"。而眼前的峨峨高门，使之见而生厌，以游处其间为辱，"自非攀龙客，何为欻来游"？所以，诗人的愤激之情，仅上诗的对比，意犹未足，因而更进一步抒其情志，决心"被褐出阊阖，高步追许由！"这种激情和表达方法，就形成组诗的高潮。

刘熙载《艺概·诗概》云："左太冲《咏史》似论体。"第六首更是如此。宋征璧曾说："左思《咏史》云：'贵者虽自贵，视之若埃尘。贱者虽自贱，重之若千钧'，不涉议论乎？"（《抱真堂诗话》）这确是议论。这种议论，是以上各种对比的深化和结论。它揭示了当时存在着两种观念的贵贱与轻重，而颠倒了贵与贱、轻与重的真正价值。此论纵贯以上各首，以明才大志高者、涧底的苍松、"功成耻受赏"的高节之士，在"寂寂扬子宅"中著论撰赋的人、"自非攀龙客"的高尚之士等等，才是真正的贵者，并应"重之若千钧"。从全诗的脉络来看，在第五首推上情感的高潮之后，此诗则是冷静地进行理智分析。最后两首情绪略低，但也更冷静，表现了饱经沧桑者对人世的认识和态度。第七首可说是对前诗所作理智分析的继续：贱者虽可"重之若千钧"，但"英雄有迍邅，由来自古昔。何世无奇才,遗之在草泽"。这是通过对主父偃以来四贤的分析后得到的认识。真正的贵者(英雄、奇才)自古以来必有迍邅,这是更深刻的认识。但这首诗若隐若显地流露出一点幻想:"当其未遇时,忧在填沟壑",虽未明言一旦遇之于时的情形,所举"四贤":主父偃、朱买臣、陈平、司马相如,都是由贫贱转为富贵的。最后一首的情调更为低沉。作者以"笼中鸟""穷巷士"自喻,在障碍重重、枳棘满道中四处碰壁之后,只好以"达士"自许:"饮河期满腹,贵足不愿余;巢林栖一枝,可为达士模。"和早年的"梦想骋良图"形成鲜明的对比。当时的现实、社会制度,迫使诗人只能如此。整个组诗以此结束,除其首尾自圆,构成一个严密的整体外,也真实地暴露了西晋门阀制度的黑暗面,在客观上是一种有力的控诉。

以上种种,足以说明八首《咏史诗》不仅是一个完密的整体,且其前呼后应,先后有序,非精心安排所不能及。此外,还有一点重要的补证,即第一、五两首,全为咏己而非咏史。虽然前人早已指出:"题云'咏史',其实乃咏怀也"(《义门读书记》),但所指是借史实以咏怀。不涉任何史实而题为《咏史》就文不对题了。作者若写其一而与其他诸诗相距十年却题以《咏史》,就不可思议了。今人读此二首而不疑其为"咏史",显然是组诗的整体性造成的。如果作者在写诗的时候并无整体考虑,却把两首不是咏史之作列入《咏史》之中,也是不可想象的。细读八诗,不仅不可分割,其次第也一首不可移易。其严密如此,纵非一时之作,却不可能分散在漫长的二十多年之内,平均三年写成一首。

可以初步肯定的是,这八首组诗的写作时间应该是较为集中的。若此说可以成立,便可从总体上来推知其大概。"梦想骋良图"是第一首诗的思想基调。此诗虽和280年灭吴前的历史背景以及左思的思想相符,但当时的左思还不可能有"高步追许由""豪右何足陈",以至"习习笼中鸟,举翮触四隅"等一系列思想。从组诗的跨度较大来看,第一首为回忆之作的可能性更大。八首《咏史诗》的基本思想情绪,只有左思在洛阳长期闲居(272年入洛到290年才为陇西王祭酒),而又处处碰壁之后才能产生。特别是对西晋门阀制度有如上述的深刻认识而完全失望,更只能到左思在洛阳的中晚期才有可能。左思在洛阳近三十年(272—300),在第二个十年中,正值他热衷于《三都赋》的写作之中(详下)。《晋书·左思传》说他为写此赋而"门庭藩溷皆著笔纸,遇得一句,即便疏之"。不仅注意力相当集中,更对此赋寄托着一定的希望。古来文人以诗赋文章而一举成名,受到重用者甚多;而《三都赋》虽写魏蜀吴之三都,却以魏晋相代与尧舜禅让比踪齐风,结论是:"日不双丽,世不两帝,天经地纬,理有大归"(《魏都赋》),极言西晋的统一是天经地义的事。则左思对这篇几乎是尽其毕生之力而为的大赋,岂能无所寄托?由此看来,左思在《三都赋》问世之前,还是抱有一定幻想的。可是,赋成之后,虽然洛阳纸贵,名震一时,仍是"英俊沉下僚";且"举翮触四隅",不可能一飞冲天,直上九霄。只有这时,才悟得"地势使之然,由来非一朝"的真理。而《三都赋》的完成晚在元康四、五年(294、295)间,则组诗的写作,又在其后,便应是他的晚年之作了。因此,八首《咏史诗》可视为左思一生的总结。其诗的成熟与深刻,典型地反映了寒门志士的不幸遭遇,无情地揭示了阶级社会不合理性,而又能流芳百世者,盖以此。《咏史诗》被公认为左思的代表作,也确是集中了诗人一生思想认识和艺术创作的最高成就。

题以《咏史》而实为咏怀,在古代诗歌史上为一大发展,古今论者对此言之已详。唯左思对古代组诗的新发展还鲜有论及,特在上述其整体性的基础上略予补充。左思之前出现的诗组已不少,如曹植的《杂诗》六首、阮籍的《咏怀诗》八十二首等。但这类诗既非同时之作,内容也多不相关,实际上还不是组诗。它如曹植的《赠白马王彪》、嵇康的《赠兄秀才入军》等,只是一诗而分为若干章,更非组诗。其后,如陶渊明的《归园田居》五首、《杂诗》八首、《饮酒》二十首等,不仅在较集中的时间内写成,各首相对独立而又互有关联,且先后有序而构成一个整体。到了杜甫,具有类似特点的组诗更多,如《前出塞》九首、《后出塞》五首、《羌村》三首、《乾元中寓居同谷县作歌》七首、《秋兴》八首等。从古代诗歌发展这一大致历程可见,左思的《咏史诗》八首应该说是我国古代最早的组诗。由诗组发展而为组诗,《咏史诗》是一个里程碑。组诗的形成,是作家文学(诗人的创作)进入繁荣时期的重要标志。魏晋以前的文人是不可能写成组诗的。而这一形式的出现,为表达诗人对同一事物的丰富感情,开辟了广阔的天地。我们今天的诗坛还普遍使用这一形式,虽有新的发展,却说明组诗的形式是很有活力的。所以,对左思的这一历史贡献应予充分重视。

二

左思的赋有《齐都赋》《三都赋》(三篇)、《白发赋》共五篇。《齐都赋》完成于左思272年入洛前一二年,已如前述。此赋现只存残文十余句,其内容已无从详知。但其"作赋拟《子虚》"之迹,还约略可寻。司马相如《子虚赋》有云:

云梦者,方九百里,其中有山焉。其山则盘纡弗郁,隆崇律崒……其土则丹青赭垩,雌黄白坿,锡碧金银……其石则赤玉玫瑰,琳珉昆吾……其东则有蕙圃衡兰,芷若射干,穹穷昌蒲……其南则有平原广泽,登降阤靡,案衍坛曼……。

以下还有"其高""其埤""其西""其中""其北""其上""其下"等大量铺陈描写。在《齐都赋》的残句中,也有类似句子:

其草则有杜若蘅菊,石兰芷蕙,紫茎丹颖,湘叶缥蒂。(《初学记》卷二十七)
其东则有沧溟巨壑,洪浩汗漫。(《初学记》卷六)

由此可以推知,《齐都赋》很可能也有"其山""其土""其南""其北"之类描写。王瑶先生对魏晋间的拟作之风曾做过专题研究,认为模拟前人作品"本是当时盛行的风气";"他们为什么喜欢拟作别人的作品呢?因为这本来是一种主要的学习属文的方法,正如我们现在的临帖学书一样"(《中古文学史论集·拟古与作伪》)。左思的"作赋拟《子虚》"可为此说互证,《齐都赋》正是左思二十岁左右的习作。

《白发赋》谓:"禀命不幸,值君年暮",当是左思晚年的自嘲讽世之作。

《三都赋》是左思一生的力作。此赋虽然走的是汉大赋的老路,其文学意义现在看来不如《咏史诗》,但赋出而洛阳为之纸贵,是必有其历史意义的。自汉末大乱以来,全国统一的安定局面是人心所向。《三都赋》对蜀、吴、魏三都的描绘,既非客观并列地陈述三都的形胜与物产,更非颂美吴、蜀。其赋魏都而实颂晋室的"上德之至盛",强调的是"日不双丽,世不两帝",而以"理有大归"为天经地义的历史必然趋势。对违背这种趋势而企图"袭险为屏"者,进行了有力的批判:"剑阁虽嶣,凭之者蹶,非所以深根固蒂也。洞庭虽浚,负之者北,非所以爱人治国也。"在当时的形势下而欲图苟存,则"无异螳螂之卫"。这种内容不仅在当时是正确的,在整个古代文学史上,也是歌颂祖国统一的珍品。从对左思的全面了解来看,正如刘勰所谓"尽锐于《三都》",此赋之作,几乎耗尽他一生的主要精力;甚至左思的出仕做官,也以《三都赋》的撰写为转移。《晋书·左思传》只写到他任秘书郎一职:"自以所见不博,求为秘书郎。"求官既是为了写赋,则《三都赋》的撰写在左思一生中所占的地位也就可知了。可是,虽赋成而使洛阳纸贵,却依然故我,并未改变"英俊沉下僚"的历史命运。这就对左思的进一步认清现实以至《咏史》之作都有联系了。但这种认识还存在一个有待解决的关键问题:《三都赋》撰成于何时。

《三都赋》的完成时间,现已很难确切地作出判断,只能就其生平事迹和有关史实以测其大概。多数研究者认为此赋完成于280年灭吴之前,或282年皇甫谧卒之前。主要根据是皇甫谧曾撰有《三都赋序》;《魏都赋》末有"成都迄已倾覆,建邺则亦颠沛"等话,所写是蜀已亡吴将灭之时。我们认为,《魏都赋》的这两句,用以断定赋成于蜀灭之后则可,用以断定赋成于吴灭之前则未必可。即使按左思自序所说:"升高能赋者,颂其所见也",但绝不限于落笔时的即日所见。赋中所写司马相如、严遵、王褒、扬雄、魏绛、段干木等古人古事甚多,只能是其闻见所及,全赋写其即目所见者有几?何况他本可写今日之所见,也可写昨日之所见。因此,据"建邺则亦颠沛"之说以定赋成于孙吴即将"颠沛"之际,显然是有困难的。

多数研究者据皇甫序以定《三都赋》完成于280年左右,是有充分理由的。但细读《左思传》,若不问其他,自可坚信不疑,倘顾及全文有关史实,则疑窦丛生。《左思传》所载,本身固有自相矛盾之处,但其着墨的特点亦当注意。从全传以近百分之八十的篇幅记《三都赋》始末可知,左思一生事迹乃以《三都赋》为中心,其行文既服从于此,故于它事每有所略,而记事次第或有倒置者。如云:"造《齐都赋》,一年乃成。复欲赋三都,会妹芬入宫,移家京师,乃诣著作郎张载访岷邛之事。"左思移家京师在272年,照上文看来,其前已欲赋三都,似在入京之后便造访张载了。其实,中有很大的省略。《晋书·张载传》云:

  载又为《濛汜赋》,司隶校尉傅玄见而嗟叹,以车迎之,言谈尽日,为之延誉,遂知名。起家著作郎,出补肥乡令。复为著作郎,转太子中舍人,迁乐安相、弘农太守。长沙王乂请为记室督,拜中书侍郎,复领著作。载见世方乱,无复进仕意,遂称疾笃告归,卒于家。

张载曾三度为著作郎。左思的"诣著作郎张载访岷邛之事",当以张载"至蜀省父"返洛之后为准。张载父收曾为蜀郡太守,据《张载传》,其省父之时在"太康初"。参以宋人黄休复《益州名画录》引耆旧云:"西晋太康中,益州刺史张收笔",知张收为益州刺史(当即蜀郡太守)确在太康年间。而张载第一次为著作郎,乃因司隶校尉傅玄之誉而起家。查傅玄卒于咸宁四年(278),则张载第一次为著作郎必在278年之前。这时还未至蜀省父,故左思之访,不在张载第一次为著作郎时。张载第三次领著作,已在他的晚年,所谓"见世方乱",当在300年以后。左思之访,显然不会晚到此时。这样看来,其访著作郎张载,只能在他"复为著作郎"之时。张载自己曾讲到他入蜀的具体时间:"岁大荒之孟夏,余将往乎蜀都"(《叙行赋》)。陆侃如先生《中古文学系年》据以推定,张载入蜀省父在太康六年(285)。因大荒为巳年①,太康年间(280—289)由庚子到己酉,只有太康六年为乙巳年。由此来看《张载传》所述经历,当是278年前起家著作郎,继为肥乡令,285年入蜀省父,回洛后"复为著作郎"。则左思向他访岷邛之事,最早只能在285或286年。这时《三都赋》未成甚明,卒于282年的皇甫谧何能为之作序?此其可疑者一。

《晋书·左思传》说:"自以所见不博,求为秘书郎。及赋成……"其求为秘书郎的目的是为了写赋,而秘书郎职掌图籍,也确可为写赋提供有利条件。按《晋书·职官志》:"汉桓帝延熹二年置秘书监,后省……惠帝永平中(永平只291年一月至三月八日共68天),复置秘书监,其属官有丞,有郎,并统著作省。"又《晋书·惠帝纪》:"永平元年(二月)……复置秘书监。"则左思为秘书郎,最早在291年,这时自然其赋未成,则卒于282年的皇甫谧又怎能为《三都赋》撰序呢?是其可疑者二。

《左思传》又云:"司空张华见而叹曰:'班张之流也。使读之者尽而有余,久而更新。'于是豪贵之家竞相传写,洛阳为之纸贵。"按《晋书·惠帝纪》:元康"六年春正月……以中书监张华为司空"。元康六年是296年,若《三都赋》完成于282年之前,身在洛阳的张华,岂能到他296年为司空之后才见而叹之?张华是一个"四海之内,若指诸掌""博物洽闻,世无与比"(本传)的人物,于身边之事,待十多年后始见而惊叹是不可能的。此其可疑者三。《世说新语·文学》对此有一段记载:

左太冲作《三都赋》初成,时人互有讥訾,思意不惬。后

---

① 《尔雅·释天》:"太岁……在巳曰大荒落。"

示张公,张曰:"此二京可三,然君文未重于世,宜以经高明之士。"思乃询求于皇甫谧。谧见之嗟叹,遂为作叙。

照此说,是皇序之前,张华已见过《三都赋》,这与《左思传》的记载是矛盾的。若张华向皇甫谧推荐,必在280至282年之内,这时以伐吴获胜,张华功封万户侯,正是"名重一世,众所推服"(本传)之际,又有何"高明之士"可比?《世说》此载自不可信,却反衬出这样一些问题:按《世说》之意,《三都》初成,似理应首先求誉近在洛阳的张华,而《左思传》却以先求序于远居新安的皇甫谧,张华反而到十多年后始见其赋。这种可能性是否存在?张华数语而使洛阳纸贵,皇甫谧亦为西晋高士,何以整篇序出十多年而未闻于世?此其可疑者四。

《左思传》又云:"初,陆机入洛,欲为此赋,闻思作之,抚掌而笑,与弟云书曰:'此间有伧父,欲作《三都赋》,须其成,当以覆酒瓮耳。'及思赋出,机绝叹伏,以为不能加也,遂辍笔焉。"陆机入洛在太康之末(289),此时还说"须其成",则《三都赋》的完成,必在289年之后。皇甫谧又怎能在282年之前为《三都赋序》?此其可疑者五。

以上种种,若止其一,或为史家失实,或为传闻致误,然可疑者五,合以观之,就事事皆不可忽了。综合诸事来看,《三都赋》不可能完成于282年之前,而当成于秘书郎任上,张华见而赞叹之前,即295年左右。果是如此,则左思于286年左右访张载;为撰此赋而于291年求为秘书郎;289年陆机入洛时,自然尚待"其成";约295年赋成;张华在296年见赋而叹,随之洛阳纸贵。这样,诸事皆可顺理成章,与时相宜。若信皇甫序,则与以上诸事相悖。两相权衡,则宁疑皇甫之序而信其他。皇甫序的可疑之处,容另文专考。至于张载、刘逵、卫权诸家之注、解,自然在赋成之后。《晋书·左思传》载卫权《略解序》题为:"中书著作郎安平张载、中书郎济南刘逵……为之训诂。"据上引《张载传》可知,张载为中书著作郎在长沙王请为记室督之后,事在304、305年。刘逵为中书郎的时间,据《晋书·赵王伦传》,赵王伦于300年废贾后,自为相国;次年,"或谓(孙)秀曰:'散骑常侍杨准、黄门侍郎刘逵欲奉王彤以诛伦。'会有星变,乃徙彤为丞相,居司徒府,转准、逵为外官"。是知刘逵于300年前为黄门侍郎,301年后转外官,这个"外官"当即中书郎①。则刘逵之注必在301年之后三四年内。卫权的《略解序》既称:"聊藉二子(张载、刘逵)之遗忘,又为之《略解》",自然成于张、刘注后,但也不会相差太远。这就也可佐证,《三都赋》不可能完成于282年之前。按照常情,赋成之初,经名家之赞而轰动一时,于时注家蜂起,这是较合情理的。若事隔二十多年之后,三家序注同时并出,就反觉突然而鲜有可能了。

三

《南史·王俭传》载:

> 齐建台……时朝仪草创,衣服制则,未有定准,俭议曰:"汉景六年,梁王入朝,中郎谒者金貂出入殿门。左思《魏都赋》云:'蔼蔼列侍,金貂齐光。'此藩国侍臣有貂之明文。"……并从之。

以左赋为朝议的"明文"根据,并得以依从,不仅说明其赋在当

---

① 姚范《援鹑堂笔记》卷三十七引《赵王伦传》作:"转准、逵为郎。"

时君臣心目中的地位,也于此可知左思的作品流传之广,影响之大了。这种作用,从文学创作的角度来看,固然意义不太大,甚至会产生副作用,但它不是孤立的。晋人葛洪就以为:"《毛诗》者,华彩之辞也,然不及……《三都》之汪濊博富也。"(《抱朴子·钧世》)南朝之初的大家,如谢灵运谓:"左太冲诗,潘安仁诗,古今难比。"鲍照则答宋孝武帝云:"臣才不及太冲"(均见钟嵘《诗品》)。正是在这些称誉中,左思的作品广为流传而为宋齐君臣所重。

一个作家对后世文学创作的影响,才是检验其历史地位的重要方面。左思的历史地位,正是这样逐步确立的。除前面已提到他发展咏史为咏怀和古代组诗的形成外,其诗赋对具体作家的具体影响举不胜举。历代较重要的作家如陶渊明、谢灵运、鲍照、江淹、王勃、李白、杜甫、白居易、皮日休、刘克庄、袁宏道等,都或有仿思之作,或在思想、风格、表现方法以至谋篇造句上受其影响。如谢灵运的《述祖德诗》二首之一:

> 达人贵自我,高情属天云。……段生蕃(藩)魏国,展季救鲁人。弦高犒晋师,仲连却秦军。临组乍不缀,对珪宁肯分。惠物辞所赏,励志故绝人。(《全宋诗》卷三)

《咏史诗》之三,以"吾希段干木,偃息藩魏君。吾慕鲁仲连,谈笑却秦军"四句咏段、鲁二人,谢诗只不过简化为"段生藩魏国""仲连却秦军"二句,而用意和字句略同。至于左诗的"临组不肯缀,对珪宁肯分"二句,谢诗便直用成句了。

特别是《咏史》之二的"地势使之然,由来非一朝",表达了左思对阶级社会的深刻认识,是组诗的主要成就。这一思想对后世许多文人都有重要的启发。仅举以下数例可见:

瓜步山者,亦江中眇小山也,徒以因迥为高,据绝作雄,而凌清瞰远,擅奇含秀,是亦居势使之然也。故才之多少,不如势之多少远矣。(鲍照《瓜步山楬文》,《鲍参军集注》卷二)

松生北岩下,由来人径绝。布叶捎云烟,插根拥岩穴。自言生得地,独负凌云洁。(王绩《古意》,《全唐诗》卷三十七)

惟松之植,于涧之幽。盘柯跨岭,沓柢凭流……徒志远而心屈,遂才高而位下。斯在物而有焉,余何为而悲者。(王勃《涧底寒松赋》,《文苑英华》卷一四三)

郁郁高岩表,森森幽涧陲。鹤栖君子树,风拂大夫枝。百尺条阴合,千年盖影披。(李峤《松》,《全唐诗》卷六十)

雨露长纤草,山苗高入云。风雪折劲木,涧松摧为薪。风摧此何意?雨长陂何因?百丈涧底死,寸茎山上春。可怜苦节士,感此涕盈巾。(白居易《续古诗》,《白居易集》卷二)

以上五例,有诗,有赋,有文;有仿其形者,有取其神者;或喻以山,或方以松;或抒"才高位下"之愤,或明"势使之然"之理,或追问"山苗"与"涧松"的遭遇何以如此不公。虽各有因宜适变,取舍不同,然《郁郁涧底松》一诗的影响之迹甚明。在阶级对立的封建社会,才高位下,摧长不平的现象是普遍的,正因左思揭示了这一现象的要害,其于后世有深远的影响,也就有一定的必然性了。而以上所举,还只是一首诗影响所及的一部分,至于全部诗赋,何可尽言?

从发扬古代诗歌优良传统的作用上来考查,有必要提出的,是左思对建安风骨的继承与发扬。对此,虽还鲜有详论,但余冠

英先生等,早已正确地提到了:

> 豪迈高亢的情调和劲挺矫健的笔调是左思《咏史》诗的特色,这也就是钟嵘所说的"左思风力"。这个"左思风力"和"建安风骨"正是一脉相承的。(《汉魏六朝诗选·前言》)

此后,游国恩先生等主编的《中国文学史》、中国科学院文学研究所编写的《中国文学史》等,也同样是肯定这点的。在历史上,虽陈子昂曾谓:"汉魏风骨,晋宋莫传"(《修竹篇序》),这是就其总体而言。此说却反证在"文章道弊五百年"间,左思独能继承建安风骨的传统之可贵。六朝诗风确是采丽竞繁而轻靡乏气,左思则大异于此。"在六朝而无六朝习气者,左太冲、陶彭泽也。"(《西园诗尘·习气》)左思不仅不事藻饰,且以健劲的笔墨写其愤激之情,形成激昂慷慨的雄豪之气。前人每以"慷慨尚气""纵横豪逸""豪宕飞扬""壮激悲凉""卓荦磅礴"等状其诗风,确是左思的突出特色。所有这些,可用胡应麟一语蔽之:"太冲以气胜者也。"(《诗薮》外编卷二)"气",正是建安风骨的重要特征。清人牟愿相云:"魏人诗文,以气为主。晋则左太冲诗有逸气。"(《小澥草堂杂论诗·又杂论诗》)这既说明了建安风骨和"气"的关系,也说明了左思和建安风骨的关系。

刘勰论建安文学,一则说:"慷慨以任气,磊落以使才。造怀指事,不求纤密之巧;驱辞逐貌,唯取昭晰之能。此其所同也。"(《明诗》)再则说:"观其时文,雅好慷慨,良由世积乱离,风衰俗怨,并志深而笔长,故梗概而多气也。"(《时序》)三则说:"故魏文称:'文以气为主……'并重气之旨也。"(《风骨》)建安文学既以慷慨多气为特点,而风骨亦强调"重气",则以"气胜"为突出特点

的左思之作,自然是建安风骨的继承者。"建安风骨"的全称,始见于《沧浪诗话·诗评》:

> 黄初之后,惟阮籍《咏怀》之作,极为高古,有建安风骨。晋人舍陶渊明、阮嗣宗外,惟左太冲高出一时。陆士衡独在诸公之下。

严羽以为陶、阮之外,唯左思高于西晋诸家,则阮有"建安风骨",左亦有之。

建安之后,诗文创作或以"淡乎寡味"的玄言诗称雄,或以追逐浓采奇艳为能,文学发展呈江河日下之势,能够继承建安风骨优良传统的左思,可谓中流砥柱,其意义是巨大的。左思比之建安诸家,固然雕润恨少,其气力则有过之而无不及。但也正因如此,才以其挺拔之气,独秀当时,流芳后世。而建安诸人,总不免有一些"怜风月,狎池苑,述恩荣,叙酣宴"之作(《文心雕龙·明诗》),左思则无恩荣可述,无酣宴可叙,又何来吟风弄月之情?这自然是各自所处时代和遭遇不同造成的。但也正因"地势使之然","左思风力"在其风格多样的诗赋中,却是统一的,只不过《咏史》组诗体现得更为突出和集中一些。其能有深远的影响于后者,也正以此:

> 曹子建气骨奇高,词采华茂。左思得其气骨,陆机摹其词采。左一传而为鲍照,再传而为李白。(《小澥草堂杂论诗·又杂论诗》)

其说甚是。左思对后世文人的影响,正应从承传建安风骨的基本特征上来看其意义。前举《郁郁涧底松》的具体例子就是明证。又由于左思和建安诗人有不同的独特之处,不仅这种差异本身就具有发展"建安风骨"的意义,更因左诗的基本精神,和当时的门阀制有强烈的对抗性,这对后世文人有较大的普遍意义,比之建安诗作更为深刻。从这个角度来看,左思对"建安风骨"则是一大发展。

(本文与徐传武合著,徐为第二作者。
原载于《文学遗产》1988年第2期)

《三都赋》的撰年及其他

近半个世纪以来的文学史,对左思都有较高的评价。这主要是从其诗歌成就着眼的。对左思的《三都赋》虽偶有提及,但以其文学价值不大而未予留意。有的文学史认为:"从文学角度看来,《三都赋》仍然只是可有可无的作品。"①用今人的观点来看,这自然是对的。但要了解历史上的左思及其全人,似不能视此赋为可有可无的作品。《三都赋》的撰年涉及左思一生的许多重要史实,与对左思的总评价有关,这就很有必要提出来以就教于时贤了。

一

关于《三都赋》的撰年,在今天能看到的一些原始资料中,存在种种异说或矛盾。《晋书·左思传》引卫权所作《三都赋序》有云:"有晋征士故太子中庶子安定皇甫谧,西州之逸士,耽籍乐道,高尚其事,览斯文而慷慨,为之都序。"卫权是和左思同时的人,按说是可靠的。皇甫谧卒于太康三年(282),则《三都赋》最晚应完成于282年之前,皇甫谧才可能为之序。皇序原文又见存于《文

---

① 中国科学院文学研究所《中国文学史》第1册,人民文学出版社1962年版,第223页。

选》卷四十五,似当无可疑之处了。但左思本传又谓:"陆机入洛,欲为此赋,闻思作之,抚掌而笑,与弟云书曰:'此间有伧父,欲作《三都赋》,须其成,当以覆酒瓮耳。'及思赋出,机绝叹伏,以为不能加也,遂辍笔焉。"陆机乃太康末(289)入洛,这时左思才"欲作《三都赋》",则其完成必在289年之后。卒于282年的皇甫谧又怎能"览斯文而慷慨,为之都序"? 这类矛盾记载,《左思传》中甚多。

六朝人好撰别传。《世说新语·文学》注引《左思别传》谓:"齐王冏请为记室参军,不起,时为《三都赋》未成也。后数年疾终。其《三都赋》改定,至终乃止。"司马冏请左思为记室,事在永康二年(301)。若按此说,则《三都赋》的完成当在301年之后。《别传》的著者和撰时已不得而详,刘孝标注引是传,必成于齐梁之前,从"至终乃止"等语看,很可能是左思卒后不久的产品。《世说》原文是肯定皇序的,故云:"谧见之嗟叹,遂为作叙。"而刘注却引《别传》:"皇甫谧西州高士,挚仲洽宿儒知名,非思伦匹。刘渊林、卫伯舆并蚤终,皆不为思赋序注也。凡诸注解,皆思自为,欲重其文,故假时人名姓也。"这样说来,皇甫谧既未撰序,《三都赋》的完成时间或前或后都无矛盾了。但不仅《世说》的原文和注不一致,且《三都赋》的诸序注若皆左思冒名自为,岂不正如有的研究者所说:"《左思别传》的作者简直是把左思看成文坛上的骗子。"①如果左思竟是"文坛上的骗子",则其诗歌成就如何,其豪壮之言是否可信,就都有重新考虑的必要了。《别传》对左思颇多

---

① 傅璇琮《左思〈三都赋〉写作年代质疑》,《中华文史论丛》1979年第2辑。

微辞①,对左思的评价是不利的。正如《世说新语·文学》所说:"左太冲作《三都赋》初成,时人互有讥訾。"它使洛阳纸贵,盛极一时,赞者自多,讥者亦不可免。《别传》所出,是否为讥者之一?这点且存而不论。须加考虑的是:刘孝标之注引,并未录于"时人互有讥訾"句下,《别传》非"讥訾"之例甚明,却在"谧见之嗟叹,遂为作叙。于是先相非贰者,莫不敛衽赞述焉"之后,注以序注"皆思自为"。其意在矫正原文是很明显的。刘孝标这样注是否毫无道理,我看是应慎重对待的。后人对此,疑信纷陈,如王士禛以为:"按太冲《三都赋》,自足接迹扬、马,乃云假诸人为重……《别传》不知何人所作,定出怨谤之口,不足信也。"②姚范亦云:"孝标之注《世说》,疑序、注皆为拟托,亦未允也。"③严可均更认为"《别传》失实"而加详辨④。然何义门以为《左思别传》"未为无据"⑤,黄侃则谓:"《左思别传》称注解皆思自为,今细核之,良信。"⑥如此等等,虽大多未作详考,却是各有其理的。

前人未能解决的问题,今天依然存在;当前的争议,亦为前人的继续。不过,长期以来大都各执一说而未予细究,如高步瀛只

---

① 《世说新语·文学》注引之《左思别传》中说:"初,作《蜀都赋》云:'金马电发于高冈,碧鸡振翼而云披。鬼弹飞丸以礧礉,火井腾光以赫曦。'今无鬼弹,故其赋往往不同。思为人无吏干,而有文才,又自颇以椒房自矜,故齐人不重也。"
② 《古夫于亭杂录》卷三。
③ 《援鹑堂笔记》卷三十七。
④ 《全晋文》卷一四六《左思别传》案语。
⑤ 《重刻文选》卷四十五。
⑥ 《文选平点》卷四。

"姚(范)说是也"四字①,徐震堮只据二陆入洛在太康之末,而称"孝标之言,盖得其实"②。陆侃如师以《三都赋》完成于太安二年(303),并对严可均的"《别传》失实"之说有所辩驳③,仍限于编年体例,与高、徐二氏之说相类,未能充分展开论证。对《三都赋》的撰年作专题研究者,始于傅璇琮,其《左思〈三都赋〉写作年代质疑》,对此问题第一次做了深入细致的考证④,力主赋成于280年而排《别传》之非。此论之后,分歧虽还继续存在⑤,但它提出了许多发人深思的问题,如谓《晋书·左思传》和《左思别传》的有关记载都不可靠等,对《三都赋》撰年的研究大大向前推进了一步。

二

尽信书,则不如无书,何况杂采小说而载笔不严的《晋书》。但离开《晋书》,今天就无法了解左思,更无从断定《三都赋》的撰

---

① 《文选李注义疏》卷四。
② 《世说新语校笺》卷上。
③ 《中古文学系年》第803—804页。
④ 日本狩野充德有《左思三都赋诸注考证》,载1976年广岛大学《中国中世纪文学研究》第11期。惜未见,不知是否涉及诸注的真伪。
⑤ 如袁世硕主编的《山东古代文学家评传》(山东人民出版社1983年版)认为:"《三都赋》早构于左思居临淄故家时,却晚成于陆机入洛的公元289年后。"张玉书《〈三都赋〉何时写成》(《山东师大学报》1985年第2期)认为赋成"应在公元280年吴亡以后,而在公元282年皇甫谧卒以前,以公元281年较接近事实"。方永耀《亦谈〈三都赋〉何时写成》(《山东师大学报》1986年第6期)则坚持他一向主张的赋成于280年吴亡之前。

年。正由于《晋书·左思传》本身有矛盾，不能完全作为了解左思的依据，才有必要参考其他有关史料，《左思别传》也应该是重要资料之一。严可均虽云"《别传》失实"，亦未完全否定而有所采。如谓："皇甫谧卒于太康三年，而为赋序，是赋成必在太康初。此后但可云赋未定，不得云赋未成也。其赋屡经删改，历三十余年，至死方休。……此可因《别传》而意会得之者。"这说明他还是受到《别传》的一些启示。不固守一说而对各种史料斟酌取舍，互为参证，可能是讨核这一长期未决的难题的必经之途。

无论是《晋书·左思传》或《左思别传》，有一个值得注意的共同点：都以记述《三都赋》为其主要内容。《左思传》近全部篇幅的 80%，《别传》亦在 2/3 以上。这足以说明，撰写《三都赋》是左思一生的大事，其涉及事件虽或真或假，有实有误，但却提供了不少线索，构成研究《三都赋》完成时间的有利条件。按《左思传》的列叙有如下诸事：

1. 左芬入宫，移家京师。2. 诣著作郎张载访岷邛之事。3. 求为秘书郎。4. 造安定皇甫谧，谧为赋序。5. 张载注《魏都赋》。6. 刘逵注《吴都赋》《蜀都赋》并为之序。7. 卫权作《略解》及序。8. 司空张华见赋之赞叹。9. 陆机入洛之讥评。10. 贾谧请讲《汉书》，左思退居宜春里。11. 齐王冏命为记室督。

不仅以上诸项的时间对考定《三都赋》的创作和完成有关，其他有关史料，如《别传》之谓"司空张华辟为祭酒，贾谧举为秘书郎"，王隐《晋书·左思传》所谓"司徒陇西王泰辟为祭酒"等，都须联系起来综合考虑。只据其一而不顾其他，是难以得出准确结论的。而上列诸项，大体上就是左思一生的主要事迹。必须逐一核实其一生的主要事迹，才能得知《三都赋》的实际创作进程及其完成时间。这和《左思传》《别传》均以《三都赋》的创作为主要内容是一致的。所以,这里不可回避的是必须首先清理左思一生的主要行事。

左芬(棻)入宫的时间是较为清楚的。《晋书·左芬传》称:"泰始八年(272)拜修仪。"左芬入宫不会早于本年。《太平御览》卷一四五引《晋起居注》说"咸宁三年(277)拜美人左嫔为修仪",显然有误。今存左芬《元杨皇后诔》明言:"惟泰始十年(274)秋七月丙寅,晋元皇后杨氏崩。"《左芬传》已列此文于"为贵嫔"之后。更难据以证272年拜修仪之前为美人①。晋武帝广选民女入宫始于泰始中,《晋书·武元杨皇后传》:"泰始中,帝博选良家以充后宫。"《后妃传》中如胡贵嫔,"泰始九年……帝遣洛阳令司马肇策拜芳(胡贵嫔名)为贵嫔";又"诸葛夫人名婉……婉以泰始九年春入宫,帝临轩,使使持节、洛阳令司马肇拜为夫人"。都是入宫之时即拜内职。由是可知,左芬于泰始八年拜修仪,亦是当年入宫。左思的"移家京师",应即本年。

按《左思传》称:"(思)复欲赋三都,会妹入宫,移家京师,乃诣著作郎张载访岷邛之事。"在移家京师之前,左思就欲赋三都了,但是否272年到洛阳之后立即访问张载,其间相距多长时间,却很难从传文判断。照传文的说法,似移家京师后,马上就着手访问以备下笔了。其实,是传文以《三都赋》为中心,为紧其脉络而行文如此。其具体时间决定于:张载为著作郎而又有岷邛之事可访。张载曾三度为著作郎。《晋书·张载传》云:

> 载又为《濛汜赋》,司隶校尉傅玄见而嗟叹,以车迎之,言

---

① 傅璇琮《左思〈三都赋〉写作年代质疑》引《晋起居注》而谓:"由此可见,左芬于泰始八年(272)为修仪之前,曾为美人,那末他被纳入宫,当还在此之前。"恐非。

谈尽日,为之延誉,遂知名。起家著作郎,出补肥乡令。复为著作郎,转太子中舍人,迁乐安相、弘农太守。长沙王乂请为记室督。拜中书侍郎,复领著作。载见世方乱,无复进仕意,遂称疾笃告归,卒于家。

其晚年复领著作,已处于"世方乱"之际,至少在永康元年(300)之后,显然与左思之访无关。按傅玄于275年为司隶校尉①,卒于278年。则张载以傅玄之延誉而起家著作郎,必在275至278年之间。左思不可能在这几年内访问张载,一因张载的父亲张收到太康中才为蜀郡太守②,《晋书·张载传》说:"太康初,至蜀省父。""太康初"当是"太康中"之误。必须张载省父回洛之后,左思才能向他访岷邛之事。而张载起家著作郎,还在咸宁年间。《中古文学系年》据张载《叙行赋》"岁大荒之孟夏,余将往乎蜀都"而认为:"大荒为巳年,太康惟六年为乙巳。"于是系张载入蜀于太康六年(285),这是对的。照《张载传》所载任职,大约于肥乡令任满后至蜀省父,由蜀反洛,"复为著作郎",而左思的"诣著作郎张载访岷邛之事",便应在太康六、七年了。

《晋书·左思传》:"自以所见不博,求为秘书郎。及赋成,时人未之重。"显然是在《三都赋》的写作过程中,为广其见闻而求为秘书郎的。传文未明其在何时,但必在赋成之前。这是考证《三都赋》撰年者向来未曾留意的问题。秘书郎为秘书监属官,主管图籍,确利于查找《三都赋》的写作材料。钱锺书先生曾讲到:"左思之旨,文章须有'本实'……是以谓《三都赋》即类书不可,顾谓

---

① 据万斯同《历代史表·晋将相大臣年表》。
② 宋黄休复《益州名画录》引《益州学馆记》:"西晋太康中,益州刺史张收笔。"

其欲兼具类书之用,亦无伤耳。挚虞《文章流别论》:'赋以情义为主,事类为佐。'可资参悟。"①此说甚是。《三都赋》一旦开写,纵是家藏万卷者也未必足用,何况寒门蓬户?这时求为秘书郎,固其宜也。然则左思何时求任此职呢?以下史料可作明确回答。《晋书·职官志》云:

> 秘书监:案汉桓帝延熹二年置秘书监,后省。魏武为魏王,置秘书令、丞。……及晋受命,武帝以秘书并中书省,其秘书著作之局不废。惠帝永平中,复置秘书监,其属官有丞,有郎,并统著作省。

《晋书·惠帝纪》云:

> 永平元年……,二月……,戊寅,复置秘书监官。

《晋书·贾谧传》云:

> (贾谧)历位散骑常侍、后军将军。广成君薨,去职。丧未终,起为秘书监,掌国史。

广成君即贾充之妻郭槐。贾谧是郭槐的外孙,本姓韩,以贾充无后,郭槐乃以韩谧为贾充之孙以嗣。郭槐卒于永平元年②,贾谧当年即起为秘书监。以上三说是一套互为佐证的完整史料:永平

---

① 《管锥编》第三册,中华书局1979年版,第1152页。
② 《晋书·贾充传》:"惠帝即位(改元永平),贾后擅权,加充庙备六佾之乐,母郭(贾后乃郭槐之女)为宜城君。及郭氏亡,谥曰宣,特加殊礼。"是知郭槐卒于惠帝即位之后。《贾谧传》:"先是,朝廷议立晋书限断……于时依违未有所决。惠帝立,更使议之。谧上议,请从泰始为断。于是事下三府……皆从谧议。"贾谧的"丧未终,起为秘书监,掌国史",正在此同时。可见郭槐必卒于永平元年。

元年置秘书监,贾谧于本年起为秘书监,秘书监的属官有秘书丞、秘书郎。则左思的求为秘书郎,最早始于永平元年(291)是毋庸置疑的。《左思别传》说"贾谧举为秘书郎",就应说是与史相符的。更可由此做一点显而易见的推想:很可能左思是在永平元年春贾谧起为秘书监时新置属官而为秘书郎的。如果不能否定这一史实,则《三都赋》的完成必在其后。

《左思传》说《三都赋》完成之后,由于未引起时人的注重,"思以其作不谢班张,恐以人废言;安定皇甫谧有高誉,思造而示之。谧称善,为其赋序"。皇甫谧撰《三都赋序》的记载,前已提到时人卫权之序。此外,李善注引臧荣绪《晋书》也说:"左思作《三都赋》,世人未重。皇甫谧有高名于世,思乃造而示之。谧称善,为其赋序也。"《世说新语·文学》也说:"谧见之嗟叹,遂为作叙。"直到李贽的《左思传》,亦同其说①。正如傅璇琮《左思〈三都赋〉写作年代质疑》所论:"据现今所知,除了《左思别传》之外,还没有证明其为伪作的材料。"据《晋书·皇甫谧传》载,皇甫谧"太康三年(282)卒,时年六十八"。则《三都赋》之成,应在282年以前。

三

左思生前死后,为《三都赋》序注者甚多。今或存或亡而又互有混杂,经校注家长期核考,虽多有发明,亦难得尽详了。本文虽以探讨《三都赋》撰年为主,然《左思传》称,该赋是在诸家序注之

---

① 《藏书·儒臣传·左思》:"思闻安定皇甫谧有高誉,乃造而示之。谧大称善,遂为之序。"

后,才"盛重于时"的。《左思别传》又以为"凡诸注解,皆思自为",这就与《三都赋》的完成时间有关,不可不辨。

《左思传》谓"张载为注《魏都》,刘逵注《吴》《蜀》",虽也有"张载注《蜀都》、刘逵注《吴》《魏》"等不同说法①,但李善注左思《三都赋序》引臧荣绪《晋书》仍称"《三都赋》成,张载为注《魏都》,刘逵为注《吴》《蜀》",与《左思传》同。又《隋书·经籍志》四《杂赋注本》下录:"张载及晋侍中刘逵、晋怀令卫权注左思《三都赋》三卷。"今存于《文选》的注文,虽只《蜀》《吴》二赋题"刘渊林(逵)注",但据高步瀛考,《魏都赋》当是张载注无疑②。则无论真伪,确有张、刘之注是可以首先肯定的。

王芑孙云:

> 西汉赋亦未尝有序。《文选》录赋凡五十一篇,其司马之《子虚》《上林》,班之《两都》,张之《二京》,左之《三都》,皆合两篇三篇为一章法,析而数之,计凡五十六篇,中间有序者凡二十四篇。西汉赋七篇,中间有序者五篇:《甘泉》《长门》《羽猎》《长杨》《鵩鸟》,其题作序者,皆后人加之,故即录史传以著其所由作,非序也。自序之作,始于东京。
>
> 古赋不注,世传张平子自注《思元赋》,李善已辨之矣。盖两汉、魏、晋四朝,皆无自注之例。赋之自注者,始于宋谢灵运《山居赋》。有同时人而为之注者,如刘逵之注《吴都》

---

① 臧荣绪《晋书》引綦毋邃序注本及集题,见《文选集注》卷八引陆善经说。
② 见《文选李注义疏》卷六:"步瀛案:从诸家说,则此篇(《魏都赋》)注当为张孟阳(即张载)撰无疑……然观《汉书·霍光传》颜注及本书《西京赋》李注,则张、刘皆有《魏都赋》注也。"

《蜀都》,张载之注《魏都》是也。①

此说的参考意义,还不在于它肯定了刘逵注《吴》《蜀》,张载注《魏都》,而是所述汉晋间为赋作序注的史实。东京赋家已有自序之作,左思自为赋序便是自然的。"两汉、魏、晋四朝,皆无自注之例",则左思亦难违反历史的潮流而自注其赋,又何况再进一步冒称名家。据《文选·思玄赋》李注,挚虞《文章流别》曾题《思玄赋》之注为"衡注",即张衡自注。李善曰:"详其义训,甚多疏略,而注又称:'愚以为疑。'非衡明矣。"王芑孙举此以明汉晋之赋无自注者。李善之辨又使人联想到裴松之注《三国志·卫臻传》对卫权之评:"权作左思《吴都赋》叙及注,叙粗有文辞,至于为注,了无所发明,直为尘秽纸墨,不合传写也。"这和《左思别传》的"凡诸注解,皆思自为"之说,显然是两不相容的。若左思自注,就不可能了无发明甚至"尘秽纸墨"了。

　　挚虞与左思同时,他题《思玄赋》为"衡注",这种误题即使说明当时已有为赋自注的观念,但与自注而"假时人名姓"以见重,还不可同日而语。齐梁间有道士托张融之名撰《三破论》以反对佛教,不仅当时有其不能不托名的原因,最根本的问题是:历来托名为文者,无论出于什么原因,必待假托之人已不在世时才有可能。《别传》谓"假时人名姓",而所假者如张载、刘逵、卫权等,都是和左思同时的人,皇甫谧虽略早于诸人,皇序传世后,皇甫谧已不复在世,但不仅其子童灵、方回犹在,了解他的门人文士甚多,如果所有的序注"皆思自为",当赋出而竞相传写时,洛阳为之纸

---

① 《读赋卮言·序例·注例》,见《渊雅堂集·外集》。

贵,时人岂能无知?左思又岂敢如此冒天下之大不韪?即使左思欲得名家之誉,托以一人足矣,而竟假托皇、张、刘、卫诸人,若非愚妄之极,定不能为。相反,时人为序作注之众,适足以明其非假。

《别传》谓"刘渊林、卫伯舆并蚤终,皆不为思赋序注也"。对此,傅璇琮辨之已详:张载卒于303年以后,刘逵(渊林)至少是301年尚在人世;卫权(伯舆)的事迹虽不详,亦知其291年曾任尚书郎,是当活到291年之后。则诸人对《三都赋》的序注,不仅280年灭吴之前,即使《三都赋》完成于289年陆机入洛之后,也是有充分时间的。

有待进一步研究的是张、刘、卫三家序注的时间。这是一个难题。《晋书》除张载有传外,刘、卫二家只偶尔提到一点;且《张载传》也无注赋的任何消息。现在所能推测的仅仅是现有史料所列先后次第:《左思传》是张、刘、卫,《别传》只讲刘、卫之注,臧荣绪《晋书》只及张、刘之注,然次第与《左思传》同;《隋志》所录仍是张、刘、卫。这种次第当非偶然。《左思传》所引卫序已明明提到:"中书著作郎安平张载、中书郎济南刘逵……咸皆悦玩,为之训诂。"卫权乃"聊藉二子之遗忘,又为之《略解》"。卫权的序解在二家之后是无疑的,且卫序亦以张、刘为先后。如此,便可视为张注最早,刘注次之,卫解最后。再就卫序所署张、刘之职官来看:张载为中书著作郎,在永兴元、二年(304、305)①。刘逵原为

---

① 《晋书·张载传》:"长沙王乂请为记室督。拜中书侍郎,复领著作。"司马乂请为记室督,据《通鉴》,应在303年司马乂为太尉、都督中外诸军事时。而《晋书·惠帝纪》在302年。

黄门侍郎,赵王伦于301年诛贾谧后转为中书郎①。其任期及卒年均不详。赵王伦在当年即被杀,刘逵任中书郎可能到305年左右。《隋书·经籍志》题卫权的任职为"晋怀令",按上述其序解在张、刘之后推算,则应在305年之后,照这样推测,三家之注最早为304年,则《三都赋》的完成,必在304年之前。

《左思传》提供的线索还有以下二事:

> 司空张华见而叹曰:"班、张之流也。使读之者尽而有余,久而更新。"于是豪贵之家竞相传写,洛阳为之纸贵。初,陆机入洛,欲为此赋,闻思作之,抚掌而笑,与弟云书曰:"此间有伧父,欲作《三都赋》,须其成,当以覆酒瓮耳。"

张华之叹,除《晋书》所载,亦见于臧荣绪《晋书》:"司空张华见而嗟咨,贵豪竞相传写焉。"②《晋书·惠帝纪》:元康"六年春正月,大赦。司空、下邳王晃薨。以中书监张华为司空"。元康六年是296年,张华卒于永康元年(300),则张华之叹《三都赋》,在296至300年之间。由此推算,赋成必在300年之前或296年之前不久。

陆机于289年入洛。传文云"闻思作之……须其成",指陆机入洛时左思已开始写赋而未成,这是很明显的。此事只见于《左思传》。《太平御览》卷五八七引《世说》有"陆机入洛"等话,与

---

① 《晋书·赵王伦传》:伦等废贾后,收贾谧,自为相国。"或谓(孙)秀曰:'散骑常侍杨准、黄门侍郎刘逵欲奉梁王肜以诛伦。'会有星变,乃徙肜为承相,居司徒府,转准、逵为外官。"事在301年。中书郎即所徙之"外官"。按姚范引《赵王伦传》作:"转准、逵为郎。"姚文见《援鹑堂笔记》卷三十七。
② 《北堂书钞·艺文部》卷八引。

《左思传》基本相同。但《世说》中并无这些话头,不知何以搀入。王隐《晋书》曾讲到:"以蜀事访于张载,吴事访于陆机,后乃成之。"①如果有此事,亦可证陆机入洛之初,《三都赋》尚未完成。《文心雕龙·体性》说"士衡矜重",确是如此。《晋书·张华传》:"陆机兄弟志气高爽,自以吴之名家,初入洛,不推中国人士。"其"伧父"之讥,正是这种傲慢态度的流露。

四

《左思传》以《三都赋》为中心而略于左思的官职。为了解其全人,左思的任职也与《三都赋》有一定关系,这里也略予梳理。

前文已考知左思求为秘书郎,始于291年。左思于272年移家京师,到291年已近20年了。这时,左思已40岁开外,是不是才第一次做官呢?陆侃如师《中古文学系年》于惠帝永熙元年(290)《左思为陇西王祭酒》条云:"汤球辑王隐《晋书》卷七《左思传》:'左思少好学,司徒陇西王泰辟为祭酒。'泰于本年十月为司空,未为司徒,徒字误。"这也只早于为秘书郎一年。此外无闻。第二年晋置秘书监,左思便为《三都赋》的写作而求为秘书郎。左思为贾谧讲《汉书》,即应在本年或稍后。若按上述张华的见而叹之在296年,则左思任秘书郎的时间为291至295年,即在秘书郎的任上完成了《三都赋》。《左思别传》所谓"司空张华辟为祭酒",即在296年。张华于300年被杀,左思的祭酒之任即到此为止。《左思传》云:"秘书监贾谧请讲《汉书》,谧诛,退居宜春里,专意典籍。"这一记载是很不确切的。左思的退出官场,常被此说

---

① 《文选集往》卷八引。

误解为因贾谧被诛而退居宜春里。其实,左思已于296年为张华祭酒。此中即可能有厌弃贾谧之意,不可能由291年任秘书郎直到300年贾谧被杀。而左思为贾谧讲《汉书》,也只能是在求为秘书郎之初,出于贾谧议晋史断限之需。及杨骏被诛(291),贾后当权,贾谧的注意力就转到密谋朝政了。"贾后族兄车骑司马模、从舅右卫将军郭彰、女弟之子贾谧与楚王玮、东安王繇,并预国政。……贾谧与后谋,以张华庶姓,无逼上之嫌,而儒雅有筹略,为众望所依,欲委以朝政。"①这就是贾谧在当时所处的政治地位。若非出于某种需要,他是没有闲心请左思讲《汉书》的。

左思于永康元年(300)退居宜春里有多种原因:本年三月左芬卒②,四月,斩贾谧,废贾后,张华、裴頠等被害,五月,石崇、潘岳、欧阳建等被族。八王之乱已激化了。而这时的左思已约50岁,退离乱世是很自然的。《左思传》说:"齐王冏命为记室督,辞疾不就。"《左思别传》亦云:"齐王冏请为记室参军,不起,时为《三都赋》未成也。"齐王冏于301年六月入洛辅政,命左思为记室督就在此时。但未就的原因,不可能因《三都赋》未成,前述许多史实已明。但《晋书·良吏·曹摅传》说:"及齐王辅政,摅与左思俱为记室督。"《三国志·曹休传》裴注引张隐《文士传》也说:"大司马齐王冏辅政,摅与齐人左思俱为记室督。"这只能证明齐王冏确曾任命左思为记室督,但衡诸左思的为人和当时的时局,则宁信其本传,而疑齐王冏曾同时任命左、曹二人为后世所误。

约在此后三五年,左思卒。

---

① 《资治通鉴·晋纪四·惠帝元康元年》。
② 据赵万里《汉魏南北朝墓志集释》卷一《左棻墓志》碑阴:"左棻……永康元年三月十八日薨。"

以上逐一考核了与《三都赋》有关事件的时间，按其发生的先后顺序应该是：272年左思移家洛阳；282年前，皇甫谧为《三都赋》写序；285—286年，左思向张载访岷邛之事；289年陆机入洛；290年左思为陇西王祭酒；291—295年左思为秘书郎，贾谧请讲《汉书》；296—300年，张华见赋赞叹，左思为张华祭酒；300年左思退居宜春里；301年，齐王冏命左思为记室督，不就；304—306年，张载、刘逵、卫权为《三都赋》撰序作注。

　　按照这个时间表，《三都赋》的完成必在张华见而赞叹之前，很可能在295年。只有这样，才能与其前的访张载、陆机入洛之讥、求为秘书郎，以及其后的为张华祭酒、张载等三家之注序诸事相符。在所有相关事件中，唯皇甫谧序与时序有违。若以皇序为准，赋成于282年之前，则与访张载以下诸事矛盾甚多。对此，从总体着眼而不孤立地定于一事一证是必要的。所以宁疑皇序而信其他。以上诸考，虽很难说件件皆准，有的推算早一年晚一年是完全可能的，但就其总的次第来看，其大势是难以置疑的。如张、刘、卫三家的序注，定于304—306年，主要是根据有关史料所署三人的官衔推算的。但不少史籍所题是其一生的最后官衔，依此而定其年代就未必准确。卫权和《隋志》所署之衔，只能估计是作序注时的官职，特别是卫权题署同时之人，可能性更大，但也只能是估计而已。即使不在304至306年内，却必不能在296年之前，盖必赋成而后可为序注。是仍无伤于《三都赋》撰年的主旨。

　　这里存在的问题是：洛阳纸贵是在诸家序注之前还是其后？《左思传》的行文虽很含混，仍可按事理常情相推。本传谓："及赋成，时人未之重。"是诸家为之序注以后才"盛重于时"的。但又说："司空张华见而叹曰……于是豪贵之家竞相传写，洛阳为之纸贵。"这又是赋成之后，因张华之誉即洛阳纸贵了。细审二说，亦可并行不悖。其赋初成,以左思之寒微,未能及时为人所重是必然的。经张华之誉而洛阳纸贵,经诸家序注而"盛重于时",不过是时间的先后而已。但鄙见以为,张华之誉应先于序注。据《晋书·张华传》所述,其人"四海之内,若指诸掌""博物洽闻,世无与比",这样的人岂能身在洛阳还待《三都赋》成数年之后,或三家注出之后才见到?魏晋人物,往往得名流一言而声誉大震,张华本人就是因阮籍一见而赞之,声名始著的。张华之誉《三都》,也是如此。再看另一方面,为其赋序,或不日可就,至于作注,必待时日,何况张、刘、卫三家,并无必要闻其赋出便立即下笔为注。可能性较大的倒是,正以张誉在先,赋名已震,三家才继以序注。趋时逐浪之风,也是自古而然。如果真是这样,不仅证明《三都赋》的洛阳为之纸贵与诸序注无关,更彻底排除左思欲重其文而自为序注以假时人名姓之说。

五

最后要说的两个问题:一是《三都赋》的内容所涉及的时间,一是皇甫谧《三都赋序》的可疑之处。

从《三都赋》毕竟是文学作品来看,前一问题是不难理解的。如《魏都赋》末所写:"揆既往之前迹,即将来之后辙;成都迄已倾覆,建邺则亦颠沛。"大多据此以证赋成于吴灭之前,也有据以证赋成于吴灭之后者。这不仅是一个文字理解问题,也是一个对文学作品的理解问题。左思为赋,确是主张真实、反对虚构的,但察其言而观其行,《三都赋》并非完全如此。《管锥编》第三册一二四则举例甚多,钱云:"左思自夸考信,遂授人以柄……则无怪论者之指瓮请人耳。"辞赋创作,要"自夸考信",实际上是做不到的,倘若做到了,那就不是写赋,而是撰史。当然可以说,左赋乃以写实为主,但可写今日之实,亦可写昨日之实。左思在三国统一之后,何尝不可写三国统一前或统一中之实?左序称:"升高能赋者,颂其所见也。"岂能据以要求,凡赋中珍异皆"其所见"?所以,绝非必写作赋时的眼前事物始可谓实。既是作赋,就必有一定艺术创作的因素,即如摄影家之取镜头,是必有时间、角度、光线等之选择。若左思实写三国统一后的局面,三都代言人互争高低的这场戏就展不开了,文章的波澜起伏殆将荡然不存,抑吴蜀而扬魏的意图亦难着笔。左思截取蜀已亡、吴将灭而司马氏统一全国的大势已定之际,固不失文章高手。难怪来自吴国而被称为"太康之英"的陆机[1],在看到《三都赋》后也"绝叹伏,以为不能加也"。《三都赋》并非以词采取胜,陆机却以"但工涂泽"称著[2],则陆机之"叹伏"可知矣。

皇甫谧的《三都赋序》,现在只好存疑。按以上总体推算,皇甫谧是来不及为《三都赋》写序的。但不仅此序为历来多数史料所证实,且和左思同时的卫权,已在其《略解序》中讲到。除非载于《晋书·左思传》的这篇卫序也有问题,不然是难以否定皇序的。从卫序可以断言,即使皇序非出自皇甫谧之手,亦非后人伪作。既然左思、卫权等在世时已有此序,它的产生就只能在皇甫谧卒前一二年之后的20多年内。如果说在这样短的时间内不易出现伪作,就只有一种可能,即严可均在《左思别传》后的案语中所说:

> 皇甫谧卒于太康三年,而为赋序,是赋成必在太康初。

---

① 钟嵘《诗品序》。
② 沈德潜《古诗源》卷七。

此后但可云赋未定,不得云赋未成也。其赋屡经删改,历三十余年,至死方休。太康三年(?),张载为著作佐郎,思访岷蜀事,遂删"鬼弹飞丸"之语。

若照此说,则皇甫谧所见为《三都赋》的初稿,并据此未定稿作序,其后左思又访张载而加删改。《三都赋》有初稿、再稿至多稿是可能的。从左思入洛至死,也确是历 30 余年。只是这样说似嫌太泛。《三都赋》一经问世而诸家作注,就不可能再有删改了。如已传世而再有删改,不仅注与本文不一,且传抄既多,也无法遍改各种抄本了。因此,其定稿传世,仍待张华之誉而洛阳纸贵之时,诸家序注更在其后。

严氏的折衷,可补皇序的矛盾。但除初稿和定稿相距太大(280—295)外,皇甫谧是否确写其序,亦有可疑者:

(一)《晋书·皇甫谧传》虽说"谧所著诗赋诔颂论难甚多",但在西晋作家中并非名家是肯定的。皇甫谧的赋今已一句不存,诗只存残句 30 余字,看不出有何高明之处。当时洛阳的向秀、孙楚、张华等①,文学地位都远高于皇甫谧,何以左思要离洛阳而到新安去求皇甫谧为序?

(二)《皇甫谧传》载其自作《笃终》:"故《礼》六十而制寿,至于九十,各有等差,防终以素,岂流俗之多忌者哉! 吾年虽未制

---

① 《世说新语·文学》:"左太冲作《三都赋》初成,时人互有讥訾,思意不惬。后示张公(即张华),张曰:'此二京可三,然君文未重于世,宜以经高明之士。'思乃询求于皇甫谧。"照此说,左思求皇甫谧乃因张华的建议而往。这不仅与《左思传》的"司空张华见而叹曰"有矛盾,且张华在当时以力主伐吴有功,封广武县侯,正是"名重一世,众所推服"(《张华传》)之际,还有何"高明"可求? 又,时人对《三都赋》"互有讥訾",只能在其赋问世之后。《世说》所载此条不实是肯定的。

寿,然婴疢弥纪,仍遭丧难,神气损劣,困顿数矣。常惧夭陨不期,虑终无素,是以略陈至怀。"本文实为皇甫谧的遗嘱,安排死后如何安葬等事。所谓"制寿",指60岁预制寿具。他写此文时还年未制寿,约五十七八岁,按本传说"太康三年卒,时年六十八"推算,则写《笃终》时为271或272年。本传载《笃终》之后,只"而竟不仕"四字,就写到他的卒年了。想来自写此文之后的10年左右,确因"神气损劣",困顿不堪,再无其他活动。左思移家京师正是272年,即使是《三都赋》的初稿,按一般说法在280年完成,已是皇甫谧临终前两年,其健康状况在8年前已有临终之感,8年后是否还能读《三都》而为序?皇甫谧早在30多岁时就患风痹疾,左思岂能无闻?又怎能在皇氏即将结束其长期的痛苦生活之前忍求为誉?

(三)台湾王梦鸥撰《关于左思〈三都赋〉的两首序》①,对左、皇二序做了一些比较研究。他虽疑信参半地认可皇序,以为皇甫谧可能"正是和左思一样,同具有重视辞赋而又反对虚'妄'的文学思想",却提出:

> 这里特别可疑的,乃在于这一段自序与皇甫谧的序文,很多语意互相重复。如果不是当时这位半残废的名流,为着答应左思的要求,既无特殊的意见可写,但又不能不应付,所以即就原作者自序之语加以一些引申说明,便算了事,则何至于许多取材举例,与左思的意见如此相似?这是很可疑的。

这里提出了一些很值得思考的问题。其云"如果不是……应付",

---

① 载《中外文学》1980年第9卷第2期。

话虽慎重,用意颇明。"如果"真是出于"应付",无话可说而重复引申原序的意思,皇甫谧又能算什么"高士"呢?从皇甫谧的本传可知,此人是不喜应酬的;若真有同样的文学思想,即所谓观点一致,则当有高见卓识发挥,何至于用重复原意来应付了事?

王梦鸥所说"这一段自序",指左思自序中"盖诗有六义焉"至"虽丽非经"的一段。王氏引出这段自序后,做了上面所引的论述,惜其未能详加对照,具体分析。细较二序,其措辞命意自然有别,但两篇的主旨已尽于左序是明显的,都是反虚诞而主核实。两篇序文的结构也是基本相同的。左序从释名和赋的源流开始,继以赋的衍变到汉赋的"侈言无验",最后说自己的赋乃"依其本""本其实"而为。皇序仍从释名和赋的源流开始,继以赋的衍变,到汉赋的"虚张异类,托有于无",最后讲左赋的"可得按记而验"。

再具体一点看:左序从"盖诗有六义焉,其二曰赋"开始,讲到"赋者,古诗之流也";皇序则从"古人称不歌而颂谓之赋"开始,讲到"赋者,古诗之流也"。其间左序引了扬雄"诗人之赋丽以则"一句,皇序则加以延伸,先讲"文必极美""辞必尽丽",但非"苟尚辞而已",还"将以纽之王教,本乎劝戒也",仍是"丽以则"之意。

二序讲赋的衍变之始略别,左序从《诗经》开始,皇序从孙卿、屈宋开始。但到汉代,二序皆举相如《上林》、扬雄《甘泉》、班固《两都》、张衡《西京》为例。左评其"虚而无征""侈言无验";皇评其"虚张异类,托有于无",如出一口。甚至对这种现象,左云:"积习生常,有自来矣。"皇亦云:"流宕忘反,非一时也。"已是亦步亦趋了。

最后一部分,左思自称其赋:"山川城邑,则稽之地图;鸟兽草木,则验之方志。"皇序亦云:"其物土所出,可得披图而校;体国经制,可得按记而验。"可谓影之随形矣。

　　总的来看,虽皇序稍详,但大旨不出左序。从以上比照可知,两序不仅主旨不二,且其结构、用例以至语调都是基本相同的。皇序只是左序的简单扩展。这种情形该作何理解呢?虽然难定两序是否出自一人之手,但怀疑皇甫谧这位"高士"是否会写出这样的序来,应该说是不无理由的。

(原载于《文史哲》1992年第5期)

《文心雕龙·情采》鉴赏

在《文心雕龙》的《序志》篇中,刘勰把他的创作论部分总括为"割情析采",《情采》篇便正是集中地论述情采关系,表达刘勰"割情析采"基本思想的精彩篇章。

"圣贤书辞,总称文章,非采而何?"一个反问开篇,人们不禁要问:古代圣贤的著作都叫做"文章",文采真的如此重要吗?刘勰的情采观是不是本末倒置,把文采强调得过分了?"深得文理"的刘勰,迫使读者不得不听他娓娓道来了。

"夫水性虚而沦漪结,木体实而花萼振:文附质也。虎豹无文,则鞟同犬羊;犀兕有皮,而色资丹漆:质待文也。"看来,刘勰并非只重文采;他以一连串生动贴切的比喻,讲出一番道理。一方面,文和质的关系是相互依存,不可分割的。水的波纹必须要有水才能出现,木的花萼必须依附于木才能产生。而虎豹没有花斑的皮毛,那就和犬羊的皮革无异,难以表现其特点;犀兕之皮也必须涂上丹漆,方能美观适用。"文附质""质待文"的理论就昭然若揭了。另一方面,这段话还表明,事物的表现形式是由内容的特质所决定的。只有"水性虚"的特质,才能产生"沦漪"的形式;只有"木体实"的特质,才会产生"花萼"的形式。犬羊不会有虎豹的皮毛,坚韧的犀兕之皮,才有必要涂以丹漆。特定的内容决定了与之相应的形式,这正为刘勰主张文学创作应以内容为主提供了理论根据。

以上的比喻主要还是说明内容和形式相互依存、不可分割的关系,而内容对形式的决定作用虽是题中应有之义,但刘勰还未着意申明。情与采、文与质到底孰轻孰重呢?刘勰在上述基础上,提出其著名论点:"夫铅黛所以饰容,而盼倩生于淑姿;文采所以饰言,而辩丽本于情性。"他进一步用精当的比喻明确表达了自己的观点:形式决定于内容,浓妆艳抹固然可以装饰一下容貌,然而生来很丑的人,任何修饰打扮也不会使她美丽动人;相反,天生丽质,却总是巧笑美目,盼倩生姿。文学创作正是如此。文采有时可以美化一下言辞,然而对于内容空疏的文章来说,丽辞妙句又有何用?刘勰正确地指出:运用辞采的目的是"将欲明经",形式必须为内容服务;如果过分追求藻饰,就反而会损害内容。所以他说:"采滥辞诡,则心理愈翳。"

那么,在创作中到底应该怎样正确处理情与采的关系呢?刘勰以经、纬关系为喻作了形象的说明:"情者,文之经;辞者,理之纬。经正而后纬成,理定而后辞畅:此立文之本源也。"只有"情"不能构成文学作品,只有"辞"和"采"也不能构成文学作品,而必须情、采结合,经、纬相织,方能形成情采芬芳的佳作。而"情"之为经,"辞"之为纬,那就意味着,必须首先确立思想内容,然后才能据以配以相应的文辞采饰。刘勰认为,这就是文学创作的基本原理。

文质关系的基本理论已经明确,刘勰却并未到此为止。他又从历史上总结两种不同的文学创作道路,在肯定"为情而造文"的正确道路,批判"为文而造情"的错误倾向之后,提出了"述志为本"的文学主张:"夫桃李不言而成蹊,有实存也;男子树兰而不芳,无其情也。夫以草木之微,依情待实;况乎文章,述志为本?"

是啊,桃树李树不用开口,便会有许许多多的人来往于树下,以至于踏出道路,那是因为树上结满丰硕的果实;男子种的兰花没有香气,那是因为他们缺乏爱花、养花的真情。刘勰提醒人们:像花草树木这样微不足道的事物,尚要依靠真情实感,凭借累累果实,何况人们写文章,不更应以抒写情志为根本吗?在如此生动巧妙的比喻之后,当刘勰强调"言与志反,文岂足征"之时,是不能不引起我们的共鸣而信服其观点是正确的了。

通读全文,可知其开篇就突出文采的重要,不过是从文学艺术的特征着眼,进而由文质不分的关系提出"述志为本"的主张。本篇不仅以严密的逻辑,层层推论,步步深入,把道理讲得清楚而有力量,且通篇用一系列生动形象的比喻,充分发挥排比对偶的骈文特点,使人读来不觉其为枯燥乏味的理论,而是引人入胜的文学作品。这是本篇最显著的特点。而所用大量比喻,不仅毫无矫饰文采之感,且正如本篇所论,形式是为内容服务的。如"采滥辞诡,则心理愈翳"之说,理论上是对的,但加上一个比喻:用五彩的翡翠毛制成钓鱼线自然很美,却反而把鱼吓跑了。用以说明"采滥辞诡"的危害就更为有力了。用艺术的方式来表达艺术理论,这种特点,是今天的文艺评论仍值得发挥的。

(本文与戚良德合著,戚为第二作者。原载于《古文鉴赏大辞典》,浙江教育出版社1989年版)

《文心雕龙·知音》鉴赏

《吕氏春秋·本味》载,春秋时期的俞伯牙善弹琴,钟子期则会听琴。当伯牙想到巍巍泰山,钟子期便从琴声中听出伯牙"志在泰山";当伯牙想到滔滔流水,钟子期就从琴声中听出伯牙"志在流水"。于是,人们称钟子期为俞伯牙的"知音"。本篇便借此以喻文学批评,要求人们善于辨别、理解文学作品,做作品和作家的"知音"者。

然而,刘勰开篇却是一声浩叹:"知音其难哉!"并说"逢其知音,千载其一乎"!难怪纪昀说:"难字一篇之骨。"的确,从"知实难逢"到"音实难知",刘勰浓墨重彩,有声有色地向人们讲述了"知音"之难。

知音之"难",首先难在真正理解作品、正确评价作品的人难以遇见。秦始皇、汉武帝,见识高超却不免崇古非今;班固、曹植,才华卓越而又抬高自己,贬抑别人;至于楼护之类,更是毫无文才而误信传说,不明真相。"知实难逢",确是昭昭可见了。

知音之"难",还难在对作家的理解和对作品的评论难以正确。麒麟和獐子,凤凰和山鸡,本来各各不同;珠玉和石块也判然有别。但是却有人把麒麟当獐子,有人称山鸡为凤凰,以美玉为怪石,视石块作宝珠。形体显著者尚且难免搞错,抽象的文情岂不更是难以鉴识?而且,批评者既各有偏爱,又不可能具备评论一切作品的能力,更成为"音"之难知的主观原因。性情慷慨的人听见激昂的声调便击节附和,喜欢含蓄的人读到细密的作品才跃跃欲从,有点小聪明的人看见靡丽的文章就激动不已,爱好新奇的人对于不平常的描写则乐于闻听。总之,合于自己的口味便赞同,不合就抛弃;正如一个人面向东望而看不见西墙一样。"音实难知"就可见一斑了。

然而,《知音》之成篇,目的不在于讲文学批评无法进行,而在于探讨如何做好文学批评,如何成为"知音"。本篇的布局立意之奇正在这里。当我们深切地认识了知音之"难"的时候,便不仅有了做好知音的充分思想准备,而且对文学批评的特点也已经有了深刻的认识;刘勰所讲主客观之难,正揭示了文学批评的特征。如此,强调知音之"难",了解知音之"难",正为通向知音"不难",为文学批评铺平道路。

刘勰写道:"凡操千曲而后晓声,观千剑而后识器;故圆照之象,务先博观。"这正是针对"知多偏好,人莫圆该"的情形而发的。刘勰要求人们,要能正确地评论作品,首先必须进行广泛的调查研究。看过大山的人就更了解小山,研究过沧海的人就更熟悉小沟。刘勰一方面要求批评者提高批评鉴赏能力,一方面要求排除个人偏见,便可对作品作出公正而准确的评价了。针对文学作品既抽象又复杂的特点,刘勰又标出了具体鉴察的办法,那就是"六观"。刘勰说:"斯术既形,则优劣见矣。"要正确地理解作品、评价作品,是完全可能的。

"文情难鉴"既如彼,"文情可鉴"又如此,其中奥妙何在呢?刘勰在本篇最后一段揭开了这个谜底:"夫缀文者情动而辞发,观文者披文以入情;沿波讨源,虽幽必显。"这就是刘勰批评论的基本原理。文学创作是作者先有某种情感，而后发为辞章；文学批评则正好相反，批评者是据作品的文辞而探寻其思想内容，剖析其感情特点，以至于采幽触微，洞察性灵。正如刘勰所说，俞伯牙从琴声中表达出来的"志在山水"之情，那是无影无形的，钟子期尚能鉴察不误，更何况写成文字的作品呢？

从知音之难，到知音不难，从文情难鉴到文情可鉴，最后揭开知音不难、文情可鉴的奥秘，从而要求人们做好作品和作家的"知音"，《知音》的艺术结构可谓独运匠心。

语言生动形象，并因此增进了说理的透彻，是《文心雕龙》的一大特点。在"知音"这个富有诗意的篇题下，刘勰更是思绪风发，妙语连珠。如他论述"知多偏好，人莫圆该"的情形："慷慨者逆声而击节，酝藉者见密而高蹈，浮慧者观绮而跃心，爱奇者闻诡而惊听。会己则嗟讽，异我则沮弃；各执一隅之解，欲拟万端之变：所谓'东向而望，不见西墙'也。"骈文的形式在刘勰的笔下变成了得心应手的工具，不仅使其思想淋漓尽致地表达出来，而且语言工整、流利，用词新鲜、活泼，比喻贴切、准确，使之具有较强的艺术力量。

多用典故，是骈文的特点，也是《文心雕龙》的一大特点。《知音》便是用典故命名的。篇中用典之处，更是屡见不鲜。尤可称道的是，本篇虽然用典繁多，却大都切合文意，为充分地说理起到了很好的作用。如扬雄著《太玄经》而得"酱瓿之议"的典故，刘勰用以喻指在种种不正确的批评风气下，真正有价值的作品只能被人用来盖酱坛子，而难以得到正确的理解和评价。这不仅更形象、生动地说明了"知音其难哉"的情形，而且发人深思地提醒人们，要吸取历史的教训，努力成为作品和作家的"知音"。整个《知音》篇,其意在此;刘勰的良苦用心,亦系于此。典故运用之成功,于此亦可见一斑了。

(本文与戚良德合著,戚为第二作者。
原载于《古文鉴赏大辞典》,浙江教育出版社1989年版)

陈子昂诗风初探

陈子昂是初唐诗坛上一位重要的诗人。他以先进的诗歌主张和优秀的诗歌创作,为盛唐诗歌创作的高潮揭开了序幕。他的诗有着强烈的现实意义和丰富的社会内容,在这方面历来论者颇多,但对陈子昂诗歌的艺术风格,却大都语焉不详,很少论述,有的则干脆略而不谈。本文即打算着重从陈子昂诗歌创作的艺术风格上,作一次初步的试探。

一、诗风的转变

陈子昂的诗歌创作,比之于他的先辈,在对社会现实深刻的揭露和批判上,并没有超过建安诗人;在对自己壮志宏图的表达上,也还远不及屈原。但他却是初唐诗坛上一个伟大的诗歌革命者,却是魏晋以迄隋唐五代七八个世纪间诗风转变上一个关键性的人物。在中国诗歌发展史上,陈子昂是有其不可磨灭的功迹的。所以,从诗歌发展的意义上来看,陈子昂诗歌的艺术成就是再明显不过了。

诗自三百篇而下,惟汉魏音韵风骨犹近于古。逮夫两晋,骎骎而变。胚胎于宋,浮靡于齐梁,至于陈隋极炽,而雅音几乎熄矣。有唐之兴,文运渐启,虽四杰四友称美于时,然其流风余韵,渐染既久,未能悉除。则天时,蜀之射洪人陈公子昂字伯玉者,一旦崛起西南,以高明之见,首唱平淡清雅之音;袭骚雅之风,力排雕镂凡近之气……超轶前古,尽扫六朝弊习。譬犹砥柱屹立于万顷颓波之中,阳气勃起于重泉积阴之下。旧习为之一变,万汇为之改观。(张颐《陈伯玉文集序》)

这就是从历史意义上来评价陈子昂的诗歌的。他的至友卢藏用也说,子昂在当时是"崛起江汉,虎视函夏,卓立千古,横制颓波,天下质文,翕然一变"(《陈伯玉文集序》)。根据当时具体历史情况,这些都说得并不过分。魏晋以降,文人诗作确有每况愈下的趋势,以致造成"连篇累牍,不出月露之形,积案盈箱,唯是风云之状"(李谔)的"讹滥"局面。初唐百年之间,虽经王绩、四杰等人的努力,齐梁靡靡之音已渐趋微弱,但终因"其流风余韵,渐染既久,未能悉除"。稍晚于四杰而与子昂同时的许多诗人,如沈宋、四友以及刘希夷、张若虚等人,或则遣辞华靡,承袭陈隋余韵,未脱宫体牢笼,或则唯务工巧,徒具形式而溺于新声,均未能清扫六朝绮丽纤弱之气。只有陈子昂,才"首唱平淡清雅之音","尽扫六朝弊习",而以苍劲朴质的诗风,为盛唐诗歌开辟出一条新的道路。从陈子昂现存一百二十首诗来看,他是无愧于历史所给予他的评价的。

子昂诗中,即使是那些慨叹个人怀才不遇,抒发个人衷情逸志的篇章,我们也听不到一丝靡靡之音,感不到半点颓唐之气,更不消说那种绮罗香泽的脂粉味了。我们处处感到的,是慷慨高歌的悲壮之音、清雅平淡的质朴之气。试读他阐述个人壮志宏图的诗篇：

> 本为贵公子,生平实爱才。感时思报国,拔剑起蒿莱。西驰丁零塞,北上单于台。登山见千里,怀古心悠哉。谁言未忘祸,磨灭成尘埃！（《感遇诗》之三十五）

> 平生白云志,早爱赤松游。事亲恨未立,从宦此中州。主人何发问,旅客非悠悠。方谒明天子,清宴奉良筹；再取连城璧,三陟平津侯。不然拂衣去,归从海上鸥。宁随当代子,倾侧且沉浮？（《答洛阳主人》）

这种诗,风格是豪放的,它所体现出来的诗人是志气高昂、活力充沛的。子昂对自己"感时报国"的意志是很有信心的。他从不小看自己,即使在四处碰壁的时候,他仍视自己为不同凡响的英杰鳞凤,而表现出不甘与世浮沉的孤高之气。如"云海方荡潏,孤鳞安得宁？"(《感遇诗》之二十二)"溟海皆震荡,孤凤其如何？"(之三十八)"群物从大化,孤英将奈何？"(之二十五)正因他在走投无路的孤寂之中,还能重视自己,还不放弃斗争,他才敢于以"再取连城璧,三陟平津侯"的斗士自许；"不然拂衣去,归从海上鸥",这正表现了他那种豪爽孤高的性格。这里显示出来的诗人诗风都是悲壮而豪放的。

二、诗人与诗风

诗歌的豪风与诗人的豪情是分不开的。风格决定于人。据卢藏用《陈氏别传》所载,陈子昂出身于一个"以豪侠闻"的家庭,他自己幼年时即"奇杰过人""驰侠使气",及壮,更有"感时报国"的慷慨壮怀和"以义补国"的远大理想。正因为诗人有这种豪爽的性格和爱国爱民的思想情感,他才有可能写下那些壮志凌云、慷慨悲歌的诗篇。如像这样一些诗句:"按绳当系房,单马岂邀功。孤剑将何托,长谣塞上风。"(《东征答朝达相送》)"当取金人祭,还歌凯入都。"(《答韩使同在边》)等等,就是用他那悲壮的情感凝结成的。特别是在一些有关边塞与从军送别的诗中,这种豪情豪风表现得更为明显:

> 匈奴犹未灭,魏绛复从戎。怅别三河道,言追六郡雄。雁山横代北,孤塞接云中。勿使燕然上,独有汉臣功!(《送魏大从军》)

> 忽闻天上将,关塞重横行。始返楼兰国,还向朔方城。黄金装战马,白羽集神兵。星月开天阵,川山列地营。晚风吹画角,春色耀飞旌。宁知班定远,犹是一书生!(《和陆明府赠将军重出塞》)

前一首意气风发,充满着强烈的胜利信念。后一首则是一帧粗笔大写的油画,一阕热情洋溢的颂歌,而这些诗又都给人一种气韵宏沉的豪爽之感。

豪爽正直的性格和"以义补国"的理想,决定了陈子昂诗风激昂慷慨、雄健豪放的一面。但我们还应看到陈子昂诗歌风格的另一个方面,那就是他诗歌中常有的那种愤激悲壮的特色。这种特色,这种诗风,也是由诗人的身世遭遇、思想情感决定的。

陈子昂的一生,可以说是斗争的一生,也可说是不幸的一生。这就因为他在很多问题上常常能从国家和人民的利益出发。如像在治理国家上,他认为"王政之贵,莫大乎安人"(《谏政理书》)。他所念念不忘的,是要"安天下百姓,无使疾苦"(《上军国利害事》)。在《为乔补阙论突厥表》中,他甚至还怀着"千载之后,边鄙无虞,中国之人,得安枕而卧"的远大理想。而所有这些,都是和封建统治者的直接利益相矛盾的。他愈是坚持这种理想,为实现这种理想而斗争,就和统治者的矛盾愈来愈大。因此,当少壮自负的陈子昂怀着满腔热情,踏上武曌王朝的政治舞台时,起初,武后还"奇其才,召见金銮殿",而授以麟台正字。但陈子昂不能不很快就感到大失所望。武氏王朝的种种重大政治措施,差不多和陈子昂的理想全是对立的。陈子昂怀着莫大的希望,一次再次地急言直谏,要求武氏朝廷能安民、息兵、措刑、除贪。但是,人微言轻的陈子昂,武后并没有把他真的放在心上,更不可能触动自己的丝毫利益而接受这些有利于民的意见。于是,一封一封的谏书都如石沉大海,陈子昂也就"在职默然不乐,私有挂冠之意"(《陈氏别传》)了。

陈子昂在武后面前的遭遇是如此,其后随建安王武攸宜出征,任职军中时,其遭遇也是如此。不仅他那种美好的政治抱负无从实现,就是说话进言也无人理睬。在这种不幸的遭遇中,陈子昂的心灵不能不受到一次又一次沉重的创伤,他不能不产生愤激悲壮的情感。而这种遭遇,这种情感,也就不能不反映到他的诗歌中去,不能不影响到他的诗歌风格。

前面已引到过的《本为贵公子》一首,固然是作者的自我写照,《兰若生春夏》中的"岁华尽摇落,芳意竟何成",《朔风吹海树》中的"每愤胡兵入,常为汉国羞。何知七十战,白首未封侯",《林居病时久》中的"青春始萌达,朱火已满盈。徂落方自此,感叹何时平"等等,亦未尝没有诗人自己的影子,也未尝不是作者怀才不遇的不平之鸣。这种情感随时渗透在陈子昂的诗歌创作中,这就为他的诗歌罩上一层非常浓厚的愤激悲壮的色彩。又如:

> 闻君东山意,宿习紫芝荣。沧州今何在,华发旅边城。还汉功既薄,逐胡策未行。徒嗟白日暮,坐对黄云生。桂枝芳欲晚,蕙苡谤谁明。无为空自老,含叹负平生。(《题居延古城赠乔十二知之》)

这首诗集中反映了陈子昂一生在和现实生活的矛盾中产生的忧愤不平之情,也突出地显示出他诗歌慷慨悲歌的悲壮风格。我们从这里可以看出:正是诗人迫切地怀着报效祖国的大志而不得实现,他才更加有"徒嗟白日暮""含叹负平生"的感情产生。也正是由于这种真切的感情表现得愈强烈,照映到诗歌上悲壮激越的风格就愈鲜明。这种诗风,在《蓟丘览古》七首中,特别是在有名的《登幽州台歌》中表现得更为突出。我们先看《蓟丘览古》中的两首:

> 南登碣石馆,遥望黄金台。丘陵尽乔木,昭王安在哉!霸图怅已矣,驱马复归来。(《燕昭王》)
> 秦王日无道,太子怨亦深。一闻田光义,匕首赠千金。其事虽不立,千载为伤心!(《燕太子》)

这种诗,字字斩钉截铁,有如万里疾湍,直冲而下。诗人就是以这种雄放悲壮的诗风,横制颓波,扫尽六朝脂粉气的。这种诗风不仅迥异于陈隋宫体诗,即使和初唐以至与子昂同时的许多诗作比起来,也能使我们清楚地感到它确是起到了使"旧习为之一变,万汇为之改观"的作用。从这里我们也就清楚地看到子昂诗歌艺术成就的历史意义了。

这种悲壮豪放的调子,决定了陈子昂的诗笔往往是粗淡质朴的。在陈子昂的诗歌中,是找不到绸缪婉转、精雕细描的痕迹的。他极力反对的是"采丽竞繁""逶迤颓靡"的齐梁诗风,主张的是

"骨气端翔,音情顿挫,光英朗练,有金石声"的"汉魏风骨"(《修竹篇序》)。他的创作实践正是这样。《蓟丘览古》七首是很好的例子,三十八首《感遇诗》也大都具有这种特点。如:

> 乐羊为魏将,食子殉军功。骨肉且相薄,他人安得忠?吾闻中山相,乃属放麑翁。孤兽犹不忍,况以奉君终!(《感遇诗》之四)

> 朝入云中郡,北望单于台。胡秦何密迩,沙朔气雄哉。籍籍天骄子,猖狂已复来。塞垣无名将,亭堠空崔嵬。咄嗟吾何叹,边人涂草莱。(《之三十七》)

前一首针对武后大肆屠杀李氏宗室的残酷行为,表达了诗人极其愤慨的情感。"骨肉且相薄,他人安得忠?"诗人的不满之情是非常明显的。后一首则鲜明地表现出诗人爱国爱民的强烈感情。他非常痛心地指出,在猖狂的"天之骄子"紧紧逼近边境时,边防情况却是"塞垣无名将,亭堠空崔嵬!"眼看边地人民就要吃苦遭难,他又怎能无所慨叹呢?这种诗,现实性是强烈的,诗人的情感是真切的,愤慨的;这种诗在表现方法上,则既没有丝毫的矫揉之情,也没有什么雕饰之彩,都是直陈其事,直抒其情。虽然,作者常常托古讽今,借物抒情,但他既然是从现实出发,诗人的情感就自然而然地要充满在字里行间,既用不着故意造作,又不必加以掩饰,也从不借助于任何夸张的手法,只是逼直地倾泻出他的情感来。因此,陈子昂的诗往往给人一种郁勃淋漓而又平淡清雅之感。这种诗,无论是抒情叙事,写景状物,或者揭发批判,都是粗淡平直而又气势感人的。

三、强烈的感染力

陈子昂的诗歌之所以多是平直无华的粗描淡写,而又能给人以强烈的感染力,根本原因在于诗人感情的深厚。而这种深厚的情感,又还不是一般的情感。并不是任何感情都能使人感动的。肮脏的灵魂、丑恶的思想是不会使人感动的。诗的美必然是出自诗人的美的内心世界。陈子昂对荒淫无耻、穷兵黩武的统治者的痛责,对贪赃枉法、滥施淫刑的酷吏的鞭挞,对祖国安危的关怀,对人民疾苦的同情等等,这样的感情并不须要多加润饰,直陈于诗,它本身就是感人肺腑的。所谓内容决定形式,这正是一个主要原因。

陈子昂反对六朝以来单纯追求华靡无实的形式主义的诗歌,强调"慷慨多气"的"汉魏风骨",主张诗歌要有所"寄兴",他自己的诗确是具有这种特点。这是陈子昂诗歌之所以有着强烈的感人力量的又一个主要原因。我们读沈、宋等与陈子昂同时的一些诗人的作品,无论在诗律上、音韵上,文辞的工巧华丽上,描绘的细腻生动上,都比陈子昂讲究得多;他们诗中也不乏雄伟之辞,哀婉之叹,但在引起读者的共鸣上,在给读者的感受上,却都远不如陈子昂粗淡质朴的诗歌那样强烈。这就因为他们的诗缺乏深刻的现实内容,寄兴不存;而作为一个诗人来说,则是没有陈子昂那种忧国忧民的思想和那种真挚强烈的爱憎感情。

由于陈子昂灌注在他诗篇中的情感是那样饱满强烈,好像还来不及加以修润,而那汹涌的激情就迸发出来了。试读:

已矣行采芝,万世同一时!(《感遇诗》之十)

> 但见沙场死,谁怜塞上孤。(《感遇诗》之三)
> 去去桃李花,多言死如麻!(《感遇诗》之九)
> 咄嗟吾何叹,边人涂草莱。(《感遇诗》之三十七)

这样的诗在陈子昂诗集中触目皆是。这种真切深厚的情感,以一种毫不掩饰的、赤裸裸的方式表现出来,极易使读者和诗人共呼吸,同爱憎,从而产生出巨大的艺术感人力量。陈子昂就常常是这样来表达他那倾吐不尽的激情的。所以,即使他诗中那些比较消沉的东西,在客观上,也对读者发生了某些积极的作用。如像:

> 岁华尽摇落,芳意竟何成!(《感遇诗》之二)
> 大运自古来,旅人胡叹哉!(《感遇诗》之十七)

联系到诗人的生平遭遇,我们对这位有德有才,志远情深,而又茕茕独处的志士,读这种诗,它使我们不能不对作者寄以深切的同情。

陈子昂也有一些赞美神仙隐逸生活的诗章,我们读来,也能明显地感到它和陶潜、王、孟等人的隐逸诗有着完全不同的艺术效果。它不是使读者悲观厌世,逃避现实,却是在引起读者同情诗人遭遇之中,让我们和诗人站在一边来,产生出一种对当时黑暗现实极度不满的情感。它只能使读者憎恨那种黑暗社会,而不能使人去同情、去欣赏那种社会。例如:

> 谁见鸱夷子,扁舟去五湖。(《感遇诗》之十五)
> 去去行采芝,勿为尘所欺。(《感遇诗》之二十)
> 世道不相容,嗟嗟张长公。(《感遇诗》之十八)

从这些诗里,我们可以清楚地看到,诗人并不是甘心向往神仙隐逸生活,而是因为像他那种有着"感时报国"的有志之士为世道所不容,而出于一种不得已的对现实的反抗。诗人能把这种深厚的由衷之情传达给读者,其所产生出来的艺术效果就必然是积极的了。

集中反映了陈子昂诗歌的艺术特色,充分显示出它的感人力量的,是千古传颂的名篇《登幽州台歌》:

> 前不见古人,后不见来者:念天地之悠悠,独怆然而涕下!

这是一股赤裸裸的感情的洪流。抑制不住的悲愤之情,使它突破了一切新旧诗歌形式的束缚,以一泻千里之势,形成了这首气势磅沛,千古绝奇的名篇。在句法上、诗律上、音韵上,我们甚至在这四句中找不出什么诗的特点,但它那充沛袭人的情感,却教我们感到它确是一首真正的好诗。短短二十二字,不仅抒发了诗人对现实无尽的感慨和愤懑之情,更蕴藏着诗人无限的希望和理想,反映出封建社会中多少有志之士的共同哀怨。

这首诗是696年契丹侵扰营州等地的时候,陈子昂随建安王武攸宜出征的途中写的。读一读《陈氏别传》中有关此诗写作情况的记载,可以帮助我们更好地来理解这首诗:

> 子昂体弱多疾,感激忠义,常欲奋身以答国士。自以官在近侍,又参预军谋,不可见危而惜身苟容。他日,又进谏,言甚切至。建安谢绝之。乃署以军曹。子昂知不合,因钳然下列,但兼掌书记而已。因登蓟北楼,感昔乐生、燕昭之事,赋诗数首,乃怆然涕而歌曰:"……"时人莫不知也。

从这里,我们可以看出陈子昂爱国热情的深厚。这次出征,由于主帅武攸宜的昏庸无能,法制不申,理军如儿戏,于是前军失利,

"三军震慑",子昂感到此次"发半天下之兵"以出征,关系人民生存,国家安危,责任是重大的,因而指陈武攸宜用兵之弊,直言献策。武攸宜却"以子昂素是书生,谢而不纳"。但体弱多病的陈子昂并未就此罢休,明知继续多嘴,于己不利,仍感自己责任重大,"不可见危而惜身苟容",仍然继续进谏。可是武攸宜不仅拒不采纳,反而把陈子昂降职军曹,这就使陈子昂失去继续参预军谋、报效祖国的机会了。陈子昂在这种严重打击之下,他怎能不悲伤,怎能无感慨?

了解了陈子昂的这种具体遭遇,也就不难理解他这时复杂的思想感情。一个满怀济国济民热忱的诗人,在处处碰壁而又无人理解之下,独登蓟北楼,而对着"古称多慷慨悲歌之士"的燕地,缅怀往古,遥思未来,但往古不可追,未来又如此渺茫,愁肠千回,无所寄托,他又怎能不感于天地之悠悠而怆然泪下?这感情是悲壮的,也是忧愤的、低沉的,但却又充斥着巨大的生命力,使读者对诗人产生深切的同情,对封建社会产生切齿的憎恨。这种感人的艺术力量,固然出于诗歌高度的概括力,出于这感情在封建社会具有广泛的典型意义,出于诗歌所凝结的感情是如此丰盈横溢,而更主要的,还在于它的创作者——陈子昂不仅仅是一个诗人,他首先还是一个战士——一个孤寂无援而又斗志不灭的战士,这样一个战士的太息,这样一个战士的热泪,就使人不能无动于衷,就不能不深深地引起读者的共鸣。

四、艺术手法

我们肯定一个艺术家的思想感情对于他的艺术成就的决定性的作用,并不是把思想和艺术等同起来,也不等于说只要诗人有了丰富饱满的情感,他的诗就一定具有较大的艺术力量。思想固然是决定性的东西,但如果缺乏必要的艺术修养,没有适当的艺术形式,不通过必要的艺术手法,他的思想感情是难以生动地表达出来而产生较大的艺术力量的。

陈子昂是一个杰出的政治家,也是一个盛享才名的艺术家。卢藏用《陈氏别传》称他"雅有相如子云之风骨,初为诗,幽人王适见而惊曰:'此子必为文宗矣'!"杜甫曾把他与扬马并列,而称其"名与日月悬";白居易则又把他和杜甫并列而赞以"杜甫、陈子昂,才名括天下"。直到清人张颐,还在继续称赞他"其学博,其才高"(《陈伯玉文集序》)。由是可见其才华是极为昭著的。陈子昂表现在诗歌创作上的艺术才能是多方面的。上述那种不雕饰、不浮夸,以粗犷豪放、平实无华的诗笔,直抒其情,直陈其事的艺术手法是其主要特点。此外,我们还可举出以下几点:

1. 陈子昂有一些咏物诗,但并非真是咏物,而都各有其不同的"寄兴"。《麈尾赋》《观荆玉篇》《鸳鸯篇》《修竹篇》无不如此。特别是《修竹篇》表面上是咏竹,实则不仅表达了诗人"羞比春木荣""终古保坚贞"的节操,更寄有诗人远大的理想和抱负,那种永随明君"清宴奉良筹",而献出自己的才力的愿望是表现得非常明显的。此外,在《感遇诗》中,或借物,如《兰若生春夏》《呦呦南山鹿》《蜻蜓游天地》《翡翠朝南海》等首;或托古,如《苍苍丁零塞》《乐羊为魏将》《圣人去已久》《临岐泣世道》《幽居观大运》《荒哉穆天子》《昔日章华宴》等首,都是用来批判当时的社会现实而表达自己的理想或情感的。在《圣人去已久》一诗中,我们清晰地感到诗人的矛头是对准着当时名利场中的势利之徒而发的,是对当时那些争名夺利的夸毗子的尖刻地嘲讽,和对燕昭王、鲁仲连等人的向往慕恋——实则是对当时社会上见不到重用自己的燕王和不慕荣利的鲁仲连的慨叹。《昔日章华宴》一诗,清人陈沆已指出,此乃"刺武后宠嬖二张之事"。《呦呦南山鹿》《蜻蜓游天地》等篇,也很明显的是作者对武后告密、严刑恐怖政策的批判。这种诗,我们读来并不感到是在吟咏与现实生活无关的往古之事。这种作用,一方面是作者善于选择历史陈迹,使之吻合于当前现实;更主要的一面则在于作者写这些诗的目的不在于咏古与咏物,而是为了讽今。作者是从现实出发来借物抒情,托古讽今的,因此,诗歌给人的现实感也就较为强烈。

2. 陈子昂诗中有很多景物描绘。他的写景又有其独特之处。陈子昂的写景诗既不同于大小二谢的山水诗,又不同于王维孟浩然的田园诗。在他的诗中不仅出现了祖国山河的壮丽风光,如像"岩悬青壁断,地险碧流通。古木生云际,归帆出雾中"(《白帝城怀古》),"巴国山川尽,荆门烟雾开。城分苍野外,树断白云隈"(《度荆门望楚》)。更主要的是子昂诗中没有单纯的景物描写。他绝不为写景而写景,诗中景物描写部分与全诗思想感情是水乳相融的,景物描写本身就常常是诗人用以抒发情感的一种手段。如:

兰若生春夏,芊蔚何青青。幽独空林色,朱蕤冒紫茎。迟迟白日晚,袅袅秋风生。岁华尽摇落,芳意竟何成!(《感遇诗》之二)

苍苍丁零塞,今古缅荒途。亭堠何摧兀,暴骨无全躯。黄沙漠南起,白日隐西隅。汉甲三十万,曾以事匈奴。但见沙场死,谁怜塞上孤!(《感遇诗》之三)

其中如"迟迟白日晚,袅袅秋风生""亭堠何摧兀,暴骨无全躯"等句,简直就分辨不出是写景还是抒情了。有些诗句如"黄沙漠南起,白日隐西隅""雁山横代北,孤塞接云中"(《送魏大将军》)等,则突出了边塞的萧杀之气,增加了诗歌悲壮之势,而起到一种气氛烘托的作用。这种作用在《感遇诗》的《丁亥岁云暮》《朔风吹海树》等篇中体现得尤为显著。

《朔风吹海树》一开始就以"朔风吹海树,萧条边已秋。亭上谁家子,哀哀明月楼"四句,把读者引入一个边远之地的秋色弥漫的月夜中去,让我们倾听一个远离故乡,来此边地,身经六七十战而未得封赏的成卒述说自己的遭遇。他不幸的一身,在那种边远荒凉、朔风秋月的笼罩之下,就显得更为凄凉悲惨了,其感人之处就更为深刻了。《丁亥岁云暮》一诗,作者在诗中插入这样一段:"严冬阴风劲,穷岫泄云生。昏瞳无昼夜,羽檄复相惊。攀局竞万仞,崩危走九冥。籍籍峰壑里,哀哀冰雪行。"这可说是一幅千山万壑,淋漓尽致的行军图,也是一份十分有力的控诉书。在这种严冬穷岫,危峰深壑里的"哀哀冰雪行"中,加之羽檄相惊,风雪交加,其苦状是可以想见的。这里所写的景,就起到了突出行军之苦的作用。这就因为这种写景也是抒情的,它本身就饱含着诗人对士卒们深刻的同情和对黩武者强烈的反对。通过景物描写而表达出如此丰富的情感,起到如此的艺术作用,这不能不说是诗人成功的艺术手法。

3.陈子昂诗歌的语言,除了平实无华,还有一个显著的特点就是概括力很强,这也是由于其感情的饱满,内容的充实,使得字字有分量,而与那种苍白无力、华而不实的语言大异其趣。如"务光让天下,商贾竞刀锥"(《感遇诗》之十);"夸愚适增累,矜智道愈昏"(之十九);"高堂委金玉,微缕悬千钧"(之二十四);

"肉食谋何失,藜藿缅纵横"(之二十九)。这些,可说是诗人一身斗争经验的总结,字字句句都是他思想感情的结晶。因此,我们反复吟咏子昂诗歌,只觉旨味无穷而绝无半点空泛之感。

4. 子昂诗歌艺术特色还值得提出的一点,是在诗律上的百无禁忌和诗体的散文化。能够代表他诗风特点的《登幽州台歌》就是一个很好的例子。这首诗在句法上,可说完全是散文化的,只是那种奔腾雄放的感情,使我们感到它是真正的诗。子昂其他诗歌,一般很少讲求格律。这儿不用多说。诗歌散文化的特点在子昂诗歌中是很明显的。仍以三十八首《感遇诗》为例来看,其中"哉""乃"二字凡五见:"孤人胡叹哉"(之十七);"荒哉穆天子"(之二十六);"怀古心悠哉"(之三十五);"时哉悲不会"(之三十六);"沙朔气雄哉"(之三十七);"乃属放麑翁"(之四);"乃知至阳精"(之六);"崇义乃无明"(之八);"况乃金天夕"(之二十二);"胡乃在娥眉"(之三十三)。其他如"之""者""矣""耳"等字在其中也时有所见:"舒之弥宇宙,卷之不盈分"(之十);"岂无感激者"(之十八);"挈瓶者谁子"(之二十四);"伊人信往矣"(之十六);"青阳时暮矣……鹔鹖鸣悲耳"(之七)等等。

必须重复一句以上所说的:"艺术手法",并不是一种单纯的描写手段或技巧,所有这些都和诗人的思想感情是分不开的。正因如此,陈子昂诗歌的豪放悲壮也好,借物抒情也好,赤裸裸地直陈心曲也好,语言平质凝练、诗律自由散化也好,都有其必然的内在联系而使之成为一种统一的艺术风格。统一这一切的红线就是陈子昂其人。正因诗人的光明磊落,壮志凌云,热情饱满,斗志昂扬,这才使得他的诗歌雄放悲壮、寄兴特深、语带感情和诗体自由散化等等。也正是这些给子昂诗歌带来一些不足之处,如抒情的过于直露,语言的过于质朴凝练,就使得某些诗句令人感到平直乏味;有些诗歌也确有点概念化的毛病。"风骨"有余而"丹彩"不足,这要算是子昂诗歌的最大遗憾之处。

(原载于《山东大学学报》1961年第4期)

从两个结合着手改进文学史编写工作

古代文学本身是丰富多彩的,今天读者的需要也是多种多样的。文学史的编写,也应有分有合,可大可小,不拘一格而百花齐放。以作家为纲的文学史,不能说一无可取,只是当前流行的文学史,几乎都是清一色的,难以满足不同读者的不同要求。当然,这种文学史也难视为最理想的文学史。毋庸置疑,任何文学史都是文学家的活动史,但任何文学家的活动都不是孤立的现象,而编写文学史也不以表述某些现象为满足。总结文学发展规律,这是近年来不少论者的共同主张,问题只在如何编写才能总结规律。这里有待深入探讨的问题甚多,本文只谈编写新的文学史应注重的两个结合。

探讨规律和文学史体制改革的结合

按内容决定形式的原则来说,在我们尚未充分掌握文学史上有些什么规律时,还没有理由谈文学史的体制问题。但总结规律是文学史工作的长期任务,不可能坐待明确了种种文学史上的规律之后才编写文学史。在一定的条件下,适当的形式有助于内容的表达,不适当的形式则有碍于内容的表达。因此,必须把探讨规律和改革体制辩证地结合起来进行研究。用作家传加作品思想性、艺术性分析的形式,虽非绝不能总结规律,但多年来文学史工作的实践经验已经证明,这种写法的局限性是很大的,不突破现行作家作品论的固定格式,虽然已经认识到某些规律性的东西,也是装不进去的。

文学史的体例问题、分期问题等,经过近三十年来的研讨与实践,已积累了不少经验;对古代文学发展的概貌,也有了越来越深入的认识;某些显著的、基本的文学规律,也已初步有所了解。因此,在继续研究古代文学发展规律的同时,如何建立新的文学史体制,就应该也完全可以提到文学史研究的工作日程上来了。这个问题能否得到及时的研究和解决,目前可说已到了关系整个文学史工作进程的关键时刻。为了便于说明问题,这里试以文学史上一种具体情况来研究:

继《诗经》《楚辞》之后的两汉四百年,文学发展处于相对停滞状态,独尊儒术显然是一个重要原因。到汉末儒家思想退居次要地位之后,建安时期开始了文学的"自觉时代"。顾炎武所谓:"东汉之末,节义衰而文章盛。"(《两汉风俗》)裴子野批评其后作者:"摈落六艺,吟咏情性。"(《雕虫论》)都说明魏晋以后文学的发展,与摆脱了儒家思想的束缚有关。但由魏晋而齐梁,随着儒道日衰,文学创作也日趋华艳了。从刘勰的强调"征圣""宗经",到韩愈的标举儒道,都是意在反对华靡的文风而要求有益于封建政教的内容。唐代古文运动已基本上扭转了六朝文风,宋代之所以有古文运动的再起,也由于唐末五代至宋初的形式主义文风再泛滥。而这个时候文风之蔽,同样与此期儒风之衰有关;欧阳修等宋代古文家,也同样是以儒家思想为反浮华的武器。到宋代道学家出现之后,儒学转化为理学,使文与道的关系,回到比汉代更为对立的时期。在道学家看来,无论古文与时文,都是"弃本逐末,为害等尔"(朱熹《答徐载叔》)。由于他们根本不承认文的独立地位,因而激起了特别重视文的苏、黄一派,形成了文与道的尖锐对立。从此,在元、明、清三代的理论和创作中,重道轻文与重文轻道,宣扬理学与反对理学的斗争,始终没有停止。

文与道的矛盾消长,涉及许多复杂的问题,它说明古代文学发展的一个重要情况是:古代多数诗文和戏曲小说,是在文与道的矛盾斗争中不断演进的。道胜文,则束缚甚至扼杀文的独立性;文胜道,文学艺术便会有自由的发展,但很容易陷进形式主义的死胡同。文与道的统一,是中国古代文学的理想境地,从刘勰、韩愈、欧阳修到章学诚等,都曾为这种统一作过不同的努力和贡献。但在实际创作中,文与道的发展往往是不平衡的。因此,必然是在由矛盾统一再到新的矛盾统一中不断发展。如果可以把这种情形视为中国古代文学发展的规律之一,我们就不难发现,现行的文学史体制是无法把它清楚明晰地表达出来的。

文学史上有多种不同的规律可以总结,但无论是局部的或全面的,某一阶段的或贯串于整个古代文学中的,在大大小小的作家分户账中,都是难以体现的。加强概论或总结,自然是可取的方式之一,问题是这样的概论加作家作品论是否相称,即使能处理好,也仍是作家作品论加概论,二者格格不入,很难形成一个有机的整体。任何文学规律,都是由众多作家的创作活动构成的,理想的文学史,就应从具体评述这些作家作品的本来面目中体现出其应有的规律。否则,很容易形成简单化的生搬硬套,或者苍白无力,难以使人信服。由此看来,文学史要能更有效地总结文学规律,作家作品论的基本格局是必须改革的;随着对古代文学研究的深入发展,结合改进文学史的体制是势在必行的。

文学艺术的规律,一般要在一个相当长的时期内才能显示出来,这就为文学史的体制提出一个最基本的要求:分期不宜太短,章节不必全部以人为主来安排。分期应作为一个十分重要的问题来研究,它不仅要根据文学发展上一个较为完整的阶段来确定,还必须注意到有利于表达某些文学规律的阶段性或完整性。在同一发展阶段中,就不必严格按照时间先后来安排章节次第了,而应根据此期文学发展的实际情况和特点,以大小不同的发展脉络来划分章节,而把有关作家的创作活动分别纳入不同的发展线索之中,考察他们在种种文学发展过程中所起的作用,从而展示出文学发展的规律性。这样,即使有的作家作品难以找到他和文学规律的联系,至少可以突出文学史的"史",反映出古代文学的发展状况,而与作家作品论异趣。

《文心雕龙》的《时序》篇,可说是从文学发展和种种社会现实的关系这种角度来写的一篇文学史。刘勰对各个时期文学发展的盛衰情况评述之后,得出"文变染乎世情,兴衰系乎时序"的结论。这个结论,也就是他所总结的一种文学规律了。我们可借此研究两个问题:一、《文心雕龙》五十篇,半数以上都是分别评述先秦至晋宋的文学发展情况,但《时序》篇总结的规律,是其他任何一篇也总结不出来的。二、如果把各篇有关内容全部加以综合评述,则《时序》篇的内容虽在其中,必将为作家作品的汪洋大海所淹没,上述规律也是总结不出来的。这种道理虽很浅显,却十分重要。在纷纭复杂的众多文学现象中,既要有高度的综合概括,又要分别情况而有所侧重和集中,规律才能发现,总结才能确切而有力。从头到尾都是包罗万象的一笔总账,只能是不容分说的一锅煮,其中反而难得"规律"的容身之地。

文学史和批评史的结合

文学批评史的研究,近年来有逐渐加强之势,文学史和批评史的研究也日渐分道扬镳了。从一个方面看,研究愈深,分工愈细,这自然是好现象。但文学史和批评史本身是有密切联系的,忽视其联系,细则细矣,深则难及。离开古代文学的实际创作情况而治批评史,就无法准确判断其评论的正误,也难正确衡量其理论的历史意义。相反,割裂开批评史而治文学史,不了解古代文学家对文学艺术的态度和认识,不知道种种文学现象的来龙去脉,就只能做表面的、孤立的作家作品论,而不能深入地探讨古代文学发展的状况。

文学理论是创作经验的总结,文学批评是对创作实践的评论,它们都来自创作、基于创作,而又指导创作、影响创作。如"建安风骨"这个概念,就总结了建安文学的基本特点,它不仅对唐代文风的转变起过重要作用,还影响及宋元明清的文学艺术。因此,它既是文学批评史的重要内容,也是一般文学史所必然讲到的。这个简单的例子足以说明,文学史和批评史是无法完全分家的。文学史上许多重要内容都是如此,如前面所讲文与道的矛盾斗争、唐代的新乐府运动、前后七子的复古主张和公安派、竟陵派的反复古主张等,都既是创作活动,又是理论主张。中国古代文学中还有一种值得注意的情况:绝大多数理论批评家本身也是诗人、文学家,如扬雄、曹丕、陆机、陈子昂、杜甫、白居易、司空图、苏轼、严羽,以至王士禛、袁枚等等,举不胜举。刘勰有"文集行于世"(《梁书·刘勰传》),其内容虽已不得而详,但《文心雕龙》本身就可视为一部文学作品。用骈文和诗赋等艺术形式来讲文学理论,在我国古代也是屡见不鲜的。由于古代极少纯粹的文学评论家,也就绝少脱离创作实际的、缺乏具体针对性的纯文学理论。所有这些都决定了古代文学创作和文学评论必然是密切结合着的。它们本身既密不可分,文学史和批评史的编写工作,就理所当然地应从古代文学的实际出发,把二者结合起来研究。在现有几种文学史著作中,对创作和评论的结合是有所注意的,只是一般的文学史虽兼有批评史的内容,仍是分而治之,结而不合。

其实,在批评史大量问世之后,一般文学史中是否还要有论述某些重要古代文论的专章专节,已是较为次要的问题了。我们主张二者的结合,也并不是要在文学史中增设某些批评理论的章节,这种分而治之的章节再多,也无助于文学史研究的深入或质量的提高。如刘师培的《中古文学史》,就为我们提供了一些有益的经验。它主要是用大量古代批评理论来构成文学史,对说明汉魏之际的文学大势和六朝文学发展概貌,是颇为有力的。这不仅是批评理论和文学史有机结合的一种方式,从这部著作既是文学史,又被列为理论批评专著来看,还能给我们以很多的启示,最值得注意的是,借助古代有关理论批评资料,以掌握当时文学发展的大势。

文学史的研究和编写,是我们对古代文学的清理和总结;古代文论批评则是古人对文学的清理和总结;文学理论批评史的工作,则可谓对总结的总结。文学史要能反映古代文学的实质,特别是总结古代文学的规律,则除了提高编者马克思主义的辨析能力外,对总结的总结,正是探讨古代文学规律的重要途径。这是因为:大凡规律性的东西,不可能从孤立的作家作品研究中发现,更难从某些表面的、偶然的现象中认识到,而是从大量史实及其内部联系中概括提炼出来的理性认识。在总结的总结中,是比较容易获得这样的认识的。再就由于古代文学理论批评的作者,自己大都是文学家,也是身临其境的当事人,研究他们对文学艺术的认识,对前人的意见,对当时创作情况的态度,对文学发展的主张以及他们自己的创作实践等等,这对我们认识古代文学的真相,察知其脉络,探索其规律,都是极为有益的。

一部理想的文学史,不可能在短期内完成。在现有基础上,从上述两个方面的结合研究着手,或加强这种结合,庶可逐步总结出一些古代文学的规律而加速文学史体制的改革;建立了初步革新的文学史体制,便可容纳并巩固随时取得的新成果,然后不断充实,逐步提高。

(原载于《光明日报》1983年8月9日)

评新版《中国文学发展史》

《中国文学发展史》是一部有一定特色和较大影响的著作。"文化大革命"后,它重加修改,再版印行。由于"四人邦"的干扰和影响,从已出两册来看,其中存在不少问题。现对初读中感到的部分问题,谈几点意见。

一

"到目前为止的一切社会的历史都是阶级斗争的历史。"(《共产党宣言》)作为观念形态的文学艺术,则是属于一定的阶级、一定的政治路线的,在阶级社会中,从来不存在任何超阶级的文学艺术。因此,我们应以坚定不移的阶级观点来分析文学史上一切纷纭复杂的作家作品,以马克思主义观点来编写文学史。

在这个重要问题上,"四人帮"制造了一系列混乱。他们不仅鼓吹在整个封建社会中一直存在着儒法两条路线斗争,儒法斗争是封建社会的主要矛盾,并用儒法斗争代替了阶级斗争。在文学史上,则说什么"历史上的儒法两家,都把文艺作为推行各自的政治路线的斗争武器。文艺为哪条政治路线服务的问题,也就成了文艺史上儒法斗争的根本问题"(江天《研究文艺史上儒法斗争的几个问题》)。这种论调的实质,不外是要以儒法斗争为文学史的

"根本问题",从而用儒法斗争取代阶级斗争。

新版《中国文学发展史》(以下简称《发展史》)很明显地受到了这种谬论的影响,以"儒法斗争"观点来贯穿和立论。现以第二册唐代文学来看:

对唐代社会历史,编者不仅强调唐前期百余年间的繁荣,是统治者在政治上推行了法家路线;后期的衰落,则始于玄宗的尊儒反法,推行了儒家路线;并认为:"由于隋代的农民起义,摧毁了以隋炀帝为代表的儒家路线的反动统治,作为儒家路线阶级基础的豪族地主,在农民起义中,受到了比地主阶级其他阶层更为沉重的打击。在这样的基础上,李世民、武则天能先后推行法家路线,并取得胜利,在建立强大统一的唐朝过程中,作出了贡献。"这里,表面上虽也提到了农民起义,但其作用,不过是为法家人物登场开辟道路,为推行法家路线打下"基础"。此后,社会的繁荣,历史的前进,就得靠法家及其推行的法家路线了。这样,在历史上起作用的,就不是阶级斗争,而是所谓儒法两条路线的斗争。

《发展史》中唐代文学部分,更被写为自始至终贯穿于儒法两条路线之中,认为:初唐时期,有李世民、魏徵、李百药、马周等和虞世南、上官仪等儒法两派的对立,有"在武则天的法家路线的推动下"出现的"四杰"、陈子昂、刘知几等作家。八世纪上半期的"边塞派较富于法家精神,田园派主要是以儒学为基础的"。李白青少年时期就是一个"尊法轻儒的人物",杜甫则是由儒家转向"重法轻儒"的诗人。中唐的古文运动,更被说成是旗帜鲜明的儒法两条路线之争。接着出现的新乐府运动,以及唐传奇的产生和繁荣,也无不看作与儒法斗争紧紧相联。中晚唐作家中,认为李贺、李商隐、杜牧三人,"在不同程度上都具有法家思想倾向"。唐末作家则有"主要倾向法家"的皮日休、聂夷中、于濆、杜荀鹤、罗隐等,和"思想上尊儒崇孔"的韩偓、司空图等两派的对立。"儒法"两大阵营分得如此清楚。

这里涉及问题甚多,首先是中国进入封建社会之后,是否还存在儒法两家"政治路线"的斗争。在我看来,封建社会不存在什么贯穿的儒法两条路线的斗争,因此,文学史上无论把这两条路线的斗争描绘得如何精细,都是必将落空的。

其次,这样做就掩盖或模糊了尖锐激烈的阶级斗争在文学上的反映,并必将神化某种思想而忽视生活。如论陈子昂说:"特别是他的尊法思想,使他的作品放射出光辉。"论王维说:"总之,王维的诗歌……都是儒家路线的产物。"按这样说法,似乎作家的成败是儒法思想决定的,这就削弱了作家生活实践特别是阶级斗争对他们起的作用。

第三,按儒法划线来评价作家作品,则势必以儒法标准作为衡量作家作品的重要依据。这就直接违背毛主席的这一教导:"无产阶级对于过去时代的文学艺术作品,也必须首先检查它们对待人民的态度如何,在历史上有无进步意义,而分别采取不同态度。"《发展史》中一些褒贬失当之评,正由此产生。如以武则天为法家而评价过高,以骆宾王反对武则天而为儒家,就贬低过度。

第四,硬要把一些作家套进并不存在的儒法斗争的框子中去,就不得不生拉硬扯,如王勃,编者认为他是"在武则天的法家路线的推动下"出现的初唐"四杰"中的代表作家,因而勉强去找他的"法家思想"。但在王勃的集子中实在找不出什么法家思想,只从《韵语阳秋》中找到王勃的一首《拟古诗》:"仆生二十祀,有志十数年。下策图富贵,上策怀神仙。"据此得出结论:"弃富贵而言神仙,实际也就是表明他背离儒学的思想倾向。"且不说儒家也有"富贵于我如浮云"之类说法,即使是弃富贵即背离儒家,也只能说他倾向"神仙",而丝毫没有倾向法家的意思。仅凭这点"根据"把王勃划属法家路线的代表作家,很足以说明这种做法是走到山穷水尽的地步了。

二

由于"四人帮"的恶劣影响,几年来,吹捧武则天的文章、讲话大量出笼。在这种邪风中编写文学史,把武则天也写了进来,这是不足为奇的。可是翻开《发展史》,不能不使人感到意外,其中竟有《武则天时期的文学》这样一个专题,其包含的内容,则是从初唐"四杰",到陈子昂、刘知幾等半个世纪的文学。把这段文学史划为"武则天时期",奉武则天为这个文学时期的旗帜,确是一大创新。武则天毕竟是个封建帝王,以封建帝王为一个文学时期的标志,是解放前的旧文学史也没有先例的。

我们不同意把这半个世纪的文学成就归功于武则天,是因为这种说法完全违背了历史事实。以"四杰"来看:编者说,"在武则天的法家路线的推动下,文学领域中呈现出新的气象。诗坛上出现了不少青年作家,具有代表性的,是当时被称为'初唐四子'的王、杨、卢、骆"。初唐"四杰"(即"四子")如果真是在武氏路线推动下出现的具有代表性的作家,就必将与之密切配合而有所作为了,可是,他们的思想、政治和生活遭遇,几乎都和武氏政权背道而驰。编者自己也不得不自相矛盾地说:"他们在政治上都不得意,生活遭遇也很不幸。"大家知道:以写《讨武曌檄》而著名于时的骆宾王是公开反武则天的。杨炯也因其从弟杨神让参与"讨武"事件而遭贬,以至"潦倒终身"。卢照邻在武政权下坐过牢,终身困顿,在疾病困扰中,最后投江自杀。王勃因私藏官奴,"事发当诛,会赦除名"(《旧唐书·王勃传》),他父亲福畤也坐罪遭贬。

再从思想上看:王勃诗文中的儒家思想是相当明显的。如《续书序》中极力赞扬其祖父王通:"非先王之德行不敢传,非先王之法言不敢道"等等,且表白自己是"厉精激忿,宵吟昼咏,庶几乎学而知之者,其修身慎行,恐辱先也"。他的诗如《倬彼我系》:"爰述帝制,大蒐王道。曰天曰人,是祖是考。礼乐咸若,诗书具草。贻厥孙谋,永为家宝。"又如杨炯在《王勃集序》中说他"尝因夜梦,有称孔夫子而谓之曰:《易》有太极,子其勉之!"于是寤而注《易》;"优游于圣作,于是编《次论语》,各以群分,穷源造极,为之诂训"。从王勃自己的诗文言行以及杨炯的称誉,都说明他的儒家思想是明显的。至于杨炯的思想,只要看他的《王子安集序》就清楚了。序中极力称道王通祖孙在儒学上的丰功伟绩,并说:"文中子(王通)之居龙门也,睹隋室之将丧,知吾道之未行,循叹凤之远图,宗获麟之遗制,裁成大典,以赞孔门。"明明把他们要承继的儒道称为"吾道",怎能是反孔的法家?卢照邻的思想,《发展史》引到《释疾文》中的几句话,正好是个反证。卢说:"先朝好吏,予方学于孔墨;今上好法,予晚爱于老庄。"这正是说他和"今上"的"好法"有矛盾,而不是说自己也"好法"。骆宾王就不必说了,《发展史》也不得不把他列为"反对法家路线"的儒家。

以上事实不仅说明,"四杰"都有明显的儒家思想,他们并不是武则天"路线"的追随者;更说明,不从实际出发,不全面考察作家的思想和创作,简单地甚至武断地把作家划归儒法两家,这种做法是行不通的。

陈子昂是这个时期比较重要的作家,他与武则天的"法家路线"关系如何呢?《发展史》1958年版说:"他在政治上是失败的,统治阶级并不信任他。"这倒是事实。武则天称帝,陈子昂拥护过,但武则天上台后的作为,很多使陈子昂感到失望,因而"在职不乐,私有挂冠之意"(《陈氏别传》)。陈于文明元年(684)举进士,授麟台正字,不久,就对武则天那一套不满甚多了。如《通鉴》唐纪十九所载,陈子昂在垂拱元年(685)的上疏中,就对武政权提出了多种指责:"朝廷遣使巡察四方,不可任非其人,及刺史、县令,不可不择。比年百姓疲于军旅,不可不安"等等。垂拱二年,武则天铸铜匦,大搞特务告密,使"天下喁喁,莫知宁所"。陈子昂对其"大开诏狱,重设严刑"提出了激烈的批评:"陛下不务玄默以救疲人,而反任威刑以失其望。臣愚暗昧,窃有大惑。伏见诸方告密,囚累百千辈,及其穷究,百无一实。"陈子昂冒险陈上这些意见,结果是"太后不听"。正如《陈氏别传》中说的:陈子昂"言多切直,书奏辄罢之"。这表明武陈之间的政见并不一致。因此,早在垂拱一、二年间,陈子昂的诗中就表示:"平生白云志,早爱赤松游。……不然拂衣去,归从海上鸥。宁随当代子,倾侧且沉浮!"(《答洛阳主人》)此后还一再表露过这种思想。圣历元年(698),他终于以实际行动,归隐于射洪西山。在此期间,曾被武则天"委以心腹"(《大唐新语》卷一)的武承嗣所陷害,"坐缘逆党",进了监狱;又遭武攸宜的打击,写了那首《登幽州台歌》;最后遭武三思的毒手,再进监狱,"杖不能起……于是气绝"(《陈氏别传》)。

这些事实说明:从"四杰"到陈子昂,他们在文学上的成就,并不是武则天的"法家路线"造成的。

《发展史》给武则天以崇高的地位,是因为她是一个出色的诗人吗?武则天爱好文史,能诗,历史上是有记载的。但就其现存全部作品来看,无论思想内容和艺术才能,都无任何突出成就。她的四十多首诗,大都是些质木无文的庙堂乐章。编者虽以她为"法家诗人",但在她的诗中,只有"崇儒习旧章,偃伯循先旨"之类表白,却很难找出什么"法家思想"。既是乐章,就不免散发着浓郁的"礼乐"味,什么"三献已周,九成斯毕""礼终肆类,乐阕九成"等等,实在是味同嚼蜡。其表达的思想,则不外感皇天,表虔诚,颂祥瑞,祈永昌,以及自我吹嘘,歌舞升平之类。

对武则天的诗歌创作,可举一具体事例来考察:688年,"武承嗣使凿白石为文曰:'圣母临人,永昌帝业。'末紫石杂药物填之。庚午,使雍州人唐同太奉表献之,称获之于洛水"。武则天借此大张旗鼓地搞了个"拜洛受图"的隆重大典,要"皇帝、皇太子皆从,内外文武百官,蛮夷酋长各依方叙立,珍禽、奇兽、杂宝列于坛前,文物卤簿之盛,唐兴以来未之有也"(《资治通鉴》唐纪二十)。这种封建统治者惯玩的丑戏,武则天为了扩大宣传,竟洋洋大观地写了十四章《大唐飨拜洛乐章》,大吹大擂:什么"天符既出兮帝业昌,愿临明祀兮降祯祥";"氾水初呈秘象,温洛荐表昌图"等等。这还不止,又在《唐享昊天乐》十二章中作了反复宣扬。这里,我们就清楚地看到了这位"文学家"在"文学创作"上的庐山真貌了。这完全是玩弄政治骗术,而仅这两组乐章就占武则天全部诗歌的一半以上。

武则天在"诗歌方面的才能"如何呢?《发展史》中说:"《石淙》《游九龙潭》诸诗,显示出她在诗歌方面的才能。"具体录引以"显示"其才能的是《石淙》中的二、三两联:"均露均霜标胜壤,交风交雨列皇畿。万仞高岩藏日色,千寻幽涧浴云衣。"此诗写景,在武则天的诗中也是难得的了,但它能显示的"才能"是有限的。编者称其第二联"气势雄放",第三联"笔力高昂"。且不说在文学史上,就在初唐诗坛中,如果这种句子也堪称"气势雄放""笔力高昂",那么"气势雄放""笔力高昂"之句就太多了。唐人以《石淙》为题的诗甚多,贾岛就有十首。与武则天同时写石淙景物的则有李峤、苏味道、崔融、徐彦伯、薛曜、沈佺期等等,比较起来,即便写景,武诗也不是其同辈的上乘。值得注意的是,中宗李显、睿宗李旦也各有《石淙》一首。李显诗原注"太子时作"。李显于永隆元年(680)立为太子,弘道元年(683)即帝位,则此诗当写于680至683年之间。武则天的《石淙》是久视元年(700)或长安元年(701)夏去石淙山三阳宫(在今河南登封东南)避暑时写的,晚于其子李显的诗约二十年。把《发展史》称引的"均露均霜标胜壤,交风交雨列皇畿"和李显诗中"霞衣霞锦千般状,云峰云岫百重生"略加对照,武诗显然有摹拟自己儿子的痕迹。《唐诗纪事》中曾讲到,武则天自天授二年(691)以后的诗文,大都是"元万顷、崔融辈为之"(卷三)。考虑到这种因素,对武则天的所谓"诗歌才能"的称道就还得打折扣!

毛主席教导我们,必须尊重自己的历史,但这种尊重,"是给历史以一定的科学的地位,是尊重历史的辩证法的发展"。《发展史》不顾武则天在当时文坛上的实际作用,也不管她在创作上的实际成就,便给她在文学史上如此突出的地位,这能说是尊重历史?是给历史以一定的科学的地位?历史上的武则天是有可肯定之处的,但她并非完人。前一阵子,什么"大有作为的政治家",什么"杰出的法家帝王"等等,已经是捧得够高,吹得够热闹的了,再尊以一代文学名家,则如猴冠鹤轩,未免太不相称了。

三

《发展史》中所列"法家"的阵容相当可观,几乎文学史上一切优秀作家,都属法家线上人物,从屈原、司马迁、曹操,到李白、杜甫、白居易等,无一例外。这可说是文学史上的奇迹。对这个

"奇迹"略加剖视,是很有必要的。关于杜甫与法家路线毫无关联,陆侃如先生的《与刘大杰论杜甫信》(见《文史哲》1977年第4期)已有详论。司马迁把孔丘列为"世家",尊为"至圣",并明明表示他写《史记》是要继孔丘写第二部《春秋》,后人也确把《史记》与六经并列,称"六经之后,惟有此书"(郑樵《通志序》),说司马迁也"倾向法家",很难令人信服。其他作家,虽有某些轻儒或尊法思想,但也大都并非法家。限于篇幅,不一一辩驳。只就白居易作些具体讨论。

白居易的思想比较复杂,儒、道、佛都有,只是没有法家思想。《发展史》不惜以四千字的篇幅,列论了白居易的五大"法家"思想:一、拥护王叔文集团的政治革新,二、主张平藩,三、重视耕战,四、强调法治,五、反投降派。且不说这五条"标准"是否科学,我们还是按照白居易的具体情况来作点分析。这五条中,头两条都与王叔文集团有关。这里也且不说这个集团是否就是像某些人所说的那样是多么了不起的"法家",重要的是把白居易对王叔文集团的态度、关系弄清楚。

白居易说,他的集子"前后七十卷,小大三千篇"(《题文集柜》)。《发展史》仅据陈寅恪对其中两诗一文的推测之辞,来判断白居易"拥护王叔文集团的政治革新",其根据自然很不充分。问题还在于,在编者所引陈氏同一著作中,就明确说过:"乐天之思想,一言以蔽之曰'知足'。'知足'之旨,由老子'知足不辱'而来……由是言之,乐天之思想乃纯粹苦县之学。"(《元白诗笺证稿·白乐天之思想行为与佛道关系》)陈寅恪认为白居易的思想纯属道家,《发展史》却据其推论来证明白居易的思想倾向法家,这岂非南其辕而北其辙?

白居易和"八司马"的关系,只晚年才和刘禹锡有交往,并且只是诗友,而非战友。刘禹锡并没有把白居易视为政治上的同道,其《白舍人见酬拙诗因以寄谢》云:"虽陪三品散班中,资历从来事不同"就说得很清楚。白居易在《哭刘尚书梦得》中说:"文章微婉我知丘",并加自注:"仲尼云:'后世知丘者《春秋》。'又云:'《春秋》之旨,微而婉也。'"可见白居易也没有把刘禹锡视为法家。既如此,白居易怎有可能把王叔文集团当作法家集团来"拥护"呢?

再具体一点看:"八司马"的政治活动,主要是在永贞元年(805)春夏间进行的。在他们一度当权时,"叔文及其党十余家之门,昼夜车马如市。客候见叔文、伾者,至宿其坊中饼市、酒垆下,一人得千钱乃容之"(《资治通鉴》唐纪五十二)。在长安市上出现如此热闹场面之际,正在长安的白居易作何表示呢?他有《早送举人入试》云:"可怜早朝者,相看意气生。日出尘埃飞,群动互营营。营营各何求?无非利与名。而我常晏起,虚住长安城。春深官又满,日有归山情。"春深官满,指这年四月白居易罢校书郎。官满之后,就与元稹"闭门累月",去"揣摩"他们的《策林》,以应第二年四月的"才识兼茂明于体用"科策了。这就是白居易当时的态度:或者是嘲讽那些为名利而"群动互营营"的人,或者是打算官满"归山",或者是"闭门累月",准备应考。从这里是看不出他有"拥护"王叔文等当时正进行中的政治活动的思想或行动的。

至于《为人上宰相书》,其主旨不过据引孔丘所谓"日月逝矣,岁不我与"之说,认为要"取权有术,求宠有方",既然做了宰相,已是"权贵宠至",就要抓紧时机,速行其道。在洋洋三千余言的长文中,除反复吹捧对方和强调"欲行大道,树大功,贵其速也"之外,并未提出什么具体的政治主张。可见此书不过代人所写,并非白居易的本意。上书中讲到:"主上践祚未及十日,而宠命加于相公者,惜国家之时也;相公受命未及十日,而某献于执事者,惜相公之时也。"陈寅恪据后一个"未及十日"推断此宰相"必为执谊无疑"。我看还是有疑的。顺宗践祚是正月甲午(二十四日),执谊受命是二月辛亥(十一日),何得为"未及十日"?即使上书对象就是韦执谊,韦却代表不了王叔文集团。王叔文集团的骨干,新旧《唐书》都称之为"二王、刘、柳",韦执谊不过是一傀儡。历史上记载得很清楚:"王叔文欲掌国政,首引执谊为相,己用事于中";"每事先下翰林,使王叔文可否,然后宣于中书,韦执谊承而行之。"(《资治通鉴》唐纪五十二)执谊上台不久,韦、王之间就发生一系列矛盾,以至"叔文怒,与其党日夜谋起复,必先斩执谊而尽诛不附己者,闻者凶惧"(同上)。

《发展史》的另一理由是:"白居易拥护王叔文集团的重要原因之一,就是因为他们主张抑制藩镇,维护统一。"此说的根据是白居易的《赠友五首》之一。其中有这样两句:"又从斩晁错,诸侯益强盛。"说这个晁错"实指王叔文",因汉代斩晁错后,并未出现"诸侯益强盛"的局面,便说白居易认为:"王叔文集团的失败,加深了藩镇的割据与分裂。"

这完全是根据主观需要而强加给古人的。白居易对他生活时代的史实,是不会糊涂到如此程度的。唐代藩镇割据,自安史之乱以后,愈演愈烈,到建中、兴元间(780—784)形成高潮,割据者纷纷称王建号,德宗因泾原兵变从长安逃往奉天,又遇叛乱而逃汉中,唐室几遭覆亡。元和元年(806),即王叔文失败后的第二年便讨平了西川刘辟。元和二年,又平镇海李锜。到元和九年(814),割据五十余年的魏博镇,竟主动举六州之地,归奉朝廷。到元和十四年(819)杀李师道,平淄青十二州,"自广德以来,垂六十年,藩镇跋扈河南、北三十余州……至是尽遵朝廷约束"(同上,唐纪五十七）。这个统一，虽然远非根本的、彻底的，但总的来说，藩镇势力在元和时期不是继续扩大，而是受到一定程度的打击和抑制。生活在当时的白居易对这点是很清楚的。他的《赠友五首》正写在这个藩镇势力逐步削弱的过程中。《发展史》说这五首诗写于"王叔文集团失败后不久"，这是个很含混的说法。《赠友五首》之四有云："请君屈指数，十年十五人。"指从元和元年以来，十年之间京兆尹已更换过十五人。可见此诗写于元和十年（815）。这年正是魏博镇主动归奉朝廷的第二年，白居易能在诗中闭着眼睛说瞎话：割据分裂正在继续加深？

对白居易是否"主张平藩"，要作具体分析。在讨河北藩镇王承宗的过程中，白居易于元和五年（810）曾三上《请罢兵状》（见《白氏长庆集》，卷五十九）。如果说这次主张罢兵还有一定理由，他对平淮蔡之役的态度就毫无道理了。在平定蔡州，活捉叛首吴元济之后，"四人归业闾里闲，小儿跳踉健儿舞"（刘禹锡《平蔡州》）。广大群众是欢欣鼓舞的，但白居易却漠然视之，无动于衷。他有《刘十九同宿》（自注"时淮寇初破"）一诗："红旗破贼非吾事，黄纸除书我无名。唯共嵩阳刘处士，围棋赌酒到天明。"这种态度能说是"主张平藩"吗？当然，全面一点看，从他对武元衡被藩镇暗杀后"急请捕贼，以雪国耻"（《旧唐书·白居易传》）的态度和长庆初的《论行营状》来看，还不能说白居易不主张平藩或反对平藩，但从他全部诗文来看，反映这方面的作品确是不多。所以，至少应该说白居易"主张平藩"的思想、作品是并不突出的。

古代作家往往各具特色，面面俱到的十分难得。白居易在反映劳动人民疾苦，控诉统治者的荒淫残暴方面是远胜于他的同辈的，但在揭示藩镇割据的危害，歌颂削平藩镇的胜利方面，就远不如同时的柳宗元、刘禹锡诸人。而在"四人帮"的影响下，总是要拿主观规定法家应有的几条标准来硬套,把各式各样的作家都套进一个模式,使他们只有一种思想、一张面孔。这样做,正如《发展史》中的白居易,虽给他强加几条"法家思想",却举不出相应的作品,思想和作品脱节,虽然样样俱全,却成了与作家作品无关的东西。

判断一个作家的思想,仅凭主观武断是徒劳无益的。从白居易作品的实际看,他对自己的思想行为都是说得很明白的。"穷则独善其身,达则兼济天下",就是白居易终身奉行的准则。他说:"仆虽不肖,常师此语。"(《与元九书》)他的一生,正是此语的实践。前期比较积极,便图"兼济天下",写了些"唯歌生民病"的诗;后期比较消极,就但求"独善其身",遁迹于佛道。他在诗文中反复表达了这一思想。论诗则说:"故仆志在兼济,行在独善。奉而终始之则为道,言而发明之则为诗。"(《与元九书》)论政则说:"卷之可以理一身,舒之可以济万物。"(《策林》十七)称人则说:"上可裨教化,舒之济万民;下可理情性,卷之善一身。"(《读张籍古乐府》)称己则说:"通当为大鹏,举翅摩苍穹。穷则为鹪鹩,一枝足自容。"(《我身》)言志则说:"丈夫贵兼济,岂独善一身。"(《新制布裘诗》)"吾闻达士道,穷通顺冥数。通乃朝廷来,穷则江湖去。"(《读谢灵运诗》)乃至向他的读者说明自己诗作的用意:"谓之讽谕诗,兼济之志也;谓之闲适诗,独善之义也。故览仆诗,知仆之道焉。"(《与元九书》)诗人唯恐别人误解其"道",因而作了如此明确的交代,而《发展史》的编者,却一概置之不理,不容分说,白居易就是"倾向法家"!不如此,《发展史》中的法家阵线如何形成?

白居易的思想,前期重儒,后期重佛道,前后变化是很大的。但他毕竟不是两个人,而是统一的"白居易思想"合乎逻辑的发展。前期虽以"兼济"为主,也有"独善"念头。他刚出仕不久,便"日有归山情"了。后期虽以"独善"为主,也未忘"兼济"之志,直到晚年还怀念着:"百姓多寒无可救,一身独暖亦何情。"所以,把前后期统一起来看白居易思想,不仅应该,而且很好理解。但在把白居易装进法家思想的框子后,就无法如实处理了。于是,《发展史》先按"倾向法家"的调子论其思想,评其创作,然后补写一节殿尾,再谈其后半生的思想转变。这样,完整的白居易被肢解了,最后一节成了空炮,只留下一个白居易五大"法家思想"的假象。《发展史》中出现的法家壮观,是多种方式构成的,这不过是其中千奇百怪的方式之一。

《发展史》用儒法斗争来贯穿和立论,随心所欲地改装古代作家的原貌,甚至置某些起码的史实于不顾,这种错误做法的教训是深刻的。但由此我们得到一个重要启示,只有坚持历史唯物主义和阶级斗争的观点,才可能实事求是地评价古人,才可能正确地评价古人,也才有可能真正做到古为今用,否则,必将走到邪路上去。

(原载于《文学评论》1978年第2期)

陆侃如传略

1979年10月,在昆明的一次学术会议中,杨明照先生讲到陆侃如先生的一段海外趣闻:1935年,在巴黎大学的博士论文答辩会上,主考人向陆侃如提出一个奇怪的问题:"孔雀东南飞",何不言西北?陆应声而答,"西北有高楼"。杨先生谓此问答,可入"新世说"。非此五字相答,不能成其妙。作为艺术描写,或"东南",或"西北",本非实指,而"西北有高楼,上与浮云齐",孔雀就只好"东南飞"了。

这就是陆侃如先生为人和治学的显著特点。

一、初露锋芒

陆侃如,字衎庐,小名雪成,1903年11月26日出生在江苏省海门县普兴村一个开明士绅的家庭。父亲陆措宜(1882—1945)先生是一位热心教育事业的人。他出身师范,曾任海门县教育局视学,并在家乡创办恒基小学,自任校长,推行新学。后为解救乡里贫病,一面筹办社仓,一面潜心中医,开设诊所,对贫病者实行义诊。措宜先生在当地群众中享有较高的声望。抗战期间,苏北抗日民主根据地成立,被选为海门、启东两县参议长。这个时期内,季方同志常到陆家做客,联系抗日工作。措宜先生于抗战胜利后不久病逝,新四军特在崇明县主办追悼会,陈毅同志亲为其墓碑题字。

陆措宜先生两男一女:侃如、翔如(女)为原配何夫人所生,晋如为续弦倪菊人所生。翔如早逝,晋如及其母都还健在。陆侃如的幼年时期,就是在他父亲自办的恒基小学度过的。措宜先生对子女的严格要求,为陆侃如一生的成就奠定了良好的基础。

1920年,陆侃如进入北京高等师范学校学习,1922年考入北京大学。到北大一年,他才刚刚二十岁,他的《屈原》一书在上海东亚图书馆出版了。同年年底完成《宋玉评传》,发表于《小说月报》第17卷号外,1927年又由东亚出版了《宋玉》一书。陆先生以《楚辞》研究闻名海内,其基本业绩在他二十四岁之前就已完成了。他在1927年毕业于清华大学研究院之前,还在《努力周报》《晨报副刊》《学灯》《国学丛刊》等报刊上,发表了《宋玉赋考》《屈原生卒考证》等十多篇文章。

从1922年到1927的五年间,可说是陆先生在古典文学研究上初露锋芒的时期,这五年内,他虽也写过几篇研究《诗经》、乐府的论文,并于1925年完成《乐府古辞考》,同时开始了《中国诗史》的写作,但其研究的中心是《楚辞》,研究的特点是从考证入手,有代表性的成就,就是《屈原》和《宋玉》两书。陆先生在解放前后,发表了有关《楚辞》的专著和论文共十七种,而这些论著的坚实基础,就是在这个时期内打下的。

《屈原》和《宋玉》的研究成果,已早为学术界所公认,并在古典文学研究中,产生了重要的作用。1927年以后出版的多种文学史,都有力地说明了这种作用。如1933年出版杨荫深的《先秦文学大纲》,书末列四十二种参考书,其中近人著作五种,四种都是陆侃如的(《中国诗史》卷上、《屈原》、《宋玉》、《左传真伪考》)。

杨荫深评介说:《屈原》"为最近用新的方法来研究屈原生涯及其作品的一部好书"。《宋玉》"对于研究宋玉的作品,也有新的见解"。又如赵景深的《中国文学小史》,其论屈原有云:"他的作品,最近据陆侃如考证,凡三篇,即《离骚》《九章》《天问》。"其论宋玉则说:"据陆侃如的考证,他的作品只有《九辩》和《招魂》,真是他自己的。"此外,如刘麟生的《中国文学史》、胡云翼的《新著中国文学史》等,都明言据陆侃如的研究成果而论屈宋。至于未指名而吸取其研究成果的,更是举不胜举。这些事实说明,陆先生对《楚辞》的研究,在历史上是有其不可磨灭的贡献的。

对宋玉的评价,学术界尚存歧议。陆侃如先生在1978年所写《巨星的殒落》一文,说明了他对这问题的最后态度。1957年毛泽东同志在怀仁堂做《关于正确处理人民内部矛盾的问题》的报告,陆先生听了这个报告之后,毛主席在接见他时对他说:"关于宋玉的评价,你未免太高,郭老又太低了。比较起来,鲁迅先生的意见还是公允的。你和郭老都应该多学习鲁迅的著作。"陆先生对这个意见是接受了的,所以,几天之后,他到郭老家做客,特向郭老转达了毛主席的意见。

二、陆、冯的结合

陆侃如和冯沅君二位,都是巴黎大学的文学博士,都是新中国的一级教授,都担任过山东大学的副校长。陆冯的结合,不仅是他们两人一生事业的大事,也是古典文学研究史上的大事。他们结合之后,很快就完成了《中国诗史》和《中国文学史简编》等许多重要论著。

陆侃如先生在北大、清华学习期间,冯沅君先生也在北大学习和工作,他们当时都是才华出众的青年,互相接触的机会甚多。1927年5月,陆冯订婚于北京。同年秋,陆先生在清华研究院毕业后,随即到上海中国公学大学部任中国文学系主任,同时在复旦大学、暨南大学中文系任教。冯先生也于这时到上海,与陆先后同在暨南、复旦和中国公学大学部任教。《巨星的殒落》一文,曾忆及陆冯这个时期的一些生活片段:

> 一九二八年初,我和冯沅君同志都在上海复旦大学中文系任教。正好郭老的杰著《中国古代社会研究》出版,从日本传到上海。我和沅君读了深为佩服。觉得关于古代史的研究,一向一塌胡涂,这部书第一次把历史研究引上了唯物主义的康庄大道,如拨云雾而见青天。我们在讲课时,便以此书为依据,讲了一些和以前完全不同的主张。这时鲁迅先生领导的左翼文艺作家联盟,正译印了不少马列主义的文艺理论书籍。我和沅君如饥似渴地阅读这些书,并在讲课时常常引用。当时复旦中文系主任陈望道同志非常支持我们这样讲法。同学们课外和我们闲谈时,也常表示赞同。

当时陆冯已紧密结合,并肩战斗,也说明初上大学讲坛的陆冯二先生,很快就吸取了当时的新思想,并贯彻于他们的教学实践中去了。正因如此,当时上海特务头子潘公展,曾唆使学生用匿名信等方式对他们进行恐吓和辱骂。

1929年1月,陆冯在上海结婚。他们结合后的第一项重要成果,就是《中国诗史》的完成。陆先生在1930年夏所写《中国诗史》的序例中说:"此书是我和沅君合写的。起初我打算一个人写,在北平读书时,便写成《导论》及《古代诗史》。后来在上海教书,即以此稿作讲义,并续写《中代诗史》。时沅君在上海讲词曲,故以《近代诗史》托付她。我自己又写一篇附论,全书就此完成了。"此书从1925年开始撰写,南北朝以前的《古代诗史》,是陆侃如在北大和清华时期,以两年半时间完成的。从27年秋到30年底,也是两年半时间,他们在教学之余,陆又兼有系主任的行政职务,分别完成了《中代诗史》和《近代诗史》,其速度是很快的。如果没有两人的合作,则至少还要延长两年半之久。这还不仅仅是个时间问题。对三千年的文学历史,一个人要作全面而深入的研究,虽也未尝不可,总不如发挥各自的特长而分工合作更为有力。这就是陆冯结合的重要意义。陆写唐以前,冯写宋以后,从此成了他们终身合作的固定方式。在完成《中国诗史》后不久,他们又以更快的速度,合写成《中国文学史简编》,1933年由上海大江书店出版。这是陆冯结合后的又一重要成果。

《中国诗史》在1931年问世后,文学史界有比《屈原》《宋玉》更大的反响。如1938年出版的杨荫深《中国文学史大纲》,除《楚辞》部分继续吸取陆说外,其序有云:该书"关于乐府部分,多取资于陆侃如氏的《中国诗史》"。1946年出版的赵景深《中国文学史新编》,全书共三编,各编均列《中国诗文》为参考书。著者在序中说:本书"引用他人论断的处所,约占全书的七分之一"。列入其参考要目的书籍,即其引用的主要对象,值得注意的是鲁迅的意见。鲁迅在1933年《致曹靖华》的信中说:

> 至于史,则我以为可看(一)谢无量:《中国大文学史》,(二)郑振铎:《插图本中国文学史》(已出四本,未完),(三)陆侃如,冯沅君:《中国诗史》(共三本),(四)王国维:《宋元词曲史》,(五)鲁迅:《中国小说史略》。但这些都不过可看材料,见解却都是不正确的。

见解尚不尽正确是自然的,但鲁迅以之和谢、郑、王诸史,以及他自己的《小说史》并论,这个评价就不低了。至少说明,在鲁迅看来,当时已涌现出来的数十种文学史,这五种是较好的,可读的。直到1956年《中国诗史》再版后,评论者虽正确地指出此书存在着罗列现象、缺乏重点等不足之处,但认为:"二十多年来,这部著作在我国古典文学研究方面是起到一定的推动作用的。直到今天为止,《中国诗史》还是一部唯一的诗歌史著作。"并认为,此书不仅取材审慎,要言不烦,且"在论述一些作家作品时,常常能打破传统的偏见,提出比较合乎事实的新见解来"(见《文学研究》1957年第2期)。

这里很值得一提的,是《诗史》著者当时的思想认识。确如此书新版《自序》所说:他们当时受到左右两种思潮的影响,"在思想上是非常混乱的",书中既运用了马克思、恩格斯的一些论点,也引用了布哈林、波格丹诺夫和胡适的一些意见。这种现象在当时是不足为奇的。值得注意的是,他们在1930年就接受了一些马克思主义的思想,并运用于教学和论著的实践了。引用谁的话,毕竟是次要的,关键还在论者据以得出自己的结论是什么,特别是对待当时现实的态度是什么。陆先生在1930年夏为《中国诗史》所写附论《现代的中国诗》,相当明确地回答了这问题。他说:

> 无产诗的运动是无产文学运动的一部分,而中国的无产文学运动乃是全世界的运动的一个支流。……根据历史的唯物论,我们认识了现社会中有产者与无产者的阶级敌对的尖锐化,知道了无产阶级之必然的胜利。根据科学的美学,我们了解了文艺与社会经济的因果关系,明白了作家与作品只是阶级意识的反映。那么,文学史上必然的有无产文学的

一页,又有什么疑义?

在1930年前后的文学史著作中,这种鲜明的阶级观点是不可多得的。它不是抽象的概念,也并非空洞的新名词、新口号,而是根据历史唯物的科学理论,明确认识到无产阶级必胜,因此,"文学史上必然的有无产文学的一页","虽然现在团体解散了,杂志封闭了,书籍禁售了,整个的无产文学运动都受打击了。然而历史上必然的趋势是无法抑遏的,我们相信有新形式与新内容的完美的诗,不久必将出现,来替中国诗史开创个新的局面"。在全国革命处于低潮、无产阶级革命文学运动遭到严重摧残的时期,论者却如此满怀信心,相信它在不久之后的必然胜利。这种思想,这种信念,这种宣传,这种态度,在当时都是难能可贵的。

陆冯结合后的另一重要活动,是共同拟订一个五年计划,争取从他们的工资中省出一万银元,自费去法国留学。1929年初订的这个计划,到1932年秋提前实现了。他们即乘邮船到马赛转巴黎,双双考入巴黎大学文学院的博士班。经过三年勤奋的学习,于1935年秋,又双双荣获文学博士学位回国。陆先生对十月革命后的苏联久怀向慕心情,这次便绕道莫斯科经西伯利亚回国。他虽然未作什么深入考察,但所经大小城镇留给他的印象是深刻的。陆先生回国后谈及沿途见闻,深感当时的苏联和三十年代的中国比起来,真是不啻天壤之别,即乞丐已绝迹于所有城乡一项,就使当时的陆先生惊叹不已。

三、抗战十年

从法国回国后,陆侃如先生从1935年秋开始,在燕京大学中文系任教,并兼任系主任。抗战暴发后,陆冯一道南下,经上海、香港至云南。陆先生应中山大学之聘,到云南澄江(后迁广东砰石)任中山大学师范学院中文系主任和教务主任。1942年6月,日本侵略军打通浙赣全线,砰石一带已处于腹背受敌之中。这年秋天,陆冯一道离开广东,到迁于四川三台的东北大学任教,陆先生同时兼任文学院长和中文系主任,直到抗战胜利后,随东北大学迁回沈阳。

抗战前后的十年中,陆冯一家四度迁徙,行程遍及大半个中国,研究工作是较为困难的。但陆先生却完成了一项十分繁重的工作,就是他多次自称用整整十年写成的一部《中古文学系年》。全书八十余万字,以丰富的史料,按年系人,把汉晋之间的一百五十多位作家的有关事迹,做了详尽的考订和清理。

本书对作家的系年有两个主要特点:一是详细,二是可靠。它解决了不少前人未曾涉及和解决的问题,也纠正了前人所作一些不正确的结论。如崔寔的卒年问题,《后汉书·崔寔传》说:"建宁中,病卒。家徒四壁立,无以殡敛,光禄勋杨赐、太仆袁逢、少府段颎为备棺椁葬具,大鸿胪袁隗树碑颂德。"建宁共四年,究竟卒于其中何年?敖士英《中国文学年表》列建宁四年而存"疑",刘汝霖《汉晋学术编年》列建宁三年。近年出版的新《辞海》《中国历史人物生卒年表》《中国文学家辞典》等,均作建宁三年,大致都是根据刘说。刘汝霖的根据则是:"段颎以是年为少府,袁隗以是年为大鸿胪,其助崔寔葬事,必在此年。"这个结论存有明显的漏洞:杨赐、袁逢二人,此年是否也官居光禄勋和太仆呢?陆先生则据钱大昕《后汉书补表》等资料查证,唯建宁元年一年,杨、袁、段三人官职均符,故定崔寔卒年为建宁元年就更为可靠。

又如崔骃《西巡颂》的写作时间,严可均《全后汉文》卷四十四引《御览》:"惟永平三年八月己丑,行幸河东。"陆侃如先生并不轻信这个时间。查《后汉书·明帝纪》永平三年并无幸河东之事,这年八月也无己丑日。由此可见,"三年八月"当是误记。因此,陆侃如先生据《后汉书·明帝纪》永年二年所载:"十月……甲子西巡狩,幸长安,十一月甲申,遣使者以中牢祠萧何、霍光,帝谒陵园,过式其墓,进幸河东。"定《西巡颂》为永平二年之作。

这部遗著即将由人民文学出版社出版。它的问世,将对中古文学研究作出重要贡献。

《中古文学系年》是陆先生早在抗战前就久经酝酿的一个庞大计划的一部分。在序例中说:

> 文学史的目的,在鉴古以知今。要完成这个目的,我们不仅要完成文学史上的然,更要知道所以然。如以树木为喻,"然"好比表面上的青枝绿叶,"所以然"好比地下的盘根错节,我们必须掘开泥土,方能洞悉底蕴。

从这种认识出发,他认为文学史的工作,应该有三个步骤:第一是朴学的工作,即对作者的生平、作品时间的考订和对作品的校勘、训诂等。第二是史学的工作,即对作者的环境,作品的背景,尤其是对当时社会经济状况的考察。第三是美学的工作,即对作品内容和形式进行分析,探究作者的写作技巧及其在文学史上的影响等。因此,他计划以中古文学为重点,写成三部书:一是《中古文学系年》,二是《中古文学论丛》(探讨文学和当时社会经济的关系),三是《中古文学史》,即在以上两种研究的基础上,进行美学的工作,编写一部较为理想的断代文学史。

可惜他的这一整套计划,第一步也未能全部完成,《中古文学系年》只写到西晋而搁笔。但这个计划的制订,既形成了陆先生研究古典文学一套完整的见地,也清楚地显示了他治学的基本方法。

第一,从他已走过的途程来看,陆先生治古典文学是从一个点的突破(《屈原》和《宋玉》)开始的,然后扩大为面的研究(《中国诗史》和《中国文学史简编》),最后再集中深入到一个点(《中古文学史》)上来。由点及面,然后在面的基础上深入到点,这是认识事物的普遍规律,也是逐步深入的必由之路。陆先生的前半生,正是沿着这条正确的道路不断前进的。

第二,从朴学入手,这是陆先生治古典文学的重要特点。研究屈宋是这样做的,《中国诗史》也由朴学着手,对中古文学的研究更是如此。这是研究古典文学的基础工作,也是古典文学研究的基础。没有扎扎实实的基础工作,离开了这个研究的基础,则"古典文学研究"云云,如果不是空话,也往往走向谬误。只要翻开一些早期的文学史,这点就很明显。如葛遵礼《中国文学史》(1921年版)论宋玉:"宋玉……著《九辩》《招魂》,望悲其师屈原而作也。其他著有《风赋》《高唐赋》《神女赋》《登徒子好色赋》"等等。曾毅《中国文学史》(1929年版)谓"唐虞之文,载于典谟,经孔子删定,自为可信"。在二三十年代的文学史著作中,这类论述颇多。以伪为真,以不可信为可信;研究的对象既误,其研究的结果还有何正确性可言?

第三,不是孤立的,而是作一系列的、互相联系、互为因果的研究,这是陆先生研究工作的又一特点。其计划中对中古文学一整套的研究,正是如此。早年对屈宋的研究,和《古代诗史》的撰写是密切配合的;与之同时,又相应地写了一些有关的考证文章。

总上三点,也可一言以蔽之曰:功到自然成。对研究的问题有了全面调查的基础,再经反复深入和相互配合的研究,自然就胸存丘壑而心中有数了。陆先生写文章有如宿构，即在于此；他研究、判断问题的迅速敏捷，亦在于此。谈起某些古代作家的时代，他往往能随口准确地说出其生卒年代。这虽有记忆力较强的因素，更主要的还是：功到自然成。

　　陆先生在抗战期间，虽然坚持繁重的《中古文学系年》工作，却并未完全埋头于故纸堆中。他既有系主任、文学院长之类行政工作，也没有和文化界的抗日工作隔绝。1938年3月，中华全国文艺界抗敌协会在武汉成立，周恩来同志被选为名誉理事。同年秋，以老舍为中心的总会移入重庆。不久，陆先生在重庆加入抗敌协会，并任协会理事。1942年秋，陆冯夫妇由广东入川，任教于三台的东北大学中文系时，他们就在自己的寓所里，组成了中华文艺界抗敌协会川北分会。陆冯的两间平房，很快热闹起来，陆冯热情地接待来访的进步学生，从政治上、经济上支持他们进行抗日文艺宣传活动。当时在三台的杨向奎、丁易、姚雪垠、赵纪彬等，也每周至少到陆冯家聚会一次，商谈抗敌，评议时事。陆冯的爱国活动，竟受到国民党反动派的仇视。解放后从敌档中发现，国民党特务已把陆冯二位列入监视控制对象，立下黑户头。抗战胜利后，陆冯于1946年随东北大学迁回沈阳。到沈阳不到一年，陆先生和许多有进步思想的教授，都上了国民党特务的黑名单。因此，陆冯被迫于1947年秋离开沈阳，到青岛山东大学任教。

四、黄金时期

　　陆侃如先生到青岛后，仍继续支持学生的革命活动。1948年"八·一五"，山大部分学生被捕，学生会募捐相助，陆先生是大力支持者之一。有的学生为反动派所迫,不能不离开青岛投奔解放区,陆先生也从经济上予以资助。在青岛地下党的组织下,陆冯与其他进步教授常在一起收听解放区广播,阅读革命报刊。那时,陆先生常在吃饭时和家人谈到:"国民党反动派不会横行多久了!""国民党的官吏是三只手,他们比别人多长一只手,专搞贪污腐化,欺压百姓,怎能不失败!"这个时刻终于来临了。但陆先生自己万没有想到,青岛解放前夕,溃逃中的蒋匪帮,竟有对他下毒手的打算。直到解放三十年后,陆先生还以激动的心情谈到:"我在当时还根本谈不到有什么革命思想和行动,却为蒋介石所不容!他们要谋害我,幸得共产党的救护。我自己当时还一无所知,是解放后才听孙书记讲的。"忆及这些情况时,陆先生正在重病之中,所以又说:"没有共产党我哪能活到今天!"

在解放后,更使他在政治上、学术上,都进入了一生的黄金时期。

青岛解放后,陆先生被任命为山东大学图书馆馆长,又任校务委员会副主任委员。1951年春,被任命为山东大学副校长,并陆续兼任《文史哲》编委主任、校科学研究委员会主任、山东省人民代表和省市有关部门的多种要职。1953年以后,又相继担任全国政协委员、全国文联委员、全国作协理事、《文学研究》编委等。1956年加入九三学社,任中央常务委员和青岛市分社主任委员。在这个过程中,他努力学习马克思主义和毛泽东思想。在党的教育下,思想觉悟不断提高。这个时期,陆先生在学术研究上也取得了崭新的成就。1957年以前,除发表了《我们为什么纪念屈原》《什么是中国文学史的主流》等十多篇论文外,主要是用新的思想观点,来修改解放前的《中国诗史》和《中国文学史简编》。特别是后者,在做了较大的改动后连载于《文史哲》,然后倾听专家和读者的意见,再进行一次更大的修改。两书修改后,分别于1956、1957年由作家出版社再版。与此同时,陆侃又在此基础上,新写了《中国古典文学简史》,1957年由中国青年出版社出版后,次年又由外文出版社出版了英文版和捷克文版。中国文学史介绍给国外读者的,此书至今仍是唯一的一本。此外,陆先生还和高亨、黄孝纾合注了一本《楚辞选》,1957年由古典文学出版社出版。

　　在解放后的几年内,值得注意的是:陆侃的这些论著已有一个显著变化,已能用新的观点来修改、来重新编著。我们完全可以这样看:一部用新观点写成的文学史,比之解放前的十部以至数十部更有意义。当然,历史地看问题,它毕竟是解放初期的论著,著者的思想认识不可能是完全正确的,其中不当之处是难免的。《中国文学史简编》是陆侃这个时期内有代表性的一部,是解放后用新观点、新方法完成的第一部系统的文学史,这就是它的历史意义。

　　陆先生在解放后的繁忙工作中,能够迅速拿出这个"第一部",自然发挥了他以迅敏见长的特点。这个特点是一贯的。《中国诗史》新版本问世后,《文学研究》所发书评,也说"是一部开创性的著作"。又如《乐府古辞考》,王运熙先生在《乐府诗论丛》中,也认为是"近人专治乐府著作之前驱者"。此外,如较早的《楚辞》研究,其后的《文心雕龙》译注等,都充分显示了他一贯迅敏的治学特点。对任何学术的开创者、前驱者来说,虽然不完备、有缺陷,但其贡献却是主要的。

　　解放后这几年,陆先生一家的生活安定了,经济上也更为富裕了,但他们简朴的生活作风,却依然如故。陆侃既有较高的工资,几部著作出版,又有大量的稿费收入;可是当时有人适逢陆家

进餐时入访,所见餐桌竟只有一饭一菜。据陆晋如同志的回忆:

> 大哥……虽然是留法文学博士,可从未见他穿过西服,平常都是穿中国式的长衫。在上海教书时,走在街上,人们认为他不过是个普通的穷教师。大哥大嫂在解放前和五十年代,对讲究吃穿的人,一直是看不惯的。他们自己生活俭朴,内衣补了又补,不肯换新的。家里的用具,如水壶、锅盆等,大都是修补过的。
>
> 从四九年解放以后,大哥经常寄钱给家乡的贫下中农……四九年家乡受强台风灾害,沈宝明托人写信向大哥求助,从此开始,不断给家乡困难户寄钱。五十年代在青岛市,逢年过节,大哥常叫我到大学宿舍附近几家军属送钱,慰问他们,每户十元左右。也曾叫我到青岛市市南区政府送过钱,请政府用以慰问烈军属。

陆冯二位生活上十分俭朴,这是众所周知的。但他们省吃节用,并不是为了留给自己的后嗣,他们根本没有子女。但他们确又是怀着一个为后人着想的美好愿望:待储满十万元之后,提供为山东大学奖学金的基金。这个愿望虽未能完全实现,陆先生临终前决定:以尚存四万多元的三分之一,留作其继母、弟弟的生活费和病中从家乡来的护理人员花费,另三分之二全部捐献给学校图书馆。

五、精心培养下一代

1957年,陆先生蒙受大难,划为右派(已于1979年10月经山东省委批复予以改正,撤销全部处分,恢复政治名誉)。从此,陆先生得以免除一切行政事务的纠缠,而专心致志于教学和研究工作,尤其是培养青年教师和研究生。

在十年浩劫中,陆先生的重要罪状之一,是和党争夺接班人。这条罪状,主要指1958至1964年间的教学活动。陆先生从1927年时开始教育工作,到"文革"前夕,已将及四十年,自然是桃李满天下了。但在他的教育生涯中,58年以后的七八年,确是较集中的、有代表性的一段时间。就这段时间内经他直接培养过的青年来看,现在大都是一些高等学校、出版社和报刊的骨干。因此,现在或可这样说,他"争夺"青年的人数和时间,不是嫌多,而是惜少。

陆先生在这个期间,除担任汉魏六朝的基础课和《文心雕龙》选修课外,其培养的主要对象是研究生、进修教师和本校青年教师。其培养方式,主要有三:第一是个别辅导。有的同志进修六朝文学,他就原原本本给辅导六朝文学;个别同志重点研究汉赋,他就一篇一篇给讲汉大赋;有的同志远道来学《文心雕龙》,他就专为此一人讲《文心雕龙》;有的同志须加强外语学习,他也不厌其烦地定期给此一人辅导外语。他常常是同时多头进行,他都一一认真辅导,特别是每次辅导都必事先准备,根据不同对象和要求,写好辅导提纲。第二是用合作方式,带领青年和他一起写文章或著书。如《文心雕龙选译》《刘勰论创作》《刘勰和文心雕龙》《楚辞选译》等书和大量文章,都是用这种方式完成的。第三是举办古代文论讨论班。参加这个讨论班的同志,前后二十余人,对一批古代文论研究人材的成长,起到了重要的推动作用。

已为事实证明,三种方式都是行之有效的。无论何种方式,陆先生认真负责的精神,都使人难忘。古文论讨论班是当时影响较大、也是陆先生组织最力的一种。这不仅是参加讨论班的人数较多,还由于讨论班的方式,既能集思广益,发挥青年同志的长处,陆先生也常感在讨论中受到一些启发,又能充分发挥指导教师的主导作用,讨论班每周进行一次,首先按郭绍虞先生主编的《中国历代文论选》,由陆先生讲解其附录部分的文字,然后提出讨论题目,经大家分头准备后,再集中讨论,最后由陆先生做总结。可惜从先秦进行到唐末,这个讨论班就被十年动乱冲散了。不能不令人感慨的是,在陆先生的遗物中,有用三本精装日记本为讨论班所写的辅导提纲,已从先秦写到近代了。辅导提纲(自名为《辅导札记》甲、乙、丙)的内容据不同情况而异,有的是文字的简注,有的是文论的基本意义及其局限,有的是思考题或小结,有的则是摘录有关资料和参考书目。这里只录一例。梁启超《论小说与群治之关系》思考题:

①小说的巨大作用 ②理想派与写实派
③小说的四种力量 ④小说改革的必要

这套辅导提纲虽然尚未完成,其中还留有一些空页。但从三本提纲已把全部古代文论逐一列具户头,并加编目注页可见,陆先生对这个讨论班是有长期打算和全面考虑的。而以《文心雕龙》为重点的古文论研究,也是这个时期内陆先生研究工作的中心。把自己的研究和培养青年相结合,则是他在这个时期的新特点。

对古代文论研究,陆先生仍保持其传统的方法:从朴学做起。对《文心雕龙》的译注,也就是他研究古代文论的第一步。与此同时,又亲手做了大量的资料工作:编辑一份《中国历代文论补充材料目录》,收《中国历代文论选》未选的有关材料千余种,并自费印发给讨论班的全体成员。在他的辅导笔记本上,也分别辑录了一些资料目录,如明清部分录有小说理论资料目录百余种,并用铅笔旁注,其中四十余种是已查知为本校图书馆所有的。在他这个时期所做卡片中,也有大量诗话目录等资料。这时,他又开始了另一很有意义的资料搜集工作:从《诗经》《楚辞》,到晚唐诸家,各立一个户头(共一百四十多家),分别将历代文论诗话中的有关评论,逐一摘入。看来,这是他的又一庞大计划,可惜才开始不久,就在十年动乱之初中止了。

以上种种,都是围绕一个总的目标进行的,就是准备编成一部较为理想的古代文学理论史。陆先生对当时已有的几种批评史是不完全满意的。他认为有的资料不确,有不少有关文学理论的重要材料尚未受到注意,有的观点体系太旧。为了编写一部全面而有新体系的古代文学理论史,他除做了一些资料上的准备、重点研究了《文心雕龙》《文赋》等论著外,也从理论上进行过一些探讨,写了《关于文艺理论遗产学习的意见》《如何批判继承文学理论遗产》等文章。他的计划虽未完成,但第一,已编成一本《中国文学理论简史》,作为教材印发;第二,陆侃如先生所做的一些准备工作,本身既有一定价值,也能给后人以有益的启示;第三,更重要的意义,是在此期的一系列研究工作中,培养了一批青年,他的未竟事业是不会后继无人的。

六、壮志犹存

经过十年浩劫的摧残,陆冯二位的健康都受到严重的影响,但他们的精神仍一直是旺盛的。1970年前后,陆先生和一些中青年同志一起,先后参加了《杜甫诗选》《韩非子选注》《刘禹锡诗文选注》等编写工作。他虽是七十左右的人了，但在这个时期的工作量，往往比一般中青年同志还大。人们常称之为"壮劳力"。

不幸的事发生了。1973年夏，冯沅君先生因癌症入院，在整整一年的医院生活中，陆侃如先生一直守候在病床边，除生活上无微不至地照料外还每天给冯先生读报，介绍他们共同关心的时事。冯先生的去世，不能不给陆先生精神上又一重创。

1976年12月10日，又一不幸发生了。这天上午，陆先生着家人给他的助手送去便条说："请将下列几篇原稿注释交下为荷：①插田歌，②畲田行……"当时，他正在注释刘禹锡诗文。在取回这些稿子后的继续工作中，突然由座上滑倒在地，经送医院检查为脑血栓，从此开始了整整两年的病卧生活。

重病中的陆侃如先生，尚图在学术上大干一番的壮心始终没有熄灭。1977年8月20日，他在病床上写了一首《八十自寿》："行年八十驹过隙，踏遍青山人未老……烈士暮年心还壮，自强不息捷报传。"这种"自寿"诗，一方面说明病魔已折磨得他神志不清了，但却又表现出一种清醒而强烈的思：壮心不已。特别是当党的十一届三中全会的胜利消息传来时，这位重病中的老知识分子，真是欣喜欲狂了。他马上命家人快买红纸，自己则奋笔疾写了八条表达其心曲的文字，要他的助手用毛笔写来贴在他的病床周围。其中有几条是这样写的："落实十一届三中全会决议精神！""迎接五届人大的胜利召开！"也有刘禹锡的诗句和曹操的："老骥伏枥，志在千里""烈士暮年，壮心未已"等。陆先生从三中全会的决议中，看到了党的方针政策的根本性的转变，而决议的精神又给予他以极大的鼓舞。

陆先生即使在病中也不停笔。他除亲手整理完冯先生的诗集外,还在极其困苦的病痛中写了《诗歌创作的金光大道》《忆沅君》《巨星的殒落》等文。1977年12月,山东人民出版社来函,要求出版《文心雕龙》全书译注。译注《文心》全书,正是陆先生生前一大愿望。接到来函,他非常高兴,马上转给他的助手,并附信说:"山东出版社来信,今转上,请予回信。关于冯先生的稿子,我已整理完毕,下月起我就开始搞《文心雕龙》,先搞《正纬》篇,请将这篇有关的注解材料检齐送来。"可惜几天后就再度病重入院,至1978年12月1日而与世长辞。

陆先生晚年的论著,可以《与刘大杰论杜甫信》为代表。此文完稿于1976年11月1日,被誉为《文史哲》复刊后六年来所发质量最高的文章之一。文章有两点值得注意:第一,它是在学术领域内反击"四人帮"大搞儒法斗争的第一篇。虽然发表于《文史哲》1977年第4期,但原信早在一年之前就寄给刘大杰先生了。此文写作,正值"四人帮"横行霸道之际。当时,新版的《中国文学发展史》第二册尚未出书,陆先生看到的,只是大字本的杜甫章校样,把杜甫强列法家之误,在当时能清醒地发现其谬误,并及时大胆地提出辩驳,这是颇具胆识的。

第二,这篇文章不仅看得准,而且驳得有力,刘大杰先生本人很快就复信,同意陆先生的意见。这封信的写法(论证方法),正集中反映了陆先生一生的治学特点。它不发空论,没有讲什么大道理,而是用详尽的事实说话。这就是本文的特点。信中说:"尊稿……促我对杜集再读一遍",他经过对杜集的反复研读,摘录了一厚本资料,然后把有关诗句逐一加以分析,再综合加以研究,从而得出一个无可辩驳的结论:杜甫确非法家。这种论证方法,我们从陆先生早期的许多著作中便已看到它的力量了,而这篇文章则表现得更集中,更有说服力。

陆侃如先生一生，在古典文学研究上贡献是重要的，治学经验是丰富的，惟恨笔者所知甚微，这篇传略，只是一点管窥蠡测而已。

1982年12月初稿

1983年3月改定

（本文与龚克昌合著，龚为第二作者。

原载于《晋阳学刊》1983年第5期）

牟世金自述

  大约1943年,我家在一个"拔贡第"的大院里租得一套住房,它坐落在白居易贬忠州刺史时在"东坡种花"的东坡之下,正门前竖着一块巨大的"东坡"石碑。我就在这里找到一间不过六平方米的地下室,建立起第一个"书斋"。虽然它还有一半要承担储藏室的职责,我却乐进小屋成一统,读书、写字、作画,陶然其间。

  在上师范的几年中,我最大的兴趣是画虎。其后虽无"重振旧业"的念头,但在十年动乱的无聊岁月中,还是画过几幅,并在至今尚存的一张上,题过一首只有自己才懂的歪诗:"投笔未从戎,画犬避狂风。龙虎何须斗,余年且雕虫。"因画虎不成,故云"画犬";"避狂风"者,作画时的处世哲学也。"投笔"指放下画笔。1949年底四川解放,出于对共产党的长期向往而投笔从戎了。说"未从戎",是在军中并未完全放下笔杆,一直仍做笔杆子工作,并兼机关干部中学的语文教师。这几年内,驻地与青岛图书馆为邻,图书馆就成了我的书斋。另一方面,家里的书随身带出一部分,又有家存书目在手,需要时可随时请家里寄来。我现有书斋的一点老底,就是这样来的。其中就有我最早读到的杜天縻"广注"《文心雕龙》。此外,不仅有李何林《近二十年中国文艺思潮论》、林语堂《大荒集》之类,还有毛泽东同志的

《辩证法唯物论》,此书为1946年丘引社版,"丘引"即做地下工作的蚯蚓,这可说是我存书的"珍本"之一了。可惜天长日久,家藏书籍逐渐散失。为我格外怀念的是一本《支那历代疆域沿革图》。我后来到日本时查询过几所大学的图书馆,亦未有所闻。

1956年入山东大学之后,特别是近十年来,除自己不断大量购置书籍外,岳父赵省之先生、老师陆侃如先生前后各赠一批,日本汉学家目加田诚先生一次便寄赠三箱。这样,我的宿舍从拥塞的过道到门前门后、床上床下都是书,真是以书为患了。也许是水到渠成之理,1985年秋外出开会回家时,一个整整二十平方米的书斋出现在我的新居,四十年来的愿望终于实现了!

这个书斋得以建成,不能不感谢老伴赵璧清。不仅是我不在家时她就给布置好这间适意的书斋,也不仅整整一壁齐天花板高的书架主要是她操办的,最根本的一条是她一直支持我购买图书。璧清常说我"爱书如命",可谓知音。在解放前的白色恐怖之下,不但李何林的《思潮论》是禁书,毛泽东的著作也珍藏在家,岂止是爱书如命?

我曾说过:"在一定条件下,一个人学问的大小和他掌握书籍的多少成正比。"这就是我爱书如命的原因。我不大相信"过目成诵",而赞成"旧书不厌百回读";不过,对我这种根底不深而要读的书又太多的人来说,就更有赖于旧书不厌百回查。没有一个适宜自己的书斋,困难就大了。曾和一位藏书甚丰的老先生谈起书来,他说:"一个人(学者)的一生,大都建设了一个适合自己专业的图书馆。"我深以为然。对一个教师,特别是培养研究生的教师,更是如此。我很不赞成用在课堂上念讲稿的方式培养研究生。我的书斋就是课堂,书架就是讲稿。要知有关版本特点,要明某一问题的历史和现状,要知古今各家之说,要了解某一问题的研究线索,就让实物说话,就让学生自己去找答案。这岂不既省事又见实效?

(原载于《中国社会科学家自述》,
上海教育出版社 1997 年版。)

才思之神皋

普遍认为图书馆是知识的宝库,我也深以为然。古人视图书为"才思之神皋",却更为我所偏爱。所谓"神皋",指神灵之区,和"宝库"义近。把图书馆当做增强才思的区域来利用,可发挥其更为积极的作用。不过这主要在于读者自己是否善于利用。

图书为"才思之神皋"是南朝人刘勰提出的。这里先介绍他的原话:"夫经典沉深,载籍浩瀚,实群言之奥区,而才思之神皋也……任力耕耨,纵意渔猎,操刀能割,必裂膏腴。"大意是说:经典的内容很深刻,载籍的数量很庞大,确是各种学说的渊薮,启迪才思的宝库……凭你的能力在其耕耘,任你的需要在其中搜求,就像持刀割取一样,必能获得丰美的养料。这是讲经籍的作用,也可说是古代的图书馆作用论,其论虽觉古朴,但基本精神是可取的。只要努力于图书馆这个"神皋"之中,就必有所获,至于是否能增强才思,就要看怎样"任力"、怎样"操刀"了。要讲怎样驾御图书馆这个智慧的汪洋大海,是本文力所不及的;也可说是借题发挥,只图就怎样使图书馆成为"才思之神皋",略述己见。

知识就是力量。这是千真万确的真理,但切不可简单对待。有的人带着强烈的求知欲走进图书馆,准备的是一只无穷大的口袋,日复一日地往口袋里投放"知识",总以为装得越多越好。这种精神是不错的,效果却未必都好,胸藏万卷者,不一定能在学术上有所建树；如果食古不化，就虽多无益；要是精华糟粕不分，真理与谬误莫辨，凡是书本知识都往自己的大口袋里装，还会反受其害。即使所获知识都是正确的，若只是装填口袋，也不过把自己的大脑用作储存器，储存虽多，口袋虽满，却往往与其人的聪明才智无缘。我幼年上私塾，曾整本整本地背过几本古书，有一本叫做《龙文鞭影》，书名就说明是用鞭子逼出来的。这就是往口袋里硬塞，结果不仅全部报废，反而把人搞得呆头呆脑。这个教训是不应重复的。

但又绝不可忽视知识的掌握，任何有成就的学者，没有渊博的知识是不可思议的。特别是处在今天所谓的知识爆炸的时代，广博的知识尤不可少，问题只在怎样掌握知识和掌握什么知识。把这个十分复杂的问题简化一点来说，我把知识分为两大类：一类是别人的知识，一类是自己的知识或属于自己的知识。这样划分后，怎样掌握知识和掌握什么知识也可合二为一：就是化他人的知识为自己的知识。图书馆是知识的宝库，虽然馆门大开，全部藏书任我使用，但却不能说图书馆所藏知识就是我的知识。一本有价值的专著中有卓越的高论，我把它全部抄录下来，装进自己的口袋，甚至背诵得滚瓜烂熟，这种知识仍是人家的，并不就是自己的了。这虽然是一个无形的界线，却是十分严格的。所谓真知灼见，来不得半点虚假。如果是真正读书做学问，就必须尊重这种区别，不能自己骗自己。倘未化他人的知识为己有，而自以为所知甚博，在实践的检验中是鲜有不失败的。

《礼记·学记》有云："记问之学，不足以为人师。"我对两千多年前的人已有如此高深的见解是甚为佩服的。所谓"记问之学"，就不是自己的知识。我们做教师的人是深有此感的，讲一堂课，如果不是经过自己的研究所得，而是东拼西凑一些人家的东西,或者借用人家的讲稿,必难把课讲好。一个人如果老是靠"记问之学"过日子,确是"不足以为人师"的。但读书做学问离不开学、问二途,所谓勤学好问,实为治学之道的不二法门。图书是人类智慧的结晶,不读书,不从书本中大量吸取前人的成果,这样的学者实未之前闻。只是必须把书本知识转化为自己的知识,能如此,则多多益善,人的聪明才智,也就由之而生。

自己的研究所得,独到见解,自然是自己的知识。对广大读者来说,主要还是如何把书本知识转化为自己的知识。用一个简单的例子来说:圆周率是祖冲之计算出来的,今人都深知其必然性,并能准确地运用它,圆周率就成为掌握者的知识了。3.1416的近似值虽可凭简单的记忆获得,但若知其然而不知其所以然,只会牢记3.1416,而不知"6"并不是一个精确的数字,在高度精密的计算中,就有发生严重事故的危险。这个例子可以大致说明,只知其然的东西还不能算是自己的知识,必须知其所以然,并能准确地运用,才可谓自己的知识。至于许多复杂的问题,一部专著、一整套学说或理论系统,虽也基本如此,但毕竟复杂得多。

任何一门学问,要有所谓"真知灼见",谈何容易!首先是一本书提供的知识或论证是否正确?读者辛辛苦苦接受过来,也掌握了它,甚至以讹传讹,将错就错,长期运用而不觉其非,岂不害人。古人称读书曰"攻书"很有道理。我们至今仍称研究生乃攻读硕士或博士学位,就是说应以进攻的态度、方法来学习或读书。以当今具有相当权威性的百科知识辞典新《辞海》来说,前面提到的刘勰,它以为约卒于公元532年,我可断言其不确,至少目前海内外专家十之八九不同意此说。又如解"弱冠"一词,引《后汉书·胡广传》"终、贾扬声,亦在弱冠"二句而谓:"终军年十八请缨,贾谊年十八为博士,皆未满二十岁。"但查《汉书·贾谊传》:

"年十八,以能诵诗书属文,称于郡中。"又说:"文帝召以为博士,是时谊年二十余,最为少。"是知其弱冠"扬声",乃指能诵诗书属文而言,至于为博士,明明是"时年二十余",怎能是"年十八为博士"?(终军年十八请缨之说亦误)以上两例,《辞海》的编者都是有根据的:前者是近年一篇尚在研究中的考证文章,后者是唐人李贤的注。这是一个深刻的教训,前人之说,权威之见,并不都可轻信。《辞海》尚且如此,遑论其他。

古今中外的大量论著,无不各有其理,完全可以信赖的,实在是寥若晨星。这是不可不慎的。列宁说马克思对"人类社会所创造的一切,他都用批判的态度加以审查,任何一点也没有忽略过去"。凡是严肃认真的学者,希望从书籍中求得正确可靠的知识,就应该具有这种严谨的态度。纵不可能对自己所读的书全部逐字逐句加以审核,至少对关键问题,对可疑的论断应该如此,并逐步养成一种严肃认真的读书习惯。就我自己的体会,养成这样的读书习惯是很有好处的。我虽幼读诗书,却略无所获。后又投笔从戎,半路出家。一个行伍出身的人,能在读书学习的道路上略有所成,主要就得力于这种认真的读书习惯。

北京的一家刊物《新闻与成才》,1985年10月号刊出60个"首届《新闻与成才》优秀读者奖试题",其第三题为:"山东大学教授牟世金主张使用(　)、(　)、(　)三字读书法,每个字的含义是(　)。"这个所谓"三字读书法",大概是《吉林日报》转摘我谈读书体会的部分内容,而以《读书三字法》为题传开的。其三字为"友、敌、师",三者是孤自不立的,它是一个互有联系的整体,即首先要以书为友;但不能轻信任何书本,故须以书为敌,向它进攻;很多优秀书籍或其中某些内容是攻之不下的,就得真心诚意地以书为师。一般读者只取后一步骤,以图速成或走捷径,其实不然。本文以上就主要是讲前两个步骤的必要。所谓"尽信书则不如无书",此话是颇有道理的。完全相信,从而师之,就是一种简单地接受,或者说盲从,不仅正误不分,可能受害,即使全是正确的,简单地接受过来,甚至铭记心底,这种知识仍是人家的知识,还是"不如无书"。

"以书为敌",正是化他人知识为自己的知识的重要步骤。对"敌"就要攻。郑板桥有云:"善读书者曰攻,曰扫。攻则直透重围,扫则了无一物。"虽嫌此话带狂,却也讲得痛快。某些古代著作,某些西方的奇谈怪论,有心人一攻一扫,真也就了无一物了。能如此,正是读书的一大收获;倘能攻下某些权威著作的个别论点,发现其少量知识的不可靠,更会令人欢欣鼓舞。这种收获,与多认几个字,多背几个公式、定理不同,它是读者增长才智的反映,是治学能力的提高,所以值得珍视。前面说要以图书馆为"才思之神皋",这是其一。但万事不可走极端,如果读书以挑刺为目的,那又走上魔道了。所谓"敌"或"攻",不过是以慎重的读书态度对待书本知识,不要盲从,不要"好读书,不求甚解",更不要死记硬背,而应通过积极思考,以求知其所以然之理,达到透彻的理解,准确的把握。读书的主要目的,仍在以书为师。经过思考与攻、扫,大量正确的内容是攻之不下,扫之不掉的。这时的读者,自然会心悦诚服地接受,以之为师。通过这种过程接受的知识,就转化为自己的知识了。因为这种知识已经自己的考核而确认其正确性;在思考过程中不仅加深了印象,往往会参入某些自己的智慧因素。已带有一定程度的个人色彩,而今后在任何情况下可以运用自如,若出诸己了。

这样读书,开始必然较慢。但积久成习之后,会使自己目光锐利,思维敏捷,不仅可加快读书学习的速度,更能增长才智,提高整个治学的实际能力。这当然是一个艰苦的自我训练过程。在这个过程中,辨正误,求真知,固然是有益的,但其更积极的意义,正在使图书成为自己的"才思之神皋"。只要读者能持之以恒,其发现问题的能力既不断提高,又经常化他人的智慧为自己的智慧,其解决问题的能力亦将与日俱增。所以,这样读书,不仅虽慢实快,还是一条增长才力的踏踏实实的道路。许多治学有成的名家,都十分注重"学贵自得"。而学术上一切大大小小的成就,无不是在不断的"自得"中积累而成的。当今学界,更需要开拓,需要创新,若不下点苦功,认真读书,开拓和创新岂能从天而降!

读书治学的道路是不必强求同一的,以上只是我自己的体会,聊供参考的一得之见。

1987年7月3日

(原载于《著名学者谈利用图书馆》山东大学出版社1990年版)

"近亲繁殖"小议

最近参加香港的一次国际学术会，和几位台湾学者同住一幢小宾馆。茶余饭后，交谈起对祖国文化遗产的研究与发扬，颇多同感。当我直率地讲到台湾的一种不良学风时，就引起他们的异议了。台湾"龙"学素称"显学"，但学生抄老师论著者固多，老师抄学生者也有，互相抄袭或照抄大陆论著者亦复不少。和我交谈的台湾学者大不以为然。我只取拙著《台湾文心雕龙研究鸟瞰》二册奉赠，事实便在其中，何辩之有？

所幸的是，他们并非坚持这种风气之可行，而是否认其为台湾的普遍风气。他们强调：台湾多数学人是以承袭为辱、以独创为荣的。没有异解新见，学术便不能发展；这种观点使我们的交谈重新统一起来了。

这使我联想到前两年学术界讨论的所谓"近亲繁殖"问题。台湾"龙"学前辈，多是亲受业于黄侃的门人。至今活跃于台湾"龙"坛者，多是黄侃的再传弟子。其在有限的范围之内，"近亲繁殖"的现象是难免的。大陆学界，幅员辽阔而权威林立，自可人人在百家争鸣、百花齐放中争高直上。但谨守师说者有之，抄袭前论者亦有之；有违师说或超越师说，便遭冷遇甚至贬抑、排挤者，亦时有所闻。这些情形相当复杂，只能就如何避免"近亲繁殖"问题，略陈鄙见。

高等学校或学术机构之间的人才交流,人事制度上限制留用人员等,都不失为可行之策,但不能根治。关键在培养人才的老师。老师如欲在学生中树立唯我独是的形象是容易的;要排斥异端,独立门户,强制学生原原本本接受自己的一整套见解,为师者也有其有利条件。这样培养出来的学生,无论远离天涯海角,只要在地球上,或从事研究,或培育后代,就必将"近亲繁殖"下去,永无根绝之日。

　　我以为学术上的"近亲繁殖"并不都是坏事,问题只在"繁殖"什么。好的东西繁殖下去,又何惧之有?一门自成体系的学问,往往需要一批人或几代人的共同努力来完成,观点相近的人各自形成多种不同的学派,去逐步完善和发展某种学说,是应该得到支持的。问题在于,要能不断发展和前进,就不能重复汉儒严守师法、家法的老路。要是夫子步亦步,夫子趋亦趋,只能在老师已有见解的范围内做学问,我们怎能从孔夫子发展到今天?如果允许学生吸收各家之长,着意培养其独立思考能力,尤其是鼓励学生提出和老师不同的见解,并要求学生超过老师,则"近亲繁殖"之弊自除,这样的"近亲"也就值得繁殖了。

(原载于《山东大学学报》1987年第2期)

有关忠县历史的几个问题

张飞义释严颜的地点

《三国志·蜀书·张飞传》载:"先主入益州,还攻刘璋,飞与诸葛亮等溯流而上,分定郡县。至江州,破璋将巴郡太守严颜,生获颜。飞呵颜曰:'大军至,何以不降而敢拒战?'颜答曰:'卿等无状,侵夺我州,我州但有断头将军,无有降将军也。'飞怒,令左右牵去斫头,颜色不变,曰:'斫头便斫头,何为怒耶!'飞壮而释之,引为宾客。"据此,义释严颜是在江州。在正史上,张飞义释严颜的记载,只此一处。

江州非忠州:忠县汉名临江。《汉书》和《后汉书》地理志中的巴郡,均列江州、临江为二县。按江州乃今重庆市江北县。《蜀书·先祖传》所说:"先祖……引军还江州",即此。

张飞入蜀路线:张飞曾屯秭归(见《先祖传》),但入蜀之后并未沿江而上。《蜀书·张裔传》云:"张飞自荆州由垫江入,(刘)璋授裔兵,拒张飞于德阳陌下,军败,还成都。"德阳在今遂宁——梓潼间,由此可见,刘关张入蜀后确是"分定郡县",张飞的路线乃其北路,由垫江、遂宁一带至成都。他未经过忠州,由此也可证义释严颜不可能在忠州。

关于严颜

正史无严传。《三国志》中提到严颜的，只有上引一处，这可能就是正史上所载他的全部史料了。严为忠人，可能见于其他史料，待查。但据县城下王庙原有石碑"蜀汉壮烈将军严颜故里"，可信他是忠人无疑。此碑可惜被毁，我上中学时曾与傅世华、莫贞清三人在碑前留影。

关于甘宁

《三国志·吴书·甘宁传》载其生平。称"巴郡临江人也"，为忠人无疑。但在忠县何地，史无明文，除其本传，《三国志》全书提到甘宁的尚有十二处，均未涉及具体生活地点。查台湾《中文大辞典》收有"甘宁锦览"一典（9430页），讲甘宁以锦系舟，示其豪华的故事。这反映了甘宁为人的特点，也可由此考知其生地乃在江边，以其常在舟上故也。《甘宁传》注引《吴书》原文可证："宁……其出入，步则陈车骑，水则连轻舟，侍从被文绣，所如光道路，住止常以缯锦维舟……"，其家近江是很明显的。临江何处？于其本传可知："甘宁字兴霸，巴郡临江人。……人与相逢，及属城长吏，接待隆厚者乃与交欢……至二十余年。"这是讲他出依刘表之前的生活情况。据此可断，他是县城之人。明证即"属城长吏"四字。《汉书·百官公卿表》："县令，长皆有丞、尉，秩四百石至二百石，是为长吏"，则非住家县城，何以能常与"属城长吏"相逢？县以下则无"长吏"。

（原载于《忠县文史》，"文史资料选编"第1辑，1991年）

访日诗钞

九、十月间,参加中国社会科学院文心雕龙考察团访日,接触日本著名汉学家近百人。神交漫议,共同语言甚多,意义远出文心。十四天内,随感所录,正有十四。

新圃(二首)

雕龙负我跨东瀛,总辔扶桑验古经①。
友谊之花传万代,又添新圃共深耕。

四海知音能几人,篇篇史传结东邻。
抒情序志论今昔,漫议神思倾至诚②。

---

① 《离骚》:"总余辔乎扶桑。"
② 知音、史传、序志、神思,均《文心雕龙》篇名。

仲秋访东京大学夜归(二首)

繁星万点落人间①,月里嫦娥妖且娴②。
不见吴刚逐玉兔,长龙千丈候朝班③。

今川小路几新更④,犹忆迅翁留美名。
京大伊藤情意厚⑤,相邀话旧品羊羹。

夜宿箱根(二首)⑥

八十九盘云雾中,峰峦丛里翠微宫。
何须世外桃源境⑦?富士山前有古风。

湖光山色郁葱葱,十六月圆为主公⑧。
尤感声声赞独立⑨,畅谈漫饮闻晨钟。

---

① 东京市夜景。
② 曹植《美女篇》:"美女妖且闲。"
③ 汽车长龙壅塞满街,夜行有候朝班之势。
④ 鲁迅当年常在东京大学附近今川小路的一家小店吃羊羹。
⑤ 伊藤:东京大学伊藤漱平教授。
⑥ 箱根:东京郊外风景区,东洋大学在此有修养所,我团被邀住该所一宿。
⑦ 箱根有桃源台。
⑧ 连日阴雨,是夜(阴历八月十六)独晴。主人认为是客人带来之福。
⑨ 座谈中多称我国独立发展、走自己的道路极为正确。

赠户田浩晓①

文心史上留芬芳,衣带水中友谊梁。
还望挥毫传万世,华身光国寿而康②。

赠京都诸君(二首)

京都是著名古都,为日本汉学家荟萃之所,文心专家辈出。团长王元化命余:当有诗为赠。诵诗声落,已被复印得人手一纸矣。

名都故府多英才,万里神交龙作媒。
为结两邦金石固,共斟互酌远方来③。

平生有幸识伊藤④,更服今魁兴膳宏⑤;
相浦先生是老友⑥,雕龙队里有新朋⑦。

---

① 户田浩晓:原立正大学教授,现退休为僧。《文心雕龙》版本学家,有《文心雕龙》全译本。
② 《文心雕龙·程器》:"岂无华身,亦有光国。"
③ 《论语》:"有朋自远方来,不亦乐乎!"
④ 伊藤:神户大学伊藤正文教授,六朝文学专家。
⑤ 兴膳宏:京都大学教授,《文心雕龙》专家,被称为当今日本研究《文心》者之冠。
⑥ 相浦:大阪外国语大学相浦杲教授。
⑦ 新朋:日本新起的《文心》研究者甚多,如林田慎之助、安东谅、釜谷武志等。

神户港人造岛观光遇雨

娇颜丽质烟云中,神户虽开羞露容。
万丈高楼出水上,信知东海有愚公。

"快人"冈村繁(二首)

阿苏山上见"狂人"①,快语直言吐至真。
痛饮开怀三百盏,纵情欢笑抛常伦。

刘氏功臣天下闻,龙学史上建奇勋②。
更为来年再聚会③,精心撰述构鸿文。

广岛度国庆

　　十月一日,广岛县知事竹下虎之助、广岛大学校长赖富正弘相继热忱接待,日中友协朋友设宴相候;当天正值千多人参加的日本中国学会开幕,我团应邀参加恳亲会晚宴,感赋二首。

---

① 狂人:九州大学教授冈村繁,心直口快,人称"快人"。"文革"期间,在日本汉学家中独持反对态度;"四人帮"横行时,公开断言毛主席过世,江青必倒;天安门事件前后正在中国,肯定邓小平必将重新登台执政。日本学者时称"狂人"。
② 冈村繁编《文心雕龙索引》,对《文心》研究有重要贡献。
③ 1984年《文心雕龙》讨论会拟邀请冈村繁先生参加,他表示拼老命也要赶写出一篇论文。

竹下、正弘调美羹,日中友协竞相迎。
恳亲会上三千众,几度干杯向北京。

竟日欢欣事事谐,都为佳节巧安排。
亲朋好友遍天下,祖国声威振壮怀。

(原载于《柳泉》1984年第3期)

诗词四首

题画诗

投笔未从戎,画犬避狂风。
龙虎何须斗,余年且雕虫。

生日贺诗

全家为璧清祝贺四十大寿,题写以贺。
积善于家,垂勋无涯。
金玉其质,龙凤其华。

(1984年)

翠楼吟

迎春

澡雪精神,清除污染,逐妖驱神拿魅!万民欢未了,凯歌里,迎来新岁。文翰呈瑞:写壮举思深,宏图笔锐。献聪慧,槐厅书满,洛阳纸贵。　往事,幸有流萤,纵茫茫长夜,予心攸寄。红旗扬四海,更承受,三春喆嘉惠。怀羞抱愧,愿不负残年,有酬素志。揽长辔,前程似锦,江山如绘。

(1984年)

满 江 红

七一书怀

阴历六月初三,已五十六周岁矣,适逢七一,又获新生,欢庆之余,写以志怀。

吉日良辰,庆双喜,心潮荡激。频回首,辛酸岁月,五更多急。地覆天翻人世改,欢来苦去豪情溢。恨此生难报九天恩,怀春泽。

新生命,全心缉;万丈锦,从头织。有伯乐在世,老骥伏枥。赤胆将驱凌云志,忠心能使生花笔。叹夕阳怎似沐朝辉,迎红日。

(1984年)